Us Against You

우리와 당신들

VI MOT ER
by Fredrik Backman

다산책방

『우리와 당신들』의 인물들

- **벤이:** 베어타운 하키팀 최고의 공격수이자, 누구보다 섬세하고 따뜻한 영혼의 소유자. 거칠고 외로운 눈빛이 트레이드마크다. 든든한 세 누나 아드리, 카시아, 가비와 함께 산다.

- **보보:** 덩치는 크지만 스케이트를 못 탄다. 엉뚱한 질문을 퍼붓는 게 특기다. 정비소를 운영하는 아빠 갈텐과 간호사로 일하는 엄마 안-카트린, 어린 동생들과 함께 지낸다.

- **아맛:** 엄청난 스피드를 갖춘 하키 신동. 청소년팀의 떠오르는 샛별이었지만, 케빈과 마야의 일을 증언하는 바람에 모든 것을 잃고 방황한다.

- **비다르:** 하키에도 사랑에도 충동 조절 능력이 부족한 타고난 골키퍼. '그 일당'의 수장인 티무 리니우스의 동생이기도 하다.

- **마야:** 페테르의 딸로 하키보다는 기타를 좋아한다. 지난겨울 그 사건 이후로 늘 불안에 떨며 몸에 뭔가 스치기만 해도 소스라치게 놀란다.

- **아나:** 마야의 가장 친한 친구. 어머니가 떠난 뒤 사냥꾼 아버지 밑에서 자랐다. 아버지가 술을 마시지 않는 날이 오기만을 고대한다.

- **페테르:** 베어타운 하키단 단장. 평화주의자라 폭력을 두고 보지 못한다. 딸과의 약속을 지키기 위해 하키단을 살릴 수 있다는 정치인의 제안을 받아들인다.

- **수네:** A팀 전임 코치로 지금은 은퇴했다. 요즘은 아이스하키에 푹 빠진 네 살 반짜리 여자아이와 씨름 중이다.

- **사켈:** 리샤르드 테오가 초빙한 베어타운 하키단의 신임 코치. 무뚝뚝한 말투에 '감정'이란 게 도무지 엿보이지 않지만, 코치로서는 나무랄 데가 없다.

- **라모나:** '그 일당'이라 칭해지는 정체불명의 남자들이 상주하는 펠센 술집 주인. 아침으로 맥주 두어 잔을 마시며 욕을 퍼붓는 게 일과다.

- **그 일당:** 베어타운 하키단을 후원하는 폭력 조직이라고 알려져 있으며, 검은 재킷을 입고 응원단 스탠딩석을 차지하는 한 무리의 남자들. 정확한 실체는 밝혀진 바 없다.

- **레오:** 페테르와 미라의 아들이자 마야의 남동생. 지난겨울 이후 상처가 나도록 몸을 긁는 버릇이 생겼다.

- **미라:** 마야의 엄마이자 하키와 사랑에 빠진 남자를 사랑한 여자. 누구보다 유능한 변호사지만 남편과 아이들을 위해 매일 자신의 꿈을 내일로 미룬다.

- **리샤르드 테오:** 베어타운 지역구 의원. 자신의 목적을 이루고자 베어타운 하키팀의 재건을 돕는다. 사람들 사이에 갈등을 일으키는 데 타고난 재주가 있다.

- **빌리암:** 베어타운에서 케빈을 따라 헤드 하키팀으로 이적한 선수. 늘 벤이의 그늘에 가려져 열등감을 키워왔다. 베어타운에 대한 분노로 존재감을 표출하고자 한다.

- **다비드:** 베어타운을 이끈 최고의 코치였지만, 경기의 승리보다 자신의 감정을 앞세운 페테르를 용서하지 못하고 케빈, 빌리암, 필리프 등 주요 선수들과 함께 헤드 하키팀으로 이적했다.

차 례

WELCOME
TO
BEAR TOWN

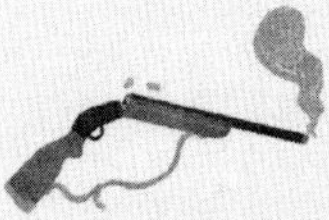

네다에게.

나는 지금도 당신을 감동시키려고 노력하는 중이야.

그냥 참고하라고.

1
이건 누군가의 책임이 될 것이다

당신은 한 마을이 무너지는 걸 본 적이 있는가. 우리 마을이 그랬다. 나중에 우리는 이해 여름에 폭력 사태가 베어타운을 강타했다고 얘기하겠지만 그건 거짓말이 될 것이다. 폭력의 조짐은 그전부터 있었다. 왜냐하면 서로를 증오하는 것이 워낙 쉬운 일이 되어놔서 증오가 아닌 다른 일을 한다는 것이 이해할 수 없는 처사처럼 느껴질 때가 있기 때문이다.

우리는 숲속의 조그만 마을이고 사람들이 얘기하길 경유하는 도로라면 모를까, 여길 목적지로 삼은 도로는 없다고 한다. 마을 경제는 깊은 숨을 쉴 때마다 기침을 하고, 공장은 구석구석 야금야금 떼어먹으면 냉장고에 넣어둔 케이크가 점점 작아지는 걸 아무도 모를 거라고 생각하는 어린아이처럼 해마다 인원을 감축한다. 예전 지도 위에 현재 지도를 겹쳐놓으면 쇼핑가와 '중심가'라고 불리는 짧은 번화가가 뜨거운 프라이팬에 얹힌 베이컨처럼 쪼그라들어 보인다. 아이스링크는 있지만 그것 말고는 별게 없다. 하지만 여기 사람들은 입버릇처럼 얘기한다. 도대체 뭐가 더 있어야 하는데?

차를 타고 지나가는 사람들은 베어타운이 오로지 하키에 살고 하키에 죽는다고 하고 그들의 얘기가 맞는 날도 있을지 모른다. 어쩌면 그런 삶의 목적이 있어야 다른 모든 걸 견딜 수 있을지 모른다. 우리는 미치지도 않았고 욕심이 많지도 않다. 이러니저러니 해도 베어타운 사람들은 강인하고 성실하다. 우리는 당신들과 달랐기 때문에 우리를 닮은 하키팀, 자랑거리로 삼을 만한 하키팀을 만들었다. 대도시 사람들이 어떤 걸 보고 너무 힘들 것 같다고 했을 때 우리는 그냥 씩 웃으며 말했다. "원래 사는 게 힘든 법이지." 여기서 어린 시절을 보낸다는 것은 쉬운 일이 아니었고, 그렇기에 당신들이 아니라 우리가 여기서 어린 시절을 보냈다. 우리는 날씨에 상관없이 어깨를 펴고 지냈다. 그러다 어떤 사건이 벌어졌고 우리는 무너졌다.

이전에도 우리를 둘러싼 소문이 있었고 우리는 그 죄책감에서 벗어나지 못할 것이다. 가끔 착한 사람들이 사랑하는 것을 보호한다는 미명 아래 끔찍한 짓을 저지를 때도 있다. 하키팀의 스타였던 남학생이 여학생을 성폭행했다. 그리고 우리는 길을 잃었다. 공동체는 선택의 총합이고 두 아이의 진술이 엇갈렸을 때 우리는 그를 믿었다. 그게 더 쉽기 때문이었고, 여학생의 말이 거짓말이라야 우리가 평소처럼 살아갈 수 있기 때문이었다. 진실이 밝혀졌을 때 우리는 마을과 함께 무너졌다. 우리가 모든 단추를 잘못 꿰었다고 말을 하기는 쉽겠지만 당신이라고 다르게 대응하지는 못했을 것이다. 겁에 질리다보면, 한쪽 편을 선택하도록 강요를 받다보면, 뭘 희생해야 하는지 알다보면 그렇게 된다. 어쩌면 당신도 스스로 생각하는 것만큼 용감하지 않을지 모른다. 어쩌면 당신도 스스로 바라는 만큼 우리와 다르지 않을지 모른다.

이것은 그 이후의 이야기, 어느 해 여름에서 겨울까지의 이야기다. 베어타운과 그 옆 마을 헤드의 이야기, 두 하키팀 간의 경쟁이 돈과 권력과 생존을 둘러싼 광기 어린 다툼으로 번진 이야기다. 하키장과 그 주변에서 두근대는 모든 심장의 이야기, 인간과 스포츠와 그 둘이 어떤 식으로 번갈아가며 서로를 책임지는지에 대한 이야기다. 우리의 이야기, 꿈을 꾸고 투쟁하는 사람들의 이야기다. 우리 중 몇 명은 사랑에 빠질 테고 나머지는 짓밟힐 테고, 좋은 날도 있을 테고 아주 궂은 날도 있을 것이다. 이 마을은 환희를 느낄 테지만 또 한편으로는 불타오르기 시작할 것이다. 끔찍한 충돌이 벌어질 것이다.

어떤 여자아이들은 우리에게 자부심을 선물할 테고 어떤 남자아이들은 우리를 위대한 인간으로 거듭나게 할 것이다. 서로 다른 색상의 옷을 입은 청년들이 어두컴컴한 숲속에서 죽도록 싸울 것이다. 자동차 한 대가 너무 빠른 속도로 밤을 가를 것이다. 우리는 교통사고였다고 하겠지만 사고는 우연히 벌어지는 것이고 이 사고는 막을 수 있었다는 걸 우리는 알 것이다. 이건 누군가의 책임이 될 것이다.

우리가 사랑하는 사람들이 죽을 것이다. 우리는 우리 아이들을 가장 아름다운 나무 아래에 묻을 것이다.

2
세상에는 세 부류의 사람들이 있다

탕-탕-탕-탕-탕.

베어타운에서 가장 높은 곳은 이 마을에 마지막으로 남은 건물 남쪽에 있는 언덕이다. 그 언덕 위로 올라가면 하이츠의 널찍한 저택에서부터 공장과 아이스링크와 중심가 근처의 좀 더 작은 연립주택을 지나 할로의 임대 아파트 단지까지 한눈에 들어온다. 마야와 아나. 둘은 곧 열여섯 살이 될 테고, 두 사람이 친구가 된 게 서로 다른 점에도 불구하고였는지 아니면 그것 때문이었는지 알 길이 없다. 둘 중 한 명은 악기를 좋아하고 한 명은 총을 좋아한다. 상대방이 좋아하는 음악을 혐오하는 것은 반려동물을 둘러싼 십 년의 논쟁 못지않게 자주 되풀이되는 말싸움 주제다. 지난겨울에 두 사람은 역사 수업 시간에 쫓겨난 적이 있었다. 마야가 "누가 개를 좋아했는지 알아, 아나? 히틀러야!"라고 중얼거리자 아나가 "그럼 누가 고양이를 좋아했는지 알아? 요제프 멩겔레*야!"라고 맞받아쳤기 때문이다.

그들은 끊임없이 티격태격하고 서로를 의심의 여지 없이 사랑하며 꼬맹이 시절부터 단둘이서 온 세상을 상대하는 듯한 기분을 느끼곤 했다. 올봄에 마야가 그런 일을 겪은 이후부터는 매일 그런 기분을 느꼈다.

지금은 유월 초다. 이곳은 일 년의 사 분의 삼이 눈으로 덮이지만 이제 마법에 걸린 몇 주 동안은 여름이다. 그들을 에워싼 숲이 햇빛에 점점 취하고 나무들은 호숫가에서 행복하게 살랑거리지만 두 소녀의 눈빛은 불안하다. 이 계절은 그들에게 끝없는 모험의 시간이었고 두 사람은 하루 종일 자연 속에서 뒹굴다가 찢긴 옷과 지저분해진 얼굴을 하고 두 눈에 어린 시절을 담고 느지막이 집에 들어가곤 했다. 그 시절은 모두 지나버렸다. 이제 그들은 어른이다. 선택이 아니라 강요에 의해 어른이 되는 여자아이들도 있다.

탕. 탕. 탕-탕-탕.

한 어머니가 집 앞에 서 있다. 아이의 짐을 차에 싣고 있다. 아이들이 자라는 동안 얼마나 자주 반복해야 하는 일일까? 바닥에 떨어진 장난감은 몇 번을 주워야 하고, 잠자리에 드는 시간을 앞두고 인형은 몇 개를 찾아야 하며, 유치원에서는 장갑 몇 개를 잃어버려야 할까? 인간이 진정으로 번식하길 바랐다면 조물주가 부모는 진절머리 나는 소파와 냉장고 밑으로 넣을 수 있는 팔이 생기는 쪽으로 진화하도록

* 나치 SS 친위대 소속 군인으로 아우슈비츠 수용소에서 대량 학살과 생체 실험을 자행했다.

만들었어야 하는 것 아닐까 하는 생각은 몇 번을 해야 할까? 아이들 때문에 흰머리가 몇 개나 생겨야 할까? 아이의 한 생애를 위해 몇 번의 생애를 바쳐야 할까? 좋은 부모가 되려면 뭐가 필요할까? 필요한 게 많지는 않다. 그냥 모든 게 있으면 된다. 전적으로 모든 것이.

탕. 탕.

언덕 위에서 아나가 단짝 친구를 돌아보며 묻는다.

"우리 어렸을 때 기억나? 네가 항상 우리한테 아이가 있다고 상상하길 좋아했던 때."

마야는 계속 마을을 바라보며 고개를 끄덕인다.

"지금도 아이를 낳고 싶어?" 아나가 묻는다.

마야는 입을 거의 벌리지도 않고서 대답한다.

"모르겠어. 너는?"

아나는 분노와 슬픔을 반씩 섞어서 어깨를 살짝 으쓱한다.

"나이 먹으면."

"얼마만큼 먹으면?"

"글쎄. 한, 서른?"

마야는 한참 동안 아무 말도 하지 않다가 묻는다. "딸이었으면 좋겠어, 아들이었으면 좋겠어?"

아나는 평생 고민한 문제라도 되는 듯이 대답한다. "아들."

"왜?"

"왜냐하면 남자들이 보기에는 이 세상이 가끔 개떡 같을 때가 있거든. 그런데 우리 여자들이 보기에는 거의 항상 개떡 같으니까."

탕.

어머니는 트렁크를 닫고 눈물을 삼킨다. 한 방울이라도 흘렸다가는 멈출 방법이 없다는 걸 알기 때문이다. 아이들이 아무리 나이를 먹더라도 아이들 앞에서 눈물을 보이고 싶은 부모는 없다. 부모가 모든 걸 다 해주어도 아이들이 절대 모르는 이유는 무조건적이라는 것이 얼마나 엄청난 단어인지 이해하지 못해서다. 부모의 사랑은 감당할 수 없고 무모하며 무책임하다. 침대에서 잠이 든 아이들이 너무 작아 보여서 그 옆에 앉은 우리는 억장이 무너진다. 우리는 평생 부족한 부분과 죄책감에 괴로워하며 온 사방에 행복한 사진들을 붙여놓을 뿐, 가슴 아픈 모든 것을 감추어놓은 앨범 속의 빈칸은 절대 내보이지 않는다. 어두컴컴한 방 안에서 말없이 흘린 눈물. 우리는 아이들에게 벌어질 수 있는 모든 일, 아이들이 겪을 수 있는 모든 사태, 아이들이 희생될 수 있는 모든 상황을 걱정하느라 밤잠을 설친다.

어머니는 앞으로 뱅 돌아가서 문을 연다. 그녀는 여느 어머니와 별반 다를 게 없다. 그녀도 자식을 사랑하고 두려움을 느끼며 산산이 무너질 때가 있고 수치심으로 몸 둘 바를 모르며 부족함을 느낀다. 모든 부모가 그렇듯 그녀 역시 아들이 세 살이었을 때 침대 옆에 앉아서 잠든 아이를 바라보며 아이에게 벌어질 수 있는 온갖 끔찍한 일들을 걱정한 적이 있었다. 정반대 상황을 걱정해야 하는 때가 올 줄은 꿈에도 몰랐다.

탕.

새벽이고 마을은 잠에 취했고 베어타운을 빠져나가는 대로에는 아무도 없지만 두 소녀는 언덕 꼭대기에서 그 길을 계속 바라보고 있다. 끈질기게 기다리고 있다.

마야는 더 이상 성폭행을 당하는 꿈을 꾸지 않는다. 그녀의 입을 막은 케빈의 손, 그녀의 비명을 누르던 묵직한 그의 몸, 선반에 온갖 하키 트로피가 진열돼 있었던 그의 방, 그녀의 블라우스 단추가 통통 튕겼던 바닥 꿈을 꾸지 않는다. 이제는 지금 여기서도 보이는 하이츠 뒤편의 조깅 트랙 꿈만 꾼다. 케빈이 그 길을 혼자 달리고 있었을 때 그녀가 산탄총을 들고 어둠 밖으로 나섰다. 그 총을 머리에 대고 겨누자 그는 온몸을 부들부들 떨고 흐느끼며 살려달라고 빌었다. 꿈속에서 그녀는 매일 밤마다 그를 죽인다.

탕. 탕.

어머니는 아이를 몇 번이나 키득거리게 만들까? 아이는 몇 번이나 어머니의 웃음보를 터뜨릴까? 우리는 아이들이 일부러 그런다는 걸 맨 처음 깨달을 때, 아이들에게 유머 감각이 있다는 걸 알아차릴 때 벅찬 감동을 느낀다. 아이들은 재밌는 얘기를 하며 우리의 감정을 조종하는 법을 터득한다. 아이들이 우리를 사랑한다면 그 뒤를 이어서 곧바로 우리의 기분이 상하지 않도록 행복한 척 거짓말을 하는 법을 터득한다. 아이들은 우리가 뭘 좋아하는지 금세 터득한다. 우리는 아이들을 안다고 생각할지 몰라도 아이들에게는 나름의 앨범이 있고 아이들은 그 앨범 속 빈칸 안에서 자란다.

어머니는 지금까지 몇 번이나 집 앞에 세워놓은 차 옆에 서서 시계를 초조하게 확인하며 아들의 이름을 불러야 했을까? 오늘은 그럴 필요가 없다. 그는 그녀가 짐을 챙기는 동안 몇 시간째 조수석에 아무 말 없이 앉아 있다. 한때 다부졌던 몸은 그녀가 뭐라도 먹이려고 애를 썼던 지난 몇 주 동안 야위었다. 그는 앞 유리창 너머를 멍하니 바라보고 있다.

어머니는 아들을 어디까지 용서할 수 있을까? 그걸 무슨 수로 미리 알 수 있을까? 자기 아들이 자라서 나쁜 짓을 저지를 거라고 상상하는 부모는 없다. 그녀는 그가 요즘 어떤 악몽을 꾸는지 모르지만 그는 악몽을 꾸고 소리를 지르며 눈을 뜬다. 그녀가 추위로 꼼짝하지 못하고 공포로 뻣뻣해진 아들을 조깅 트랙에서 발견한 그날 아침 이후로 그렇다. 그는 옷에 실수를 했고 절망의 눈물이 뺨 위에서 얼어붙었다.

그는 어떤 여학생을 성폭행했지만 아무도 그걸 입증하지 못했다. 그러니까 그가 법망을 교묘히 빠져나갔다는 뜻이라고, 그의 가족이 처벌을 모면했다는 뜻이라고 얘기하는 사람들이 있을 것이다. 물론 그들의 말이 맞는다. 하지만 그의 어머니는 절대 그렇게 생각하지 않을 것이다.

탕. 탕. 탕.

차가 길을 따라 움직이기 시작하자 마야는 언덕 위에서 일어난다. 그녀는 케빈이 두 번 다시 이곳으로 돌아올 일이 없음을 안다. 그녀가 그를 무너뜨렸음을 안다. 그러니까 그녀가 이겼다는 뜻이라고 얘기하는 사람들도 있을 것이다.

하지만 그녀는 절대 그렇게 생각하지 않을 것이다.

탕. 탕. 탕. 탕.

잠깐 브레이크 등이 들어오고 어머니는 한때 그들의 보금자리였던 집을 마지막으로 흘끗 백미러로 쳐다본다. '에르달'이라는 이름이 한 글자씩 뜯긴 우편함에 끈적끈적한 자국만 남았다. 케빈의 아버지는 혼자서 다른 차에 짐을 싣고 있다. 어머니가 눈물이 묻은 스웨터와 오줌이 묻은 바지를 입고 쓰러진 아들을 트랙에서 발견했을 때 그도 옆에 있었다. 그들의 삶은 오래전에 산산조각이 났지만 그녀는 그때 처음으로 파편을 보았다. 그녀가 아들을 반은 업고 반은 끌며 눈밭을 헤치고 데려왔을 때 아버지는 거들지 않았다. 그것이 두 달 전의 일이었다. 그 뒤로 케빈은 집에만 틀어박혔고 그의 부모는 서로 거의 한 마디도 하지 않았다. 그녀는 남자들이 여자들보다 훨씬 뚜렷하게 자기 자신을 규정한다는 사실을 삶의 경험을 통해 터득했고 그녀의 남편과 아들을 규정하는 단어는 항상 하나였다. 승자. 그녀가 기억하는 한 아버지는 동일한 메시지를 아들에게 계속 주입했다. "세상에는 세 부류의 사람들이 있다. 승자, 패자 그리고 구경꾼."

그리고 지금은? 승자가 아니라면 그들은 무엇일까? 어머니는 브레이크에서 발을 떼고 라디오를 끄고 도로를 달려서 모퉁이를 돈다. 아들이 그녀의 옆에 앉아 있다. 아버지는 다른 차에 올라타서 다른 방향으로 혼자 달린다. 이혼 서류는, 아버지는 다른 마을로 이사했고 어머니와 아들은 외국으로 나갔다고 학교에 알리는 편지와 함께 우편으로 배달되고 있다. 학교 측에서 문의 사항이 있을 경우에 대비해 어머니의 연락처를 맨 밑에 적어놓았지만 연락하는 사람은 아무도 없을 것이다. 이 마을은 에르달 가족이 그들의 일원이었다는 사실을 잊기 위해 모든 수단을 동원할 것이다.

정적 속에서 네 시간을 달렸을 때, 숲이 보이지 않을 정도로 베어타운에서 멀어졌을 때 케빈이 어머니에게 속삭인다. "다른 사람이 될 수 있을까요?"

그녀는 아랫입술을 깨물며 고개를 젓고 도로를 볼 수 있도록 눈을 열심히 깜빡인다. "아니. 하지만 지금보다 나은 사람은 될 수 있지." 그러자 그는 떨리는 손을 내민다. 그녀는 그가 세 살짜리 어린애라도 되는 듯이, 그가 낭떠러지에 매달려 있기라도 한 듯이 그 손을 잡는다. 그녀가 속삭인다. "나는 너를 용서할 수 없어, 케빈. 하지만 너를 절대 버리지 않을 거야."

탕-탕-탕-탕-탕

그것이 이 마을의 어디에서나 들리는 소리다. 어쩌면 여기 사람만 그걸 이해할 수 있을지 모른다.

탕탕탕.

두 소녀가 언덕 꼭대기에 서서 차가 사라지는 것을 지켜본다. 그들은 곧 열여섯 살이 될 것이다. 둘 중 한 명은 기타를 들고 있고 다른 한 명은 소총을 들고 있다.

3
남자답게

우리가 타인에 대해 아는 사실들 가운데 최악을 꼽으라면 우리의 삶이 그들에 의해 좌우된다는 것이다. 그들의 행동이 우리 삶에 영향을 미친다는 것이다. 우리가 선택하고 좋아하는 사람들뿐 아니라 그 나머지 바보들의 경우에도 말이다. 내 앞에 줄을 서 있는 사람, 운전을 제대로 할 줄 모르는 사람, 저질스러운 텔레비전 프로그램을 좋아하고 식당에서 너무 시끄럽게 떠들며 유치원에서 우리 아이들에게 노로바이러스를 옮기는 아이를 키우는 사람. 주차를 엉망으로 하고 우리 일자리를 가로채며 엉뚱한 정당에 투표하는 사람. 그런 사람들도 매 순간마다 우리 삶에 영향을 미친다.

아아, 우리는 그들을 얼마나 미워하는가.

말수 없는 노인들이 펠센 술집에 한 줄로 앉아 있다. 그들은 칠십

대라고 하지만 그 두 배라 해도 믿길 정도다. 모두 다섯 명이지만 의견은 최소한 여덟 갈래고, 펜스 옆에 지키고 서서 베어타운 아이스하키단의 모든 훈련을 두고 거짓말을 하고 옥신각신하기 때문에 '다섯 명의 삼촌'이라는 별명으로 불린다. 그들은 그런 다음 펠센으로 자리를 옮겨 거기서 거짓말을 하고 옥신각신하고, 가끔 상대방을 치매 환자로 매도하며 재미있어한다. 술을 몇 잔 걸치면 밤에 가끔 서로 번지수가 적힌 문패를 바꿔 달고 열쇠를 숨기기도 한다. 한번은 네 명이서 힘을 합쳐 나머지 한 명이 집 앞에 세워놓은 차를 똑같은 렌터카로 바꿔치기한 적도 있었다. 그 한 명은 다음 날 아침에 시동을 걸지 못하자 드디어 요양원 신세를 질 때가 되었나보다며 겁에 질렸다. 그들은 모노폴리 화폐로 경기 티켓을 구입하고 거의 한 시즌 내내 1980년 동계 올림픽을 보는 척한다. 베어타운 아이스하키단의 단장을 맡고 있는 페테르 안데르손을 볼 때마다 독일어로 말을 걸었고 그를 '한스 람프'*라고 불렀다. 그 때문에 단장이 슬슬 열을 받으면 이 다섯 명의 삼촌들은 연장전 접전 끝에 승리한 것보다 더 좋아했다. 마을 사람들은 그 다섯 명 모두 이제는 치매에 걸렸을 수도 있다고 말한다. 하지만 과연 그걸 증명할 방법이 있을까?

펠센 술집 사장인 라모나는 다섯 개의 위스키 잔을 바 카운터에 일렬로 늘어놓는다. 이곳에서 파는 위스키는 한 종류뿐이지만 슬픔은 여러 가지다. 삼촌들은 베어타운 아이스하키단이 리그 꼭대기까지 올라갔다가 바닥으로 추락하는 동안 함께했다. 평생 그래왔다. 오늘

* 1980년 동계 올림픽 때 서독 아이스하키 대표팀의 코치를 맡았다.

은 그들의 인생을 통틀어 최악의 날이 될 것이다.

미라 안데르손은 차를 몰고 출근하는 도중에 전화벨 소리를 듣는다. 그녀는 여러 가지 이유에서 스트레스를 느낀다. 그녀는 전화기를 좌석 밑으로 떨어뜨리고 해부학적으로 더 이상 정확할 수 없는 수준의 욕을 한다. 미라의 남편은 그 욕을 들으면 술 취한 뱃사람들도 당황스러워할 거라고 한다. 미라가 마침내 전화기를 주웠을 때 상대편 여자는 다양한 욕설의 충격에서 회복하느라 이삼 초 시간이 걸린다.

"여보세요?" 미라는 쏘아붙인다.

"네, 죄송해요, 여기 에스 익스프레스인데요. 이메일로 견적을 요청하셔서……." 여자는 머뭇거린다.

"어디라고요? 에스 익스프레스요? 전화 잘못 거셨는데요." 미라는 말한다.

"아닌데요. 제 앞에 서류가 있는데……." 여자가 말하지만 미라는 다시 전화기를 떨어뜨리고 전화기를 만든 디자이너의 머리가 정확하게 어떤 생식기를 닮았다고 생각하는지 자발적으로 설명하기 시작한다. 그녀가 전화기를 다시 집고 보니 상대편 여자가 자기 보호 차원에서 전화를 끊었다.

미라는 더 이상 신경 쓰지 않는다. 남편 페테르가 오늘 하키단의 미래를 주제로 지역구 의원들과 회의를 하고 전화를 해주기로 되어 있는데, 결과에 대한 불안감이 고무줄처럼 그녀의 위장을 점점 더 강하게 조이고 있다. 그녀가 조수석으로 전화기를 던지자 배경화면으로 쓰는 딸 마야와 아들 레오의 사진이 잠깐 반짝인 뒤에 화면이 꺼진다.

미라는 계속 운전을 하지만 차를 세우고 인터넷으로 '에스 익스프레스'를 검색했다면 이삿짐센터라는 걸 알았을 것이다. 하키단을 대수롭지 않게 여기는 마을에서는 안데르손 가족의 이름으로 누군가가 견적을 요청했다는 것이 악의 없는 농담처럼 들릴지 몰라도 베어타운은 그런 마을이 아니다. 정적으로 휩싸인 숲속에서는 고함을 지르지 않아도 얼마든지 위협적일 수 있다.

물론 미라는 조만간 그 사실을 알게 될 것이다. 그녀는 똑똑한 여자고 여기서 살아온 세월이 충분히 길다. 베어타운은 유명한 게 여러 가지다. 아찔하리만치 아름다운 숲은 대도시의 성장만을 추구하는 이 나라에 마지막으로 남은 황야다. 친절하고 겸손하며 성실한 주민들은 자연과 스포츠를 사랑하고, 관중들은 팀이 어느 리그에서 경기를 하건 관중석을 가득 메우며, 연금 생활자들은 얼굴을 초록색으로 칠하고 경기를 보러 간다. 사냥꾼들은 책임감이 있고, 낚시꾼들은 유능하며, 주민들은 숲처럼 강인하고 얼음처럼 단단하고 어려운 이웃을 돕는다. 사는 게 힘들 수도 있지만 그들은 씩 웃으며 이렇게 얘기한다. "원래 사는 게 힘든 거야." 베어타운은 그런 마을로 유명하다. 하지만…… 글쎄? 이 마을은 다른 것으로 유명하기도 하다.

몇 년 전에 노년의 하키 심판이 언론 인터뷰에서 자신이 경험한 최악의 경기를 꼽은 적이 있었다. 2위, 3위, 4위는 화가 난 응원단이 판정에 불만을 품고 씹는담배, 동전, 골프공을 빙판 위로 던진 대도시 경기였다. 하지만 1위는 머나먼 숲속의 조그만 아이스링크에서 열렸고 그가 막판에 원정팀에게 파워 플레이*의 혜택을 수여한 경기였다.

* 페널티로 인해 한 팀이 상대 팀보다 링크 위에서 뛰는 선수의 수가 많은 상태.

그 틈에 원정팀이 득점하는 바람에 베어타운이 패배하자 심판은 '그 일당'의 지정석으로 악명 높은 스탠딩석을 흘끗 올려다보았다. 그곳을 가득 메운 검은 재킷을 입은 남자들은 항상 귀청이 떨어져라 노래를 부르거나 위협적으로 고함을 질렀다. 그런데 그날은 그 일당이 언성을 높이지 않았다. 잠자코 서 있기만 했다.

미라의 남편이자 베어타운 아이스하키단 단장인 페테르 안데르손이 맨 먼저 위험을 감지했다. 그는 득점기록원석으로 달려가 경기 종료를 알리는 버저가 울리자마자 모든 조명을 꺼버렸다. 경비원들이 어둠 속에서 심판들을 밖으로 안내해 차에 태웠다. 그러지 않았다면 무슨 일이 벌어졌을지 어느 누구도 입 아프게 설명할 필요가 없었다.

조용한 협박이 여기서 통하는 이유도 그 때문이다. 이삿짐센터에 연락하는 것만으로도 충분했고 미라도 조만간 그 이유를 깨닫게 될 것이다.

지역구 의회에서 열린 회의는 아직 끝나지 않았지만 베어타운의 몇몇 사람들은 이미 결과를 알고 있다.

의회 건물 앞에서는 국기와 이 지역의 상징을 담은 깃발이 항상 펄럭였다. 회의실에서 그 두 깃발이 보인다. 여름휴가가 시작되기 며칠 전이고 케빈과 그의 가족이 떠난 지 삼 주가 지났다. 그들이 떠남으로써 이 마을의 역사가 바뀌었다. 앞으로 다가올 역사가 아니라 이미 시작된 역사가 바뀌었다. 하지만 그렇다는 걸 아직은 모르는 사람들도 있다.

한 의원이 초조하게 기침을 하고, 어찌어찌하면 단추가 잠길 것도 같았던 시절 이후로 크리스마스 뷔페에 대여섯 번이나 다녀오고도 여전히 재킷 단추를 잠가보려고 용감하게 시도하며 말문을 연다.

“미안하지만 페테르, 의회 자원을 한쪽 하키단에 집중하는 게 우리 지역을 위해 최선이겠다는 결론을 내렸다네. 양쪽에 분산하지 말고 그러니까…… 헤드 하키단에 집중하기로. 자네가 받아들일 수만 있다면 그것이 자네를 비롯해서 모든 사람에게 득이 되는 길일세. 지금의…… 상황을 감안했을 때 말이지.”

베어타운 아이스하키단 단장인 페테르 안데르손은 테이블 맞은편에 앉아 있다. 그가 어떤 식으로 배신을 당했는지 실감이 나자 눈앞이 캄캄해진다. 그는 들릴락 말락 한 목소리로 얘기한다.

“하지만…… 후원사를 찾을 수 있을 때까지 몇 달 동안만 지원을 해주시면 되는데요. 의회에서 은행 대출 보증만 서주시면 되는데요.”

그는 문득 입을 다물고 바보 같은 자신의 태도에 당혹스러워한다. 의원들은 은행 간부들과 이미 얘기를 했을 것이다. 그들은 함께 골프를 치고 엘크 사냥을 하는 이웃이다. 페테르가 회의실로 들어오기 한참 전에 결정은 내려졌다. 의원들은 그에게 만나자고 했을 때 이것이 ‘비공식적인 회의’라는 점을 강조했다.

의전은 없을 것이다. 회의실 의자가 유난히 좁아서 권력을 쥔 사람들은 여러 개씩 자리를 차지하고 앉을 수 있다.

페테르의 전화기가 웅웅거린다. 확인해보니 베어타운 아이스하키단 이사가 이메일로 사직서를 제출했다. 그는 이 자리에서 어떤 이야기가 오갈지 분명 알고 있었고 이미 헤드 아이스하키단을 맡아달라는 제안을 받았을지 모른다. 페테르 혼자 남아서 그 여파를 처리해야 한다.

테이블 맞은편에 앉아 있는 정치인들이 불편한 듯 꼼지락거린다. 그들이 무슨 생각을 하고 있는지 페테르는 알 것 같다. '창피한 몰골 보이지 마. 애원하거나 매달리지 마. 남자답게 받아들여.'

베어타운의 바로 옆은 큼지막한 호수고 마을의 한쪽 면이 이쪽 끝에서 저쪽 끝까지 좁고 긴 호숫가로 이루어져 있다. 겨울이 구 개월이라는 사실을 잊어버릴 수 있을 만큼 포근한 요즘 같은 시기엔 베어타운의 호숫가가 십대들 차지다. 비치볼과 호르몬이 충만한 이 틈바구니에 선글라스를 쓴 열두 살짜리 남자아이가 앉아 있다. 그의 이름은 레오 안데르손이다. 작년까지만 해도 그를 아는 사람이 많지 않았지만 지금은 모두 알고 있고, 시한폭탄 대하듯 그가 있는 쪽을 흘끗거린다. 두어 달 전에 레오의 누나 마야가 케빈에게 성폭행을 당했지만 경찰 측에서 아무것도 입증하지 못했기에 케빈은 풀려났다. 마을은 둘로 나뉘어서 대부분 케빈의 편을 들었고 레오의 가족을 여기서 내쫓으려고 할 정도로 증오가 증폭됐다. 그들은 '나쁜 년'이라고 적힌 돌멩이를 누나의 창문에 던졌고, 학교에서 그녀를 괴롭혔고, 아이스링크에서 회의를 열어 그녀를 처단하고 레오의 아버지를 베어타운 아이스하키단 단장직에서 해고하려고 했다.

마야와 같은 나이고 사건 당시 그 집에 있었던 증인이 등장했다. 그래도 달라지는 건 없었다. 경찰 측에서는 아무런 조치도 취하지 않았고 마을은 침묵했고 어른들은 마야를 도우러 나서지 않았다. 그로부터 얼마 지나지 않은 어느 날 밤에 무슨 일인가가 벌어졌다. 무슨 일인지 정확하게 아는 사람은 없지만 갑자기 케빈이 바깥출입을 하지 않았다. 그가 정신병에 걸렸다는 소문이 번지는가 싶더니 삼 주 전 어느 날 아침, 그와 그의 가족이 아무 소리 없이 마을을 떠났다.

레오는 이제 모든 게 잘 풀리겠거니 생각했다. 하지만 오히려 더 나빠졌다. 레오는 열두 살이고 올해 여름에 사람들은 항상 복잡한 진실보다 단순한 거짓을 선택하게 되어 있다는 사실을 깨달았다. 거짓에는 비교를 불허하는 장점이 있다. 진실은 현실에서 벗어날 수 없는 반면 거짓은 쉽게 믿을 수만 있으면 된다.

봄에 열린 그 회의에서 투표 결과 페테르 안데르손의 잔류가 아주 근소한 차이로 결정되자 케빈의 아버지는 아들의 소속 팀을 당장 베어타운에서 헤드로 바꿨다. 코치와 후원사와 청소년팀의 우수한 선수들을 거의 모두 설득해 함께 데려갔다. 삼 주 전에 케빈의 가족이 느닷없이 마을을 떠나자 모든 게 또다시 뒤집어졌지만 묘하게도 달라진 건 아무것도 없었다.

레오가 뭘 기대했을까? 모든 사람이 문득 케빈의 유죄를 깨닫고 사과할 거라고? 후원사와 선수들이 고개를 숙이고 베어타운으로 돌아올 거라고? 그럴 일은 없었다. 이곳에서 아무도 고개를 숙이지 않는 이유는 단순하다. 우리가 저지르는 끔찍한 잘못은 대부분 틀렸다는 걸 인정하지 않는 데서 비롯되기 때문이다. 뒤로 물러날수록 실수는 더 커지고 결과는 더 끔찍해지며 자존심에 더 엄청난 금이 가기 때문이다. 그래서 아무도 고개를 숙이지 않는다. 돈과 권력이 있는 베어타운의 주민들이 갑자기 다른 전략을 선택했다. 예전에 에르달 가족과 가까운 사이였다는 걸 부인하기 시작했다. 처음에는 아주 조용히, 그러다 점점 확신을 실어서 중얼거리기 시작했다. "그 집 아들은 예전부터 조금 특이했다"라는 둥, "아빠가 아들에게 너무 부담감을 주었다는 걸 누가 봐도 알 수 있을 거"라는 둥. 그러더니 섬뜩하게 이런 식으로 바뀌었다. "그 가족 전체가 애초부터…… 뭐랄까…… 우리하고 달랐잖아. 그 아버지도 원래는 여기 출신이 아니라 외지인이었어."

케빈이 헤드 하키단으로 소속을 옮겼을 때는 다들 케빈을 가리켜 '악의적인 혐의의 피해자'고 '마녀 사냥의 희생양'이라고 했는데 이제는 달라졌다. 후원사와 선수들이 헤드로 옮긴 이유가 그를 따라간 게 아니라 그와 '거리를 두기 위해서'라고 했다. 그의 이름이 헤드의 등록선수 명단에서는 지워졌지만 베어타운의 명단에는 남아 있다. 그렇게 해서 모두들 가해자, 피해자 양쪽 모두와 거리를 둘 수 있게 되었고, 이제 케빈의 예전 친구들은 케빈을 '사이코'라고 부를 수 있게 된 반면 마야는 계속 '나쁜 년'이다. 거짓은 간단하고 진실은 어렵다.

워낙 많은 사람이 베어타운 아이스하키단을 '케빈네 팀'이라고 지칭하기 시작하자 헤드는 자동적으로 그 반대인 듯 느껴지기 시작했다. 선수 부모들은 지역구 의원들에게 '책임감'과 '불안감'을 운운하는 이메일을 보냈다. 사람들이 위협을 느끼면 예언과 맞아떨어지는 사건들이 한 번에 하나씩 소소하게 터지게 되어 있다. 어느 날 밤에는 누군가가 베어타운 외곽의 표지판에 '강간범들!!!'이라고 적어놓았다. 이삼 일 뒤에는 여름 캠프에서 만난 헤드의 아이들이 베어타운의 아이들을 향해 "베어타운 강간범!"이라며 노래를 부르다 심한 몸싸움을 벌이는 바람에 양쪽 마을의 열여덟 살짜리들이 귀가 조치를 당했다.

레오는 오늘 호숫가에 앉아 있고, 케빈의 예전 친구이자 덩치가 크고 힘이 센 열여덟 살짜리들이 십오 미터 거리를 두고 앉아 있다. 그들은 이제 헤드 하키단을 상징하는 빨간 모자를 쓰고 있다. 마야가 "당해도 싼 아이"라고, "똥 묻은 막대로나마 그 갈보를 건드리고 싶은 사람이 없을 테니" 케빈은 누가 봐도 무죄라고 인터넷에 글을 올렸던 친구들이다. 마야가 언제 자길 뭘로라도 건드려달라고 한 적이 있었던가. 그랬던 그들이 이제는 케빈과 가깝게 지낸 적이 없다고 주장했고 그의 이름이 베어타운과 결부돼서 그들과 완전히 분리될 때까지 똑같은 거짓말을 반복할 것이다. 이야기가 어떤 식으로 왜곡되건 영웅은 항상 그들이 되어야 하기 때문이다. 그들이 항상 이겨야 하기 때문이다.

레오는 그들 대부분보다 여섯 살 어리고 훨씬 체구가 작고 훨씬 힘이 약하지만, 레오의 친구들이 "뭔가 조치를 취해야 한다"라며 옆구리를 찌르기 시작했다. 그 나쁜 놈들 중 한 명이라도 "처단해야 된다"라고 한다. 그가 "남자답게" 나서야 된다고 한다. 열두 살짜리에게 남자답게 군다는 것은 복잡한 의미를 내포하고 있다. 사실 모든 연령대에서 그렇긴 하지만.

잠시 후에 소음이 들린다. 여기저기서 수건을 내려다본다. 호숫가 전역의 휴대전화들이 진동하기 시작한다. 한두 개에서 시작돼 일제히 웅웅거리자 눈에 보이지 않는 관현악단이 모든 악기를 동시에 조율하는 소리처럼 뭉뚱그려진다.

소식이 전해진다.

베어타운 아이스하키단이 없어진다는 소식이다.

"그깟 스포츠클럽 가지고 뭘 그래, 그보다 더 중요한 일들도 많은걸." 스포츠가 단순한 숫자 놀음이라고 생각하는 사람이라면 이런 식으로 쉽게 얘기할 수 있을지 모른다. 하지만 스포츠는 절대 숫자 놀음이 아니고 세상에서 가장 간단한 질문을 생각해보았을 때에야 비로소 이해할 수 있다. 아이들에게 하키는 어떤 느낌일까? 어렵지 않게 대답할 수 있는 질문이다. 사랑에 빠져본 사람이라면 알 수 있는 바로 그 느낌이다.

땀으로 범벅이 된 열여섯 살짜리가 베어타운 외곽의 길을 달리고 있다. 그의 이름은 아맛이다. 숲속의 자동차 정비소에서는 먼지를 뒤집어쓴 열여덟 살짜리가 아버지를 도와서 공구를 챙기고 타이어를 쌓고 있다. 그의 이름은 보보다. 어느 집 마당에서는 네 살 반짜리가 테라스에서 벽돌담을 향해 퍽을 날리고 있다. 그녀의 이름은 알리시아다.

아맛은 하키 실력을 키워서 언젠가 어머니와 함께 이곳에서 탈출할 수 있길 소망한다. 그에게 스포츠는 미래다. 보보는 맡은 일을 모두 내려놓고 한 시즌 더 재미있게 뛸 수 있기만을 바란다. 그 이후에는 아버지와 똑같은 일상이 기다리고 있다는 것을 알기 때문이다. 보보에게 스포츠는 놀 수 있는 마지막 기회다.

알리시아에게는? 테라스에서 퍽을 날리고 있는 네 살 반짜리 소녀에게는? 사랑에 빠져본 사람이라면 알겠지만 그녀에게는 스포츠가 그 느낌이다.

휴대전화가 울린다. 마을이 동작을 멈춘다. 희소식보다 더 빨리 번지는 건 없다.

열여섯 살의 아맛은 길 위에서 달리기를 멈춘다. 두 손으로 무릎을 짚고 심장을 무겁게 짓누르는 가슴을 달랜다. *탕-탕-탕-탕-탕.* 열여덟 살의 보보는 차를 또 한 대 작업장으로 옮겨서 움푹 들어간 부분을 펴기 시작한다. *탕-탕-탕.* 네 살 반의 알리시아는 마당의 테라스에 선다. 장갑은 너무 크고 스틱은 너무 길지만 그래도 있는 힘껏 벽을 향해 퍽을 날린다. *탕!*

그들의 고향은 거대한 숲속의 조그만 마을이다. 주변의 많은 어른들이 일자리를 찾기가 점점 어려워지고 겨울이 점점 끔찍해지고 있다고, 숲은 점점 빽빽해지고 집은 점점 줄고 있다고, 천연자원은 시골에 있을지 몰라도 돈은 전부 빌어먹을 대도시로 흘러들어간다고 얘기한다. "곰들은 숲에다 똥을 싸고 다른 모든 이들은 베어타운에 똥을 싸기 때문이야." 아이들은 쉽게 하키와 사랑에 빠진다. 하키를 하는 동안에는 생각할 겨를이 없기 때문이다. 기억상실이 스포츠의 가장 큰 장점 가운데 하나다.

하지만 이제 문자가 도착한다. 아맛은 달리기를 멈추고 보보는 망치를 놓고 조만간 누군가가 네 살 반짜리에게 하키단이 '해체된다'는 게 무슨 뜻인지 설명해야 할 것이다. 그냥 스포츠클럽이 붕괴되는 거라고 설명해야 할 것이다. 하지만 스포츠클럽은 붕괴되지 않는다. 그냥 없어질 뿐이다. 붕괴되는 건 사람들이다.

펠센 술집의 손님들은 "파리들이 감기 걸리지 않게" 문을 닫아야 한다고 입버릇처럼 얘기한다. 그들이 입버릇처럼 하는 얘기들은 또 있다. "하키에 대해서 할 말이 있다고? 양손을 뒷주머니에 넣어도 자기 궁둥이가 어디 있는지 모르는 자네가?" "전술에 대해서 얘기하고 싶다고? 인조 잔디 위로 올라간 젖소보다 더 천지 분간을 못하는 자네가?" "수비가 다음 시즌에는 좀 더 좋아질 것 같다고? 차라리 내 다리에 오줌을 누고 비가 오는 거라고 하는 게 더 믿음직하겠네!" 하지만 오늘은 아무도 옥신각신하지 않고 모든 게 고요하다. 견딜 수 없을 정도로 그렇다. 라모나는 마지막으로 모든 잔에 위스키를 따른다. 일흔 살이거나 어쩌면 그보다 더 됐을지 모르는 다섯 명의 삼촌들이 습관적으로 잔을 들어서 건배한다. 다섯 개의 빈 잔이 바 카운터를 때린다. *탕. 탕. 탕. 탕. 탕.* 삼촌들은 일어나 각자의 방향으로 흩어진다. 내일 그들이 서로 연락할까? 무슨 일로? 하키단이 없어지면 도대체 뭘 두고 옥신각신할 수 있을까?

조그만 마을에서는 쉬쉬하는 일들이 많지만 열두 살짜리에게 비밀은 없다. 그 나이 때는 인터넷의 어느 사이트를 뒤지면 되는지 알기 때문이다. 레오는 모든 글을 읽었다. 지금 그는 더운 날씨에도 불구하고 긴팔 윗도리를 입고 있다. 햇볕에 너무 심하게 타서 그렇다고 둘러대지만 사실은 손으로 긁은 자국을 들키고 싶지 않아서다. 살갗 밑에서 근질거리는 증오심 때문에 밤마다 몸을 긁지 않고서는 배길 수

가 없다. 그는 한 번도 싸움을 벌인 적이 없다. 심지어 하키를 두고서도 그렇다. 아빠처럼 폭력 본능이 없기 때문에 그런 걸까? 하지만 이제는 누군가가 싸움을 걸어주었으면 좋겠다. 실수로 그와 부딪치든지 해서 가장 가까이 있는 묵직한 물건으로 상대방의 얼굴을 박살 낼 핑곗거리를 제공해주었으면 좋겠다.

"형제자매는 서로 보살펴야 하는 거야." 자라나는 아이들에게는 모두들 그렇게 얘기한다. "다투지 마! 싸우지 마! 형제자매는 서로 보살펴야 하는 거야!" 레오와 마야에게는 원래 형 또는 오빠가 있었는데, 그라면 그들을 보호할 수 있었을지 모른다. 그의 이름은 이삭이었고 그들이 태어나기 전에 죽었다. 레오는 사인을 들었을 때 신의 존재를 믿을 수 없게 됐다. 레오는 이삭이 실제로 있었던 인물이라는 것을 거의 의식하지 못하고 지내다 일곱 살 때 이삭이 부모님과 함께 찍은 사진이 담긴 앨범을 발견했다. 사진 속의 그들은 많이 웃었다. 서로 으스러져라 끌어안았고 서로 무한정 사랑했다. 존재하지도 않은 이삭은 그날 레오에게 감당할 수 없을 만큼 많은 것을 가르쳤다. 사랑만으로는 충분하지 않다는 것을 가르쳤다. 일곱 살짜리가 배우기에는 끔찍한 교훈이었다. 아니 모든 연령대가 마찬가지였다.

그는 이제 열두 살이고 남자가 되려 하고 있다. 그게 무슨 뜻인지는 몰라도 그렇다. 그는 밤마다 살갗이 벗겨지도록 긁지 않으려고, 이불 밑에서 몸을 동그랗게 말고 숨을 죽이고서 흐느끼려고, 아무도 모르게 증오심을 불태우려고 애를 쓴다. 그의 관자놀이를 끊임없이 두드리는 생각을 잠재우려고 애를 쓴다. 형제자매는 서로 보살펴야 하는데 그는 누나를 보호하지 못했다.

그는 누나를 보호하지 못했다 그는 누나를 보호하지 못했다 그는 누나를 보호하지 못했다.

간밤에 그는 기다랗게 상처가 나서 피가 배어나올 때까지 가슴과 배를 긁었다. 그날 아침에 그는 거울에 비친 상처를 보며 심장으로 연결되는 도화선 같다는 생각을 했다. 그 도화선이 안에서 타고 있는지 궁금하다. 그리고 얼마나 남았는지도.

4
여자들이 항상 말썽이다

예전 세대는 특히 베어타운과 헤드가 하키 시합을 앞두고 있었을 때 두 마을을 가리켜 '곰과 황소'라고 불렀다. 이제는 오래전 얘기고 헤드가 그전부터 운동복에 황소를 상징으로 그렸는지 아니면 그런 별명으로 불린 다음부터 달았는지 아는 사람은 없다. 헤드가 좀 더 뻥 뚫린 시골이었기 때문에 당시에 가축이 많았고 그래서 산업 붐이 일었을 때 거기다 더 쉽게 공장을 지을 수 있었다. 베어타운 사람들이 성실하기로 유명했지만 숲이 더 빽빽했기 때문에 남쪽으로 이웃한 마을에 돈이 몰렸다. 예전 세대는 비유하는 뜻에서, 한쪽이 권력을 독차지하지 않도록 균형을 도모해야 한다는 뜻에서 곰과 황소 간의 싸움을 운운했다. 양쪽 마을 모두 일거리와 자원이 넉넉했던 그 당시에는 지금과 상황이 달랐을지 모른다. 하지만 폭력을 통제할 수 있다는 발상은 환상에 불과하기에 지금은 그러기가 더 힘들어졌다.

마야는 아나의 집에 있다. 문자가 날아들기 이전의 몇 분 안 되는 평화롭고 고요한 시간, 케빈이 마을을 떠나고 모든 지옥문이 다시금 열리기 전까지 남은 마지막 순간이다. 삼 주 동안 사람들이 마야의 존재를 거의 잊은 듯이 느껴졌다. 환상적인 삼 주였다. 그 시간이 조만간 끝나려고 하고 있다.

아나는 총기 보관함이 잠겨 있는지 확인한 다음 열쇠를 들고 와서 무기에 장전이 되어 있지 않은지 확인한다. 마야에게는 "청소하려고" 그러는 거라고 거짓말을 하지만 마야는 아빠가 다시 술을 마시기 시작할 때만 그녀가 그런다는 걸 안다. 사냥꾼의 알코올중독증이 선을 넘었을 때 나타나는 마지막 징후가 보관함 잠그는 걸 깜빡하거나 장전된 총을 그대로 넣는 것이다. 아나가 어렸을 때, 엄마가 막 집을 나갔을 때 딱 한 번 벌어진 일이었지만 그 뒤로 아나는 계속 긴장을 늦추지 않는다.

마야는 가슴에 기타를 얹고 바닥에 누워서 모르는 척한다. 아나는 알코올중독자의 딸이라는 짐을 짊어지고 있고 그건 외로운 싸움이다.

"야, 바보야." 한참 만에 아나가 부른다.

"응. 왜, 등신아." 마야는 미소를 짓는다.

"기타를 치거라." 아나가 요구한다.

"나한테 이래라 저래라 하지 마. 나는 네 음악 노예가 아니야." 마야는 키득거린다.

아나는 씩 웃는다. 그런 식의 우정은 인위적으로 키울 수 있는 게 아니라 황야에서만 자란다.

"응?"

"네가 배워서 쳐, 이 게으름뱅이야."

"그럴 필요가 없지, 이 바보야. 나는 총을 들고 있잖아. 기타 쳐, 안 그러면 쏠 테다!"

마야는 깔깔대고 웃는다. 그들은 그러기로 서로 약속했다. 여름이 되면 이 바보 같은 마을의 남자들에게 웃음을 빼앗기지 않기로 했다.

"하지만 축축 처지는 곡은 안 돼!" 아나는 덧붙인다.

"웃기시네! 그 요란하게 삑삑대는 바보 같은 노래는 컴퓨터로 들으면 되잖아." 마야는 키득거리며 얘기한다.

아나는 눈을 부라린다.

"좋아, 나는 계속 총을 들고 있지! 네가 좋아하는 쓰레기 같은 곡을 치면 내 머리를 쏠 테고 그럼 그건 사실상 네 잘못이 될 거야!"

둘은 깔깔대고 웃는다. 그리고 마야는 그녀가 아는 것 중에서 가장 밝은 노래들을 연주한다. 아나가 듣기에는 전혀 밝지 않다. 하지만 이번 여름에는 까다롭게 굴지 않기로 한다.

휴대전화에서 두 번 들리는 짧은 진동 소리가 그들을 방해한다. 그러고 나서 두 번, 그리고 또 두 번 같은 소리가 이어진다.

하키단 단장 일은 그냥 평범한 정규직이 아니다. 투잡을 넘어서 스리잡이다. 페테르의 아내 미라는 짜증을 감추고 싶지 않을 때면 이렇게 얘기한다. "당신은 마누라가 둘이야. 하나는 하키, 하나는 나." 그중 한쪽은 이혼으로 끝났다고 덧붙이지 않는다. 그럴 필요가 없다.

회의실에 모인 지역구 의원들은 "그냥 스포츠 얘기"를 했다고 대수롭지 않게 간주할 것이다. 페테르가 지금까지 믿어보려고 했던 가장 큰 거짓말이 하키와 정치는 별개라는 것이다. 그 둘은 항상 서로 얽혀 있다. 하지만 정치가 우리 쪽에 득이 되면 '협력'이 되고 저쪽에 득이 되면 '부패'가 된다. 페테르는 창밖을 내다본다. 의회 건물 앞에 항상 깃발이 걸려 있기 때문에 이 안의 개자식들은 바람이 어느 쪽으로 부는지 알 수 있다.

"의회에서는…… 우리는…… 세계 스키 선수권 대회 유치를 신청하기로 결정을 내렸다네. 베어타운과 헤드에서 공동 유치하자고." 한 의원이 얘기한다.

그는 권위적인 분위기를 풍기려고 애를 쓰고 있지만 재킷 주머니에 묻은 머핀 부스러기를 주우면서 그런 분위기를 풍기기는 어렵다. 모르는 사람이 없다시피 그는 몇 년 전부터 콘퍼런스 호텔 건설 자금을 마련하려 하고 있고 세계 선수권 대회를 유치하면 기회가 생길 것이다. 공교롭게도 이 의원의 처남이 스키협회에 몸담고 있고 아내가 미니바와 온천이 없으면 생존이 불가능한 대도시의 돈 많은 사업가들에게 숲속 사냥 여행과 '서바이벌 코스'를 추천하는 사업체를 운영 중이다. 다른 의원이 덧붙인다.

"우리 지역의 이미지도 생각을 해야 하거든, 페테르. 납세자들이 우려하고 있어. 이런 부정적인 평판이 불안감을 야기하고……."

그는 불안감이 문제인 양 얘기한다. 그 문제가 문제인 양 얘기하지 않는다. 그가 페테르에게 커피를 따라준다. 다른 사람 같았으면 벽에다 커피 잔을 집어던졌을 수도 있지만 페테르에게는 폭력 본능이 없다. 그는 선수 시절에도 빙판 위에서 몸싸움을 벌여본 적이 없다. 이들은 그걸 두고 뒤에서 그를 비웃어왔지만 이제 더는 숨어서 그럴 필요가 없다.

그들은 페테르의 약점이 의리라는 것을, 그가 고향에 진 빚이 있다고 생각하는 것을 안다. 이 마을의 하키는 그에게 모든 것을 선물했고 그걸 곧잘 짚고 넘어간다. 아이스링크 탈의실에 걸린 포스터에는 이렇게 적혀 있다. '받은 게 많은 사람은 기대되는 것도 많은 법이다.'

'있는 그대로 얘기하는' 성격이라는 데 자부심을 느끼는 다른 의원이 얘기한다.

"베어타운은 청소년팀도 없고 제대로 된 A팀도 없잖은가! 가장 우수한 선수들과 대부분의 후원자들이 헤드로 넘어갔고. 우리도 납세자를 감안해야 하는 입장이란 말이지!"

일 년 전에 이 지역 신문이 바로 이 의원에게 거금이 드는 새로운 경기장 건설 자금을 어떤 식으로 조달할 계획이냐고 결정적인 질문을 던진 적이 있었다. 그는 일말의 망설임도 없이 대답했다. "베어타운의 납세자들이 원하는 게 뭔지 아십니까? 하키 관람이에요!" 어떤 사안이 됐건 납세자들은 뒤집어씌우기 쉬운 존재다.

돈을 받아서 챙기는 사람들은 같고 장소만 헤드로 바뀔 뿐이다. 페테르는 항의하고 싶지만 차마 그러지 못한다. 의회의 스포츠 지원에는 항상 '뇌물'이 따른다. 노골적인 '뇌물'뿐 아니라 '대여료'와 '보조금' 명목으로 챙기는 돈도 있다. 부지가 의회 소유인데도 불구하고 의회에서 아이스링크 앞 주차장을 '임대했다'고 할 때가 그런 경우다. 매주 수요일 오후 두시부터 다섯시까지 스케이트를 타고 싶어서 안달이 난 '시민들'을 위해 의회에서 '시민들이 이용할 수 있도록 아이스링크를 임대했다'고 할 때도 마찬가지다. 언젠가 하키단 이사가 이 지역 부동산업체의 이사를 겸임하게 되자 그 업체를 통해 열리지도 않은 하키 경기의 '후원사 패키지'를 고가에 구입한 적이 있었다. 페테르도 아는 일이었다. 그 이전의 하키단 경영진도 항상 부패 조직이었다. 페테르는 처음에는 항의했지만 결국에는 '게임의 규칙'이라고 받아들이는 수밖에 없었다. 소도시에서 스포츠는 지역 의회의 후원 없이는 명맥을 유지할 수 없다. 의원들도 그가 어느 정도 아는지 알기 때문에 이제 와서 부패를 문제 삼을 수는 없다.

———

그들은 그의 하키단을 정리할 생각이다. 이제 그의 입을 확실하게 봉쇄하러 나섰을 뿐이다.

———

체격이 좋은 열여덟 살짜리들이 쓰고 있는 빨간 모자에는 돌진하는 황소 로고가 그려져 있다. 그들은 감히 막아설 사람이 있겠느냐는 듯이 호숫가에서 점점 영역을 넓히고 있다. 그들을 향한 레오의 증오심에는 한계가 없다.

케빈이 마을을 떠나자 얘기가 달라졌지만 그의 예전 친구들은 새로운 진실에 금세 적응했다. 그들에게는 새로운 리더만 있으면 됐다. 1라인에서 포워드를 맡았고 케빈과 한동네에서 살기도 했던 빌리암 뤼트가 손을 들고 나서 그들이 갈망하던 설명을 제시했다. 그는 부모님이 몇 달 동안 식탁 앞에서 수없이 반복한 얘기를 들었다. "우리가 피해자야. 결승전 승리를 도둑맞았잖아. 케빈만 있었다면 우리가 우승했을 텐데! 그런데 페테르 안데르손이 정치를 끌어들였어! 그러고는 그 사이코한테 그 아이가 성폭행당한 걸 우리 탓으로 돌리려고 하고 있어. 우리는 아무 짓도 한 적이 없는데! 이유가 뭔지 알아? 페테르 안데르손은 예전부터 우리를 싫어했거든. 그가 예전에 NHL에서 프로 선수로 활약한 적이 있기 때문에 다들 그가 하는 말을 귀담아듣는 거야. 그런 전적이 있으면 그가 도덕적으로 우월한 존재라도 되는 듯이. 하지만 걔가 페테르의 딸이 아니었더라도 케빈이 결승전에서 뛰지 못했을까? 다른 집 아이가 성폭행을 당했더라도 페테르가 결승전이 열리는 날 케빈을 경찰에 신고했을까? 페테르는 위선자야! 케빈은 핑계일 뿐이고 페테르는 하이츠에 사는 아이들이 베어타운 하키팀에서 뛰는 걸 원치 않아. 왜냐고? 부잣집 아이들은 페테르 안데르손을 위대한 구원자로 떠받드는 신화에 어울리지 않거든!"

빌리암의 부모가 한 얘기가 그의 입을 통해 고스란히 재현된다. 매 시즌마다 그의 엄마 마간 뤼트는 하키단에서 홍보를 할 때는 가난한 집 아이들을 전면에 내세우면서 돈이 필요하면 하이츠의 부모들에게 손을 벌린다며 짜증을 낸다. "언제쯤이면 사람들이 페테르 안데르손의 사회 실험 비용을 부담하는 데 진저리를 낼까요?" 그녀는 지난봄에 하키단에서 네 살과 다섯 살 여자아이들을 데리고 하키 스쿨을 시작한다고 하자 아무나 붙잡고 이렇게 투덜거렸다.

"여자 하키단을 만들겠다잖아!" 빌리암은 호숫가에서 목청껏 외친다.

그의 말이 먹히는 이유는 쉽게 이해할 수 있기 때문이다. 그의 팀원들은 성폭행 사건 이후로 공격과 오해에 시달리는 기분이다. 이 때문에 페테르 안데르손이 그들을 싫어했다는 얘길 듣고 다행스러워한다. 그가 먼저 시작했다는 확신만큼 그를 미워하기에 좋은 이유도 없기 때문이다.

페테르는 테이블을 둘러본다. '남자답게 받아들여'라고 하지만 그들 눈에 그가 어떻게 보이는지 이제는 잘 모르겠다. 베어타운 하키단이 키운 아이? 이십 년 전에 죽어가던 오지의 하키팀을 전국 2위까지 끌어올린 주장? 아니면 NHL 프로 선수? 그는 고향으로 돌아와서 가장 밑바닥 리그로 추락한 하키단의 단장을 맡았고 온갖 역경을 딛고 전국 최강의 청소년팀을 설립해 조그만 하키단을 다시 크게 키웠다. 그가 그중 하나로 보일까?

아니면 이제는 그냥 평범한 아빠일까? 성폭행을 당한 아이가 그녀의 딸이지 않은가. 삼월의 그날 아침에 딸과 함께 경찰서에 간 사람이 그였다. 청소년팀이 일생일대의 가장 큰 경기를 앞두고 출발하려는 찰나 출동한 경찰이 스타 선수를 끌어내렸을 때 아이스링크 앞 주차장에서 그 광경을 지켜본 사람도 그였다. 그는 이 자리에 참석한 남자들이 뭐라고 생각하는지, 온 마을의 남자들이 뭐라고 생각하는지 안다. '만약 내 딸이었으면 그런 짓을 저지른 자식을 내 손으로 죽였을 거야.' 페테르는 매일 밤마다 그런 남자로 태어났으면 얼마나 좋았을까 생각한다. 그런 폭력 본능을 갖춘 남자로 태어났으면. 하지만 그는 커피 잔을 받아 든다. 남자답게 구는 건 나이에 상관없이 항상 어려운 일이기 때문이다.

한 의원이 동정과 잘난 체를 넘나드는 말투로 설명을 시작한다.

"이제는 팀 플레이어가 되어야 하네, 페테르. 우리는 모든 지역구민에게 가장 득이 되는 길을 도모해야 하거든. 세계 스키 선수권 대회를 유치하려면 좋은 이미지가 필수지. 헤드에 새 경기장을 건설하고 하키 스쿨을 설립하고……."

페테르는 나머지 부분을 들을 필요가 없다. 예전에도 들었던 미래의 청사진이고 그걸 작성하는 자리에 그도 있었다. 먼저 아이스링크와 하키 스쿨, 그다음은 쇼핑센터와 좀 더 번듯한 고속도로 연결망. 콘퍼런스 호텔과 텔레비전으로 중계되는 스키 대회. 그다음은 뭐가 될까? 비행장? 스포츠는 스포츠일 뿐이지만 관심 없던 사람도 거기서 얻을 게 생기면 스포츠는 경제가 된다. 하키단이 온 지역구의 구세주가 될 테고 그 사실은 변함이 없다. 다만 페테르의 하키단이 아닐 뿐이다.

적어도 두세 시간 동안 뇌를 휴가 보냈던 다른 사람이 두 팔을 벌린다.

"맞아, 우리도 아주 안타깝게 생각하네. 그 상황…… 자네 딸하고 관련된 그 상황 말이지."

그들은 그렇게 얘기한다. '자네 딸'이라고. 절대 '마야'라고 그녀의 이름을 부르지 않는다. 그래야 그들이 그에게 묻고 싶어 하는 바를 넌지시 전할 수 있기 때문이다. 다른 집 아이였다면 페테르는 케빈을 결승전에 출전시켰을까? 의원들은 그걸 '그 상황'이라고 표현하지만 의회에서 고용한 홍보업체에서는 '추문'이라고 표현한다. 여자아이가 성폭행을 당했다는 사실이 아니라 널리 알려지고 말았다는 게 문제이기라도 한 듯이. 홍보업체에서는 "그와 유사한 추문이 마을 이미지에 부정적인 영향을 미친 사례가 있다"라고 설명했다. 여기서는 그럴 일이 없을 것이다. 베어타운 아이스하키단을 묻으면 추문을 가장 손쉽게 묻을 수 있다. 그런 다음 너도나도 나서서 '여러 가지 조치'를 운운하며 '좀 더 나은 윤리 의식과 책임감'을 갖춘 좀 더 규모가 큰 하키단을 헤드에 만드는 중이라고 강조하면 된다. 그걸 만드는 사람은 똑같지 않냐는 고민은 할 필요가 없다.

"우라질 기자들이 얼마나 전화를 해대는지 몰라, 페테르! 주민들이 불안해하고 있어! 의회에서 분위기를 바꿔야 하네!"

기자들이 페테르의 가족에게는 전화를 해대지 않는다는 걸까? 그도 마야도 기자에게 응대한 적이 없다. 그들은 모든 걸 제대로 처리했고 조용히 지냈지만 그런다고 달라지는 건 없다. 그만큼 조용히 지내는 정도로는 부족했던 것이다.

빌리암이 여름 동안 페테르 안데르손을 향한 증오심이라는 깃발 아래 예전 팀원들을 헤드 하키단으로 집결시키는 데 매진했다면 다른 곳에서는 다른 논의가 이루어졌다. 빌리암 뤼트의 아버지는 골프단 이사로서 은행 간부와 지역구 의원들과 함께 골프를 치러 다니는 사이고 돈이 있는 사람들과 친분이 있거니와 '자기 생각을 스스럼없이 밝히는' 성격이기에 인기가 많다. 세계 스키 선수권 대회를 유치하는 데 입찰하려면 의회 측에서는 재계의 후원이 필요한데, 재계에서는 한 가지 의미심장한 조건을 내걸었다. 하키단이 두 개가 아니라 하나라야 한다는 것이었다. 그들은 '책임감 있는 경제'가 걸린 문제라고 한다. 그러면서 '책임감 있는'을 강조한다.

그리하여 세례 요한 축일을 며칠 앞둔 호숫가에서 모든 청년의 휴대전화가 일제히 울린다. 호숫가에 정적이 흐른 것도 잠시, 근육질의 열여덟 살짜리들이 요란하게 심술 섞인 폭소를 터뜨린다. 그중에서도 빌리암 뤼트의 웃음소리가 가장 크다. 그는 나무 위로 올라가서 헤드 하키단을 상징하는 빨간 깃발을 두 개 매단다. 깃발이 바람에 나부끼자 베어타운을 상징하는 초록색 나뭇잎들이 피가 흐르는 상처로 덮인 것처럼 보인다.

그의 팀원들은 나무 아래에 반원 모양으로 모여서 시빗거리가 생기길 기다린다. 하지만 그들은 너무 덩치가 크고 너무 힘이 세고 호숫가의 모든 아이가 같은 학교에 다니기 때문에 아무도 감히 시비를 걸지 못한다. 그 뒤로 호숫가는 뤼트의 차지가 된다. 모든 세상 사람들이 나뉘는 방식이 여기에도 적용된다. 무슨 얘기를 하면 주변에서 귀를 기울이는 사람과 그렇지 않은 사람으로 나뉜다.

그리고 그들을 보며 이를 갈지만 어쩔 도리가 없는 호숫가의 십대들은, 베어타운 하키를 사랑하지만 빌리암 뤼트 일당을 처단할 수 있을 만큼 힘이 세지 않은 호숫가의 십대들은 분풀이를 할 만한 다른 상대를 찾아야 한다. 그보다 약한 상대를 찾아야 한다.

———

마야와 아나는 누가 보냈는지 모를 맨 처음 문자를 읽고 휴대전화를 꺼버린다. "이건 네 책임이야." "하키단이 없어지면 너도 없어질 줄 알아라, 이 걸레야!" "너희 아빠도 죽여줄게!" 아나와 마야는 지금 무슨 일이 벌어지고 있는지, 누가 증오와 협박의 표적이 될지 안다.

마야는 화장실로 가서 구역질을 한다. 아나는 화장실 앞 복도에 앉아서 기다린다. 그녀는 성폭행 피해자 단체에서는 그들을 '생존자'로 표현한다는 기사를 읽은 적이 있다. 왜냐하면 날마다 그래야 하기 때문이다. 그들에게 주어진 시련을 몇 번이고 딛고 이겨내야 하기 때문이다. 아나는 다른 사람들, 그런 일이 벌어지도록 방치한 사람들을 표현하는 용어가 있는지 궁금해진다. 한 남자아이의 행동에 대다수가 일말의 책임이 있다는 사실을 인정하기 싫어서 다들 벌써부터 서로의 세상을 무너뜨릴 준비를 하고 있다. 부인하는 쪽이, '별개의 사건'이라고 자기 자신을 설득하는 쪽이 훨씬 쉽기 때문이다. 아나는 단짝친구에게 그런 짓을 저지른 케빈을 죽이는 상상을 하지만 지금까지도 마야를 괴롭히는 이 마을 전체를 박살 내는 상상을 더 자주 한다.

그 바보들은 베어타운 아이스하키단이 없어진 이유가 케빈 때문이 아니라 '그 추문' 때문이라고 할 것이다. 그들이 보기에 중요한 건 케빈이 누군가를 성폭행했다는 사실이 아니라 마야가 성폭행을 당했다는 사실이다. 그녀가 없었다면 그런 일도 없었을 것이다. 남자들의 세상에서는 여자들이 항상 말썽이다.

마야와 아나는 배낭을 짊어지고 어디로 가는지도 모르는 채 밖으로 나서 숲으로 향한다. 어디든 여기보다는 나을 것이다. 아나는 소총을 챙기지 않는다. 그랬던 걸 나중에 후회하게 될 것이다.

레오는 어두워지기 시작할 때까지 기다린다. 그는 호숫가에 인적이 끊길 때까지 숲가에 혼자 숨어 있는다. 그런 다음 다시 호숫가로 돌아가 나무 위로 올라가서 빨간색 깃발에 불을 지른다. 불길이 거기 적힌 글자를 삼키고 헤드 하키단 로고가 불타는 광경을 촬영한다. 그런 다음 모든 학생이 접속하는 사이트에 익명으로 영상을 올린다.

사람들은 이해 여름에 폭력 사태가 베어타운을 강타했다고 얘기하겠지만 그건 거짓말이 될 것이다. 폭력의 조짐은 그전부터 있었다. 사람들은 서로에게 좌우되는 삶을 살고 있고 그렇기 때문에 사실상 서로 용서가 되지 않는다.

5

인간은 저마다 백 가지로 다르지만

웃통을 벗은 청년이 배낭을 메고 혼자 숲속을 걸어가고 있다. 팔에 곰 문신이 새겨져 있다. 잘 차려입은 변호사가 사무실에 앉아 있다. 그녀의 책상에는 가족사진이 놓여 있다. 그녀는 영문도 모르는 채 다른 이삿짐센터 직원의 전화를 받고 있다. 같은 시각, 글러브박스에 명단을 실은 낯선 지프차 운전자가 대로를 따라 달리고 있다.

그들의 휴대전화가 울린다. 페테르 안데르손이 아직 회의실을 나서지도 않았지만 의원들이 베어타운 아이스하키단이 해체된다는 소식을 이미 흘렸다. 그들은 홍보업체에 비싼 돈을 줘가며 그런 수법들을 배우는 중이다. '칼자루를 쥐어야' 한다는 것을 말이다.

숲속을 걷던 청년과 사무실에 앉아 있던 변호사와 지프를 몰고 가던 낯선 운전자가 전부 전화기를 집는다. 그들 모두 연관이 있는 사람들이다.

인간은 저마다 백 가지로 다르지만 남들 눈에는 우리가 그들과 한 팀인지 아닌지 그것만 보인다. 미라 안데르손은 변호사고 두 개 나라의 두 개 대학교에서 학위를 받은 인재지만 베어타운에서는 언제까지나 '페테르의 부인'일 것이다. 그걸 죽도록 싫어하는 그녀가 죽도록 싫어지는 날도 있다. 보조 역할로는 직성이 풀리지 않는 그녀가 죽도록 싫어지는 날도 있다.

그녀는 일과 관련된 사항을 적어놓은 분홍색 포스트잇과, 사야 하는 물건과 각기 다른 가족별로 처리해야 하는 용무를 적어놓은 노란색 포스트잇으로 둘러싸인 책상에서 점심을 해결한다. 컴퓨터 옆에는 레오와 마야의 사진이 세워져 있다. 미라는 그들의 눈을 보았을 때 느껴지는 죄책감으로 무너질 수도 있었지만 복도를 요란하게 걸어오는 발소리가 훼방을 놓는다.

미라는 그 소리를 듣고 지옥 같은 여름을 보내고 있음에도 미소 비슷한 것을 짓는다. 조만간 어느 동료가 들이닥칠지 알기 때문이다. 세례 요한 축일 직전에 사무실에 남아 있는 일 중독자는 미라와 그녀뿐이기도 하고 그녀가 들어오면 문이 그냥 열리는 게 아니라 벌컥 열리기 때문이기도 하다. 그녀의 동료는 키가 백팔십 센티미터가 넘고 옆으로도 그 정도인 것처럼 느껴질 만큼 요란하다. 미라가 아는 사람들 중에서 가장 지기 싫어하고 누가 일에 대해서 투덜거리면 대개 "입 다물고 청구서나 보내!"라고 대꾸한다. 대화를 나눌 때 대개 앞뒤를 잘라먹고, 이야기가 시작됐을 때 그 자리에 없었던 미라의 잘못인 듯 대한다.

"……그런데 피자가게가 문을 닫았지 뭐야, 미라! '연휴 동안 휴무'래. 뭐가 그래? 무슨 피자가게가 연휴 동안 문을 닫아? 피자가게도 공공사업장으로 간주되어야 하는 거 아니야? 병원이나…… 소방서나…… 신발가게처럼! 나는 카운터 보는 남자랑 한번 잘까, 항상 너무 슬퍼 보이던데, 슬퍼 보이는 남자들이 침대에서는 최곤데, 그런 생각을 하면서 갔었단 말이지! 뭐 먹어? 남은 거 좀 있어?"

미라는 마지막 생일케이크의 촛불을 꺼야 하는 사람처럼 한숨을 쉰다. 그녀는 점심이 담긴 플라스틱 통을 들어 보인다. 동료는 토하는 척한다.

"아주 어른스러운 반응이야." 미라가 얘기한다.

"그게 도대체 뭐야?" 동료는 징징거린다.

미라는 폭소를 터뜨린다. 생각지도 못했던 폭소고 잠깐이나마 일상으로 돌아간 기분이 환상적이다. 그녀의 동료는 초등학생 입맛이고 "뭐가 제일 맛있어요?"라고 묻지 않고 "뭐가 제일 가성비가 좋아요?"라고 묻는다. 선전포고문이라도 되는 듯이 메뉴를 읽는다. 미라는 먹어보라는 듯이 포크로 가리킨다.

"'샐러드'라는 거야. 고기랑 살짝 비슷한데 동물을 죽이지 않아도 돼. 자, 먹어봐!"

동료는 움찔하며 뒷걸음질 친다.

"절대 싫어. 시체 똥구멍에서 끄집어낸 것 같은 냄새가 나."

"뭐야, 진심이야?" 미라가 넌더리를 내며 외친다.

"왜?" 동료는 놀란 목소리로 묻는다.

"무슨 초등학생도 아니고!" 미라가 말한다.

"너야말로 무슨 초등학생 아니고! 입 다물고 청구서나 보내!" 동료는 중얼거리고 지붕에서 떨어지기라도 한 듯이 의자에 털썩 주저앉는다.

미라는 뭐라고 하려다가 책상 위에서 울리는 전화벨 소리를 듣는다. 페테르인 줄 알고 받지만 명랑하게 선포하는 이런 목소리가 들린다.

"미라 안데르손 씨죠? 요한손 이삿짐센터인데요, 미라 안데르손 씨 이름으로 이삿짐 포장용 상자를 오십 개 주문하셨는데 마당에 놓고 갈까요?"

미라는 문장의 마지막 부분을 듣지도 못한다. 노트북을 펼친 동료가 뭔가를 읽고 얼굴이 하얘지는 걸 보자마자 미라의 휴대전화가 울린다.

페테르는 자리에서 일어난다. 테이블 맞은편의 정치인들은 악수를 청하는 식으로 굴욕감을 안기지 않고 대부분 그냥 나간다. 하지만 한 명이 나가다 말고 선심을 쓰는 척 얘기한다.

"지난봄에 청소년팀을 그런 식으로 관리한 건 인상적이었어, 페테르. 이 조그만 마을의 아이들이 엄청난 팀과 맞서 싸우다니 솔직히 대단한 성과였지. 그 아이들이…… 이겼더라면. 그랬더라면…… 자네도 알겠지만."

페테르도 안다. 너무 잘 안다. 신데렐라 스토리가 멸종 직전이고 대형 구단의 하키 스쿨에서 조그만 구단의 유망주들을 싹쓸이해가는 스포츠의 세계에서 베어타운은 가장 실력이 좋고 장래가 촉망되는 아이들을 붙잡아놓는 데 성공했다. 그들은 결승전까지 진출했지만 그 경기를 가장 뛰어난 스타플레이어 없이 치러야 했다. 그래서 아깝게 패배했다. 그리고 그걸로는 부족하다.

베어타운은 하키 타운이고 아이들은 '수치는 거짓말을 하지 않는다'는 교육을 받으며 자란다. 최고의 선수이건 그 외의 선수이건. 그리고 최고의 선수들은 핑계를 대지 않고 이길 수 있는 길을 찾는다. 온갖 수단과 방법을 가리지 않고 무슨 수를 써서라도 이길 수 있는 길을 찾는다. 사람들이 '승자의 정신 자세'를 운운하는 이유는 그들에게 남들에게는 없는 것, 자신은 당연히 영웅이 될 운명을 타고났다고 생각하는 남다른 사고방식이 있기 때문이다. 경기가 마지막 결정적인 순간으로 치달을 때 승자는 스틱으로 빙판을 두드리며 자기한테 패스하라고 외친다. 승자는 퍽을 달라고 하지 않고 요구한다. 수천 명의 관중들이 일어나서 함성을 지르면 대부분은 머뭇거리며 뒷걸음질을 치지만 승자는 앞으로 나선다. '승자의 정신 자세'는 바로 그런 것이다. 모두들 최고가 되길 꿈꾸지만, 시즌의 대미를 장식하는 결정적인 순간에 마지막 슛을 날리는 사람이 되길 꿈꾸지만 모든 게 걸려 있는 상황에서 용감하게 도전할 수 있는 사람은 몇 명 되지 않는다. 그게 우리들 간의 차이점이다.

이십여 년 전에 베어타운의 A팀은 전국 최고가 될 수 있었다. 시즌 내내 이 일대 사람들은 같은 말을 반복했다. "베어타운 대 나머지 전부지!" 대도시의 기자들은 베어타운 쪽에 승산이 없다고 생각했다. 몸값 높은 상대편 선수들은 그들을 무시했지만 그들이 베어타운으로 건너오면 무슨 일이 벌어졌다. 팀 버스를 타고 숲을 관통해가며 먼 길을 달려 허름한 건물 안으로 들어서 온 사방이 울부짖는 초록색 벽으로 변해버린 관중석과 마주하면 거인들도 부들부들 떨었다. 그 시즌에 링크는 요새였고 마을 전체가 그곳으로 행진했고 선수들은 온 마을을 등에 업고 뛰었다. 이곳이 하키의 고향이었기에 대형 구단이 돈이 많거나 말거나 아랑곳하지 않았다. "베어타운 대 나머지 전부"였다.

하지만 마지막 경기가 수도에서 열리는 원정 경기였다. 종료 직전에 페테르 안데르손이 퍽을 잡았다. 깊은 숲속에 자리 잡은 온 마을의 운명이 그의 스틱에 달렸는데 스포츠 구단의 입장에서는 얼마나 살 떨리는 순간일까? 하키에서는 엘리트와 그 나머지의 간극이 어마어마하다. 리그 상위팀이 텔레비전 중개료와 거액의 후원금을 독차지하고 그 아래 팀들은 '승리는 항상 가장 잘하는 팀의 몫'이라는 걸 습득해야 한다. 그래서 페테르가 퍽을 차지했을 때 그 의미는 단순하게 한 번의 슛, 한 번의 경기가 아니었다. 조그만 마을이 거인을 쓰러뜨릴 기회였다. 얼마나 환상적인 이야기가 됐을까. 이 숲속에서 온갖 거지 같은 일을 겪은 끝에 드디어 단 하루 저녁 동안 베어타운이 주인공으로 등극할 수 있는 기회가 찾아왔다. 누구나 스포츠를 사랑할 수밖에 없게 만드는 그런 이야기가 될 수 있었다. 가장 크고 가장 돈이 많은 쪽이 항상 이기는 건 아니라는 이야기가 될 수 있었다.

그래서 페테르는 슛을 날렸다. 그리고 골을 넣지 못했다. 온 마을이 숨을 참았다가 터뜨리지 못했다. 게임 종료 버저가 울렸고 상대팀이 승리했고 다음 시즌에 베어타운은 1부 리그에서 방출됐고 두 번 다시 그곳으로 돌아가지 못했다.

페테르는 NHL로 진출해 프로 선수가 되었지만 부상을 당했다. 그의 선수 생활은 꿈처럼 빠르게 끝났다. 그러고 나서 그는 고향으로 돌아와 온갖 역경을 딛고 전국 최강의 청소년팀을 건설했다. 아니, 전국 최강이 될 뻔한 청소년팀이었다고 해야 할까.

의원이 문 앞에서 어깨를 으쓱한다.

"승리는 모든 걸 치유하지, 페테르."

그는 차라리 본심을 얘기하는 편이 나을 뻔했다. "자네는 승자가 아니야, 페테르. 이기는 사람이 승자거든. 우리는 그런 식으로 승자가 누구인지 파악하지." 승자들은 그 마지막 슛을 항상 성공시킨다. 승자들은 빙판 밖에서의 일과 빙판 위에서의 일을 혼동하지 않는다. 승자들은 경찰서에 연락해 가장 큰 경기를 치르러 가는 버스에서 가장 뛰어난 스타플레이어를 끌어내리지 않는다. 승자들은 이 마을에서는 승리가 모든 것을 치유하지만 2위는 아무것도 치유하지 못한다는 것을 안다.

의원은 그의 어깨를 건성으로 토닥인다.

"저기, 페테르, 이번 일을 일종의 기회라고 생각하면 어떻겠나? 다른 일을 시도할 기회. 가족들하고 더 많은 시간을 보낼 수도 있고!"

페테르는 그에게 엿 먹으라고 받아치고 싶지만 아무 말 없이 의회 건물을 나선다. 건물을 돌아가 계단 아래에서 걸음을 멈추고 화단 위로 허리를 숙인다. 거기 혼자 서 있는 것이 그 개자식들의 눈에 띄지 않을 거라는 확신이 들자 토악질을 한다.

그의 전화벨이 울린다. 미라다. 소문이 이미 번지고 있다는 걸 알겠지만 차마 전화를 받을 수가 없다. 실망한 아내의 목소리를 듣고 싶지 않은 데다 울음기가 섞인 그의 목소리를 그녀에게 들킬까봐 불안하다. 그녀가 계속해서 전화를 하자 그는 전화기를 꺼버린다. 하키단과 평생을 더불어 지낸 사람은 하키단이 없어지면 정체성이 혼란스러워지는 문제가 생긴다. 그는 차에 오르고 갈라진 손톱 사이로 피가 배어나올 만큼 세게 운전대를 부여잡고 달린다.

지프에 앉아 있는 낯선 사람은 선글라스 너머로 도로를 말없이 뚫어져라 바라보며 시가를 깊게 한 모금 빨았다가 열린 창문 사이로 연기를 내뱉는다. 지프는 나무 그늘에 주차되어 있고 녹이 슬었고 별다른 특징이 없어서 눈에 띄지 않는다. 글러브박스에 명단이 들어 있다. 명단 맨 꼭대기에 적힌 이름이 '페테르 안데르손'이다. 페테르가 차를 타고 출발하자 낯선 사람은 그의 뒤를 밟는다.

6

잠잠하다 싶으면 전쟁을 일으키는 사람들 말이야

숲속을 걷던 열여덟 살의 청년은 배낭을 벗어서 풀밭에 내려놓고 나무를 탄다. 여름과 더불어 긴 머리는 더 빛이 바래고 곰 문신 주변의 피부는 더 까매지기 시작했다. 그의 이름은 벤야민이지만 엄마와 누나들만 그렇게 부르고 나머지 모두는 벤이로 알고 있다. 그의 이름은 어린 시절의 좋은 추억과 결부되는 경우가 거의 없다. 유치원 때부터 사람들은 교도소 아니면 공동묘지가 그를 기다리고 있을 거라고 했다. 하키는 그에게 구원이자 저주였다. 빙판에서는 가장 문제가 되는 성격 덕분에 칭찬을 받을 수 있었다. 케빈이 스타라면 벤이는 그의 보호자였다. 형제였다. 베어타운은 케빈의 손을 사랑했지만 벤이의 주먹에 감탄했다. 누군가가 "나는 싸움 구경을 하러 갔는데 아이스하키 경기가 시작되지 뭐야"라며 해묵은 농담을 꺼내면 그를 두고 하는 얘기였다.

그래서 케빈이 성폭행범으로 지목당했을 때 마을 주민들은 충격을 받았지만 벤이가 형제를 배신하고 마야 안데르손의 편을 들었을 때도 그 못지않게 충격을 받았다. 그는 헤드 하키단으로 옮기지 않고 베어타운에 남았다. 벤이 오비크는 옳은 선택을 했다. 그런데 무얼 위해서 그랬을까? 그의 하키단이 문을 닫았다며 그를 조롱하는 익명의 문자가 하나둘씩 이어지고 있다. 그는 잘못된 선택을 했다. 그는 아무것도 얻지 못했다. 몇 달 전까지만 해도 그는 단짝 친구와 전국 최강의 팀에서 함께 뛰고 있었다. 이제는 나무 위에 혼자 앉아서 몽롱해지도록 마리화나를 피우며 주변의 의구심이 맞았다는 것을 증명해 보이고 있다. "저 아이 때문에 조만간 저 아이 아니면 다른 누군가가 크게 다칠 거야."

미라 안데르손은 이번 여름에 책상에 놓인 페테르, 마야, 레오의 사진을 볼 때마다 이렇게 출근해 있으면 좀 더 수월하게 그들이 정상적인 가족인 척할 수 있다는 데 한없이 부끄러움을 느낀다. 그들 넷이 속으로는 타서 잿더미만 남았다는 것을, 서로 더 이상 할 말이 없어서 집 안이 정적으로 덮인 지 한참이라는 것을 모르는 척할 수 있다는 데 한없이 부끄러움을 느낀다.

마야가 가족들에게 성폭행 사건을 더 이상 언급하지 말아달라고 했다. 초여름에 아침 식탁 앞에서 덤덤하게 얘기했다. "이제 저도 잊어야 하잖아요." 페테르와 미라는 애써 미소를 지으며 고개를 끄덕였지만 그들의 시선은 쪽매널 마루에 구멍을 뚫었다. 힘을 보태주지는 못할망정 딸을 붙잡고 우리는 얘기를 해야겠다고, 두렵고 버림받은 느낌과 이기적인 사람이 된 듯한 느낌에 시달리는 쪽은 부모라고 소리를 지를 수는 없는 노릇이다.

그녀가 어떻게 계속 일을 할 수 있는지, 페테르가 어떻게 계속 하키에 신경 쓸 수 있는지 이해하지 못하는 사람들이 있다는 걸 미라도 알지만 사실 거기에 신경 쓸 만한 기운밖에 없을 때도 있다. 모든 게 무너지면 자기 힘으로 통제할 수 있는 것, 상황을 정확하게 파악할 수 있다고 느껴지는 것에 매진하기 마련이다. 다른 것들은 모두 너무 아프기 때문에 산을 타다가 폭풍을 만나면 눈 속에 구멍을 파듯이 회사로 나가서 거기 숨는다.

미라는 순진하지 않지만 부모이기 때문에 타개해나갈 방법을 찾고 있다. 케빈은 떠났고 심리학자 말로는 마야의 트라우마 치료에 진전이 있다고 하니 어쩌면 모든 게 아직 괜찮을지 모른다. 미라는 그렇게 되뇌고 있다. 페테르는 의원들을 만날 테고 하키단은 필요한 자금을 조달받을 테고 모든 게 잘 풀릴 거라고 말이다.

하지만 그녀는 그녀의 이름으로 이삿짐 포장용 상자의 주문을 받았다는 이삿짐센터의 전화를 끊는다. 방금 전에 들어온 문자를 읽는다. 어느 기자가 보낸 문자다. "베어타운 아이스하키단 해체 건으로 남편분의 의견을 듣고 싶은데요." 그다음 문자는 동네 사람이 보낸 거다. "이사 가요??" 안데르손의 집이 매물로 등록된 부동산업체의 홈페이지를 스크린샷으로 첨부했다. 최근에 찍은 사진이다. 그날 아침에 누군가가 그녀의 집 마당에 들어갔던 거다.

미라는 페테르에게 전화를 하지만 페테르는 받지 않는다. 앞으로 어떻게 될지 알 것 같다. 하키단이 무너지면 사실상 누구 책임인지는 상관없다. 이 마을의 몇몇 사람들은 벌써부터 희생양을 찾기 시작했다. 페테르의 책임이 될 것이다. 마야의 책임이 될 것이다. 단장의 책임, 걸레의 책임이 될 것이다.

미라는 페테르에게 다시 전화한다. 한 번 더. 한 번 더. 마지막으로 전화했을 때는 아예 연결조차 되지 않는다. 미라가 주먹으로 책상을 있는 힘껏 내리치자 그녀의 동료가 뒷걸음질을 친다. 손가락이 으스러지는 소리가 들리지만 그래도 그녀는 내면에 있는 백 명의 다른 여자들이 낼 수 있는 힘을 총동원해 계속 책상을 내리친다.

탕. 탕. 탕-탕-탕.

벤이는 콧구멍으로 연기를 내보내며 몸을 웅크린다. 사람들 말로는 약을 하면 하늘로 날아오른다지만 벤이의 경우에는 바다다. 그는 날지 않고 그저 둥둥 떠다닌다. 약을 하면 아무 노력을 기울이지 않아도 물 위에 떠 있을 수 있지만 그 나머지 시간 동안에는 계속 죽어라 헤엄쳐야 한다.

그는 어렸을 때 항상 여름을 좋아했다. 나무에 숨으면 이파리에 가려서 땅에서는 보이지 않았다. 그는 함께 이기려면 하나의 유닛, 하나의 집단, 하나의 팀이 되어야 한다는 걸 터득하는 로커룸에서 남들과 다른 존재였기에 항상 숨길 거리가 많았다. 그래서 벤이는 그들에게 필요한 존재가 되었다. 깡패가 되었다. 어찌나 무시무시했던지 부상을 당해도 코치가 벤치에 앉혀놓았을 정도다. 그는 단 일 초도 경기에 출전하지 않았지만 그래도 상대 팀원들은 케빈을 감히 건드리지 못했다.

그런 독한 면의 일부분은 벤이 스스로 학습한 결과였다. 그가 나무를 타는 걸 보고 코치는 웃으며 "탱크 같기도 하고 원숭이 같기도 하다"라고 했고, 누나의 견사에서 나무를 팰 때도 손마디가 단련되도록 주먹으로 장작더미를 쳤다. 하지만 다른 일부분은 타고난 거라 주입할 수도 몰아낼 수도 없었고 그 때문에 그는 예측할 수 없는 아이가 되었다. 어렸을 때 어느 해 겨울에 같은 팀원 몇 명이 그를 '썰매'라고 부른 적이 있었다. 남들은 엄마나 아빠 차를 타고 연습하러 오는데 그는 썰매에 하키 장비를 싣고 자전거를 타고 왔기 때문이었다. 그 별명은 몇 달 동안 계속됐지만 한 아이가 선을 넘자 벤이가 로커룸에 썰매를 들고 가서 그 아이의 이를 두 개 부러뜨렸다. 그 뒤로 그는 별명으로 불린 적이 거의 없었다.

그는 지금 나무 위에 조용히 앉아 있지만 속은 모든 게 뒤죽박죽이다. 어렸을 때 단짝 친구가 생기면 첫사랑에 빠진 것과 같아서 항상 그 친구와 같이 있고 싶어지고, 그 친구가 떠나면 팔다리가 잘려나간 것과 같은 기분이 든다. 케빈과 벤이는 이 마을의 서로 전혀 다른 동네 출신이었기에 서로 전혀 다른 종족이 될 수 있었지만 빙판이 댄스플로어 역할을 했다. 케빈에게는 천부적인 자질이 있었고 벤이에게는 폭력적인 성향이 있었다. 벤이에게도 약간의 천부적인 자질이 있고 케빈에게는 그보다 훨씬 더한 폭력적인 성향이 있다는 사실이 밝혀지기까지 십 년이 걸렸다.

단짝 친구의 허물은 어디까지 용서할 수 있을까? 무슨 수로 남들보다 먼저 알 수 있을까? 그해 봄의 어느 날 밤에 케빈이 여기서 멀지 않은 숲속에 서서 벌벌 떨며 벤이에게 용서해달라고 한 적이 있었다. 벤이는 몸을 돌려서 떠나버렸다. 그 뒤로 두 사람은 대화를 나눈 적이 없었다.

삼 주 전, 케빈이 이 마을을 떠나던 날 아침에 벤이는 지금 이 나무에 앉아 있었다. 뒤통수로 나무 몸통을 점점 더 세게 때렸다. *탕. 탕. 탕.* 그는 약에 취해서 머리는 몽롱하고 증오심으로 가슴은 무거운데 사람들 목소리가 들리자 처음에는 환청인 줄 안다. 그러다 그들을 본다. 점점 가까워지는 그들을 나무 사이로 본다. 그의 근육에 힘이 들어간다.

그로 인해 누군가가 다치게 될 것이다.

사람들이 사랑을 위해 모든 걸 희생하는 이유가 궁금하다면 먼저 그들에게 어떤 식으로 사랑에 빠졌는지 물어보아야 한다. 사랑이 시작되는 데 아무것도 필요 없는 경우도 있다. 그냥 시간만 있으면 되는 경우도 있다. 어른들은 누구나 하키가 환상이라는 것을, 허구의 경기라는 것을 속으로는 알지만 다섯 살짜리는 심장이 상당히 작다. 그렇기 때문에 그 심장을 모두 쏟아부어서 단박에 사랑해야 한다.

페테르 안데르손의 어머니는 환자였고 아버지는 종종 코가 비뚤어지도록 취해서 아들이 귀머거리라도 되는 듯이 소리를 지르고 서로 모르는 사이인 듯이 때렸다. 페테르는 너는 할 줄 아는 게 아무것도 없는 아이라는 속삭임에 끊임없이 시달리며 지냈지만 스케이트를 신었을 때 그 소리가 멎었다. 남자아이가 하키 수업에서 느낀 희열을 빼앗겼을 때 아무 후유증이 없을 수 있을까. 여름이 다가오고 아이스링크가 문을 닫았지만 다섯 살의 페테르는 A팀 코치의 집을 찾아가 문을 두드렸다. "하키 언제 시작해요?" 아이는 따져 물었다.

"가을에." A팀 코치 수네는 미소를 지었다. 그는 그때도 이미 나이가 많았고 배가 하도 동그랗게 나와서 무슨 말을 할 때도 빙빙 돌려서 얘기했다. "그럼 얼마나 기다려야 해요?" 다섯 살짜리는 물었다. "가을까지?" 코치는 으르렁거리듯 말했다. "제가 아직 시계를 볼 줄 모르거든요." 다섯 살짜리가 말했다. "몇 달 기다려야 해." 코치는 중얼거렸다. "여기서 기다려도 돼요?" 다섯 살짜리는 물었다. "가을이 될 때까지?" 코치는 외쳤다. "많이 남았어요?" 다섯 살짜리는 물었다. 그것이 평생토록 이어진 우정의 시작이었다.

수네는 어쩌다 멍이 들었느냐고 절대 물은 적이 없었고 다섯 살짜리도 절대 거기에 대해서 얘기한 적이 없었지만, 그 집의 조그만 마당에서 맨 처음 퍽을 날리는 법을 배웠을 때 그의 아버지가 남긴 구타의 모든 흔적이 코치의 눈에 들어왔다. 코치는 하키가 한 아이의 인생을 바꿀 수는 없지만 다른 인생을 제시할 수는 있다는 것을 알았다. 출구를, 신분 상승의 기회를 제시할 수는 있다는 것을 알았다.

수네는 페테르에게 구단이 어떤 건지 가르쳤다. 구단을 비난하거나 구단에 뭔가를 요구할 수는 없었다. "왜냐하면 구단이 우리거든, 페테르. 베어타운 아이스하키단이 너와 나야. 구단이 일군 최고의 성과와 최악의 성과가 우리의 가장 훌륭한 모습과 가장 못난 모습을 반영하지." 그는 페테르에게 다른 것들도 가르쳤다. 졌을 때도 이겼을 때도 당당하게 보이는 법, "받은 게 많은 사람은 기대되는 것도 많은 법"이기에 가장 실력이 좋은 선수들에게는 가장 실력이 부족한 선수를 끌어올릴 의무가 있다는 것.

그 첫날 저녁에 수네는 다섯 살짜리와 함께 집까지 걸어갔다. 그들은 아이의 집에서 몇백 미터 떨어진 곳에서 걸음을 멈추었고 코치는 아이에게 내일 다시 오면 슈팅 연습을 계속할 수 있다고 얘기했다.

"약속하시는 거예요?" 아이는 물었다. 수네는 손을 내밀었다. "약속한다. 그리고 약속은 지켜야 하는 거잖아, 그렇지?" 아이는 그의 손을 잡고 고개를 끄덕였다. 노년의 코치는 아이와 함께 벤치에 앉아서 내일까지 얼마나 남았는지 셀 수 있게 시계 보는 법을 가르쳐주었다.

사랑이 시작되는 데 아무것도 필요 없는 경우도, 그냥 시간만 있으면 되는 경우도 있다. 어린 시절에 페테르 안데르손은 몇 년 동안 매일 밤마다 같은 꿈을 꾸었다. 스틱을 떠난 퍽이 집 옆면을 때리는 소리를 꿈에서 들었다.

탕.

벤이 오비크는 그의 아버지 얘기를 거의 하지 않지만 어쩌다 한 번 꺼낼 때면 항상 눈을 감고 이렇게 속삭인다. "그냥 그렇게 태어난 사람들도 있어. 잠잠하다 싶으면 전쟁을 일으키는 사람들 말이야."

벤이는 아버지를 닮았다는 소리를 듣지만 어째서 그런지 모르겠다. 어쩌면 생김새보다 성격이 더 닮았을지 모른다. 그는 아버지가 고통스러워했다는 것을, 너무 고통스러워서 어느 날 더 이상 견딜 수 없을 정도였다는 것을 안다. 이 일대의 사냥꾼들은 '자살'이라는 단어를 절대 쓰지 않고 그저 "알란이 엽총을 들고 숲속으로 들어갔다"라고 한다. 벤이는 아버지가 오래전부터 계획했던 일인지 아니면 갑자기 저지른 일인지 예전부터 그게 궁금했다. 끔찍한 짓을 저질렀다는 외로운 남자들의 사진이 뉴스에 보도될 때도 마찬가지로 궁금해진다. 왜 하필 그날일까? 왜 다른 날이 아닐까? 날을 고른 걸까 아니면 어쩌다보니 그렇게 됐을까?

벤이는 슬픔과 분노가 화학약품과 약물처럼 뇌를 재편성할 수 있다는 걸 안다. 어쩌면 어떤 사람들의 머릿속에는 처음부터 시한폭탄이 들어 있어서 스위치가 켜지기만을 기다리고 있는 것일 수도 있다. 어쩌면 그의 어머니의 말마따나 전쟁을 일으키게끔 태어난 사람들도 있는지 모른다.

마야와 아나가 숲을 가로질러서 걸어오는 게 보인다. 그때 그에게 무슨 일이 벌어졌는지 그는 절대 설명하지 못할 것이다. 그저 본능이 깨어났을 뿐이다. 뭔가가 꺼지면서 그 대신 다른 뭔가가 켜졌다. 그는 나무에서 내려와 배낭을 집고 그 안에서 뭔가를 꺼내 손에 들고 나무 사이로 움직이기 시작한다.

그들을 뒤쫓아 가기 시작한다.

마야와 아나는 점점 속도를 늦춰가며 숲속을 정처 없이 걷는다. 아무 말도 하지 않지만 상대방이 무슨 말을 하고 싶어 할지 이미 알고 있다. 둘은 베어타운이 남들과 다른 사람이 어린 시절을 보내기에 쉽지 않은 곳이라는 것을 진작부터 알고 있었다. 하지만 어쩌면 어디든 그럴지 모른다는 사실을 점점 깨달아가는 것이 어른이 되어가는 과정의 가장 끔찍한 측면 중 하나다. 어디든 개자식이 없는 곳이 없다.

두 아가씨는 원래부터 공통점이 별로 없었다. 공주님과 자연인, 음악인과 사냥꾼. 그들은 어렸을 때 얼음 구멍에 빠진 마야를 아나가 건져주면서 처음 만났다. 마야는 여기로 이사 온 지 얼마 되지 않았을 때였고 아나는 친구를 사귀어본 적이 없었으니 둘은 서로를 구한 셈이었다. 아나는 숲속에서 조용히 걷질 못한다고, 꼭 하이힐 신은 엘크처럼 움직인다고 마야를 놀렸다. 마야는 엄마가 다람쥐하고 바람을 피워서 낳은 아이가 아나이기 때문에 아나가 그런 식인 거라고 농담을 했다.

아나의 엄마가 집을 나가자 마야는 더 이상 그런 농담을 하지 않았다. 그에 대한 보답으로 아나는 와이파이가 없으면 살지 못한다고 마야를 더 이상 놀리지 않았다. 몇 년 동안 두 사람은 동등한 관계였지만 십대를 보내다보면 여자 친구들 간에 힘의 균형이 항상 달라지기 마련이다. 고등학교 생활이 시작되었을 때 아나가 아는 숲속에서 살아남는 법은 아무짝에도 쓸모가 없었던 반면에 마야는 학교 복도에서 살아남는 법을 알았다. 하지만 이번 여름에는? 이제는 둘 다 어디에서든 안심할 수 없었다.

아나가 앞장서고 마야가 뒤에서 아나의 머리칼을 쳐다보며 따라가고 있다. 마야는 자기가 아는 사람들 중에서 가장 강한 동시에 가장 약한 사람이 아나라는 생각이 들 때가 종종 있다. 아나의 아빠가 다시 술을 마시기 시작한 것은 어느 누구의 잘못도 아니고 어쩔 수 없는 일이다. 마야는 아나의 고통을 없애주고 싶지만 아나가 마야에게서 성폭행의 기억을 없앨 수 없듯 그것 역시 불가능한 일이다. 그들은 서로 다른 구멍 속으로 빨려 들어가고 있다. 마야는 악몽을 꾸고 아나도 잠을 이루지 못하는 이유가 있다. 아나는 아빠가 늦게 들어와서 슬픔과 내뱉지 못한 말들로 이루어진 괴물처럼 부엌에서 난동을 부리는 날이면 개들과 함께 잔다. 개들은 알아서 보호하듯 아나를 동그랗게 감싸고 눕는다. 사랑스러운 녀석들이다. 아나의 아빠는 단 일

초라도 딸 앞에서 손을 든 적이 없었다. 그래도 그녀는 아빠가 술을 마시면 겁이 난다. 남자들은 자신의 무게감을 모른다. 요란하게 문지방을 넘기만 해도 상대방에게 육체적인 공포를 조장할 수 있다는 걸 모른다. 술에 취한 모습으로 식탁에서 일어나 자기들이 뭘 밟는지도 모르는 채 이 방, 저 방 비틀거리고 다닐 때 그들은 묘목이 심긴 숲속을 헤집는 허리케인과 같다. 다음 날 아침에 그들은 아무것도 기억하지 못한다. 빈 병은 치워졌고 유리잔은 몰래 씻겼고 집 안은 고요하다. 아무도 아무 말을 하지 않는다. 그들은 아이들에게 남은 파괴의 흔적을 절대 보지 못할 것이다.

아나는 걸음을 멈추고 뒤를 돌아본다. 마야는 아나를 쳐다보며 힘없이 미소를 짓는다. '맙소사, 정말 사랑해.' 마야는 생각하고 아나는 그녀가 그렇게 생각한다는 걸 안다. 그래서 묻는다.

"둘 중 하나를 이식수술 받아야 한다면 돼지 코 아니면 돼지 엉덩이?"

마야는 깔깔대고 웃는다. 이건 어렸을 때부터 해온 둘만의 게임이다. 이거 아니면 저거.

"코. 그 꼬불꼬불한 꼬리는 기타 칠 때 깔고 앉기 너무 불편할 거야."

"이런 바보야!"

"바보라고? 너, 귀가 먹어서 네가 무슨 말 하는지 안 들리지?"

아나는 코웃음을 친다. 그녀는 나무 사이를 바라본다.

"좋아, 그럼 이건? 불행하게 백 살까지 사는 거랑 행복하게 딱 일 년 살고 죽는 거."

마야는 아무 말 없이 고민한다. 그녀는 대답하지 못한다. 그녀가 반응했을 무렵 아나는 이미 몸을 돌려서 나무들을 쳐다보고 있다. 진작 알아차렸어야 하는 건데. 아나는 발자국을 뒤쫓고 사냥을 하는 거라면 모를까, 스토킹은 당한 경험이 없다.

묵직한 무언가에 마른 나뭇가지들이 탁 하고 부러지는 소리가 들린다. 그들은 마을에서 너무 멀리 나왔고 이곳은 동물을 맞닥뜨리면 위험한 곳이다.

그런데 그 나뭇가지들은 동물한테 밟혀서 부러진 게 아니다.

페테르가 도착했을 때 베어타운의 아이스링크는 문이 닫혀 있고 어두컴컴하다. 그는 불을 켜지 않는다. 벽에 노란 종이들이 붙어 있고 그는 불을 켜지 않아도 거기 뭐라고 적혀 있는지 안다. 글은 짧지만 울림은 크다. '나보다 팀이 먼저.' 그리고 그 옆은 '우리는 조준할 때가 아닌 이상 항상 전진한다.' 그 위는 '꿈꾸고—싸우고—이기자!' 문에서 가장 가까운 곳에는 그의 글씨체로 이렇게 적혀 있다. '이길 때도 떳떳하게, 질 때도 떳떳하게, 무슨 일이 있어도 떳떳하게.'

논리적인 사고방식의 소유자들은 이런 문구를 한심하게 여길지 몰라도 최고의 운동선수는 논리로 되는 게 아니다. 최고의 운동선수는 꿈을 꿀 줄 알아야 한다. 초등학교 때 선생님이 학생들에게 커서 뭐가 되고 싶으냐고 물은 적이 있었다. 페테르는 "NHL 프로 선수"라고 대답했다. 그는 반 친구들이 어떤 식으로 웃었는지 아직까지도 기억하고 있고 그들이 틀렸다는 걸 입증하는 데 평생을 바쳤다. 논리적인 사고방식의 소유자들은 베어타운이라는 조그만 마을의 꼬맹이가 전

세계를 통틀어 가장 뛰어난 선수들과 뛸 수 없다고 생각할지 몰라도 꿈을 꿀 줄 아는 사람들은 다르다.

문제는 끝이 없다는 것, 아무리 증명해도 부족하다는 것, 비웃는 사람들은 기준점을 옮기면 그만이라는 것이다. 탈의실 벽에 걸린 시계는 죽었지만 아무도 건전지를 갈아 끼우지 않을 것이다. 스포츠는 잔인하다. 대스타가 빙판에서 로커룸까지 걸어가는 십 초 동안 퇴물이 되기도 하고 반세기 넘게 명맥을 유지했던 구단이 의회 회의실에서 몇 분 만에 사망 선고를 받기도 한다. 페테르는 그들이 이제 아이스링크도 허물고 돈과 권력을 쥔 사람들이 꿈꾸는 콘퍼런스 호텔이나 다른 쓰레기를 지을지 궁금해진다. 그들은 뭐든 사랑하는 법이 없고 그저 소유할 뿐이다. 그들에게는 이곳이 벽돌과 모르타르일 뿐이다.

그는 관중석으로 올라가 이층 사무실 앞 좁은 복도에서 걸음을 멈춘다. 그의 생의 얼마나 많은 부분이 이 건물에 깃들어 있는가. 그들은 이제 얼마만큼의 가치를 지니고 있을까? 벽에 이 구단의 가장 결정적인 순간들을 담은 사진 액자가 걸려 있다. 1951년 창단, 이십 년 전 A팀이 전국 2위를 거머쥔 기적의 시즌, 올해 은메달을 차지한 청소년팀. 수많은 사진 속에 페테르가 들어 있다.

그는 분노를 담아 한 번에 액자들을 모두 쓸어버린다. 복도 한쪽 끝에서부터 시작해 걸려 있던 액자를 하나도 남김없이 내동댕이친다. 유리가 바닥에 부딪쳐 산산조각 나지만 페테르는 이미 걸음을 옮기고 있다. 그가 요란한 소리와 함께 출입문을 닫았을 때 아이스링크는 여전히 어둠에 휩싸여 있다.

———

낯선 사람은 어두컴컴한 관중석에 앉아서 나가는 페테르를 지켜본다. 그가 주차장에서 차 시동을 걸자 낯선 사람은 사무실이 있는 층으로 올라가 난장판을 쳐다본다. 깨진 유리 조각들 사이로 고개를 내민 페테르의 예전 사진과 최근에 찍은 청소년팀의 사진을 본다. 거의 모든 사진에 두 명의 선수가 들어 있다. 낯선 사람은 튼튼한 부츠로 유리 조각들을 치우고 두 선수가 온 마을의 대스타가 되기 한참 전에 찍은 예전 사진 위로 허리를 숙인다. 열 살이나 열한 살쯤 된 그들이 어떤 시상식에서 형제처럼 어깨동무를 하고 있는데 등에 번호와 이름이 적혀 있다. '9 에르달' 그리고 '16 오비크'.

단짝 친구, 그들이 사랑했던 스포츠, 그들이 목숨을 바쳤던 팀. 그 모든 걸 동시에 빼앗긴 청년이 무얼 할 수 있을까? 낯선 사람은 메모장에 적힌 '벤야민 오비크'의 이름에 조심스럽게 동그라미를 그리고 다시 관중석으로 내려가서 아이스링크를 빠져나간다. 새 시가에 불을 붙인다. 따뜻하고 바람 한 점 없지만 낯선 사람은 태풍의 조짐이라도 보이는 듯 불을 손으로 감싼다.

아나와 마야가 쿵쾅거리는 심장을 달래며 뒤를 돌아보니 벤이가 나무 사이로 걸어 나오고 있다. 얼마 전까지만 해도 하키단과 단짝 친구를 사랑했던 소년이 이제는 동공이 물에 잠긴 어른이 되었다. 한 손은 주먹을 쥐었고 한 손에는 망치를 들었다.

베어타운의 아무나 붙잡고 물어보면 다들 그 아이가 원래 시한폭탄이었다고 할 것이다.

7
일단 점심부터 먹었으면 좋겠는데요

헤드에는 오랜 속담이 있다. '처음 본 사람에게 베어타운을 증오한다고 얘기하면 평생지기가 생긴다.' 헤드에서는 아주 어린 꼬맹이조차 헤드 하키단의 성적도 중요하지만 베어타운이 망하는 게 더 중요하다는 사실을 금세 터득한다. 물론 반은 장난이다. 서로 '증오한다'는 말과 '죽여버린다'는 협박이 관중석에서 난무하지만 진심은 아니다. 그러다 진심으로 돌변하면 얘기가 달라지지만.

이 두 마을이 어쩌다 서로 싸우게 됐는지 설명할라 치면 대부분 뭐가 먼저였는지 기억하지 못할 것이다. 열두 살의 레오가 불타는 깃발을 촬영해서 인터넷에 올린 게 먼저였는지, 그와 거의 동시에 헤드의 누군가가 올린 영상이 먼저였는지. 왜냐하면 희소식보다 더 빨리 번지는 건 없고 빨간 팀을 사랑하고 초록 팀을 증오하며 자란 헤드 주민들은 누구라도 의회, 돈, 권력이 모두 한쪽으로 쏠릴 때 *샤덴프로이데**를 감출 수 없기 때문이다.

* 남의 고통이나 불행을 보며 느끼는 쾌감.

그래서 헤드 응원단 하나가 퇴근하는 의원을 붙잡고 영상 인터뷰를 진행한다. "자, 그럼 하키를 사랑하는 베어타운 주민들은 이제 어떻게 해야 할까요?" 신경질적인 중년의 여성 의원은 뭐라고 대답하면 좋을지 모르는 눈치다. 하지만 이렇게 대답한 것을 보면 정확하게 알았다고 볼 수 있다. "헤드를 응원하면 되지 않을까요?"

그날 밤에 그녀는 쿵 하는 요란한 소리를 듣고 잠에서 깬다. 다음 날 아침에 집 밖으로 나가보니 그녀의 자동차 보닛에 도끼가 박혀 있다.

검은 재킷을 입은 두 명의 남자를 태운 차가 버스 정거장까지 걸어가는 그녀의 옆을 지나간다. 그들은 그녀를 쳐다볼 필요도 없다. 그녀는 자기를 지켜보는 사람들이 있다는 걸 안다.

펠센 술집은 예나 지금이나 베어타운 한복판에 자리 잡고 있다. 실내 흡연이 허용됐던 시절에는 풍기는 냄새가 그나마 괜찮았던 그런 술집이다. 사장 라모나는 얼굴이 마룻장을 닮았다. 세월이 수시로 바닥을 긁은 의자처럼 그녀의 얼굴에 흔적을 남겼고 펠센을 제2의 집, 어떨 때는 제1의 집으로 삼는 청년들 사이에서 '말보로 엄마'라는 별명으로 불리듯 담배 역시 마찬가지였다. 라모나는 은퇴할 나이가 훨씬 지났지만 코가 뭉개지고 싶지 않은 이상 아무도 그 소리를 입 밖에 내지 않는다. 그녀가 높은 잔에 늦은 아침을 따를 무렵 낯선 사람이 들어온다. 라모나는 놀라서 한쪽 눈썹을 추켜세운다.

"뭐지?"

낯선 사람은 상황 파악을 하지 못하고 빈 술집을 이리저리 둘러본다.

"네?"

"어떻게 오셨나?" 라모나는 미심쩍어하는 투로 묻는다.

낯선 사람은 머리가 부스스하고 청바지와 운동복 상의를 입었고 영하의 기온이 일상인 사람인 양 묵직한 부츠 안에 두툼한 양말을 신었다.

"여기 술집 아닌가요?"

라모나는 조심스럽게 입꼬리를 든다.

"맞는데."

"술집에 손님이 들어오는 게 놀랄 일인가요?"

"그야 어떤 손님인가에 따라서 다르지."

낯선 사람은 일리가 있는 의견이라고 인정하는 눈치다.

"물어보고 싶은 게 몇 가지 있는데요."

"그럼 마을을 잘못 찾아오셨네."

낯선 사람의 뒤에서 문이 열린다. 젊은 남자 둘이 들어온다.

둘 다 검은 재킷을 입고 있다.

아나와 마야는 목을 두드리는 심장박동을 느낄 수 있다. 그들은 벤이를 적으로 간주하지 않았다. 그는 케빈과 다른 선수들이 헤드 하키단으로 옮겼을 때 베어타운에 남은 몇 안 되는 선수 가운데 한 명이었다. 하지만 아나와 마야가 깨달은 교훈이 있다면 이 동네에서는 눈 깜빡할 새 편이 바뀔 수 있다는 것, 남자를 믿지 말아야 한다는 것

이다.

하지만 벤이는 손에 쥔 망치를 가볍게 흔들며 몇 미터 멀리서 걸음을 멈춘다. 그들이 반응하길 기다리는 눈치다. 그는 원래부터 근육질이었지만 올여름으로 접어들면서 새로운 게 추가됐다. 잔인한 분위기가 추가됐다. 아나는 소총을 들고 오지 않은 걸 이제 와서 후회한다. 그녀는 벤이가 하키를 하는 것을 보았고 그가 남들보다 더 실력이 좋고 더 위험한 이유가 예측 불가능하기 때문이라는 걸 안다. 삐끗했다 싶으면 아무도 예측하지 못한 순간에 그로 인해 다치는 사람이 생겼다.

하지만 지금은 상체를 거의 움직이지 않고 있다. 그는 마침내 말문을 열고 몇 주 동안 후두를 쓴 적 없는 사람처럼 조용히, 간헐적으로 끊어가며 얘기를 건넨다. 쿵 하는 소리와 함께 아나의 발치에 망치를 떨어뜨리고서 얘기를 건넨다.

"이거 필요할 거야. 내가 줄 게 있어. 너희들한테."

두 여자아이는 그가 망치를 들고 온 이유가 그게 있어야 자신들이 그를 따라나설 수 있다는 걸 알기 때문이라는 것을 한참 뒤에야 알아차린다. 다른 사람들 눈에 그들이 그 정도로 거친 들짐승으로 보인다는 건 감당할 수 없는 슬픔이 될 수도 있다.

검은 재킷을 입은 청년들은 그들이 등장하는 순간 낯선 사람들이 갑자기 빨래방에 옷을 두고 온 게 생각났다는 둥, 오륙 킬로미터 거리에 있는 병원에서 채혈 검사를 받아야 하는데 깜빡했다는 둥 둘러대는 데 워낙 인이 박였기 때문에 문 앞에서 걸음을 멈춘다. 앞으로

몇 달 동안 이 낯선 사람은 펠센의 단골손님들에게는 사연이 많지만 그걸 털어놓을 준비가 된 사람은 그만큼 많지 않다는 것을 알게 될 것이다. 그들에게는 로고도 없고 홈페이지도 없고, 베어타운에서 경기가 열리는 날 그들을 아이스링크로 향하는 다른 관중들과 구분할 방법도 없다. 하지만 그 낯선 사람은 '그 일당'이 그들의 축복이나 저주 없이는 어느 누구도 하키단을 운영할 수 없도록 고삐를 쥐고 있다는 사실을, 그들과 척을 지기 전에는 그들이 몇 명이나 되는지 파악할 수 없다는 사실을 알게 될 것이다. 그 낯선 사람은 너무 머리가 좋거나 아니면 너무 게을러서 상관하지 않는 눈치다.

"자네, 기자인가?" 라모나가 묻는다.

낯선 사람이 그녀의 공격적인 말투를 못 들은 척하기로 한 건지 아니면 그런 말투를 알아차리지 못하는 병에 걸린 건지 알 수가 없다. 그래서 라모나는 덧붙인다.

"'물어볼 게' 있다는 기자들이 전에도 몇 명 다녀간 적 있지만 다들 아무 소득 없이 돌아갔어. 하지만 대개 가서 더 든든한 주택 보험을 들더군."

이 노골적인 협박은 산발한 머리 위로 날아가버렸는지 낯선 사람은 바 의자에 앉아서 차분하게 몸을 돌려 사진과 페넌트와 유니폼으로 뒤덮인 벽을 쳐다본다.

"점심 장사는 안 하시죠?"

문 앞에서 걸음을 멈춘 남자들은 그게 은근한 모욕인지 예의를 갖춘 질문인지 판단할 길이 없다. 하지만 라모나가 갑자기 폭소를 터뜨린다. 그녀가 살짝 손짓하자 남자들은 문밖으로 사라진다.

"기자는 아니로군." 라모나는 고개를 살짝 모로 꼬고 낯선 사람에게 선포한다.

그러다 얼른 다시 언짢아하는 말투로 바꾼다.

"그럼 베어타운에는 무슨 볼일이 있을까?"

낯선 사람은 두 손을 단정하게 바 카운터에 올려놓는다.

"일단 점심부터 먹었으면 좋겠는데요."

미라는 다시 페테르에게 전화를 걸지만 응답이 없다. 이러기야? 그녀는 이 비슷한 일이 벌어질 거라는, 의회가 페테르에게 등을 돌릴 거라는 예감이 있었다. 그는 낭만주의자지만 미라는 변호사이기에 의회로서는 구단을 묻는 것이 추문을 덮는 가장 쉬운 방법임을 진작부터 짐작하고 있었다.

안데르손 가족은, 페테르와 마야와 레오와 그녀는 여름이 시작될 무렵 베어타운에 남기로 합의했다. 남아서 싸우기로 합의했다. 하지만 미라는 더 이상 자신이 없다. 몹쓸 바이러스처럼 자신을 계속 거부하려는 곳에서 언제까지 버틸 수 있을까? 페테르의 구단이 사라진다면 그들에게 남은 게 뭐가 있을까?

그녀의 동료가 다시 와서 책상 맞은편에 아무 말 없이 앉아 있지만 미라는 그녀가 페테르를 두고 뭐라고 했는지 전부 기억하고 있다. "그는 중독자야, 미라. 중독자라고 하면 술을 마시거나 약을 하거나 경마를 하는 사람들 아니냐고, 자기 남편은 술이나 도박으로 문제를 일으킨 적이 없다고 생각할지 모르겠지만. 그에게는 경쟁심이 문제야. 이기려는 노력을 멈출 수 없는 거. 그 쾌감이 없으면 살 수 없는 거."

미라는 몇 번이나 뜬눈으로 밤을 지새우며 그 말이 맞는지 궁금해했던가? 그녀는 전화를 걸고 걸고 또 건다. 마침내 페테르가 전화를 받는다. 화가 나 있지만 화가 난 목소리는 아니다. 그녀만 알 수 있다. 그녀의 이름을 부르는 말투가 눈곱만큼 다르다. 그녀는 속삭인다.

"계속 전화했었어, 여보. 저기…… 소식 들었어……."

그는 아무 대꾸도 하지 않는다. 그래서 그녀는 묻는다.

"지금 어디야?"

그러자 그가 대답한다.

"사무실. 회의 중이야, 미라. 나중에 얘기하자."

그녀는 뒤로 이어지는 소음을 듣고 그가 차에 있다는 걸 알아차린다. 그는 선수 시절에도 경기에서 지면 항상 차를 타고 몇 시간씩 달리곤 했다. 다른 사람에게는 폭력을 쓰지 않고 자기 자신한테만 썼다. 그래서 집에서 기다리는 사람이 있다는 생각은 하지 않고 어둠 속으로 질주했다. 오늘 저녁이야말로 울리는 벨소리에 전화를 받아 보면 다른 누군가의 목소리가 들리는 게 아닌가 싶어서, 경찰관이 "페테르 안데르손 씨 부인 되십니까?" 하고 묻고 그녀가 "그런데요"라고 속삭이면 동정하는 뜻에서 깊은 숨을 들이마시는 소리가 들리는 게 아닌가 싶어 두려움에 떠는 사람이 있다는 생각은 하지 않고.

"뭐라고 하면 좋을지 모르겠다, 여보. 정말이지 너무 안타까워." 미라가 얘기한다.

"아무 할 얘기 없어." 그가 무뚝뚝하게 대답한다.

그녀는 뒤로 이어지는 소음을 들으며 그가 시속 몇 킬로미터로 달리고 있을지 궁금해한다.

"그래도 얘기를 해야……."

"아무 할 얘기 없다니까. 그들이 이겼어. 그들은 우리 구단을 없애길 바랐고 이길 방법을 찾았어."

그녀는 늘 그러듯 무슨 잘못이라도 저지른 사람처럼 조심스럽게 숨을 마신다.

"저기…… 지금 당장은 세상이 끝난 것처럼 느껴지겠지만……."

"시작하지 마."

"무슨 소리야, 시작하지 말라니?"

"무슨 소린지 알잖아!"

"난 그냥 뭔가…… 다른 일을 생각해볼 기회가 드디어 생긴 걸지 모른다고 얘기하고 싶을 뿐이야."

그녀가 몇 번이나 물었던가. 하키 언제 끝나느냐고. 그는 몇 번이나 "내년"이라고 대답했던가. 내년에는 일을 줄이겠다고, 내년에는 쉬엄쉬엄 하겠다고, 내년에는 그녀가 일에 전념할 차례라고. 그녀는 내년을 이십 년째 기다리고 있다. 하지만 매번 무슨 일이 생겨서 그가 자리를 비울 수 없게 됐고, 위기가 닥쳐서, 정상적인 근무시간이나 일정한 퇴근 같은 지나친 요구를 하면 그녀가 이기적인 여자로 전락했다.

그가 발끈 성을 낸다. 어쩌면 자기도 모르게 그러는 것일 수도 있다.

"내가 무슨 일을 할 수 있는데, 미라? 집에 눌러앉을까?"

그래서 그녀는 방어적인 태도를 보인다. 어쩌면 그녀 역시 자기도 모르게 그러는 것일 수 있다.

"나한테 화풀이하지 마! 나는 그냥……."

"그냥 뭐? 이 구단이 내 인생의 전부인데!"

페테르의 귀에는 그녀의 숨소리밖에 안 들린다. 그녀는 소리를 지르지 않도록 뺨을 깨물며 참는다. 그는 흥분을 가라앉히고 사과하고 싶지만 다른 온갖 감정에 숨이 막혀서 이 말 한 마디를 내뱉는 게 전부다.

"내 말이 무슨 뜻인지 알잖아……."

그녀가 지금까지 몇 년이나 양보를 했던가? 그들은 그의 하키 때문에 캐나다로 건너갔다가 그의 하키 때문에 베어타운으로 건너왔고, 그녀도 몇 번이나 생각했다시피 다른 사람은 몰라도 그는 그녀를 이해해야 한다. 하키 선수라면 누구나 자기 실력이 어느 정도인지 파악하고 싶은 욕구가 있지만 그건 변호사도 마찬가지다. 베어타운으로 왔을 때 그녀는 어느 날 저녁에 와인에 취해서 불쑥 이런 말을 내뱉은 적이 있었다. "여기서 살려면 기본적으로 능력을 백 퍼센트 발휘할 수 없다는 걸 받아들여야 해." 페테르는 그녀가 자기 얘기를 한다고 생각했기에 기분 나빠했다. 그가 말이다.

"내 말이 무슨 뜻인지 알잖아!" 그는 같은 말을 반복하고, 그렇다, 그녀도 그 말이 무슨 뜻인지 정확히 안다.

그리고 그게 문제다. 하키가 그의 인생의 전부라는 것이. 그래서 그녀는 전화를 끊는다.

낯선 사람은 여러 이름이 적힌 쭈글쭈글한 종이를 카운터 위에 올려놓는다.

"이 사람들을 아세요?"

나이 많은 술집 주인은 건드리지 않고 명단을 쳐다본다.

"오늘 점심은 고기, 감자 그리고 소스야. 식사 마치면 어느 방향으로든 마음대로 떠나도 좋아."

낯선 사람은 콧잔등을 찡그린다.

"채식주의자를 위한 메뉴는 없나요?"

라모나는 욕을 하고 주방으로 사라진다. 전자레인지에서 땡 하는 소리가 나고 그녀는 다시 돌아와서 아무렇게나 접시를 카운터에 내려놓는다. 고기, 감자 그리고 소스다.

"저는 비건*인데요." 낯선 사람은 완벽하게 정상적인 일인 양, 미안해할 필요가 없는 일인 양 그렇게 얘기한다.

"뭐라고?" 라모나는 으르렁거리듯 묻는다.

"비건요."

"그럼 감자랑 소스만 먹으면 되겠네." 라모나는 짜증난 엄마처럼 나이프를 들고 고기 조각들을 끌어당겨서 카운터 위로 떨어뜨린다.

낯선 사람은 이 광경을 지켜보다가 묻는다.

"소스 안에 크림이 들어 있나요?"

라모나는 남은 맥주를 마저 마시고 다시 욕을 한 다음 접시를 낚아채 다시 주방으로 사라진다. 이번에는 감자만 담긴 접시를 들고 돌아온다.

낯선 사람은 태연하게 고개를 끄덕이고 감자를 먹기 시작한다. 라모나는 짜증난 표정으로 한참 동안 바라보다 접시 옆에 맥주를 한 잔 놓는다.

"서비스야. 영양 보충을 좀 해야지."

"저는 술 안 마셔요." 낯선 사람이 말한다.

"나도 마찬가지야, 나도 끊었어!" 라모나는 말하고 맥주를 한 잔

* 고기는 물론 유제품과 달걀도 먹지 않는 엄격한 채식주의자.

더 따른 다음 변명하듯 쏘아붙인다.

"이거? 알코올이 오 퍼센트도 안 돼! 사실상 우유나 다름없어!"

낯선 사람은 어느 젖소한테서 짠 우유냐고 물을까 고민하는 듯한 표정을 짓더니 묻지 않기로 한다. 라모나는 위스키를 두 잔 따라서 한 잔을 비운다. 낯선 사람은 남은 한 잔을 건드리지 않는다.

"취하려고 마시는 게 아니야. 소화 잘 되라고 마시는 거지." 라모나는 선포한다.

그래도 낯선 사람이 건드리지도 않자 라모나는 그 잔마저 비운다. 소화가 두 배로 잘 되겠다. 낯선 사람은 벽에 걸린 페넌트와 유니폼을 흘끗거린다.

"이 마을 사람들은 원래부터 이 정도로 하키를 좋아했나요?"

라모나는 코웃음을 친다.

"여기 사람들은 하키를 '좋아'하지 않아. 우라질 팝콘을 들고 VIP 석에 앉는 대도시 사람들이나 하키를 '좋아'하지. 그러다 다음 날이 되면 또 다른 걸 좋아하고. 여긴 대도시가 아니야."

낯선 사람은 아무 반응도 보이지 않는다. 그래서 사람들 속내를 읽는 데 도가 튼 라모나는 당혹스러워진다. 낯선 사람이 식사를 마치고 자리에서 일어나 돈을 카운터에 놓고 명단을 주머니에 넣고 문 밖으로 반쯤 나섰을 때 라모나가 큰 소리로 외친다.

"그 명단에 왜 남자들만 있어?"

낯선 사람은 고개를 돌린다.

"네?"

"하키에 대해서 물어보려고 베어타운에 왔다면서 왜 명단에 남자들만 있느냐고."

"아니에요. 사장님 이름도 있는데요."

문이 열렸다가 닫힌다. 낯선 사람은 문 앞에 서 있는 검은 재킷의 사나이들을 지나친다. 라모나는 그 자리에 서서 혼란스러워한다. 그것은 그녀에게 익숙한 감정도, 그녀가 좋아하는 감정도 분명 아니다.

8

관계가 이런 식으로 무너지기 시작하는 걸까?

어렸을 때 벤이는 나무들이 초록색으로 바뀌면 항상 집 밖으로 달려 나가서 몇 시간 동안 쏘다니다 나무 위에 올라가곤 했다. 마을 쪽에서 바람이 불어오면 고래고래 소리를 지르며 상처가 되는 것들을 모두 토했다. 바람의 방향이 그 반대면 뺨이 감각을 잃어서 눈물이 느껴지지 않을 때까지 가만히 앉아 있었다.

그는 세 누나에게 사냥을 배웠다. 그들이 원해서 가르쳐준 건 아니었고 엄마는 일을 하는데 남동생 혼자 집에 남겨두면 온갖 사고를 칠 테니 어쩔 수 없는 선택이었다. 벤이에 대해서 예측할 수 있는 딱 한 가지가 있다면 예측이 불가능하다는 사실이었다. 그런데 놀랍게도 인간들은 뚫지 못한 그의 갑옷을 자연은 뚫었다. 어렸을 때 숲속에서 지내는 법을 터득하는 것은 외국어를 하나 더 배우는 것과 같다. 여기서는 공기가 말을 하고 벤이는 그 말을 알아듣는다. 녀석은 구슬프고 거칠다.

그의 누나들은 아버지에게 사냥을 배웠고 벤이는 그랬다는 것이,

그들은 아버지를 기억할 수 있다는 것이 싫었다. 그래서 케빈을 만났을 때 그에게는 그의 것이, 그만의 것이 난생처음으로 생겼다. 여름이 되면 그들은 사냥꾼도 드나들지 않는 그들만의 비밀 공간으로, 잡초로 뒤덮인 호수 안의 섬으로 사라지곤 했다. 거기서 그들은 그들일 수 있었다. 그들은 알몸으로 헤엄을 치고 바위에 누워서 햇볕에 몸을 말렸고, 잡은 고기로 저녁을 해결하고 별을 보며 잠을 청했고, 어떨 때는 며칠 동안 서로 말을 한 마디도 하지 않은 적도 있었다. 첫해 여름에는 거기서 이십사 시간을 보냈지만 십대로 접어들자 하키 연습이 시작되기 직전까지 몇 주로 늘었다.

친구로 지낸 처음 몇 년 동안 벤이는 아버지 꿈을 꿀 때마다 이불에 지도를 그렸다. 하지만 섬에서는 그런 적이 없었다. 일단 배를 타고 나가서 바위 사이에 말뚝을 박고 배를 단단히 묶으면 꿈이 거기까지는 쫓아오지 못했다. 벤이에게 케빈은 모든 것이었다. 어린 시절의 단짝 친구는 평생 한 번뿐인 사랑과도 같고 그들에게 받은 마음의 상처는 더 심하다.

벤이는 아나와 마야를 데리고 잡초가 서로 뒤엉킨 호숫가로 간다. 호수에 부두는 없지만 그가 덤불 밑에 숨겨둔 배를 꺼내서 배낭을 그 안으로 던진다. 그런 다음 물속으로 뛰어들어서 헤엄을 친다.

처음에 두 소녀는 어디로 노를 저어 가는지 알지 못한다. 호수 한가운데엔 불룩 솟은 바위 몇 개와 야트막한 나무들이 있을 뿐이고 호수에서 보면 거기에 배를 댈 수도 없을 것처럼 보인다. 하지만 큼지막한 바위 뒤에서 등장한 벤이가 팔에서 물을 뚝뚝 흘려가며 맨발로 바닥을 굳게 딛고 배를 섬 쪽으로 끌고 간다.

아나는 배낭에서 쇠막대를 찾아 벤이에게 받은 망치로 바위 틈새에 박고 배를 단단히 맨다. 마야가 뒤따라서 내리고 그제야 두 소녀는 뭘 찾아왔는지 알아차린다. 조그만 섬 한복판에 정사각형 모양으로 풀을 베어놓았고 호수에서는 절대 보이지 않는 그곳에 딱 두 사람이 쓸 만한 텐트가 있다.

"여기 있으면 숨어 있기 좋아." 벤이가 땅바닥을 내려다보며 조용히 중얼거린다.

"이걸 우리한테 왜 보여주는 거예요?"

"나는 이제 필요 없거든." 그가 얘기한다.

그녀는 거짓말이라는 걸 알 수 있다. 그는 언뜻 거짓말이라고 실토할 것 같은 표정을 짓는다. 하지만 그 대신 부끄러운 듯이 손가락으로 가리키며 덧붙인다.

"저쪽에서 헤엄치면 숲에서도 보이지 않아."

마야와 아나는 이 섬에 누구와 같이 있었느냐고 묻지 않는다. 이제 이곳은 그들의 것이다. 자연의 가장 좋은 점은 과거에 연연하지 않는다는 것이다. 바위와 나무들은 예전 주인에게 눈곱만큼도 관심이 없다. 벤이가 물가로 걸어가지만 그가 바위에서 뛰어내리기 직전에 마야가 뒤에서 부른다.

"선배!"

그는 몸을 돌린다. 그녀는 갈라진 목소리로 얘기한다.

"벤이 선배의 앞날에는 해피엔드가 기다리고 있으면 좋겠어요."

그는 얼른 고개를 끄덕이고 그 말이 그에게 얼마나 큰 의미인지 그녀가 알아차릴 겨를도 없이 다시 몸을 돌린다. 그가 물속으로 뛰어들어 헤엄쳐가는 동안 두 소녀는 섬을 지킨다.

아나는 물살을 가르는 그의 팔과 저편의 숲으로 올라가는 탄탄한 몸을 훔쳐본다. 애절하고 거친 눈빛으로 훔쳐본다. 그녀는 좋아하며 아랫입술을 깨문다. 마야가 비난하는 눈빛으로 노려보자 아나는 쏘아붙인다.

"뭐! 나는 그냥…… 그런 식으로 금세 가버릴 필요는 없지 않았니? 내가 헤엄치는 걸 보고 있어도 좋았을 텐데……."

마야는 그녀의 관자놀이를 톡톡 두드린다.

"너 정신적으로 심각한 문제가 있다."

"뭐! 너 저 선배 팔 봤어? 나는 그냥 가지 말고 남아서……."

"됐어! 이제 그만! 계속 그러면 내 섬에서 내쫓는다?"

"뭐? 이게 갑자기 네 섬이 된 거냐?"

마야는 폭소를 터뜨린다. 그녀는 그녀의 단짝 친구보다 더 이상하고 더 영리한 사람을 본 적이 없고 아나는 나름의 황당한 방식으로 모든 걸 다시 정상 궤도로 진입시키기 위해 애를 쓰는 중이다. 남자, 성생활, 인생 그리고 세상. 그녀는 생존 문제를 대할 때 늘 그렇듯 유머러스하게 접근한다.

그들은 거의 여름 내내 섬에 틀어박힌다. 아나는 필요한 물품을 가져오겠다며 어쩌다 한 번씩 집에 다녀오지만 사실 가장 큰 목적은 아빠가 부엌에 방치한 빈 병을 치우기 위해서다. 그녀는 항상 해가 떨어지기 전에 돌아오고 항상 먹을거리가 넉넉한지 확인한다. 어느 날 아침에는 마야가 일어나보니 친구가 알몸으로 물가에서 욕을 하며 맨손으로 물고기를 잡으려고 용을 쓰고 있다. 텔레비전 서바이벌 프로그램에서 어떤 바보가 그러는 걸 봤다는데, 그 이후로 마야는 친구를 '골룸'이 아닌 다른 이름으로 부르는 걸 거부한다. 한편 아나는 마야가 처음으로 옷을 벗었을 때 티셔츠와 반바지 때문에 생긴 자국을 보고 이렇게 얘기한다. "너는 나중에 정말 좋은 아빠가 될 거야. 모든 아빠들이 휴가 때 해변에서 만드는 티셔츠 태닝 자국을 이미 장착했잖아." 그들은 요란하게 노래를 부르고 막춤을 추고 별이 반짝이는 하늘 아래에서 악몽 없이 단잠을 자며 마지막 여름을 보낸다. 마야는 차분하고 자유롭게 기타를 퉁긴다. 아직은 모르지만 앞으로 십 년 뒤에 그녀는 여기서 만든 곡을 모든 콘서트 때 맨 처음으로 연주하게 될 것이다. 그때 그녀의 양쪽 팔에는 각각 기타와 소총 문신이 새겨져 있을 테고 그 노래를 단짝 친구에게 바친다고 할 것이다. 곡의 제목은 '그 섬'이다.

벤이는 숲의 다른 쪽을 혼자 달리고 있다. 몇 년 동안 쌓은 무수한 훈련을 토대로 새로운 은신처를 찾는다. 그는 그 어떤 것도 당연하게 여기지 않는 어른이 되었다. 어린애들이나 거저 이루어지는 일이 있다고 생각하는 거다. 예를 들면 단짝 친구가 늘 곁에 있는 것. 자기 본연의 모습으로 살아가는 것. 원하는 사람을 사랑하는 것. 이제 벤이에게는 그 어떤 것도 거저 이루어지지 않기에 그는 뇌에서 산소를 달라고 헐떡이고 더 이상 아무것도 느낄 수 없을 때까지 숲속 더 깊숙한 곳을 향해 계속 달린다. 그러다 나무 위로 올라간다. 거기서 바람이 불길 기다린다.

약속을 하면 지켜야 한다. 어린아이들이 말을 시작할 때 맨 먼저 배우는 게 그것이다. 마야는 어렸을 때 아빠에게 우주비행사가 될 수

있다고 약속해달라고 했고 페테르는 약속했다. 부모의 역할이 원래 그런 거다. 그는 다른 모든 것도 약속했다. 아무도 그녀를 해치지 못하게 하겠다고. 전부 잘될 거라고. 사실이 아닌데도 그랬다.

봄에 그 모든 일이 벌어졌을 때 페테르는 딸에게 다른 곳으로 이사하고 싶으냐고 물었다. 그녀는 말했다. "아뇨. 여긴 제 마을이기도 하니까요." 그가 뭘 어떻게 해주면 좋겠느냐고 물었을 때 그녀는 이렇게 대답했다. "더 훌륭한 아이스하키단을 만들어주세요. 모든 사람들을 위해서." 그래서 그는 약속했다.

그는 말을 잘 못하는 사람이다. 아내와 아이들에게 얼마나 사랑하는지 말로 표현하는 그런 아빠가 못 된다. 항상 얼마나 사랑하는지 보여주는 것만으로도 충분하길 바랐다. 하지만 이제 그가 그들에게 뭘 보여줄 수 있을까? 낙오자라는 사실 말고는.

그는 횡단보도 앞에서 차를 멈춘다. 젊은 아빠가 여덟아홉 살쯤 되어 보이는 딸과 함께 길을 건넌다. 아빠는 딸의 손을 잡고 있고 딸은 그럴 나이가 지났음을 온몸으로 표현하고 있다. 페테르는 차에서 내려서 아이 아빠에게 그 손을 절대 놓지 말라고 소리를 지르고 싶은 걸 참는다. 절대 놓지 마요! 절대!

첫 아이 이삭을 낳았을 때 미라가 페테르에게 말했다. "이제 우리는 엄마, 아빠야. 다른 건 모두 2순위야. 무엇보다 중요한 게 엄마, 아빠 노릇이야." 페테르도 물론 알고 있었다. 그걸 모르는 부모가 어디 있을까. 그건 자발적인 과정이 아니라 감정적인 공격이다. 부모는 아이의 울음소리를 맨 처음 듣는 순간 제삼자의 소유가 된다. 이제 그 조그만 생명체의 사람이 된다. 다른 모든 건 2순위가 된다. 그래서 아이에게 무슨 일이 생기면 부모는 책임을 면할 길이 없다.

페테르는 밖으로 뛰쳐나가서 그 아빠에게 외치고 싶다. "그 아이를 눈에서 떼어놓지 말고 아무도 믿지 말고 그 파티에 보내지 마요!"

이삭이 죽었을 때 사람들은 물었다. "그걸 무슨 수로 잊어요?" 페테르는 잊을 방법이 없다고 대답하는 수밖에 없다. 그저 계속 살아나가는 거라고. 감정의 일부 영역이 자동 모드로 바뀐다고. 하지만 지금은 어떨까? 잘 모르겠다. 아이에게 무슨 일이 생기면 누구의 잘못이건 간에 부모는 책임을 면할 길이 없다는 것만 알 수 있을 따름이다. 너는 그때 어디 있었지? 왜 그를 죽이지 않았지? 왜 너는 부족한 아빠였지?

페테르는 길을 건너는 아빠에게 외치고 싶다. "그 손을 놓지 마요! 놓았다가는 그 나쁜 놈들 때문에 인생이 통째로 날아가버릴 테니까!"

대신 그는 손톱이 파고들도록 운전대를 부여잡으며 소리 없이 눈물을 흘린다.

그 섬

그때는 여름이었고
그 섬은 우리만의 것이었고
천 년의 겨울을
보내고 난 뒤에

너는 깨어졌고

나는 금이 갔고
너는 밧줄을 걸었고
나는 매듭을 묶었지

열여섯 살이 되기 전까지
우리에게는 죽을 시간이 얼마나 많았을까
너만이 진정한 의미를 아는
이별의 노래가 얼마나 많았을까

하지만 지금은 여름이었고
그 섬은 우리만의 것이었고
너는 내 것이었지
천 년 동안

페테르가 늦게 들어오면 미라는 소파에서 잠을 청했다. 테이블에 따지 않은 와인과 두 개의 잔이 침묵의 화살처럼 그의 양심에 날아와 꽂히며 그녀가 기다리고 있었음을 일깨워주었다. 집에 돌아오지 않는 그가 누군가에게 상처가 됐음을 일깨워주었다. 그는 조심스럽게 그녀를 안아서 침대에 눕히고 그녀의 등에 대고 쌔근거리며 잠이 들곤 했다.

오랜 결혼 생활은 그렇게 잃어버리면 어디에서부터 뒤져야 하는지 알 수 없을 만큼 소소한 부분들로 이루어진다. 무심한 듯 어루만지는 그녀의 손길, 그가 설거지를 하는 동안 그녀는 커피를 끓이고 부억 조리대에 둘이 같이 손을 올려놓으면 그녀가 조그만 손가락으로 그의 손가락을 감싸는 그런 것. 서로 다른 방향을 쳐다보는 와중에도 식탁 앞에서 그녀의 옆을 지나가는 순간 그녀의 머리칼을 스치고 지나가는 그의 입술. 두 사람이 오랫동안 서로를 사랑하다보면 의식적으로는 더 이상 스킨십을 하지 않을지 몰라도 그것은 본능적인 것이 된다. 복도와 부엌에서 마주치면 서로의 몸이 어찌어찌 서로를 찾는다. 날마다 항상 조그만 충돌이 빚어진다. 작정하고 만들 수 없는 그런 충돌이. 그러기에 아무도 모르는 이유로 그런 것들이 사라지면 두 사람은 문득 함께하는 삶이 아니라 평행한 삶을 살게 된다. 어느 날 아침부터 서로 눈을 맞추지 않고 조리대에 얹은 두 손 사이에 약간의 간격이 생긴다. 복도에서 서로 지나치더라도 더 이상 신체적인 접촉을 하지 않는다.

페테르는 자정을 넘긴 시각에 현관문을 연다. 미라는 그녀가 자고 있길 바라는 그의 마음을 알기에 자는 척한다. 테이블에 놓인 와인은 빈 병이고 그 옆을 지키는 잔은 한 개뿐이다. 그는 그녀를 안아서 침대로 옮기지 않고 소파에서 잠든 그녀에게 주섬주섬 담요를 덮어준다. 그녀의 연극이 끝나길 바라는 사람처럼 그 자리에 잠깐 서 있는다. 하지만 그녀가 눈을 떠보니 그는 화장실에 있다. 그는 문을 잠그고 바닥을 내려다보고 그녀는 소파에 누워서 천장을 올려다본다. 이제는 서로에게 할 말이 남았는지도 모르겠다. 모든 것에는 한계점이 있기 마련이고, 다들 '기쁨은 나누면 배가 된다'고 하며 슬픔의 경우에는 그 반대라고 우긴다. 하지만 어쩌면 그게 아닐지 모른다. 발목에 납을 매달고 물에 빠진 두 사람이 손을 잡고 있으면 서로의 구세군이 되기는커녕 가라앉는 속도만 두 배로 빨라질 뿐이다. 서로의 상처 입은 가슴을 보듬는 부담감을 결국에는 감당할 수 없게 된다.

그들은 손을 내밀어도 닿지 않는 곳에서 잠을 잔다. 입술로 머리칼을 스치고 지나가지도, 등에 대고 숨을 쉬지도 않는다. 그렇게 하룻밤, 또 하룻밤을 보내는 동안 질문 하나가 두 사람의 머릿속에서 서서히 뿌리를 내리기 시작한다. 이런 식으로 시작하는 걸까? 관계가 이런 식으로 무너지기 시작하는 걸까?

9
오늘 저녁에는 시비를 걸 사람이 필요할 것이다

스포츠를 사랑하는 사람이라면 누구나 알겠지만 벌어진 일만큼이나 경기 결과를 좌우하는 것이 벌어지지 않은 일이다. 골대를 맞힌 슛, 심판의 오심, 연결되지 않은 패스. 스포츠를 둘러싼 논의는 결국 천 개의 '그랬더라면'과 만 개의 '그러지 않았더라면'으로 귀결된다. 어떤 사람들의 인생도, 점점 더 인적이 사라져가는 바 카운터에서 낯선 사람들에게 반복 재생되는 똑같은 이야기를 통해 그런 식으로 박제가 된다. 파경에 이른 관계, 사기를 친 사업 파트너, 부당 해고, 고마워할 줄 모르는 아이들, 사고 아니면 이혼. 모든 게 나락으로 떨어진 단 한 가지 이유.

기본적으로 인간은 누구나 지금의 삶이 아니라 누렸어야 하는 다른 삶에 대해서 할 말이 있다. 도시와 마을도 마찬가지다. 그러니까 그들의 엄청난 이야기를 이해하고 싶으면 소소한 이야기부터 귀담아 들어야 한다.

의원들이 모두 휴가를 떠나거나 본업에 매진하자 세례 요한 축일 이후에 의회 건물은 거의 비다시피 한다. 지방 의회가 어떤 식으로 운영되는지 알고 싶으면 이곳을 시작점으로 삼아야 한다. 이곳의 의원직은 비정규직이고 할애하는 시간은 그렇게 많은데 연봉은 몇천 크로나밖에 안 되니 거의 자원봉사에 가깝다. 그래서 대부분의 의원들이 다른 회사에서 일을 하거나 자기 사업을 한다. 그 말은 곧 그들에게도 고객과 납품업자와 상사와 동료가 있다는 말이다. 따라서 사실상 독자적이라고 할 수 없지만 인간은 섬이 아니고 이 깊은 숲속의 마을에서는 더군다나 그렇다.

딱 한 명이 의회 건물에서 여름에도 날마다 열여덟 시간씩 일을 하는데, 그는 이 일대에서 어느 누구에게도 아무 신세를 진 적이 없다. 그의 이름은 리샤르드 테오이고 검은 양복을 입고 사무실에 앉아서 전화를 연속으로 돌리는 중이다. 몇 명에게는 증오의 대상이고 여럿에게는 두려움의 대상인 그가 조만간 한 아이스하키단과 두 마을의 운명을 바꾸어놓을 것이다.

며칠 동안 연달아 비가 내리자 베어타운은 다른 곳이 된다. 눈이라면 모를까, 이런 장마는 익숙지 않다. 평소보다 조용해진 사람들은 평소보다 짜증을 내며 외출을 자제한다.

지프가 진창길을 가르며 숲속을 달리고 낯선 사람이 허름해 보이는 집 옆의 조그만 자동차 정비소 앞에서 차를 멈춘다. 정비가 필요한 차들이 풀밭 위에 세워져 있다. 그중 한 대는 못 보고 지나칠 수가 없는 것이 보닛에 도끼가 박혀 있다.

낯선 사람이 지켜보는 가운데 주먹이 새끼 돼지만 한 열여덟 살짜리가 보닛 위로 풀쩍 올라가서 도끼를 빼는데, 어깨에 어찌나 힘을 주었는지 목이 배 속으로 들어간 것처럼 보일 정도다.

집배원에게 친자 확인 검사를 강요할 필요가 없을 정도로 아이와 빼다 박았고 우락부락하게 생긴 사십대 남자가 지프 쪽으로 다가와 차창을 두드린다.

"타이어요?" 그가 으르렁거리듯이 묻는다.

낯선 사람은 차창을 내리고 무슨 뜻인지 모르겠다는 듯이 반문한다.

"타이어요?"

남자는 앞바퀴를 발로 찬다.

"반질반질하게 닳았고 이쪽은 홈이 오래된 LP판 정도로밖에 안 남아서 그 때문에 오신 거 아니에요?"

"좋아요." 낯선 사람은 얘기한다.

"좋다니요? 타이어를 바꾸겠다는 거예요, 안 바꾸겠다는 거예요?" 남자는 묻는다.

"좋아요." 낯선 사람은 대답하고 남자가 햄버거에 케첩을 뿌리겠느냐고 묻기라도 한 것처럼 어깨를 으쓱한다.

남자는 뭐라고 툴툴거리고 큰 소리로 외친다.

"보보! 이 차에 맞는 타이어 있냐?"

낯선 사람이 여길 찾은 이유는 타이어를 교환하기 위해서가 아니라 수비수의 자질을 평가하기 위해서지만 그러기 위해 타이어를 교환해야 한다면 상관없다. 그래서 낯선 사람은 열여덟 살의 보보를 관찰하는데, 자동차 보닛에 박힌 도끼를 빼는 모습에서 아서왕의 평민 버전이 연상된다. 그가 작업실 안으로 사라진다. 헐벗은 여자들 사진이 벽에 걸려 있지 않은 걸 보고 낯선 사람은 이 집에 아버지와 아들이 어려워하는 여자가 산다는 결론을 내린다. 하지만 아이스하키단 사진은 예전에 찍은 것과 새로 찍은 것 모두 여러 장 걸려 있다.

낯선 사람은 그걸 보고 고개를 끄덕이고, 보보가 양쪽 겨드랑이에 타이어를 하나씩 끼고 나오자 아버지에게 묻는다.

"아드님이 하키에 소질이 있나요?"

아버지는 자기도 수비수 출신일 때만 느낄 수 있는 자부심으로 얼굴을 환히 빛낸다.

"보보요? 그럼요! 이 마을에서 가장 거친 수비수였죠!"

낯선 사람은 그가 '가장 거친'이라는 단어를 선택했다는 데 놀라지 않는다. 아버지와 아들, 양쪽 모두 한 방향으로만 스케이트를 탈 수 있는 남자라는 인상을 분명하게 풍긴다. 아버지가 기름으로 얼룩진 손을 내밀자 낯선 사람은 그 손이 뱀이라도 되는 듯한 반응을 보이며 악수를 한다.

"다들 갈텐이라고 부릅니다." 아버지가 씩 웃으며 얘기한다.

"사켈입니다." 낯선 사람은 말한다.

낯선 사람은 시세보다 조금 비싼 값에 재생 타이어로 교환하고 쪽지를 들고 정비소를 나선다. 쪽지에는 이렇게 적혀 있다. '보보. 스케이트를 배울 수 있다면.'

이 종이는 단순한 명단이 아니다. 선수 명단이다.

아맛은 땀으로 시커메진 셔츠를 입고, 눈에서 눈물이 흐르고 머릿속에서 아무 생각도 나지 않을 때까지 길을 따라서 혼자 달리는 중이다.

그는 이 마을이 배출한 아이스하키 선수들 중에 손꼽히도록 재능이 출중했지만 올해 봄까지 아무도 그런 줄 몰랐다. 그는 베어타운 북쪽의 할로에서도 맨 끝의 가장 저렴한 아파트 단지에서 엄마와 함께 살고, 항상 물려받은 장비를 쓰며, 너무 작다는 소리를 듣지만 스케이트를 신었을 때 그보다 더 빠른 사람은 없다. "죽여버려!" 그의 단짝 친구들은 "행운을 빈다!"라는 말 대신 이렇게 외친다. 스피드가 그의 무기다.

이 일대에서는 하키가 곰들의 스포츠지만 아맛은 사자처럼 플레이하는 법을 스스로 터득했다. 그는 이 스포츠를 통해 이 마을의 일원이 될 수 있었고 이것이 거기서 탈출하는 티켓이 될 수도 있을 거라고 생각했다. 그의 어머니는 겨울에는 아이스링크에서, 여름에는 병원에서 청소부로 일하지만 아맛에게는 나중에 프로 선수가 돼서 어머니를 탈출시키고 싶은 바람이 있다. 지난봄에 청소년팀에 합류했을 때 기회가 생겼다. 그는 그 기회를 잡았다. 이 마을의 모든 사람에게 그가 승자라는 것을 보여주었고 그의 꿈으로 향하는 길이 열렸다. 그의 생애 가장 짜릿했던 날이자 가장 끔찍했던 저녁이었다. 경기가 끝났을 때 그는 마야도 참석한다는 파티에 초대됐고 그에게 하키보다 더 간절한 꿈이 있다면 그녀와의 입맞춤이었다.

그는 술에 취했지만 그렇더라도 술과 약에 취해서 웃고 노래하는 십대들로 그득한 방들을 어떤 식으로 하나씩 비틀비틀 지나쳐 이층으로 올라갔다가 도와달라는 마야의 외침을 듣게 되었는지 아주 사소한 부분까지 결코 잊지 못할 것이다. 아맛은 문을 열었고 성폭행의 현장을 목격했다.

케빈은 아맛이 어떤 광경을 목격했는지 알아차리자 빌리암 뤼트와 청소년팀의 몇몇 선수들과 함께 그가 꿈꿨던 모든 것을 제시했다. 청소년팀의 선수 자리, 스타 대접, 창창한 미래…… 함구하는 것이 조건이었다. 케빈의 아버지는 그에게 돈을 주었고 어머니에게 더 괜찮은 일자리를 주선하겠다고 약속했다. 그 제안을 심각하게 고민했다고 아맛을 나무라는 사람이 있다면 도의를 쉽게 선택할 수 있는 삶을 살았던 사람이라고 볼 수 있다. 그는 그런 적이 없다. 그에게 도의는 사치다.

케빈의 부모와 하키단을 후원하는 사람들이 회의를 소집해 마야의 아버지를 내쫓으려고 했다. 결국 아맛은 회의에 참석해 사람들 앞에서 그가 무엇을 보았는지 모두에게 공개했다. 페테르 안데르손은 신임 투표에서 승리하고 자리를 보전했다.

그러고 나서 어떻게 됐나? 아맛이 달리는 속도를 높이자 발이 점점 더 아파온다. 그러고 나서 도대체 어떻게 됐나? 케빈은 처벌을 받지 않았다. 마야는 정의를 구현하지 못했고 회의 이후에 아맛에게는 수백 명의 적이 생겼다. 뤼트와 친구들이 아맛을 찾아와서 두들겨 팼을 때 보보가 막판에 친구들을 등지고 그를 지켜주지 않았다면 그는 그들의 손에 죽었을 것이다.

이제는 아맛도 보보도 헤드 아이스하키단에서 환영받지 못하는 신세다. 아맛은 고자질쟁이고 보보는 배신자다. 그리고 베어타운 아이스하키단은? 조만간 없어질 것이다. 아맛은 이대로 가다가는 삼십 년 뒤에 바 카운터에 앉아서 '그랬더라면'과 '그러지 않았더라면'을 늘어놓는 사람들 대열에 합류할 것이다. 그는 사흘 묵은 수염과 나흘 묵은 숙취를 달고 다니는 추레한 남자들, 십대 때 인생의 정점을 찍은 남자들을 아이스링크에서 본 적이 있다.

아맛은 프로 선수가 될 수 있었고 인생을 바꿀 수 있었는데 그 대신 열여섯의 나이에 퇴물이 되어가고 있다.

그의 시선은 안으로 향해 있다. 그래서 그를 뒤쫓아 오는 지프를 알아차리지도 못한다. 그 차가 옆을 지나가도 몇 분 전부터 오십 미터 뒤에서 쫓아오고 있었다는 걸 알지 못한다. 낯선 사람은 그 몇 분 동안 그가 베어타운에서 얼마나 멀리까지 왔는지 얼마나 빨리 달리는지 파악하고 적는다. '아맛. 심장이 허파만큼 크다면.'

———

벤이는 아버지의 묘비에 기대앉아 있다. 온몸이 달빛과 풀잎으로 뒤덮였고 그 둘의 조합이 회로 차단기 역할을 한다. 그는 폐쇄 상태다. 그렇지 않고서는 감당할 수가 없다.

그에게는 누나가 세 명 있는데, 그의 이름을 들었을 때 나타나는 반응을 보면 그 셋의 차이점을 파악할 수 있다. 어린아이들을 키우는 가비는 금요일 저녁에 아이들에게 책을 읽어주고 일찍 잠자리에 들지만 그래도 컴퓨터가 아니라 텔레비전으로 중계방송을 시청한다. 헤드의 라단에서 바텐더로 일하는 카시아는 금요일 저녁에 맥주를 따르고 다른 백삼십 킬로그램짜리 술꾼들의 앞니를 없애기로 공모한 백삼십 킬로그램짜리 술꾼들을 가게 밖으로 인도한다. 만이인 아드리는 베어타운 외곽의 견사에서 혼자 살며 사냥과 낚시를 하고 입이 무거운 사람들을 좋아한다. 그래서 누가 "벤이"라고 하면 가비는 걱정하는 목소리로 "벤이한테 무슨 일 생겼어요?"라고 외칠 것이다. 카시아는 한숨을 쉬며 "이번에는 뭐예요?"라고 할 것이다. 하지만 아드리는 상대방을 들어서 벽에 대고 밀치며 따져 물을 것이다. "우리 동생은 찾아서 뭐 하게?" 가비는 걱정하고 카시아는 문제를 해결하고 아드리는 항의한다. 아버지가 엽총을 들고 숲으로 떠난 이래 셋은 이런 식으로 역할을 분담하고 있다. 그들은 벤이 같은 심장의 소유자는 가르칠 도리가 없다는 걸 알지만 어쩌면 길들일 수는 있을지 모른다고 기대한다. 그래서 그가 어떤 날은 어머니의 집에서, 어떤 날은 숲에서, 또 어떤 날은 어느 누나와 함께 지내며 방랑족 생활을 할 때 그들은 기존의 역할을 충실히 이행한다. 그가 가비의 집에서 지내면 그녀는 한밤중에 일어나 열여덟 살이나 된 동생이 제대로 숨을 쉬는지 확인한다. 카시아는 앞으로도 문제가 생기면 계속 찾아와주길 바라기 때문에 그가 어마어마한 뻘짓을 저질러도 유야무야 넘어가며 동생의 버릇을 망쳐놓는다. 그가 견사에서 지낼 때면 아드리는 총기 보관함 열쇠를 베개 아래에 두고 잔다. 남동생이 아버지의 전철을 밟지 않도록 단속하기 위해서다.

이 마을에는 벤이를 반항아로 간주하는 어른들이 항상 있어왔다. 누나들은 오히려 정반대라는 걸 안다. 그는 모든 사람이 원하는 바로 그 모습으로 성장했다. 가슴속에 엄청난 비밀을 품고 있는 아이는 어떨 때는 누구에게나 보이는 곳이 숨기 가장 좋은 장소라는 걸 이내 깨달을 수밖에 없기 때문이다.

벤이는 케빈이 스타가 될 가능성을 가장 먼저 감지한 아이였다. 베어타운에서는 그런 선수를 '벚나무'라고 부르기에 벤이는 케빈이 빙판 위에서 꽃을 피울 수 있도록 공간을 확보하는 역할을 담당했다. 벤이가 어찌나 거친 몸싸움을 반복했던지 관중석의 남자들은 급기야 이런 말을 늘어놓았다. "이제 비로소 진정한 하키 선수가 등장했네. 하키는 게이나 약골들을 위한 스포츠가 아니야, 벤이 같은 남자들을 위한 스포츠지!" 그가 싸우면 싸울수록 그들은 그를 더 잘 안다고 생각했다. 그가 그들이 원하는 모습이 될 때까지 그렇게 생각했다.

그는 이제 열여덟 살이다. 그는 일어나서 묘비 위로 허리를 숙이고 아버지의 이름에 입을 맞춘다. 그런 다음 한 걸음 뒤로 물러나 주먹을 불끈 쥐고 똑같은 자리를 있는 힘껏 친다. 그는 손마디에서 피를 뚝뚝 흘리며 숲을 가로질러서 헤드로 향한다. 내일은 알란 오비크의 생일이고 이번에 처음으로 벤이는 그날을 케빈 없이 자축할 것이다. 오늘 저녁에는 시비를 걸 사람이 필요할 것이다.

그는 지프를 보지 못한다. 지프는 나무 아래에 주차되어 있다. 낯선 사람은 비를 뚫고 무덤으로 다가가 묘비에 적힌 이름을 확인한다. 다시 지프로 돌아가 종이에 대고 끼적인다. '오비크. 하키를 계속하고 싶은 생각이 있다면.'

벤이. 아맛. 보보. 엄청난 이야기 안에는 항상 소소한 이야기들이 가득하다. 베어타운의 세 청년은 그들의 구단이 해체되는 중이라고 생각했지만 낯선 사람은 이미 그들을 데리고 팀을 만들고 있었다.

지역구 의원 리샤르드 테오가 의회 건물에 혼자 있는 동안 저녁이 내린다. 그는 마흔이라는 실제 나이보다 젊어 보인다. 사춘기가 시작되길 기다렸을 때는 털 한 가닥 나지 않은 무심한 고환을 보며 이런 유전자를 혐오했지만 지금 동년배들은 흰 수염을 뽑고 볼일을 볼 때마다 중력의 법칙을 저주하는 반면 그는 그 유전자의 혜택을 누리고 있다. 테오는 양복을 입고 있다. 다른 동료들은 기껏해야 청바지에 재킷 차림이기에 그는 종종 "지방의 별 볼 일 없는 사람이 중앙정부 장관처럼 하고 다닌다"라는 놀림을 받는다. 하지만 상관없다. 그가 정장을 입는 이유는 현재 하는 일이 아니라 앞으로 하고 싶은 일을 위해서다.

그는 베어타운에서 자랐지만 인기가 많은 아이가 아니었고 하키도 하지 않았다. 외국으로 유학을 갔을 때도 그가 없어진 줄 아무도 몰랐다. 그는 런던의 은행에서 일을 하다가 몇 년 만에 비싼 양복을 입고 정치적인 야망을 불태우며 갑자기 고향으로 돌아왔다. 그는 그 지역에서 가장 규모가 작은 정당에 가입했다. 지금 그 정당은 규모가 가장 작지 않다.

얼마 전까지만 해도 테오는 동창생들이 학창 시절 사진을 보더라도 이름을 기억하지 못하는 그런 친구였지만 지역 신문에서 그의 정책을 부정적으로 다루기 시작하자 달라졌다. 하지만 그들에게 어떤 식으로 이름이 알려지는가는 테오에게 중요하지 않은 문제다. 그들이 알고 있기만 하면 된다. 생각은 바뀔 수 있다.

리샤르드 테오가 페테르에게 베어타운 아이스하키단의 운명을 알린 회의에 참석하지 않은 이유는 기득권층이 아니기 때문이다. 어느 의회나 정치 엘리트 집단이 있기 마련인데, 이곳의 기득권층은 테오를 배척하기로 결정했다. 물론 그들은 그의 정책 때문이라고 주장하지만 진짜 이유는 그를 두려워하기 때문이라고 그는 굳게 믿고 있다. 그는 사람들을 그의 편으로 끌어들일 수 있다. 주변에서는 그를 '포퓰리스트'라고 하지만 그와 다른 정당원들과의 차이점이 있다면 그에게는 깃발이 필요 없다는 것이다. 그들은 의회 건물 꼭대기 사무실을 쓰고 재계 리더들과 골프를 치지만 리샤르드 테오는 일층 사무실을 쓴다. 그는 직원들을 자른 사람들이 아니라 직장에서 잘린 사람들에게, 행복한 사람들이 아니라 성난 사람들에게 정보를 수집하기 때문에 깃발이 없어도 바람이 어느 쪽으로 부는지 알 수 있다. 다른 정치인들이 한 방향으로 뛸 때 리샤르드 테오 같은 사람들은 반대 방향으로 간다. 가끔 그런 식으로 승리를 쟁취한다.

누군가가 그의 사무실 문을 두드린다. 늦은 시각이라 낯선 사람의 등장을 본 사람이 없다.

"드디어 왔군그래! 어때? 고민 마쳤나? 그 일을 맡을 텐가?" 리샤르드 테오는 단도직입적으로 묻는다.

낯선 사람은 팀원들의 이름이 적힌 종이를 주머니에 넣고 문 앞에서 있지만 어찌나 심드렁하게 대답을 하는지 그 일자리에 대한 열의가 부족한 건지, 인생 전반에 대한 열의가 부족한 건지 알 수가 없다.

"전화 주셨을 때 베어타운 아이스하키단의 A팀 코치를 맡아달라고 하셨죠? 하지만 구단은 해체될 예정이죠. 해체가 되지 않는다고 하더라도 이미 코치가 있고요. 코치가 없다 한들 의원님은 이 구단의 단장이 아니라 의회 의원이니 제가 민주적인 절차를 심각하게 오해한 게 아닌 이상 의원님은 제게 유니콘을 안길 수 없듯 코치직을 제안할 수 없어요."

"그런데도 이렇게 찾아왔군." 리샤르드 테오는 이렇게 얘기하고 끝이다.

"어쩌다보니 제가 유니콘을 아주 좋아하거든요." 사켈은 고백하는데, 그녀의 태도를 보건대 농담인지 아닌지 알 길이 없다.

테오는 고개를 갸우뚱한다.

"커피 한잔 하겠나?"

"저는 커피 마시지 않습니다. 뜨거운 음료는 마시지 않아요."

테오는 단검이라도 피하려는 듯 홱 움직인다.

"커피를 마시지 않는다고? 그럼 이 마을에 적응하는 데 문제가 있겠는데!"

"어려운 점이 그뿐만은 아니죠." 사켈은 대답한다.

테오는 씩 웃는다.

"사켈, 자네는 참 특이한 사람이야."

"그렇다고들 하더군요."

테오는 손바닥으로 책상을 때리고 기분 좋게 일어선다.

"그래서 좋아! 언론에서도 좋아할 거야! 코치는 자네가 맡으면 되겠고 단장 걱정은 나한테 맡겨둬. 우리 둘이 함께 일할 앞날이 기대가 되는군."

그는 하이파이브를 시도할까 고민하는 표정이다. 사켈은 그럴 일은 없다고 단호하게 선을 긋는 표정이다.

"의원님과 제가 '함께 일할' 일이 없도록 하는 게 저의 가장 큰 목표입니다. 저는 하키를 하러 온 거지, 정치를 하러 온 게 아니거든요."

테오는 환한 표정으로 두 팔을 벌린다.

"나는 하키라면 질색이니까 자네 혼자 다 가져도 좋아!"

사켈의 두 손은 운동복 주머니에서 나올 줄 모른다.

"하키를 질색하는 사람치고 열의가 너무 넘치는데요."

테오는 흐뭇한 표정을 지으며 실눈을 뜬다.

"다들 한 방향으로 뛸 때 나는 다른 방향으로 가거든, 사켈. 그게 내가 승리를 쟁취하는 방법이야."

10

어떤 식으로 아이들에게 알려야 할까?

로펌의 불이 꺼지지만 한 방만 예외다. 미라 안데르손이 일을 하는 동안 동료는 안락의자를 두 개 붙여놓고 누워서 노트북으로 패키지여행 상품을 검색한다.

"패키지여행? 자기는 휴가 내는 것도 좋아하지 않잖아." 미라가 지적한다.

동료는 야단을 맞은 고양이처럼 기지개를 켠다.

"맞아. 하지만 이 몸을 봐, 미라. 일 년에 최소 한 번이라도 비키니를 입고 이 몸을 내보여야지, 그러지 않으면 인류를 향한 범죄행위가 될 거야!"

미라는 웃음을 터뜨린다. 동료가 여전히 그렇게 쉽게 그녀의 웃음보를 터뜨리다니 고마운 일이다. 그런 친구가 있다니 고마운 일이다.

"예약하거든 얘기해줘. 내가 문제의 그 나라에 연락해서 집집마다 남편들을 가둬놓으라고 하게."

동료는 진지하게 고개를 끄덕인다.

"아들들도. 그리고 아빠들도, 내가 페르넷을 너무 많이 마셨을 경우에 대비해서."

미라는 미소를 짓는다. 그런 다음 천천히 눈을 깜빡이며 중얼거린다.

"옆에 있어줘서 고마워……."

동료는 어깨를 으쓱한다.

"집에서는 와이파이가 잘 안 터지거든."

두말하면 잔소리지만 말도 안 되는 핑계다. 그녀가 퇴근을 하지 않는 이유는 오늘 저녁에는 일찍 퇴근해 빈집에서 페테르를 기다리고 싶지 않은 미라의 심정을 알기 때문이다. 그녀는 잣대질하지 않고, 이러쿵저러쿵하지 않고, 유일하게 불이 켜진 사무실에 남는다.

그런 친구가 있다니 얼마나 고마운 일인가.

"아이스하키단은 절대 사랑하면 안 돼. 백발백중 짝사랑이거든." 페테르의 어머니는 이렇게 얘기했다. 그녀가 아버지보다 성격이 유했지만 페테르는 어머니가 아프기 전에는 아버지도 유했을지 모른다는 생각을 한다. "네가 특별하다는 생각은 절대 하지 마라." 아버지는 이렇게 얘기했다. 페테르는 그들의 얘기를 듣지 않았다.

그는 모든 지인에게 전화를 건다. 함께 운동을 했던 모든 사람에게 전화를 건다. 자문을 청하고 재정적인 지원을 청하고 구단을 살릴 수 있는 선수를 청한다. 모두들 이해하고 모두들 공감하지만 하키는 통계와 수치를 기반으로 한다. 뭐든 거저 주는 사람은 없다.

그의 전화벨이 울린다. 슈퍼마켓 사장이자 베어타운 아이스하키단의 마지막 남은 진정한 후원자라 할 수 있는 어렸을 때 친구 프락이다. 프락이 떨리는 목소리로 얘기한다.

"염병할 일이 벌어졌어, 페테르. 지랄 맞게 염병할 일이…… 저기 있잖아…… 신문에 뭐가 실렸는데……."

"뭐라고?" 페테르가 묻는다.

"애들 못 보게 하라고 연락한 거야. 나쁜 새끼들이…… 오늘 자 지역신문에 부고를 실었어. 네 이름으로."

페테르는 아무 말도 하지 않는다. 그는 거기에 담긴 메시지가 뭔지 안다. "하는 일을 욕하는 거"라는 둥, "그런 데 신경 쓰지 마라"라는 둥 말은 쉽다. 하지만 우리는 인간에 불과하다. 자기 이름이 부고에 등장하면 신경이 쓰일 수밖에 없다.

"무시해……." 프락은 얘기하지만 그도 불가능한 일이라는 걸 안다.

모두가 내 편이 아니더라도 베어타운의 하키단을 구할 수 있을지 모른다. 하지만 모두가 내 적이면 그럴 수 없다.

페테르는 전화를 끊는다. 집에 가야 하지만 마야는 아나와 캠핑 중이고 레오는 친구네 집에서 자고 온다. 페테르와 미라 단둘이 집에 있을 텐데 그는 그녀가 뭐라고 할지 안다. 포기하라고 그를 설득하려 들 것이다.

그래서 페테르는 볼보의 방향을 돌려서 달린다. 베어타운을 벗어나 길을 따라서 점점 더 빠르게 달린다.

리샤르드 테오의 사무실 벽에는 황새 사진이 걸려 있다. 테오는 통계를 공부했고 연관성을 입증하는 것이 사람들의 생각을 가장 간단하게 좌우할 수 있는 방법이라는 걸 안다. 식습관이 안 좋으면 병에 걸린다, 술을 마시면 교통사고가 난다, 가난하면 범죄가 발생한다, 이런 식으로 말이다. 그리고 그는 정치인의 입맛에 맞게 숫자를 주무를 수 있다는 것도 안다.

테오는 영국의 통계학자가 쓴 책을 보고, 예를 들면 황새가 많은 마을에서 해마다 태어나는 아이들 숫자가 황새가 적은 마을보다 많다는 통계 수치가 존재한다는 걸 알았다. "이건 무얼 입증하는 걸까? 황새가 아이들을 물어다 준다는 속설을 입증하는 걸까?" 통계학자는 이렇게 빈정거렸다. 두말하면 잔소리지만 그게 아니라 황새들은 굴뚝에 둥지를 짓기 때문에 굴뚝이 많은 마을일수록 황새가 많을 수밖에 없다. 굴뚝이 많다는 건 집이 많다는 뜻이고 집이 많다는 건 인구수가 많다는 뜻이니 태어나는 아이들 숫자도 더 많을 수밖에 없다.

그래서 리샤르드 테오는 황새 사진을 사무실 벽에 걸어놓고 그걸 보며 중요한 건 실질적인 현상이 아니라고 날마다 되새긴다. 중요한 건 그걸 어떤 식으로 사람들에게 설명하느냐다.

그는 곰이나 황소 같은 다른 동물에도 관심이 많다. 이 일대의 다른 아이들처럼 그 역시 곰과 황소가 아이스하키단의 이름이라는 걸 어렸을 때부터 알았지만 외국에서 경제학을 공부하면서 다른 사실을 알게 됐다. 월가의 증권 거래인들은 주가가 상승하는 낙관적인 시장을 '황소'에 비유했고 불황을 맞아 가차 없이 추락하는 시장을 '곰'에 비유했다. 그 둘은 필연적인 현상이며 그 둘의 갈등을 통해 경제 균형이 유지된다.

리샤르드 테오는 아이스하키단도 마찬가지라고 생각하지만 균형추를 옮기는 것이 그의 목표다. 선거는 단순하다. 모든 게 아무 문제 없고 행복하면 기득권이 승리한다. 하지만 유권자들이 화를 내고 서로 옥신각신하면 리샤르드 테오 같은 사람들이 승리한다. 아웃사이더가 권력을 쟁취하려면 갈등이 있어야 한다. 그런데 갈등이 없다면? 만들어야 한다. 그는 런던에 사는 옛 친구에게 전화를 건다.

"다들 찬성했어?" 테오가 묻는다.

"응, 모두 합류했어. 하지만 새 사장단이…… 정치적으로 약속해주길 바라는 부분이 있는데." 런던의 친구가 말한다.

"그들은 원하는 걸 손에 넣게 될 거야. 여기로 내려와서 지역 신문에 환하게 웃는 사진이 실리도록 하는 것만 잊지 않으면 돼."

"네가 원하는 건 뭔데?"

"나는 그냥 그들의 친구가 되고 싶을 뿐이지." 테오는 주장한다.

런던의 친구는 폭소를 터뜨린다.

"그래, 맞아, 늘 그렇듯이 말이지."

"새 사장단의 입장에서는 괜찮은 거래가 될 거야." 리샤르드는 약속한다.

런던의 친구도 동의한다.

"아주 괜찮은 거래가 될 건 분명하지. 너의 전문적인 지식과 정치적인 연줄 덕분에 가능했던 일이기도 하고. 새 사장단은 네 협조를 고맙게 생각해. 하지만 진지하게 묻자. 너는 그 공장에 이렇게 관심을 보이는 이유가 뭔데?"

테오는 다정한 목소리로 얘기한다.

"왜냐하면 그 공장이 베어타운에 있기 때문이지. 그게 있어야 내게 아이스하키단이 생기기 때문에 그 공장이 필요해."

런던의 친구는 다시 폭소를 터뜨린다. 둘이 영국의 대학교에서 만났을 때 테오는 얼마 안 되는 장학금만 받고 있을 뿐 땡전 한 푼 없는 신세였다. 그의 어머니는 교사였고 아버지는 공장노동자였지만 노조 활동에 적극적이었던 아버지가 상대하기 힘든 교섭자로 명성이 자자했기 때문에 공장 측에서 그와 협상할 필요가 없도록 중간 관리직을 맡겼다는 소문이 돌 정도였다. 그의 아버지는 점점 살이 찌면서 성격이 편안해졌고 이내 전혀 위험하지 않은 인물이 되었다. 리샤르드 테오는 그걸 보며 권력으로 어떤 게 가능한지를 배웠다. 그래서 그는 대학교에 진학했을 때 특정 부류의 친구를 찾았다. 돈이 많은 집안 출신이지만 허약해서 괴롭힘을 당하고 자존감이 낮은 친구였다. 테오는 재치 있고 재미있어서 파티에 데리고 가기 좋은 친구였을 뿐 아니라 여자들에게 말을 붙이는 데도 상당히 재주가 있었다. 이런 것들은 어디에서든 가치를 발하는 자질이었다. 그 대가로 그는 조만간 부모에게 돈과 권력을 물려받을 의리 있는 친구들을 사귈 수 있었다. 이걸 계기로 테오는 인맥의 중요성을 깨달았다.

그는 베어타운으로 돌아갔을 때 어떤 정당이든 선택할 수 있었지만 더 대도시가 아니라 베어타운을 정치 인생의 출발점으로 삼은 것과 같은 이유에서 가장 규모가 작은 정당을 선택했다. 넓은 연못의 조그만 물고기보다 작은 연못의 큼지막한 물고기로 지내는 편이 더 효과적인 경우도 있었다. 당적이나 정치색은 중요하지 않았다. 그는 극우나 극좌였어도 똑같이 만족했을 것이다. 이상을 원동력으로 삼는 사람들이 있는 반면 리샤르드 테오에게는 결과가 원동력이었다. 다른 정치인들은 그를 가리켜 "어려운 문제를 단순하게 해결"하는 "기회주의자"라고, 어떨 때는 펠센 술집에서 실업자들의 편을 들며 의회의 투자를 약속하고 또 어떨 때는 하이츠의 사장들과 어울리며 세율 인하를 약속한다고 한다. 그는 할로에서 범죄가 자행될 때마다 단순한 데 책임을 전가하며 지역 신문을 통해 '경찰 병력 증강'을 외치면서 또 한편으로는 "의회 예산을 지키지 않는다"라고 기득권을 비판한다. 환경 운동가들과 한자리에 앉아서 사냥업계의 로비가 지역 정치에 영향을 미치지 못하게 하겠다고 약속하지만 그의 목적에 부합하면 장소를 옮겨서 대도시의 늑대 보호론자와 정부 기관의 총기류 혐오론자들을 성토하는 사냥꾼들을 부추긴다.

두말하면 잔소리지만 테오는 비판을 대하는 태도도 지극히 양면적이다. 그것이 그에게 깃발이 필요 없는 또 한 가지 이유이기도 하다. 정치에 있어서 중요한 것은 꿈이 아니라 작전이다. 그렇다면 올여름에 그는 어떤 상황을 이용할 수 있을까?

오래전부터 헤드의 병원이 문을 닫는다는 소문이 있었다. 베어타운의 공장은 몇 년 전부터 인원 감축에 들어갔다. 이제는 베어타운 아이스하키단이 파산할 위기에 놓였다. 이 세 가지 모두를 활용하려면 바람에 대해서 아는 게 많아야 한다.

"하키단? 네가 스포츠를 좋아하는 줄은 몰랐네?" 런던의 친구는 놀라워한다.

"나는 쓸모 있는 것들을 좋아하지." 리샤르드 테오는 말한다.

파티마와 안-카트린, 두 여자가 조그만 차를 타고 숲을 지난다. 그들의 아들 아맛과 보보가 봄에 한 팀원이 되었기에 두 아들의 유니폼에 새겨진 곰을 통해 엄마들도 한데 뭉쳤다. 파티마가 여름에 청소부로 일하는 병원에서 안-카트린이 간호사로 근무하기 때문에 둘은 같이 커피를 마시기 시작했고, 여권에 적힌 출생지는 지구 반대편일지 몰라도 둘이 같은 사고방식의 소유자라는 사실을 깨달았다. 열심히 일하고, 큰 소리로 웃고, 모든 걸 바쳐서 아이를 사랑하자는 것.

물론 처음에는 병원이 문을 닫는다는 소문에 대해서 주로 대화를 나누었다. 파티마는 안-카트린에게 갓난 아들을 품에 안고 베어타운으로 건너왔을 때 맨 처음 배운 말이 "그거 힘들겠는데요"였다고 얘기했다. 파티마가 이곳 주민들을 사랑하는 이유는 세상이 단순한 척하지 않기 때문이었다. 그들은 사는 게 힘들고 아프다는 걸 인정했다. 하지만 씩 웃으면서 말했다. "그래서 뭐! 원래 힘든 거야. 안 그러면 대도시의 아무 새끼들이나 할 수 있게?"

안-카트린도 자기 얘기를 들려주었다. 일찍 세상을 떠난 부모님, 경제 상황이 점점 악화되는 가운데 숲에서 보낸 어린 시절, 부상을 당한 멧돼지처럼 하키에 임하고 스케이트를 신으면 직선으로만 전력 질주할 수 있기 때문에 '갈텐'이라고 불렸던 덩치 크고 둔한 남자와 사랑에 빠진 이야기. 안-카트린은 여행을 한 적도, 세상을 구경한 적도, 그럴 필요성을 느낀 적도 없었다. "세상에서 가장 아름다운 나무들이 여기 있거든요." 그녀는 파티마에게 장담하면서 이렇게 덧붙였다. "그리고 여기 남자들도 나쁘지 않아요, 인내심만 발휘할 수 있다면."

갈텐과 세 아이 (보보가 막이였다) 덕분에 안-카트린은 쉴 틈이 없었다. 그녀는 일찌감치 일어나서 아이들 식사와 옷을 챙기고 정비소의 서류 작업을 도와준 다음 병원으로 출근해 그날을 인생 최악의 시간으로 꼽을 수많은 사람들 속에서 오랜 시간 동안 근무한다. 그런 다음 다시 집으로 돌아가서 '숙제를 검사하고 집을 정리하고 어쩌다 한 번씩은 아이들이 흘린 눈물을 닦아'준다.

하지만 저녁이 되면 갈텐이 그 덩치에 어울리지 않게 살금살금 부엌으로 들어온다. 그가 끌어안으면 그녀는 몸을 돌려서 그에게 더 바짝 다가가고, 그가 그녀의 온 체중을 실어서 한 스텝, 한 스텝 밟을 수 있도록 그녀의 발끝을 그의 발에 얹고서 춤을 추면 모든 고단함이 잊힌다. 그것이 온 세상이 된다. "애들 꼬맹이 시절 기억나요, 파티마? 유치원으로 찾아가면 애들이 달려와서 말 그대로 내 품속으로 뛰어들잖아요. 내가 받아줄 거라는 걸 알기 때문에 온몸을 맡기잖아요. 나는 그 순간이 세상에서 제일 좋아요." 파티마는 웃으며 말했다. "아맛이 하키를 하고 있으면, 행복해하면 나도 똑같이 느껴져요. 어떤 건지 알죠?" 안-카트린은 알고도 남는다. 그래서 두 사람은 친구가 됐다.

안-카트린이 몇 주 전 어느 날 오후에 병원 식당에서 쓰러졌을 때 잡아준 사람도 파티마였다. 안-카트린이 자신의 병에 대해 맨 먼저 알린 사람 중 한 명이 그녀였다. 갈텐은 집에 남아서 정비소를 지킬 수 있게 파티마가 진찰을 받으러 갈 때 동행했고 차에 태우고 다른 병원의 전문가에게 데려갔다. 그들은 이제 집에 거의 도착했고 안-카트린이 피곤한 듯 미소를 짓는다.

"나 때문에 고생이 너무 많네요."

파티마가 딱 잘라서 대답한다.

"내가 베어타운에 와서 뭘 배운지 알아요? 우리끼리 서로 보살피지 않으면 아무도 우리를 보살피지 않는다는 거예요."

"곰들은 숲에다 똥을 싸고 다른 모든 이들은 베어타운에 똥을 싸기 때문이지!" 안-카트린이 펠센의 술 취한 늙은 삼촌 목소리로 대답하고 두 여자는 깔깔대고 웃는다.

정비소 앞에 차를 세우고 파티마가 속삭인다.

"아프다는 걸 보보한테 얘기해야 해요."

"알아요." 안-카트린은 두 손에 얼굴을 묻고 코를 훌쩍인다.

그녀는 보보가 다른 데 감정을 분출할 수 있도록 하키 시즌이 시작할 때까지 기다리고 싶었다. 그런데 그럴 시간이 없다. 그럼 어떻게 해야 할까? 살날이 얼마 남지 않았다는 걸 어떤 식으로 아이들에게 알려야 할까?

———

'라단'은 헤드 외곽에 있는 술집으로 이 비슷한 다른 술집들처럼 라이브 음악과 저렴한 맥주를 즐길 수 있어서 문제를 일으키려는 사람들과 문제를 잊어버리려는 사람들의 자연스러운 집결지가 되었다. 카시아 오비크가 장부를 앞에 두고 사무실에 앉아 있을 때 경비원 한 명이 문틀을 두드린다.

"방해받고 싶지 않은 거 알지만 남동생이 바에 앉아 있어. 티셔츠 차림으로."

카시아는 고개를 숙이고 한숨을 쉰다. 그런 다음 자리에서 일어나 경비원의 어깨를 토닥이고 잘 처리하겠노라고 약속한다.

아니나 다를까 벤이가 바 카운터에 앉아 있는데, 그 자체로는 문제가 되지 않는다. 그는 라단에서 자라다시피 했고 맥주를 마실 수 있는 나이가 되기 훨씬 전부터 일손이 부족하면 바 카운터에서 맥주를 서빙했다. 하지만 지금은 상황이 달라졌다. 라단의 단골들은 헤드 하키단을 응원하지만 세 가지 이유에서 벤이의 출입을 허락했다. 첫째, 단골들은 카시아를 좋아한다. 둘째, 벤이는 베어타운의 청소년팀 소속에 불과하다. 셋째, 그가 긴팔을 입을 만큼 분별력이 있다.

하지만 그는 이제 열여덟 살이고 올가을에 하키 선수로 뛴다면 A팀 소속일 테고 지금 팔뚝에 새긴 곰 문신이 훤히 보이는 티셔츠를 입고 바에 앉아 있다. 그 주에 누군가가 빨간색의 헤드 하키팀 깃발이 불에 타는 영상을 인터넷에 올렸고 베어타운 아이스하키단의 해체 가능성을 공개적으로 언급한 시 의회 의원의 자동차 보닛에 도끼가 박혔다.

"위에 뭐 걸칠 거니?" 카시아는 바 뒤편으로 들어가서 묻는다.

"안녕, 내가 제일 좋아하는 누나." 벤이는 미소를 짓는다.

그건 그가 어렸을 때 항상 동원하던 수법이었고 그에게 가장 사랑받는 누나가 되고 싶었기 때문에 절대 화를 내지 못하는 게 그녀의 약점이었다. 그녀는 서글픈 한숨을 쉰다.

"부탁이다, 벤이. 다른 데서 이래주면 안 될까?"

그녀는 그의 맥주잔을 가리킨다. 카시아는 집안 식구 어느 누가 무얼 하든 말릴 수 없다는 걸 어렸을 때 터득했다. 내일은 아빠의 생일이다.

"걱정 마, 내가 제일 좋아하는 누나." 벤이가 말한다.

그녀에게 선택의 여지가 있을까. 그녀는 애원하는 눈빛으로 그를 쳐다본다.

“맥주 마저 마시고 집에 가, 응? 나는 장부 정리해야 하는데 십오 분이면 끝날 거야.”

벤이는 바 위로 허리를 숙여서 그녀의 뺨에 입을 맞춘다. 그녀는 여느 때처럼 그를 끌어안고 싶은 마음과 한 대 때려주고 싶은 마음을 동시에 느낀다. 그녀는 좌우를 두리번거린다. 술집은 사 분의 일도 차지 않았고 대부분 너무 나이가 많거나 술에 취해서 벤이의 문신에 신경 쓰지 않는다. 카시아는 분위기가 달라지기 전에 그를 여기서 데리고 나갈 수 있기만을 바랄 따름이다.

아맛은 다리의 힘이 다하자 방향을 돌려서 왔던 길을 되짚어 좀 더 천천히 달린다. 집까지 반쯤 갔을 때 볼보와 맞닥뜨린다. 페테르 안데르손의 차다. 어쩌면 참았어야 했는지 모르지만, 좀 더 깍듯하게 굴었어야 했는지 모르지만 아맛은 깡충깡충 뛰며 미친 듯이 손을 흔든다. 차가 거의 마지못한 듯 속도를 늦춘다. 아맛은 내려진 차창 너머로 몸을 들이밀고 숨 쉴 틈 없이 말을 쏟아낸다.

“안녕하세요, 페…… 페테르 단장님. 하키단을 둘러싼 소문에 대해서…… 여쭈어보고 싶어서요. 혹시…… 가을에 청소년팀이 생기나요? 저는 하키 하고 싶어요, 저는…….”

페테르는 차를 세우지 말았어야 하고 열여섯 살짜리 아이에게 화풀이를 하는 바보짓을 저지르지 말았어야 한다. 그는 아맛이 지난봄에 어떤 역할을 했는지 잠깐 잊는다. 이 청소년팀 선수가 헤드에 합류하지 못하는 이유가 마야를 위해 증언했기 때문이라는 것을, 그 덕분에 페테르가 일자리를 보존할 수 있었다는 것을 잠깐 잊는다. 하지만 다 큰 어른도 상심과 분노에 파묻혀서 상대방도 감정이 있는 존재라는 것을 잊을 때가 있다.

"아맛, 내가 지금 생각할 게 많아서 나중에 얘기했으면 좋겠는데……."

"언제요? 저는 지금 **선수로 뛸** 팀이 없어요!" 아맛은 숨 가쁘게 내뱉는다.

그는 성난 목소리로 얘기하려던 건 아니었을지 몰라도 겁에 질린다. 페테르는 양심의 압박으로 숨이 막힐 것 같고 그럴 때는 가슴속에서 선의를 담당하는 부분에 산소가 부족하기 때문에 날카롭게 쏘아붙인다.

"아맛, 귀가 잘 안 들리니? **나는 청소년팀이 어떻게 되든 눈곱만큼도 관심이 없어! 지금 아이스하키단이 없어지게 생겼단 말이다!!!**"

아맛은 그제야 페테르가 울고 있었다는 걸 알아차린다. 그는 천천히 차에서 뒷걸음질 친다. 페테르는 산산조각이 난 심장을 안고 멀어진다. 빗속이라 그는 아이의 뺨을 타고 흐르는 눈물을 보지 못한다.

스물다섯 아니면 스물일곱쯤 되어 보이는 남자가 라단의 바에 앉아 있다. 청바지에 폴로셔츠 차림이다. 앞에 책을 펼쳐놓고 맥주를 마시고 있다. 카시아가 다시 사무실로 들어가자 그는 벤이를 보고 한쪽 눈썹을 추켜세우며 묻는다.

"내가 자리를 옮겨야 하나?"

벤이는 그쪽으로 고개를 돌리고 느긋하게 입꼬리를 살짝 실룩이는데 상대방도 십중팔구 따라 하게 되는 표정이다.

"왜요?"

폴로셔츠를 입은 남자는 미소를 짓는다.

"너희 누나는 네가 말썽을 일으킬 거라고 생각하는 눈치라서. 그래서 내가 자리를 옮겨야 하는 거냐고 물은 거야."

"그야 말썽을 얼마나 좋아하는지에 따라 대답이 달라지죠."

폴로셔츠를 입은 남자는 고개를 끄덕인다. 벤이의 손을 흘끗 쳐다보았다가 손마디에 묻은 피를 본다.

"내가 이 동네에서 지낸 지 네 시간이 지났는데 어느 정도 금세 말썽을 일으키면 괜찮은 거니?"

"그야 얼마나 있다 갈 건지에 따라 대답이 달라지죠. 그 책 뭐예요?"

하도 뜬금없는 질문이라 남자는 잠깐 할 말을 잊었다가 어쩌면 그게 그의 의도였을지 모른다는 사실을 뒤늦게 깨닫는다. 벤이는 여러 가지 방식으로 상대방을 불안하게 만든다.

"이 책은…… 어, 그러니까…… 프리드리히 니체 전기야." 폴로셔츠를 입은 남자는 말하고 헛기침을 한다.

"심연 어쩌고 한 사람요?" 벤이가 묻는다.

폴로셔츠를 입은 남자는 놀란 표정을 짓는다.

"'심연을 들여다보면 심연도 나를 들여다본다.' 맞아, 그게 니체가 한 말이지."

"놀란 눈치네요?" 벤이가 따지고 든다.

"아니야……." 남자는 거짓말을 한다.

벤이는 맥주를 마신다. 그의 어머니는 예전부터 그가 학교에서 싸움질을 벌이면 벌로 신문을 읽게 했다. 사설, 외신, 문화, 정치 등 모든 분야에서 그녀의 시험을 통과해야 하키 연습을 하러 갈 수 있었다. 몇 년이 지나서 그게 너무 쉬워지자 어머니가 이번에는 고전문학을 동원했다. 그녀는 고전문학에 관한 한 까막눈에 가까웠지만 그녀의 아들은 남들이 생각하는 것보다 똑똑하다는 걸 알았다. 그래서 그가 불량한 짓을 저질렀을 때 받은 처벌은 '너는 이런 짓이나 하고 다닐 아이가 아니다'라고 일깨우는 도구이기도 했다.

벤이는 폴로셔츠를 입은 남자를 보고 킬킬거린다.

"니체 전기라고 하면 내가 '나를 죽이지 않는 모든 것은 나를 강하게 한다'라고 할 줄 알았어요? 아니면 '천국에는 흥미로운 사람들이 하나도 없다'라고 할 줄 알았어요? 아니면…… 뭐더라? '춤추는 사람은 미친 것처럼 보일 수도 있다. 음악을 듣지 못하는 사람에게는'?"

"맨 마지막은 니체가 한 말이 아닌 것 같다만." 남자가 조심스럽게 대꾸한다.

벤이는 맥주를 마신다. 맥주를 마시는 품새만으로는 착각한 건지 남자를 시험한 건지 알 수가 없다. 잠시 후에 그가 말한다.

"지금도 계속 놀란 눈치네요?"

"나는…… 아니야…… 그래, 솔직히 네가 니체의 명언을 인용할 사람처럼 보이지는 않아서……." 남자는 웃으며 얘기한다.

"나는 보기하고 다른 점이 많아요." 벤이가 말한다.

그의 입가가 다시 춤을 춘다.

보보와 그의 어머니는 그날 저녁에 숲으로 긴 산책을 나선다. 그녀는 아들에게 어른이 된다는 게 얼마나 힘든지, 세상이 얼마나 복잡한지 알려주고 싶지만 방법을 모르겠다. 그녀는 보보를 키우는 내내 폭력은 나쁜 거라고 가르치려고 애를 썼지만 올봄에 그가 생애 가장 엄청난 싸움에 말려들었다가 하마터면 중상을 입을 뻔했을 때 아들이 그보다 더 자랑스러웠던 적은 없었다. 왜냐하면 그는 아맛을 보호했다. 아맛을 위해 맞았다. 그가 무언가를 옹호하고 나섰다.

그녀는 예전부터 보보가 순한 아이라서 기뻤다. 다른 집 아들들은 어머니가 친구들 앞에서 이마에 입을 맞추면 창피하게 여겼지만 그녀의 아들은 안 그랬다. 그는 "오늘 헤어스타일 멋져요, 엄마"라고 하는 그런 아이였다. 이제 그녀는 그가 거친 아이였으면 좋았을 뻔했다고, 더 냉정한 아이였으면 좋았을 뻔했다고 생각한다. 그랬다면 더 쉽게 헤쳐나갈 수 있었을지 모른다.

"내가 몸이 안 좋다, 보보……." 그녀는 속삭인다.

보보는 그녀의 얘기를 듣고 울지만 그녀가 더 많이 운다. 보보는 이제 그녀의 품속으로 뛰어들던 꼬맹이가 아니라 가슴속에 엄청난 슬픔을 간직할 수 있을 만큼 자랐고, 어머니가 살날이 얼마 남지 않았다고 하자 그녀를 안고 갈 만큼 키가 크고 힘이 세다. 그녀는 그의 목에 대고 속삭인다.

"너는 예전부터 세상에 둘도 없는 맏이였지. 앞으로는 더 잘해야 한다."

그날 저녁에 그녀는 그가 남동생과 여동생에게 『해리 포터』를 읽어주는 소리를 듣는다. 그날 밤에 갈텐은 묽은 차를 끓이고 그녀가 화장실에서 토악질을 하자 보보가 들어와서 머리칼을 잡아준다. 그녀가 침대에 눕자 아들이 뺨을 닦아주며 얘기한다.

"제가 웃긴 얘기 하나 해드릴까요? 저더러 조건이 너무 까다로워서 여자친구를 절대 못 만날 거라고 하셨잖아요. 그거 엄마 잘못이에요. 왜냐하면 저는 엄마랑 아빠가 서로 바라보는 것처럼 저를 바라봐줄 사람을 찾거든요."

안-카트린은 보보의 큼지막하고 맹하고 어리숙한 머리를 그녀의 이마에 대고 세게 누른다. 그가 결혼하는 걸 볼 수 있으면 얼마나 좋을까. 아빠가 되는 걸 볼 수 있으면 얼마나 좋을까. 산다는 건 우라지고 우라지고 또 우라지게 힘든 거라 가끔은 거의 감당하기 힘들 정도다. 아무리 원래 그런 거라지만 말이다.

카시아가 장부 정리를 거의 마쳤을 때 경비원이 달려 들어온다. 그녀는 이미 늦었다는 걸 안다. 라단의 단골손님들은 아무도 벤이의 문신을 가지고 왈가왈부하지 않지만 누군가가 예술의 자유를 그만큼 용인하지 않는 다른 남자들을 호출한 것이다. 그중 한 명은 아래팔에 황소 문신이 새겨져 있다. 그들이 문을 열고 들어오자 벤이는 폴로셔츠를 입은 남자를 돌아보며 얘기한다.

"이제 자리를 옮기는 게 좋을 수도 있어요!"

그러면서 의자에 방귀 쿠션을 숨긴 장난꾸러기 아이처럼 씩 웃는다. 문 앞을 지키고 선 남자들은 벤이만큼 몸이 좋지 않지만 그들은 네 명이고 그는 혼자다. 그는 숫자가 많아 대등한 싸움을 벌일 수 있게 돼서 기분이 좋은 듯이 의자에서 깡충 내려온다. 그들이 그에게로 달려가는 게 아니라 그가 그들 쪽으로 걸어가고, 그들이 불안해지면

서 분위기가 곧바로 그에게 유리해진다. 황소 문신을 새긴 남자가 테이블에 있던 빈 맥주병을 집자 벤이는 제일 먼저 그와 맞붙기로 한다. 하지만 그럴 기회를 누리지 못한다.

폴로셔츠를 입은 남자는 사무실에서 달려 나온 카시아가 남자들 사이로 달려드는 광경을 지켜본다. 그녀는 맥주병을 집은 남자를 벽에 대고 밀어붙이며 소리를 지른다.

"여기서 그거 휘두르면 일 년 동안 집에서 술을 마시게 될 줄 알아!"

그런 다음 벤이 쪽으로 몸을 돌리자 익히 아는 눈빛이 그녀를 맞이한다. 아드리 언니의 눈빛, 아버지의 눈빛이다. 잠잠하다 싶으면 전쟁을 일으키는 사람들의 눈빛이다.

"벤이…… 여기서는 안 돼, 오늘만큼은 제발 참아주라……." 그녀는 속삭인다.

그녀는 그의 가슴에 손을 얹고 뛰는 심장을 느낀다. 맥박이 차분하고 숨소리도 고르다. 장정 네 명이 그를 때려눕히러 왔는데 심지어 겁을 내지도 않는다. 카시아는 그것만큼 무서운 게 없다.

벤이는 그녀의 눈을 쳐다본다. 그녀는 어머니의 눈을 닮았고 남동생에게 뭐든 잘 부탁하지 않는 성격이다. 그래서 그는 그녀의 뺨에 입을 맞추고 문 앞에 서 있는 네 남자들 쪽으로 비웃음을 흘린다.

"들어오는 거냐 아니면 나가는 거냐? 나 이제 집에 가려는데 서로 거시기 더듬느라 바쁘지 않으면 길 좀 비켜줄래?"

남자들은 카시아와 경비원들을 흘끗 쳐다보고 결국에는 뒤로 물러선다. 이제 헤드에서 곰 문신은 용납되지 않는다는 메시지는 전한 셈이다. 베어타운에는 '그 일당'이 있을지 몰라도 여기에도 본때를 보여줄 준비가 된 남자들이 있다.

벤이는 문밖으로 걸어 나가면서 껄껄대고 웃는다. 남겨진 남자들은 분노로 몸을 부들부들 떨고 있다. 그중 한 명이 카시아에게 중얼거린다.

"네 동생한테 너라는 누나가 있어서 다행인 줄 알아. 네가 오늘 동생의 목숨을 구했어."

카시아는 그를 노려본다.

"그렇게 생각해? 진심으로? 내가 *내 동생*의 목숨을 구했다고 생각해?"

남자는 자신만만하게 미소를 지으려고 하지만 입안이 바짝 말랐다. 카시아는 코웃음을 친다. 그녀는 사무실에 가서 소지품을 챙기고 차를 몰고 오지만 벤이는 그새 그녀가 찾을 수 없는 밤 속으로 사라지고 보이지 않는다.

모든 스포츠는 한심하다. 모든 경기는 황당하다. 두 개의 팀, 한 개의 공, 그 많은 땀과 끙끙거림은 무얼 위한 걸까? 얼마 안 되는 어이없는 순간 동안 세상에 중요한 일이 그것밖에 없는 척하기 위함이다.

그날 밤에 갈텐과 보보는 정비소 바닥을 청소한다. 그들은 아버지와 아들로서 대화를 나눠본 적이 거의 없고 가장 쉬운 대안을 선택하게 되는 건 아닌지 양쪽 모두 걱정하고 있을 수도 있다. 어느 집이나 그렇듯 그 집에도 술이 있으니 말이다. 그래서 그들은 다른 방법을 선택해 차량들을 밖으로 꺼내고 공구와 기계를 옮겨서 정비소 안에 아무것도 없게 만든다.

그런 다음 하키 스틱과 테니스공을 들고 온다. 그들은 세상에 중요한 일이 그것밖에 없는 듯이 밤새도록 땀을 흘리고 끙끙대며 일대일로 대결한다.

뒤에서 문이 닫히자 벤이는 혼자 숲속으로 이삼백 미터 걸어간다. 그런 다음 주머니에 손을 넣으며 걸음을 멈추고 주위를 두리번거린다. 오늘 저녁을 복잡하게 만들 또 다른 방법을 찾을 건지, 그러지 말고 나무 위로 올라가서 잠이 들 때까지 마리화나를 피울 건지 고민하는 듯이 두리번거린다. 뒤에서 들리는 목소리는 예상했던 목소리이기도 하고 뜻밖의 목소리이기도 하다.

“나는 평생 단 한 번도 싸움질을 해본 적이 없어서 그게 네가 찾는 거라면 별 도움이 되지 않을 거야. 하지만 다른 데 가서 맥주 한잔은 기꺼이 할 수 있는데…….” 폴로셔츠를 입은 남자가 말한다.

벤이는 그의 어깨 너머를 돌아본다.

“이 근처에 괜찮은 클럽 아는 데 있어요?”

남자는 웃음을 터뜨린다.

“아까도 얘기했다시피 이 동네에서 지낸 지 네 시간밖에 안 돼서. 하지만…… 잠깐 있을 곳은 있어. 거기 냉장고도 있고.”

그는 지금까지 이래본 적이 한 번도 없었다. 누굴 만나자마자 곧바로 집에 데리고 가다니 지금까지 그런 식이었던 적이 없었다. 하지만 벤이에게는 사람을 즉흥적으로 만드는 면이 있다. 그리고 무모하게 만드는 면도 있다.

그들은 숲속을 가로질러서 오솔길을 걷는다. 남자는 헤드 외곽의 베어타운 쪽 방향에 있는 캠핑장에 통나무집을 빌려놓았다. 어느 정도 거리가 있어서 양쪽 마을에서 보이지 않는다. 그들은 복도에서 한참 동안 입을 맞춘다. 남자가 다음 날 아침에 침대에서 일어나보니 벤이가 벌써 가고 없다.

책이 어제 떨어뜨려둔 그대로 현관문과 침실 사이에 있다. 남자는 책장을 넘겨서 원하는 명언을 찾는다. "자기 안에 혼돈이 있는 자만이 춤추는 별을 탄생시킬 수 있다."

거기서 어느 정도 떨어진 공동묘지에서 한 청년이 묘비에 대고 펵을 날리고 있다. 그는 손마디가 까졌고 그보다 더 심각한 사태가 안에서 벌어지고 있다. 알란 오비크는 죽었고 어쩌면 케빈 에르달은 차라리 죽는 편이 나았다. 벤이는 남자를 사랑하는 남자인데 사랑하는 모든 이를 잃었다.

그보다 더 심각한 내면의 혼돈이 있을까.

11
승자가 될 수 있는 마지막 기회

사랑은 측정이 불가능하지만 그래도 우리는 측정할 새로운 방법을 끊임없이 생각해낸다. 가장 단순한 방법은 공간이다. 내가 원하는 사람이 될 수 있도록 현재의 나에게 어느 정도의 공간을 허락할 준비가 되어 있는가.

미라는 예전에 페테르와 아이스하키의 관점에서 이 문제를 논의하는 용감한 시도를 한 적이 있었다. "결혼 생활은 하키 시즌이랑 비슷한 거야, 여보. 가장 막강한 팀이라도 매 경기마다 제 실력을 백 퍼센트 발휘할 수 있는 건 아니지만 그래도 워낙 실력이 출중하면 졸전을 펼치더라도 이길 수 있잖아. 결혼 생활도 마찬가지야. 점심을 먹기 전에 와인을 마시고 근사하게 사랑을 나누고 휴대전화로 게임을 하고 싶은데 모래가 너무 뜨겁고 햇빛 때문에 화면이 너무 눈부신 게 가장 골치 아픈 문제인 휴가를 기준으로 결혼 생활을 측정하지는 않아. 일상을 기준으로, 집에서, 가장 낮은 수준에서, 서로 어떤 식으로 대화를 나누고 문제를 해결하는지를 기준으로 측정하지."

페테르는 그녀가 싸움을 걸기라도 한 듯이 짜증을 내며 원하는 게 뭐냐고 물었다. 그녀는 "우리의 문제를 놓고 성인답게 대화를 나누고 싶다"라고 했다. 그는 터무니없이 오랫동안 고민하더니 마침내 이렇게 얘기했다. "나는 당신이 우유팩을 헹궈서 재활용 수거함에 넣기 싫어서 우유를 눈곱만큼 남긴 다음 다시 냉장고에 넣는 게 문제라고 생각해." 그녀는 그를 빤히 쳐다보며 물었다. "당신은 *그게* 우리 결혼 생활의 가장 큰 문제라고 생각해?" 그는 기분 나빠하며 중얼거렸다. "내 대답에 토를 달 거면 *뭐 하러* 물어보는 거야?" 그녀는 관자놀이를 문질렀다. 그는 문을 쾅 닫고 하키 시합을 하러 나갔다. 그런 식의 관계를 유지하려면 골치 아픈 부분이 없지 않다.

미라는 오늘 저녁, 식탁에 앉아 있다. 그녀는 신문에 실린 남편의 부고를 읽었다. 앞에 있는 와인은 따지 않았고 그 옆에는 잔이 두 개 놓여 있다. 그녀는 조여야 하는 나사라도 되는 듯이 결혼반지를 돌리고 돌리고 또 돌린다. 가끔은 어떤 기분인지 궁금해서 반지를 빼보기도 한다. 차갑다. 그녀의 피부가 그 부분은 얇아지기라도 한 듯이 차갑게 느껴진다.

늦은 시각이 되어서야 볼보가 집 앞에 주차하는 소리가 들린다. 어처구니없는 행동이라는 걸 알지만 그래도 그녀는 문 바로 앞에 가서 선다. 밖에서 페테르의 발소리가 들린 뒤에 그가 열쇠를 곧바로 꽂는지 아니면 잠깐 멈칫하는지 알고 싶기 때문이다. 그가 머뭇거리는지, 안으로 들어갈 용기를 그러모으기 위해 문 앞에 서서 몇 번 심호흡을 하는지 알고 싶기 때문이다.

———

페테르는 문손잡이에 손을 얹고 멈춘다. 집이 숨을 쉬고 있는지, 안에 아무라도 깨어 있는지 들어보려는 사람처럼 문에 살그머니 이마를 기댄다. 그는 얼마 전에 그가 자는 줄 안 미라가 부엌에서 누군가와 통화하는 소리를 들은 적이 있었다. "내년이면 내가 일에 전념할 차례가 돌아온다는 소리를 이십 년째 반복하는 중이야. 내년이라는 소리를. 자기 능력이 얼마나 훌륭한지 검증해보고 싶은 사람이 자기 혼자뿐이라고 생각하는 걸까?"

이십 년 동안 페테르는 이 일을 자기 자신이 아니라 남들을 위해서 한다고 여겼다. 그는 가족들을 부양하기 위해 캐나다로 건너가 프로 하키 선수가 되었고 이삭을 잃었을 때 가족들을 위한 안전한 보금자리가 필요했기에 베어타운 하키단 단장직을 수락했다. 그가 하키단을 위해 싸운 이유는 그것이 이 마을을 위해 싸우는 것이기 때문이었다. 베어타운 아이스하키단이 이 마을의 자랑이었기 때문이었고 이 변두리에도 사람이 살고 있다는 걸, 그들에게 혼쭐날 수도 있다는 걸 대도시에 알리려면 그 방법밖에 없었기 때문이었다.

하지만 이제는 잘 모르겠다. 그가 그냥 이기적인 걸까? 그는 부고에 대해 더 이상 생각하지 않으려고 한다. 원래 그가 공과금에서부터 커피 기계를 껐는지 여부에 이르기까지 온갖 것들을 걱정하고 불안해하는 성격이기는 하지만 오늘 밤에는 뭔가 다르다. 오늘 밤에는 겁이 난다.

문구멍에 열쇠를 넣은 순간 끼익하는 쇳소리가 들리는 바람에 그는 움찔한다. 길가에서 자동차 문이 열린다.

검은 옷을 입은 남자들이 차에서 내려 그에게로 걸어온다.

두 대의 차가 숲을 뚫고 달린다. 그중 한 대는 곧장 견사로 향하고 가슴 근육 때문에 검은 재킷의 단추를 채우지 못한 남자가 차에서 내린다. 그는 아드리와 악수를 한다. 아드리는 반생애 전에 그와 고등학교를 같이 다녔고 그가 일회용 카메라를 다루는 류머티즘 환자보다 더 둔하기는 하지만 그것 말고는 그에게 딱히 악감정이 없다. 그녀는 예전에 한번 그에게 지도상으로 남쪽이라고 해서 실제로 내리막은 아니라고, 또 한번은 섬들이 바다에 떠 있는 게 아니라 해저에 붙어 있다고 설명해준 적이 있었다. 이야말로 근친결혼의 폐해랄까. 이제 보니 그가 손에 거미줄 문신을 새로 새겼는데, 하도 울퉁불퉁해서 이렇게 물어보지 않을 수가 없다.

"도대체 왜…… 내기했다가 졌어?"

"응?" 그는 무슨 소린지 이해하지 못하고 자기 손을 빤히 쳐다본다. 그의 눈에는 어두운 데서 새긴 문신 같아 보이지 않는 모양이다.

다리가 길고 가늘고 털투성이라 예전에 누군가가 그를 '스핀델'*이라고 부른 적이 있었다. 그는 자기가 누군지 인정해주기만 하면 누가 뭐라고 부르건 상관하지 않는 성격이었기 때문에 발끈하지 않았다. 그는 이후에 거미 문신을 못해도 열몇 개는 새겼는데, 하나같이 술에 취한 사람이 회전식 건조기에 앉아서 새긴 것처럼 생겼다.

아드리는 넌더리 난다는 듯이 고개를 젓고 술 상자가 가득 든 스핀델의 자동차 트렁크를 연다. 아드리도 알다시피 다른 차 한 대가 평

* 스웨덴어로 거미라는 뜻이다.

소처럼 도로가 끝나는 숲 가장자리에서 기다리고 있다. 운전자는 불청객이 접근하면 경고할 수 있도록 안에 남지만 조수석에 탄 사람은 차에서 내린다. 그는 아드리와 오래전부터 알고 지낸 사이고 스핀델과 다르게 바보가 아니다. 그렇기 때문에 위험한 존재다.

그의 이름은 티무 리니우스다. 특별히 몸이 좋지도 특별히 키가 크지도 않고 헤어스타일이 워낙 단정해서 단짝 친구들 사이에서 '회계사'라고 불리지만 아드리는 그가 싸우는 걸 본 적이 있기에 그 헤어스타일 밑에 콘크리트 같은 머리가 숨겨져 있다는 걸 안다. 발차기는 또 얼마나 센지 이 마을에서는 말들이 그의 옆에 서는 걸 두려워한다. 어렸을 때는 그와 남동생이 하도 악명이 자자해서 사냥꾼들끼리 이런 우스갯소리를 주고받을 정도였다. "리니우스 형제가 자전거를 타고 갈 때 넘어뜨리면 왜 안 되는지 알지? 내 자전거일 수도 있거든!" 이제 그는 나이를 먹었고 그들은 그를 두고 우스갯소리를 주고받지 않으며 외지인이 이 마을로 찾아와 티무 리니우스에 대해서 물으면 아주 어린 꼬맹이도 영리하게 "누구요?" 하고 되묻는다.

티무는 검은 재킷을 입지 않았고 그걸 입을 필요가 없다. 그는 뒷문을 열고 새끼였을 때 아드리한테서 산 개 두 마리를 내리게 한다. 그러니까 오늘 저녁에 여기는 어쩐 일로 왔느냐고 누가 물으면 개를 한 마리 더 살까 생각 중이라고 대답하면 된다. 그는 배달 스케줄도 없고 정해놓은 규칙도 없고 두세 시간 전에 아드리에게 미리 전화를 한 다음 날이 저문 뒤에 찾아온다. 그녀는 애정과 조롱을 반씩 섞어서 그를 '도매업자'라고 부른다. 베어타운에서 차 두 대가 이 집, 저 집 찾아다니며 술을 배달하면 의심을 살 수밖에 없는데, 이 일대의 사냥꾼들은 종종 견사에 들러서 강아지를 살피고 커피를 마신다는 걸 모르는 사람이 없다. 그들은 특히 장기 휴일을 앞두고 있을 때 너무 자주 들르는 경향이 있다. 하지만 이 동네에서 아무나 붙잡고 아드리에 대해서 물으면 다들 똑같은 얘길 할 것이다. "커피를 아주 잘 끓여요."

검은 재킷을 입은 남자들은 항상 차를 두 대씩 몰고 다니고 티무는 절대 술을 실은 차를 타고 오지 않는다. 그가 "베어타운 하키단을 후원하는 그 일당이라는 폭력 조직"의 리더라는 경찰 조사 결과가 나온 적도 있다. 그들이 하키단을 쥐락펴락하며 고액 연봉을 받는 A팀 선수들은 성적이 신통치 않으면 자발적으로 계약서를 찢는다는 등 소문이 난무하지만 증거가 나온 적은 없다. 두말하면 잔소리지만 그 일당이 조직적인 알코올 밀반입이나 도난 차량과 스노모바일 매매에 개입했다는 증거도 없다. 전 세계 범죄 조직이 악명을 널리 떨치기 위해 동원하는 그런 방식으로 누군가를 협박했다는 증거도 없다. 경찰에서는 그 일당의 경우 하키 경기를 홍보의 기회로 삼기 때문에 그럴 필요가 없다고 주장한다. 검은 재킷이 아이스링크의 스탠딩석에 모여 있는 걸 본 적 있거나 그들을 도발한 다른 팀 응원단에게 어떤 짓을 저질렀는지 들은 적 있는 사람은 그들이 문 앞에 등장하면 사태의 심각성을 이해하지 않겠는가.

하지만 누가 봐도 그건 다 말도 안 되는 얘기다. 영화를 너무 많이 본 도시인들이 지어내는 소문이자 과장이다. 베어타운에 사는 거의 아무나 붙잡고 그 일당에 대해서 물으면 다들 이렇게 반문할 것이다. "무슨 일당요?"

아드리가 술이 담긴 마지막 상자를 트렁크에서 내리자 그 아래에 깔려 있던 큼지막한 도끼가 보인다. 그녀는 눈을 부라린다.

"아니, 티무, 이 구역의 모든 경찰이 헤드의 그 의원의 차를 사진으로 봤는데 트렁크에 도끼를 싣고 다니면 조금 의심스럽지 않을까?"

티무에게 감히 그런 식으로 얘기할 수 있는 사람은 많지 않지만 그는 재미있어하는 표정을 짓고 그만이다.

"아드리, 생각해봐. 헤드의 그 딱한 여자의 차가 그렇게 됐는데 우리 차에 도끼가 없으면 더 의심스럽지 않겠어?"

아드리는 폭소를 터뜨린다.

"너는 진짜 바보 같은데 알고 보면 아니란 말이지."

"고맙다." 티무는 미소를 짓는다.

아나가 섬에서 잠이 든 동안 마야는 자지 않고 증오를 주제로 가사를 쓴다. 가끔은 계속 끼적이다보면 결국 사랑에 대한 가사를 쓰게 될 때도 있다. 천지를 뒤흔드는 폭풍 같은 사랑이 아니라 심심하게 평생 동안 이어지는 사랑이다. 이유는 모르겠지만 그녀는 올해 여름에 부모님 생각을 자주 하고 있다. 십대들은 자기 부모님이 몸을 섞는 일 없이 지내길 바라지만 그들이 나눈 애정의 아주 작은 추억들이 우리 DNA 어딘가에 각인되어 있다. 아나네처럼 이혼을 한 부모님 밑에서 자란 아이들은 영원한 사랑을 믿지 못할 수도 있다. 죽을 때까지 함께한 부모님 밑에서 자란 아이들은 대신 그런 관계를 당연하게 여길 수 있다.

마야는 어린 시절의 아주 사소한 기억들을 간직하고 있다. 그녀가 아빠의 옷차림을 보고 "고등학교 디스코 파티에 참석한 사복 경찰" 같다고 했을 때 엄마가 어떤 식으로 웃었는지. 아빠가 매일 아침마다 거의 비다시피 한 우유 통을 흔들며 어떤 식으로 "기네스 기록에의 도전을 함께해주시는 여러분을 환영합니다. 오늘 우리는 전 세계에서 가장 양이 적은 커피를 만들어보겠습니다"라고 중얼거렸는지. 바닥에 양말이 떨어져 있으면 엄마가 어떤 식으로 폭발했는지, 아빠가 식기 건조대를 닦지 않는 사람을 어떤 식으로 전범 재판정에 세우고 싶어 했는지. 엄마가 아빠의 하키를 위해 어떤 식으로 지구를 반 바퀴 돌아가며 두 번이나 이사를 했는지, 엄마가 부엌에서 업무 전화를 받으면 아빠가 어떤 식으로 우러러보는 눈빛으로 엄마를 흘끗거렸는지. 여태껏 그렇게 똑똑하고 재미있고 고집이 세고 따지기 좋아하는 사람을 만난 적이 없는데, 그런 여자가 자기 부인이라니 아직까지 믿기지 않는다는 눈빛이지 않았던가.

그들이 서로를 그냥 '여보'라고 불렀기 때문에 마야와 레오가 어떤 식으로 한참 동안 부모님의 이름이 뭔지 몰랐는지. 그들은 말싸움을 벌이더라도 '이혼'이라는 단어가 핵폭탄이라는 걸 알았기에, 그걸로 단 한 번이라도 협박을 했다가는 핵폭탄이 터지듯 이후의 모든 언쟁이 종결된다는 걸 알았기에 어떤 식으로 그 단어를 절대 입에 올리지 않았는지. 이제는 그들이 어떤 식으로 더 이상 사소한 일로 옥신각신하지 않는지, 어떤 식으로 집안이 점점 고요해져가고 있는지, 마야에게 그런 일이 벌어지고 나서 그들이 어떤 식으로 서로 제대로 쳐다보지도 않는지. 그 일로 인해 얼마나 심하게 상처를 받았는지, 어떤 식으로 서로에게 그 상처를 차마 보여주지 못하고 있는지.

부모 간의 애정이 식으면 아이들은 아주 미묘한 것을 통해, 심지어 '너희'라는 아주 사소한 단어를 통해 알아차린다. 마야는 요즘 매일 아침마다 그들에게 문자를 보낸다. 그들의 걱정을 덜어주기 위해서

인 척하지만 사실은 그 반대다. 예전에 그녀의 부모님은 서로를 그냥 '엄마'와 '아빠'라고 불렀다. 예를 들면 이런 식이었다. "딸, 엄마가 진심으로 너를 천 일 동안 외출 금지시키겠다는 건 아니야." "딸, 네가 만든 눈사람을 아빠가 일부러 무너뜨린 거 아니야. 발에 걸려서 넘어진 거지." 그런데 어느 날부터 갑자기 한쪽이 거의 아무렇지 않게 "네가 집에 없으면 너희 엄마가 엄청 걱정하는데, 전화를 해주면 안 되겠니?"라고 문자를 보낸다. 그리고 다른 한쪽은 "너희 아빠랑 나는 너를 세상 그 무엇보다 사랑한다는 걸 잊지 마"라고 보낸다. 결혼 생활이 파탄 났음을 알리는 한 단어. 그게 바로 '너희'다. 둘은 이제 서로 아무 사이도 아니라는 건가.

마야는 그 과정을 차마 집에서 지켜볼 수 없기에 숲속 머나먼 호수 안의 섬에 앉아서 그걸 주제로 가사를 쓴다.

지뢰밭

그대들이 걷고 있는 여기는 지뢰밭.
모든 단어가 폭탄이지만 계속 걸어가야 해.
발밑에서 조그맣게 '딸깍' 소리가 들리고
돌아가기에는 너무 늦어버릴 때까지.
피해자의 가장 나쁜 점은 내가 그대들을 피해자로 만들었다는 것.
이제 나는 아무리 원해도 그대들을 치료할 수 없어.
죽은 사람은 난데 묻힌 사람은 그대들인 느낌.
그가 깨부순 사람은 난데 꺾인 사람은 그대들인 느낌.

검은 재킷을 입은 남자들은 아드리와 악수하고 차를 세워놓은 곳으로 걸어가지만 티무는 남아서 담배에 불을 붙인다. 아드리는 아이 주먹만 한 씹는담배를 입술 밑으로 밀어 넣는다. 그녀도 바보가 아니라서 그 일당이 어떤 녀석들이고 어떤 짓을 저지를 수 있는지 알지만 그녀는 실용주의를 추구한다.

몇 년 전의 어느 해 여름에 베어타운에서 연달아 도둑이 든 적이 있었다. 몇 명의 무리가 밴을 몰고 밤에 들이닥쳤고 한번은 어떤 노인이 그들을 저지하려다 얻어맞기도 했다. 또 한번은 집이 털리는 걸 보고 옆집에서 경찰에 신고하자 경찰차 한 대가 세 시간 뒤에 도착했다. 아드리는 그 몇 달 전에 여기서 멀지 않은 숲속에서 불법적인 늑대 사냥이 자행되고 있다는 신고가 접수됐을 때 경찰이 헬리콥터와 범죄 수사대와 특공대와 함께 등장했던 걸 기억한다. 남들은 어떻게 생각할지 몰라도 아드리는 늑대들이 연금 생활자보다 더 제대로 보호받는다는 것을 두 눈으로 확인했기 때문에 정부와 의회에서 근무하는 범죄자들보다 그녀의 옆에 서 있는 이 범죄자를 더 믿음직스럽게 여길 수밖에 없다. 도덕성과는 상관없는 문제다. 사람들은 대부분 그녀와 비슷하다. 실용주의를 추구한다.

그 무리가 아지트로 돌아가보니 검은 재킷을 입은 남자들이 기다리고 있었다. 베어타운의 모든 주민은 그날 밤에 문을 걸어 잠그고 텔레비전 볼륨을 높였고 이후에 어느 누구도 질문을 하지 않았다. 절도 사건은 그날로 그쳤다. 티무는 미친놈이고 아드리는 아니라고 그를 두둔할 생각이 없지만 이 마을을 사랑하는 마음은 서로 마찬가지다. 그리고 그는 하키를 사랑한다. 그렇기 때문에 지금 바보처럼 씩 웃고 있다.

"올가을에는 벤이가 A팀에서 뛰겠네? 너 진짜 우라지게 뿌듯하겠다! 봤어? 경기 일정 봤어? 동생도 좋아해?"

아드리는 고개를 끄덕인다. 빙판 위의 벤이는 티무가 베어타운 선수에게 바라는 모든 조건을 갖추고 있다. 거칠고 겁이 없고 못됐다. 게다가 이 마을 출신이자 잘된 옆집 동생이다. 티무 같은 남자들은 그런 걸 좋아한다. 아드리도 오늘 아침에 온라인으로 공개된 경기 일정을 확인했다. 베어타운의 가을 첫 상대가 헤드 하키단이다.

"동생도 출전할 거야, 베어타운 하키단이 남아 있어주기만 한다면." 그녀는 건조한 웃음을 터뜨린다.

티무는 미소를 짓지만 표정의 의미를 해석하기가 점점 힘들어진다.

"그 문제는 페테르 안데르손이 해결할 거라고 믿어."

아드리는 그를 빤히 쳐다본다. 페테르는 그 일당 덕분에 봄에 치러진 신임 투표에서 승리를 거두고 단장직을 고수할 수 있었다. 증명할 방법은 없지만 누구나 아는 사실이다. 그들의 표가 없었다면 페테르는 쫓겨났을 것이다. 이제 하키단의 후원자를 거의 대부분 헤드에게 빼앗겼으니 그 일당으로서는 엄청난 도박을 벌인 셈이었다. 펠센의 주인 라모나는 입버릇처럼 이렇게 얘기한다. "티무가 옳은 것과 그른 건 잘 구분하지 못할지 몰라도 좋은 것과 나쁜 건 우라지게 제대로 구분하지." 어쩌면 그녀의 말이 맞을지 모른다. 그 일당은 하키단의 스타 케빈에 맞서서 단장과 그 딸의 편을 들었다. 하지만 그로 인해 그 일당의 구단이 문을 닫게 된다면 단장으로서는 위험부담이 될 수 있었다.

"페테르를 믿는다는 말, 진심이야? 오늘 신문에 그의 부고가 실린 걸 봤는데." 아드리는 짚고 넘어간다.

티무는 한쪽 눈썹을 추켜세운다.

"누가 장난을 좀 치고 싶었던 모양이지."

"네 일당 중에서 누가 메시지를 보내려고 했던 건 아니고?"

티무는 가짜로 걱정하는 표정을 지으며 머리를 긁는다.

"인원이 워낙 많잖아. 내가 모든 걸 통제할 수는 없어."

"벤이를 그런 데 끌어들이면 내 손에 죽을 줄 알아."

티무가 느닷없이 폭소를 터뜨리자 웃음소리가 나무 사이로 메아리친다.

"나한테 그런 식으로 얘기하는 사람은 많지 않은데, 아드리."

"나는 그 많은 사람들이 아니거든." 그녀는 대꾸한다.

티무는 피우던 담배의 꽁초에 대고 다른 담배에 불을 붙인다.

"동생한테 하키를 가르친 사람이 너였지?"

"나는 싸우는 법을 가르쳤지."

나무 사이로 다시 티무의 웃음소리가 메아리친다.

"이제는 싸우면 누가 이겨?"

아드리는 시선을 떨어뜨린다. 그녀의 목소리가 탁해진다.

"내가 이겨. 왜냐하면 불공평한 싸움이거든. 벤이는 사랑하는 사람을 해치지 못하니까."

티무는 안다는 듯이 고개를 끄덕인다. 그런 다음 그녀의 팔을 토닥이며 이렇게 얘기한다.

"우리가 빙판 위에서 벤이한테 바라는 건 딱 한 가지뿐이야. 다른 모든 선수에게 바라는 것이기도 하지만."

"최선을 다해서 경기를 즐기는 거?" 그녀는 비꼬는 투로 묻는다.

티무는 씩 웃는다. 그녀도 결국에는 씩 웃는다. 그가 무슨 뜻에서 한 말인지 알기 때문이다. "이기는 거." 이 일대에서 바라는 건 그것뿐이다. 티무는 그녀에게 봉투를 건넨다.

"수네하고 네가 다섯 살짜리 여자아이들을 데리고 팀을 결성했다는 얘기, 라모나한테 들었어. 이거 돈 통에서 꺼낸 거야."

아드리는 놀란 눈빛으로 그를 올려다본다. 라모나는 직장에서 잘려 공과금을 해결할 수 없게 된 단골들을 위해 '돈 통'에 돈을 모은다. 팁이 전부 그 통 안으로 들어가는데, 펠센의 손님들은 의외로 팁을 많이 남긴다. 티무는 항상 맥주 값을 두 배로 낸다. 예전에 티무가 어머니의 재수 없는 남자친구를 또다시 쫓아냈을 때 어떤 사람이 집으로 찾아와서 그들에게 이런 봉투를 건넨 적이 있었다. 티무는 그때부터 어느 누구도 어머니를 건드리지 못하게 했고 그 일당을 결성할 수 있을 만큼 나이를 먹은 후에도 펠센의 단골이 베푼 은혜를 절대 잊지 않았다. 그래서 그는 이렇게 얘기한다.

"이걸로 스틱이랑 스케이트 사. 아니면 아이들한테 필요한 다른 뭐든."

아드리는 고마워하며 고개를 끄덕인다. 티무가 차를 세워놓은 곳으로 걸어가려고 몸을 돌리자 그녀가 그의 뒤에 대고 외친다.

"야! 페테르 안데르손한테 기회를 줘! 어쩌면 구단을 구제할 방법을 찾을지 몰라!"

티무는 도끼를 넣은 채로 트렁크를 닫는다.

"주고 있어. 안 그랬으면 진작 이 마을에서 쫓겨났지."

페테르는 집 앞에 서 있다가 문손잡이를 놓고 열쇠를 구멍에서 꺼내고 불안한 표정을 지으며 길거리 쪽으로 몸을 돌린다. 한여름인데도 검은 양복을 입은 리샤르드 테오가 그에게로 걸어오고 있다. 페테르가 기억하는 한 두 사람은 서로 말을 섞은 적이 없지만 그는 리샤르드 테오가 누군지 분명하게 알고 있다. 테오가 어떤 부류의 정치인을 대변하는지 알고 있다. 공격적이고 반목을 부추기는 못마땅한 부류고, 무엇보다 리샤르드 테오는 하키를 진심으로 질색하는 듯한 인상을 풍긴 적이 한두 번이 아니었다.

"안녕, 페테르. 내가 방해가 된 건 아니겠지?" 테오가 얘기한다.

그의 사근사근한 태도가 왠지 모르게 불길하게 느껴진다.

"내 도움이 필요한 일이라도 생긴 건가?" 페테르는 다소 당황스러워하며 묻는다.

"아니, 하지만 내가 너를 도와줄 수 있지." 테오는 대꾸한다.

"어떻게?"

정치인이 입을 벌리고 미소를 짓는다.

"네 하키단을 내가 살릴 수 있거든. 승자가 될 수 있는 마지막 기회를 제공할 수 있단 말이지."

12

나는 이 안에서 불사를 준비를 해

한 가지 분야에서 최고가 되는 데 일생을 바친 사람은 결국 똑같은 질문에 직면하게 된다. "왜일까?" 어떤 분야든 최고가 되려면 나머지 모든 것을 희생해야 하기 때문이다. 그래서 미라가 페테르를 처음 만났을 때, 페테르가 일생을 통틀어 가장 중요한 경기에서 패배하고 맥없이 비틀비틀 미라의 부모님이 운영하던 식당으로 들어섰을 때, 그녀가 물은 것도 그거였다. 왜일까?

그는 한 번도 제대로 대답한 적이 없었고 그 때문에 그녀는 미칠 것 같았지만, 결혼을 하고 아이를 낳고 평생을 같이 지낸 몇 년 뒤에 어떤 산악인이 백 년 전에 남긴 명언을 접했다. 누가 그에게 물었다. "에베레스트산을 등반하려는 이유가 뭡니까?" 산악인은 그런 어리석은 질문이 어디 있느냐는 듯이, 대답이 빤하지 않으냐는 듯이 곤혹스러워했다. "거기 있으니까요."

미라는 그때 이해했다. 집안에서 아무도 가지 않은 대학에 그녀는 왜 가고 싶어 했을까? 다들 너무 힘들 거라고 했는데 왜 법학을 선택했을까? 왜 그랬을까? 할 수 있는지 알아보기 위해서였다. 그 빌어먹을 산을 등반하고 싶었기 때문이었다. 왜냐하면 거기 있었으니까.

그래서 그녀는 이게 어떻게 된 영문인지 어쩌면 페테르보다 먼저 알아차린다. 그녀는 현관문 앞에 서서 그와 리샤르드 테오의 대화를 들을 만큼 듣는다. 그녀의 남편은 하키단을 구제하고 또다시 없어서는 안 되는 존재로 등극할 방법을 찾을 것이다. 늘 그래왔듯이. 미라는 볼보의 시동이 걸리는 소리가 들릴 때까지 현관 앞 복도에 앉아 있다가 멀어져가는 페테르를 창문 너머로 지켜본다. 와인은 따지 않은 채 그대로 두고 잔을 찬장에 다시 넣고 잠자리에 드는데 결혼반지를 낀 손가락에서 한기가 느껴진다. 밤이 저물고 내일이 밝으면 그녀는 이제 하루가 지날 때마다 내년과 점점 멀어지게 된다는 걸 알면서도 일어나서 모든 게 아무 문제 없는 척할 것이다.

———

페테르는 몇 시간 동안 정처 없이 달린다. 계속 같은 질문을 한다. "하키단의 가치가 얼마나 될까? 하키단은 누굴 위한 것일까? 어느 만큼의 희생이 용납될까?" 그리고 그 중간에 이런 걸 궁금해한다. "하키가 아니면 내가 무슨 일을 할 수 있을까? 하키가 없으면 나는 어떤 남자가 될까?"

그는 미라 이외의 다른 사람은 사랑해본 적이 없었고 아이스하키를 그만두겠다고 하면 그녀가 기뻐하리라는 걸 알았지만 마음속 깊은 곳에서는 의구심을 품고 있었다. 그녀가 정말 기뻐할까? 그녀는 꿈과 야망이 있는 남자와 사랑에 빠졌는데 그가 몇 년 동안 허송세월하며 아무것도 이루지 못하면 그녀의 눈에 어떻게 보일까?

날이 밝자 페테르의 어머니가 여름을 두고 항상 했던 말처럼 "조물주가 나무 위로 직접 오렌지 주스를 부은 듯이" 베어타운 위로 햇살이 쏟아진다. 페테르는 눈을 감고 슈퍼마켓 앞에 앉아서 같은 질문을 몇 번이고 반복한다.

간밤에 리샤르드 테오가 맨 처음에 한 말은 이거였다. "내 정치적 견해를 좋아하지 않지?" 페테르는 신중하게 대답했다. "미안한 얘기지만 네가 상징하는 바에 동의하지 않아. 너는 기회주의자니까." 테오는 기분 나빠하는 기미 없이 고개를 끄덕였다. "기회주의자가 승리를 쟁취하면 기득권이 되는 거지." 그는 혐오스러워하는 페테르의 표정을 보고 이렇게 덧붙였다. "미안한 얘기지만 페테르, 너 같은 사람들은 세상이 단순하길 바라겠지만 사실 세상은 복잡한 곳이란 걸 깨우치는 게 정치의 핵심이야."

페테르는 고개를 저었다. "너는 불화를 즐기지. 네가 추구하는 정치 스타일은 분쟁을 조장하고. 배제를 조장하고." 정치인은 이해한다는 듯이 미소를 지었다. "하키는? 하키도 인사이더가 아닌 이상 마찬가지라고 생각하지 않아? 학교에서 나를 본 기억이 있나?" 페테르는 어색하게 헛기침을 하고 중얼거렸다. "나보다 몇 년 후배였잖아, 아닌가?" 리샤르드 테오는 화가 났거나 비난조가 아니라 서글픈 표정에 가깝게 고개를 저었다. "우리 한 학년이었어, 페테르."

테오가 페테르의 허를 찌르기 위해 일부러 계획한 작전인지 어떤지는 알 수 없지만 적중했다. 페테르가 겸연쩍게 바닥으로 시선을 떨어뜨리자 의원은 행복한 미소를 지으며 그를 찾아온 이유를 아주 간단하게 설명했다. "내가 런던에 연줄이 좀 있거든. 어느 회사에서 베어타운의 공장을 매입할 계획인지 알아."

"나는 그게 팔리는 줄도 몰랐는데……." 페테르는 놀라서 외쳤지만 정치인은 겸손하게 어깨를 으쓱하고 그만이었다. "아무도 모르는 일을 알아내는 게 내가 하는 일이거든, 페테르. 나는 너에 대해서도 아는 게 많아. 내가 이렇게 찾아온 이유도 그 때문이지."

레오가 다음 날 아침에 눈을 떠보니 집에 아무도 없다. 엄마가 식탁에 메모를 남겨놨다. "엄마는 출근했고 너희 아빠는 아이스링크에 있어. 필요한 일 있으면 연락해. 조리대에 돈 좀 두고 간다. 사랑해! 엄마가." 레오는 더 이상 어린애가 아니다. 그도 '너희'라는 단어가 붙은 걸 알아차린다. 엄마의 반쪽이 아닌. 너희 아빠.

아이는 누나의 방에 들어가서 문을 닫고 바닥에 웅크린다. 마야의 공책들이 침대 밑에 있고 그는 여러 종류의 눈물을 흘리며 거기 잔뜩 적힌 시와 노래 가사를 읽는다. 어떤 것은 그녀의 눈물이고 또 어떤 것은 그의 눈물이다. 마야는 다른 집 누나들처럼 고함을 지르며 동생을 방 밖으로 내쫓지 않았다. 레오는 어렸을 때 이 방에 들어올 수 있었다. 부모님이 부엌에서 이삭 얘기를 하다 무너지는 걸 엿듣고 그가 겁에 질리면 마야가 침대에서 같이 잘 수 있게 허락했다. 마야의 침대 옆 바닥이 레오에게는 가장 안심이 되는 공간이었다. 하지만 그는 이제 나이를 먹었고 마야는 여름 내내 숲속에 아나와 틀어박혀 있다. 레오는 고민이 생기면 뭐든 마야에게 조언을 청했기에 이제는 누구한테 물어보면 좋을지 알 수가 없다. 누나가 성폭행을 당했을 때 남동생은 어떻게 해야 하는 거냐고. 아니면 부모님이 잡고 있던 손을 놓으려고 할 때 뭘 할 수 있느냐고. 아니면 이 모든 증오를 어떻게 처리해야 하는 거냐고.

마야의 침대 밑에 있던 공책 뒤편에 '성냥개비'라는 제목이 달린 글이 있다. 그는 조심스럽게 그 장을 찢어서 주머니에 넣는다. 그런 다음 호숫가로 간다.

가는 동안 자기 몸을 열심히, 세게, 줄기차게 긁는다. 소매 점점 더 깊숙이 손을 넣는다.

비가 내린 며칠 동안 베어타운과 헤드는 흥분을 가라앉힐 수도 있었겠지만 빌리암 뤼트는 그동안 열심히 땀을 흘렸다. 예전에 코치가 얘기하길 "능력을 입증하겠다는 강렬한 욕구"를 그보다 더 어마어마하게 분출하는 선수를 본 적이 없다고 했다. 빌리암이 자신의 단점에 대해 얘기를 꺼낼 수 있도록 그런 식으로 물꼬를 터준 거였을 텐데, 그는 그걸 칭찬으로 받아들였다.

빌리암은 어린 시절 내내 케빈의 가장 친한 단짝 친구 자리를 다시금 차지하려고 아등바등했다. 꼬맹이 시절에 그들은 케빈의 집 앞에서 전동 자동차를 타고 빌리암의 지하실에서 실내 하키를 했다. 그러다 정식으로 하키를 시작했을 때 난데없이 벤이가 등장했다. 이후로 케빈은 단체 사진을 찍을 때 한 번도 빌리암의 옆에 선 적이 없었다. 빌리암은 물려받은 싸구려 옷을 입는다고 놀리고 그를 '썰매'라고 부르며 수단과 방법을 가리지 않고 벤이를 깎아내렸다. 그러다 벤이에게 썰매로 얼굴을 얻어맞는 바람에 앞니 두 개와 팀원들의 존경심을 잃었다. 빌리암의 어머니는 '폭행'에 대한 처벌을 요구했지만 구단에서는 아무 조치도 취하지 않았다.

얼마만큼 나이를 먹은 뒤에는 같이 잔 여자아이들에 대해 떠벌리며 나무 위로 올라가 마리화나나 피우는 녀석보다 파티장에서 더 재미있게 놀 수 있는 친구인 척했다. 물론 그건 거짓말이었다. 빌리암은 다른 대부분의 팀원들처럼 아직 경험이 없었다. 그런데 어느 날 로커룸으로 들어선 케빈이 외쳤다. "빌리암! 네 여자친구들이 밖에서 기다리고 있어!" 빌리암은 어리둥절해하며 일어나서 밖으로 나갔다. 복도에 아무도 없고 하얀색의 두툼한 양말 열 켤레만 바닥에 놓여 있었다. 케빈이 깔깔대며 웃었다. "이제 네가 '여자친구'랑 '잘' 때마다 너희 엄마가 빨래를 할 필요가 없겠지?" 빌리암은 그 말을 듣고 팀원들이 어떤 식으로 그를 보고 웃었는지 지금까지 생생하게 기억하고 있었다. 특히 벤이가 어떤 식으로 웃었는지 기억하고 있었다. 지난 몇 년 동안 능력을 입증하겠다는 간절한 욕구를 불태운 빌리암은 이제 어떻게 해야 할까? 헤드 하키단은 새로운 출발이자 드디어 리더로 등극할 수 있는 기회다. 그는 두 번 다시 양말로 놀림을 당하지 않을 작정이다.

이번 여름에 비가 내리는 동안 그는 쉴 새 없이 웨이트트레이닝을 하고 헤드 하키단의 빨간색 깃발이 불타는 영상을 인터넷에서 보았다. 여러 번 반복해서 보았다. 그 영상을 올린 비겁한 새끼가 누군지 눈곱만 한 단서라도 찾기 위해서였는데, 드디어 단서를 포착한 것 같았다. 라이터를 들고 있는 손이 중학생처럼 작았고 소매가 팔목 밑으로 내려갔을 때 보니 팔뚝이 긁은 자국으로 뒤덮여 있었다.

빌리암은 하키단의 덩치들을 소집한다. 담배를 사 들고 호숫가로 나선다.

성냥개비

어두컴컴한 방이 있고 그 안에 어둠을 무서워하는 어린아이가 갇힌다면
인생이 뭐 같은 거라 시키면 공포와 함께 그 안에 갇힌다면
주머니 안에서 성냥개비 하나를 발견한다면 그 어린아이는
방에서 가스 냄새가 나더라도 거기에 불을 붙이겠지.

비와 눈은 단지 몇 도 차이
수많은 집이 지어지지만 모두 불에 타고
너는 내가 죽음보다 더 두려워하는 게 뭔지 가르쳐주었으니
나는 이 안에서 불사를 준비를 해, 너와 함께 탈 수만 있다면.

베어타운에 다시 해가 뜨자 호숫가는 다시 서로 몸을 쳐다보지 않는 척하는 십대들로 가득 찬다. 처음에는 모든 게 즐겁고 요란해 보이지만 섬뜩한 정적이 호숫가를 따라 스멀스멀 이동한다. 청소년팀 팀원 두 명이 나무 위로 올라가 헤드 하키단 깃발을 새로 매단다. 빌

리암 뤼트는 비치타월 사이를 돌아다니며 중학생이 보일 때마다 담배를 내민다.

"불 있냐?"

아무도 그의 눈을 쳐다보지 않는다. 그는 모든 아이의 팔을 잡고 긁은 자국이 있는지 살핀다. 빌리암 뤼트는 그가 찾으려는 게 뭔지 잘 모르는 것일 수도 있다. 여기서 어느 누가 감히 그에게 뭔가를 실토하겠는가. 하지만 다른 건 몰라도 그들을 협박하고 싶은 생각이 있다. 그의 팀에 두 번 다시 딴죽을 걸지 못하게. 아이들이 모래사장을 내려다보며 고개를 저을 때마다 빌리암의 가슴은 조금씩 가벼워지고 어깨는 조금씩 올라간다.

그때 몸을 긁는 소리가 들린다. 한 번, 그리고 곧바로 다시 한 번 몸을 긁는 소리에 이어 쉭 하고 점화되는 소리가 들린다. 빌리암의 뒤에서 누군가가 얇은 목소리로 외친다.

"나 라이터 있어요!"

레오는 손을 떨지 않는다. 그의 소매가 내려온다. 팔뚝을 긁은 자국이 선명하게 도드라진다.

"그…… 그게 무슨 소리야, 나에 대해서도 아는 게 많다니?" 페테르는 간밤에 더듬더듬 물었다. 리샤르드 테오는 태평하게, 명랑하다 싶은 목소리로 대꾸했다. "네 친구 프락이 슈퍼마켓을 또 하나 팔아 치운대도 베어타운 아이스하키단이 기껏해야 석 달을 버티지 못한다는 거. 그리고 A팀 코치 수네가 아프다는 거."

페테르는 그를 빤히 쳐다보기만 했다. 여름이 시작됐을 무렵 수네의 심장에 문제가 생겼다. 수네가 새롭게 결성된 여자 유소년팀의 스케이팅 수업에 결석하자 아드리 오비크가 찾아가보니 그가 연립주택 바닥에 쓰러져 있었다. 아드리가 병원에서 페테르에게 연락했지만 수네는 그 둘에게 함구해달라고 부탁했다. 그냥 '조그만 잡음'이 들린 것에 불과하다며 '염병할 순교자'가 되고 싶지 않다고 했다.

그들은 당연히 함구했지만 솔직히 고백하자면 그건 수네를 위한 조치인 동시에 페테르의 이기적인 이유가 바탕에 깔린 조치이기도 했다. 후원자나 돈이 없으면 신임 코치를 선발할 수가 없었고 코치가 없으면 선수들을 설득해서 계약서에 사인을 받을 수가 없었고 선수들이 없으면 후원자나 신임 코치를 영입할 수가 없었다.

"아까도 얘기했잖아." 리샤르드 테오는 조용히 얘기했다. "알아내는 게 내 일이라고. 병원에 내 친구들이 있거든. 나는 네 친구도 되고 싶어." 그는 아주 침착하고 체계적으로 그의 제안을 페테르에게 설명했다. 새 사장단이 공장을 재건하려면 정치적인 투자가 필요할 것이었다. 그건 테오가 주선할 수 있었다. 하지만 사장단은 "지역 주민들의 성원 또한 필요하다"라는 사실을 깨달았기에 리샤르드 테오가 "이 사람들의 환심을 가장 빠르게 살 수 있는 방법이 하키"라고 그들을 설득했다.

페테르는 의심을 달래느라 꼼지락거리며 최대한 차분한 목소리로 이렇게 대꾸했다. "내가 듣기로 다른 정당에서는 너하고 손을 잡는 걸 꺼린다던데. 네가 그 모든 성과를 거둘 수 있다고 믿을 만한 근거가 없잖아?" 테오는 침착하게 대답했다. "어제 아이스링크 앞으로 거액의 전기 요금이 청구됐어. 전화해서 물어보면 해결이 됐다는 걸 알 수 있을 거야. 그 정도면 증거로 충분할까?"

페테르는 더할 나위 없이 불안해졌다. "왜 우리 하키단이야? 헤드 하키단과 접촉하지 않고?" 정치인은 다시 미소를 지었다. "베어타운은 성실하기로 유명하지. 그리고 이십 년 전에 네가 거둔 성과, 온 마을이 아이스하키단 뒤로 정렬한 그 시절에 담긴 상징적인 의미가 크고. 네가 뭐라고 했더라? '베어타운 대 나머지 전부'라고 했던가?"

페테르는 수세를 취하며 툴툴거렸다. "너는 하키를 좋아하지 않는 걸로 알고 있다만." 테오는 커프스링크를 바로잡고 대답했다. "나는 언제까지고 세금이 스포츠가 아니라 의료 서비스와 일자리에 쓰여야 한다는 정치적인 견해를 고수할 거야, 페테르."

페테르는 머리를 긁적였고 감동받은 티를 최대한 감추며 이렇게 얘기했다. "그러니까 세금은 공장에 쓰고 그 대신 새 사장단에게 하키단 후원을 맡긴다? 그러면 너는 베어타운에서 일자리와 하키단 양쪽 모두를 살린 정치인이 될 수 있지. 그뿐 아니라 세금을 아껴서…… 의료 서비스에 쓸 수 있게 한 것처럼 포장할 수도 있고…… 망할. 덕분에 너는 다음 선거에서 승리할 수 있을 테고."

테오는 주머니에 손을 넣었지만 우쭐한 분위기는 전혀 풍기지 않았다. "우리는 공통점이 많아, 페테르. 몸담고 있는 종목만 다를 뿐이지. 내가 내 종목에서 뛰려면 다음 선거에서 이겨야 해. 너는 네 종목에서 뛰려면 하키단이 있어야 하고."

빌리암은 열여덟 살이고 그의 앞에 서 있는 열두 살짜리 아이보다 몸무게가 두 배는 더 나갈 것이다. 그런데도 레오는 물러서지 않는

다. 아이는 밑져야 본전이라고 생각하는 듯한 눈빛으로 빌리암의 눈을 쳐다본다.

온 호숫가의 사람들이 지켜보고 있기에 빌리암은 자기보다 여섯 살 어린 아이를 건드리고 싶지 않았다 한들 이제 와서 물러설 도리가 없다. 그가 꼬맹이 녀석의 머리를 똑바로 잡는답시고 목덜미를 움켜쥐자 열두 살짜리 아이에게 어떤 현상이 벌어진다. 목이 졸리자 공포가 유발되고 빌리암의 손톱이 턱 아래를 파고들자 자기도 모르게 입이 벌어진다. 레오는 헛구역질을 하기 시작하고 눈에 눈물이 고인다. 이때 본능적인 반응은 둘 중 하나일 수밖에 없다. 공격자의 손을 필사적으로 움켜잡거나 위를 향해 있는 힘껏 주먹을 뻗거나.

레오의 첫 방은 허공을 가르지만 다시 한 번 미친 듯이 휘두른 주먹이 빌리암의 귀를 맞힌다. 싸워보기 전에는 아무도 모르지만 귀를 맞으면 우라지게 아프다. 빌리암의 손에서 0.01초 동안 힘이 빠지자 레오는 기회를 포착한다. 있는 힘껏 주먹을 뻗어 빌리암의 턱 아래를 때리고 열여덟 살짜리의 이가 서로 세게 부딪치는 소리를 듣는다. 빌리암은 혀를 씹었는지 입에서 피를 흘리며 레오를 향해 달려들고 그로써 모든 게 끝이 난다. 열두 살짜리가 상대하기에 빌리암은 너무 덩치가 크다.

페테르는 리샤르드 테오를 보며 다시 고개를 저었지만 좀 전처럼 도전적이지는 않았다. "너하고 나는 공통점이 없어. 너는 권력에만 관심이 있잖아." 정치인은 그 말을 듣더니 대화를 시작한 이래 처음으로 폭소를 터뜨렸다. "진심으로 너는 나보다 정치적이지 않다고 생

각해, 페테르? 올봄에 너희 딸이 케빈 에르달을 성폭행범으로 고발하고 후원자들이 너를 단장에서 해임하려고 했을 때 신임 투표에서 네가 승리한 이유는…… '그 일당'이…… 네 편을 들었기 때문이었어. 맞지, 응?"

조그맣고 차가운 땀방울이 페테르의 뒤통수에서 떨어져 등골을 따라 흘러내렸다. "그건…… 나는 아무 힘이 없었고…… 내가 부탁한 것도 아니었고……." 그는 말을 더듬지만 리샤르드 테오는 그의 반박을 일축했다. "모든 게 정치야. 인간은 누구나 동맹이 필요하고."

페테르는 귓전을 때리는 맥박을 달래며 물었다. "나한테 원하는 게 뭐야?" 정치인은 솔직하게 대답했다. "모든 게 공식화되면 네가 기자회견장에 참석할 거야. 그냥 카메라를 보면서 웃고 새 사장단이랑 악수만 하면 돼. 그 대가로 너는 투자를 받고 구단의 전권을 행사할 수 있어. 아무도 네 일에 간섭하지 않을 거야. 우승팀을 건설할 기회가 주어질 거야. 내가 원하는 건 너랑…… 친구가 되는 것뿐이야. 그 정도면 많은 걸 바라는 것도 아니지 않나?"

그는 다시 미소를 지었고 페테르가 뭐라고 대꾸를 하기도 전에 가장 중요한 얘기를 꺼냈다. "그리고 마지막으로 한 가지. 새 사장단은 어떤 형태로든 폭력에 연루되는 걸 원치 않아. 그렇기 때문에 너는 기자회견장에 참석했을 때 그 일당과 거리를 두어야 해. 아이스링크의 스탠딩석을 없애겠다고 해야 하고."

페테르는 차마 아무 말도 할 수 없었다. 테오는 그럴 거라고 예상한 눈치였다. 그가 몇 가지를 더 분명하게 설명하고 떠났을 때 페테르는 얼마인지 모를 시간 동안 그 자리에 서 있었다.

결국 다시 차에 올라타서 밤거리 속으로 내달렸을 때 그의 머릿속에서 계속 떠오른 생각은 딱 한 가지뿐이었다. 구단의 전권을 행사한다고? 제대로 된 예산을 갖추고? 페테르는 종종 자기가 남들보다 '도덕적으로 우월한 줄 안다'는 비난에 시달리지만 어쩌면 그럴 만한 이유가 있을지 모른다. 그는 하키단을 단순한 스포츠 팀으로 간주하지 않는다. 돈이나 정치로 매수할 수 없는 조직이 되어야 한다고 생각한다.

하지만 그는 이상을 위해 어느 정도 희생할 준비가 되어 있을까? 어떤 적들을 상대해야 할까? 권력을 차지하려면. 승리를 차지하려면.

그는 해답을 찾으러 나선 길이다.

리샤르드 테오는 차를 타고 밤새도록 달려서 친구가 방금 전에 도착한 조그만 공항에 다다랐다. 친구는 테오와 악수를 하면서 짜증난 투로 이렇게 얘기했다.

"내 시간이 아깝지 않은 일이라야 할 거야."

테오는 사과의 뜻을 전했다.

"전화로 하지 않는 게 좋은 얘기도 있거든."

"뭐, 하긴." 친구는 고개를 끄덕였다.

테오는 말을 이었다.

"런던에 있는 친구들한테 그들이 요구하는 땅과 공장에 정치적인 투자를 아끼지 않겠다고 약속할 수 있어. 하지만 그 대가로 내가 바라는 게 있어. 아이스하키단을 망치는 폭력적인 훌리건 일당이 있거든. 일개 지방의원은 힘이 별로 없지만 거물급의 새로운 후원자라면…… 뭐, 알잖아. 어느 정도 영향력을 발휘할 수 있겠지."

그의 친구는 고개를 끄덕였다.

"또 아이스하키단이야? 거기에 그렇게 집착하는 이유가 뭔지 모르겠네."

"상징적인 조직이거든." 테오는 미소를 지었다.

"그래서 네가 원하는 게 뭔데?" 친구가 물었다.

"새 사장단이 후원 계약에 전제 조건을 넣어야 해. 베어타운 아이스하키단 단장은 폭력적인 응원단과 거리를 두겠다고 공식석상에서 밝히고 아이스링크의 스탠딩석을 없애야 한다고."

"별로 대수롭지 않은 일 같은데."

"맞아. 하지만 내가 아니라 사장단이 직접 요청해야 한다는 게 중요해."

친구는 그에게 약속했다. 그들은 악수를 했다. 친구는 비행기에 탑승했다.

리샤르드 테오는 차에 오르고 집으로 가는 내내 베어타운에 발을 들여놓은 적 없는 사람만 방금 전에 나눈 대화를 "대수롭지 않은 일"로 간주할 수 있을 거라는 생각을 했다. 테오가 남들보다 항상 한 발짝 앞서나가는 이유가 바로 그 때문이다. 요즘은 아무도 시장조사를 할 생각을 하지 않는다.

———

"빌리암! 빌리암!" 그의 팀원 한 명이 어딘가에서 날카롭게 외친다. 레오는 너무 어지러워서 그 소리가 어디서 들리는지 알 수가 없다. 똑바로 누워 있는 그에게로 쏟아지는 주먹 때문에 아무것도 보이지 않는다.

빌리암이 마지막으로 팔을 들지만 다른 팀원이 그를 잡고 똑같은 말을 반복한다.

"빌리암!"

호숫가 뒤편의 도로를 턱으로 가리키는 친구가 빌리암의 곁눈으로 보인다. 차 한 대가 멈춰 섰다. 검은 재킷을 입은 두 남자가 차에서 내렸다. 그들은 호숫가를 향해 걸어오지 않는다. 그럴 필요가 없다. 그 일당은 이 마을의 십대들이 벌이는 일에 절대 관여하지 않는다. A팀 하키의 무게와 청소년팀의 경기 사이에는 항상 명확한 선이 존재한다. 하지만 빌리암은 더 이상 청소년팀이 아니고 이건 더 이상 단순한 하키만의 문제가 아니다.

빌리암은 레오를 잡았던 손을 놓는다. 주춤주춤 일어선다. 검은 재킷을 입은 남자들은 꼼짝하지 않는다. 빌리암이 피를 뱉자 빨간 침이 그의 티셔츠 위로 떨어진다.

"이 정도면 충분하겠지……." 그는 목소리가 떨리는 걸 아무도 모르게 나지막이 중얼거린다.

그는 몸을 돌려서 저쪽으로 걸어간다. 팀원들이 그를 뒤따라간다. 검은 재킷을 입은 남자들은 빌리암의 친구 하나가 눈치를 채고 나무 위로 올라가 헤드 하키단 깃발을 치울 때까지 도로에 서 있는다. 검은 재킷을 입은 남자들은 아무 말 없이 사라지지만 뜻은 전달됐다. 베어타운의 영역에 헤드 하키단은 얼씬하지 말라는 거다.

레오는 얼굴에 묻은 빌리암의 피를 닦을 생각도 하지 않고 그의 담요 위에 앉는다. 목구멍이 너무 아파서 분명 뭔가가 찢어진 것 같다.

한 친구가 그의 어깨를 토닥이고 다른 친구는 담배를 건넨다. 레오는 지금까지 담배를 피워본 적이 없지만 지금은 피우지 않을 도리가 없다. 소름이 끼치도록 아프고 놀라우리만치 환상적이다.

그는 빌리암 뤼트의 면전에서 물러서지 않았고 올여름에는 빨간색 깃발이 더 이상 걸리지 않을 것이다. 레오는 그 정도로 만족할 수도 있었겠지만 새로운 것을 발견했기에 열두 살인 그의 심장박동이 달라졌다. 아드레날린. 폭력. 그건 열병과도 같다. 그래서 다음 날 아침에 빌리암 뤼트의 어머니가 집 앞의 우편함을 열어보면 꼭대기까지 라이터로 꽉 차 있을 것이다.

빌리암 뤼트 같은 사람들은 그런 식의 도발을 참고 지나가지 못한다. 그리고 레오 안데르손 같은 사람들은 그렇다는 걸 안다.

13
그래서 그들이 그의 동지가 되어주었다

“모든 게 대가가 있고 누구나 값을 치르기 마련이지!” 이건 라모나의 남편이 살아생전에 가장 즐겨 했던 말이다. 그는 새 차가 됐건 중고 토스트기가 됐건 누가 뭘 샀다 하면 가장 먼저 “얼마나 줬어?” 하고 물었다. 상대가 뭐라고 대답하건 이렇게 툴툴거렸다. “그럴 줄 알았다! 나라면 그 반값에 샀을 텐데!” 라모나는 그 소리가 지긋지긋했지만 지금은 다시 한 번만이라도 들을 수 있다면 뭐든 내줄 수 있었다. 그는 그녀를 사랑했고 하키를 사랑했고 베어타운 아이스링크의 센터 서클이 결혼반지이기 때문에 끼고 다닐 필요가 없다고 했다. 사는 게 힘들면 절대 “괜찮아질 거야”라고 하지 않고 “조만간 하키 시즌이야”라고 했다. 누가 “여름”이라고 하면 “프리시즌이지”라고 바로잡았다. 그의 일 년은 베어타운이 첫 경기에 출전하는 구월에 시작됐기에 한 해의 첫 달이 구월이 되도록 모든 달력을 다시 정리했다.

그가 라모나의 곁을 떠난 뒤로 열한 번의 시즌이 지났다. 오늘은 한 텔레마케터가 어딘가에서 무작위로 전화번호를 누른다.

"홀예르 씨? 안녕하세요, 홀예르 씨." 상대방이 전화를 받자 그는 큰 소리로 외친다.

"홀예르는 죽은 지 십일 년 지났어. 그리고 그 전에도 별로 안녕한 적이 없었고. 전화한 이유가 뭔가?" 라모나는 두 번째 아침을 손에 쥐고 바에 서서 묻는다.

텔레마케터는 초조하게 키보드를 두드린다.

"펠센 술집 아닌가요?"

"맞는데." 라모나가 대답한다.

"그렇군요…… 죄송하지만 저희 파일상으로는 홀예르 씨가 아직까지 소유주 가운데 한 분으로 등록이 되어 있어서……."

"우리 술집인 거 맞아. 그냥 요즘은 나 혼자 일을 전부 하고 있을 뿐이지."

"아, 그럼 여기 성함이…… 혹시…… '라모나' 씨이신가요?"

"맞는데."

세일즈맨은 숨을 크게 들이마시고 처음부터 다시 시작한다.

"그렇군요! 안녕하세요, 라모나 씨."

"이봐, 요즘은 기술이 발달해서 나 같은 사람도 자네 같은 사람이 어디 사는지 알아낼 수 있어."

"네? 그게 무슨……."

"무슨 뜻인지 알잖아."

잠깐 정적이 흐른다. 이윽고 세일즈맨은 헛기침을 하고 뭔지 모를 이유에서 용기를 내 조금 빠른 속도로 대본을 읊는다.

"저는 스킨케어 제품 정기 배송 상품을 판매하고 있어요. 매달 우편으로 여덟 가지 제품을 받아보신 뒤에 마음에 드는 한 가지만 선택해 나머지는 무료로 반품하시면……."

"여덟 가지?" 라모나는 아침을 크게 두 모금 마신 뒤에 묻는다.

"네!"

"그리고 그걸 다 써보라고? 이봐, 인간의 피부가 그 정도로 넓을 거라고 생각해?"

거기에는 대본으로 정해진 답변이 없기 때문에 세일즈맨은 대신 이렇게 얘기한다.

"현재 상당히 매력적인 조건으로 할인 행사 중인데요……."

라모나는 그의 고양이를 차로 치었다는 소식을 전하며 미안한 척 하지만 사실 처음 두 번은 그 조그만 녀석이 길 밖으로 도망치는 바람에 짜증이 난 사람 같은 말투다.

"이봐, 자네랑 통화하는 상대는 살아가느라 정신없는 사람들일 거야. 그런데 여덟 가지 종류의 스킨케어 제품이라고? 그들은 하루를 무사히 버티는 게 목표야."

세일즈맨은 목캔디와 절망으로 인해 생채기가 난 목소리로 대꾸한다.

"그건 저도 마찬가집니다."

"어이, 아침 먹었나? 하루 중에서 가장 잘 챙겨 마셔야 하는 게 아침 맥주인데. 피부에도 좋을 거야, 비타민이 풍부해서."

"한번 마셔보겠습니다." 세일즈맨은 약속한다.

"베어타운을 지나갈 일이 생기거든 찾아와. 내가 한잔 대접할 테니."

"'베어타운'? 그런 데도 있나요?"

라모나는 전화를 끊는다. "모든 게 대가가 있지." 홀예르는 그녀의 곁을 떠나기 전에 그렇게 말했고 그를 땅에 묻던 날 목사도 똑같은 얘길 했다. "사랑의 대가가 상심이에요, 라모나. 무너진 가슴과 온전한 사랑을 맞바꾸는 거죠." 두말하면 잔소리지만 그 우라질 목사는 그때 조금 취했다. 그래도 그의 말은 맞았다. 누구나 대가를 치르기 마련이고 그건 인간이건 지역사회건 마찬가지다.

모든 텔레마케터가 베어타운이라는 이름을 알던 시절이 있었다. "베어타운? 하키단 있는 거기 맞죠?"

할로의 아파트 단지 아래쪽 공터에서 벽을 골문, 음료수 병을 골대 삼아 아이들 몇 명이 하키를 하고 있다. 아맛은 그의 방 창가에 서서 그들을 구경한다. 그도 예전에는 단짝 친구인 사카리아스, 리파와 같이 하키를 했다. 그 당시에는 간단했다. 테니스공과 두 팀, 일인당 스틱 한 개씩만 있으면 그만이었다.

하지만 그들은 이제 성인에 가까운 열여섯 살이다. 할로는 그새 환경이 더 열악해졌지만 그들은 진실을 간파할 수 있을 만큼 나이를 먹었다. 할로를 이해하려면 이곳 주민들이 베어타운의 나머지 지역을 대하는 시선은 베어타운의 나머지 지역이 대도시를 대하는 시선과 같다는 걸 알아야 한다. "우리는 안 좋은 뉴스 헤드라인을 장식하는 목적으로만 존재하잖아."

예전에 리파는 아맛에게 이런 얘기를 한 적이 있었다. "다른 동네 사람들은 하키를 잘하면 너를 좋아하지만 시합에서 이겼을 때만 베어타운 출신이라고 하지. 시합에서 지면 할로 출신이라고 할 거야."

리파는 몇 년 전에 하키를 때려치웠고 전보다 냉정한 성격으로 바뀌었다. 요즘은 형의 패거리와 어울려 다니며 뭔지 모를 물건을 배낭에 싣고 모터 달린 자전거로 배달을 다닌다. 둘이 만나는 횟수도 점점 줄고 있다.

사카리아스는 밤마다 집에서 컴퓨터게임을 하고 낮에는 내처 잔다. 그의 부모님은 여름 동안 친척들과 함께 지내고 있는데, 사카리아스는 깨어 있는 모든 시간을 온라인에서 보내고 있으니 다른 나라에서 살고 있는 거나 다름없다. 초여름만 해도 아맛이 날마다 그의 아파트로 찾아가 같이 달리기를 하지 않겠느냐고 물었지만 사카리아스가 계속 그를 꼬드겨 게임을 하고 토스트 샌드위치를 만들어 먹으려고 했기 때문에 아맛은 여름 동안 허송세월을 하고 싶은 유혹에서 벗어나기 위해 발길을 끊었다. 그도 아무것도 하지 않으면 아무것도 이룰 수 없다는 것 정도는 알았다.

그래서 아맛은 침대에 역기를 올려놓고 원시적인 벤치프레스를 하고, 비명이 나올 때까지 팔굽혀펴기를 하고, 구역질이 날 때까지 길을 달리며 혼자 훈련을 하고 있다. 저녁에는 공동 세탁실에 가서 스틱으로 퍽과 공을 몰고 유리병 사이를 점점 더 빠르게 누비는 연습을 한다. 그의 엄마 파티마는 몸이 아픈 친구의 병간호 때문에 이틀에 한 번씩 저녁 늦게까지 집을 비우는데, 그 친구가 누구인지 아맛은 알지 못한다. 엄마가 죄책감을 느낄 수 있기에 보고 싶다는 얘기는 하지 않는다. 파티마는 그녀를 필요로 하는 모든 사람을 돌보는 성격이고 그녀의 아들은 자기 차례를 기다릴 수 있을 만큼 컸다.

하지만 오늘 저녁에는 훈련을 하지 않는다. 잠도 자지 않는다. 할로에 사는 그 나이 또래의 다른 아이들은 저녁마다 오래된 자갈 채취장이 내려다보이는 숲가의 '언덕'에서 노닥거린다. 그릴에 핫도그를 구워먹고 마리화나를 피우고 잡담을 나누며 웃는 그들의 모습이, 그냥…… 십대다운 그들의 모습이 여기 이 발코니에서도 보인다.

모든 일에는 대가가 따른다. 사람들 말로는 만 시간을 투자해야 진정한 실력자가 될 수 있다고 하던데 아맛은 몇 시간을 더 바쳐야 여기서 탈출할 수 있을까? 그에게는 이제 심지어 소속팀도 없다. 봄에 케빈이 마야에게 어떤 짓을 저질렀는지 진실을 공개하느라 모든 것을 포기한 이후에 그에게 남은 것은 아무것도 없다. 심지어 마야의 아버지마저 전혀 신경 쓰지 않는다.

아맛은 스웨터를 입고 아파트를 나서 언덕으로 향한다. 모닥불에 둘러앉은 십대들의 거의 대부분이 어렸을 때부터 그와 알고 지낸 사이지만 아직까지도 그를 보면 우리에서 뛰쳐나온 짐승 대하듯 한다. 그가 당황스러워하며 걸음을 멈추고 땅바닥을 바라보자 누군가가 갑자기 웃음을 터뜨리더니 안에 뭐가 들었는지 감히 물어볼 수도 없는 담배를 건넨다.

"자, 슈퍼스타, 파티 타임이야!" 담배를 건넨 여자아이는 이렇게 얘기하며 씩 웃는다.

그녀는 달콤하다. 담배 맛도 그렇다. 아맛은 눈을 감고 허공으로 둥실 떠오르고 그녀가 손을 잡자 여기 이렇게 머물 수도 있겠다는 생각을 한다. 다른 모든 건 집어치우면 된다. 하키도 하키단도 부담감도 중압감도. 그는 오늘 하룻밤만 평범해지기로 한다. 아무것도 하지 않고 밤공기 속으로 사라질 수 있을 때까지 담배를 피우기로 한다.

정신을 차리고 보니 어디서 났는지 모를 맥주가 그의 손에 쥐여 있다. 그때 어디에선가 날아온 손이 그의 팔을 우악스럽게 때리는 바람에 맥주와 마리화나가 바닥으로 떨어진다. 아맛은 "아이 씨, 뭐야?!" 라고 외치며 본능적으로 몸을 돌려서 병신의 가슴을 떠민다.

어린 시절의 친구 리파는 이제 덩치가 크다. 가슴이 꿈쩍도 하지 않는다. 오히려 그가 아맛의 스웨터를 잡고 언덕 아래로 우악스럽게 끌고 간다.

키가 크고 몸집이 떡 벌어졌고 거의 항상 물 폭탄을 맞은 래브라도보다 즐거워하는 슈퍼마켓 주인 프락은 페테르에게 얘기를 듣고 충격을 받은 나머지 그 자리에서 앉은 채로 옴짝달싹하지 않는다. 그들은 베어타운 아이스하키단의 회계 장부로 가득한 슈퍼마켓 뒤편의 사무실에 앉아 있다. 프락은 마지막으로 남은 거물급 후원자고 의회의 도움 없이 언제까지 그의 능력으로 하키단을 유지할 수 있을지 하루 종일 계산기를 두드리느라 여념이 없다.

"이해가 안 되네…… 리샤르드 테오가 왜 너더러……."

그는 일어나서 문을 닫고 나지막이 말을 잇는다.

"……그 일당과 척을 지라고 하는지."

페테르는 눈 밑에 생긴 다크서클을 문지른다.

"새 사장단이 '가족 스포츠'를 후원하고 싶어 한다잖아. 그래야 언론에 그럴듯해 보이니까. 테오한테 '훌리건'을 정리하고 싶다고 그랬대. 헤드 의원의 차에 도끼가 꽂힌 일도 있고 하니……."

"하지만 무슨 수로?" 프락이 묻는다.

페테르는 피로감에 눈을 감는다.

"구단 차원에서 스탠딩석을 없앤다고 내가 기자회견장에서 발표해야 해."

"그 일당만 스탠딩석을 애용하는 것도 아닌데……."

"나도 알아. 하지만 그 일당은 전부 그 자릴 애용하잖아. 리샤르드 테오는 실질적인 현상에는 관심 없어. 어떻게 비쳐지는지에만 관심 있지."

프락의 눈이 휘둥그레진다.

"그 테오라는 친구는 똑똑한 녀석이야. 봄에 회의가 열렸을 때 그 일당의 표 덕분에 네가 남을 수 있었다는 걸 모르는 사람이 없잖아. 그러니까 *네가* 그들과 거리는 두겠다는 기사가 신문에 실리면…… 더욱 효과적일 수밖에 없겠지."

"그리고 리샤르드 테오는 원하는 모든 걸 손에 넣을 수 있지. 공장, 일자리, 하키단. 칭찬은 전부 독차지하고 비난은 전부 남에게 떠넘기고. 심지어 그 일당조차 *그가* 아니라 나를 증오할 거야. 그리고 그는 다음 시의원 선거에서 승리를 거두는 데 필요한 모든 조건을 갖출 수 있겠지."

"이러면 안 돼, 페테르. 그 일당이…… 그들이 어떤 위인인지 너도 알잖아…… 그 안에는 정신 나간 녀석들도 있고 그들은 가진 게 오로지 하키뿐이야!" 프락이 얘기한다.

그는 그 일당 가운데 몇 명이 그의 창고에서 일을 하기 때문에 안다. 그들은 열심히 일을 하고 같은 근무조의 다른 직원들을 채찍질하며 가게에 도둑이 들더라도 그들이 알아서 처리하기 때문에 경찰을 부를 필요가 없다. 프락은 그에 대한 보답으로 그들이 월차를 내지 않아도 베어타운 아이스하키단의 원정 경기를 보러 갈 수 있도록 근무 시간을 조정해주는데, 만약 일주일 뒤에 경찰이 찾아와서 그들이 '훌리건과 연관 있는 폭력 사건'에 가담했다는 증거를 찾으려고 하면 바로 그 사건이 벌어진 시각에 그들은 창고에서 근무한 것으로 되어 있을 것이다. "훌리건요? 우리 직원들 중에는 훌리건이 없는데요." 그들의 사장은 무슨 말인지 모르겠다는 듯이 이렇게 외칠 것이다. "그 일당요? 무슨 일당요?"

페테르는 손을 맞잡고 비튼다.

"대안이 없잖아, 프락. 리샤르드 테오의 관심사는 권력뿐이라 그와 전혀 알지도 못하는 투자자들의 손에 하키단의 운명을 맡기는 건 미친 짓이지. 하지만 현실적으로 따졌을 때 그들 손에 맡기지 않으면 우리 하키단은 삼 개월 안으로 문을 닫을 거야."

"내가 슈퍼마켓을 하나 더 매각하든지 여길 담보로 융자를 받을게." 프락이 제안한다.

페테르는 친구의 어깨에 묵직한 손을 얹는다.

"너한테 그런 부탁을 할 수는 없어, 프락. 네가 구단을 위해서 한 배려는 이 정도면 충분하고도 남아."

프락은 자존심 상한 표정을 짓는다.

"구단? 구단이 너이자 나야."

딱딱하게 굳었던 페테르의 얼굴 위로 다정한 미소가 번진다.

"그러니까 꼭 수네 같다. 우리 어렸을 때 코치님이 입버릇처럼 그랬잖아. '우리가 곧 구단이다.'" 그는 예전 코치 흉내를 낸다.

프락과 페테르는 어렸을 때 여름을 싫어했다. 아이스링크가 문을 닫기 때문이었다. 그들은 갈텐을 비롯해 호수에서 헤엄을 치거나 숲 속에서 전쟁놀이를 하는 데 관심 없는 다른 몇 명의 아이들과 빈 주차장에서 단짝 친구가 되었다. 그들은 닳아빠진 스틱과 테니스공으로 아스팔트 위에서 하키를 하다가 해가 지면 열 번의 세계 선수권 대회 금메달을 가슴에 품고 까진 무릎을 달래며 집으로 터덜터덜 돌아갔다. 그들은 지금 바로 그 주차장에 앉아 있다. 프락이 맨 처음 슈퍼마켓을 세운 곳이 그 자리였다. 그는 벽에 걸린 예전 팀 사진 위에 손을 얹고 페테르에게 얘기한다.

"이 바보야, 구단을 위한 게 아니더라도 나는 너를 위해서 그럴 수 있어. 이십 년 전에 우리가 은메달을 땄을 때, 네가 게임 막판에 마지막 퍽을 날렸을 때 그 퍽을 패스한 사람이 누구였는지 기억하지?"

기억하느냐고? 잊어버린 사람이 있을까. 프락이 패스했고 페테르가 골을 놓쳤다. 프락은 그들이 은메달을 땄다고 생각할지 몰라도 페테르는 금메달을 놓쳤다고 생각한다. 그의 책임이었다. 하지만 프락은 손등으로 눈을 닦고 조용히 얘기한다.

"앞으로 백 번의 기회가 주어진대도 매번 너한테 패스할 거야, 페테르. 너를 위해서라면 슈퍼마켓을 전부 팔 수 있어. 팀에 스타플레이어가 있으면 그러는 거야. 그를 믿어야지. 그에게 패스를 해야지."

페테르는 바닥을 내려다본다.

"세상에 너처럼 의리 있는 친구가 어디 있을까, 프락?"

프락은 자부심에 얼굴을 붉힌다.

"빙판 위에 있지. 빙판 위에만 있지."

나이가 아주 많은 남자가 혼자 펠센으로 비척비척 들어선다. 라모나는 '다섯 명의 삼촌'의 다른 네 명과 따로 그를 만난 적이 없다. 그

는 한꺼번에 몇십 년 나이를 먹은 듯 전보다 곱절 늙어 보인다.

"그 친구들 여기 다녀갔나?" 모두의 기억이 닿는 먼 옛날부터 매일을 함께 보낸 친구들을 두고 하는 말이다.

라모나는 고개를 젓고 묻는다.

"전화해봤어?"

노인은 불쌍한 표정을 짓는다.

"번호를 몰라."

다섯 명의 삼촌은 해마다, 날마다 관중석에서 경기를 관람하거나 펠센에서 하키 얘기를 한다. 모두 한 해가 구월에서부터 시작되는 달력을 쓴다. 그런데 전화번호를 알아야 할 필요가 뭐가 있을까.

노인은 망연자실한 표정으로 바 앞에 잠깐 서 있는다. 그러다 집으로 간다. 그와 그의 친구들. 날마다 바에 앉아서 스포츠 얘기를 하던 그들. 그들은 날마다 바에 앉아서 술만 마시는 오인방이 될 생각이 없다.

모닥불에 둘러앉은 청소년들 위로 정적이 내려앉는다. 아무것도 아니었던 리파가 눈 깜빡할 새 아무도 건드리지 않는 위인으로 발전한다. 그는 심지어 언성을 높일 필요도 없다.

"앞으로 아맛한테 맥주나 담배를 주는 사람은 여기 바비큐 파티에 참석 못 해. 알겠냐?"

비탈길 저 아래에서 아맛이 기침을 하며 무릎을 딛고 일어난다. 사카리아스가 녹은 치즈를 셔츠에 묻히고 바로 뒤에 서 있다. 아맛이 언덕에 있다는 얘기를 듣고 좀 전에 리파가 그의 아파트로 찾아갔을 때 사카리아스는 그러지 말고 들어와서 토스트 샌드위치나 먹으라고 했지만 리파가 계속 뚫어져라 쳐다보자 바지를 집어 들고 더 이상 아무 소리 하지 않기로 마음먹었다.

"나 지금 재밌게 노는 중이야, 리파! 상관하지 마!" 아맛은 간신히 외친다.

리파는 주먹을 들지만 그걸 휘두르지는 않는다. 실망한 표정으로 아파트 단지를 향해 걸음을 옮길 뿐이다. 사카리아스가 아맛을 부축해 일으켜 세우며 중얼거린다.

"너답지 않게 왜 이러냐, 아맛……."

"그게 무슨 소리야, '나답지 않다'니? 이게 '나'야! 나한테는 이제 같이 뛸 팀도 없어!"

아맛은 그 말이 얼마나 한심하게 들리는지 안다. 리파가 스틱을 든 아이들을 데리고 다시 언덕으로 돌아온다. 리파가 한 아이의 어깨를 쿡 찌른다.

"하키 할 때 너는 누구라고 하고 뛰는지 얘기해봐!"

아이는 수줍게 헛기침을 하고 앞머리 사이로 아맛을 바라보며 얘기한다.

"저…… 형요."

아맛의 머리칼에서 모래가 떨어진다. 리파는 그의 가슴을 손가락으로 찌른다.

"그런데 너는 신세 한탄이나 하고 있냐?"

"그게 아니라……." 아맛이 말문을 열지만 리파가 말허리를 자르고 그들이 사는 아파트 단지를 손으로 가리킨다.

"사크하고 내가 저 공터에서 날마다 너랑 하키를 했는데 그 우라질 세월 동안 우리가 얼마나 재미있어했을 것 같아? 사크는 그 시간 동안 차라리 컴퓨터게임을 하고 싶지 않았겠냐?"

"그러면 훨씬, 훨씬 재밌었겠지……." 사크가 셔츠에 묻은 치즈를 가볍게 털며 맞장구를 친다.

리파의 두 눈이 이글거린다.

"우리가 매일 저녁마다 너랑 하키를 했던 이유는 네 실력이 얼마나 말도 안 되게 훌륭한지 우리 눈에도 보였기 때문이야. 네가 어떤 선수가 될 수 있는지."

"나는 이제 팀도 없고 나는……." 아맛은 징징거리지만 리파가 말허리를 자른다.

"그만해! 너는 여기서 탈출할 거야. 왜 그런 줄 알아? 네가 포기하건 안 하건 여기 이 아이들은 네가 하던 대로 할 테니까. 그러니까 연습해! 네가 NHL 선수로 뛰고 인터뷰하는 모습이 텔레비전에 중계되면 여기 출신이라고 얘기할 수 있잖아. 할로 출신이고 네 인생을 허송세월하지 않았다고. 그러면 이 동네 아이들은 전부 네 얘기를 들을 거야. 그러면 내가 아니라 너처럼 되고 싶어 할 거야."

리파는 얼굴을 타고 흐르는 눈물을 감추려고 하지도 않는다.

"야, 이 이기적인 새끼야! 너 정도 되는 재능을 타고날 수 있다면 이 동네 다른 아이들은 뭐든 내줄 수 있다는 걸 몰라?"

아맛의 손이 떨린다. 리파가 다가와 다시 여덟 살 시절로 돌아가기라도 한 듯 그를 끌어안는다. 리파가 아맛의 머리칼에 입을 맞추고 속삭인다.

"너랑 같이 달릴게. 그래야 네가 정신을 차릴 수 있다면 여기 있는 미친놈들이 전부 여름 내내 너랑 같이 달릴 거야."

농담이 아니다. 리파는 그날 밤에 쓰러질 때까지 아맛 옆에서 왕복 달리기를 하고 아맛이 친구를 업어서 집에 데려다놓자 사카리아스가 그를 대신해 달리기 시작한다. 누가 봐도 나사가 풀렸다고 할 수 있는 스물몇 명이 아맛에게 같이 훈련할 상대가 필요하면 담배와 술을 끊겠다고 약속한다.

아맛은 십 년이 지나서 프로 하키 선수가 된 이후에도 이걸 잊지 않을 것이다. 그들 가운데 몇 명은 약물 과다 복용으로 죽을 테고 나머지는 처참하게 목숨을 잃을 테고 몇 명은 감옥에 갇힐 테고 나머지는 난장판으로 인생을 살 것이다. 하지만 몇 명은 잘 살 것이다. 으리으리하고 당당하게 살 것이다. 그리고 그들은 여기서 딱 한 해 여름 동안 뭔가를 위해 달렸다는 걸 기억할 것이다. 아맛은 텔레비전에서 영어로 인터뷰를 할 때 기자가 고향이 어디냐고 물으면 "할로예요"라고 대답할 것이다. 그러면 여기 사는 녀석들은 모두 그가 그들을 기억하고 있음을 알게 될 것이다.

그에게는 팀이 없었다. 그래서 그들이 그의 동지가 되어주었다.

14
모르는 사람

페테르는 혼자 베어타운을 걷는다. 어머니를 떠나보내고 상심한 아버지를 피해 다녔던 연립주택가를 지나고 제2의 집과 같았던 아이스링크를 지나서 호수를 따라 걷다 프락과 갈텐, 두 단짝 친구를 만난 주차장을 가로지른다. 페테르는 프로 영입 제안을 받았을 때 캐나다로 떠나기 전날 저녁에 예전처럼 테니스공을 가지고 아스팔트 위에서 두 친구와 하키를 했다. 그는 긴장이 돼서 온몸이 마비되다시피 했지만 친구들은 이렇게 얘기했다. "야, 하키는 단순한 경기야. 관중석, 관중, 순위, 돈, 그걸 둘러싼 그딴 쓰레기들을 걷어내고 나면 단순해. 다들 스틱 하나씩 들고 골문 두 개를 두고 두 팀으로 나눠서 경기하는 거야."

물론 그들에게 그런 생각을 주입한 사람은 수네 코치였다. 그들은 인생이나 하키에 대해서 조언이 필요하면 항상 수네를 찾아갔다. 그들에게는 코치가 친아버지보다 더 아버지에게 가까웠다. 그래서 페테르는 지금 거길 가고 있다. 구단을 살릴 수 있는 마지막 기회가 찾아왔다고 알리기 위해 그의 마을을 가로질러서 예전 코치의 집으로 가고 있다.

그는 심장병 때문에 살이 많이 빠졌고 어깨가 구부정해져서 곰 로고가 그려진 티셔츠가 배 위로 헐렁하게 늘어진다. 결혼을 하지 않았고 아이도 없어서 평생 동안 하키를 위해 복무한 나이 많은 장군과도 같다. '언제 저렇게 나이를 먹어버렸을까?' 페테르는 생각하고, 수네는 그의 생각을 읽었는지 힘없이 웃으며 대꾸한다.

"너도 요즘은 별로 조그맣고 귀여운 장미꽃 봉오리 같지 않아."

강아지 한 마리가 행복하게 짖으며 노인의 발치에서 맴을 돌자 노인은 녀석을 향해 외친다. "최소한 훈련받은 척이라도 해라!"

"몸은 좀 어떠세요?" 페테르는 묻는다.

수네는 아버지처럼 그의 어깨를 토닥이고 페테르의 눈 밑에 진 짙은 그늘을 턱으로 가리킨다.

"너나 나나 컨디션이 비슷한 것 같다만. 어쩐 일이냐?"

그래서 페테르는 그에게 전부 얘기한다. 수네의 티셔츠에 그려진 곰을 살릴 수 있지만 전혀 정보가 없는 막강한 후원자와 아무도 신뢰하지 않는 정치인의 도움을 받아야 한다고. 스탠딩석을 없애서 봄에 그의 자리를 지켜준 그 일당을 아이스링크에서 쫓아내야 한다고.

수네는 얘기를 듣는다. 그런 다음 묻는다.

"커피 한잔 줄까?"

"저는 조언을 들으러 왔다고요." 페테르는 안달한다.

수네는 고개를 저으며 콧방귀를 뀐다.

"말도 안 되는 소리. 내가 네 코치였던 시절에 너는 페널티 슛을 쏠 생각이면 내 조언을 청하는 것처럼 보일 수 있게 항상 벤치로 돌아왔지. 늙은 코치를 배려해줘서 고마웠다만 네가 이미 결정을 내렸다는 건 너도 알고 나도 알았잖아. 너는 지금도 이미 결정을 내렸어. 그러니까 들어와서 커피 한잔해. 맛은 형편없지만 진해."

페테르는 고집스럽게 현관 앞에서 움직이지 않는다.

"하지만 제가 구단을 살릴 수 *있다* 하더라도…… 코치님이 훈련을 맡아주시지 못하면 코치가 없는 셈이잖아요!"

수네는 요란한 폭소로 화답한다. 페테르는 그를 따라 부엌으로 들어간 다음에서야 이유를 깨닫는다. 손님이 있다. 모르는 사람이 식탁에 앉아 있다. 수네는 행복한 표정으로 눈을 깜빡인다.

"이쪽은 엘리사베트 사켈. 너도 구면일 거야. 내가 하던 일을 맡고 싶다고 좀 전에 찾아왔어."

미라 안데르손은 조그만 집 앞 계단에 앉아 있다. 거기서 올 줄 모르는 남자를 기다린다. 그녀는 동료가 이걸 보면 뭐라고 할지 안다. "남자들이란! 남자들을 절대 믿을 수 없는 이유 알지? 왜냐하면 그들은 *남자*를 좋아하거든! *남자*보다 남자를 더 좋아하는 사람은 없어, 미라! 심지어 *남자*들이 하는 경기가 아니면 보지 못할 정도야! 남자들끼리 서로 땀을 흘리고 헐떡거리면서 싸우고 그걸 만 명의 관중들이 관중석에서 구경하는 거, 그게 남자들이 원하는 거야. 그들은 남자를 보고 흥분하지는 않지만 여자들은 섹스를 제대로 할 줄 모른다고 생각하는 이성애 취향의 남자들을 위해서 남자들만 등장하는 포르노를 조만간 만들어낼 거야. 두고 봐!"

미라의 동료는 그녀를 자주 웃긴다. 양복을 입은 어떤 남자가 회의

도중에 입을 가릴 생각도 없이 요란하고 뻔뻔하게 재채기를 했을 때도 그녀의 동료는 이렇게 외쳤다. "남자들이란! 남자들이 생리를 하면 어쩔 뻔했어요? 체액 한 방울조차 남들 앞에서 제대로 단속을 하지 못하니 말이죠!"

하지만 오늘은 동료가 그녀의 웃음보를 터뜨린 게 아니라 무안하게 만들었다. 같이 일을 하는 내내 그녀의 동료는 계속 둘이서 회사를 차려야 한다고 주장했다. 미라는 핑계를 댈 필요도 느끼지 못했던 것이, 몇 달에 한 번씩 와인 상자를 앞에 두고 점점 더 커져가는 자만심을 달래며 펼치는 재미있는 상상에 불과했다. 하지만 오늘은 동료가 종이를 한 장 흔들며 미라의 방으로 들이닥쳤다. "건물이 비었어!" 둘이서 몇 년 전부터 눈독을 들인 건물 얘기였다. 그 정도 위치라면 지금 회사에서 굵직한 고객들을 아무 문제 없이 데려갈 수 있었다. 완벽했다.

하지만 미라는 평소와 똑같이 대꾸했다. "지금은 안 돼. 페테르는 일을 하고 아이들이 있는 한. 마야 옆을 지켜줘야 하잖아." 동료는 그녀의 책상 위로 몸을 기울였다. "너도 알다시피 고객들이 우리를 따라올 거야. 돈은 내가 충분히 모아놨어. 지금이 아니면 *언제* 저지르겠다는 거야?" 미라는 핑계를 대려고 했지만 댈 수 있는 핑계라곤 시간이 없다는 것뿐이었다. 사업을 시작하면 하루 열여섯 시간씩 일주일에 칠 일을 근무해야 할 텐데 아이들을 하키 연습과 기타 수업에 데려가고 데려오고, 복권을 판매하고, 아이스링크에서 커피 매점을 지키는 학부모 자원봉사를 하면서 무슨 수로 그럴 수 있겠는가.

동료는 준엄한 눈빛으로 그녀의 눈을 쳐다보았다. "너는 네 명이야, 미라. 항상 모든 사람들에게 모든 게 되어주려고 해. 좋은 아내,

좋은 엄마, 좋은 직원. 언제까지 그런 식으로 살 거야?"

미라는 컴퓨터 모니터에 띄워놓은 중요한 서류를 보는 척했지만 결국에는 포기하고 중얼거렸다. "네 명이라며. 아내, 엄마, 직원…… 나머지 하나는 뭐야?" 동료는 책상 위로 허리를 숙여서 컴퓨터 모니터를 끄고 슬픈 표정으로 유리를 두드리며 얘기했다. "이 여자. 언제면 이 여자의 차례가 돌아올까?" 미라는 앉아서 시커먼 모니터에 비친 그녀의 눈을 물끄러미 바라보았다.

이제 그녀는 집 앞 계단에 앉아 있다. 와인을 마시고 있다. 오지 않는 남자를 기다리고 있다.

페테르가 손을 내밀자 엘리사베트 사켈은 마지못한 사람처럼 악수를 한다. 초미니 엘리사베트 사켈이 그녀의 안에 들어앉아서 조이스틱으로 조종이라도 하는 듯 움직임이 특이하다.

"올림픽 경기에서 뛰는 거 본 적 있어요……." 페테르는 실토한다.

사켈이 그 정보를 어떤 식으로 처리해야 할지 모르는 분위기를 풍기자 수네가 끼어든다.

"맙소사, 페테르, 너는 지금 국제경기에 이백사십 번 출전한 선수를 마주하고 있는 거야! 올림픽과 세계 선수권 대회 메달리스트를! 거기다 지도자 자격증까지 땄대! 남자였다면 너는 무릎을 꿇고 내 대신 팀을 맡아달라고 애원했을 거다!"

페테르는 커피 잔을 받아 들고 식탁 앞에 앉아서 미안해하는 표정으로 엘리사베트 사켈을 쳐다본다.

"하지만 남자였다면 이미 정상급 구단에 취직했겠죠, 안 그래요?"

사켈은 동의하는 뜻에서 무뚝뚝하게 고개를 끄덕인다.

"괜찮은 팀을 맡겨주지 않길래 구제불능인 팀을 맡아서 괜찮은 팀으로 키워보기로 마음먹었어요."

페테르는 발끈하며 눈썹을 꿈틀거리고 수네는 폭소를 터뜨리고 사켈은 자기가 무슨 말을 했길래 둘이 그런 반응을 보이는지 모르는 눈치다.

"구제불능 아니에요?"

페테르는 억지로 미소를 짓는다.

"우리 팀에 새 코치가 필요하다는 걸 어떻게 알았어요? 수네 코치님은 아무한테도 병에 걸렸다고 얘기를……."

그는 답을 알아차리고 말끝을 흐린다. 사켈은 '리샤르드 테오'를 운운할 필요도 없다. 페테르는 커피를 마시고 거의 혼잣말처럼 탄성을 터뜨린다.

"영리한 친구로군. 여자 코치라니……."

"성폭행을 당한 여학생이 단장님 따님인가요?" 사켈이 말허리를 자른다.

페테르와 수네는 어색하게 헛기침을 한다. 사켈은 영문을 몰라 하는 눈치다.

"맞죠? 성폭행 당한 거 말이에요. 두 분이 키운 선수한테."

페테르가 조용히 대답한다.

"그래서 당신이 여길 찾아온 건가? 리샤르드 테오의 홍보단으로? 한때 폭력으로 얼룩졌던 남자 구단의 여자 하키 코치라…… 언론에서 좋아하겠군."

사켈은 짜증을 내며 자리에서 일어선다.

"나는 언론을 상대하지 않을 거예요. 그건 단장님이 하세요. 그리고 나는 리샤르드 테오의 홍보단이니 뭐니 하는 거에 눈곱만큼도 관심 없고 여자 하키 코치가 되려고 여길 찾아온 게 아니에요."

페테르와 수네는 서로 쳐다본다.

"그럼 뭐가 되고 싶은데?" 수네가 묻는다.

"하키 코치요." 사켈이 대답한다.

수네는 배를 긁는다. 그가 늘 얘기하듯 사람들은 하키가 복잡한 척하지만 사실은 그렇지가 않다. 그걸 둘러싼 헛소리들을 걷어내고 나면 경기 자체는 단순하다. 다들 스틱 하나씩 들고 골문 두 개를 두고 두 팀으로 나눠서 경기하는 거다.

마당에서 무슨 소리가 들리자 수네는 고개를 들고 씩 웃지만 페테르는 혼자만의 생각에 잠겨 있느라 처음에는 그 소리를 듣지 못한다.

"저기……." 그는 성인답게, 단장답게, 리더답게 얘기하려고 애를 쓰며 말문을 연다.

하지만 그 소리가 다시 그의 말을 가로막는다. *탕!* 꿈 많던 소년 시절의 페테르라면 그게 무슨 소리인지 단박에 알아차렸을 것이다. 그는 어리둥절한 눈빛으로 수네를 쳐다본다. *탕-탕-탕!* 마당에서 그 소리가 들린다.

"저게 무슨 소리예요?" 페테르가 묻는다.

"아, 맞다! 내가 깜빡하고 얘기 안 했던가?" 수네는 아무것도 깜빡하지 않은 사람의 표정으로 씩 웃는다.

페테르는 자리에서 일어나 소리를 따라서 발코니 문 밖으로 나선다. 수네의 집 뒤편에서 네 살 반짜리 여자아이가 벽에 대고 있는 힘껏 퍽을 날리고 있다.

"너도 예전에 여기 와서 똑같이 저랬던 거 기억하지, 페테르? 저 아이가 그때 너보다 나아. 여기로 출근할 때 이미 시계를 볼 줄 알았거든!" 수네가 명랑하게 얘기한다.

페테르는 벽을 향해 날아가는 퍽을 눈으로 좇다가 전 생애를 거꾸로 거슬러 올라간다. 하키는 사실 단순한 경기다. 아이는 슛을 하나 놓치자 화가 머리끝까지 나서 스틱으로 있는 힘껏 벽을 때린다. 스틱이 부러지고 아이는 몸을 돌린 순간 페테르와 맞닥뜨린다. 그는 아이가 본능적으로 몸을 움츠리는 것을 본다. 페테르의 어린 시절이 그의 가슴속에서 전부 와르르 무너진다.

"이름이 뭐니?" 그는 속삭인다.

"알리시아요." 그녀는 대답한다.

페테르의 눈에 멍 자국이 보인다. 그도 예전에 그 비슷한 멍 자국을 달고 다녔다. 그가 어쩌다 멍이 들었느냐고 물으면 그녀는 거짓말을 할 것이다. 아이들은 놀라우리만치 부모에게 의리를 지킨다. 그래서 페테르는 쪼그리고 앉아서 어린 시절의 그 모든 절망 때문에 떨리는 목소리로 그녀에게 약속한다.

"이제 보니까 실수를 하면 자꾸 상처가 생기는구나. 하지만 하키는 너한테 그러지 않을 거야. 무슨 말인지 알겠니? 하키는 네게 절대 상처를 주지 않을 거야."

아이는 고개를 끄덕인다. 페테르는 다른 스틱을 들고 온다. 알리시아는 계속 퍽을 날린다. 그들 뒤에서 수네가 얘기한다.

"나는 네가 구단을 살리기로 결심했다는 걸 안다, 페테르. 하지만 네가 누굴 위해 구단을 살리는지 기억을 환기하는 것도 좋겠지."

페테르는 필요 이상으로 눈을 깜빡이며 노스승을 올려다본다.

"제 평생 베어타운의 A팀은 코치님이 가르치셨어요. 그런데 그 자리를 갑자기…… 모르는 사람한테 넘기시겠다는 건가요?"

그는 원래는 '모르는 사람'이 아니라 다른 단어를 쓰려고 했다는 사실을 애써 감춘다. 수네는 힘들게 들리는 숨소리를 내며 대답한다.

"나는 베어타운 아이스하키단이 단순한 하키단이 아니라는 걸 처음부터 알았어. 나는 목표나 순위를 믿지 않아. 메시지와 상징을 믿지. 스타를 양성하는 것보다 인간을 육성하는 게 더 중요하다고 생각하고. 너도 마찬가지라고 본다만."

"그런데 코치님의 부엌에 앉아 있는 엘리사베트 사켈도 그렇게 생각할 거라고 보세요?"

수네는 웃으며 턱을 좌우로 천천히 움직인다.

"아니, 엘리사베트 사켈은 우리하고 달라. 하지만 지금 구단에 필요한 게 그런 사람일지 모르지."

"확신하세요?" 페테르는 궁금해한다.

수네는 허리띠를 당긴다. 약해진 심장 때문에 바지가 너무 커졌다. 당연히 그도 일을 포기하고 싶지 않다. 누구나 그럴 것이다. 하지만 아이스하키단에 평생을 바친 마당에 구단이 존폐의 기로에 놓인 상황에서 자존심을 버리지 못한다면 리더라고 할 수 있을까?

"이 세상에 확신할 수 있는 게 뭐가 있겠니, 페테르? 내가 아는 게 있다면 원래는 이 마을의 가장 훌륭한 장점을 상징하는 게 곰인데, 그걸 가장 나쁜 단점의 상징으로 매도하며 매장하려는 사람들이 있다는 것뿐이야. 그 자식들을 내버려두면, 자기 이익에 따라 모든 돈을 헤드로 옮기도록 방치하면 우리가 이 마을의 아이들에게 어떤 메시지를 전할 수 있겠나? 우리는 단순히 아이스하키단에 불과했다는 거? 용감하게 박차고 일어나서 진실을 공개하면 이런 사태가 벌어진다는 거?"

"코치님이 보기에는 사켈이 어떤 면에서 특별한가요?" 페테르가 묻는다.

"성공한 케이스잖아." 수네가 얘기한다.

두 남자는 더 이상 할 말을 찾지 못한다. 그들은 가만히 서서 알리시아가 벽에 대고 퍽을 날리는 광경만 바라본다. *탕탕탕탕탕.* 페테르는 화장실로 들어가서 수도꼭지를 틀고 거울 앞에 서지만 거울을 들여다보지는 않는다. 밖으로 나와 보니 사켈이 이미 신발을 신었다.

"어디 가려고요?" 페테르가 묻는다.

"얘기 다 끝난 거 아닌가요?" 사켈은 일을 맡기로 자기 혼자 결론을 내린 듯한 말투다.

"우리 팀에 대해서 얘기를 좀 해야 하지 않겠어요?" 페테르가 짚고 넘어간다.

"커피 좀 더 끓일게." 수네는 이렇게 얘기하며 그들을 지나서 부엌으로 들어간다.

"저는 커피 안 마셔요." 사켈이 말한다.

"커피를 마시지 않는다고?" 수네는 나지막이 쏘아붙인다.

"좀 전에 말씀드렸잖아요."

"농담인 줄 알았지!"

페테르는 두 사람 사이에 서서 손바닥으로 눈꺼풀을 비빈다.

"여보세요? 우리 팀! 우리 팀 얘기는 언제 시작할까요?"

엘리사베트 사켈은 초미니 엘리사베트 사켈이 알맞은 스위치를 찾느라 그녀의 머릿속에서 뛰어다니는 듯한 표정이다.

"무슨 팀요?" 그녀가 묻는다.

경기는 간단할지 몰라도 사람들은 절대 간단하지가 않다. *탕 탕 탕.*

15

비다르 리니우스

머지않아 베어타운 스쿨에서는 가을학기를 앞두고 1차 교직원 기획회의가 열릴 것이다. 주제는 평소처럼 예산과 교육계획안과 체육관 리모델링이 될 것이다. 하지만 한 교사가 어느 반 출석부에 느닷없이 등장한 '비다르'라는 학생에 대해 물어볼 것이다. 교장은 어색하게 헛기침을 할 것이다. "아, 예전에 우리 학교 학생이었는데 다시 여기에 다니게 됐어요. 우리도 얼마 전에 통보를 받아서……." 그 교사는 그동안 그 학생이 어디 있었는지, 다른 학교에 다니다 왔는지 궁금해할 것이다. "아, 비다르는…… 대안 교육을 받고 있었어요." 교장은 실토할 것이다. "소년원에 있었다는 말씀인가요?" 그 교사는 이렇게 물을 것이다. "내 생각에는 그보다…… 시설에 가깝다고 봅니다만." 교장은 이렇게 얘기할 것이다. 교사는 그 둘이 무슨 차이인지 이해하지도, 상관하지도 않는 눈치다.

회의실 뒤편에서 다른 교사가 속삭일 것이다. "폭행과 마약 소지. 경찰관을 폭행해서 죽이려고 했대요!" 다른 교사가 쏘아붙일 것이다. "그 사이코패스가 우리 반에 배정되지 않았으면 좋겠어요." 누군가가 좀 더 큰 목소리로 "비다르의 형기가 원래는 좀 더 길지 않았나요?"라고 묻지만 아무 대답도 듣지 못할 것이다. 또 다른 교사가 불안한 목소리로 물을 것이다. "비다르? 성은 뭐예요?" 교장은 벌새 날개처럼 속눈썹을 깜빡이며 대답할 것이다. "리니우스요. 비다르 리니우스. 티무 리니우스의 동생이에요."

엘리사베트 사켈은 머리를 긁적인다. 스타일리스트의 손을 거친 헤어스타일인지 아니면 실수로 만들어진 헤어스타일인지 알 수가 없다. 그녀는 최소 두 사이즈는 커 보이는 한겨울용 신발을 신고 수네의 집 밖으로 나와서 시가에 불을 붙인다. 페테르가 누가 봐도 걱정스러워하는 표정으로 따라 나온다.

"뭐하는 거예요?"

사켈은 말의 속뜻을 이해하는 데 재주가 없다보니 그가 시가를 두고 하는 말인 줄 안다.

"이거요? 아…… 글쎄요. 나는 채식주의자고 술도 커피도 마시지 않아요. 담배마저 피우지 않으면 정상적인 사람은 아무도 나를 믿지 않을 거예요." 그녀는 농담이 아니라 진지한 고민을 토로하듯 이렇게 얘기한다.

페테르는 한숨을 쉰다. 그러자 기침이 터진다.

"우리 팀을 어떻게 할지 나한테 얘기도 하지 않고 이렇게 불쑥 찾아와서 당연히 코치를 맡겠거니 생각하면 되겠어요?"

사켈은 담배 연기로 입안을 가득 채우고 고개를 모로 꼰다.

"단장님이 꾸려놓은 그 팀요?"

"그래요! 당신이 코치를 맡게 될 그 팀!"

"뭐요, A팀요? 그 팀은 가망 없어요. 너무 나이가 많고 쓸데가 없어서 아무도 데려가지 않을 퇴물들만 모아놨잖아요."

"하지만 당신이 괜찮은 팀으로 키워보겠다면서요. 아까 그러지 않았어요?"

사켈은 빙그레 웃는다. 다정하거나 매력적이라기보다 잘난 체하는 미소다.

"아뇨, 천만에요. 쓸데가 없는 팀을 괜찮게 둔갑시킬 방법은 없어요. 내가 해리 포터도 아니고."

페테르는 연기가 눈에 들어가자 뚜껑이 열린다.

"여길 찾아온 *이유가* 뭐예요? *원하는 게* 뭐예요?"

사켈은 주머니에서 꾸깃꾸깃한 종이를 한 장 꺼낸다. 그러면서 미안해하기보다 그가 담배를 피우지 않는 걸 유감스럽게 여기는 듯 머뭇거리며 페테르의 반대편으로 연기를 내뱉는다.

"화났어요?"

"아니…… 안 났어요." 페테르는 냉정을 되찾는다.

"좀 난 것 같은데."

"안 났다니까…… 그냥 그런가 보다 하고 지나가요, 네?"

"주변에서 그러는데 나는…… 사람들 다루는 게 서투르대요. 감정이나 뭐 그런 거요." 사켈은 시인하지만 얼굴은 여전히 무표정의 극치다.

"설마! 왜들 그러는지 이유를 모르겠네!" 페테르는 빈정거린다.

사켈은 그에게 종이를 건넨다.

"하지만 나는 훌륭한 코치예요. 그리고 단장님도 훌륭한 단장님이라고 들었어요. 여기 이름이 적힌 아이들이 빙판 위에서 모든 걸 쏟아부어주기만 한다면 우승팀을 만들 수 있어요."

페테르는 명단을 읽는다. 보보. 아맛. 벤이.

"다들 아직 십대데…… 한 명은 아직 열여섯 살밖에 안 됐고…… 이 아이들로 A팀을 만들겠다는 거요?"

"이 아이들이 A팀을 만들지는 않을 거예요. A팀을 끌고 나갈 거예요. 그 아이를 새로운 주장으로 삼아서." 사켈이 그의 말허리를 자른다.

페테르는 그녀와, 그녀가 지목한 이름을 번갈아 쳐다본다.

"지금 *이 아이*를 주장으로 삼겠다고? A팀 주장으로?"

그녀는 이 세상에서 가장 당연한 사실을 얘기하듯 대답한다.

"네. 단장님이 그렇게 추진해주세요. 단장님은 대인관계가 좋잖아요."

그녀는 그에게 다른 종이를 한 장 더 건넨다. 거기에는 '비다르'라는 이름이 적혀 있다. 페테르는 보자마자 소리를 지른다.

"말도 안 돼!"

"비다르를 아시나봐요?"

"아느냐고? 이 아이는…… 이 아이는……."

페테르는 부들부들 떨다가 고장 난 달걀 타이머처럼 몸을 돌린다. 수네가 커피를 들고 문 앞에 서 있다. 사켈은 사양하지만 그래도 그는 커피 잔을 쥐여준다. 수네는 쪽지를 보고 씩 웃는다.

"비다르? 그 아이? 아마 자네 팀에서 뛸 수 없을 거야. 지리적인 이유 때문에."

사켈은 잘난 척한다기보다 담담한 목소리로 이렇게 대꾸한다. "조만간 나온다는 얘기를 들었어요."

"시설에서? 무슨 수로?" 수네는 침을 튀겨가며 묻는다.

사켈은 '리샤르드 테오'를 운운하지 않고 그저 이렇게 대답한다.

"그건 내가 알 바 아니고요. 내가 아는 건 골키퍼가 필요한데 이 아이가 베어타운에서 가장 실력이 좋은 골키퍼라는 것뿐이에요."

페테르는 말 그대로 폭발한다.

"비다르는 범죄자이자…… *사이코패스*야! 우리 팀에 그런 녀석은 넣을 수 없어!"

사켈은 어깨를 으쓱한다.

"이건 단장님 팀이 아니에요. 내 팀이지. 저더러 뭘 원하느냐고 물었죠? 나는 이기고 싶어요. 그런데 아무도 데려가지 않을 늙다리 A팀 선수 몇 명으로는 이길 수 없어요. 다른 걸 추가해야죠."

"뭘?" 페테르는 담벼락에 기대 참담한 마음을 달래며 앓는 소리를 낸다.

사켈은 시가 연기를 구름처럼 내뱉는다.

"깡패들요."

티무 리니우스는 펠센으로 들어간다. 라모나가 바 위로 몸을 내밀고 다정스럽게 그의 뺨을 토닥인다. 그는 식료품이 담긴 봉투를 두 개 들고 있는데, 한 봉투에는 거의 담배만 잔뜩 들어 있다. 홀예르가 떠난 뒤로 라모나는 외출을 끊었다. 티무는 그걸 가지고 한 번도 나무란 적이 없고 뭐든 모자라지 않도록 챙기기만 한다. 그래서 그녀도

그의 선택을 거의 나무라지 않는다. 도덕성이야 누구든 운운할 수 있지만 대부분의 사람들은 하루하루 살아가기가 버겁다는 걸 그 둘은 안다. 라모나가 입버릇처럼 얘기하다시피 "모두들 자기가 싼 똥을 헤치며" 살아가고 있다.

단정하게 빗어 넘긴 머리와 깔끔하게 깎은 수염을 보면 티무는 거의 속없어 보인다. 그리고 라모나도 아침 일찍 만나면 거의 멀쩡해 보인다.

"어머니는 좀 어떠시냐?" 그녀가 묻는다.

"좋아요. 잘 지내세요." 티무는 말한다.

그의 어머니는 항상 피곤에 절어 지낸다는 걸 라모나도 안다. 그녀는 수면제와 버거운 남자를 너무 좋아한다. 티무는 나이를 먹은 뒤에 남자들은 내쫓을 수 있었지만 수면제는 어쩌지 못했다. 그의 파란 눈 안에는 어머니의 회한이 담겨 있고 라모나가 지난 몇 년 동안 펠센을 드나든 다른 녀석들보다 티무에게 더 마음을 쓰는 이유도 그 때문이다. 하지만 오늘은 그 파란 눈이 다른 걸로 반짝인다. 희망으로 반짝인다.

"비다르의 전화를 받았어요! 녀석이 뭐라고 했는지 알아요?" 그가 외친다.

티무 리니우스를 치명적인 위험인물로 단정한 경찰 연구 결과도 있다. 대다수의 사람들이 그를 범죄자라고 한다. 하지만 그는 베어타운의 이 술집에서만큼은 언제까지나 확신이 없고 열에 들뜬 소년일 수밖에 없을 것이다.

"뭐야? 수수께끼를 내겠다는 거야? 얼른 얘기해!" 라모나는 짜증을 내며 쏘아붙인다.

"석방된대요! 우리 동생이 집에 온대요!" 티무는 폭소를 터뜨린다.

라모나는 두 발을 어쩌지 못하고 뱅글뱅글 두 바퀴 춤을 춘 뒤에 숨을 헐떡이며 외친다.

"위스키를 마셔야겠다!"

티무가 벌써 바에 위스키를 병째 꺼내놓았다. 라모나는 허둥지둥 달려 나가서 그를 끌어안는다.

"이번에는 네 동생을 잘 챙기자. 이번에는 멀리 보내지 말자!"

늙은 바텐더와 젊은 싸움꾼은 폭소를 터뜨린다. 오늘 이 한 쌍은 너무 행복해서 미처 궁금해하지 못한다. 비다르가 왜 조기에 석방됐을까? 누가 열쇠를 돌리고 있을까?

정치는 끊임없는 협상과 타협으로 이루어지고 그 과정이 복잡하기는 하지만 기본 전제는 단순하다. 누구나 어떤 방식으로든 보상을 받길 원한다는 것. 이 때문에 관료 조직은 대부분 거기에 맞춰서 움직인다. 네가 하나를 주면 나도 하나를 줄게. 그것이 문명사회의 건설 방식이다.

리샤르드 테오는 차를 몹시 좋아해서 해마다 몇천 킬로미터씩 타고 다닌다. 과학기술은 여러 면에서 도움이 되지만 흔적을 남긴다. 이메일, 문자, 음성 사서함은 정치인들에게 가장 끔찍한 적이다. 그래서 테오는 어느 누구도 증거를 댈 수 없는 은밀한 대화를 나누기 위해 먼 길을 마다하지 않고 달려간다.

페테르 안데르손이 짐작한 대로 테오가 엘리사베트 사켈에게 연락한 이유는 그녀가 지닌 홍보상의 가치 때문이었다. 거칠기로 유명한 남자 하키단에 부임한 여자 코치. 테오는 우승의 가치도 알았기에 사켈이 베어타운 하키단의 A팀 선수 명단을 속속들이 파악했을 때 필요한 게 뭐가 있느냐고 물었다. 그녀는 대답했다. "제일 필요한 거요? 골키퍼요. 몇 년 전에 비다르 리니우스라고 실력 있는 유소년팀 골키퍼가 있었던 모양인데 사라져버렸더라고요. 어떻게 된 일일까요?" 테오는 하키에 대해서라면 아는 게 아무것도 없지만 사람들의 심리는 이해한다.

비다르가 어느 시설에 있는지 알아내는 건 식은 죽 먹기였다. 테오는 다양한 정부 조직과 공공 단체에 속한 사람들과 오랫동안 돈독한 관계를 맺고 있다. 그래서 사켈에게 전화해서 물었다. "비다르가 얼마만큼 필요해?" 사켈이 대답했다. "비다르만 있으면, 베어타운에서 괜찮은 선수를 세 명만 더 찾으면 우승할 수 있어요."

리샤르드 테오는 여럿에게 신세를 져야 했다. 많은 약속을 하고 차를 몰고 여러 군데를 찾아다녀야 했다. 하지만 비다르 리니우스는 생각보다 훨씬 일찍, 며칠 뒤에 석방될 것이다. 법을 어기거나 원칙을 위반한 대목은 없었다. 그저 리샤르드 테오가 담당 위원회 회장과 친구가 됐고 이 사건을 새롭게 배정받은 자문위원이 비다르에게 "정신과 치료가 필요하다는 판결을 재고해야 한다"라고 생각했을 뿐이다.

비다르는 폭행과 약물 소지죄로 체포됐을 때 불과 열일곱 살이었기 때문에 보안을 갖춘 시설에서 치료를 받으라는 판결이 내려졌다. 관료 제도는 복잡한 것일 수 있고 착오는 저질러질 수 있고 가슴에 손을 얹고 생각해보면 정신과 치료를 받아야 하겠는지 가끔 재고할 필요가 있다. 치료 시설이 극심하게 부족한 현실을 감안했을 때 젊은이를 필요 이상으로 길게 붙잡아두는 건 정치적으로 무책임한 행동이 될 수 있다.

신임 자문위원은 소견서에서 비다르 리니우스는 입소하기 전에 장래가 촉망되는 하키 선수였다고 단언하며 "문제의 젊은이에게 좀 더 개방적인 환경에서 다시 의미 있는 활동에 전념할 수 있는 기회를 부여하면" 그가 "친사회적인 삶"으로 복귀하는 속도가 빨라질 수 있다고 했다. 대개는 다른 시설과 보호소를 거치며 단계적으로 석방이 이루어지지만 그에게 "안전하고 안정적인 거처"가 제공되면 융통성을 발휘할 수도 있다고 했다. 그런데 마침 할로의 아파트 중에 베어타운 공동주택조합 소유의 빈집이 있었다. 두말하면 잔소리지만 리샤르드 테오는 그런 조치와 아무 연관이 없었다. 연관이 있다면 그건 부정청탁이었다. 그리고 비다르 리니우스의 사건을 새롭게 배정받은 자문위원도 베어타운 출신이 아니었다. 그가 베어타운 출신이라면 의심을 살 수 있었다. 하지만 얼마 전에 세상을 떠난 그의 장모가 베어타운 출신이었고 그의 아내가 호숫가의 조그만 땅을 물려받았다. 몇 달 뒤에 그 땅에 자그마한 펜션을 몇 채 짓겠다는 건축 허가 신청서가 접수될 수도 있겠지만 전적으로 우연의 일치일 것이다. 호수 바로 옆은 개발 금지 지역이기 때문에 대개는 그런 서류가 신청 즉시 반려되지만 이번 경우에는 운 좋게 허가가 날 것이다.

어떤 서류의 서명과 다른 서류의 서명이 맞교환된다. 이것이 관료체제다. 엘리사베트 사켈은 골키퍼를 얻고 티무 리니우스는 남동생을 돌려받고 페테르 안데르손에게는 위험한 적군이 생길 것이다. 그리고 마지막으로 리샤르드 테오는 원하는 모든 것을 손에 넣을 것이다. 누구나 보상을 받기 원하고 선호하는 형태만 서로 다를 뿐이다.

페테르가 연립주택을 나서자 수네와 사켈은 알리시아를 걸어서 집까지 데려다준다.

"내일도 와서 연습 좀 더 해도 돼요?" 네 살 반짜리 아이가 묻는다.

수네는 그래도 된다고 약속한다. 사켈은 아무 표정이 없다. 수네가 그녀에게 아이 앞에서 담배를 피우지 말라고 얘기를 해주어야 했다. 사켈은 흡연 자체가 나쁜 행동이라 그런 건지 아니면 그 아이가 담배를 끊으려는 중인데 괜히 유혹을 느낄까봐 그런 건지 잘 모르는 눈치였다.

알리시아가 집 안으로 달려 들어가자 수네는 미간을 찌푸리며 사켈을 돌아본다.

"정말로 비다르를 팀에 넣을 생각인가?"

"실력이 좋은 골키퍼 아닌가요? 지난 시즌 성적을 봤어요. 자료가 틀렸나요?"

"비다르는 이 마을이 낳은 가장 훌륭한 골키퍼일지 몰라. 하지만…… 문제점도 있어서."

"선수로서 쓸모가 있어요, 없어요?"

"쓸모 있다고 해서 적합한 건 아니니까." 수네는 짚고 넘어간다.

사켈은 거의 애처로울 지경으로 그의 말뜻을 이해하지 못한다.

"하키는 하키죠. 실력이 있으면 적합한 거예요. 페테르는 그 아이한테 왜 그렇게 화를 내요?"

수네는 웃지 않으려고 꾹 참는다.

"화를 내는 건…… 아니지."

"화를 내는 것 같던데."

"비다르는…… 충동조절장애가 있어. 자기 자신을 제어하지 못해. 그리고 페테르는…… 엉망진창인 걸 싫어하거든."

"엉망진창요?"

"비다르는…… 흠, 어디에서부터 설명을 시작해야 할까. 그 아이의 형이……."

"훌리건이죠. '그 일당'의 리더. 들었어요." 사켈이 말허리를 자른다.

수네는 헛기침을 한다.

"그렇지…… 뭐…… 요즘은 '그 일당'이 없다고 봐도 무방해…… 언론에서 조금 과장한 면이 있거든. 하지만…… 예전에 A팀 경기가 끝난 뒤에 하키장 밖에서 응원단들끼리 싸움을 벌인 적이 있었어. 티무가 거기에 연루됐고. 청소년팀 경기가 곧바로 열릴 예정이었는데, 비다르가 경찰차에 앉아 있었기 때문에 베어타운은 골키퍼 없이 경기를 치러야 했어. 녀석이 스케이트를 신은 채로 밖으로 달려 나가서 싸움판에 몸을 던졌거든. 또 한번은 아이스링크에 몰래 들어가서 모터 달린 자전거를 타고 관중석을 누빈 적도 있었어. 그러니까…… 살짝 알딸딸한 상태로. 또 한번은 페테르 안데르손이 이사진 회의에서 '훌리건'을 안 좋게 얘기했다는 소문을 듣고 밤새도록 돌아다니며 퍽을 수거한 적도 있었고. 아이스링크, 경기장 내 용품점, 차고를 돌아다니면서 전부 수거해버린 바람에 다음 날 유소년 대회 결승전을 보러 온 관중들에게 어디 처박혀 있는 퍽이 없는지 집에 가서 찾아봐 달라고 해야 했다니까? 그리고 또 한번은 심판의…… 예민한 부위를 때린 적도 있었지. 경기 도중에. 페테르가 자길 구단에서 제명하니까 하키장에 몰래 들어와서 페테르의 책상에 똥을 싸놓고 갔어."

사켈은 관심 없는 표정으로 고개를 끄덕인다.

"페테르는 엉망진창을 싫어하는데 말이죠?"

수네는 빙그레 웃는다.

"페테르는 누가 자기 책상에 커피를 쏟으면 신경쇠약증에 걸리는 성격이거든. 그 똥 사건을 아직 용서하지 못하고 있어. 자네가 비다르를 영입하겠다고 한들 허락하지 않을 거야."

사켈은 누가 봐도 그게 서로 무슨 상관인지 이해하지 못하는 눈치다.

"베어타운에 비다르보다 더 실력이 좋은 골키퍼가 있나요?"

"아니."

"나는 하키팀 코치예요. 내가 할 줄 아는 건 모든 선수를 똑같이 대하는 게 아니라 공평하게 대하는 것뿐이에요. 훌륭한 선수는 훌륭한 선수로 인정해야죠."

수네는 고개를 끄덕인다.

"망할. 페테르가 난리 법석을 떨 텐데."

"그럼 안 좋은 거예요?"

수네는 미소를 짓는다.

"아니. 열정으로 이글거리는 사람들로 우글거려야 구단에 활기가 넘치기 마련이고 마찰열로 불똥이 튀기만 해도……."

"숲에서 불이 나죠." 사켈이 넘겨짚는다.

"자네 때문에 내 비유가 망가져버렸잖아." 수네는 한숨을 쉰다.

"그게 비유였어요? 죄송해요. 제가 워낙 그런 방면에는 재주가 없어서……."

"어떤 방면? 사람 대하는 거? 감정 대하는 거?"

"애매하게 구는 거요. 저는…… 투지에 불타는 선수들이 필요해요."

"그래서 자네한테 페테르가 필요한 거야. 그 친구는 선수들에게 동기를 부여하고, 자네는 선수들을 가르치고."

"그렇군요."

"페테르는 비다르한테 말도 꺼내지 않을 거야. 하지만 내가 비다르의 형한테 얘기해볼 수는 있어."

"형요?"

"응."

"나머지 세 명은요? 벤이, 보보, 아맛 말이에요. 그 세 명한테는 페테르가 얘기할까요?"

"아니."

"아니라고요?"

"벤이, 보보, 아맛을 움직이고 싶으면 그 아이들이 아니라 아이들 어머니와 누나를 붙잡고 얘기를 해야 하지."

"여기는 참 이상한 마을이로군요." 사켈이 선언한다.

"다들 그렇게 얘기하더군." 수네가 말한다.

16
베어타운 대 나머지 전부

지역 신문에 실린 뉴스가 급속도로 확산된다. 달리 할 얘기가 없기 때문일까. 여기서는 다른 여러 마을보다 하키를 훨씬 중요하게 여기기 때문일까. 아니면 거의 아무도 모르게 바람이 그 순간부터 달라지기 시작했기 때문일까.

"새로운 후원자에게 구원을 받은 베어타운 아이스하키단—비밀 협상을 체결한 페테르 안데르손 단장." 신문에서는 이렇게 외친다. 두어 줄 밑에 그다음으로 충격적인 소식이 공개된다. "소식통에 따르면 여자 국가대표팀에서 활약한 엘리사베트 사켈이 신임 A팀 코치로 임명된다고 하는데 그렇다면 베어타운 하키 역사상 처음으로 여자 코치가 부임하는 셈이다."

어디에서 얻은 정보인지는 밝히지 않고 그냥 "아이스하키단과 가까운 믿을 만한 소식통"이라고만 한다.

정치인들은 갈등이 있어야 선거에서 승리를 거둘 수 있지만 동맹도 있어야 한다. 리샤르드 테오가 아는 한 나를 좋아하지 않는 사람을 내 편으로 만드는 방법은 두 가지뿐이다. 공동의 적을 만들거나 공동의 친구를 만들거나.

페테르 안데르손이 엘리사베트 사켈을 만난 날, 지역 신문사 기자가 시의회 건물의 다른 정치인에게 연락한다. 하지만 리샤르드 테오가 전화를 받는다.

"그 의원님은 휴가 중이신 것 같은데요. 이 앞을 지나가다가 벨소리가 들리길래 내가 전화를 받았어요." 그는 서글서글하게 얘기한다.

"아…… 의원님의 보좌관이 연락 부탁한다는 이메일을 보냈던데요…… '베어타운 아이스하키단과 관련해서 제보할 게 있다'면서요."

테오는 바보인 척하는 데 남다른 재주가 있다. 다른 정치인의 보좌관이 욕 더하기 12345를 이메일 암호로 쓰고 있다는 것은 행복한 우연의 일치다.

"베어타운 아이스하키단에 대한 제보요? 후원자가 생겼다는 소식 아닐까요? 아니면 코치가 바뀌었다는 소식이든지." 리샤르드 테오는 도움을 주려는 듯 얘기한다.

"네?!" 기자는 큰 소리로 외친다.

테오는 머뭇거리는 척한다.

"이런…… 이미 널리 알려진 사실인 줄 알았는데…… 내가 바보 같았네요…… 너무 얘기를 많이 했나봐요. 이런 걸 거론할 자격도 없는데."

기자는 헛기침을 한다.

"혹시…… 좀 더 들을 수 없을까요?"

"어떤 기사를 쓰건 제 이름은 밝히지 않겠다고 약속해주실 수 있나요?"

기자가 약속하자 테오는 "페테르 안데르손이 모든 실무를 담당하고 있는 마당에 그의 공적을 가로채고 싶지 않아서 그런 거"라며 고결한 척한다.

인터넷에 기사가 뜨자 테오는 슈퍼마켓으로 가서 사장의 행방을 묻고 창고에 있다는 얘기를 듣는다.

프락은 재고를 옮기느라 왕년에 거구를 자랑했던 아이스하키 선수답지 않게 지게차를 운전하고 있지만 그래도 평소처럼 양복을 입고 있다. 그는 젊었을 때 아가씨들의 시선을 끌기가 어려워서 남들보다 근사하게 차려입기 시작했다. 남들이 티셔츠를 입으면 깔끔한 재킷을 입었고 남들이 양복을 입고 장례식에 참석하면 연미복을 입었다. 프락*이라는 별명으로 불리게 된 이유도 그 때문이었다.

"나는 리샤르드 테오라고 합니다." 정치인은 불필요하게 자기소개를 한다.

"나도 네가 누군지 알아. 우리, 동창이잖아." 프락은 툴툴거리며 지게차에서 뛰어내린다.

---

* 프락이 스웨덴어로 연미복이라는 뜻이다.

정치인은 큼지막한 상자를 내민다. 슈퍼마켓 주인은 조심스럽게 상자를 받는다.

"나는 베어타운 아이스하키단을 돕고 싶어." 테오가 얘기한다.

"여기 사람들은 정치인에게 구단을 맡기는 걸 좋아하지 않아." 프락이 대꾸한다.

"그냥 정치인? 아니면…… *이* 정치인?" 테오가 빈정거린다.

프락의 말투가 조심스럽기는 해도 퉁명스럽지는 않다.

"너도 네 평판이 어떤지는 알 거라고 본다만. 원하는 게 뭐야?"

"상부상조하고 싶어서. 너랑 나는 공동의 친구가 있잖아, 프락. 공동의 적이 있는 것보다 그 편이 더 낫지 않을까?"

프락은 상자를 열고 안을 들여다보며 놀란 표정을 짓지 않으려고 애를 쓰지만 실패한다.

"이걸…… 이걸 어쩌라고?"

"다들 네가 베어타운에서 제일 훌륭한 세일즈맨이라고 하던데. 그러니까 팔아." 리샤르드 테오는 얘기한다.

리샤르드 테오는 비싼 바지 주머니에 손을 넣는다. 그는 회색 조끼 밑에 새하얀 셔츠를 받쳐 입고 빨간색 실크 넥타이를 매고 반짝반짝하게 닦은 구두를 신었다. 베어타운에서 그렇게 입고 다니는 사람은 그와 프락밖에 없다. 슈퍼마켓 사장은 상자 안을 다시 들여다본다. 그가 사랑하는 건 가족 말고 딱 두 개다. 그의 마을과 그의 아이스하키단. 그렇기 때문에 이제 그만 나서려고 몸을 돌린 리샤르드 테오의 눈에 프락의 미소가 보인다.

박스 안에는 티셔츠가 가득 들어 있다. '베어타운 대 나머지 전부'

라고 적혀 있다. 프락은 한 시간도 안 돼서 티셔츠를 모두 팔아치운다.

어떤 관계든 루저가 있다. 인정하고 싶지 않을지 몰라도 항상 남들보다 조금 더 많이 차지하는 사람이 있는가 하면 항상 남들보다 조금 더 쉽게 포기하는 사람이 있다.

미라는 집 앞 계단에 앉아서 코로 숨을 쉬지만 허파가 가득 채워지지 않는다. 다른 걸 갈망하는 사람은 이곳의 숲에 질식할 수 있지만 자기 숨 쉬는 것만 생각한다면 무슨 수로 가정을 유지할 수 있을까. 그녀는 지금보다 더 조건이 좋은 자리를 제안 받았지만 베어타운에서 너무 멀었다. 지금 근무하는 회사에서 관리직을 제안 받았지만 주중에 더 늦게까지 일을 하고 주말에도 시간을 내야 했다. 주말에는 기타 수업과 아이스하키 훈련과 경기가 있기 때문에 불가능한 얘기였다. 그녀는 일정표를 판매하고 커피를 따르고 두 아이의 엄마이자 누군가의 아내가 되어야 한다.

두말하면 잔소리지만 광적으로 일부일처제에 반대하는 그녀의 동료는 계속 "그딴 개수작은 참지 마!"라고 한다. 하지만 열병을 거세하면 결혼에 뭐가 남을까. 타협이 남는다. 두 사람이 평생을 함께 꾸려나가기는커녕 어떤 텔레비전 프로그램을 볼지 합의하는 것만 해도 얼마나 어려운 일인가. 누군가는 양보해야 한다.

페테르가 꽃다발을 들고 볼보에서 내린다. 미라는 그녀의 옆에 와인 잔을 하나 더 놓아두었다. 항복한다는 뜻이다. 결국 그녀는 미소를 짓는다. 꽃을 보고 넘어간 셈이다.

"이 시간에 어떻게 그걸 구했어?"

페테르는 얼굴을 붉힌다.

"어느 집 마당에서 땄어. 헤드에서."

그가 손을 뻗어서 그녀의 살갗을 건드리고 두 사람의 손끝이 머뭇머뭇 만난다.

이건 아이스하키단일 뿐이다. 운동경기일 뿐이다. 환상일 뿐이다. 주변에서 계속 그런 식으로 알리시아에게 얘기하겠지만 이 건방진 아이는 절대 듣지 않을 것이다. 아이는 네 살 반이고 내일이면 다시 수네의 집 대문을 두드릴 것이다. 노스승은 아이에게 벽에 대고 하키퍽을 점점 더 세게 날리는 법을 가르칠 것이다. 다른 집 할아버지들이 냉장고에 붙이는 손자의 그림 같은 흔적이 그의 집 벽에 남을 것이다. 우리가 사랑한 누군가가 여기서 점점 자랐음을 증명하는, 조그맣게 새긴 눈금 같은 것이 말이다.

"유치원은 어떠니?" 수네가 묻는다.

"남자애들은 한심해요." 네 살 반짜리는 대답한다.

"그럼 얼굴을 한 대씩 때려줘." 수네는 조언한다.

네 살 반짜리는 알겠다고 한다. 약속은 지켜야 하는 거다. 하지만 수네는 나중에 아이를 집까지 바래다주면서 이렇게 덧붙인다.

"하지만 친구가 없는 아이들한테는 좋은 친구가 되어주어야 한다. 그리고 약한 아이들은 지켜주어야 하고. 힘들더라도 귀찮더라도 무섭더라도. 항상 좋은 친구가 되어주어야 해."

"왜요?" 아이가 묻는다.

"왜냐하면 나중에 너는 최고가 될 테니까. 그러면 코치가 너한테 주장을 맡길 거야. 그러면 너는 받은 게 많은 사람은 기대되는 것도 많다는 걸 기억해야 해."

아이는 그게 무슨 소리인지 아직은 모르지만 한 마디도 남김없이 기억할 것이다. 이후로 아이는 밤마다 꿈속에서 같은 소리를 듣는다. *탕. 탕. 탕-탕-탕.* 아이의 구단은 명맥을 유지한다. 다행히 아이는 이해 여름에 무슨 일이 있었는지, 얼마만큼 고사 직전이었는지, 어떤 식으로 살아남았는지 자세하게는 알지 못한다. 그리고 어떤 대가를 치렀는지도.

한 사람과 오랜 기간 동안 같이 살다보면 처음에는 부딪치는 부분이 백 개였을지 몰라도 결국에는 하나만 남는다. 포장만 바뀔 뿐 계속 같은 얘기가 반복된다.

"후원자가 새로 생겼는데……." 페테르가 운을 뗀다.

"이미 인터넷에 기사가 떴고 다들 그 얘기뿐이야." 미라가 얘기한다.

"당신이 무슨 말을 하고 싶어 하는지 알아." 페테르는 그들의 집 앞 계단 밑에 서서 얘기한다.

"아니. 물어보지도 않았잖아." 미라는 대꾸하고 와인을 한 모금 마신다.

그는 지금도 물어보지 않는다. 대신 이렇게 얘기한다.

"내가 아이스하키단을 살릴 수 있어. 마야한테 약속했거든……."

그의 손가락을 붙잡는 미라의 손길은 부드럽지만 그녀의 목소리는 잔인하다.

"우리 딸을 끌어들이지 마. 당신이 아이스하키단을 살리는 이유는 당신을 위해서야. 당신을 믿지 않는 이 마을의 모든 사람에게 그들의 생각이 틀렸다는 걸 입증하고 싶어서. 또다시. 당신은 절대 그 굴레에서 벗어나지 못할 거야."

페테르는 이를 간다.

"나더러 어쩌라는 거야? 아이스하키단을 죽게 내버려둬? 여기 사람들은……."

"*남*들 생각은 중요하지 않아……." 그녀는 쏘아붙이지만 그가 다시 그녀의 말허리를 자른다.

"신문에 내 부고가 실렸어! 누군가가 나를 협박했다고!"

"누군가가 *우리*를 협박한 거지, 페테르! 언제는 우리 가족이 팀이었다가 또 언제는 아니었다가 당신 마음대로 선택하는 이유가 도대체 뭐야?"

그의 눈물이 그녀의 머리칼 위로 떨어진다. 그는 그녀의 앞에 쭈그리고 앉는다.

"미안해. 당신한테 지금보다 더 많은 걸 요구할 권리가 없다는 거 알아. 사랑해. 당신을, 그리고 아이들도. 세상 그 무엇보다……."

그녀는 눈을 감는다.

"우리도 알아, 여보."

"당신이 내 하키를 위해서 얼마나 많은 걸 희생했는지 알아. 알아."

미라는 눈꺼풀 뒤에 절망을 감춘다. 매해 가을, 겨울, 봄마다 온 가족의 삶이 하키에 좌우돼서 팀이 승리하면 하늘 끝까지 날아오르고 팀이 패배하면 거꾸로 곤두박질친다. 미라는 또 한 시즌을 버틸 수 있을지 잘 모르겠다. 그래도 계단에서 일어나며 이렇게 얘기한다.

"희생할 자세가 되어 있지 않으면 사랑이라고 할 수도 없지 않겠어?"

"여보, 나는……." 페테르는 말문을 열지만 말끝을 흐린다.

미라는 초록색 티셔츠를 입고 있다. '베어타운 대 나머지 전부'라고 적힌 티셔츠다. 그녀는 포기해야 하는 것에 절망하며 뺨 안쪽 살을 씹지만 그래도 그런 결정을 내린 게 자랑스럽다.

"프락이 전화했더라. 이 티셔츠를 가게에서 팔고 있다고. 우리 동네 사람들이 이걸 입고 집으로 가고 있지 뭐야. 세상에, 둘 다 아흔이 넘은 분들인데. 어떻게 티셔츠를 입고 다니는 아흔 살 노인이 다 있을까?"

그녀는 미소를 짓는다. 페테르는 어찌할 바를 모르고 시선을 이리저리 돌린다.

"프락이 그런 줄은 나도……."

미라는 그의 뺨을 건드린다.

"프락은 당신을 사랑해. 어유, 끔찍이 사랑하지. 이 마을에 당신을 증오하는 사람들도 있을지 모르고 그건 어쩔 도리가 없어. 하지만 당신을 숭배하는 사람들이 훨씬 많고 그것 역시 어쩔 도리가 없어. 나는 가끔 당신이 그들에게 없어서는 안 될 존재가 아니었으면 좋겠다는 생각을 하지만, 당신을 남들과 공유하고 싶지 않지만, 결혼할 때 이미 당신의 심장은 절반이 하키의 몫이라는 걸 알았어."

"그건 아니야…… 제발…… 당신이 사임하라고 하면 할게!"

그녀는 그에게 그런 요구를 하지 않는다. 거짓말이라는 게 들통나지 않도록 그를 배려한다. 누군가를 사랑하면 그러는 거다. 그녀는 얘기한다.

"나도 당신을 숭배하는 사람들 중 한 명이야. 그리고 무슨 일이 있어도 당신이랑 같은 팀이고. 가서 당신 구단을 살려."

그의 대답은 들릴락 말락 하다.

"내년까지 한 시즌만 더 기다려줘, 여보…… 내년에는……."

미라는 그에게 와인 잔을 건넨다. 반이나 채워진 잔일 수도 있고 반밖에 없는 잔일 수도 있다. 그녀가 남편의 입술에 입을 맞추자 그는 "사랑해"라고 속삭이고 그의 숨결이 그녀의 숨결과 섞인다. 그녀는 대답한다. "이겨, 여보. 이왕 할 거면…… 이겨!"

그러고 그녀는 집 안으로 들어간다. 동료에게 이메일을 보낸다. "건물을 인수하지 못하게 됐어. 올해에는 불가능해. 미안." 그런 다음 잠자리에 든다. 그날 밤 침대에 누운 여자는 세 명이다. 세 명뿐이다.

———

지역 신문사 기자가 그날 밤 늦게 페테르에게 전화해 단도직입적으로 묻는다. "떠도는 소문이 맞는지 확인해주실 수 있나요? 새로운 후원자가 구해졌나요? 하키단을 살릴 수 있나요? 여자 코치를 선임했나요? 베어타운이 이번 시즌 첫 경기에서 헤드를 상대하는 일정에 변함이 없나요?"

페테르는 질문마다 같은 대답을 하고 전화를 끊는다.

"네."

17
피 냄새를 맡고 불을 지른다

리샤르드 테오의 사무실 벽, 황새 그림 옆에 아이스하키 연맹 홈페이지에서 출력한 종이가 붙어 있다. 베어타운 아이스하키단의 시즌 일정표다. 첫 경기 상대가 헤드 하키단이다.

열린 창문을 넘어 파리 한 마리가 날아온다. 테오는 파리를 죽이지 않고 윙윙거리며 점점 더 길을 잃도록 내버려둔다. 그가 얼마 전에 읽은 테러리즘 관련 서적에서는 어느 역사학자가 사기그릇 가게에 빗대 이런 식으로 설명했다. 파리 한 마리는 찻잔 하나도 뒤집을 수 없지만 황소의 귓속으로 들어가 죽도록 윙윙거리면 공포에 질린 황소가 씩씩대며 사기그릇 가게로 돌진해 얼마든지 깨부술 수 있다고 했다.

리샤르드 테오는 깨부수고 싶은 욕망은 전혀 없고 갈등만으로도 만족한다. 그래서 그는 모든 사람의 이야기를 듣는 데 많은 시간을 할애했다. 슈퍼마켓에서, DIY 가게에서, 펠센 술집에서, 할로에서, 하이츠에서. "우리 정치인들이 여러분을 위해서 어떤 일을 해야 한다고 보시나요?" "앞으로 십 년 뒤에는 베어타운이 어떻게 달라지길 바라시나요?" "작년에 세금을 얼마나 내셨어요? 그만 한 보람을 느끼셨나요?" 이걸 통해 이곳 주민들의 관심사는 세 가지라는 걸 파악했다. 일자리, 의료 서비스 그리고 하키.

그래서 리샤르드 테오는 컴퓨터 앞에 앉아서 글을 쓰기 시작했다. 여름 내내 지역 신문에서는 헤드의 병원이 문을 닫는다는 소문을 기사로 다루었고 테오는 대여섯 개의 허위 계정을 동원해 익명으로 계속 댓글을 달았다. 그는 절대 증오를 전파하거나 이목을 모으지 않고 이미 서서히 타오르던 불길에 슬금슬금 기름을 끼얹었다. 어떤 임산부가 병원의 산부인과는 어떻게 되는 거냐며 걱정했을 때도 테오는 익명으로 "뭐 소문 들은 거 있어요?" 하고 물었다. 임산부는 "아는 사람 중에 거기 직원이 있는데 문 닫는대요!"라고 댓글을 달았다. 테오는 익명으로 "정부에서 유류세를 올리지 않길 바라야겠네요. 유류세를 올리면 차에서 애를 낳지도 못할 거 아니에요!"라고 댓글을 달았다. 얼마 전에 베어타운에서 잘린 실업자가 "그러니까요! 항상 시골에 사는 우리만 고생이죠!"라고 하자 테오는 또 다른 아이디로 이렇게 썼다. "왜 우리 세금이 전부 헤드의 병원에 쓰여야 하죠? 베어타운에 새로운 의료 시설을 마련하는 데 쓰이지 않고?"

임산부와 실업자가 성난 목소리로 동조했고 분위기는 금세 달아올랐다. 테오는 이런 말로 대중의 분노를 올바른 방향으로 인도했다. "이 동네 여자들은 차에서 애를 낳게 생겼는데 의회에서는 베어타운 아이스하키단을 후원하다니 돈이 남아도나봐요?"

병원과 하키단은 예산처가 다르고 정책도 지금과는 다른 정치인들이 만든 거였지만 아주 어려운 질문을 던지면 항상 가장 단순한 답변을 선뜻 받아들이는 부류가 등장한다. 그래서 리샤르드 테오는 날이면 날마다 기사를 옮겨다니며 가장 잘하는 일을 했다. 갈등을 일으키고 반목을 조장했다. 시골 대 대도시. 병원 대 하키. 헤드 대 우리.

우리 대 너희들

연령과 지역을 막론하고 '베어타운 대 나머지 전부'라고 적힌 초록색 티셔츠를 입고 다니는 사람들이 점점 늘어나고 있다.

정치는 절대 완벽한 직선이 아니다. 거대한 변화는 어디에선가 뜬금없이 발생하는 게 아니라 거기엔 반드시 일련의 조그만 계기들이 있다. 정치가 하키단에 하키 코치를 찾아주는 것이 될 때도 있고, 정치가 휴가 중인 다른 정치인을 대신해 전화를 받는 것이 될 때도 있다. 리샤르드 테오에게 두 번째로 전화한 기자는 전에도 전화했던 그 계약직이다. 이번에 그녀는 "우리 지역의 유명 인사들은 한여름을 어떻게 보냈을까?"와 같은 단순한 질문으로 여름철 기사 가뭄을 채울 작정인데, 두말하면 잔소리지만 리샤르드 테오는 "정치인인 동시에 유명 인사에 가깝고" 두말하면 잔소리지만 지난번에 통화했을 때 많은 도움이 되었다. 리샤르드 테오는 당연히 이 기회를 놓치지 않는다.

"나는 사실 헤드에서 한여름 기념행사를 구경했어요. 의회에서 그런 행사 비용을 부담하는 거 알죠? 물론 나야 여기 이 베어타운에서 한여름을 기념하면 더 좋겠지만요!"

"의회의 주도 아래 베어타운에서도 한여름 기념행사가 열려야 한다는 말씀인가요?" 기자는 궁금해한다.

"요즘 같은 시기에 베어타운의 납세자들은 의회에서 헤드에만 투자하는 게 아닌지 조금 걱정이 될 수도 있어요." 테오가 얘기한다.

"그게…… 그게 무슨 말씀이죠?"

"당신네 신문사 홈페이지의 댓글창을 보면 알 수 있을 거예요." 테오가 추천한다.

기자는 전화를 끊고 병원 기사 아래 달린 댓글창을 금세 찾아낸다. 그 무렵 리샤르드 테오는 자기가 단 댓글을 모두 지웠지만 이미 많은 사람들이 똑같은 말을 반복하고 있다. "헤드의 모든 비용은 의회에서 부담하고 베어타운은 후원자를 직접 찾아야 한다는 거죠? 헤드 하키단에 쓸 예산은 있으면서 병원에 쓸 예산은 없는 이유가 뭔가요?"

기자가 테오에게 다시 연락하지만 그는 "병원과 관련해서 어떤 토론장에도 참석한 적 없다"라고 신중한 태도를 보이며 의석이 가장 많은 정당의 대표에게 물어보는 게 어떻겠느냐고 한다. 그래서 기자는 그 대표에게 연락한다. 그는 휴가차 떠난 스페인에서 휴대전화로 연락을 받는다. "베어타운 아이스하키단에 할당된 의회 예산을 헤드 하키단으로 전용하시는 이유가 뭡니까? 헤드 하키단이 후원자를 구하면 그 돈을 병원에 쓸 수 있는데 그게 안 되나요?" 그는 너무 긴장이 풀어졌거나 아니면 와인을 한잔 걸쳤는지 이렇게 답변한다. "이봐요, 그 돈이랑 이 돈은 달라요. 모르겠어요? 예산이 전혀 다르게 잡힌다고요! 하키 문제라면 의회의 자원을 가장 효과가 좋을 만한 곳에 집중하고 있고 지금은 그게 베어타운이 아니라 헤드 하키라 그런 거예요." 기자는 온라인에 그의 답변을 게재하며 '하키'라는 단어를 생략한다. 그래서 이런 식이 된다. "우리가 우선적으로 생각하는 곳은 베어타운이 아니라 헤드예요." 당장 댓글창이 채워진다. "하! 평소처럼 헤드가 독차지하는구만!! 베어타운 주민들은 세금을 안 낸다고 생각하는 건가?!" "앞에서도 얘기가 나왔지만 헤드 하키단에 쓸 돈은 있으면서 베어타운에 의료 시설을 지을 돈은 없는 이유가 뭐죠?" 그리고 "정치인들이 가장 중요하게 생각하는 게 뭘까? 하키인가 의료 서비스인가?"

기자는 스페인에 있는 대표에게 다시 전화해서 묻는다. "*의원님*이 가장 중요하게 생각하시는 건 뭡니까? 하키인가요, 아니면 병원인가요?" 대표는 헛기침을 하고 설명을 시도한다. "그런 식으로 단순히 비교하면 안 되죠……." 하지만 기자가 계속 추궁하자 그는 쏘아붙인다. "내가 병원을 하키보다 더 중요하게 생각한다는 걸 그쪽도 당연히 알 거 아닙니까!" 기자는 그의 답변을 고스란히 옮기며 몇 마디를 추가한다. "스페인에 있는 여름 별장으로 연락했을 때 그는 이렇게 얘기했다." 그뿐만 아니라 이 기사는 스페인에 별장을 소유한 대표가 사는 곳은 베어타운이 아니라 헤드라고 흘린다.

기자가 리샤르드 테오에게 다시 연락해 추가 인터뷰를 요청하자 테오는 여름 내내 근무 중이라며 의회 건물에서 만나도 되겠느냐고 한다.

"여기서는 지방 의원직이 책무가 아니라 특권이거든요." 그는 덧붙인다.

지역 신문의 다음 기사에는 의회 건물 식당에서 혼자 열심히 일을 하는 그의 사진이 실린다. "하키냐 의료 서비스냐" 하는 질문에 대해서는 이렇게 답변한다.

"우리 납세자들은 운동과 여가를 즐길 수 있는 기회와 의료 서비스 사이에서 고민할 필요가 없는 사회에서 살 자격이 있다고 생각합니다."

지역 신문 홈페이지에 금세 다른 기사가 실릴 것이다. 여름 계약직이 무슨 수로 이런 뉴스를 발굴했는지 모를 일이지만 주요 의원들이 봄 동안 헤드의 병원을 주제로 비밀리에 논의를 거듭했음을 입증하는 문서가 갑자기 등장한다. "좀 더 비용 부담이 큰" 부서를 당장 폐업하면 다른 부서의 일자리를 살릴 수 있다는 주장이 제기됐다고 한다. 이 신문사에서 "믿을 만한 소식통"을 통해 어찌어찌 알아낸 바에 따르면 "엘리트 기득권 의회 지도부"가 살리려고 한 부서는 헤드에 거주하는 직원의 숫자가 많고 당장 폐업하려고 한 부서는 베어타운에 거주하는 직원의 숫자가 많다.

이후에 낭설로 밝혀지지만 그 무렵에는 상관없는 일이 되어버린 것이, 똑같은 헤드라인이 여름 내내 반복된다. "베어타운에 일자리를 창출하라."

댓글창은 이번에도 평소와 다름없는 역할을 한다. 피 냄새를 맡고 불을 지른다.

여름의 어느 날, 보닛에 도끼라는 유감스러운 물건이 박히는 바람에 전방 시야가 살짝 가려지자 갈텐의 정비소에 수리를 맡긴 여성 정치인이 차를 찾으러 온다. 보보가 수리하고 다시 칠을 해놓았지만 그

녀가 지갑을 꺼내려고 하자 고개를 젓는다. "이미 처리됐어요." 아이는 누가 계산했는지 얘기하지 않지만 그녀는 알아차린다. 그녀는 검은 재킷을 입은 남자들이 보일까봐 벌벌 떨며 집으로 향하지만 그녀의 대문 앞에 위협이 될 만한 건 없다. 눈부시게 아름다운 꽃다발만 있을 따름이다. 카드에 이렇게 적혀 있다. '두려워할 것 없어요. 친구들이 있잖아요. 우리는 어둠의 세력이 승리하도록 방관하지 않을 겁니다! 리샤르드 테오.'

그녀는 전화해서 감사의 뜻을 전한다. 리샤르드 테오는 겸손하게 대가를 바라고 한 일은 아니라고 하고 그녀는 그렇다니 존경스럽다고 한다. 테오는 미소를 지으며 전화를 끊는다. 그는 대개 복안이 있지만 늘 그런 건 아니고 그냥 훌륭한 하키 선수 같을 때도 있다. 반사신경이 뛰어나다는 점에서 그렇다. 한여름이 시작되기 직전의 어느 날 오후, 의회 지도부가 베어타운 아이스하키단 문제로 페테르와 만난 이후에 불안해진 그녀는 감히 건물 밖으로 나가지 못하고 복도에 서 있었다. 지나가던 리샤르드 테오가 커피 기계 앞에 서 있는 그녀를 보고 물었다.

"표정이 안 좋으시네요. 무슨 일 있어요?"

여성 의원은 리샤르드 테오와 "가능한 한 최고로 분명하게" 거리를 둔다고 공표한 정당 소속이었지만 따뜻한 말 몇 마디가 도움이 될 수도 있는 법이다. 그녀는 실토했다.

"아, 모르겠어요. 다들 베어타운 아이스하키단이 해체될 거라는데 나는 스포츠에 전혀 관심이 없거든요! 누가 물어보면 뭐라고 대답해야 할까요?"

테오는 그녀의 어깨에 한 손을 얹고 이렇게 얘기했다.

"그게 뭐 그렇게 고민할 일이라고. 의회에는 아이스하키단이 하나 남아 있잖아요. 앞으로는 그 대신 헤드 하키단을 응원하면 되지 않겠느냐고 해요!"

그녀는 의회 건물을 빠져나왔고 동영상을 촬영하는 헤드 응원단 앞에서 정확히 그렇게 얘기했다. 그러자 보닛에 도끼가 찍혔다. 다음 날 같은 당원들은 그녀를 안쓰럽게 여기기는커녕 쏘아붙이기만 했다. "앞으로 헤드를 응원하라니 어떻게 그렇게 멍청한 발언을 할 수가 있나? 다른 데도 아니고 *이* 지역구에서!" 그녀가 뭐라고 대꾸할 수 있었을까? 리샤르드 테오가 그렇게 시켰다고? 그녀는 아무 말도 하지 않았고 같은 당원들은 그녀에게 호통을 쳤고 그녀는 그들 몰래 눈물을 쏟았다.

그날 저녁에 리샤르드 테오는 그녀의 사무실로 찾아가서 하소연을 듣고 위로하고 심지어 사과까지 했다. 그녀는 새로운 적이 생겼으니 친구가 필요했다. 테오는 그녀의 차를 정비소에 맡기고 수리비를 대신 부담할 테니 아무 걱정 하지 말라고 했다. 그녀를 집에 데려다주면서 손톱만큼이라도 위협을 느끼면 아무 때라도 연락하라고 했다. "두려워할 것 없어요. 좋은 친구들이 있잖아요." 그는 다시 한번 강조했다. 그러고는 이렇게 덧붙였다. "내가 당신을 공격한 훌리건들을 처벌하도록 하키단 차원에서 조치를 취할게요. 아이스링크 스탠딩 구역을 없애라고 할 거예요!"

같은 당원들은 어느 누구도 그녀에게 안부를 묻지 않았고 어느 누구도 그녀에게 손을 내밀지 않았기에 그녀는 딱 한 명이 내민 손을 잡았다. 반사 신경이 빠른 사람의 손을 잡았다.

스페인에 별장을 소유한 의원은 신문을 본 순간 그의 실수를 알아차리고 당장 휴가를 접고 집으로 돌아온다. 리샤르드 테오가 공항으로 마중을 나왔다.

"자네가 여긴 어쩐 일인가?" 스페인에 별장을 소유한 의원이 묻는다.

"대표님을 돕고 싶어서요." 테오가 말한다.

스페인에 별장을 소유한 의원은 폭소를 터뜨린다.

"그래? 우리는 같은 편인 적이 한 번도 없었던 걸로 아는데."

하지만 그는 호기심이 동하고 병원에 얽힌 신문 기사 때문에 궁지에 몰린 상황이다. 테오는 그에게 커피를 한잔 사겠다고 하고 "대표님과 제가 원하는 건 이 지역을 위한 최선의 방안"이며 "불안과 불화를 조장해서 이득을 보는 사람은 아무도 없지 않으냐"라고 서글서글하게 설명한다. 그들은 병원에 얽힌 기사에 대해서 잠깐 얘기하고 테오는 모든 게 "당혹스럽게 표현됐다"며 안타까워한다. 스페인에 별장을 소유한 의원은 "빌어먹을 기자들"에게 악담을 퍼붓고 잠시 후에 테오가 갑자기 큰 소리로 외친다.

"베어타운 아이스하키단이 후원자를 구했다는 소식 들으셨어요?"

스페인에 별장을 소유한 의원은 고개를 끄덕이고 툴툴거린다.

"음! 다들 그 얘기뿐인데 그 수수께끼 같은 '후원자'의 정체는 아무도 모르는 눈치야!"

테오는 몸을 앞으로 숙이고 폭로한다.

"베어타운의 공장을 매입하는 회사예요. 그쪽에서 저한테 연락을 했는데 계약이 공표되면 대표님이 기자회견을 열 수 있도록 제가 주선할게요. 앞으로 베어타운에 일자리가 많이 생길 거예요."

스페인에 별장을 소유한 의원은 말을 더듬는다.

"자네가 어떻게……? 나는 금시초문인데……."

테오는 자세한 설명 없이 런던의 은행에서 근무하던 시절에 사귄 예전 친구들에게 들었다고만 한다. 그러면서 새 사장단 측에서 의회에 바라는 게 뭔지 얘기한다. "그쪽에서는 정치권에서 선의를 보여주길 바랍니다. 이를테면…… 기반 시설 확충이나 뭐 그런 걸로요." 스페인에 별장을 소유한 의원은 그게 무슨 소린지 알아차린다. 부지를 지원하고 임대료를 깎아주고 공장 재건축 보조금을 거의 공개적으로 지원해달라는 얘기다. 하지만 그는 기자회견장에서 새로운 일자리를 약속하는 정치인으로 비치는 것이 얼마나 중요한지도 안다.

"나한테 이런 얘기를 하는 이유가 뭔가?" 그는 의심스러워하며 묻는다.

"대표님의 적이 되고 싶지 않아서 그렇습니다." 테오는 평온하게 대답한다.

스페인에 별장을 소유한 의원은 그 말을 듣고 껄껄대며 웃는다.

"협상의 귀재로구먼, 리샤르드. 원하는 게 뭔가?"

리샤르드 테오는 침착하게 대답한다.

"향후 협상 테이블에서 저의 자리요. 기자회견장에서 제 이름과 저희 정당을 언급하면서 향후 협력의 가능성을 열어주시면 다른 정당도 대표님의 선례를 따를 겁니다."

"정치인으로서 자네 평판을 청소해달라?"

"저는 지금 대표님께 베어타운에서 일자리를 창출한 정치인이 될 수 있는 기회를 선물하는 겁니다."

스페인에 별장을 소유한 의원은 튕기는 척하지만 이미 넘어간 상태다. 그래서 테오에게 딱 한 가지 조건을 건다.

"공장으로 생긴 일자리는 모두 베어타운에 배정되어야 해! 우리 정당은 앞으로 절대 헤드를 편애하는 것처럼 보이면 안 되니까!"

리샤르드 테오는 엄숙하게 약속한다. 별로 대단한 약속은 아니다. 그는 스페인에 별장을 소유한 의원에게 아무 악감정이 없고 그들은 사실 상당히 비슷한데 그게 문제다. 스페인에 별장을 소유한 의원은 이 일대의 돈 있는 사람들과 모두 아는 사이지만 또 한편으로는 최선을 다해 하키단을 지원하는 스포츠 광팬으로 유명하고 그 둘은 위험한 조합이다. 리샤르드 테오에게는 그보다 쉽게 물리칠 수 있는 상대가 필요하다. 그래서 스페인에 별장을 소유한 의원이 차를 몰고 집으로 가는 동안 당장 런던의 친구에게 연락한다.

"끝났어. 모든 게 새 사장단이 원하는 대로 될 거야. 딱 한 가지 돌발 변수가 생겼는데……."

테오가 병원 폐업을 둘러싸고 열띤 공방이 벌어지고 있는 점을 감안해서 헤드 출신으로 공장 인력을 대거 충원하면 "이 지역의 의원들"이 매우 고맙게 여길 거라고 얘기하면 공장의 새로운 사장단은 이해할 것이다.

그래야 베어타운을 편애하는 것처럼 보이지 않을 거라고 하면 말이다.

여름이 막바지로 접어든 어느 날 저녁에 리샤르드 테오는 어느 집 현관문을 두드린다. 여성 정치인이 놀란 표정으로 문을 연다. 그녀는 테오에게 들어오라고 하지만 그는 미안한 듯 미소를 지으며 "폐를 끼치고 싶지 않다"라고 한다. 집 안에 있는 남편과 아이들이 보인다.

"공장을 인수한 측에서 조만간 계약을 공표할 거예요. 신규 직원을 채용하고 베어타운 아이스하키단을 후원할 거라고 발표할 테고요. 그 계약을 성사시킨 정치인들과 함께 기자회견도 열 거예요."

그녀는 이런 게임에 익숙하지가 않아서 그것이 그녀에게 어떤 영향을 미치는지 모르기 때문에 이렇게 얘기한다.

"축하해요. 덕분에 다음번 선거에서 힘 좀 실리겠네요."

테오는 겸손하게 미소를 짓는다.

"나는 그 자리에 참석하지 않을 거예요. 하지만 당신이 속한 정당은 참석할 거예요. 의회에서 아직 다수당이니까요."

"나는 아직 기자회견장에 참석할 만한 위치가 못 돼요. 게다가 그런 일도 있고 해서…… 도끼 사건 말이에요." 그녀가 얘기한다.

테오는 그녀의 목소리에서 공포와 더불어 분노를 감지하며 기뻐한다.

"당대표 바로 옆자리에 앉을 수 있게 내가 손을 써줄 수 있다고 하면요?"

"못 그러잖아요…… 아닌가요?"

그녀는 조용히 기다리지만 테오가 아무 말도 하지 않자 다시 말을 잇는다.

"나한테 원하는 게 뭐예요?"

"친구가 되는 거요." 그는 말한다.

"내가 기자회견장에서 어떤 얘기를 하면 돼요?" 그녀는 조금 너무 열띤 목소리로 묻는다.

"진실을 얘기하면 돼요. 베어타운뿐만 아니라 헤드 주민들도 일자리가 필요하다고. 책임감 있는 정치인이라면 항상 지역구 전체를 생각해야 한다고."

그녀는 눈꺼풀을 실룩이며 고개를 젓는다.

"못 해요…… 알잖아요……."

테오는 걱정 말라는 듯이 침착하게 그녀의 손을 건드린다.

"겁이 나서 그러죠? 그럴 것 없어요. 당신을 해칠 사람은 없어요."

그녀는 그의 눈빛을 보고 농담이 아니라는 걸 알아차린다. 그녀는 숨을 토한다.

"그러니까 나더러 헤드 주민도 공장에 채용하라고 요구하라는 거예요?"

"절반을 채우라고요." 그는 고개를 끄덕인다.

"그럼 내가 베어타운에서 얼마나 미움을 사게 될지 알고서 하는 얘기예요?"

리샤르드 테오는 실용주의를 추구하는 사람답게 어깨를 으쓱한다.

"그럼요. 하지만 헤드 주민들은 당신한테 환호할 거예요. 그리고 헤드가 인구수가 더 많잖아요. 이미 한곳에서 미움을 샀으면 다른 데서 사랑을 받을 수 있도록 더 열심히 노력해야죠. 적의 숫자를 줄일 게 아니라 친구의 숫자를 최대한 늘려야 선거에서 승리할 수 있어요."

"이게 합법적인 조치예요? 만에 하나…… 내가 당에서 제명되면 어쩌라고요?"

"내 말을 헛들으셨네. 그러고 나면 정당에서 자리가 하나 생기는 데 그치는 게 아니라 당신이 리더가 될 거예요."

이것도 농담이 아니다.

18
여자

베어타운의 여름은 누구라도 홀릴 수 있다. 어두워져가는 방 안에서 장미 향기가 점점 짙어져가고 어둠에 워낙 익숙했던 곳에 빛이 비치면 감정이 북받쳐 오른다. 신록이 느닷없이 거품처럼 부풀어 오르고 거의 밤새도록 날이 어두워질 줄 모르며 포근한 산들바람이 방목된 송아지처럼 앞서거니 뒤서거니 건물 모퉁이를 지나간다. 하지만 우리는 더운 계절을 믿으면 안 된다는 걸 경험으로 알고 있다. 워낙 순식간에 지나가고 못 미더운 데다 항상 우리를 실망시키기 때문이다. 이 지역에서는 나무들이 잠옷을 갈아입듯 느닷없이 한꺼번에 옷을 벗는다. 날이 이내 짧아지고 지평선이 가까워진다. 의외로 빠르게 하얀 겨울이 찾아와서 다른 계절의 모든 빛깔을 지우고, 세상은 다시금 백지로 변해서 어느 날 아침에 창밖을 내다보면 방금 전에 다린 시트처럼 꽁꽁 언 풍경이 우리를 맞이한다. 우리는 우리의 일부분을 그 밑바닥에 남겨둔 채 호수에서 배를 꺼낸다. 칠월의 우리, 그 여름의 우리는 눈 밑으로 깊숙이 묻힌 나무 침대 위에 여러 달 동안 머물고 이듬해 봄이 되면 우리조차 그 모습을 거의 잊어버린다.

구월이 다가온다. 하키를 사랑하는 사람들의 시간. 우리의 한 해가 이제 시작된다.

파티마와 안-카트린은 병원 일을 마치고 정리하는 중이다. 지나가는 의사마다 하키 얘기를 하고 싶어 하고 '정체 모를 새로운 후원자'가 베어타운 아이스하키단을 살리려고 한다는 지역 신문의 폭로 기사가 베어타운과 헤드, 양쪽 모두에서 엄청난 화제다. "이번 시즌은 정말 볼만하겠어!" 한 간호사가 직원 휴게실에서 외쳤다가 다른 팀을 응원하는 간호사와 싸움이 붙는다. "그 후원자가 헤드를 후원했어야지! 우리 지역구가 하키단을 두 개나 거느릴 만큼 넓지도 않은데." 한쪽이 얘기한다. "하! 의회 지원 없이 명맥도 유지하지 못할 거면 헤드 하키단을 없애야 하는 거 아닌가?" 다른 쪽이 반박한다.

처음에는 장난처럼 티격태격하지만 파티마와 안-카트린은 양쪽 마을 하키의 역사를 꿰뚫고 있기에 병원에서뿐 아니라 모든 곳에서 조만간 진짜 충돌이 빚어지리라는 걸 안다. 베어타운과 헤드가 경기를 펼치면 서로에 대해 품었던 좋은 감정과 나쁜 감정이 폭발할 것이다. 이 일대에서는 스포츠가 단순한 스포츠가 아니다. 이번 시즌에는 특히 그렇다.

파티마와 안-카트린이 근무를 마치고 병원을 나서는데, 운동복 윗도리를 입은 남자가 주차장에서 기다리고 있다.

"페테르? 여긴 어쩐 일이에요?" 안-카트린은 멀리서 베어타운 아이스하키단 단장이 보이자 놀라서 묻는다.

"두 분한테 부탁할 게 있어서요." 페테르가 얘기한다.

"뭔데요?" 안-카트린은 궁금해한다.

"두 분의 아드님요."

파티마와 안-카트린은 폭소를 터뜨렸다가 그의 말이 농담이 아니라는 걸 알아차린다.

"어디 편찮으신 건 아니죠, 단장님?" 파티마가 걱정스러워하며 묻는다.

그는 고개를 끄덕인다.

"두 분도 들었을지 모르겠지만 새로운 코치가 부임했어요. 그런데 그 코치가 두 분의 아드님을 중심으로…… 구단을 만들고 싶대요."

안-카트린은 그의 말투를 해석해보려고 한다. 그러고 나서 묻는다.

"그런데 단장님은 그 발상이 마음에 들지 않고요?"

페테르는 입가를 실룩이지만 시선을 떨어뜨린다.

"나는 항상…… 하키단 그 이상의 하키단을 만들려고 애를 써왔어요. 하키 선수로뿐만 아니라 청년으로서도 성장할 수 있는 그런 하키단을. 승리가 가장 중요한 덕목이 되지 않길 바랐어요. 하지만…… 이제 새로운 후원자가 생겼잖아요. 이번 시즌에 승리하지 못하면…… 헤드를 꺾고 상위 리그로 올라가지 못하면…… 내년에도 명맥을 유지할 수 있을지 잘 모르겠네요."

"무슨 일로 오신 건지 그냥 용건을 말씀하세요." 안-카트린이 조바심을 내며 묻는다.

페테르의 가슴이 올라갔다가 내려온다.

"구단에서 두 분의 아드님에게 줄 수 있는 것보다 많은 걸 요구할지 몰라요."

"어떤 식으로요?" 파티마가 묻는다.

페테르는 그녀를 돌아본다.

"얼마 전에 차를 몰고 가는데 아맛이 저를 붙잡더군요. 자기가 청소년팀에서 뛸 수 있느냐고 물었는데 내가…… 별로 상냥하게 대하질 못했어요……."

"누구나 안 좋을 때가 있는 거고 단장님도 남들과 같겠죠." 파티마는 미소를 짓지만 페테르가 말허리를 자른다.

"아맛은 청소년팀에서 뛸 수 있느냐고 물었어요, 파티마. 그런데 맙소사…… 우리가 아맛을 넣으려는 팀은 청소년팀이 아니에요. A팀이에요!"

파티마는 침을 삼킨다.

"그러니까…… 성인들하고요?"

페테르는 진실을 감추려고 하지 않는다.

"엄청난 부담이 될 거예요. 다른 고참 선수들이 전부 그 아이에게 심하게 달려들 테고요. 그러다 망가진 아이들이 전에도 많았어요. 성인 선수들에게 둘러싸여서 팀의 막내로 지내려면…… 쉽지 않을 거예요."

파티마는 냉정한 눈빛을 보인다.

"제 아들한테 쉬울 거라고 한 사람은 없었어요."

페테르는 당혹감에 수염을 잡아당긴다.

"지난봄에 회의가 열렸을 때 남들 앞에서 진실을 밝혀줘서 고맙다고, 딸하고 제가 큰 빚을 졌다고 아맛에게 얘기를 했어야 하는 건데……."

파티마는 고개를 젓는다.

"단장님은 고맙다고 해도 될지 몰라도 마야는 아무한테도 진 빚이 없어요. 온 마을이 그 아이한테 용서를 구해야죠. 제 아들은 하키만 할 수 있으면 돼요. 그러니까 어디가 됐든 상관없을 거예요."

페테르는 고마워하며 고개를 끄덕인다. 그러고는 안-카트린을 돌아본다.

"거짓말하지 않을게요……."

"그럼요, 설마." 안-카트린은 미소를 짓는다.

그녀는 페테르의 어린 시절 친구였던 갈텐과 결혼했고 페테르가 나이를 먹어가는 모습을 거의 남편만큼 가까이서 지켜보았다. 그래서 페테르는 있는 그대로 얘기한다.

"이번 시즌에 보보가 필요해요. 수비수가 부족하거든요. 하지만 백퍼센트 솔직하게 얘기하자면 그 아이는 상급 팀에서 뛸 만한 실력이 못 돼요…… 그래서 우리가 우승을 하고, 보보 덕분에 상급 리그로 승급이 되면…… 보보는 다음 시즌에 뛰지 못할 가능성이 커요. 이번이 마지막 시즌이 될 거예요. 나는 그 아이한테 피와 땀과 눈물을 요구할 테고 그 아이는 학교, 여자…… 그 모든 것보다 하키를 우선시해야 할 거예요. 하지만 그 대가로 내가 줄 수 있는 건 일 년뿐이에요."

안-카트린은 코로 숨을 쉰다. 몸이 아프다. 페테르는 나중에 이 순간을 돌이키며 그녀가 늦게까지 힘든 일을 하느라 야위고 피곤해 보였다고 생각할 것이다. 다른 대부분의 사람들처럼 그 역시 그녀가 병에 걸렸다는 걸 모른다. 그래야 한다. 그녀는 사람들의 동정을 바라지 않는다. 하지만 아들이 마지막으로 빙판 위에서 뛰는 건 보고 싶다. 그래서 그녀는 미소를 짓는다.

"일 년요? 일 년이면 영원이죠."

그녀의 남편 갈텐은 반복된 뇌진탕으로 하키를 그만두어야 했다. 의사의 명령이었고 그는 자기 장례식에 참석한 사람처럼 몇 주 동안 말도 없이 슬퍼했다. 자기가 팀의 기대를 저버린 듯한 느낌이 들어 몇 달 동안 아이스링크 근처에 가지도 못했다. 그가 불멸의 존재가 아니었던 것. 그게 팀의 기대를 저버린 거였다. 보보는 아빠에게서 넓은 어깨와 짐승 같은 완력을 물려받았지만 어떤 무리에 소속되고 싶어 하는 욕구까지 물려받았다. 그 둘은 혼자인 걸 질색하고 사랑과 인정을 받는 분위기를 필요로 한다. 그래서 갈텐은 더 이상 로커룸을 드나들지 못하게 됐을 때 몸의 일부가 절단된 거나 다름없었다. 일 년만 더 뛸 수 있다면 뭐든 포기할 수 있었다. 마지막으로 한 게임만 더 뛸 수 있다면. 관중들이 함성을 지르고 모든 게 결판나는, 모든 삶이 온몸으로 느껴지는 그 마지막 순간을 한 번만 더 누릴 수 있다면.

안-카트린은 오늘 저녁에 집으로 돌아가면 제대로 일어서지도 못할 테고, 그 덩치 크고 칠칠맞지 못한 갈텐이 그녀를 안아서 집까지 옮길 테고, 춤을 출 기운조차 없는 그녀를 품에 안고 부엌에서 천천히 조심스럽게 빙글빙글 돌 것이다. 그녀는 목에 닿은 그의 입술과 아직 사랑의 열병에 달떠서 윗옷 아래로 파고든 그의 손을 느끼며 잠이 들 것이다. 보보는 다른 방에서 남동생과 여동생에게 해리 포터를 읽어줄 것이다. 내일 아침 일찍 안-카트린은 병원으로 돌아가 다시 의사를 만날 것이다.

일 년? 일 년만 더 누릴 수 있다면 뭐든 포기할 수 있지 않을까. 일 년은 영원이다.

다섯 명의 나이 많은 삼촌들이 다시 펠센의 바에 앉아 있다. 그들에게 옥신각신할 새로운 얘깃거리가 생겼다.

"그래도 여자라고? 하키 코치인데? 그게 과연 좋은 생각일까?" 한 명이 묻는다.

"평등 어쩌고 하는 게 조금 도를 넘은 게 아닌가 하는 생각을 떨쳐버릴 수가 없어." 다른 한 명이 얘기한다.

"아, 그만들 해! 그 여자가 하키에 대해서 잊어버린 것들이 자네 둘이 아는 것보다 더 많을 거야, 이 노망난 바보들아." 삼번이 나무란다.

"그래? 자네야말로 아이싱이랑 아이스크림조차 구분 못 하는 사람 아닌가? 지난 시즌 내내 내가 옆에 앉아서 맹도견처럼 퍽이 어디 있는지 알려줬구만!" 사번이 킥킥거린다.

"그럼 요즘은 말을 할 줄 아는 맹도견이 지원되는 거야? 1987년 세계 선수권 대회를 스위스에서 직접 관람했다는 자네 거짓말을 계속 듣는 것만으로도 지겨워 죽겠는데." 오번이 말한다.

"진짜로 봤다니까!" 사번이 주장한다.

"그래? 그것 참 대단하네. 1987년 세계 선수권 대회는 오스트리아에서 열렸는데 말이지!" 오번이 지적한다.

다섯 명 모두 폭소를 터뜨린다. 그러다 일번 아니면 이번이 얘기한다.

“하지만 여자 코치라니? 그게 과연 좋은 생각일까?”

“사람들 말로는 여자랑 자기도 한다던데. 이 마을에 그런 사람이 정말 생기는 건가?” 이번이 놀라워하지만 사실은 일번이다.

사번 아니면 오번이 대꾸한다.

“어쩌면 이미 있을지 몰라. 요즘은 온 사방이 그런 사람들 천지인걸.”

일번이 콧방귀를 뀐다.

“얌전히 그래주면 좋겠는데 왜 그렇게 다들 그런 걸 가지고 난리법석을 떨어야 직성이 풀리는지, 원. 이제는 모든 게 정치적이어야 하나?”

삼번이 몸을 앞으로 숙이는데, 라모나에게 맥주를 한 잔 더 달라고 할 때 삐걱거리는 소리의 진원지가 그의 몸인지 의자인지 알 수가 없다.

“신임 코치가 첫 시합에서 헤드를 이기면 *내* 마누라하고 잔다고 해도 상관없어.”

그들 다섯 명 모두 또다시 폭소를 터뜨린다.

라모나는 그 우라질 영감들을 위해 안주를 내놓는다. 정신 나간 인간들에게는 견과류가 제격이다.

페테르는 오비크 가족이 사는 연립주택의 초인종을 누른다. 벤이의 엄마가 문을 연다.

"페테르! 들어와서 같이 저녁 먹어요!" 얼마 만에 만나는 건지 기억이 안 날 정도인데도 그녀는 약속 시간에 늦은 사람 대하듯 당장 명령조로 얘기한다.

페테르는 벤이가 집에 없는 걸 보고 다행스럽게 여긴다. 그는 벤이를 만나기 위해 찾아온 게 아니다. 아드리, 카시아, 가비, 이렇게 누나 셋이 모두 식탁에 앉아 있다. 그들의 어머니는 손님이 오셨는데 얼른 자리를 마련해드리지 않았다고 이마를 한 대씩 때린다.

"금방 갈 거예요. 식사는 이미 했고요." 페테르가 말문을 열지만 아드리가 그의 팔을 잡는다.

"쉿! 저희 엄마의 밥상을 거절하다니 생각보다 용감하시네요!"

페테르는 처음에는 재미있어서, 나중에는 불안해져서 미소를 짓는다. 오비크 집안에서 다른 건 몰라도 먹는 걸 우습게 여기면 안 된다. 그래서 페테르는 감당할 수 있는 양보다 세 접시를 더 먹고 거기에 커피와 네 가지 종류의 비스킷까지 먹은 걸로도 모자라 남은 걸 플라스틱 통과 알루미늄 포일에 싸서 집으로 들고 가게 된다. 아드리가 희희낙락하며 그를 문 앞까지 배웅한다.

"저녁 시간에 찾아오신 단장님 잘못이에요."

페테르는 배 위에 손을 얹는다.

"벤야민 얘기를 하러 온 거였는데."

"우리도 알고 있었어요. 그래서 엄마한테 다른 얘기 하게 맡긴 거예요." 아드리는 좀 더 큼지막하게 함박웃음을 짓는다.

그러다 페테르의 진지한 눈빛을 보고 진정한다.

"코치가 새로 부임했어. 엘리사베트 사켈."

"저도 들었어요. 모르는 사람이 없어요. 심지어 신문에까지 실렸는 걸요."

페테르는 쭈글쭈글한 쪽지를 내민다. 아드리는 거기에 적힌 다른 이름과 자기 남동생의 이름을 읽지만 그 옆에 적힌 (C)의 의미를 잘 모르는 눈치다. 페테르가 도와준다.

"벤이한테 주장을 맡기고 싶어 해."

"A팀의 주장을요? 성인팀인데요? 벤이는……."

"알아. 하지만 이 엘리사베트 사켈이라는 여자는…… 뭐라고 표현해야 할까? 남들이랑 일하는 방식이 다르다고 해야 하나……." 페테르는 애처로운 목소리로 얘기한다.

아드리는 미소를 짓는다.

"하늘에 감사할 일이네요. 하지만 *우리* 동생한테 주장을 맡기겠다고요? 어떤 일을 자초하는 건지 알고서 하는 얘기래요?"

"자기가 원하는 건 하키팀이 아니라 깡패 집단이래. 네 동생보다 더 잘 어울리는 사람이 있겠니?"

아드리는 고개를 갸우뚱한다.

"저한테 원하시는 게 뭐예요?"

"내가 네 동생을 컨트롤할 수 있게 도와주라."

"그건 아무도 못 해요."

페테르는 신경질적으로 목을 긁는다.

"내가 원래 사람들 대하는 걸 잘 못하거든, 아드리. 그런데 이 엘리사베트 사켈은……."

"더 심해요?" 아드리가 묻는다.

"응! 어떻게 알았니?"

"수네 코치님한테 전화 받았어요. 단장님이 찾아올 거라고 알려주시더라고요."

"그런데 나를 저녁 내내 쓸데없이 붙잡아놓은 거니?" 페테르는 큰 소리로 외친다.

"지금 우리 엄마가 차린 음식에 문제가 있었다는 말씀이에요?" 아드리가 어찌나 날카롭게 쏘아붙이는지 페테르는 그 옛날 카우보이 영화에서 강도를 당한 사람처럼 두 손을 들고 뒷걸음질을 친다.

"아드리, 이러지 말고 좀 도와줘. 벤이가 있어야 우리한테 그나마 승산이 있어."

아드리는 자기 손에 들린 쪽지를 내려다본다.

"하지만 리더 역할을 할 수 있는 벤이가 필요한 거잖아요. 깡패이긴 하지만 제정신은 박혀 있는."

"그러니까…… 평소와 다른 벤이가 필요한 거지."

"제가 할 수 있는 선에서 최선을 다해볼게요." 아드리는 약속한다.

페테르는 고마워하며 고개를 끄덕인다.

"그리고 너도 괜찮으면 여자 유소년팀 코치로 일을 해주었으면 좋겠는데. 월급도 못 받고 보상도 없는 일이라는 건 알지만……"

"보상이 없진 않아요." 아드리가 얘기한다.

페테르의 눈에는 그녀의 안에서 이글거리는 불덩이가 보인다. 하키인이라야 볼 수 있는 거다. 단장과 누나는, 아버지와 여자 유소년팀 코치는 굳은 작별의 악수를 한다. 하지만 페테르가 발걸음을 옮기기 전에 아드리가 묻는다.

"후원금은 누구한테 받고 있어요? 신문에 '정체불명의 후원자'라고 소개된 사람들은 누구고 원하는 게 뭐예요?"

"그들이 원하는 게 있다고 누가 그래?"

"돈이 있는 사람들은 늘 뭔가를 원하잖아요, 단장님. 돈과 하키에 관한 한 특히 그렇죠."

"공식 발표가 있기 전에는 아무 말도 할 수가 없어. 너도 이해하지?" 페테르는 애원한다.

아드리의 대답은 협박조로 들리지만 사실은 호의적이다.

"최악의 상황이었을 때 누가 구단을 보호했는지 그것만 기억하시면 돼요."

아드리는 그 일당을 들먹일 필요가 없다. 페테르는 그녀가 어떤 뜻에서 보호한 사람을 운운했는지 안다.

"최선을 다할게." 그는 약속한다.

하지만 이 마을에서는 그것만으로는 절대 부족하다는 걸 두 사람 모두 안다.

19
그 파란색 폴로셔츠

아직 포근한 날씨에 베어타운 학교의 가을 학기가 시작된다. 햇볕은 반짝이고 구름은 저 높이서 가볍게 떠다니고 기온은 여전히 반팔과 마당용 가구를 향한 유혹을 불러일으키지만 여기서 어렸을 때부터 살아온 사람이라면 다가오는 겨울을 느낄 수 있다. 조만간 추위가 닥치면서 호수가 얼 테고, 오븐 장갑처럼 묵직한 눈발이 내릴 테고, 자기 집 지하실 비밀의 방에 설치한 철도 모형에 쓰려고 모든 건물을 까만색 자루에 집어넣는 성난 거인에게 뒤에서 공격이라도 당한 듯 마을 위로 어둠이 내릴 것이다.

베어타운에서는 한 해의 끝이 팔월인 것처럼 느껴지는데, 구월에 시작되는 스포츠를 쉽게 사랑할 수 있는 이유도 그 때문일지 모른다. 누군가가 학교 건물 앞 나무에 초록색 깃발을 매달아놓았다. 대부분의 사람들에게는 아무렇지 않게 느껴질지 몰라도 어떤 사람들에게는 도발이다.

여기서 시작된 건 아니다. 하지만 여기에서부터 심해진 건 맞는다.

아나와 마야는 정문 이백 미터 앞에 서서 서로 손을 잡고 심호흡을 하고 있다. 여름 내내 그들은 자유롭게 지냈지만 학교는 다른 종류의 섬이다. 단짝 친구와 함께 숨을 수 있는 곳이 아니라 끔찍한 사고를 겪은 뒤 자신의 의지에 상관없이 떠밀려간 곳이다. 모든 학생이 여기 난파된 처지라 같이 지낼 상대를 선택한 사람이 아무도 없고 다들 학기가 끝나고 탈출할 수 있을 때까지 살아남으려고 버둥거리고 있다.

"정말로 내가 총 들고 오지 않아도 되겠어?" 아나가 묻는다.

마야는 폭소를 터뜨린다.

"응."

"아무도 쏘지 않을게. 심하게는." 아나는 약속한다.

"바보처럼 구는 애가 있으면 식당 우유 통에 설사약을 넣으면 돼." 마야가 얘기한다.

"그리고 화장실 전구 다 뽑아버리고 변기 위에 전부 랩을 씌우고." 아나는 고개를 끄덕인다.

"너 완전 토 나온다." 마야는 폭소를 터뜨린다.

"개자식들 앞에서 울지 마." 아나가 속삭인다.

"당연하지." 마야가 대답한다.

그들은 나란히 학교로 들어간다. 뚫어져라 바라보는 시선이 살갗을 파고들고 정적으로 관자놀이가 터질 듯하지만 꼿꼿하게 고개를 들고 걸어간다. 그 둘 대 세상 전부다. 마야의 사물함까지는 거리가 백 미터도 안 되지만 평생 이 정도로 엄청난 공포를 느낀 적이 없을 것이다. 온 사방에서 수군거리는 학교를 씩씩하게 관통하는 두 아가씨. 산전수전 겪은 이들에게 더 이상 뭘 보여줄 일은 개떡만큼도 없을 것이다.

빌리암 뤼트는 네 명의 팀원을 거느리고 복도를 행진하는 중이다. 어쩌면 그들은 적극적으로 적을 찾고 있었다기보다 모퉁이를 돌았을 때 우연히 보보와 부딪쳤을 따름일지 모른다. 하지만 몸싸움은 즉각적이고 투박하다는 점에서 거의 본능적인 것이고 좁은 복도에서 청년들이 벌 떼라도 만난 듯이 팔을 휘젓는다. 봄에 아맛이 아이스링크에서 열린 회의에 참석해 케빈이 마야를 성폭행하는 광경을 목격했다고 했을 때 어느 날 저녁에 이들 중 몇 명이 그를 처단하기 위해 할로로 향한 적이 있었다. 보보도 함께 갔지만 막판에 편을 바꾸었다. 그가 새로운 친구를 대신해서 그렇게 심하게 얻어맞지 않았다면 그들 손에 아맛이 죽었을 수도 있었다. 그날의 싸움이 아직 끝나지 않았다.

누군가가 보보를 떠밀자 보보는 뒤로 넘어지고 모두들 고함을 지르지만 뤼트와 그의 친구들은 금세 잠잠해진다. 보보가 바닥에 누워 있고 거기서 몇 미터 뒤에 벤이가 서 있다. 벤이는 아무 말도 하지 않는데, 간밤에 잠을 청한 벤치 바로 옆에서 싸움이 벌어지기라도 한 듯 눈을 반쯤 감고 있고 머리는 산발이다. 주머니에 손을 넣었고 눈빛은 거만하며 자신의 영향력을 워낙 확신하기에 인상을 쓰지도 않는다.

"지금 할까, 뤼트? 아니면 친구들을 몇 명 더 불러올래?" 벤이는 햄

버거와 함께 마실 음료수의 크기라도 확인하는 듯한 말투로 묻는다.

뤼트의 친구들은 그를 흘끗 쳐다보며 의견을 묻는다. 뤼트는 벤이의 눈을 똑바로 들여다보지만 그것도 잠깐이다. 그는 용케 모욕적인 언사를 중얼거리지만 별로 박력이 없다.

"무슨 상관이야, 나중에 빙판에서 만날 텐데. 레즈비언 코치랑 잘해봐라! 너한테 딱이네! 너 예전부터 계집애처럼 플레이했잖아!"

벤이는 발끝을 딛고 서 있고 뤼트는 발뒤꿈치를 딛고 서 있다. 선생님들이 달려오자 뤼트는 잽싸게 손을 들고 그들 때문에 다른 방향으로 피하는 것인 척한다. 하지만 벤이는 꿈쩍하지도 시선을 떨어뜨리지도 않고, 그 광경을 본 아이들은 그로 인해 학교 안에서 힘의 균형이 어떤 식으로 달라졌는지 알아차린다.

그중에서도 레오 안데르손은 유난히 눈여겨본다.

마야와 아나는 마야의 사물함 앞에 서 있었을 때 야단법석과 고함 소리를 듣는다. 학교 건물에는 학생들이 서로에게서 절대 벗어날 수 없도록 모든 소리를 구석구석 전하는 음향 시설이 갖추어져 있는 모양이다. 소동이 벌어진 현장으로 달려가는 교직원과 복도 저쪽 끝에서 서로에게 주먹을 휘두르는 삼학년생들이 마야의 눈에 들어온다. 그녀는 이 말을 내뱉은 순간 어처구니없는 발언이라는 걸 알아차리지만 그래도 큰 소리로 묻는다.

"이번에는 또 무슨 일이래?"

그녀와 나이가 같은 여학생이 일이 미터 앞에서 몸을 홱 돌리더니 잔뜩 비웃는 목소리로 대꾸한다.

"아무것도 모르는 척하지 마, 이 거짓말쟁이 나쁜……."

그녀가 마지막 단어를 내뱉지 못하게 친구가 말린다. 그러면 뭐가 달라지기라도 한다는 걸까? 마야는 그녀를 어쩌면 조금 길다 싶게 빤히 쳐다본다. 그녀는 눈을 부릅뜨고 손톱이 손바닥을 파고들도록 주먹을 쥐고 소리를 지른다.

"저 선배들이 뭐 때문에 싸우는지 모르겠다고? 네 눈에는 지금 이게 재밌지? 이 마을에서 벌어지는 골치 아픈 일들이 다 *너* 때문인 게! 마야 안데르손, 베어타운의 공주님!"

그녀는 마치 마야의 무덤에 침을 뱉듯 그녀의 이름을 내뱉는다. 친구들이 그녀를 끌고 간다. 그녀는 배낭에 헤드 아이스하키 배지를 달고 있다. 그녀의 남자친구와 오빠가 그 팀 선수다. 둘 다 예전에는 케빈 에르달의 친구였다.

마야와 아나는 그 자리에 서 있는데, 사물함에 어찌나 세게 기대고 있는지 그들의 심장이 뛸 때마다 철문이 같이 흔들리는 게 느껴진다. 이건 절대 끝나지 않을 것이다. 절대. 마야는 체념하는 뜻에서 앓는 소리를 낸다.

"쟤네들이 몇 가지로 나를 미워할 수 있을까? 나는 성폭행 피해자이기도 하고 거짓말쟁이 나쁜 년이기도 하고 또…… 또 뭐랬더라? 공주님?"

아나는 옆에 서서 바닥을 내려다보다가 요란하게 헛기침을 하고 말을 건넨다.

"저기…… 위로가 될지 모르겠지만 나는 그래도 네가 전혀 특별할 것 없는 멍청이라고 생각해!"

마야는 입을 다물고 진지한 표정을 지으려고 하지만 웃음을 참을 수가 없다.

"너는 정말 바보……."

"멍청이가 지금 뭐라니?" 아나는 콧방귀를 뀐다.

마야는 깔깔대고 웃는다.

나쁜 놈들 앞에서 절대 그 반대의 모습을 보여주면 안 된다.

보보는 몸무게가 너무 많이 나가는 사슴처럼 바닥을 엉금엉금 움직인다. 아맛이 달려가서 손을 내밀고 벤이와 함께 끙끙거리며 그를 일으켜 세운다.

"이렇게 무거운데 어쩌면 그렇게 쉽게 나가떨어질 수 있어요?" 아맛은 씩 웃는다.

머리가 잘 돌아가기로 유명하지 않은 보보가 웬일로 재치 있게 받아친다.

"거시기 때문에 무게중심이 불안하거든."

아맛과 벤이의 웃음소리가 복도를 쩌렁쩌렁하게 울린다. 작년 시즌 청소년팀에서 베어타운 아이스하키단에 남은 선수가 그 셋뿐인데 지금은 그들만으로 충분하게 느껴진다.

"제가 오늘 A팀이랑 같이 훈련한다는 얘기 들었어요?" 아맛이 열띤 목소리로 묻는다.

보보는 고개를 끄덕이더니 갑자기 어리둥절한 표정을 짓는다.

"아까 뤼트가 한 얘기 뭐야? '레즈비언 코치'라니?"

아맛과 벤이는 놀란 표정으로 그를 쳐다본다.

"베어타운 A팀 코치가 바뀌었다는 얘기 못 들었어요?"

보보는 온 얼굴 가득 영문을 모르겠다는 표정을 짓는다. 베어타운에서는 소문이 금세 퍼질지 몰라도 보보에게까지 전달될 만한 속도는 아닌 것이다.

"들었지. 하지만 레즈비언이라니? 그 코치가 *레즈비언*이야?"

벤이는 아무 말도 하지 않는다. 하지만 아맛은 헛기침을 한다.

"선배…… *A팀*이라고 했잖아요."

"나는 A팀 소속이 아니라는 거냐?" 보보는 쏘아붙인다.

아맛은 어깨를 으쓱한다.

"훈련하는 데 장애물이 추가로 필요하다면 또 모르죠. 사실 선배 스케이트는 신고 있을 때보다 안 신고 있을 때가 더 빨라서……."

벤이가 폭소를 터뜨리고 보보는 아맛을 잡으려고 하지만 아맛이 훨씬, 훨씬 더 빠르다.

그들은 서로 장난을 치고 있지만 속으로는 자기가 그만한 실력이 되는지 셋 다 불안해하고 있다. A팀에 합류할 가능성이 있는지. 하키를 더 이상 할 수 없다면 어떻게 될지.

학교가 교직원과 학생들로 서서히 채워진다. 기대감과 불안감이 똑같은 비율로 교차하고, 사랑하는 모든 이와 미워하는 모든 이와 같은 공기를 호흡할 수밖에 없음을 인지하며 그 양쪽 그룹과 달콤씁쓸하게 재회하는 새 학기다.

교장실에서는 예아네테라는 젊은 교사가 깔끔한 재킷을 입고 그녀의 앞에 앉아서 관자놀이를 문지르고 있는 남자를 마지막으로 다시 한번 설득하려 하고 있다.

"기회를 주세요! 체육 수업의 일환으로 진행할게요!"

교장은 한숨을 쉰다.

"왜 이러나, 예아네테. 올봄에 그런 사건을 겪고 났더니 이 학교에서 아무 추문 없이, 언론의 주목 없이 한 학기 동안 무사히 지내고 싶은 마음뿐이야. 그런데 학생들에게 싸우는 법을 가르치겠다고?"

"싸우는 법이라니…… 맙소사…… 이건 무술이에요!" 예아네테는 쏘아붙인다.

"그걸 뭐라고 부른다고?"

"MMA, 종합격투기요. 종합예술이죠." 예아네테는 짜증을 누르고 다시 한번 반복한다.

교장은 눈을 부라린다.

"'예술'? 그걸 '예술'이라고 표현하기는 좀 뭣하다고 생각하지 않나? 부러진 코를 전시할 수 있는 것도 아닌데."

예아네테는 그에게 아무것도 집어던지지 않으려고 깍지를 끼고 무릎 위에 손을 얹는다.

"무술은 학생들에게 규율뿐 아니라 자기 자신과 타인의 몸을 존중하는 법을 가르쳐요. 장소도 구해놨어요. 아드리 오비크의 견사요. 그러니까 관심 있는 학생이 있는지 물어볼 수만 있게 해주시면……."

교장은 필요 이상으로 열심히 안경을 닦는다.

"미안하네, 예아네테. 학부모들이 난리를 부릴 거야. 자네가 자기 아이들한테 폭력을 가르친다고 생각할 거야. 더 이상의 논란은 감당할 수 없어."

그는 이제 그만 나가달라는 뜻에서 일어나지만 문을 여는 순간 하마터면 누군가의 손에 얼굴을 맞을 뻔한다. 어떤 남자가 밖에서 막 노크를 하려던 참이었다.

"올해는 아주 긴 한 해가 될 것 같은 예감이 드는군……." 교장이 중얼거린다.

예아네테는 그의 뒤에 서서 호기심을 감추지 못한다.

"안녕하세요!" 그녀가 인사를 건넨다.

문 앞에 서 있던 남자는 미소를 짓는다.

"제가…… 제가 오늘부터 여기서 근무하는 거 맞습니까?" 그가 묻는다.

"그래요! 새로 부임한 철학 겸 역사 선생이로군!" 교장은 외치고 책꽂이에서 서류를 몇 장 집어 들고는 이렇게 덧붙인다.

"거기다 수학, 과학…… 프랑스어까지? 프랑스어도 할 줄 아시나?"

문 앞에 서 있던 남자 교사는 반박하려는 태세를 보이지만 예아네테가 미소와 함께 그냥 맞장구치라는 제스처를 보인다. 교장은 책과 서류 더미를 그의 품에 안긴다.

"그럼 이제 그만 가보게! 시간표는 맨 위에 있네!"

교사는 고맙다고 인사하고 발걸음을 옮긴다. 교장은 멀어져가는 그를 지켜보다가 한숨을 쉰다.

"이제 막 자격증을 딴 새내기야. 자의로 우리 학교에 부임해주었으니 기뻐해야겠지만 오, 주여. 저 선생이 몇 살쯤 되어 보이나, 예아네테?"

"스물다섯? 아니면 스물여섯요." 예아네테는 추측한다.

"그리고 생김새도 봤지."

"전 아무것도 모르겠던데요." 예아네테는 무표정하다.

"학교가 호르몬으로 들끓는 이 마당에 우라질 보이밴드 멤버처럼 생긴 교사를 채용하다니! 여학생 절반을 가둬두어야 할 거야." 교장은 중얼거린다.

"그리고 여교사들도요." 예아네테는 들릴락 말락 하게 기침을 한다.

"뭐라고?" 교장이 묻는다.

"뭐가요?" 예아네테는 아무것도 모르는 척 반문한다.

"방금 전에 뭐라고 하지 않았나?"

"아뇨! 저는 이제 수업이 있어서요!"

교장은 우울한 목소리로 중얼거린다.

"무술을 가르친다고 포스터 한 장은 붙여도 좋아. *한 장*이야, 예아네테!"

예아네테는 고개를 끄덕이고 복도로 나선다. 포스터를 네 장 붙이고 신임 교사를 따라서 복도를 걸어가며 그의 엉덩이를 감상한다.

신임 교사가 칠판 앞에 서서 뭔가를 쓰는 동안 학생들이 삼삼오오 교실로 쏟아져 들어온다. 종이 울리지만 의자를 끌고 가방을 바닥에 떨어뜨리는 소리와 여름 동안 있었던 일들과 방금 전에 복도에서 벌어진 몸싸움을 놓고 신나게 재잘거리는 소리에 묻혀서 거의 들리지 않는다.

벤이가 맨 마지막으로 들어오지만 거의 아무도 아랑곳하지 않는다. 머리칼은 여전히 산발이고 어두컴컴한 방 안에서 바지를 입기라도 한 듯 데님 셔츠는 반만 쑤셔 넣었다. 얼마 전에 베어타운과 헤드 사이에 있는 어느 캠핑장의 통나무집에서 니체와 시원한 맥주와 따뜻한 손길로 가득한 밤을 보내고 일어났을 때와 똑같다.

다른 학생들은 친구들이나 자기 자신에게 정신이 팔려서 문 쪽으로 몸을 돌린 신임 교사가 숨을 멈추는 걸 알아차리지 못한다. 벤이는 쉽게 놀라지 않는 아이지만 걸음을 멈추고 충격으로 쿵쾅거리는 심장을 달랜다.

그 교사는 그날 밤에 입었던 그 파란색 폴로셔츠를 입고 있다.

20

네 신발에 셰이빙 크림을

사람들을 챙긴다는 건 힘든 일이다. 사실 감정이입이란 게 복잡한 것이기 때문에 피곤할 수밖에 없다. 감정이입을 하려면 모든 사람의 삶도 끊임없이 현재 진행형이라는 사실을 인정해야 한다. 그 모든 걸 감당하기가 너무 버거워지더라도 정지 버튼을 누를 방법이 없지만 생각해보면 남들도 마찬가지다.

수업이 끝나자 학생들은 늘 그렇듯 불이라도 난 것처럼 밖으로 뛰쳐나간다. 벤이는 어쩌다보니 맨 마지막까지 교실에 남지만 그는 태연한 척하는 데 일가견이 있다. 교사가 안절부절못하고 진땀을 흘리는 바람에 파란색 폴로셔츠 옷깃이 군데군데 축축해진다.

"네가…… 네가 아직 학생인 줄 몰랐다, 벤야민. 알았다면…… 그렇게 어린 줄 몰랐거든. 그건…… 실수였어! 내가 이러다 잘릴 수도 있어. 같이 자면 안 되는 거였는데…… 내가 원래는…… 너는 그냥…… 그냥……."

벤이는 그에게 다가간다. 교사는 손을 떨고 있다.

"그냥 실수였다는 거죠? 나는 그냥 실수였다는 거죠?" 벤이가 그를 대신해서 말문을 맺는다.

교사는 눈을 감고 하릴없이 고개를 끄덕인다. 벤이는 잠깐 동안 그의 입술을 빤히 쳐다본다. 교사가 다시 눈을 떠보니 벤이는 이미 사라지고 없다.

보보는 늘 그렇듯 학교가 끝나자마자 집으로 가서 방에 가방을 던져 넣고 옷을 갈아입고 아버지 갈텐을 도우러 정비소로 나간다. 평소와 똑같다. 하지만 오늘은 보보가 아니라 갈텐이 계속 시계를 흘끗거린다.

"됐다, 보보. 이제 그만 가라!" 시간이 되자 그의 아버지가 외친다.

보보는 안도의 한숨을 쉬며 고개를 끄덕이고 작업복을 벗는다. 갈텐은 아들의 작업복이 너무 작아진 걸 알아차린다. 보보가 하키 장비를 가지러 간 동안 갈텐은 아무 말도 하지 않고 한참을 망설인다. 그가 얼마나 기대하고 있는지 아들에게 보이고 싶지 않기 때문이다. 아버지의 바람은 아들을 쉽게 질식시킬 수 있다. 하지만 그는 참지 못하고 결국 말문을 연다.

"떨리냐?"

바보 같은 질문이다. 보보는 하도 긴장을 해서 기절하기 직전이다. 오늘은 A팀과 처음으로 훈련하는 날이고 그는 열여덟 살이며 아이들이 성인이 되었을 때 그걸 실감할 수 있는 스포츠가 하키다. 아들은 고개를 젓지만 눈빛은 그렇다고 얘기하고 있다. 그의 아버지는 씩 웃는다.

"고개 숙이고 입도 벙긋하지 않으면 된다. 최선을 다하고. 그리고 좋아하는 신발 신고 가지 말고."

보보는 어렸을 때부터 무슨 뜻인지 모르겠는 말을 들었을 때 내던 소리를 낸다.

"에?"

"네가 샤워하는 동안 A팀의 고참 선수들이 네 신발에 셰이빙 크림을 잔뜩 담아놓을 테니까. 처음에는 그 선수들이 죽도록 괴롭히겠지만 받아들여야 해. 너를 존중한다는 신호거든. 그들이 너를 건드리지 않으면 걱정해야 해. 네가 팀에서 쫓겨날 선수라는 걸 안다는 뜻이니까."

보보는 고개를 끄덕인다. 갈텐은 그의 어깨를 두드릴 듯한 눈치를 보이다 그 대신 그의 뒤편 벤치에 놓인 공구 쪽으로 손을 뻗는다. 보보가 신발을 갈아 신으려고 몸을 돌린 순간 갈텐이 헛기침을 한다.

"오늘 도와줘서 고맙다."

보보는 뭐라고 하면 좋을지 알지 못한다. 그는 날마다 정비소 일을 거들고 있지만 아버지는 지금까지 한 번도 고맙다고 얘기한 적이 없다. 하지만 오늘은 계속 말을 잇는다.

"네 인생이 지금보다 간단하면 얼마나 좋을까. 학교와 하키와 여자친구와 친구들 걱정만 할 수 있다면. 정비소 일까지 도우려니 힘들겠지. 게다가 엄마도 그렇고 해서……."

그는 말끝을 흐린다. 보보는 말문을 대신 맺지 않는다. 그냥 이렇게 얘기한다.

"괜찮아요, 아빠."

"네가 우라지게 자랑스럽다." 갈텐은 포드의 보닛 아래를 내려다보며 얘기한다.

보보는 가서 헌 신발을 챙긴다.

아맛은 로커룸에서 가장 덩치가 작다. 그런데도 지금보다 더 작아지려고 기를 쓰고 있다. 고참 선수들이 어떤 눈빛으로 그를 쳐다보는지 느껴지고 그의 존재를 못마땅하게 여긴다는 걸 알겠다. 그의 옆에 앉아 있는 보보는 덩치가 커서 더 문제다. 여름에 구단이 문을 닫기 직전이었을 때 다른 팀을 찾지 못한 것도 모자라 이제는 청소년들에게 자리를 빼앗길지 모를 위기에 처한 고참 선수들이 당장 그를 표적으로 삼는다. 심각한 건 아니라 어깨로 치거나 바닥에 놓인 그의 장비를 실수인 척 차서 멀리 날리는 식이다. 그들이 요란하게 우스갯소리를 주고받기 시작하자 보보는 재미있는 대사를 날리려고 필사적으로 애를 쓴다. 인정받으려고 너무 열심히 노력하는 티가 나서 오히려 역효과를 낳는다. 아맛은 조용히 있으라는 뜻에서 팔꿈치로 그를 찔러보지만 보보가 너무 열심이다. 고참 선수 중 한 명이 툴툴거린다.

"그러니까 이제 여자 코치가 부임한다고? 단장님이 찾을 수 있는 홍보 방식이 이것밖에 없었을까? 우리가 결국 정치적인 제스처로 전락하는 건가?"

"그 여자가 실력으로 이 자리를 따냈을 리 없어. 이런 식으로 할당량을 채우는 거지!" 다른 선수가 쏘아붙인다.

"코치가 레즈비언이라는 소문 들으셨어요?" 보보가 너무 우렁차다 싶은 목소리로 불쑥 묻는다.

다른 선수들은 그의 말을 못 들은 척한다. 하지만 그중 한 명이 이렇게 얘기한다.

"분명 깔보일 거야. 딱 보면 알 수 있잖아."

"에? 깔보가 뭐예요? 아, 잠깐…… 알겠다! 레즈비언이라는 뜻이죠? 알겠어요!" 보보는 날카롭게 외친다.

아무도 반응하지 않는다. 다른 선수들은 계속 말을 잇는다.

"하키단은 그냥 하키단이면 안 되나? 왜 모든 게 정치적이어야 하느냔 말이지. 좀 있으면 셔츠에 곰 대신 우라질 무지개가 등장하겠어!"

번개에 맞기라도 한 것처럼 보보가 외친다.

"그리고 우리한테는 예를 들면 발레리나 투투를 입고 경기를 하라고 하고요!"

그는 일어나서 어설프게 피루엣을 시도하다가 벤치에 부딪치는 바람에 균형을 잃고 두 하키 가방 위로 벌러덩 넘어진다. 그러자 뜻밖의 일이 벌어진다. 고참 선수 두어 명이 웃음을 터뜨린 것이다. 재미있어서 웃은 것이라기보다 비웃은 것이지만, 시선이 쏠리자 그는 그들의 관심에 게걸스럽게 반응한다. 그가 일어나서 다시 한번 피루엣을 시도하자 고참 선수 하나가 짐짓 진지하게 묻는다.

"너 이름이 보보지?"

"네!" 보보는 열심히 고개를 끄덕인다.

다른 선수들은 그가 아이를 골탕 먹이려고 한다는 걸 알기에 기대하는 표정으로 씩 웃는다.

"그 여자한테 네 거시기를 보여줘야겠다." 그가 얘기한다.

"에?" 보보는 반문한다.

고참 선수는 대놓고 그를 손가락질한다.

"신임 코치 말이야. 레즈비언이라며. 그 여자한테 네 거시기를 보여줘! 뭘 놓치면서 살고 있는지 알 수 있게."

"우리에 갇혀 있던 아나콘다를 풀어줘, 보보! 너 겁쟁이 아니지, 그렇지?" 다른 선수가 외치자 그가 멀리뛰기를 준비하고 있기라도 한 듯 다들 한목소리로 함성을 지른다.

"하지만 코치님이…… 코치님이…… 화를 내지 않을까요?" 보보는 당황스러워한다.

"네가 유머 감각을 제대로 갖추었다고 생각할 거야!" 다른 선수가 얼른 대답한다.

지난 뒤에는 미친 짓이었다고 쉽게 단정 지을 수 있을지 몰라도 열여덟 살 때는 장성한 남자들이 응원하는 분위기로 돌변한 로커룸에서 가장 내뱉기 힘든 단어가 '싫다'는 것이다.

그래서 엘리사베트 사켈이 복도를 지날 때 보보는 실오라기 하나 걸치지 않은 몸으로 로커룸에서 뛰쳐나간다. 그는 그녀가 충격을 받을 거라고 생각한다. 적어도 펄쩍 뛸 거라고 생각한다. 그런데 그녀는 눈 하나 깜빡하지 않는다.

"왜?" 그녀가 묻는다.

보보는 몸을 꼰다.

"제가…… 아니…… 저희가 듣기로 코치님이 레즈비언이라길래…… 제가……."

"코치님이 뭘 놓치면서 살고 있는지 알 수 있게 보보가 자기 거시기를 보여드려야겠다고 했어요!!!" 누군가가 로커룸에서 외치자 이십여 명의 선수들이 히스테리 환자처럼 킬킬대고 웃는다.

사켈은 두 손을 무릎에 얹고 관심을 보이며 보보의 사타구니 쪽으로 몸을 구부린다.

"저거야?" 그녀는 손가락으로 가리키며 신기한 듯이 묻는다.

"에?" 보보는 되묻는다.

"네가 말하는 거시기가 저거냐고. 와우. 나는 클리토리스가 그거보다 더 큰 여자들도 본 적 있는데."

그러더니 그녀는 몸을 돌려서 더 이상 아무 말 없이 빙판 쪽으로 걸음을 옮긴다. 보보는 온몸이 시뻘게진 채 로커룸으로 들어간다.

"뭐…… 코치님이 알았다고 했어요…… 클리토리스가 이만큼 클 수는 없지 않아요? 아니…… 클리토리스 크기가 얼마만 해요? 대충?"

로커룸이 웃음소리로 들썩인다. 재미있어하는 게 아니라 그를 비웃는 거다. 그래도 보보는 계속 겸연쩍은 미소를 짓는다. 어떤 관심이든 받기만 하면 인정을 받는 것처럼 느껴질 때도 있기 때문이다.

아맛은 장비를 입은 채 꼼지락거리며 보보를 쳐다본다. 벌써부터 불길한 예감이 느껴진다.

연습이 시작되자 선수들은 노골적으로 거만한 분위기를 풍기며 어슬렁어슬렁 센터 서클 주변으로 모인다. 엘리사베트 사켈을 향한 불만을 그런 식으로 표출한다. 그녀는 전혀 알아차리지 못한 듯 양동이 여섯 개를 겨드랑이께에 들고 나온다.

"너희 베어타운 사람들은 뭘 잘하니?"

아무도 대답을 하지 않자 그녀는 어깨를 으쓱한다.

"나는 지난 시즌 경기를 전부 봤기 때문에 너희가 제대로 할 줄 아는 게 거의 아무것도 없다는 걸 알아. 그래서 너희가 뭘 잘하는지 알면 도움이 될 것 같다만."

누군가가 농담이랍시고 "술 마시고 떡 치는 거"라고 중얼거리지만 나머지 선수들은 조용히 앓는 소리를 내고 그만이다. 하지만 잠시 후에 누군가가 느닷없이 폭소를 터뜨리는데, 그 농담이 아니라 사켈 뒤편의 빙판 위에서 벌어진 광경을 보고 웃는 거다. 구십 킬로그램이 넘는 보보가 피겨스케이트팀 창고에서 슬쩍한 치마를 입고 벤치에서 스케이트를 지치며 나오고 있다. 그가 연속 삼 회전에 성공하자 센터서클에 있던 다른 선수들이 박수갈채를 터뜨리고 환호성을 지른다. 엘리사베트 사켈은 그들이 이제는 보보가 아니라 그녀를 비웃고 있는데도 가만히 두고 본다.

하지만 보보가 네 번째 피루엣을 반쯤 돌았을 때 박수갈채가 갑자기 멈추고, 뭐가 그를 맞혔는지 미처 알아차리지도 못한 상태에서 온 사방이 어두컴컴해진다. 눈을 떠보니 그는 빙판에 누워 있고 숨을 거의 쉴 수가 없는데 엘리사베스 사켈이 무표정한 얼굴로 그의 위로 몸을 숙이고 있다.

"왜 아무도 너한테 스케이트 타는 법을 제대로 가르쳐주지 않았지?"

"에?"

"방금 전에 대책 없이 나동그라지던데 나는 네가 보닛에 박힌 도끼를 뽑는 걸 봤거든. 만약 네가 스케이트만 제대로 탈 줄 알았다면 내가 그렇게 쉽게 쓰러뜨리지 못했을 거야. 네가 아무짝에도 쓸모없는 하키 선수가 되지도 않았을 거고. 그런데 왜 아무도 너한테 스케이트 타는 법을 제대로 가르쳐주지 않았지?"

"그…… 글쎄요." 보보는 태클을 당한 게 아니라 차에 치인 것처럼 욱신거리는 가슴을 달래며 드러누운 채 숨을 헐떡인다.

"너희 베어타운 사람들은 뭘 잘하니?" 사켈은 심각하게 묻는다.

보보가 아무 대답도 하지 않자 사켈은 포기하고 다시 센터 서클로 돌아간다. 하지만 보보는 빙판에서 엉금엉금 일어나 치마를 벗고 화가 난 동시에 자존심에 상처를 입은 목소리로 얘기한다.

"성실한 거요! 우리 베어타운 사람들은 성실하게 일을 잘해요. 이 마을을 놓고 별 개떡 같은 소리를 늘어놓을 수 있을지 몰라도 우리가 성실한 게 뭔지는 알아요!"

고참 선수들은 꼼지락거린다. 하지만 아무도 반박하지 않는다. 그래서 엘리사베트 사켈은 이렇게 얘기한다.

"좋아! 그럼 그걸 우리의 승리 전략으로 삼자. 남들보다 열심히 노력하기로. 토가 나올 것 같으면 여기에다가 해. 단장님이 지저분한 걸 싫어한다고 하니 빙판 위에 토해놓으면 질색할 거다. 다들 스케이트를 신고 아이스링크를 세로로 달릴 줄은 알겠지?"

선수들이 요란하게 앓는 소리를 내자 그녀는 긍정의 뜻으로 해석하고 들고 온 양동이를 여기저기 배치한다. 고통스러운 체력 훈련이 이어진다. 스케이트를 타고 이 끝에서 저 끝까지 전력으로 질주하다가 구십 도로 방향을 홱 틀고 몸싸움을 벌이고 반복하고 반복하고 또 반복한다. 훈련이 끝났을 무렵 빈 양동이는 보이지 않는다. 끝까지 서 있는 단 한 명의 선수가 아맛이다.

처음에는 고참 선수들이 돌발적인 사고처럼 보이는 교묘한 농간으로 그를 저지하려고 했다. 구석에 몰아놓고 팔꿈치로 찍거나 그가 막 출발하려는 찰나에 옷을 잡아당기거나 스케이트로 그의 스케이트를 슬쩍 밀어서 균형을 잃게 했다. 대부분의 선수들이 그보다 몸무게가 이삼십 킬로그램 더 나갔으니 그에게 몸을 기대기만 해도 충분했다. 그들이 이러는 게 아맛의 잘못은 아니다. 그는 잘난 척하거나 관심을 모으려고 하지 않는다. 다만 실력이 너무 좋을 뿐이다. 그로 인해 느려 보이는 걸 그들 입장에서는 용납할 수가 없을 뿐이다. 그들은 몇 번이고 아맛의 발을 걸어서 넘어뜨리고 그는 몇 번이고 일어난다. 전보다 더 빠르게 스케이트를 타고 더 열심히 몸싸움을 벌이고 점점 더 내면으로 침잠한다. 눈빛이 점점 더 험악해진다.

아무도 몇 시가 됐는지 알지 못하고 엘리사베트 사켈은 훈련을 끝낼 기미를 보이지 않는다. 고참 선수들이 한 명씩 고꾸라지고 주저앉는다. 그들이 빙판을 내려다보아도 아맛은 계속 스케이트를 지친다. 사켈이 이 끝에서 저 끝까지 전력 질주하라고 몇 번을 시켜도 지칠 줄 모른다. 유니폼이 땀에 젖어서 시커먼 데도 쓰러지지 않는다. 보보는 거의 의식을 잃은 채 빙판에 드러누워서 긍지와 질투가 섞인 눈빛으로 반복하고 반복하고 또 반복하는 친구를 지켜본다.

아맛은 그 팀에서 가장 어리다. 훈련을 마친 뒤에 샤워를 하는데 허벅지 근육이 너무 심하게 후들거려서 제대로 몸을 가누기가 힘들 정도다. 수건을 허리춤에 두르고 간신히 로커룸으로 돌아가보니 신발 가득 셰이빙 크림이 들어 있다.

견딘 보람이 있다.

훈련이 끝나고 한참 뒤에 엘리사베트 사켈이 아이스링크를 가로질러서 걸어가는데 선수 한 명이 로커룸에 앉아 있다. 보보는 덩치가 젖소만 하지만 그런데도 겁에 질린 고슴도치만큼 작다. 아무도 셰이빙 크림을 채워주지 않은 신발을 바라보는 눈가가 촉촉하다. 그가 샤워장에서 나왔을 때 고참 선수들이 으르렁대며 한 얘기는 딱 하나였다. "체력 훈련 받게 해줘서 고맙다, 똥개 새끼야! '우리 베어타운 사람들은 성실하게 일을 잘해요?' 하키 코치한테 어쩌면 그렇게 황당한 소리를 할 수가 있냐?"

아맛이 위로하려고 했지만 보보는 웃어넘겼고 아맛은 너무 기진맥진해서 고집을 부릴 수가 없었다. 그와 다른 선수들이 떠난 뒤에도 보보는 온 세상을 통틀어 가장 작은 그 자리에 가만히 앉아 있다.

"나갈 때 불 꺼라." 사켈은 이런 감정적인 문제라면 소질이 없기에 이렇게 얘기한다.

"어떻게 하면 존경을 받을 수 있어요?" 보보는 코를 훌쩍이고 사켈은 불편해서 미칠 듯해 보인다.

"너…… 너 얼굴이 콧물 범벅이다." 그녀는 손으로 자기 얼굴을 가리키며 얘기한다.

보보는 얼굴을 닦고 사켈은 태아처럼 웅크리고 싶은 사람 같은 표정을 짓는다.

"저는 그들의 존경을 받고 싶어요! 제 신발에도 셰이빙 크림을 담아주었으면 좋겠어요!" 보보가 얘기한다.

사켈은 앓는 소리를 낸다.

"꼭 존경을 받지 않아도 돼. 그건 사람들이 생각하는 것만큼 중요한 일이 아니야."

보보는 입술을 씹는다.

"거시기 드러내서 죄송해요." 그는 속삭인다.

사켈은 애써 미소를 짓는다.

"네 변호를 하자면 별로 대단한 거시기도 아니었어." 그녀는 엄지와 검지를 쥐꼬리만큼 벌려서 어느 정도였는지 보여준다.

보보는 폭소를 터뜨린다. 사켈은 주머니에 손을 넣고 그에게 조용히 충고를 건넨다.

"쓸모 있는 팀원이 돼라, 보보. 그러면 그들에게 존경을 받을 수 있어."

그녀는 그의 추가 질문을 기다리지 않고 걸어가버린다. 보보는 밤새도록 뜬눈으로 지새우며 그게 무슨 뜻인지 고민할 것이다.

그는 아버지가 슬퍼하지 않도록 집으로 가는 길에 슈퍼마켓에 들러서 셰이빙 크림을 산다. 갈텐은 엉망이 된 신발이 현관에 놓여 있는 걸 보고 아들을 안아준다. 그건 자주 있는 일이 아니다.

21

땅바닥에 누워 있다

수네는 코로 힘겹게 숨을 쉬며 아이스링크를 가로질러서 천천히 걷는다. 코치 시절을 일 분 일 초라도 그리워하지 않은 적이 없지만 이제는 관중석으로 올라가는 것조차 버겁다. 거기에 몸을 담은 사람들이 점점 나이를 먹는 동안 하키는 점점 젊어지고 쓸모가 다하면 우리를 아무 미련 없이 버린다. 그런 식으로 새로운 세대를 위해 발전하고 살아 숨 쉰다.

"사켈!" 수네는 그의 후임으로 부임한 여자가 보이자 숨을 헐떡이며 이름을 부른다.

"네?" 그녀는 로커룸으로 걸어가며 묻는다.

"오늘 훈련은 느낌이 어땠나?"

"'느낌'요?" 사켈은 그 단어가 외국어라도 되는 듯 묻는다.

수네는 벽에 기대고 힘없이 미소를 짓는다.

"그러니까…… 이 마을에서는 하키를 가르치기가 만만치 않거든. 가뜩이나 자네는…… 알잖아."

그가 하려던 말은 '여자라서'다. 그래서 사켈은 대답한다.

"하키를 가르치는 건 어디에서든 만만치 않아요."

수네는 서글픈 표정으로 고개를 끄덕인다.

"선수 한 명이 자기…… 성기를 드러냈다고 하던데……."

"거의요." 사켈은 대꾸한다.

수네는 어색하게 헛기침을 한다.

"성기를 거의 드러낼 뻔했다고?"

"거의 성기라고 볼 수도 없었다고요." 사켈은 바로잡는다.

"아, 그야…… 자네도 알다시피 남자들이 어떨 때는……." 수네는 자기 무릎을 내려다보며 중얼거린다.

사켈은 짜증난 표정이다.

"어떤 선수가 성기를 드러냈다는 걸 어떻게 알았어요?"

수네는 성기 때문에 그녀가 마음이 상한 걸로 오해한다.

"원하면 내가 애들한테 얘기할 수 있어. 자네가 기분 나빠하는 건 이해해. 하지만……."

"내 선수들한테 왜 다른 사람이 얘기해요? 내 선수들한테는 내가 얘기해요. 그리고 기분 나빴는지 안 나빴는지 결정하는 사람은 나예요."

수네는 한쪽 눈썹을 추켜세운다.

"기분 나빠하는 경우가 별로 없는 모양이로구먼?"

"기분이 나쁘다는 건 감정이잖아요."

사켈은 무슨 공구 얘기하듯 감정이라는 단어를 내뱉는다. 수네는 주머니에 손을 넣고 중얼거린다.

"베어타운에서는 코치 노릇하기가 쉽지 않아. 가뜩이나 상황이 안 좋아지기 시작할 때는. 내 말 믿어도 좋아, 자네가 오기 전까지 내가 평생 그 일을 했으니까. 그리고 이 마을에는…… 자네 같은 코치를 좋아하지 않을 사람들도 있거든."

노인은 여자의 눈을 깊이 들여다보고 예나 지금이나 그에게는 없는 특징을 그 눈빛에서 발견한다. 신경 쓰지 않는다는 거다. 수네는 속으로 항상 신경을 썼다. 그는 선수와 응원단과 베어타운의 남녀노소가 그를 좋아해주길 바랐다. 온 마을이 그를 좋아해주길 바랐다. 하지만 엘리사베트 사켈은 입방아를 두려워하지 않는다. 성공적인 코치라면 누구나 아는 사실을 알고 있기 때문이다. 이기면 사람들이 좋아해준다는 것을 말이다.

"먹을 것 좀 가지고 올게요." 그녀는 다정하지도 않고 퉁명스럽지도 않은 목소리로 이렇게 얘기한다.

수네는 고개를 끄덕인다. 다시 미소를 짓는다. 그녀에게 마지막으로 생각할 거리를 남긴다.

"우리 집 마당에서 퍽을 날리던 그 알리시아라는 꼬맹이 기억하나? 오늘 아이스링크에 일곱 번이나 왔어. A팀 훈련을 보려고 유치원에서 도망쳤지. 내가 데려다놓으면 다시 도망치고. 가을 내내 계속 그럴 거야."

"어린애를 가두어놓을 수도 있어요?" 사켈은 수네가 어떤 의도로 꺼낸 얘기인지 이해하지 못한 눈치를 보이며 이렇게 묻는다. 수네는 쉽게 설명한다.

"애들은 어렸을 때 접한 모든 걸 당연시 여기게 되어 있어. 오늘 자네가 A팀을 가르치는 걸 보았으니 알리시아는 앞으로 여자도 당연히 그럴 수 있다고 생각하겠지. 그 아이가 A팀에서 뛸 만한 나이가 되면 여자 하키 코치는 없을지 몰라. 그냥…… 하키 코치라면 모를까."

수네에게는 의미 있는 일이다. 아주 의미 있는 일이다. 엘리사베트 사켈에게도 의미 있는 일인지 모르겠고 솔직히 그런 것 같아 보이지는 않는다. 그녀는 가서 먹을 걸 가지고 오고 싶어 하는 것 같아 보일 뿐이다. 그런데 허기도 감정이다.

사켈은 문 밖으로 나서기 전에 중요하게 생각하는 문제가 떠오르자 눈빛을 번뜩이며 수네에게 묻는다.

"골키퍼는 어떻게 되고 있어요? 그 비다르라는 아이 말이에요."

"그 아이 형하고 얘기해볼게." 수네는 약속한다.

"단장님은 벤야민 오비크의 누나들하고 얘기해보겠다고 약속하지 않았나요?" 사켈은 의아해한다.

"그랬지?" 수네는 놀란 목소리로 묻는다.

"그런데 벤야민이 왜 오늘 훈련에 참석하지 않았죠?"

"그 녀석이 안 왔다고?" 수네는 큰 소리로 묻는다.

그는 벤이가 훈련에 참석하지 않았을 수도 있다는 생각은 해본 적이 없었다. 아이들만 뭔가를 당연시 여기는 게 아니다.

캠핑장의 통나무집에 파란색 폴로셔츠를 입은 남자가 앉아 있다. 몇 년 동안의 연수를 거쳐 아이들을 가르치게 됐으니 수업 준비를 해야 하는데 아무것도 할 수가 없다. 그는 철학책을 앞 테이블에 펼쳐 놓고 조그만 부엌에 앉아서 창밖을 내다보며 슬픈 눈빛과 거친 영혼의 소유자가 등장하길 바란다. 하지만 벤이는 오지 않는다. 그는 길을

잃었다. 오늘 선생님이 그의 눈을 똑바로 쳐다보며 그라는 존재가 실수였다고 했다. 실수는 자기가 저질러놓고.

이 마을의 모든 사람들이 벤이를 위험인물로 간주하는 이유는 그가 덤빌 때 온 힘을 싣기 때문이다. 하지만 그는 모든 걸 항상 있는 힘껏 공격하고 있는 힘껏 때린다는 걸 알아차린 사람은 거의 없는 듯하다. 그의 심장도 거기에 포함된다는 걸 말이다.

오비크의 집에서 셋째 누나 가비가 벤이의 방으로 들어간다. 그녀의 두 아이가 레고를 온 바닥에 흩뿌려놓고 놀고 있다. 가비는 남동생을 놓고 모진 소리를 수도 없이 할 수 있지만 세상에 이보다 더 좋은 삼촌은 없다. 그녀의 아이들은 나중에 자라면 외할머니 집의 이 방이, 여기 이 삼촌 방이 온 우주를 통틀어 가장 아무 걱정 없는 공간이었다고 얘기할 것이다. 삼촌이 모든 사람과 모든 것들로부터 보호해주었기 때문에 여기에서는 어떤 나쁜 일도 벌어질 수 없었고 어느 누구도 감히 그들을 건드릴 수 없었다고 얘기할 것이다. 한번은 한 아이가 가비에게 이렇게 얘기한 적도 있다. “엄마! 벤이 삼촌 옷장에는 귀신이 있는데 삼촌이 무서워서 거기 숨은 거래요!”

가비가 웃으며 밖으로 나가려는 순간 어떤 생각 하나가 그녀의 머리를 강타한다. 그녀는 다시 몸을 돌려서 아이들에게 묻는다.

“레고 어디서 났니?”

“선물 속에 들어 있었어요.” 아이들이 태평하게 대답한다.

“무슨 선물?”

아이들은 도둑으로 몰리기라도 한 듯 방어 태세로 돌입한다.

"벤이 삼촌 침대 위에 놓여 있던 선물요! 우리 이름이 적혀 있었어요, 엄마! 우리한테 준 선물이었어요!"

초인종이 울린다. 가비는 걸어 나가지 않는다. 달려 나간다.

큰누나 아드리가 문을 연다. 벤이와 한 팀에서 뛰는 아맛이 문 앞에 서 있다. 아이는 별 생각이 없다가 아드리가 걱정하는 걸 보고 걱정하기 시작한다. 그녀는 순식간에 모든 사태를 파악한다.

"벤이 선배 집에 있어요?" 아맛은 묻지만 이미 답을 알고 있다.

"젠장……." 아드리는 대답한다.

가비가 고함을 지르며 현관 앞으로 달려 나온다.

"벤이가 애들한테 선물을 남겼어!"

아맛은 신경질적으로 헛기침을 한다.

"선배가 훈련하는 데 오지 않아서요. 어디 아픈 건 아닌지 확인하러 왔어요!"

하지만 아드리는 듣지 않는다. 일찌감치 그를 지나쳐 숲을 향해 달린다.

벤이는 가끔 훈련에 빠진 적이 있지만 시즌 첫날에는 빠진 적이 없었다. 두 발은 절실하게 빙판으로 돌아가고 싶어 하고, 두 손은 스틱을, 머리는 빙판을 가르며 질주하는 기분을 그리워한다. 베어타운의 첫 상대가 헤드인 이때, 그가 빙판으로 나설 수 있는 기회를 놓칠 리 없다. 뭔가 문제가 생긴 거다.

라모나는 늘 그렇듯 감정의 동요를 최대한 자제하며 카운터 뒤에 서 있다. 그녀는 이 마을이 꽃을 피우는 것을 본 적이 있지만 최근 몇 년 동안에는 참패를 면치 못하고 있다. 베어타운 주민들은 일을 제대로 할 줄 알지만 일을 할 데가 없다. 싸움을 제대로 할 줄 알지만 싸워서 지킬 만한 게 없다.

크건 작건 모든 마을에서 딱 한 가지 장담할 수 있는 게 있다면 상심한 사람들이 있다는 것이다. 어떤 마을이건 상관없이 그냥 인생 자체에 인간이 녹다운될 수 있다. 이런 사태가 벌어지면 쉽게 술집을 찾는다. 그래서 술집들은 금세 슬픈 공간으로 전락할 수 있다. 달리 갈 데가 없는 사람은 잔을 조금 세다 싶게 부여잡을 수 있고, 추락하느라 지친 사람은 추락해봐야 거리가 얼마 되지도 않는 술병 밑바닥으로 피신할 수 있다.

라모나는 이곳을 들락거린 상처받기 쉬운 영혼들을 보았다. 새로 출발한 사람도 있고 주저앉은 사람도 있다. 일이 잘 풀린 사람도 있고 알란 오비크처럼 숲속으로 들어간 사람도 있다.

라모나는 나이를 먹을 만큼 먹었기에 일이 잘 풀리더라도 뛸 듯이 기뻐하지 않고 일이 안 풀리더라도 땅속으로 파고들어가지 않고, 지금 같은 가을에 하키단을 두고 비현실적인 기대를 품기가 얼마나 쉬운지도 안다. 스포츠는 현실이 아니고 현실이 지옥 같으면 동화 같은 이야기가 필요해진다. 한 분야에서 최고가 되면 모든 게 좋은 쪽으로 분위기가 달라지지 않을까 하는 생각이 들기 때문이다.

하지만 라모나는 잘 모르겠다. 상황이 호전된다는 게 가능한 얘길까? 그냥 익숙해지는 건 아닐까?

알란 오비크는 엽총을 들고 숲으로 떠나기 전에 맨 마지막으로 아이들 침대 위에 선물을 올려놓았다. 왜 그랬는지 도무지 알 도리가 없지만 아이들이 그를 그런 식으로 기억해주길 바랐던 것일 수도 있겠다. 그런 다음 그가 그들을 버리고 그냥 사라져버렸다고 믿을 수 있을 만큼 숲속 깊숙이 들어갔다. 아버지가 일급비밀 임무를 수행하러 떠난 첩보원 아니면 우주로 떠난 우주 비행사라고 상상할 수 있게 말이다. 어쩌면 그는 그 모든 것에도 불구하고 아이들이 정상적인 어린 시절을 보낼 수 있길 바랐을지 모른다.

현실은 그의 바람대로 되지 않았다. 첫째인 아드리는 그의 행방을 무슨 수로 알아냈는지 죽을 때까지 설명하지 못할 것이다. 그냥 어디로 갔을지 느낌이 왔다. 어쩌면 그래서 개들이 그녀를 좋아하는 것일 수도 있다. 보통 사람들과 다르게 예민하기 때문에. 그녀는 숲속을 헤치며 "아빠!" 하고 외치지 않았다. 사냥꾼의 아이들은 그러지 않는다. 그들은 숲속의 모든 남자가 누군가의 아빠이기 때문에 자기 아빠를 찾고 싶으면 아무 관계 없는 사람인 양 그의 이름을 불러야 한다는 걸 안다. 아드리는 알란의 무언가를 물려받았기에 절대 아무 관계 없는 사람이 될 수 없었다. 그녀가 그를 찾을 수 없었다면 그는 그렇게 숲속 깊숙이 들어가지 못했을 것이다.

술집은 우울한 곳이 될 수 있다. 살다보면 대체로 축하할 일보다 슬퍼할 일이 더 많고 결혼식장에서 건배할 일보다 장례식장에서 술잔을 기울일 일이 더 많기 때문이다. 하지만 라모나는 술집이 가끔 다른 게 될 수도 있다는 걸 안다. 가슴에 얹고 다니던 돌덩이에 난 작은 균열이 될 수 있다는 걸 안다. 술집이 지구상에서 가장 훌륭한 공간이 될 필요는 없지만 가장 끔찍한 공간이 될 필요도 없다.

지난 몇 주 동안은 소문이 난무했다. 공장이 매각될 거라고, 베어타운이 지금까지 겪은 수많은 좌절에 비추어보건대 그것이 파산을 의미할 수 있다고 했다. 냉소적인 태도라고 낙인을 찍기는 쉽지만 냉소주의도 너무 실망을 자주하다보면 나타나는 화학반응일 뿐이다. 이제는 베어타운의 젊은 사람들만 실업을 운운하는 게 아니라 모두들 걱정하고 있다. 조그만 지역사회에서 회사가 없어지는 건 천재지변이고 내가 아는 사람을 거쳐 결국에는 나한테까지 그 여파가 미친다.

그리고 그 지역사회 주민들이 정치인들은 헤드에만 모든 지원을 집중하고 베어타운은 다음 세대까지 명맥을 유지하거나 말거나 신경도 쓰지 않는다고 계속 똑같은 말을 반복하면 피해망상으로 낙인을 찍기는 쉽다. 하지만 우려가 사실로 입증이 되어야 피해망상이 아니라는 걸 입증할 수 있다는 것이 피해망상의 가장 끔찍한 특징이다.

부모의 품을 절대 벗어나지 못한 채 그들의 나침반을 따라가고 그들의 눈을 통해 세상을 바라보는 아이들도 있다. 끔찍한 일이 벌어지면 대부분의 사람들은 파도로 변하지만 바위로 변하는 사람들도 있다. 파도는 바람이 불면 이리저리 흔들리지만 바위는 꼼짝 않고 견디

며 폭풍이 지나가길 기다린다.

아드리는 어린 나이였지만 아버지한테서 엽총을 치우고 그루터기에 앉아서 그의 손을 잡았다. 충격 때문이었겠지만 아버지와 자기 자신에게 의식적으로 작별 인사를 한 것일 수도 있었다. 그녀는 그 뒤로 달라졌다. 그녀는 그루터기에서 일어나 숲을 헤치고 다시 베어타운으로 돌아갔을 때 겁에 질린 목소리로 도와달라고 소리를 지르지 않았고, 그의 시신을 옮길 수 있게 가장 실력이 좋고 힘이 센 사냥꾼들의 집을 골라서 찾아갔다. 어머니가 현관 앞에서 비명을 지르며 쓰러졌을 때 아드리가 그녀를 붙잡을 수 있었던 것도 이미 울 만큼 울었기 때문이었다. 그녀는 바위가 될 준비가 되어 있었다. 그리고 그 뒤로 바위처럼 지냈다.

카시아와 가비는 어머니를 닮았지만 아드리와 벤이는 알란 오비크의 자식이었다. 분쟁을 일으키고 싸움터를 찾아다녔다. 그래서 아드리는 숲으로 남동생을 찾으러 나설 때마다 그의 몸속에 자석이 들어 있기라도 한 듯 그를 찾을 수 있을 거라고 확신한다. 그녀가 두려워하는 건 그게 아니다. 그녀가 매번 두려워하는 것은 그가 죽었을지 모른다는 거다. 남동생들은 자기 때문에 누나들이 어떤 고초를 겪는지 절대 모른다. 불안한 눈빛을 애써 감추고 다른 말로 정말 하고 싶은 말을 덮으며 밤에는 총기 보관함 열쇠를 베개 밑에 숨겨놓고 잔다는 걸 모른다.

벤이는 나무에 앉아 있지 않다. 땅바닥에 누워 있다.

엘리사베트 사켈은 펠센을 찾는다. 저녁 시간이 한참 지났지만 그녀가 구석 자리에 앉자 라모나가 묻지도 않은 감자튀김을 큼지막한 접시에 담아서 들고 간다.

"고맙습니다." 코치는 인사한다.

"자네 같은 채식주의자들이 감자 말고 또 뭘 먹는지 몰라서. 하지만 이 주변 숲속에서 버섯이 자라거든. 조만간 나올 때가 됐어!" 라모나는 대꾸한다.

사켈은 그녀를 올려다본다. 라모나는 진지한 표정으로 고개를 끄덕인다. 이 술집 주인도 감정 표현을 좋아하지 않지만 이렇게 그녀만의 방식으로 오랫동안 머물렀으면 좋겠다는 뜻을 코치에게 전한다.

벤이의 몸은 움직일 줄 모르고 눈을 뜨고 있지만 눈빛은 아득하다. 아드리는 어렸을 때 그루터기에 앉아서 잡은 아빠의 손이 어떤 느낌이었는지 아직도 기억한다. 얼마나 차가웠는지, 어떤 식으로 맥박이 느껴지지 않았는지 말이다.

누나는 조심스럽게, 살금살금, 아무 소리도 내지 않고 남동생 옆에 눕는다. 온기와 그 안의 심장박동을 느낄 수 있게 그의 손 위에 자기 손을 얹는다.

"너 때문에 제명에 못 죽겠다. 내가 찾으러 다닐 때는 절대 땅바닥에 누워 있지 마, 이 새대가리야!" 그녀는 속삭인다.

"미안." 벤이도 속삭인다.

그는 술에 취하지도 약에 취하지도 않았다. 오늘은 감정으로부터 도망치지 않았다. 그래서 더 걱정스럽다.

"무슨 일이야?"

여름의 마지막 햇살이 벤이의 속눈썹에 매달린 눈물에 맞고 튕겨져 나온다.

"아무것도 아니야. 그냥…… 실수였어."

아드리는 아무 대꾸도 하지 않는다. 그녀는 속상한 일이 생겼을 때 얘기를 들어주는 누나가 아니라 숲속에서 남동생을 집으로 데려다놓는 누나다. 그녀는 마을이 시작되는 곳에 가까워질 때까지 기다렸다가 얘기한다.

"새로 온 코치가 너한테 주장을 맡기고 싶대."

그녀는 벤이의 눈에서 오랫동안 보지 못했던 눈빛을 본다.

겁에 질린 눈빛을 본다.

사켈이 식사를 거의 마쳤을 때 라모나가 다시 그녀의 테이블을 찾아와서 맥주를 내려놓는다.

"단골손님이 사는 거야." 라모나가 얘기한다.

사켈은 바에 앉아 있는 다섯 명의 노인을 훑어본다.

"저분들이요?"

라모나는 고개를 젓는다.

"저 양반들 부인."

저쪽 구석에 다섯 명의 할머니가 앉아 있다. 머리 희끗희끗한 할머니들이 핸드백을 테이블에 올려놓고 쭈글쭈글한 손으로 맥주잔을 으스러져라 붙잡고 있다. 그중 일부는 아이들과 손자들이 공장에서 일을 하고 또 일부는 자기가 거기에서 일을 한다. 그들은 몸은 늙었을지 몰라도 새로 산 티셔츠를 입고 있다. 모두 같은 옷이다. 초록색이고 네 단어가 구호처럼 적혀 있다.

베어타운

대

나머지

전부

22
주장

베어타운에는 가을다운 가을이 없다. 겨울이 오기 전에 후딱 지나가는 시간일 뿐이다. 눈은 낙엽에게 평화롭게 썩어가는 여유조차 허락하지 않는다. 어둠이 순식간에 찾아들지만 그래도 지난 몇 개월 빛으로 가득했다. 싸워서 살아남은 구단. 걱정 말라며 네 살 반 된 아이의 어깨에 손을 얹는 어른. 단순한 스포츠가 아니었던 하키. 모르는 사람에게 건네진 맥주. 무슨 일이 있어도 함께 싸우자고 적힌 초록색 티셔츠. 어마어마하게 큰 꿈을 꾸었던 아이들. 대군을 결성한 친구들.

안타깝게도 몇 년 뒤에 우리는 그걸 기억하지 않을 것이다. 대부분은 이 몇 개월을 돌아보며…… 증오를 기억할 것이다. 좋든 싫든 우리는 그런 식이다. 항상 가장 끔찍했던 순간으로 각기 다른 시기를 규정한다. 그러기 때문에 우리는 서로를 증오했던 두 마을을 기억할 것이다. 이때 막 시작된 폭력을 기억할 것이다. 물론 그걸 두고 입방아를 찧지는 않을 것이다. 여기서는 그러지 않는다. 대신 그 중간에 열린 장례식에 대해 얘기할 필요가 없도록 이때 벌어졌던 하키 시합에 대해 얘기할 것이다.

어둠이 베어타운과 헤드의 위로 포근하게 내려앉았을 때 호리호리한 형체 하나가 숲을 가로지른다. 이제 추워지기 시작한 날씨가 낮에는 드러나지 않지만 밤에는 영하로 떨어진 기온이 햇빛 뒤편으로 숨지 않는다. 그 형체는 몸을 부르르 떨며 걸음을 재촉하는데, 몸에 열을 내기 위해서이기도 하지만 불안해서 그런 것이기도 하다.

헤드의 아이스링크에는 경보 장치가 없고 건물이 오래됐고 뒷문이 워낙 많아서 잠그는 걸 깜빡할 수 있다. 그 형체는 어떤 식으로 몰래 들어갈지 구체적으로 계획을 세워놓았다기보다 건물을 천천히 한 바퀴 돌며 문손잡이를 하나씩 돌려보아야겠다고 막연하게 생각하고 있다. 거기에서는 운이 따라주지 않지만 화장실 창문은 얘기가 다르다. 열두 살짜리 팔로 낼 수 있는 힘을 총동원해야 하지만 그는 어찌어찌 창문을 연다.

레오는 안으로 기어 올라가서 어둠 속을 달린다. 그는 헤드에서 원정 경기를 여러 번 했기 때문에 로커룸이 어딘지 안다. A팀은 개인 사물함이 있는데, 대부분의 선수들이 이름을 적지 않지만 그중 일부는 자기 이름을 워낙 사랑하다보니 꼭대기에 달린 라벨에 그걸 적을 수 있는 기회를 거부하지 못한다. 레오는 휴대전화에 내장된 손전등으로 빌리암 뤼트의 이름을 찾는다. 그런 다음 찾아온 목적을 실행에 옮긴다.

아드리, 카시아, 가비 오비크는 영업시간이 끝난 펠센의 문을 두드린다. 라모나가 "나 엽총 장전했다!"라고 고함을 지른다. 영업시간이 끝났음을 알리는 그녀만의 표현 방식이지만 오비크 자매는 그래도 안으로 들이닥치고 라모나는 그 셋을 한꺼번에 보고 화들짝 놀란다.

"내가 무슨 잘못을 저질렀길래 이래?" 그녀는 헐떡거리며 묻는다.

"아니에요. 부탁드릴 게 있어서요." 카시아가 얘기한다.

"아니라고?! 너희 셋이 한꺼번에 들어오면 이 할망구는 두들겨 맞겠구나 생각할 수밖에 없어. 세상에 그걸 모른단 말이야?" 라모나는 연극배우처럼 가슴을 움켜쥐며 징징거린다.

세 자매는 씩 웃는다. 라모나도 씩 웃는다. 그녀는 맥주와 위스키를 바에 꺼내고 애정 어린 손길로 그들의 뺨을 차례대로 토닥인다.

"오랜만이다. 이 마을에서 지내기에 아까운 미모는 지금도 여전하네."

"그런 식으로 아부해봐야 아무 소용 없어요." 아드리가 얘기한다.

"그래서 신이 우리한테 독한 술을 선물한 거 아니겠니." 라모나는 고개를 끄덕인다.

"어떻게 지내세요?" 가비가 묻는다.

라모나는 콧방귀를 뀐다.

"늙어가고 있어. 그게 얼마나 엿 같은 줄 아니? 허리는 아프고 눈은 가물가물하고. 죽는 건 상관없는데 이 늙어간다는 건 도대체 의미를 모르겠다."

세 자매는 미소를 짓는다. 라모나는 빈 잔을 쾅 소리 나게 내려놓고 말을 잇는다.

"그래서? 무슨 부탁인데?"

"일자리가 필요해요." 아드리가 얘기한다.

오비크 자매가 펠센에서 나와보니 남동생 벤야민이 벽에 기대고 서 있다. 아드리는 그의 손에 들린 담배를 쳐서 떨어뜨리고 카시아는 옷깃을 대충이나마 접어주고 가비는 손가락에 침을 묻혀서 그의 머리를 빗어 넘긴다. 그들은 한 문장으로 그를 욕하는 동시에 사랑한다고 얘기한다. 그들만이 할 수 있는 일이다. 그런 다음 그를 안으로 끌고 들어간다. 라모나가 카운터 뒤에 서서 기다리고 있다.

"누나들이 그러는데 너한테 일자리가 필요하다고?"

"그런가봐요." 벤이는 중얼거린다.

라모나의 눈에는 아들의 얼굴에서 알란 오비크의 눈빛이 확연하게 보인다.

"네가 가만히 있질 못해서 계속 바쁘게 움직여야 한다네? 술집 카운터 지키는 신세는 막을 수 없지만 적어도 어느 쪽을 지킬지는 단속해보겠다고. 나는 아드리한테 너에게 바를 맡기는 건 개한테 고깃덩어리를 맡기는 거랑 다름없다고 얘기했다만 말로 설득할 수 있는 아이가 아니라서. 그리고 카시아가 그러는데 걔가 일하는 헤드 술집에서 네가 바텐더로 일한 경험이 있다며? 그 빨갱이들이 라단이라고 부르는 거긴가?"

벤이는 고개를 끄덕인다. 라모나는 헤드 사람들을 '빨갱이들'이라고 부른다.

"제가 거기 토박이들하고…… 미적 감각 때문에 충돌을 일으킨 적이 있어서 이제는 거기 가면 찬밥 신세예요." 벤이가 설명한다.

라모나는 벤이의 소매를 걷어 올리지 않아도 그 아래에 곰 문신이 있다는 걸 안다. 그녀는 정도 이상으로 이 마을을 좋아하는 남자아이들에게 사족을 못 쓰는 성향이 있다.

"맥주를 쏟지 않고 따를 수 있니?"

"네."

"여기서 외상으로 해달라고 했다가는 어떻게 되게?"

"뺨을 한 대 맞지 않을까요?"

"합격이다!"

"고맙습니다."

"고마워할 것 없어. 네 누나들이 무서워서 이러는 거니까." 그녀는 콧방귀를 뀐다.

"제정신 박힌 사람이라면 그럴 수밖에 없죠." 벤이는 미소를 짓는다.

라모나는 벽에 달린 선반 쪽을 손짓한다.

"이 가게에 맥주는 두 종류, 위스키는 한 종류고 나머지는 대부분 장식이야. 너는 잔을 씻고 닦는 일을 해라. 그리고 싸움이 벌어지면 *절대* 개입하지 말고. 알겠니?"

벤이는 토를 달지 않는다. 조짐이 좋다. 그는 뒷마당에 몇 달 동안 방치돼 있던 나무와 깡통 더미를 치우는데, 황소처럼 힘이 세고 입을 다물 줄 안다. 라모나가 좋아하는 두 가지 성격을 갖춘 셈이다.

불을 끄고 가게 문을 잠글 때가 되자 그가 아파트로 올라가는 그녀를 부축해준다. 아직까지 온 사방이 남편 홀예르의 사진투성이다. 그와 베어타운 아이스하키, 그녀의 첫사랑과 두 번째 사랑, 초록색 깃발과 페넌트가 모든 벽에 걸려 있다.

"궁금한 거 있으면 지금 물어봐라." 라모나는 청년의 뺨을 토닥이며 따뜻하게 얘기한다.

"궁금한 거 없어요." 벤이는 거짓말을 한다.

"너희 아빠도 펠센에 자주 왔었는지 궁금해하고 있잖아. 바에 앉아 있곤 했는지…… 숲속으로 사라지기 전에 말이다."

벤이의 손이 청바지 주머니 속으로 사라지고 목소리에서 몇 년의 세월이 날아간다.

"아빠는 어떤 분이었어요?" 아이가 묻는다.

노파는 한숨을 쉰다.

"아주 훌륭한 사람은 아니었어. 아주 나쁜 사람도 아니었고."

벤이는 계단 쪽으로 몸을 돌린다.

"쓰레기 들고 나갈게요. 내일 저녁에 뵈어요."

라모나는 그의 손을 잡고 속삭인다.

"네 아빠처럼 될 필요는 없어, 벤야민. 네 눈은 아빠를 닮았지만 나는 네가 다른 사람이 될 수 있다고 본다."

벤이는 그녀의 앞에서 눈물을 흘린 것을 부끄러워하지 않는다.

다음 날 아침 일찍 엘리사베트 사켈은 페테르 안데르손의 사무실로 고개를 들이민다. 페테르는 에스프레소 기계와 씨름을 하고 있다. 사켈은 지켜본다. 페테르가 버튼을 누르자 기계 바닥에서 갈색 물이 뚝뚝 떨어진다. 페테르는 허둥지둥 모든 버튼을 일시에 누르는 동시에 물이 새는 기계 앞에 한 발로 서서 몸의 중심을 잡고 키친타월을 향해 손을 뻗는 곡예를 펼친다.

"그러면서 커피를 마시지 않는 나를 이상한 사람 취급한단 말이죠……." 사켈이 지적한다.

페테르는 사무실 청소를 현대무용의 시각에서 재해석한 동작을 계속 선보이며 고개를 들고 욕을 하는데, 사켈은 그걸 듣고 그가 평소에는 욕을 하지 않는 사람이라고 믿을 만한 이유를 얻는다.

"이…… 이게 염병…… 망……."

"나중에 다시 올까요?" 사켈이 묻는다.

"아냐, 아냐…… 나는…… 이 빌어먹을 기계는 끔찍한 악몽이나 다름없는데 딸한테 받은 선물이야!" 페테르는 당황스러워하며 실토한다.

사켈은 아무 반응도 보이지 않는다.

"나중에 다시 올게요." 그녀는 결론을 내린다.

"아니라니까! 무슨…… 미안, 무슨 일이지? 월급은 정상적으로 지급이 됐나?" 페테르는 궁금해한다.

"밧줄 때문에요." 사켈은 이렇게 얘기하지만 페테르는 이미 변명을 시작한다.

"새로운 후원자랑 아직 정식으로 계약을 하기 전이라. 그래도 지금쯤은 전원 월급이 지급됐어야 하는데……."

그는 이마에서 땀을 닦는다. 사켈은 했던 말을 반복한다.

"월급 때문에 찾아온 거 아니에요. 밧줄 때문에 왔지."

"밧줄?" 페테르는 되묻는다.

"밧줄이 필요해요. 페인트 볼이 나오는 총도요. 이 근처에서 살 수 있어요?"

"페인트 볼이 나오는 총?" 페테르는 또다시 되묻는다.

사켈은 높낮이가 없지만 짜증기가 묻어나지는 않는 목소리로 설명한다.

"페인트 볼은 특별하게 디자인된 코스에서 두 팀이 물감이 든 공으로 서로 저격하는 전쟁 시뮬레이션 게임에서 쓰이는 장비예요. 그게 나오는 총이 필요해요."

"페인트 볼이 뭔지는 나도 알아." 페테르는 딱 잘라서 얘기한다.

"아는 것처럼 보이지 않던데요." 사켈은 반론을 제기한다.

페테르는 머리를 긁다가 이마에 커피를 묻힌다. 그는 알아차리지 못하고 사켈은 알려주었다가는 그가 공황 발작을 일으킬 수도 있으니 입을 다문다.

"밧줄은 펠센 술집 맞은편 철물점에서 팔 거야."

"고맙습니다." 사켈이 얘기하고 이미 복도로 나갔을 때 페테르는 그 틈을 놓치지 않고 큰 소리로 묻는다.

"밧줄은 뭐에 쓰려고? 누굴 매달거나 그러려는 건 아니지?"

처음에는 농담이다. 하지만 그는 정말 걱정하는 목소리로 다시 묻는다.

"사켈! 누굴 매달거나 그러려는 건 아니지? 골치 아픈 문제는 지금 이 정도로 충분해!!!"

벤이를 예전에 가르쳤던 다비드 코치는 벤이가 자기 장례식에도 늦을 성격이라고 했다. 팀원들이 16번이 빙판으로 나왔는지 확인하지 않으면 그는 경기가 시작되도록 로커룸에서 자고 있기 십상이었다. 가끔 훈련을 빼먹었고 또 어떨 때는 술이나 약에 취한 채로 등장

했다. 하지만 오늘은 제 시각에 아이스링크에 도착해 곧바로 옷을 갈아입고 당장 빙판으로 직행한다. 엘리사베트 사켈은 하키 훈련 시간에 하키 선수가 참석한 데 놀란 듯 그를 돌아본다. 벤이는 숨을 크게 마시고 사과를 한다. 손이 매운 누나들 밑에서 자라다보면 그럴 수밖에 없다.

"어제 훈련에 불참해서 죄송합니다."

사켈은 어깨를 으쓱한다.

"왔으니까 됐어."

빙판 위에 몇 미터 길이의 굵은 밧줄 다섯 개가 놓여 있다. 사켈은 페인트 볼이 나오는 총을 들고 있다. 베어타운의 철물점에는 없었지만 헤드의 철물점 직원이 창고에서 간신히 하나 찾아줬다. 하키장 한쪽 구석의 플렉시글라스에 페인트 튄 자국이 있는 걸 보면 사켈이 조그맣고 딱딱한 페인트 볼을 이미 시험 발사해본 모양이다.

"이게 뭐예요?" 벤이는 어리둥절해하며 묻는다.

"너는 이렇게 일찍 웬일이니?" 사켈은 되받아친다.

벤이는 시계를 본다. 훈련을 시작하는 시각인데 빙판 위에 있는 다른 선수가 아맛과 보보뿐이다. 벤이는 으르렁거리듯 얘기한다.

"누나한테 저를 주장으로 생각하신다는 얘기 들었어요. 잘못 고르셨어요."

사켈은 눈 한번 깜빡하지 않고 고개를 끄덕인다.

"알았어."

벤이는 그녀가 말을 잇길 기다린다. 그녀는 말을 잇지 않는다. 그래서 그가 묻는다.

"왜 저예요?"

"왜냐하면 너는 겁이 많으니까." 사켈이 얘기한다.

벤이는 살면서 수많은 얘기를 들었지만 그 얘기는 들은 적이 없다.

"무슨 그런 헛소리를……."

그녀는 고개를 끄덕인다.

"그럴지 모르지. 하지만 너한테 네가 가장 무서워하는 걸 안길 거야. 다른 사람들을 책임져야 하는 의무감을."

벤이의 눈빛이 험악해진다. 그녀의 눈빛은 아무 표정이 없다. 아맛은 몸이 달아서 스케이트를 꼼지락거리며 그들 뒤에 서 있다가 결국에는 참지 못하고 불쑥 내뱉는다.

"이제 훈련 시작할 시간 됐는데요! 로커룸에 가서 다른 선수들 데리고 나오셔야 되는 거 아니에요?"

사켈은 무심하게 어깨를 으쓱한다.

"내가? 내가 왜 그런 걸 챙겨야 하니?"

벤이는 점점 더 부글거리는 속을 달래며 실눈을 뜨고 그녀를 쳐다본다. 그는 다시 한번 시간을 확인한다. 그러다 빙판을 나선다.

베어타운의 고참 선수들이 이제 겨우 옷을 반쯤 갈아입었을 때 벤이가 로커룸으로 들어선다.

"훈련 시작됐어요." 그가 얘기한다.

언성을 높이지 않아도 상대방을 귀 기울이게 만드는 사람이 있다. 그럼에도 고참 선수들은 벤이의 말뜻을 잘못 이해하고 이렇게 대꾸한다.

"우리가 늦거나 말거나 코치는 상관하지 않아!"

벤이의 대답은 짧지만 그 뒤로 이어진 정적은 귀가 먹먹할 정도다.

"나는 아니에요."

권력은 다른 사람들에게 내가 원하는 걸 시킬 수 있는 능력이다. 그 로커룸에 있던 모든 성인 선수는 벤치에 주저앉음으로써 열여덟 살짜리를 무력하게 만들 수도 있었다. 하지만 그가 삼십 초의 시간을 주고 다시 빙판으로 돌아가자 일어나서 그의 뒤를 따라나선다.

그가 그때 주장이 된 건 아니다. 그를 비롯한 모든 선수가 그가 이미 주장이라는 사실을 깨달은 시점이 그때다.

벤이는 주장을 맡고 싶은 생각이 없지만 그래도 그 역할이 맡겨진다. 헤드에서 뛰는 빌리암 뤼트는 주장이 되어달라는 얘기를 듣는 게 소원이지만 그러지 못한다. 불공평하지만 원래 스포츠 자체가 불공평하다. 가장 많은 시간 동안 훈련한 선수가 항상 최고의 선수가 되는 건 아니고 주장을 맡아 마땅한 선수가 가장 알맞은 적임자가 아닐 수도 있다. 흔히들 얘기하다시피 하키는 관조적인 스포츠가 아니다. "그냥 골을 넣은 개수만 계산하면 돼." 물론 이게 절대적으로 맞는 말은 아니다. 하키는 모든 것을 계산하는 통계의 스포츠지만 그럼에도 불구하고 예측이 불가능하다. 보이지 않는 것들의 지배를 너무 많이 받는다. 재능 있는 선수를 소개할 때 종종 동원되는 문구가 "리더의 자질을 갖추었다"라는 것인데, 사실 리더의 자질은 카리스마나 권위나 애정처럼 가르칠 수 없는 것들을 기반으로 이루어지기 때문에 절대 측정이 불가능한 개념이다.

빌리암 뤼트는 어릴 적 케빈 에르달에게 주장이 맡겨졌을 때 코치가 케빈에게 이렇게 얘기하는 걸 들은 적이 있다. "상대방을 강요해서 복종하게 할 수는 있지만 너를 따르도록 할 수는 없다. 팀원들이 너를 위해 플레이하게 하려면 그들이 너를 사랑하게 해야 해."

어쩌면 빌리암보다 더 케빈을 사랑한 사람은 없었을 것이고 그는 그 사랑에 보답을 받기 위해 갖은 노력을 기울였다. 심지어 성폭행 사건 이후에도 그의 의리에는 흔들림이 없었다. 케빈의 단짝 친구 벤이는 베어타운에 남았어도 그는 케빈을 따라 헤드 하키단으로 옮겼다. 친구들을 끌고 가서 케빈에 대해 일러바친 아맛과, 아맛을 보호하려고 했던 보보를 패주었다.

케빈이 갑자기 자취를 감춘 뒤에도 빌리암은 헤드에 남았다. 낙담하기는 했지만 의리를 지켰다. 그의 코치는 베어타운 시절과 같은 다비드였다. 구단을 옮기자고 빌리암과 다른 상급생 선수들을 설득한 사람도 그였다. 케빈을 옹호하기 위해서가 아니라 스포츠가 제시할 수 있는 가장 단순한 논리에 의거한 결정이었다. "우리의 관심사는 하키뿐이다. 정치가 아니다. 빙판 밖에서 벌어진 일은 빙판 밖에서 해결되어야 한다."

빌리암은 그를 믿었고 이제 케빈과 벤이가 둘 다 팀에서 이탈했으니 어쩌면 다비드가 드디어 그의 충성심을 인정할지 모른다고 마음속 깊은 곳에서는 생각했을지 모른다. 하지만 감사의 기미도 격려의 말도 없었다. 그는 여전히 무시당하는 존재였다.

그래서 오늘 빌리암이 로커룸에 들어와서 사물함을 열고 누가 바닥에 두고 간 걸 보았을 때 통계로는 측정할 수 없는 현상이 벌어진다. 라이터가 있다. 여름에 빌리암의 집 우체통에 가득 들어 있었고 호숫가에서 레오가 들고 있었던 그 라이터다.

바로 그때 팀원 하나가 들어오면서 얘기한다.

"야, 뤼트, 벤이 소식 들었어? 베어타운 신임 코치가 벤이한테 주장을 맡겼대!"

23
중요한 단 한 가지를 위해

사람들이 말하길 어려운 결단을 내리는 것이, 불쾌하고 인기 없는 결단을 내리는 것이 리더의 역할이라고 한다. "네 할 일을 해라." 리더들이 줄곧 듣는 말이다. 그런데 따르는 사람이 있어야 리더도 될 수 있기 때문에 난감해지는데, 리더에 대해 사람들이 보이는 반응은 항상 똑같다. 그가 내린 결정이 그들에게 이득이 되면 그는 공정한 리더고 손해를 입히면 그는 폭군이다. 사실 대부분의 사람들은 견딜 수 없을 만큼 단순하다. 우리는 모두에게 가장 좋은 방향을 원하지 않는다. 대개 나에게 가장 좋은 방향을 원한다.

페테르는 여러 가지 생각들로 복잡한 마음을 달래며 사무실 컴퓨터를 끄고 서류 파일을 다시 책꽂이에 꽂고 빙판 쪽으로 계단을 내려간다. 아이스링크 맨 끝에 있는 스탠딩석에 앉는다. 파티마가 조금 떨어진 곳에서 청소를 하고 있기에 손을 흔들지만 그녀는 목례를 하고 그만이다. 사람들의 시선이 쏠리는 것을 좋아하지 않는 데다 A팀의 훈련이 시작되기 전에 청소를 끝내야 아맛이 팀원들 앞에서 부끄러워질 일이 없기 때문이다. 그 아이는 엄마를 부끄럽게 여긴 적이 없는데 말이지. 페테르는 생각한다.

파티마는 여러 면에서 페테르보다 전형적인 베어타운 토박이에 가깝다. 목소리가 크지 않고 당당하며 성실하고 허튼소리를 절대 용납하지 않는다. 페테르는 초여름에 구단의 잔고가 바닥을 쳤을 때 파티마에게 월급이 지급되지 않은 걸 알아차리고 연락했지만 그녀는 "걱정 마세요, 아맛하고 제가 알아서 할게요"라고 했다. 페테르는 아맛이 요즘도 매달 말일에 캔을 수거해서 보증금을 챙긴다는 걸 알았기에 어쩔 줄 몰라 하며 얘기했다. "월급을 안 받으면 안 되죠. 구단의 의무인데……." 하지만 파티마가 말허리를 잘랐다. "구단요? 제 구단이기도 해요. 우리 아들의 구단이고요. 그리고 저희가 알아서 할게요." 특별한 사람, 특별한 구단이라야 그렇게 얘기할 수 있을 것이다.

이제 가을이고 파티마는 월급을 받았다. 페테르도 마찬가지다. 오늘 아침에 그는 공과금을 납부하려다 컴퓨터가 말썽을 부리는 바람에 은행에 전화를 걸었다. 전화를 받은 직원은 혼란스러워했다. "공과금이 이미 처리됐는데요." 하나도 아니고 전부 그랬다. 리샤르드 테오는 공수표를 남발하지 않았고 기자회견이 아직 열리기 전인데도 후원자가 일부 금액을 지원했다. 페테르는 그의 구단을 살릴 수 있을 것이다. 그런데 왜 이렇게 불안할까?

A팀의 연습이 시작된다. 빙판 위에서 뛰는 선수들은 날마다 아이스링크에 조명이 켜지고 월급이 지급되고 응원단이 경기장에 몰려오는 것을 당연하게 생각한다. 하키에서 돈이란 늘 있는 것이다. 이 스포츠 안에서 우리는 절대 나이를 먹지 않고, 빙판 위에서는 언제까지

고 뛰고 싶어서 안달이 난 어린아이로 남는다. 퍽 하나, 친구 몇 명, 조명 켜고. 자, 시작하자!

하지만 페테르는 거기에 따르는 대가를 안다. 그가 그걸 깔고 앉아 있다. 이곳은 그냥 나무와 쇠, 바닥에 문대어진 씹는담배, 움푹 들어간 난간으로 이루어져 있다. 하지만 검은 재킷을 입은 남자들이 이 자리 안으로 뛰어들면 펄떡거리고 그들이 노래를 부르면 지붕이 들썩인다. "우리는 곰! 우리는 곰! 우리는 곰! 우리는 베어타운의 곰! 우리는…… 곰…… 우리는…… 곰…… 우리는……."

일이 잘 풀릴 때는 뒤를 든든하게 받쳐주는 벽이지만 그렇지 않을 때는 상대하기 버거운 세력이다. 지난 몇 년 동안 구단에서 그 일당을 가장 강도 높게 비난한 사람이 페테르였다. 그들이 싸움을 벌이자 그는 아이스링크에 감시 카메라를 설치하려고 했고, 고액 연봉을 받으면서 제 실력을 발휘하지 못하는 선수들이 갑자기 계약서를 찢어버리고 싶어 하자 그들이 티무의 부하들에게 협박을 당했음을 입증하려고 했다. 몇 년 전부터 양복쟁이들이 "불필요한 도발"을 하고 있다며 회의실에서 페테르와 언쟁을 벌였지만 사실 그들은 겁이 나서 그런 소리를 늘어놓는 거였다. 그들은 자기들의 이익에 위배되지 않는 한 그 일당이 폭력으로 이 마을을 주무르거나 말거나 상관하지 않았다. 그렇다면 이제 어떻게 해야 할까? 그 일당을 제거할 수 있는 기회가 찾아왔지만 페테르는 망설이고 있다. 이유가 뭘까? 그들의 투표 덕분에 구단에서 자리를 보전할 수 있었기 때문에 신세를 진 느낌이라 그런 걸까? 그가 겁쟁이라 그런 걸까? 리샤르드 테오 때문일까? 훌리건과 정치인을 맞바꾸는 게 두려운 걸까? 목에 문신을 한 남자들과 양복에 넥타이를 맨 남자들. 둘 중에서 어느 쪽이 더 나쁠까?

단장으로 부임하고 첫해를 보내는 동안 미라는 "우리는 싸움을 피해 도망 다니는 가족이 아니"라고 거듭 강조했다. 그녀는 예전부터 그보다 더 주변의 평가에 연연하지 않았고 처세에 능한 단장보다 더 승리를 좋아하는 화끈한 변호사였다. 하지만 지금은 페테르가 시빗거리를 찾아다니고 미라가 망설이고 있다. 어쩌면 페테르에게 순진하다고 한 리샤르드 테오의 말이 맞을지 모른다. 세상은 복잡한 곳인데 그는 그곳이 단순하길 바란다.

캐나다에서 선수 생활을 했을 때 코치가 이렇게 얘기했다. "이기는 게 전부가 아니야. 유일한 거지!" 하지만 페테르에게는 '킬러 본능'이 없었다. 연습 경기에서 그의 팀이 큰 점수 차로 이기고 있으면 그는 상대팀에 굴욕감을 선사하고 싶지 않아서 전력을 다하지 않았다. "적의 목젖에서 절대 발을 떼지 마라"라는 것이 코치의 철학이었지만 페테르에게는 그런 게 없었다. 이기면 됐지 남을 짓밟을 필요는 없지 않은가. 그러다 한번은 연습 경기에서 상대팀이 5 대 0에서 역전한 적이 있었다. "정신 바짝 차려!" 코치는 고함을 질렀다. 하지만 페테르는 절대 그러지 못했다.

그래서 그는 이십 년 전에 그 마지막 슛을 놓쳤을지 모른다. 그래서 리샤르드 테오에게 한 약속을 실천에 옮기려니 두려움이 앞서는지 모른다. 한 사람이 감당할 수 있는 적의 숫자에는 한계가 있다. 페테르는 할 일을 해야 한다는 걸 안다. 그의 할 일이 뭔지 잘 모르겠을 뿐이다.

빙판 위에 있는 엘리사베트 사켈이 보인다. 그도 그녀 같았으면 좋겠다는 생각이 든다. 그녀는 목젖에서 발을 떼지 않는다.

———

엘리사베트 사켈은 선수들을 두 팀으로 나누고 팀원들끼리 밧줄로 묶는다. 한 선수가 넘어지면 나머지도 넘어진다.

"이 무슨 계집애들이나 하는 개떡 같은 게임이에요?!" 중심을 제대로 잡지 못한 팀원 때문에 빙판 위로 세게 넘어지자 고참 선수 중 한 명이 고래고래 소리를 지르지만 사켈은 아랑곳하지 않는다.

그들은 협동 아래 한 몸으로 움직이는 법을 터득할 때까지 훈련을 반복한다. 땀을 흘리고 여러 번 반복해서 토악질을 한다. 아맛까지 무릎을 꿇으며 주저앉은 다음에서야 사켈은 밧줄을 푼다. 그런 다음 페인트 볼이 나오는 총을 들고 온다. 고참 선수 중 한 명이 중얼거린다.

"저 망할 여자는 뇌를 다친 게 분명해……."

사켈은 그의 입술을 읽었는지 (아무도 모를 일이다) 이렇게 얘기한다.

"계속 '여자' 운운하는 거 이해한다. 여자 코치한테 배우면 여자처럼 플레이하게 될까봐 걱정이 되는 거지?"

선수들은 우물쭈물한다. 몇 명은 아직까지 양동이에 대고 속을 게우고 있다. 사켈이 시범 삼아 골문의 크로스바 쪽으로 페인트 볼을 발사하자 쇠가 울리고 단단하고 조그만 공이 노란색으로 터진다.

"내가 예전에 여학생 팀을 맡은 적이 있어. 그런데 골문 앞에서 리바운드 처리나 블록 슛을 영 못 하더라고. 아플까봐 무서워서. 그래서 옷을 벗기고 센터 라인에서 골문까지 스케이트를 타고 가서 골대를 건드릴 때까지 내가 페인트 볼로 쐈어. 그걸 건드릴 때마다 나한테 맥주를 한 개씩 받기로 하고. 걔네들이 나한테 뭐라고 했는지 아니?"

아무도 대꾸를 하지 않자 사켈은 자문자답한다.

"엿 먹으라고 하더라. 하지만 걔네들은 여자였으니까. 너희들은 뭐냐?"

빙판 위의 남자 선수들이 멀뚱멀뚱 쳐다보지만 사켈은 기다린다. 일 분이 지난다. 몇 명이 신경질적으로 키득거리기 시작하지만 사켈은 페인트 볼이 나오는 총을 들고 서서 꿈쩍 않는다.

"지금…… 지금 농담하시는 거죠?" 이윽고 한 명이 묻는다.

"아마 아닐 거야. 다들 나더러 유머 감각이 없다고 하거든." 사켈이 알려준다.

잠시 후에 한 선수가 일어선다. 그는 헬멧을 빙판에 내려놓은 다음 유니폼과 보호대를 벗어서 상반신을 드러낸다.

"이 정도면 됩니까 아니면 거시기까지 드러내야 합니까?" 벤이가 묻는다.

"그 정도면 된다." 사켈이 대답하고 페인트 볼을 발사하자 그의 목을 아슬아슬하게 비껴간다.

다른 선수들은 몸을 웅크리지만 벤이는 주저 없이 골문을 향해 돌진한다. 그가 맨 처음 골대를 건드리기 전까지 사켈은 그를 두 번 맞혔고 두 번째와 세 번째에는 페인트 볼을 두 배 더 많이 발사한다. 가게 직원은 페인트 볼의 속도가 초속 구십 미터라 반드시 "최소 구 미터의 거리를 두고 보호 장비를 착용한 사람을 향해 쏘라"라고 했다. 벤이는 맨몸이고 사켈이 등을 맞히자 아파서 몸을 움찔거리고 물감이 어깨뼈를 타고 흘러내린다.

고참 선수들은 구경을 하면서 처음에는 어이없어하다가 점점 넋을 잃는다. 결국에는 누군가가 숫자를 외치기 시작하고 그게 '팔'이었는지 '구'였는지 아무도 기억하지 못하지만 그때부터 벤이가 골대를 건드릴 때마다 온 팀원들이 숫자를 외친다. 그가 획득한 맥주의 개수를 우렁차게 외친다. 십사. 십오. 십육. 사켈은 다시 장전하고 벤이는 다시 출발한다. 정상적인 사람이라면 그러지 않을 것이다. 그게 핵심이다. 사켈은 정상적인 주장을 원하지 않는다.

사켈은 벤이의 쇄골을 맞혔을 때 그의 눈빛에서 가능성을 읽는다. '이 아이가 있으면 어느 대회든 우승할 수 있겠어.' 그녀는 속으로 생각한다. 그는 계속 달리고 그녀는 계속 페인트 볼을 발사하고 결국 맥주 숫자가 한 상자가 된다. 그녀는 벤치에서 맥주 상자를 들고 온다. 그에게 건네며 이렇게 얘기한다.

"책임감을 느끼는 사람은 자유롭지 않지, 벤이. 네가 두려워하는 이유가 그거야."

감정이 결부된 상황을 처리하는 데 젬병이라더니 그런 여자치고는 처리가 나쁘지 않다. 벤이는 멍이 들고 쑤시고 물감 범벅이 된 몸을 이끌고 로커룸으로 간다. 거기서 모든 팀원과 맥주를 나눠 마신다. 심지어 아맛조차 감히 거절하지 못한다.

벤이는 가서 샤워를 한다. 한참 동안 한다. 그러고 다시 돌아와보니 맥주는 온데간데없고 그의 신발 가득 셰이빙 크림이 들어 있다.

페테르 안데르손은 사켈이 밧줄을 줍는 동안 펜스 뒤에 서 있는다.

"훈련 방식이 아주…… 흥미롭더군. 그렇게 하면 선수들 실력이 정말로 향상되나?" 페테르는 빙판 여기저기 흩뿌려진 물감을 보며 가쁜 호흡을 몰아쉬지 않도록 아주, 아주 열심히 애를 쓰며 최대한 돌려서 묻는다.

"향상되느냐고요? 그걸 왜 제가 알고 있어야 하죠?" 사켈은 무심하게 되묻는다.

"이런 방법을 쓰는 이유가 있을 거 아닌가?" 페테르가 묻는다.

그는 편두통이 생겼다. 리샤르드 테오는 그에게 하키단의 '전권'을 약속했지만 어째 그렇게 되지 않을 것 같다.

"하키 코치들은 겉으로는 아는 척하지만 사실은 아는 게 별로 없어요. 대부분 어림짐작이죠. 단장님도 아실 줄 알았는데요." 사켈이 얘기한다.

페테르는 등 근육이 뻣뻣해지는 것을 느낀다.

"자네는 리더십을 바라보는 관점이…… 특이하군."

사켈은 어깨를 으쓱한다.

"내가 바보 같다는 생각이 들면 선수들끼리 서로 씹을 사람이 생기는 거죠. 적이 있어야 팀원들이 하나로 똘똘 뭉치는 경우도 있어요."

페테르는 멀어져가는 그녀를 지켜본다. 그는 마지막 말을 하면서 그녀가 살짝 미소를 지었다고 장담할 수 있다. 잠시 후에 그는 청소도구를 들고 와서 몇 시간에 걸쳐 빙판에 묻은 물감을 닦는다.

어쩌면 그럴 시간에 집에 가서 아내와 와인을 마시고 한 침대에 누워야 했을지 모른다. 하지만 그와 미라는 아직 정식으로 화해하지 않았다. 더 이상 싸우지 않을 따름이고 그 둘은 서로 다르다. 온 가족이 점점 말수가 줄고 있다. 너무 난장판이라 문제를 해결하려고 나서느니 문을 잠가버리는 쪽이 훨씬 속 편하게 느껴지는 방과도 같다. 페테르는 일을 일부러 만들어서 하고 있다는 사실을 깨닫고 집으로 출발하지만 모두 잠이 든 뒤에 도착한다.

그는 커피 기계를 선물한 딸에게 전화해 그가 뭘 하고 있는지, 누굴 위해 싸우고 있는지 이제는 잘 모르겠다고 고백하지 않고 밤늦게까지 커피 기계 사용 설명서를 읽는다.

헤드의 A팀 코치는 이름이 다비드다. 그는 빨간 머리를 몇 달째 자르지 않았고 아무리 화창한 여름날이라도 햇빛이 아이스링크 내부의 비디오실까지 닿지는 않기 때문에 얼굴이 백지장처럼 새하얗다. 그는 맡은 일에 가지고 있는 모든 것을 쏟아붓는데, 그럴 수밖에 없다. 여자친구가 임신했고 여기서 우승하면 헤드 하키단을 발판 삼아 상위 리그의 코치로 발돋움할 수 있을지 모른다.

그는 이 A팀을 맡고 싶어 한 적이 없었고 그가 원한 팀은 베어타운 A팀이었다. 그는 몇 명의 선수를 꼬맹이 시절부터 청소년팀 팀원으로 키웠고 그들을 주축으로 전국 대회에서 우승하고 A팀을 구성할 생각이었다. 케빈과 벤이는 빙판에서, 다비드는 벤치에서. 그의 계획은 거의 성사될 뻔했다. 하지만 딱 거기까지였다.

다비드가 베어타운을 떠난 이유는 성폭행을 옹호하고 싶어서가 아니었다. 그가 생각하기로는 그렇다. 그는 심지어 케빈의 유죄 여부조차 알지 못한다. 그 아이는 유죄 판결을 받지 않았고 다비드는 변호사도 경찰관도 아니다. 그는 하키 코치다. 하키단이 법원에서도 처벌하지 않는 일로 선수를 처벌하기 시작하면 결국에는 어떻게 되겠는가? 하키는 하키일 수 있어야 한다. 경기장 밖의 세상은 경기장 안과 분리되어야 한다.

그래서 다비드가 베어타운을 떠난 이유는 케빈에게 제기된 성폭행 혐의 때문이 아니라 페테르가 결승전 당일에 그가 체포되도록 조치했기 때문이다. 그러니까 케빈뿐만 아니라 팀 전체가 벌을 받도록 했기 때문이다. 다비드는 그런 조치를 받아들일 수 없었다. 그래서 그는 자리를 옮겼고 베어타운의 우수한 선수들을 거의 데리고 갔다.

그는 자신의 결단을 후회하지 않는다. 딱 한 가지 아쉬운 부분이 있다면 벤야민 오비크다. 그 아이는 다비드가 원하는 팀의 모든 조건을 상징하는 선수였지만 결정적인 순간에 다비드는 그를 설득하지 못했다. 다른 모든 선수가 헤드로 팀을 옮겼을 때 벤이는 베어타운에 남았고 다비드는 지난봄에 그가 어떤 남자와 입을 맞추는 광경을 보았다. 벤이는 다비드가 안다는 걸 모르고 그 말고는 아는 사람이 없는 듯하다. 알아차리는 사람이 끝까지 없었으면 하는 것이 다비드의 솔직한 심정이다. 올가을에 적으로 맞붙을지언정 이 마을에서는 하키 선수의 그런 비밀이 들통나길 바라면 안 된다.

다비드는 떳떳할까? 그건 아니다. 그런데 왜 벤이를 찾아가서 솔직히 고백하지 않을까? 그 아이가 안심하고 진실을 공개할 수 있을 만큼 훌륭한 리더가 되어주지 못해서 부끄럽다고. 왜 사과하지 않을까? 아마 모든 사람이 바보 같은 실수를 저지르는 이유와 똑같을 것이다. 내 잘못을 인정하기 힘들기 때문에. 그리고 잘못이 클수록 인정하기가 더 힘든 법이다.

다비드는 자신이 착한 사람이라고 생각한 적은 없지만 하키를 위해 모든 노력을 아끼지 않는다고 자부할 수는 있다. 그는 팀과 구단과 하키를 최우선으로 간주한다. 거기에 절대 정치를 개입시키지 않는다. 심지어 지금까지도 그렇다.

누군가가 사무실 문을 두드린다. 빌리암 뤼트가 문 앞에 서 있다.

"벤이가 베어타운 주장이 됐다는 소식 들으셨어요?" 덩치가 산만 한 공격수가 으르렁거린다.

코치는 고개를 끄덕인다.

"여긴 헤드다. 베어타운이 아니라. 그들이 뭘 하든 신경 꺼."

코치는 더 이상 할 말 없다는 표정을 짓고 있지만 빌리암은 차마 돌아서지 못하고 문지방 위에서 부들부들 떤다.

"올해 우리 팀에서 16번을 달고 뛸 선수가 있나요?" 빌리암이 묻는다.

비난하는 뜻에서 꺼낸 얘기가 아니다. 그는 단지 코치의 애정을 갈구하고 있을 뿐이다. 그런데 그게 문제다. 애정은 리더십과 같다. 바란들 소용이 없다.

"그건 네 알 바 아니지." 다비드는 매몰차게 얘기한다.

16번은 베어타운에서 벤이의 등번호였다. 다비드는 헤드에서 그 번호를 아무한테도 허락하지 않고 있다.

"우리 팀 주장은 누가 맡죠?" 빌리암은 질투 섞인 목소리로 묻는다.

다비드는 그가 사실 묻고 싶었던 질문에 대답한다.

"너는 아직 너무 어려, 빌리암."

코치의 눈빛에서 그가 원하는 건 다른 선수라는 속마음이 드러나면 하키 선수의 입장에서는 유난히 억장이 무너질 수밖에 없다.

"제가 벤이였어도 그렇게 말씀하셨을까요?"

다비드는 솔직한 사람이다. 그래서 고개를 젓는다.

빌리암 뤼트는 그 어느 때보다 격렬하게 인정받고 싶은 마음을 달래며 빙판으로 나선다. 다비드는 모르는 척하지만 당연히 너무나 잘 알고 있다. 그는 어쩌다보니 하키 코치가 된 게 아니라서 말이 어떤 결실을 맺을 수 있는지 안다. 그는 빌리암이 지금까지 모든 면에서 벤이와 경쟁을 벌였지만 단 한 번도 이기지 못하는 것을 지켜봤다. 다비드는 질투가 얼마나 끔찍한 감정인지 알지만 그게 자극제가 될 수도 있다. 이 때문에 그는 그걸 일부러 조금씩 분배한다. 감정을 조종해서 성과를 거두는 것이 리더십의 핵심이다. 다비드는 이것이 위험한 짓이라는 것을, 빌리암의 증오심이 하늘을 찔러서 경기 도중에 벤이에게 부상을 입힐 수도 있다는 것을 안다. 하지만 최고의 하키팀이 되려면 경계선상에서 아슬아슬하게 플레이하는 선수가, 가끔은 그 선을 넘는 선수가 있어야 한다. 빌리암은 증오심이 충만할 때 가장 훌륭한 실력을 발휘한다.

다비드는 여전히 벤이를 사랑하지만, 지금까지 가르친 그 어떤 선수보다 사랑하지만 그 아이가 그에게 비밀을 털어놓지 않았다는 데 수치심을 느낀다. 나중에 인간적으로 그걸 만회할 기회가 생길지 모른다. 하지만 그런 감정들은 아이스링크 바깥쪽의 일이고 이건 안쪽의 일이다. 여기에서는 벤이가 적이다. 빌리암이 경기 도중에 선을 넘는다면 어쩔 수 없다. 벤이가 다치면 다치는 거다. 다비드는 하키 코치고 주어진 본분을 다하고 있다. 중요한 단 한 가지를 위해 모든 걸 쏟아붓고 있다.

승리를 위해.

벤이가 견사 별채에서 혼자 바벨 운동을 하고 있을 때 어둠이 내린다. 그는 바벨을 들기 전에 차고 있던 손목시계를 푼다. 오래되고 낡았고 묵직하고 투박하며 그에게 어울리지도 않는다. 하지만 다비드에게 받은 선물이다. 코치가 팀을 옮긴 이후에 서로 한 마디도 주고받은 적이 없지만 그래도 벤이는 그 시계를 항상 차고 다닌다.

빌리암 뤼트는 팔이 다른 모든 곳만큼 아플 때까지 팔굽혀펴기를 한다. 그의 사물함에 들어 있던 라이터를 들고 잠을 청한다. 그는 누가 그걸 거기 넣었는지 안다. 빌리암이 벤이를 해칠 생각이 없을지 몰라도, 아직은 그럴지 몰라도 그렇다고 다른 사람도 해칠 수 없는 건 아니다.

24

하지만 그녀의 안에 깃들어 있던 곰은 방금 전에 눈을 떴다

라모나는 영업시간이 끝난 뒤에 펠센 문을 두드리는 사람이 누구인가 싶어서 욕을 따발총처럼 퍼부으며 계단을 쿵쾅쿵쾅 내려간다. 취객인 줄 알았더니 뜻밖의 인물이다.

"한심한 늙은이가 여긴 어쩐 일이야? 한밤중에 술 달라고 여길 찾아온 지 최소한 사십 년은 된 것 같은데. 그 당시에도 어림없었고 지금도 어림없어!" 그녀는 잠옷 단추를 채우며 수네에게 쏘아붙인다.

수네가 어찌나 껄껄대고 웃는지 옆에 있던 강아지가 깜짝 놀랄 정도다.

"조언을 듣고 싶은 일이 하나 있어서. 어쩌면 두 개."

라모나가 그를 안으로 들이고 그릇에 물을 담아서 개에게 주자 개는 물을 다 마시고 가구를 씹기 시작한다.

"뭔데?" 그녀는 툴툴거린다.

"당신이 나를 대신해서 티무 리니우스한테 얘길 좀 전해줬으면 해." 수네가 얘기한다.

다른 사람이 물었다면 라모나는 "누구라고?" 했을 것이다. 하지만 수네는 아니다. 그가 하키에 소질이 있는 문제아를 상대하는 데 평생을 바쳤다면 라모나는 하키에 소질이 없는 문제아를 상대하는 데 평생을 바쳤다.

"무슨 얘길?"

"하키단."

"당신, 코치 때려치운 거 아니었어? 하키단이랑 이제 아무 상관 없잖아."

"여성 팬들 때문에 아직 붙잡혀 있어. 보는 재미가 있어야 하니까."

라모나는 십 년 동안 피운 담배 연기를 토할 만큼 웃는다. 그런 다음 진지한 표정을 짓는다.

"소문이 들리던데, 수네. 신문에서는 '새로운 후원자'를 운운하고 단장이 '비밀 협상'에 관여하고 있다고 하고. 그런 얘기가 들리면 티무와 그쪽 아이들이 불안해져. 그 아이들의 구단이니까."

"그 아이들만의 구단은 아니지." 수네가 바로잡는다.

그는 여기야말로 모든 사람을 만족시키기가 얼마나 뭣 같은 마을인가 하는 생각을 하지 않을 수가 없다. 하키단이 결딴났다면 페테르가 비난의 표적이 됐겠지만 하키단을 재정적인 측면에서 살리는 데 성공했음에도 그는 여전히 욕을 먹고 있다. 라모나는 위스키 세 잔을 카운터에 놓는다. 한 잔은 수네, 두 잔은 그녀 몫이다.

"당신이 보기에는 새로 온 코치 어때? 가끔 여기 와서 감자를 먹는데." 그녀가 묻는다.

"사켈? 모르겠어. 또라이야. 페테르 안데르손이 어떻게 생각하건 전혀 신경 쓰지 않는 눈치야……."

"조짐이 좋네." 라모나는 씩 웃는다.

"……하지만 티무랑 그쪽 아이들은 여자 코치를 별로 탐탁지 않게 여길 것 같은데." 수네가 얘기한다.

라모나는 콧방귀를 뀐다.

"그 아이들은 자기들의 구단을 사랑해. 당신도 알잖아. 그 아이들은 그녀가 홍보의 일환으로 선임됐을까봐 걱정하지. 자기들이 바보 취급 당하는 건 물론이고 정치적인 의도가 하키에 너무 많이 개입되는 것도 원하는 바가 아니니까."

수네는 눈을 부라린다.

"'정치적인 의도'? 이제는 그걸 그렇게 표현하나? 여자들도 자기가 원하면 아무하고나 잘 수 있는 거 아닌가?"

"하! 레즈비언을 나보다 더 지지하는 사람이 있으면 나와 보라 그래. 내가 보기에는 레즈비언이 장땡이구만! 남자들은 논리적으로 설득이 되지 않는 종족이니 없이 사는 편이 낫다는 거잖아!"

"그럼 사켈의 뭐가 문젠데?"

"문제는 뭔가 하면 그녀가 페테르 안데르손과 후원자와 정치인들의 꼭두각시가 아닌가 하는 거야. 그들은 다시 그런 코치가 올까봐……."

그녀는 말을 하다 말고 멈춘다. 수네가 배턴을 넘겨받는다.

"나 같은 코치? 약해빠진 코치?"

그는 사람들이 그를 두고 뭐라고 하는지 안다. 지난 몇 년 동안 후원자와 정치인들이 하키단을 장악하도록 방치했다고, 그들이 하키단을 망가뜨리도록 수수방관했다고 한다. 그 말이 맞는다. 수네는 나이를 먹어서 옥신각신하기 피곤했다. 그는 하키 하나면 구단을 재정적인 면에서나 도덕적인 면에서 평온하게 유지하는 데 충분하길 바랐는데 양쪽 모두 헛된 바람이었던 것으로 밝혀졌다.

"욕하려던 건 아니었어." 라모나는 중얼거린다.

"아, 그 아이들 생각이 맞아. 내가 이 마을에 행복한 추억을 더 많이 선사할 수 있었으면 좋았을 텐데. 하지만 사켈은 나하고 달라."

"어떤 점에서?"

"이기는 부류라는 점에서."

"내 조언을 듣고 싶어서 왔다고 했지? 아이들한테는 증거를 보여줘야 해."

수네는 한숨을 쉰다.

"그럼 티무한테 동생이 석방되면 당장 아이스링크로 보내야 한다고 전해줘."

라모나는 할 말을 잃는다. 그건 아주 힘든 일이다.

페테르는 또다시 늦게 퇴근한다. 미라가 노트북을 펼쳐놓고 식탁에 앉아 있다. 그녀는 아이들에게 저녁을 차려주고 빨래와 청소를 하려고 오늘 일찍 퇴근했다. 이제 그녀는 다시 일을 하지만 상사들은 알지 못한다. 그녀는 다른 동료들보다 일하는 시간이 더 많지만 사무실에서는 조만간 항상 일찍 퇴근하는 여자로 찍힐 것이다. 엄마 노릇은 집의 토대를 굳히거나 지붕을 고치는 것과 같다. 시간과 돈과 노력을 들여야 하고 완벽하게 끝내도 전혀 티가 나지 않는다. 아무도 칭찬을 해주지 않는다. 하지만 사무실에서 한 시간 동안 야근을 하는

것은 예쁜 그림을 걸거나 전등을 바꾸는 것과 같다. 모두가 알아봐 준다.

페테르는 그녀에게 말을 걸고 그녀도 그에게 말을 걸지만 서로 시선을 맞추지는 않는다. 오늘 어땠어? 별일 없었어, 당신은? 나도. 애들은 저녁 먹었어? 응, 냉장고에 남은 거 넣어놨어. 내일 당신이 애들 학교에 태워다줄 수 있어? 일찍 아이스링크에 나가봐야 해서. 그녀는 "내 일은 어쩌라고?" 소리를 지르고 싶지만 "그래"라고 대답한다. 그는 "나 지금 물에 빠져서 허우적거리는 심정이야"라고 속삭이고 싶지만 "고마워"라고 한다. 그녀는 "도와줘"라고 소리치고 싶지만 "아니야"라고 한다. 두 사람 모두 '예전의 우리가 그립다'고 생각하면서 더 이상 아무 말도 하지 않는다. 페테르는 손끝으로 그녀의 머리를 훑지 않고 부엌을 나서고 그녀는 그의 목덜미에 대고 숨을 쉬지 않고 그 자리에 가만히 앉아 있는다.

라모나는 수네를 빤히 쳐다본다.

"그거 지금 농담이야?"

"아니. 엘리사베트 사켈은 유머 감각이 제로야."

"비다르한테 다시 하키를 시키겠다고? 페테르는 뭐라는데?"

"사켈은 페테르가 어떻게 생각하건 신경 쓰지 않는다니까."

라모나는 쿡쿡 웃는다. 그녀는 예전부터 펠센의 다른 아이들에 비해 리니우스 형제를 조금 편애했다. 티무는 매주 식료품을 챙기고 비다르는 여기서 숙제를 하곤 했다. 오래전에, 홀예르가 세상을 떠난 직후에 그 아이들은 라모나가 깜빡거리기 시작했다고, 치매일 수도 있다고 누가 얘기하는 걸 들었다. 치매가 아니라 상심했을 때 나타나는 완벽하게 정상적인 반응이었을 뿐인데, 그 아이들은 뇌의 노화를 막을 수 있다는 인터넷 기사를 읽고 그녀에게 십자말풀이를 강요하기 시작했다. 매일 아침마다 새 십자말풀이를 들고 왔다. 그녀는 요란하게 욕을 퍼부었고 그런 이유에서 그들을 무조건적으로 사랑했다. 그래서 지금 그녀는 이렇게 얘기한다.

"그러니까 비다르가 책상에 똥을 싸더라도 사켈은 페테르한테 신경도 쓰지 않을 거다? 그럼 문제가 생길 수밖에 없을 텐데."

"그렇지." 수네도 동의한다.

라모나는 위스키 잔으로 턱 밑을 긁는다.

"페테르의 반대편에 서다니 당신답지 않네."

"그렇지." 수네도 인정한다.

"이유가 뭐야? 이 코치가 그 정도로 특별해?"

수네가 한숨을 쉬자 콧구멍 속의 털이 요란하게 흔들린다.

"지금 우리는 이기거나 망하거나 둘 중 하나야, 라모나. 비다르가 예전에 엄청난 골키퍼였잖아. 만약 그 실력이 여전하다면 나는 그 아이의…… 인성을 믿고 맡길 생각이 있어."

"말썽꾼도 나이를 먹으면 철이 든다 이건가?" 라모나는 미소를 짓는다.

"티무가 비다르를 훈련에 참석시키도록 당신이 손을 써줄 수 있을까?" 수네는 궁금해한다.

라모나는 한쪽 눈썹을 추켜세운다.

"이봐, 바보 같은 늙은이, 비다르가 예전에 어떤 식으로 하키를 했는지 기억 안 나? 연습이 끝나면 아이스링크에서 끌고 나와야 했잖아! 지금은 한참 동안 갇혀 지냈으니…… 아무리 온갖 무기를 동원해도 그 아이를 아이스링크에서 끌어내지 못할 수도 있어!"

라모나는 말로 표현하지 않지만 다른 생각을 하고 있다. 필요하다면 그녀가 비다르를 아이스링크로 끌고 갈 것이다. 그녀는 티무를 구제하지는 못했다. 그는 분노로 똘똘 뭉쳐서 바꿀 수가 없었다. 하지만 비다르는 다르게 살 수 있을지 모른다. 그녀는 그러다 복장 터져 죽는 한이 있더라도 이번 기회를 놓치지 않을 것이다.

수네는 고개를 끄덕이고 위스키를 한 모금 마신다. 그러자 눈물이 핑 돈다.

"그럼 됐네."

그는 더 이상 아무 말도 하지 않는다. 라모나는 콧방귀를 뀐다.

"그걸로 끝이야?"

수네는 속이 훤히 들여다보였다는 데 당황한다.

"부탁할 게 한 가지 더 있어. 하키단이 아니라 나를 위한 부탁. 알리시아라고 네 살 반이 된 아이가 있는데 사는 곳은……."

"나도 그 꼬맹이가 누군지 알아." 라모나는 침울한 목소리로 얘기한다. 그 아이를 알기 때문에 그런 게 아니라 이 동네 술집 주인이라면 누구나 그녀와 한 집에 사는 어른들을 알기 때문이다.

"계속 지켜보고 싶은데 도와줄 수 있을까?"

라모나는 위스키를 좀 더 따른다.

"나를 꼬여서 침대로 데리고 가려고 찾아온 거였어? 평소보다 솜씨가 훨씬 좋은데?"

"당신이 브래지어를 벗기도 전에 심장마비를 일으킬 거야. 그래도 물어봐주니 고맙네." 수네는 미소를 짓는다.

라모나는 위스키를 마신다. 그러고는 뚱한 목소리로 얘기한다.

"나는 원래 이 마을의 어느 누구도 대변하지 않아, 수네. 하지만 페테르도 내 자식이야. 그러니까 가서 그의 편에 서서 베어타운을 지킨 사람들이 누구였는지 기억하라고 전해줘. 새로운 후원자가 어떤 걸 요구하든 간에 말이야."

수네는 고개를 끄덕인다. 그는 그 일당이 애용하는 아이스링크의 스탠딩석을 두고 한 얘기라는 걸 안다. 이곳은 비밀을 유지하기 어려운 마을이다.

"최선을 다할게." 그가 얘기한다.

그것만으로는 부족할 것이다.

페테르는 레오의 방 앞에서 걸음을 멈춘다. 녀석은 이제 열두 살이니 본격적인 십대로 접어든 셈이다. 페테르는 아이가 태어나던 순간, 아들이 터뜨린 울음소리를 맨 처음 듣고 엄청나게 충격을 받았던 순간을 떠올린다. 그가 눈을 꼭 감고 알몸으로 처량하게 우는 그 연약한 아이의 머리를 받치고 안았을 때…… 울음이 그쳤다. 그 조그만 생명체가 그의 품 안에서 쌔근쌔근 잠이 들었다는 걸 처음으로 알아차린 그때. 그런 순간에 우리는 아이를 위해 어떤 준비가 되어 있을까? 또는 어떤 준비가 되어 있지 않을까?

하지만 세월은 쏜살같이 흘러간다. 아버지들은 순간을 살아야 하지만 단장은 절대 그러면 안 된다. 어린 시절은 비누 거품과도 같아서 감상할 수 있는 시간이 몇 초밖에 안 되기 때문에 아버지들은 순간을 붙잡아야 한다. 하지만 단장은 다음 경기, 다음 시즌을 앞으로,

위로 계속 생각해야 한다.

페테르는 지금 한 손에는 스틱 두 개를, 다른 손에는 테니스공을 들고 서 있다. 예전에 레오는 집 앞에서 놀자고 미친 듯이 조르곤 했다. "아빠, 차 다른 데로 옮기면 안 돼요? 아빠, 같이 놀면 안 돼요? 아빠? 조금만요! 다섯 골 넣을 때까지만요!" 페테르는 한 손에 리모컨을 들고 앉아서 지난 경기 녹화 영상을 보고 있거나 서류 더미와 휴대용 계산기를 앞에 두고 예산을 맞추느라 끙끙대고 있다가 "숙제 먼저 해야지"라고 대꾸했다. 숙제를 마치면 너무 늦은 시각이었다. "내일 놀자." 아버지는 약속했다. "알았어요." 아들은 대답했다. 남자들은 바쁘지만 아들들은 성장을 멈추지 않는다. 아들들이 아버지의 관심을 더 이상 바라지 않게 되는 바로 그 순간 아버지들이 아들의 관심을 바라기 시작한다. 그때부터 아버지들은 아들의 머리가 품속에 쏙 들어오던 시절에 좀 더 자주 같이 자주지 않았던 걸 후회하기 시작한다. 아들이 노는 동안 좀 더 오랫동안 바닥에 앉아 있지 않았던 걸, 아들이 거부하지 않던 시절에 좀 더 안아주지 않았던 걸 후회하기 시작한다.

페테르는 레오의 방문을 두드리고 열두 살짜리는 문을 닫은 채 대답한다.

"네?"

"아빠가…… 차를 다른 데로 옮겼는데." 아버지는 희망을 품고 얘기를 건넨다.

"엥?"

"응…… 혹시…… 한 게임 같이 할까 싶어서."

그가 테니스공을 어찌나 세게 움켜쥐고 있는지 손에서 난 땀자국이 초록색 펠트 위에 남을 정도다. 레오의 대답은 인정사정없다.

"숙제해야 해요, 아빠. 내일 시간 되면 해요!"

페테르는 하마터면 문을 열고 다시 한번 물어볼 뻔한다. 하지만 스틱을 다시 붙박이장에 넣고 공을 쥔 채 혼자 소파에 앉아 있다가 거기서 잠이 든다.

미라는 노트북을 덮는다. 레오의 방을 들여다본다. 그는 자는 척하고 그녀는 그걸 믿는 척한다. 그녀는 거실을 지나가다 페테르에게 담요를 덮어주고 그의 이마 위로 흘러내린 머리칼을 쓸어 넘겨줄 듯이 걸음을 멈춘다. 하지만 그러지 않는다.

그녀는 집 앞 계단에 혼자 앉아서 다른 데서도 볼 수 있었을 별들을 쳐다본다. 오늘 회사에서 동료가 그들이 몇 년 전부터 숭배하던 선배 여성이 보낸 봉투를 건넸다. 기업 임원 겸 투자의 귀재로 잘나가다가 방향을 틀어 전면에서는 화가와 배우들이, 후면에서는 거금이 받쳐주는 대규모 자선 재단을 설립한 여자였다. 미라와 동료는 작년에 열린 학회에서 그녀를 만났고 어찌어찌 그녀의 시선을 끄는 데 성공했는데, 헤어질 때 그녀가 미라에게 명함을 주며 말했다. "나는 가슴속에 불을 품고 있는 똑똑한 사람들을 계속 찾고 있어요. 혹시 일자리가 필요하면 연락해요." 미라는 어쩌면 그럴 용기가 없기 때문이었겠지만 그녀의 제안을 심각하게 받아들이지 않고 희미한 꿈으로 방치했다. 그런데 오늘 동료가 건넨 봉투에 그녀의 재단에서 몇 주 뒤에 캐나다에서 개최하는 대규모 학회의 초대장이 들어 있었다.

"우리를 초대하는 이유가 뭘까? 우리 회사를 이용하고 싶은 건가?" 미라는 숨을 헐떡이며 물었다.

그제야 그녀는 동료의 질투 어린 시선을 알아차렸다. 다시 한번 초대장을 들여다보니 그녀의 이름만 적혀 있었다. 동료는 기가 죽지 않으려고 갖은 노력을 기울였지만 좀 더 재능이 많은 친구를 더 넓은 세상에 빼앗기게 생긴 여자아이 같은 말투로 얘기했다.

"너만 초대했어, 미라. 우리 회사를 이용하고 싶은 게 아니야. 너한테 일을 맡기고 싶은 거지."

미라는 봉투를 손에 들고 집 앞 계단에 앉아서 별을 쳐다본다. 캐나다에서도 볼 수 있는 별이다. 그녀는 예전에 페테르가 세계 최고의 선수들과 NHL에서 활약할 수 있도록 캐나다로 건너간 적이 있었다. 그녀는 학회에 참석하고 싶다고 하면 그가 뭐라고 할지 안다. "지금 꼭 가야 해? 구단에 요즘 일이 너무 많아서. 내년에 가면 안 될까?"

미라는 절대 설명할 수 없을 것이다. 페테르는 그녀에게도 그녀만의 NHL이 있다는 걸 절대 이해할 수 없을 것이다.

라모나는 티무에게 전화한다. 그들은 상대방에게 약한 모습을 드러내고 싶지 않기 때문에 통화를 짧게 끝낸다. 라모나는 비다르만큼은 티무보다 나은 삶을 살았으면 좋겠다고 하지 않고 티무는 자기도 마찬가지 생각이라고 하지 않는다. 그런 다음 라모나는 티무에게 한 가지 부탁을 하고 그가 처리했다고 다시 전화할 때까지 기다린다.

티무는 이 마을의 다른 동네로 찾아가 아이들 방에 불이 꺼질 때까지 조그만 집 앞에서 기다린다. 아이들이 잠이 들었다는 결론이 내려졌을 때 집 안으로 들어가는데, 초인종을 누르지도 문을 두드리지도 않기 때문에 그들은 그가 무슨 수로 들어왔는지 절대 모를 것이다. 그는 그냥 부엌에 서서 그들이 조리대를 붙잡고 방금 전에 손이 떨리는 바람에 쳐서 넘어뜨린 잔을 집으려고 하는 걸 지켜본다. 그들이 그의 정체를 안다는 걸 확인했으니 하키 가방을 집어서 식탁 위에 놓고 이렇게 묻기만 하면 된다.

"알리시아가 여기 살지?"

어른들은 겁에 질린 얼굴로 고개를 끄덕인다.

"앞으로 그 아이가 하키를 그만두겠다고 할 때까지 펠센 술집에서 해마다 장비 사는 데 필요한 돈을 댈 거야. 그 아이한테 언니가 있을지 모르겠지만 이제 오빠들이 생겼어. 앞으로 어떤 어른이라도 그 아이를 건드리면 우리한테 일일이 이유를 설명해야 할 거다."

그는 대답을 기다릴 필요도 없다. 그가 사라지자 남은 사람들은 몇 분 동안 감히 꼼짝도 하지 못하다가 가방을 들고 알리시아의 방으로 간다. 네 살 반짜리 아이는 퍽이 벽을 때리는 소리를 꿈속에서 들으며 단잠을 자고 있고 앞으로 한참 동안 빙판에서 생긴 멍 말고는 몸에 멍이 들 일이 없을 것이다. 날마다 하키를 하고 언젠가 최고의 선수가 될 것이다.

그 아이는 오늘 밤에 곤히 잠들었을지 모른다. 하지만 그녀의 안에 깃들어 있던 곰은 방금 전에 눈을 떴다.

25
어머니의 노래

빌리암 뤼트는 다른 십대들과 똑같다. 오만과 나락의 경계에 영원히 머문다. 그가 좋아하는 여학생은 같은 반인데 지난 봄 파티에서 술에 취했을 때 그의 뺨에 입을 맞추었고 그는 요즘도 꿈속에서 그 순간을 재현한다. 그래서 오늘 그녀의 사물함 옆에 서게 되자 평소처럼 폼을 잡지 못하고 이렇게 묻는다.

"안녕…… 저기 있잖아…… 혹시…… 그게 그러니까…… 나중에 뭐라도 같이할래? 학교 끝난 뒤에 말이야. 너랑 나랑…… 둘이서."

그녀는 혐오스러워하는 표정으로 그를 쳐다본다.

"뭐라도 같이하자고? 너랑?"

그는 헛기침을 한다.

"응."

그녀는 코웃음을 친다.

"하! 나는 베어타운 출신이고 그걸 중요하게 여기는 사람도 있거든! 벤이가 시합에서 너를 박살 내줬으면 좋겠다!"

그녀가 저쪽으로 걸어간 다음에서야 뤼트는 그녀가 '베어타운 대 나머지 전부'라고 적힌 초록색 티를 입고 있다는 걸 알아차린다. 그녀의 친구들도 같은 티셔츠를 입고 있다. 뤼트 옆을 지나가면서 그들 중 한 명이 으르렁거린다.

"케빈 에르달은 성폭행범이고 너도 오십보백보야!"

뤼트는 머리끝에서부터 발끝까지 시뻘게진다. 그는 지금까지 옳은 일을 하려고 노력하며 살아왔다. 연습을 빼먹지 않았고 주장을 사랑했고 코치에게 복종했다. 모든 규칙을 따랐고 시키는 대로 했고 자존심을 굽혔다. 벤이는 항상 정확히 반대로 했다. 그런데도 모두에게 사랑을 받는 사람은 누구인가?

이 상황에서 빌리암 뤼트가 증오 말고 다른 감정을 느낄 수 있을까?

몸을 돌려보니 레오가 복도 저쪽 끝에 서 있다. 방금 전에 빌리암 뤼트의 치명적인 약점을 목격한 열두 살짜리 꼬맹이 녀석의 함박웃음이 열여덟 살짜리의 온몸에 박힌다. 빌리암은 화장실로 들어가 눈물이 고일 때까지 허벅지를 때린다.

학교 수업이 끝나자 마야와 아나는 운동복으로 갈아입고 숲까지 달려간다. 아나의 엉뚱한 제안이고 마야는 달리기를 싫어한다. 그리고 아나도 거의 평생 동안 숲을 뛰어다녔지만 특별히 운동 삼아 뛴 적은 없었다. 몇 바퀴씩 뛴 적은 없었다. 그럼에도 아나가 이번 가을

에 마야를 끌고 나온 이유는 케빈이 베어타운을 떠났더라도 그에게 빼앗긴 것들을 되찾아야 하기 때문이다. 땅거미. 고독. 어둑어둑한 시각에 이어폰을 낄 수 있는 용기, 계속 어깨 너머를 흘끗거리지 않을 자유.

그들은 환한 데서만 달리기를 하고 말은 하지 않지만 둘 다 같은 생각을 하고 있다. 남자들은 평생 어둠을 신경 쓸 필요가 없다는 생각, 그건 그들의 인생에 아무 문제도 되지 않는다는 생각이다. 남자들이 어둠을 무서워하는 이유는 귀신과 괴물 때문이지만 여자들이 어둠을 무서워하는 이유는 남자들 때문이다.

그들은 한참을 달린다. 생각했던 것보다 훨씬 멀리 달린다. 하지만 아나의 집 근처이자 하이츠를 감싸고 있는 조깅 트랙 옆에서 갑자기 달리기를 멈춘다. 베어타운을 통틀어 조명이 가장 환하게 비추는 트랙이지만 상관없다. 마야가 케빈의 머리에 산탄총을 겨눈 곳이 거기였다.

그녀는 호흡이 가빠진다. 한 발짝도 뗄 수가 없다. 아나가 걱정 말라는 듯이 그녀의 손에 자기 손을 얹는다.

"내일 다시 시도해보자."

마야는 고개를 끄덕인다. 그들은 아나의 집까지 걸어간다. 대문 앞에서 마야는 친구에게 괜찮다고, 집까지 혼자 갈 수 있다고 거짓말을 한다. 아나는 모든 걸 다시 정상으로 돌려놓으려고 열심히 애를 쓰고 있고 마야는 그런 친구를 차마 실망시킬 수 없다.

하지만 혼자 남겨지자 그녀는 그루터기에 주저앉아서 울음을 터뜨린다. 엄마에게 문자를 보낸다. "저 데리러 와주실 수 있어요? 네?"

그런 때 나무를 헤치고 그녀의 엄마보다 더 빠르게 달려올 수 있는 사람은 이 숲을 통틀어 아무도 없다.

폭력의 시작점이 어디인지 정확히 아는 사람은 없기 때문에 싸움을 벌인 사람에게는 항상 그럴 듯한 변명이 있다. "도발한 네 잘못이야." "내가 어떤 식으로 반응할지 알면서." "네 탓이야, 너는 당해도 싸, 네가 자초한 거야!"

레오 안데르손은 열두 살이고 여자친구를 사귀어본 적이 없다. 학교 사물함 앞에서 두 살 많은 여학생이 다가오자 그는 평생 두 번 다시 경험하지 못할 만큼 강렬한 흥분을 느낀다.

"호숫가에서 네가 빌리암 뤼트한테 맞서 싸우는 거 봤어. 엄청 용감하더라!" 그녀는 미소를 짓는다.

레오는 사물함 문을 붙잡고 멀어져가는 그녀를 바라본다. 점심시간에는 그녀가 그와 한 테이블에 앉는다. 그날 오후에 마지막 수업이 끝나자 그녀가 복도로 찾아와서 자기 집에 같이 가지 않겠느냐고 묻는다.

대개는 하키 연습에 늦지 않게 엄마나 아빠가 레오를 데리러 왔다. 하지만 그의 부모님은 요즘 들어 그들만의 조그만 세상에 틀어박혔고 레오는 올가을에 하키를 할 마음이 없다. 뭔지 몰라도 다른 사람이 될 작정인데, 이 여자아이가 그를 쳐다보자 이런 생각이 든다. '이 아이 눈에 용감해 보이는 사람이 되고 싶다.' 그래서 그는 친구네 집에 간다고 부모님에게 문자를 보낸다. 그들은 데리러 가지 않아도 된다는 데 다행스러워할 것이다.

여자아이와 레오는 학교와 건너편 주택가 사이의 대로 밑으로 뚫린 터널 길을 걷는다. 레오는 숨을 크게 들이마시고 용기를 내서 그녀의 손을 잡는다. 터널은 어두컴컴하다. 그녀는 손을 빼고 도망친다. 그는 놀라서 눈을 동그랗게 뜨고 그녀의 신발이 콘크리트 바닥을 때리는 소리를 듣는다. 잠시 후에 다른 신발이 내는 다른 소리가 들린다. 그들이 양쪽에서 어둠 속으로 걸어오고 있다. 그중 한 명은 여자아이의 오빠다. 레오는 그녀가 재킷 아래에 빨간색 옷을 입은 걸 몰랐다.

이곳은 아이들에게 번잡한 도로를 건너게 하지 말자고 학부모들이 몇 년 동안 캠페인을 벌인 끝에 시의회에서 오래전에 설치한 터널이다. 아이들의 안전을 도모하기 위해 만든 터널이다. 하지만 이제는 덫이 되었다.

미라가 데리러 오자 마야는 다시 아무 일도 없는 척한다. 솜씨가 훌륭해지고 있다. 그녀는 아나와 함께 달리다 발목을 접질렸다고 하고 미라는 기뻐한다. 기뻐한다! 발목을 접질리는 건 평범한 일이다. 평범한 열여섯 살짜리의 일상을 이루는 일부분이다.

"뭐 하고 싶은 거 있니? 헤드에 가서 커피 한잔 마실까?" 미라는 십대를 키우는 엄마답게 거절이라면 인이 박였기 때문에 뜻밖의 대답을 듣고 가슴이 콩닥거린다.

"좋아요."

그들은 커피를 마신다. 이야기를 나눈다. 심지어 아무 문제 없는 듯이 웃기까지 한다. 두말하면 잔소리지만 이런 분위기를 망치는 쪽은 미라다. 왜냐하면 묻지 않을 수 없기 때문이다.

"그…… 상담 받는 건 어때? 정신분석이라고 해야 하나? 무슨 차이인지 모르겠다만…… 아무튼 네가 너희 아빠나 나한테 얘기하고 싶어 하지 않는다는 건 알지만…… 얘기하고 싶으면 해도 된다고 알려주고 싶어서."

마야는 커피를 젓는다. 시계 방향으로, 시계 반대 방향으로 번갈아 젓는다.

"잘되고 있어요, 엄마. 요즘 기분 좋아요."

미라는 진심으로 그 말을 믿고 싶다. 그녀는 차분한 목소리를 유지하려고 애를 쓴다.

"너희 아빠하고 얘기를 해봤거든. 내가 당분간 일하는 시간을 줄이려고 해, 집에 있는 시간을 좀 더 늘릴 수 있게……."

"왜요?" 마야가 불쑥 묻는다.

미라는 당황한 표정을 짓는다.

"네가 좋아할 줄 알았더니! 내가…… 집에 있는 시간을 늘리겠다고 하면 말이야."

"왜 제가 좋아할 줄 아셨어요?" 마야는 궁금해한다.

미라는 우물쭈물한다.

"내가 좋은 엄마가 못 됐잖니. 너랑 레오한테 좀 더 시간을 할애했어야 하는데 내 일에만 너무 매달렸어. 이제 너희 아빠는 당분간 하키단에 총력을 기울여야 하니까……."

"아빠야 예전부터 하키단에 총력을 기울였죠!" 마야가 말허리를 자른다.

미라는 눈을 깜빡인다.

"너한테 부재중인 엄마로 기억되기 싫어. 특히 지금 같은 때. 너도…… 평범한 엄마 밑에서 자란 기분을 느꼈으면 좋겠어."

마야는 그 말을 듣고 숟가락을 내려놓는다. 테이블 위로 허리를 숙인다.

"그만해요, 엄마. 나는 엄마의 직업이 얼마나 자랑스러운지 몰라요! 다른 아이들한테는 평범한 엄마가 있을지 몰라도 나한테는 롤모델이 있잖아요. 다른 엄마들은 아이들한테 커서 뭐든 될 수 있다고 얘기해줘야 하지만 엄마는 날마다 몸소 보여주고 있으니까 그럴 필요가 없잖아요."

"나는……." 미라는 말문을 열지만 목소리가 갈라진다.

마야는 눈물을 닦고 속삭인다.

"엄마. 엄마는 저한테 꿈을 꿀 필요가 없다는 걸 가르쳐주셨어요. 목표를 세우면 된다는 걸요."

———

어쩌면 빌리암 뤼트는 아무도 해치고 싶지 않았을지 모른다. 남을 괴롭히며 즐거워하는 사람들이 있지만 그가 그런 부류인지는 알쏭달쏭하다. 나중에 그도 그걸 궁금해하며 인간이 어떤 짓을 저지르게 되는 이유가 뭔지 궁금해할지 모른다. 물론 평생 폭력에 변명으로 일관하는 사람이 된다면 얘기는 달라질 것이다. "도발한 네 잘못이야." "그가 어떤 식으로 반응할지 알면서." "네가 자초한 거야!"

친구들이 옆에 있지만 그를 무조건적으로 응원하지는 않는다. 그들은 케빈이나 벤이 때처럼 그를 사랑하거나 존경하는 마음이 있어서가 아니라 그가 힘이 세기 때문에 그냥 같이 다니는 것이다. 이 때문에 그는 반항하는 모든 이를 짓밟아야 한다. 존경심 결여는 여름날 숲속에 튄 불똥과도 같다. 당장 밟아서 없애지 않으면 그 불길에 둘러싸이고 만다.

친구들은 터널 양쪽 끝을 지킨다. 빌리암은 안으로 들어간다. 그는 막무가내로 달려들 필요 없이 먼저 이렇게 묻는다.

"이제는 터프하게 못 나오겠지?"

레오가 겁에 질린 표정을 지었다면 그쯤에서 끝났을지 모른다. 그 열두 살짜리에게 벌벌 떨며 털썩 주저앉아서 빌리암에게 용서를 빌 만한 분별력이 있었다면 그랬을지 모른다. 하지만 겁에 질린 눈빛을 하고 있는 쪽은 빌리암이다. 그래서 열두 살짜리는 빈정거린다.

"쪼잔한 빌리, 너는 얼마나 터프하길래? 벤이한테 덤비지도 못하면서! 베어타운이랑 경기할 때 기저귀 차고 뛸 거냐?"

레오는 이런 말을 늘어놓는 이유를 자기도 모를지 모른다. 하지만 상관없다. 그녀는 그를 속였다. 그는 시커먼 분노의 덩어리를 배 속에 품은 채, 도망치는 그녀를 보고 그들의 계략임을 알아차렸을 때, 이 계략을 세우면서 그들이 어떤 식으로 웃었을지 깨달았을 때 느낀 기분을 평생 떠올릴 것이다. 그리고 폭력에는, 아드레날린에는, 남들과 다른 속도로 뛰는 심장에는 특별한 뭔가가 있다.

레오는 주머니에서 뭔가를 꺼내 빌리암 뤼트의 앞으로 던진다. 라이터다. 빌리암이 당장 달려들자 그의 주먹이 나무토막처럼 세게 레오의 얼굴을 강타한다. 레오는 쓰러지지만 피가 눈에 들어가지 않게 몸을 굴려서 손과 무릎을 딛고 엎드린다. 그는 빌리암과 싸워서 이길 방법이 없다는 걸 안다. 하지만 패배를 면할 방법은 많다. 레오는 발로 찰 준비를 하는 빌리암의 눈에 분노의 눈물이 고인 것을 보고 그의 발길질을 피하는 동시에 있는 힘껏 다리를 뻗어 빌리암의 사타구니를 강타한다. 벌떡 일어나 있는 힘껏 주먹을 휘두른다.

그의 몸집이 지금보다 크고 무거웠다면, 빌리암이 지금보다 작고 가벼웠다면 그것으로 충분했을지 모른다. 하지만 레오의 주먹은 약하고 그중 절반은 빗나가고 빌리암은 휘청거리는 데 그친다. 터널 양쪽 끝에 서 있는 아이들은 꼼짝하지 않는다. 빌리암이 레오의 윗도리를 집게발처럼 움켜쥔다. 열여덟 살짜리가 열두 살짜리의 코를 머리로 들이받는다. 눈앞이 캄캄해진 레오는 바닥으로 쓰러진다. 그 이후에는 어떻게 됐을까? 오, 하느님 맙소사.

그런 이후에는 빌리암 뤼트가 발길질을 멈추지 않는다.

어머니의 노래

당신은 물었죠. "나는 좋은 엄마니?" 항상 그렇게, 그렇게……

……당신은 해답을 찾고 있지만 알아야 해요

당신은 내 내면의 용기

당신은 내가 될 수 있는 모든 것

당신은 내게 미안하다는 말의 가치를 가르쳤지만 당신이 물러설 때는 조준할 때뿐

당신은 내게 눈물의 미덕을 가르쳤지만 내 존재를 절대 미안해하지 않게 했고

당신은 내게 하늘거리는 드레스가 아니라 갑옷을 입혔고

당신은 내게 딸들은 꿈을 꿀 필요가 없고 목표를 세우면 된다는 걸 가르쳤죠.

터널 양쪽 끝에 서 있는 아이들은 아무 말도 하지 않는다. 그들 중 일부는 말려야 한다고, 그만하면 됐다고, 그 아이는 이제 겨우 열두 살이라고 외쳐야 한다고 생각했을지 모른다. 하지만 둔감해지기는 쉬운 법이라 눈 앞에서 펼쳐지는 광경에서 느껴지는 감정이 영화 속 한 장면 정도밖에 안 될 수도 있다. 너무 충격을 받아서 마비되면 두려움 때문에 내가 아니길 다행이라고 생각할 여유조차 없을지 모른다.

빌리암이 그 터널에서 레오를 죽일 수도 있었을까? 아무도 모를 일이다.

예아네테는 학생들과 다른 교직원들에게 기를 쓰고 감추는 사소한 나쁜 습관들이 여러 개 있다. 불안하면 손마디를 꺾는 건 헤드 여자 청소년 하키팀에서 선수로 뛰던 시절에 생긴 습관이다. 나이가 들어서 권투를 시작하고 거기서 다시 무술을 배우면서 희한한 습관들이 숱하게 생겼다. 그녀는 마음이 뒤숭숭하면 기지개를 켜고 매일 아

침에 수업을 시작할 때마다 시합을 준비하는 선수처럼 워밍업을 한다. 그녀는 한때 훌륭한, 아니 아주 훌륭한 선수였다. 심지어 최고의 선수가 될 수도 있었다. 그녀는 일 년이라는 환상적인 시간 동안 프로 격투기 선수로 활약했지만 이 마을에서 그걸 아는 사람은 거의 없다. 부상을 당한 뒤로 다른 선수들의 전철을 밟았기 때문이다. 그 세계에서는 최고가 아니면 나머지 떨거지다. 그녀는 교직 공부를 시작하면서 가슴속의 불꽃을, 킬러 본능을 잃었다. 그녀의 코치는 이런 얘기를 한 적이 있었다. "예아네테, 링에 올라가서 상대 선수의 꿈을 짓밟아버리고 싶다는 생각이 들어야 해. 그렇지 않으면 이 바닥에 있을 이유가 없어." 어쩌면 그 말이 맞을지 모른다. 그녀는 아니길 바라지만 사실 스포츠가 그 정도로 잔인한 것일지 모른다.

그 압박감과 부담감은 싫지만 아드레날린은 그립다. 평범한 삶에는 그걸 대체할 만한 게 없다. 삶에 대한 의지를 자극하는 두려움을 달래며 링으로 올라가면 그녀와 상대 선수만 남았다. 너 대 나. 바로 여기, 바로 지금.

그녀는 그런 스릴을 느낄 다른 방법을 찾고 있다. 교사 생활이 절망적으로 느껴질 때도 많지만 어쩌다 한 번 누군가의 마음속에 가닿거나 무언가를 구제하는 그 조그맣게 반짝이는 순간에는 기나긴 근무시간과 굴욕적인 금액의 월급에서 보람을 찾을 수 있다. 그런 기회를 누릴 수 있는 직업은 많지 않다.

오후에 수업이 끝나면 그녀는 숨겨진 사다리를 타고 지붕으로 올라간다. 거기 올라가 식당 바로 위에 달린 환기통 뒤편으로 가서 서면 베어타운 거의 전역을 내려다보며 아무도 모르게 담배를 피울 수 있다. 그것이 가장 나쁜 습관이다.

아이들의 안전을 도모하기 위해 대로 지하에 만들어놓은 터널도 거기서 보인다. 레오와 여자아이가 들어가는 게 보인다. 여자아이만 뛰어서 나온다. 빌리암과 친구들이 양쪽에서 다가가는 게 보인다. 그녀는 담배를 떨어뜨리고 사다리를 향해 달린다. 작은 마을의 작은 학교인데도 공포 속에 달리면 끝없이 이어지는 것처럼 느껴진다.

미라와 마야는 집에 도착한다. 마야가 방에 들어가자 벽에 붙어 있는 콘서트 티켓이 미라의 눈에 들어온다. 그녀는 그 첫 번째 콘서트를, 마야와 아나가 그 티켓을 어떤 식으로 몇 주 동안 주머니에 넣어 가지고 다녔는지를 어쩌면 딸보다 더 선명하게 기억한다. 아이들은 몰래 아이섀도를 사서 얼굴에 떡칠을 했고 청 반바지를 너무 짧게 잘랐다. 미라는 공연장 앞에 내려주면서 콘서트가 끝나면 곧바로 집에 오겠다고 약속하라고 했고, 아이들은 웃으며 약속했고, 그 둘이 아직 어린애에 불과했지만 미라는 그 순간 그들이 그녀의 곁을 아주 살짝이나마 떠났음을 알았다. 그들은 손을 잡고 비명을 지르는 다른 수백 명의 아이들과 함께 무대를 향해 달려갔고 처음 맛보는 그 자유의 느낌은 어느 누구에게서도 절대 빼앗을 수 없는 기억이다. 마야와 아나는 음악을 통해 달라졌고, 나중에는 전혀 다른 스타일의 음악을 선택해 "약쟁이 노래"가 어쩌고 "삑삑이 노래"가 어쩌고 하며 싸우기만 했지만 그래도 그 공통점은 여전했다. 음악 덕분에 잃어버렸을 수도 있는 내면의 무언가를 살릴 수 있었다. 상상력, 능력, 그들을 수시로 일깨우는 가슴속의 환한 불꽃. "쓰레기들 얘기 듣지 말고 너의 길을 가. 막춤을 추고 고래고래 노래 부르고 최고가 돼!"

이제 열여섯 살인 마야는 엄마의 뺨에 입을 맞추고 자기 방으로 들어간다. 그녀의 엄마는 부엌에 앉아서 요 몇 년 동안 공연장에서 아이들이 밟히고 깔렸다는 기사와 테러범들이 공연장에서 폭탄을 터뜨렸다는 기사를 떠올린다. 그 당시에 그런 현실을 알았다면 미라는 어떻게 했을까? 그래도 아이들을 보냈을까? 어림 반 푼어치도 없는 소리다. 온 세상이 내 아이를 해치려 든다는 걸 아는 마당에 무슨 수로 그걸 반복할 수 있겠는가.

예아네테는 그녀가 좀 더 빨리 도착했다면 어떻게 됐을지 끝까지 궁금해할 것이다. 그랬다면 빌리암이 좀 더 수월하게 단념할 수 있었을까? 레오의 증오심이 줄어들 수 있었을까? 터널 양 끝에 서 있었던 아이들이 도가 지나쳤다고 인정할 수 있었을까?

그녀는 빌리암의 육중한 몸을 홱 잡아당겨서 옆으로 밀치고, 그는 다행히 그녀의 정체를 금세 알아차린 덕분에 그녀에게도 주먹을 휘두르는 실수를 저지르지 않는다. 흥분한 그녀의 눈빛은 교사가 아니라 싸움꾼의 눈빛이다. 빌리암은 숨을 헐떡이고 레오 쪽은 쳐다보지도 않은 채 식식거리며 얘기한다.

"재가 먼저 시작했어요! 재가 자초한 일이에요!"

예아네테는 그 말을 듣고 그녀가 저지른 행동을 끝까지 부끄럽게 여길 것이다. 변명의 여지가 없다. 하지만 그녀는 그해 봄에 있었던 모든 일 때문에, 그녀가 몸담고 있던 학교의 여학생이 성폭행을 당했을 때 그 여학생을 에워쌌던 침묵과 그 이후에 이 마을이 보인 비열한 태도 때문에 모멸감과 분노로 폭발 직전이다. 그녀뿐만이 아니라

온 마을이 분노 상태다. 빌리암 뤼트한테서도 같은 감정이 느껴진다. 그는 다만 다른 데 분노하고 있을 따름이다. 우리는 당해도 싼 인간에게 분노를 표출하기보다 바로 옆에 있는 사람에게 분풀이를 한다.

"지금 뭐라고 했니?" 예아네테는 나지막이 쏘아붙인다.

"재가 자초한 일이라고요!" 빌리암 뤼트는 같은 말을 반복한다.

그녀가 그의 무릎 옆쪽을 어찌나 세게 걷어찼던지 그가 총에 맞기라도 한 듯이 쓰러진다. 그녀는 무게중심이 워낙 완벽해서 그의 몸이 땅바닥에 부딪치는 순간 이미 두 발로 서 있고, 어찌나 여유가 넘치는지 휘파람을 불 수도 있다.

하지만 방금 무슨 짓을 저질렀는지 깨달은 순간 숨통이 조여온다. 그녀에게 무술을 가르친 코치는 항상 이렇게 강조했다. "자제심을 잃으면 절대 안 돼! 감정이 앞서면 안 돼, 예아네테. 그러면 정말 바보 같은 짓을 저지르게 되거든!"

미라는 딸에게 소리가 들리지 않도록 스웨터에 얼굴을 묻고 부엌에서 하릴없이 흐느낀다. 문 저편에서는 그녀의 딸이 콘서트 티켓으로 뒤덮인 벽 아래 침대에 누워서 엄마에게 들리지 않도록 이불을 뒤집어쓰고 울고 있다. 그녀는 부모를 이렇게 쉽게 속일 수 있다는 데 다행스러워한다. 자식이 행복하길 바라는 마음이 워낙 간절하기 때문에 거짓말을 해도 믿는다는 데 다행스러워한다.

마야는 엄마와 아빠에게 그들 나름의 방식으로 삶을 재정비할 시간이 필요하다는 걸 안다. 케빈이 그들에게서 빼앗아간 것을 되찾을 시간이 필요하다는 것도 안다. 그녀의 엄마는 자신이 충분히 훌륭한 엄마라는 걸 느껴야 하고, 아빠는 하키단을 구제해야 한다. 그들은 성공의 경험을 맛보아야 한다. 일어나서 반격하고 승리를 쟁취해야 한다. 어둠을 두려워하는 신세로 전락하면 안 된다. 그랬다가는 함께 살아남을 수가 없다. 예전에는 부엌에 와인 잔이 두 개 있었는데 이제는 한 개만 보인다. 그녀는 아빠의 퇴근 시간이 점점 늦어지고 집으로 들어오기 전까지 문 밖에 서 있는 시간이 점점 길어지고 있다는 걸 안다. 학회 초대장이 담긴 봉투가 있지만 엄마는 가도 되느냐고 물어보지도 않는다는 걸 안다. 마야는 부모님이 헤어지더라도 그녀의 잘못이 아니라고 할 것임을 안다. 그리고 그녀는 그게 거짓말임을 알 것이다.

케빈이 망가뜨린 사람은 그녀였다. 하지만 무너진 사람은 그들이었다.

빌리암 뤼트는 주춤주춤 일어선다.

"내가 여자한테는 손대지 않는 게 다행인 줄 아세요……." 그는 숨을 헐떡인다.

"꿈 깨는 게 좋을 거다!" 모든 이성의 목소리는 머릿속에서 "*아무 말도 하지 마, 예아네테!*"라고 외치지만 그녀는 이렇게 대꾸한다.

"신고할 거예요……." 뤼트가 말문을 열지만 예아네테는 쏘아붙인다.

"뭐가 어쩌고 어째?"

그녀는 바보다. 그녀도 그렇다는 걸 안다. 하지만 그녀는 분노한 마을의 분노한 여자고 이 마을에서는 일반적인 원칙이 더 이상 적용되지 않는 듯하다. 터널 양쪽 끝에 서 있던 아이들은 물러났다. 그들은 싸움꾼이 아니라 못된 협박꾼이고 자기들이 유리한 고지를 점령하고 있을 때만 터프하다. 빌리암은 그들과 다르다는 걸 예아네테도 알겠다. 안에 뭔가가 있고 그래서 더 암담하다. 그는 바닥에 침을 뱉지만 더 이상 아무 말도 하지 않는다. 빌리암은 등을 돌려서 발걸음을 옮긴 순간 레오가 죽은 건 아닌지 걱정이 됐겠지만 애써 누르고 변명을 찾는다. "도발한 쟤 잘못이에요. 어떻게 될지 알면서 그랬다고요."

터널에 둘만 남자 예아네테는 레오 위로 허리를 숙인다. 얼굴이 피투성이지만 숨소리는 일정하고 놀랍게도 눈을 뜨고 있다. 눈빛이 침착하고 초롱초롱하다. 빌리암이 짓밟고 발길질을 하기는 했어도 뭔지 모를 이유로 자제했는지 얼굴이 짓이겨지지 않았다. 부러진 데도 없고, 온몸에 타박상을 입긴 했지만 긁은 자국처럼 옷으로 가릴 수 있을 테고, 눈 주변과 코가 붓긴 했지만 체육 시간에 공에 맞아서 그렇다고 어머니에게 거짓말을 할 수 없을 만큼 심하지는 않다.

"왜 그러셨어요." 아이가 교사에게 얘기한다.

"그러게." 그녀도 시인한다.

그녀는 레오가 그녀를 배려하는 뜻에서 건넨 말로 받아들이지만 그게 아니다.

"야생동물을 촬영한 다큐멘터리 본 적 없으세요? 야생동물들의 입장에서는 부상을 당했을 때가 가장 위험한 순간이에요." 레오가 꾸르륵거리며 얘기하자 입에서 피 맛이 느껴진다.

열두 살짜리의 위로 퍼부어지던 발길질이 멈추자 그는 무슨 수로 복수를 할 수 있을지 생각하기 시작했다. 빌리암이 무릎이 아니라 허벅지를 밟고, 이를 부러뜨리는 대신 살이 많은 부분을 공략하고, 팔을 부러뜨리는 대신 어깨에 멍을 입히는 게 느껴졌다. 레오는 빌리암의 약한 마음을 장점이 아니라 약점으로 간주할 것이다. 그에게 앙갚음을 할 것이다.

열두 살짜리가 엉금엉금 일어서자 예아네테는 절차대로 얘기를 꺼낸다.

"학교에 신고해서……."

레오는 고개를 젓는다.

"제가 넘어졌어요. 빌리암이 부축해주려고 했고요. 딴소리하시면 선생님이 학생을 발로 차는 걸 봤다고 얘기할 거예요!"

그녀는 들고일어나야 한다. 나중에 그러지 않은 자신을 나무라게 될 것이다. 하지만 이 숲속에서는 좋든 싫든 입을 다무는 법을 배운다. 그녀는 레오의 누나가 누군지 알고 그에게 분노할 이유가 있다는 걸 안다. 예아네테가 학교나 경찰에 신고하면 그는 앞으로 절대 그녀를 믿지 않을 것이다. 그러면 그의 마음속에 가닿을 수 있는 기회를 영영 놓칠 것이다. 그래서 그녀는 이렇게 얘기한다.

"우리 약속 하나 하자. 나는 오늘 일을 아무한테도 얘기하지 않을 테니까 너는 아드리 오비크의 견사에 오기로. 거기가 어딘지 알지?"

아이는 순순히 고개를 끄덕이고 소매로 코피를 닦는다.

"왜요?"

"내가 거기서 무술을 가르치거든."

"저한테 싸우는 법을 가르쳐주시겠다는 거예요?"

"싸우지 않는 법을 가르쳐주겠다는 거야."

"이런 말씀 죄송하지만 선생님은 싸우지 않는 데 전혀 소질이 없는 것 같은데요." 레오가 지적한다.

예아네테는 멋쩍은 미소를 짓는다. 레오는 천천히, 아파하며 걸음을 옮기지만 그녀가 부축해주려고 하자 손사래를 친다. 태도가 거칠지는 않지만 협상의 여지를 보이지도 않는다. 레오는 선생님이 뭘 어쩌려는 건지 안다. 그녀는 그를 구제하려고 하고 있다.

그녀는 성공하지 못할 것이다.

26

이 마을은 누구의 것이 될까?

아이가 생기면 누구나 모든 면에서 좋은 부모가 되려고 노력하지만 그 방법을 절대 알 수가 없다. 그건 그냥 어려운 일이 아니다. 불가능한 일이다. 페테르는 드럼 스틱 한 쌍을 들고 딸의 방문 앞에 서 있다. 예전에 그녀는 그의 꼬마 아가씨였고 그녀를 보호하는 것이 그에게 주어진 임무였지만 지금은 너무 부끄러워서 그녀의 눈을 쳐다볼 수조차 없다.

그녀가 어렸을 때는 지구상에 그들 둘만 남은 것처럼 느껴지는 밤이면 좁은 침대에 같이 나란히 누웠다. 그 어린아이가 그의 목에 기대고 잠이 들면 감히 숨을 쉴 수조차 없었다. 그녀의 심장은 토끼처럼 뛰었고 그는 속도를 맞추면서 그가 겁에 질렸다는 데, 삶이 다시 무너진다 한들 단편적인 기억밖에 남지 않을 만큼 완전히 겁에 질렸다는 데 무한한 행복을 느꼈다. 아이들은 부모를 나약한 존재로 만든다. 꿈이 그래서 문제다. 산꼭대기까지 올라갔을 때에서야 자신에게 고소공포증이 있다는 사실을 깨달을 수도 있다.

그녀는 이제 열여섯 살이다. 그녀의 아빠는 그녀의 방문 앞에 서 있지만 너무 소심해서 문을 두드리지도 못한다. 그는 어렸을 때 그녀를 말랭이라고 불렀다. 그녀는 하키를 절대 좋아한 적이 없었기에 그녀가 기타와 사랑에 빠지자 차고에서 같이 연주를 할 수 있게 그가 드럼을 배웠다. 물론 해가 거듭될수록 그들이 연주하는 횟수가 점점 줄었다. 그가 항상 너무 바빴다. 일, 가족, 삶. '내일'이라는 단어를 전보다 자주 꺼내기 시작했다. 딸이 드럼 스틱을 들고 찾아왔을 때 그는 이렇게 묻곤 했다. "숙제 다 했니?"

하지만 지금 드럼 스틱을 들고 거기에 서 있는 사람은 그다. 그는 조심스럽게 마야의 방문을 두드린다. 그러면서 그녀가 듣지 못하길 바란다.

"네?" 그녀가 툴툴거린다.

"아니…… 기타 옆에 있나 해서. 혹시…… 차고에서 같이 연주할래?"

그녀가 문을 연다. 그녀의 마음 씀씀이에 그는 가슴이 아려온다.

"공부하는 중이에요, 아빠. 내일 시간 되면 해요."

그는 고개를 끄덕인다.

"그래, 그래, 말랭아. 내일 하자……."

그녀는 그의 뺨에 입을 맞추고 문을 닫는다. 그는 그녀의 눈을 제대로 쳐다보지도 못한다. 그는 다시 그녀의 아빠가 될 수 있는 방법을 찾지만 알 수가 없다. 그 방법은 누구도 절대 알 수가 없다.

그날 저녁에 안데르손 가족은 그 좁은 집에서 더 이상 멀리 떨어

질 수 없을 만큼 멀리 떨어져 있다. 마야는 볼륨을 있는 대로 키운 헤드폰을 쓰고 침대에 누워 있다. 미라는 부엌에서 이메일을 처리하고 있다. 페테르는 문을 잠그고 화장실에 앉아서 휴대전화를 쳐다보고 있다.

레오는 두툼한 운동복으로 타박상을 감추고 얼굴이 부은 건 체육 시간에 공에 맞아서라고 한다. 어쩌면 그들은 믿는지 모른다. 아니면 그냥 믿고 싶어 하는 것일 수도 있다. 오늘 저녁에는 모두 저마다의 걱정거리에 휩싸여서 레오가 자기 방 창문을 열고 몰래 빠져나가는 소리를 아무도 듣지 못한다.

페테르는 리샤르드 테오에게 전화한다. 그는 세 번째 신호에 받는다.

"여보세요?" 정치인이 얘기한다.

페테르는 입안이 바짝 말랐음에도 침을 꿀꺽 삼키는데, 삼켜지는 것은 자존심밖에 없는 듯하다.

"우리…… 협상에 대해 묻고 싶은 게 있어서." 그가 얘기한다.

그는 다른 식구들한테 들리지 않도록 화장실에 앉아서 속삭이고 있다.

"무슨 협상?" 전화로 그런 대화를 나눌 만큼 어리석지 않은 정치인이 묻는다.

페테르는 숨을 크게 들이마신다.

"베어타운에서는…… 목수를 구하기 힘들 수도 있어. 요즘 철에는."

그는 이런 식으로 정치인에게 아이스링크의 스탠딩석을 없애라는 강요를 하지 말아달라고 부탁한다. 그 일당과 대적하지 않게 해달라고 부탁한다. 지금은 안 되겠다고. 하지만 정치인은 이렇게 대답한다.

"그게 무슨 소린지 모르겠네. 하지만…… 만약 우리가, 그러니까 너하고 내가 협정을 맺는다면 나는 네 쪽에서 지켜주길 바랄 거야. 예외 없이. 왜냐하면 친구들은 원래 그러는 거니까!"

"너는…… 위험한 걸 요구하고 있어. 이 지역구 의원의 차에 도끼가 꽂혔던 거 알지? 나는…… 나는 가족이 있거든."

"나는 너한테 아무것도 요구하지 않아. 하지만 너는 스포츠맨이잖아. 스포츠맨이 폭력적인 훌리건을 옹호하는 줄은 몰랐네." 리샤르드 테오는 빈정거린다.

페테르는 정치인이 전화를 끊은 뒤에도 한참 동안 전화기를 들고 있다. 지금도 눈을 감으면 그의 부고가 선명하게 떠오른다. 그가 하키단을 살릴 수는 있겠지만 그의 가족이 어떤 위험을 감수해야 할까? 그는 이 마을에 하키팀을 선물할 수 있을 것이다. 하지만 이 마을은 누구의 것이 될까?

'작은 구멍이 큰 배를 침몰시킨다'는 격언이 있다. 하지만 어떤 사람들이 보기에는 그 속도가 성에 차지 않을 때도 있다. 테오는 런던에 전화를 건다. 그러자 공장의 새 주인이 베어타운 아이스하키단 단장에게 이메일을 보낸다. 내용은 간단하다. 새로운 후원자의 자격으로 페테르 안데르손에게 "좀 더 가족 친화적이며 좌석이 많은 경기장을 건설하겠다는 약속을 성실하게 이행하겠다"라는 확약을 요구

한다. 그 일당이나 '훌리건'은 아무도 언급하지 않는다. 그 이메일은 페테르에게 배달되지 않는다. 분명 악의 없는 실수겠지만 보내는 이가 그의 성에 에스를 하나가 아니라 두 개로 적었기 때문이다.

누가 나중에 물으면 모두들 혼란스러워할 것이다. 페테르는 이메일을 받은 적이 없다고 할 테고, 후원자는 중재자를 통해 협상했다고 할 테고, 어떻게 된 영문인지 미궁으로 빠져들수록 사람들은 관계 당사자 모두가 뭔가 숨기고 있다고 확신할 것이다.

이메일 사본이 어쩌다 지역 신문사의 수중에 넘어갔는지 어느 누구도 설명할 필요가 없을 것이다. 기자는 '믿을 만한 소식통'을 운운할 것이다. 일단 소식이 전해지면 출처는 상관없어질 것이다.

결국에는 아이스링크의 스탠딩석을 없애자는 것이 누구의 발상이었는지 아무도 입증하지 못하게 될 것이다.

그 일당은 만났을 때와 헤어질 때 항상 상대방의 등에 대고 주먹을 쥐며 끌어안는다. 이걸 폭력성의 증거로 보는 사람들도 있다. 하지만 그들에게는 아니다.

티무 리니우스는 지금도 어머니와 함께 산다. 경찰에서는 그가 불법적인 수입으로 자기 소유의 집을 살 수 없기 때문에 그런 거라고 추측하고 그는 다들 그렇게 믿도록 내버려둔다. 진짜 이유는 어머니를 혼자 두고 떠날 수 없기 때문이다. 집에서 숫자를 셀 사람이 필요하다. 리니우스 형제의 범법 행각을 둘러싼 우스갯소리들이 많다. "리니우스 형제한테 철인삼종경기가 어떤 건지 알아? 수영장까지 걸어가서 자전거를 타고 집에 가는 거지!" "리니우스 형제가 차에 앉아 있는데 누가 운전을 하게? 경찰!" 이런 식이다. 비다르가 유소년 하키팀의 골키퍼가 됐을 때 스탠딩석의 누군가가 이런 농담을 했다. "저 집 식구들은 당연히 훌륭한 골키퍼가 될 수밖에 없을 거야. 뭐든 손을 대지 않고는 못 배기거든!" 그 농담은 그날 한 번으로 그쳤다. 리니우스 형제를 두고 이러니저러니 해도 그들이 학교에서 가장 두각을 드러낸 과목은 수학이었다. 그들은 평생 숫자를 세며 지내왔다. 화장실에 있는 병에 약이 몇 알 남았나, 엄마가 몇 시간째 자고 있나. 비다르가 체포돼서 끌려갔을 때 그 임무를 티무 혼자 떠맡게 됐다. 막내아들이 교화 시설에 수감되자 그들의 어머니는 더 오래, 더 깊게 잠만 자고 싶어 했기 때문에 숫자를 세는 일이 더 힘들어졌다. 비다르가 어떤 짓을 저지르더라도 그녀에게는 항상 어린 꼬맹이였다.

티무는 지금 그녀의 부엌 식탁에 앉아 있다. 그녀가 프라이팬과 냄비를 달그락거리는데, 익숙지 않은 광경이다. 깔깔대고 웃는 그녀의 모습을 마지막으로 본 게 오래전 얘기다. 티무가 비다르의 조기 석방 소식을 전하자 그녀는 밀려드는 희열 속에서 온 집 안을 청소했다. 다음 날 아침에 티무가 숫자를 셌을 때 병에 남은 약의 개수가 이틀째 그대로인 건 몇 년 만에 처음 있는 일이다.

"우리 꼬맹이, 우리 꼬맹이." 그의 어머니는 레인지 앞에서 행복에 겨워 혼자 노래를 부른다.

그녀는 비다르가 석방되는 이유와 그게 누구 덕분인지 묻지 않았지만 티무는 불안해서 괴로울 지경이다. 그는 자기도 다른 평범한 사람들과 원하는 게 같다고 속으로 중얼거린다. 동생이 집으로 돌아오고 어머니가 행복해하고 평범하게 살면 그뿐이라고 중얼거린다. 하지만 사실은 그렇지가 않다. 그에게는 그들을 보호해야 할 의무도 있다. 예전부터 그것이 그의 책임이자 강박이었다.

"우리 꼬맹이, 우리 꼬맹이가 엄마 곁으로 온다네!" 그의 어머니는 노래를 부른다.

티무는 딴생각을 한다. 그 일당은 사람들이 생각하는 것처럼 그렇게 군대식으로 조직을 갖춘 집단이 아니다. 모르는 사람들이 물어보면 다들 "무슨 일당요?" 아니면 "티무라니요?" 하고 되묻지만 그게 전적으로 연극은 아니다. 그는 독재자가 아니고 검은 재킷은 기본적으로 두 가지로 똘똘 뭉친 친구들에 불과하다. 하키와 서로에 대한 애정으로 말이다. 정치인과 이사진과 기자들은 자기들 목적에 부합하는 경우 '훌리건'을 운운하며 끔찍한 헛소리를 늘어놓지만 그 욕심 많은 개자식들은 그 일당만큼 하키단이나 이 마을을 사랑하지 않는다.

티무의 가장 친한 친구인 '스핀델'과 '스니칸'*은 야생동물처럼 싸울 수 있다. 하지만 아무 죄 없는 사람들은 절대 공격하지 않고 몇 년 전에 백 년 만에 최악의 폭풍이 숲을 강타했을 때는 이 둘이 집집마다 찾아다니며 아무 대가 없이 마당에 쓰러진 나무를 치우고 지붕과 창문을 고쳤다. 그때 기자와 이사진은 어디 있었는가? 경찰에서는 스니칸과 스핀델을 조직폭력배로 규정하지만 요즘도 그들이 집 앞을 지나가면 다들 들어와서 커피 한잔 마시고 가라고 부른다. 티무는 어린애가 아니고 그의 친구들에게는 순수한 영혼이 없다는 걸 안다. 하지만 그들에게는 지조가 있다. 그들만의 지조가 있다.

---

* 스웨덴어로 목수라는 뜻이다.

스핀델은 어렸을 때 괴롭힘을 당했고 체육 시간 이후에 절대 샤워를 하지 않아서 같은 반 친구들이 게이인 줄 알고 샤워실로 끌고 가 배배 꼬인 젖은 수건으로 죽도록 때린 적이 있었다. '게이'는 그들이 생각할 수 있는 가장 심한 욕이었고 남자가 될 수 있는 가장 나약한 존재였다. 그 뒤로 스핀델은 그 두 가지를 싫어하게 됐다. 게이와 괴롭힘.

칠 년인가 팔 년 전에 원정 경기를 보고 왔을 때 경찰들이 그 일당을 붙잡은 적이 있었다. 그 당시 열두 살밖에 안 됐던 티무의 동생 비다르가 맥도널드에 혼자 앉아 있었을 때 상대팀 응원단이 그 안으로 들어갔다. 스핀델은 그걸 알아차리고 경찰을 떼어냈다. 개도 말도 신속대응팀도 그를 저지하지 못했다. 그와 비다르가 맥도널드 안에서 이십 분 동안 열 명의 적을 상대했다. 스핀델이 네 명을 병원으로 보냈고 열두 살의 비다르는 의자를 박살 내 다리를 무기로 썼다. 그때부터 전사였다.

스니칸은 다르다. 그는 핵가족 출신이고 하이츠의 변두리에서 살며 아버지의 회사에서 근무한다. 하지만 스니칸은 가슴속에 스핀델과 같은 걸 품고 있다. 그가 십대였을 때 사촌이 휴가지에서 어떤 밑바닥 인생에게 성폭행을 당한 적이 있었다. 그 소식을 입수했을 때 티무는 훔친 차를 몰고 밤을 가르며 달려가 비행기에 탑승하려던 스니칸을 제때 저지했다. 스니칸은 거기 가서 온 나라를 뒤집어엎을 작정이었던 것이다. 그는 티무의 품에 안겨서 그의 등 뒤로 주먹을 쥔 채 분노의 눈물을 흘렸다.

스니칸에게는 이제 여자친구가 있고 그녀는 의회의 주택조합 행정실에서 근무하며 그들에게는 딸이 있다. 지난봄에 그 일당이 케빈

에르달이 아니라 마야 안데르손의 편을 들어야 한다고 티무를 설득한 사람도 스니칸이었다. "우리가 지구를 통틀어 최하위 리그로 전락한다 해도 상관없어. 나는 그래도 그 아이스링크 스탠딩석에 서 있을 거야. 하지만 성폭행범을 두둔하지는 않을 거야!" 그 일당은 그때 결단을 내렸고 지금 그 결과를 마주하고 있다.

그들은 페테르 안데르손의 하키단 잔류에 투표했건만 그 쥐새끼가 스탠딩석을 없애길 바라는 후원자들을 끌어들였다는 소식이 들린다. 티무의 전화기가 계속 울린다. 친구들이 전쟁을 원한다.

"하지만 우리 *꼬맹이*가 왜 *엄마*랑 집에서 살 수 없는지 모르겠네!" 어머니가 갑자기 이 말을 반복하자 티무는 몽상에서 깨어난다.

"네?" 티무는 중얼거린다.

그의 어머니가 의회 주택조합에서 보낸 편지를 식탁에 던진다.

"그 편지에 비다르한테 아파트가 지급된다고 적혀 있어! 도대체 왜? 걔한테는 *엄마*가 있는데!"

그제야 퍼즐 조각이 딱 맞아떨어진다.

양복을 입은 남자가 의회 건물에서 나와 차 문을 여는데 누군가가 그의 등 뒤로 등장한다. 리샤르드 테오는 겁을 먹지만 놀라지는 않는다. 그는 얼른 마음을 가다듬고 묻는다.

"누구시죠?"

티무 리니우스는 두 발짝 앞으로 다가간다. 티무는 리샤르드 테오에게 손끝 하나 대지 않지만 서로 숨결을 느낄 수 있을 만큼 가까운 거리라 정치인은 육체적인 위협을 느낀다. 싸움을 할 줄 모르는 모든 사람은 거기에 흔들릴 수밖에 없다. 돈이나 권력이 있더라도, 법원이 정의를 구현해줄 거라고 믿더라도 마찬가지다. 어두컴컴한 주차장에서 티무 같은 남자에게 공격을 당하고 의식을 잃는 그 몇 초 동안은 아무도 우리를 보호해주지 못한다. 우리는 그걸 안다. 그도 안다. 그래서 그는 이렇게 얘기한다.

"내가 누군지 알잖아. 내 동생 비다르가 시설에 갇혀 있다가 갑자기 풀려났어. 이유를 알 수 없었는데, 베어타운 아이스하키단의 신임 코치가 그 아이를 원했다는 얘기가 들리더군. 내 동생을 그 시설에서 빼낼 수 있는 하키단은 없지. 하지만 정치인이라면 가능하지 않을까?"

심박수가 빨라지지만 리샤르드 테오는 가까스로 침착한 목소리를 유지한다.

"그게 무슨 소린지 모르겠는데."

티무는 기분 나쁜 눈빛으로 그를 바라보지만 결국에는 뒤로 물러나 정치인의 숨통을 틔워준다. 티무는 베어타운에서 정보를 수집하는 사람이 그 혼자만은 아니라고 경고하는 뜻에서 손가락을 들어 보인다.

"우리 엄마가 의회 주택조합에서 보낸 편지를 받았어. 동생한테 아파트가 지급된다고 하더군. 누가 신청했는지 확인해봤더니 당신이었고."

리샤르드 테오는 고개를 끄덕인다.

"마을 주민을 돕는 게 내 일이니까. 그들은 모두……."

리샤르드의 이메일 주소가 주택조합의 명부에 기재된 건 물론 착오다. 하지만 거기에 담긴 의미를 티무는 결국 알아냈을 것이다. 이러니저러니 해도 그의 친구 '스니칸'의 여자친구가 주택조합에서 근무한다.

티무는 으르렁거린다.

"나를 상대로 장난칠 생각은 하지 마! 우리 가족한테 원하는 게 뭐야?"

리샤르드 테오는 딱 잡아뗀다. 용감한 선택이다.

"나는 남한테 뭘 요구하는 그런 사람이 아니야. 특히…… 너희들을 부르는 호칭이 뭐더라? 그 일당이던가?"

"무슨 일당?" 티무가 묻는다.

티무는 표정이 굳지도 않는다. 태연한 척하는 연기를 몇 년 동안 연습한 결과라 정치인도 감명을 받는다. 그래서 그는 두 손을 들고 얘기한다.

"알았어, 고백하지. 나는 네가 누군지 알아. 그리고 우리 둘이 친구가 될 수 있을 거라고 생각하는데, 티무."

"어째서?"

"왜냐하면 우리는 공통점이 많으니까. 우리는 정해진 대로 하기보다 필요한 대로 하잖아. 나는 기득권층에서 우리 같은 사람들을 막으려고 만들어놓은 규칙을 따르지 않는다는 이유 하나만으로 언론에서 위험하고 사악한 인물로 그려지지. 너도 그런 점은 인정할 수밖에 없을 거라고 보는데."

티무는 땅바닥에 침을 뱉는다.

"당신이 입은 양복을 사려면 평범한 사람의 한 달 월급은 갖다 바쳐야 하겠지."

리샤르드는 그 말에 대해 곰곰이 생각한다.

"너는 나쁜 사람이 아니야, 티무. 친구들과 가족을 돌보고 동생이 더 나은 삶을 살길 바라잖아. 아닌가?"

"본론만 얘기해."

"사실 나는 사회에 대한 환상이 없고 그건 너도 마찬가지야. 우리는 다른 그룹에 속해 있는 다른 종족이지만 같은 방식으로 이익을 추구하지."

"당신은 나에 대해서 아는 게 아무것도 없잖아." 티무가 얘기한다.

정치인은 대담하게 미소를 짓는다.

"그럴지도. 하지만 나는 어렸을 때 공포 영화를 하도 많이 봐서 괴물은 항상 눈으로 직접 확인하기 직전에 가장 무섭다는 걸 알아. 우리의 상상력은 우리가 아는 것보다 훨씬 섬뜩하거든. 너도 그 일당을 똑같은 방식으로 구축했겠지. 너희들은 아마 사람들이 생각하는 것보다 숫자가 적을 거야. 너는 사람들이 너희들을 실제보다 더 끔찍한 존재로 상상하도록 내버려두고 있어."

티무의 눈썹이 일그러진다. 그의 몸에서 유일하게 움직인 곳이 그곳이다.

"그 일당은 없어."

정치인은 자신 있게 단언한다.

"그럼, 물론이지. 하지만 인간은 누구나 친구가 필요하지, 티무. 왜냐하면 친구는 서로 도울 수 있으니까."

"뭘 돕는다는 거야?"

리샤르드 테오는 나지막이 대답한다.

"너희들이 좋아하는 아이스링크의 스탠딩석."

레오는 정처 없이 베어타운을 걷는다. 터널에서 맞은 이후로 붓고 멍이 들어서 속도는 느리지만 밤공기를 가르며 여기저기 돌아다녀야 겁에 질리지 않았다는 걸 스스로 입증할 수 있다.

처음에는 철판에 손을 뎄지만 자꾸만 건드리고 싶어 하는 어린아이처럼 하이츠를 향해, 빌리암 뤼트의 집을 향해 걷는다. 하지만 모든 집이 고요하고 어두컴컴한 걸 보고 시내 중심가로 방향을 튼다. 펠센 앞에서 남자들이 담배를 피우고 있다. 그중 두 명이 스니칸과 스핀델이다. 레오는 그림자 속에 서서 그들의 몸짓을 흉내 내며 담배에 불을 붙이고 그들처럼 담배를 피워보려고 한다. 어쩌면 열두 살짜리는 그들을 따라 하면 그들처럼 될 수 있을 거라고 생각할지 모른다. 아무도 건드리지 못하는 그런 사람이 될 수 있을 거라고 말이다.

리샤르드 테오는 전혀 거들먹거리는 기미 없이 '스탠딩석'이라는 단어를 내뱉는다. 그럼에도 티무는 당장 촉각을 곤두세운다.

"스탠딩석이 왜?" 티무는 모르는 척 묻는다.

리샤르드 테오는 뜸을 들인다.

"새 후원자들이 그걸 없애길 바란다는 소문이 있지."

티무의 가면에 금이 가고 그 사이로 증오가 번뜩인다.

"페테르 안데르손이 우리 자리를 *건드리기*라도 했다가는……."

그는 말을 하다 말고 갑자기 멈춘다. 정치인은 회유하는 투로 같은 말을 반복한다.

"내가 얘기했잖아. 나는 네 친구가 되고 싶다고."

"어째서?"

정치인은 드디어 본론으로 들어간다.

"왜냐하면 지난봄에 베어타운 아이스하키단 회원들이 페테르 안데르손의 단장 유임 여부를 놓고 찬반 투표를 벌였을 때 그가 이기도록 네가 손을 썼잖아. 나는 정치인이야. 다른 사람들을 자기가 원하는 방향으로 투표하도록 유도할 수 있는 남자의 가치를 알지."

티무는 회의적인 표정으로 그를 빤히 쳐다본다.

"그러니까 스탠딩석을 건드리지 않도록 당신이 페테르를 설득하겠다?"

정치인은 아주 자연스럽게 거짓말을 늘어놓는다.

"아니. 페테르는 정치인들의 말을 듣지 않아. 어느 누구의 말도 듣지 않아. 그는 구단을 단독으로 장악하길 원해. 하지만 내가 새 후원자들을 설득할 수 있지. 그들은 합리적인 성격이고 열성적인 응원단의 가치를 인정할 거야. 너희들의 정체가 그거 아닌가?"

티무는 볼 안쪽을 씹으며 곰곰이 생각한다.

"그럼 페테르는 어떻게 되는데?"

"나는 하키에 대해서 전혀 모르지만 단장이 가끔 잘리기도 하고 그러지 않나? 바람이 불면 방향이 금세 바뀔 수 있지."

"내 동생한테 불리한 쪽으로는 바뀌지 않길 바라는 게 좋을 거야." 티무는 으르렁거린다.

리샤르드 테오는 깍듯하게 고개를 숙인다.

"나는 네가 원하는 걸 줄 수 있어. 네 스탠딩석, 네 구단 그리고 베어타운 출신들로 이루어진 베어타운팀. 이제 우리가 친구가 될 수 있을까?"

티무는 천천히 고개를 끄덕인다. 정치인은 차에 오른다.

"그럼 너를 더 이상 붙잡아두지 않겠어, 티무. 오늘 저녁에 헤드에서 볼일이 있을 테니까."

티무의 눈꺼풀이 실룩인다. 리샤르드 테오는 그 순간을 만끽한다. 누군가에게서 뭔가를 얻어내려면 그들을 움직이는 원동력이 뭔지를 파악해야 하는데 티무는 보호자다. 어렸을 때는 어머니를 보호하기 위해 부엌에서 남자 어른들과 싸웠고 십대 시절에는 동생을 보호하기 위해 그 일당을 결성했지만 그게 전부가 아니다. 그는 스포츠를 좋아하지 않는다고, 그건 폭력을 위한 변명이자 범법 행위를 위한 구실이라고 쉽게 단정 지을 수 있을지 모른다. 하지만 베어타운 아이스하키단에 대해 이야기할 때 그의 눈빛을 보면 이 마을이 그의 고향이라는 걸 알 수 있다. 경기장의 그 스탠딩석이야말로 그가 걱정을 하지 않고 주변 모든 사람에 대한 책임감으로 짓눌리지 않는 유일한 공간이다. 단장과 코치와 선수들에게 그렇듯 그에게도 하키는 환상의 세계다. 그리고 티무 같은 사람들은 가장 행복한 공간을 보호할 때 가장 위험한 무기를 동원할 것이다. 그래서 그는 쏘아붙인다.

"무슨 소리야? 내가 왜 헤드에서 볼일이 있다는 거야?"

리샤르드 테오는 미소를 짓는다.

"동영상을 본 줄 알았더니?"

그 순간 티무의 전화기가 주머니 속에서 진동하고 문자가 도착한다. 잠시 후에 또 다른 문자가 도착한다. 잠시 후에 또 다른 문자가 도착한다.

레오가 길 건너편의 그림자 속에 몸을 숨기고 있었을 때 펠센 앞에서 있는 남자들에게 하도 많은 문자가 연속으로 도착하는 바람에 전화기에서 핀볼기 같은 소리가 난다. 그들은 일제히 같은 동영상을 본다. 어떤 영상인지 레오는 알 수 없지만 그들이 이렇게 얘기하는 소리가 들린다. "헤드의 병신 새끼들이 죽고 싶어서 환장을 했구만!" 다른 남자가 자기 전화기를 들여다보더니 쉰 목소리로 대꾸한다. "티무가 문자를 보냈어. 자기도 동영상 봤대. 녀석들 소집하래." 레오는 일 분도 지나지 않아서 무슨 동영상인지 전화기로 알아낸다. 모든 학교 학생이 유포하기 시작했고 레오는 이제 무슨 일이 벌어질지 짐작한다. 그는 곧장 숲속으로 달린다. 서두르면 그 일당보다 먼저 헤드에 도착할 수 있을지 모른다.

싸움이 벌어질 것이다.

티무 리니우스는 어둠을 뚫고 견사를 찾아간다. 아드리는 창문 너머로 그를 확인하는데, 병을 들고 오지도 않았고 혼자다.

"너희 남동생 여기 있어?" 티무가 묻는다.

그는 아드리가 아는 눈빛을 띠고 있다.

"옥상에." 그녀는 얘기한다.

티무는 좋아하며 미소를 짓는다.

"녀석한테 맥주를 한잔 살까 하는데. 너도 같이 갈래?"

아드리는 천천히 고개를 젓는다.

"우리 동생 다치면 너, 내 손에 죽는다."

티무는 무슨 소리인지 모르는 척한다.

"다친다고? 맥주 마실 거라니까?"

아드리는 손을 들어서 그의 턱을 향해 내민다.

"알겠지?"

티무는 미소를 짓는다. 아드리는 집 안으로 들어간다. 그녀는 오늘 밤에 어떤 일이 벌어질지 안다. 벤이가 싸움에 가담하지 않길 바라지만 숲속에 드러누워서 '실수' 어쩌고 하는 것보다는 낫다. 그녀는 총기 보관함 열쇠가 베개 아래에 있는지 확인하고 침대에 눕는다.

벤이는 별채 옥상에서 별을 보며 담배를 피우고 있다. 티무는 사다리를 올라가 가장자리 너머를 내다본다.

"맥주 한잔 할래, 오비크?"

그의 말투에서 웃음을 참는 듯한 기미가 느껴진다.

"네? 지금요?" 벤이는 당장 정신을 번쩍 차린다.

티무는 전화기를 들고 온라인에서 난리가 난 동영상을 튼다.

"누가 헤드 광장에서 베어타운 유니폼을 태우고 있대."

"그게 나랑 무슨 상관인데요?" 벤이는 궁금해한다.

티무는 대답을 하기 전부터 이미 사다리를 내려가고 있다. 벤이가 뒤따라오리라는 걸 그 정도로 확신하기 때문이다.

"유니폼 앞면에 내 곰이 그려져 있거든, 오비크. 뒷면에는 네 이름이 새겨져 있고."

그는 화가 난 목소리가 아니다. 오히려 장난기 어린 목소리에 가깝다. 옥상에서 벤이가 내려오는 걸 본 사람이 있다면 이유를 알 것이다. 티무는 그를 안다. 그 둘은 같은 부류다.

"어쩔 생각인데요?" 벤이는 미소를 짓는다.

"너한테 맥주 한잔 사려고. 헤드에서 맛있는 맥주를 판다고 하더라."

27
증오와 혼돈

티무와 벤이는 전혀 서두르는 기미 없이 차분하고 점잖게 마을 표지판을 지난다. 그들은 헤드의 광장에서 걸음을 멈춘다. 타고 남은 유니폼이 바닥에 버려져 있다. 어두컴컴하지만 불빛이 없어서 온 사방의 창문에서 지켜보는 시선을 느낄 수 있다. 그들은 맥주를 한 병씩 들고 헤드의 메인 스트리트를 왔다 갔다 걷는다. 드러낸 웃통에 새겨진 곰 문신이 어둠 속에서 신호처럼 반짝인다. 그들은 이만하면 저들이 서로 전화를 하고 자리에서 일어나 차 트렁크에 쇠파이프를 실었겠다 싶을 때까지 기다린다. 그런 다음 침착하게 헤드를 빠져나와 공터가 있는 곳까지 숲속으로 칠팔십 미터를 걸어간다. 검은 재킷을 입은 남자 여섯이 거기서 기다리고 있다. 십오 분 뒤에 그보다 두 배 많은 숫자의 남자들이 헤드에서 등장하지만 상관없다. 헤드에서 온 스무 명은 전부 싸움을 잘하지 않지만 티무에게는 싸움을 할 줄 아는 멤버들만 있다. 그는 스핀델과 스니칸과 정예부대를 데려왔다.

그리고 무엇보다도 벤이를 데려왔다.

어두컴컴한 숲속에서 벌어진 결투는 조직적이지도 합을 맞추지도 않았다. 증오와 혼돈뿐이다. 노련한 풋워크와 우아한 움직임에 신경 쓸 때가 아니라 꿋꿋하게 서서 견디고, 내가 쓰러지기 전에 저들을 최대한 많이 쓰러뜨려야 하는 때다. 후퇴는 없이 계속 전진이다. 원칙도 백기도 없다. 발길질을 너무 여러 번 하거나 피해야 할 곳을 때려서 의도치 않게 상대방을 죽일 수도 있다. 일단 출동하면 어떤 사태에 휘말리게 되는지 나도 알고 저들도 안다. 모두에게 겁이 나는 상황이다. 무섭지 않다면 지금까지 대등한 상대와 한 번도 싸워보지 않은 거다. 내면 깊숙이 파고들어서 그 안에 있는 무언가를, 끔찍하고 제어할 수 없는 무언가를 찾아야 한다. 가장 진정한 본성을 찾아야 한다.

이 세상에서 이해하기 가장 쉬우면서 가장 어려운 게 폭력이다. 권력을 잡기 위해 폭력을 동원하는 사람이 있는가 하면 오직 자기방어에만 쓰는 사람이 있고, 시종일관 폭력에 의존하는 사람이 있는가 하면 아예 생각조차 하지 않는 사람도 있다. 하지만 남들과 다르게 전혀 아무 목적 없이 싸움을 벌이는 것처럼 보이는 부류도 있다. 그들의 눈빛이 험악해지는 걸 목격한 적 있는 사람들을 붙잡고 물어보면 그들과 우리는 서로 다른 종족이라는 걸 알 수 있다. 그들에겐 남들에게 있는 무언가가 없는지, 아니면 그 반대인지는 알 수 없다. 안에서 무언가가 꺼지거나 켜지면 그들은 주먹을 쥔다.

거의 대부분의 결투는 시작되기 한참 전부터 승패가 결정되고, 손보다 먼저 머리가 움직이고 심장이 두근거려야 한다. 그리고 겁이 날 것이다. 단순히 얻어맞는 게 아니라 완파당할까봐. 부상을 당하지 않으면 상대방에게 부상을 입힐까봐. 그래서 인체의 생물학적인 방어기제로 아드레날린이 분비된다. 발톱을 내밀고 뿔을 낮추고 발굽을 들고 송곳니를 드러낸다.

첫 방? 그로 인해 결정되거나 드러나는 건 아무것도 없다. 반면에 그 나머지를 통해서는 모든 게 드러난다. 누구나 화가 나서, 겁이 나서 아니면 단순히 본능적으로 한 방 날릴 수는 있다. 하지만 상대방의 턱을 있는 힘껏 때리는 건 벽돌담을 주먹으로 세게 때리는 것과 같고, 손가락 아래에서 뼈가 으스러지는 소리가 들리면 어떤 현상이 벌어진다. 상대가 털썩 주저앉거나 비틀비틀 뒷걸음질을 치거나 겁에 질린 눈빛을 보이거나 부들부들 떨리는 손을 들어서 자비를 구하면…… 당신은 어떻게 할 것인가? 다시 한번 주먹을 휘두를 것인가? 같은 자리를 좀 전보다 더 세게? 그러면 당신은 다른 부류의 인간이 된다. 대부분의 사람들은 그러지 못하기 때문이다.

당신이 그 두 번째 주먹을 날리는 걸 본 사람은 두 번 다시 당신과 싸우지 않을 것이다.

티무와 벤이가 나란히 맨 먼저 나선다. 저들이 그들을 에워싸고 자세를 낮춘다. 벤이에게 맨 처음 달려든 상대는 일부러 그를 선택한 모양이지만 섣부른 판단이다. 그가 더 키가 크고 몸집이 더 거대하고 몸무게도 많이 나가지만 여기에서는 그 모든 게 전혀 중요하지 않다.

벤이는 첫 방을 날린 뒤에 똑같은 곳을 전보다 더 세게 때릴 수 있도록 다른 손으로 상대를 움켜잡아서 들어 올린다.

그가 손을 놓았을 때 남자의 머리가 쿵 하는 소리와 함께 어린애가 바닷가에 떨어뜨린 시나몬 번처럼 바닥에 부딪쳐도 벤이는 아무것도 느끼지 못한다. 예전에는 아드레날린과 흥분과 가끔은 희열 비슷한 걸 느꼈다. 그런데 지금은 뭔가가 망가졌고 그는 선을 넘었다.

벤이가 움직이다 말고 멈춘다. 그 틈에 잡념이 생기는데, 그러면 안 된다. 숲속에서는, 어둠 속에서는, 저들에게 무기가 있을 때는 그러면 안 된다. 누군가가 뒤에서 살금살금 다가와 벤이의 무릎을 향해 쇠파이프를 휘두르고 벤이는 헤드가 오늘 밤 결투에서는 패배할지 몰라도 하키에서는 승리하겠다는 사실을 뒤늦게 깨닫는다.

누군가를 제대로 파악하려면 그의 가장 큰 두려움이 뭔지 알아야 한다. 벤이는 비명 소리를 듣는다. 통증을 느끼기 전에 그 엄청난 비명 소리를 먼저 듣는다. 그는 몸이 무너지길, 쇠파이프의 충격으로 무릎이 꺾이길 기다린다. 그 틈에 헤드와 맞붙는 한 경기만 못 나가는 게 아니라 선수 인생이 끝날지 모른다는 생각이 든다. 지금까지 심각한 부상 없이 빙판 위에서 뛰었지만 이제 그의 무릎이 백 퍼센트 회복될 가능성은 전혀 없을 텐데, 희한하게도 두렵지 않다는 생각이 든다. 그는 심란하지 않다. 그러거나 말거나 상관없다. 지금까지 훈련에 바친 기간이 몇 년이고 몇 시간일까? 그런데도 경기 따위에 아무 관심이 없다. 그는 그것이 그렇게 아무 의미 없을 수 있다는 깨달음에 숨을 헐떡이며 가만히 서 있는다. 그런데 몸이 무너지지 않는다. 그는 몇 초가 지난 다음에서야 그가 다치지 않았다는 사실을 깨닫는다. 쇠파이프가 빗나간 것이다.

기껏해야 열두 살쯤 되어 보이는 남자아이가 겁에 질려서 뭔가를 온 사방으로 미친 듯이 휘두르고 있는 게 곁눈으로 보인다. 벤이를 향해 파이프를 휘둘렀던 남자가 바닥으로 쓰러진다. 벤이가 들은 비명 소리는 자신이 낸 소리가 아니라 그가 낸 소리였다. 아이가 굵직한 나뭇가지를 들고 있다. 아이의 뺨을 타고 눈물이 흐르고 있다.

벤이가 아는 아이다. 마야 안데르손의 남동생 레오 안데르손이다. 누군가가 아이의 눈 쪽으로 비스듬히 주먹을 날리자 아이는 비틀비틀 뒷걸음질을 치고 벤이는 그건 용납할 수 없다는 생각을 한다. 그는 몸을 돌려서 달려드는 대신 아이의 팔을 잡고 달린다. 언덕을 오르고 숲속으로 들어가 나무를 가르고 도망친다. 귀에서 고함 소리가 들리고, 그는 헤드의 사내들이 벤이 오비크가 어떤 식으로 싸우다 말고 도망쳤는지 아느냐며 소문을 퍼뜨릴 거라는 걸 안다. 겁쟁이라고 소문을 퍼뜨릴 거라는 걸 안다. 상관없다. 레오는 처음 몇 발짝 동안에는 반항하지만 이내 그를 따라 어둠 속으로 달린다.

레오는 그날 밤에 벤이를 제대로 파악한다. 그가 두려워하는 게 뭔지 알아차린다. 벤이는 싸움을 벌이는 것도, 두들겨 맞는 것도, 심지어 죽는 것도 두려워하지 않는다. 하지만 이건 두려워한다. 고개를 돌렸을 때 열두 살짜리를 보고 책임감을 느끼는 것. 책임감을 느끼는 사람은 누구든 자유로울 수 없다.

그들은 베어타운까지 달려간다. 레오는 벤이가 달리기를 멈춘 다음에서야 숨을 헐떡이며 같이 멈춘다. 열두 살짜리는 발이 아파 신발에 돌이 들어갔나 싶어 내려다본 순간 신발이 없다는 걸 알아차린다. 싸우던 와중에 벗겨진 모양인데, 아드레날린 덕분에 여기까지 달려오는 동안 몰랐다. 발가락에서 피가 나고 있다.

"제 이름은 레오고요……."

벤이는 햇볕이 내리쬐는 창가에서 낮잠이라도 자고 일어난 듯 고르게 숨을 쉰다.

"마야 안데르손 동생이잖아. 알아."

레오의 말투가 금세 바뀐다.

"싸우면 안 된다는 둥 훈계 늘어놓지 마요. 나는……."

벤이는 그의 손을 덥석 잡는다.

"너는 그 아이의 동생이잖아. 이 동네에서 누구 얼굴에 주먹을 날려도 되는 첫 번째 사람이 있다면 그 아이고 두 번째가 너야."

가쁜 숨이 차츰 진정되자 레오는 고마워하며 고개를 끄덕인다.

"그럴 생각은 없었는데…… 그냥 숲속에 숨어서 구경만 하려고 했는데…… 형은 파이프 든 사람을 못 보고 그 사람은……."

벤이는 미소를 짓는다.

"만약 내 머리를 노렸다면 피해 입을 만한 게 별로 없어서 상관없었을 텐데. 하지만 내 무릎뼈를 때리려고 했으니 그러지 못하게 막은 너한테 엄청난 빚을 졌다. 눈은 어때?"

"걱정할 정도는 아니에요……."

벤이는 그의 어깨를 토닥인다.

"너는 터프한 아이야, 레오. 나이가 들면 그게 장점인 동시에 단점이라는 걸 알게 될 거다."

레오는 땅바닥에 침을 뱉고 펠센 앞에서 남자들이 했던 말을 따라

한다. 입안에 닿는 느낌이 좋다.

"헤드의 병신 새끼들이 죽고 싶어서 환장을 했나봐요! 빌리암 뤼트랑 빌어먹을 병신 같은 친구들이랑 헤드의 호모 같은 응원단 말이에요. 다 싫어요!"

벤이는 한 마디, 한 마디에 슬픈 표정으로 눈을 깜빡이지만 아이가 알아차리지는 못하게 한다.

"늦었다. 집에 들어가야지."

"형처럼 싸우는 법을 가르쳐주면 안 돼요?" 레오는 존경심을 담아서 묻는다.

"안 돼." 벤이는 대답한다.

"왜요?"

벤이의 턱에서 힘이 풀리고 가슴이 조여든다. 레오가 남에게 상처를 입힐 수 있는 능력에 넋을 잃었다는 걸 알겠다. 벤이는 누구를 가장 원망해야 할지 모르겠다.

"너는 그런 성격이 못 돼, 레오." 그는 조용히 얘기한다.

아이는 쏘아붙인다. 목소리뿐 아니라 모든 것을 동원해서 쏘아붙인다.

"케빈이 우리 누나를 성폭행했어요! 남자라면 이런 때……."

벤이는 아이를 끌어안고 귀에 대고 속삭인다.

"나도 누나들이 있어서 케빈이 마야한테 저지른 그런 짓을 당했다면 증오심으로 부글거렸을 거다."

레오는 절망감에 식식거린다.

"만약 케빈이 형의 누나를 성폭행했다면 형의 손에 죽었을 텐데……."

벤이는 그의 말이 맞는다는 걸 안다. 그래서 진실을 얘기한다.

"그러니까 나 같은 인간이 되지 마. 나 같은 인간이 돼버리면 돌이킬 방법이 없거든."

28

빌어먹을 호모

다음 날 아침에 아나와 마야는 학교까지 삼십 미터 남은 곳에서 걸음을 멈춘다. 요즘 날마다 그러고 있다. 에너지를 모아서 갑옷처럼 몸에 두르기 위한 의식이다. 아나가 헛기침을 하고 아주 심각한 목소리로 묻는다.

"좋았어…… 평생 날마다 설사를 하는 거랑 항상 문을 열어놓고 볼일을 보는 거, 둘 중 하나를 선택한다면?"

마야는 깔깔대고 웃는다.

"요즘 왜 맨날 똥 얘기야? 생각하는 게 그것밖에 없어?"

"질문에 대답해!" 아나가 명령한다.

"바보 같은 질문이잖아." 마야는 지적한다.

"바보 같은 건 너야! 설사냐 아니면 문을 열어놓고 싸느냐. 어딜 가든…… 항상. 죽을 때까지!"

"나 수업 있어." 마야는 키득거린다.

아나는 진저리를 친다.

"네 쪽에서 규칙을 이해 못 하는데 우리가 어떻게 평생 이 게임을 할 수 있겠니! 대답을 해야 해! 그게 중요한 거라고!"

마야가 짓궂게 고개를 젓자 아나가 그녀를 밀치고, 마야는 웃음을 터뜨리며 똑같이 밀치려고 하지만 아나가 날렵하게 피하는 바람에 넘어지고 만다. 아나는 그녀의 위에 걸터앉아서 손을 잡고 고함을 지른다.

"화장 다 뭉개버리기 전에 대답해!"

"설사! 설사!" 마야는 웃으며 큰 소리로 외친다.

아나가 그녀를 일으켜 세운다. 둘은 서로 끌어안는다.

"사랑해, 또라이야." 마야는 속삭인다.

"우리 대 세상 전부야." 아나도 마주 속삭인다.

이제 그들은 또 하루를 맞이할 준비가 됐다.

누군가와 맨 처음 사랑에 빠지면 배 속에서 깃발이 펄럭이기라도 하듯 위장과 갈비뼈 사이 어딘가가 떨린다. 그 사람이 나를 쳐다볼 때, 처음으로 입을 맞추고 난 이후, 그것이 아직 불가사의한 나만의 비밀일 때. 누군가를 원한다는 것. 그건 약점이다. 그보다 더 위험한 약점은 없다.

학교 수업이 시작되기 전에 누군가가 벤이의 사물함에 빨간색 펜으로 세 마디를 적어놓았다. "달려라, 벤이, 달려라!" 그가 간밤에 어쨌는지 알기 때문이다. 그는 이 마을에서 하도 오랫동안 건드릴 수 없는 존재였기 때문에 갑옷에 아주 가느다란 금만 가도 적들이 그곳을 인정사정없이 공격할 것이다. 그는 싸움판에서 도망쳤다. 달아났다. 그는 남들이 생각했던 그런 인물이 아니다. 겁쟁이다.

그들은 등교한 그가 그걸 보고 어떤 식으로 반응할지 예의 주시하지만 그는 보지도 못한 듯이 군다. 그래서 그들은 그가 그 말뜻을 이해하지 못한 건 아닌지 걱정되기 시작했을지 모른다. 이 때문에 수업이 다 끝나도록 벤이가 후회하거나 부끄러워하는 기미를 보이지 않자 식당 앞을 지나가는 그를 향해 누군가가 "야, 달려라, 벤이! 달려라!" 하고 외친다. 빌리암 뤼트와 친구들이 저쪽 구석 테이블에 앉아 있다. 외친 사람이 누군지 알 수 없지만 벤이는 몸을 돌려서 그들이 외친 대로 한다.

달린다. 그들을 향해 직행한다. 주먹을 쥐고 전속력으로 달린다. 다른 학생들이 비키느라 테이블이 뒤집히고 의자들이 날아간다. 벤이가 빌리암 뤼트의 삼십 센티미터 앞에서 딱 멈추었을 때 뤼트의 친구 중 한 명은 테이블 밑으로 숨었고, 두 명은 서로의 무릎에 앉아 있다시피 하고, 다른 한 명은 너무 열심히 뒷걸음질을 치다 벽에 머리를 부딪친다.

하지만 빌리암 뤼트는 꼼짝하지 않는다. 가만히 앉아서 눈을 뜨고 벤이의 눈을 똑바로 쳐다본다. 벤이는 그에게서 자신의 모습을 본다. 그도 선을 넘은 것이다. 식당 안은 고요하지만 열여덟 살짜리들은 서로의 심장이 뛰는 소리를 듣는다. 침착하게 상대방을 주시한다.

"발이 아프겠네, 오비크? 어제 숲속을 이 끝에서 저 끝까지 달렸다고 들었다만." 뤼트가 으르렁거린다.

처음에 벤이는 생각하는 듯한 표정을 짓는다. 그러다 신발을 벗는다. 그런 다음 양말을 벗어서 뤼트의 무릎 위로 떨어뜨린다.

"선물이야, 빌리암. 네가 스리섬을 할 수 있는 유일한 기회랄까."

뤼트의 턱에 힘이 들어가고 그는 의도했던 것보다 더 심하게 입을 다문 채로 대꾸한다.

"땀에 절었네. 겁쟁이의 양말답게."

그는 벤이의 손목시계를 쳐다보지 않으려고 하지만 실패한다. 그는 그게 누구한테서 받은 선물인지 알고 벤이는 그가 안다는 걸 안다. 때문에 질투가 빌리암을 좀먹는 와중에 벤이는 씩 웃으며 얘기한다.

"나는 사실 숲속에서 *너*를 찾고 있었거든, 빌리암. 하지만 너는 같은 인원끼리 싸울 때는 절대 달려들지 않지? 너는 동영상 속에서만 터프하잖아. 그래서 팀원들이 너를 믿지 않는 거야."

굴욕감으로 빌리암의 뺨이 군데군데 벌겋게 달아오른다.

"나는 싸움이 벌어지는 줄도 몰랐고 집에 있었고 유니폼을 태운 사람은 *내가* 아니야." 그는 쏘아붙인다.

"그래, 너는 그런 짓을 저지를 만한 위인도 못 되지." 벤이는 대꾸한다.

그가 몸을 돌려서 식당을 나서는 순간, 빌리암 뤼트가 뭐라고 외친다. 벤이는 그가 뭐라고 하는지 듣지 못하고 단 두 마디만 알아듣는다.

"……빌어먹을 호모야!"

벤이는 그의 바로 앞에서 입을 쩍 벌린 심연 속으로 추락하는 걸 아무도 보지 못하게 걸음을 멈춘다. 손이 부들부들 떨리는 걸 아무도 보지 못하게 주머니에 넣는다. 무슨 일이 벌어졌는지 뤼트가 보지 못하게 몸을 돌리지 않는다.

"방금 뭐라고 했냐?"

뤼트는 뜻밖의 기회에 용기를 얻어서 좀 전에 했던 말을 반복한다.

"너희 코치는 빌어먹을 호모라고 했다! 좋냐? 잡다한 쓰레기들이 모인 팀에서 뛰니까 좋냐?"

벤이는 두근거리는 가슴이 셔츠 너머로 보이지 않도록 재킷을 여민다. 뤼트가 또 뭐라고 외치자 그의 친구들이 폭소를 터뜨린다. 벤이는 복도로 나서고 모여 있는 사람들 속에서 폴로셔츠를 발견한다. 오늘은 초록색이다. 교사는 사과하고 싶지만 그걸로는 너무 부족하다는 걸 아는 듯 애원하는 눈빛을 띠고 있다.

그때 벤이의 안에서 떨림이 느껴진다. 거센 바람에 깃발이 풀린다. 이번 시즌에는 어느 누구 때문에라도 그렇게 나약해지면 안 된다. 그는 일부러 천천히 걸어서 학교를 빠져나오고 그들의 시야에서 벗어나자 달리기 시작한다. 숲속으로 곧장 달리기 시작한다. 나무를 지날 때마다 주먹으로 때린다.

같은 학교에서 그보다 어린 남자아이가 다른 사물함 앞에서 걸음을 멈춘다. 그는 열두 살이다. 온몸이 타박상으로 뒤덮였다. 그는 어제 나뭇가지를 집어 들고 벤야민 오비크를 공격하려는 사람의 다리를 향해 주저 없이 달려들었다. 이 마을에서는 그런 일이 벌어지면 아무도 모르게 지나가지 않는다.

오늘 그의 사물함에 뭔가가 걸려 있다. 처음에 그는 쓰레기봉투인가 한다. 그보다 더 엉뚱한 착각일 수 없다. 그건 검은 재킷이다. 아무 로고도 엠블럼도 상징도 없는, 완벽하게 평범한 검은색 재킷이다. 그건 아무것도 아닐 수 있다. 하지만 전부일 수도 있다. 레오가 입기에는 너무 크다. 그들은 훨씬 나이를 먹어야 그들의 일원이 될 수 있다는 것을 그런 식으로 전달했다. 하지만 온 학교 학생들이 거기 담긴 의미를 알 수 있도록 그의 사물함에 걸어놓았다.

그에게는 형들이 생겼다. 그러니까 두 번 다시 건드리면 안 된다.

누군가와 한편으로 싸우려면 엄청난 신뢰가 쌓여야 한다. 싸움꾼들이 의리를 소중하게 여기는 것도, 배신의 기미가 보이기만 해도 예민하게 반응하는 것도 그 때문이다. 누군가가 뒤로 물러나고 도망치면 남은 사람이 위험에 노출되고 약해 보인다. 그래서 벤이는 그가 티무와 그 일당을 실망시켰다는 걸 안다. 그건 용납될 수 없는 행동이라는 것도 안다.

그럼에도 그는 숲속에서 몇 시간 동안 마음을 추스르고 다시 마을로 돌아온다. 뺨에 묻은 눈물과 손마디에 묻은 핏자국을 닦는다. 그에게 무슨 문제가 생겼다는 걸 아무도 알아차리면 안 된다. 모든 게 평소처럼 굴러가야 한다. 파란색 폴로셔츠가 그를 갈가리 찢어놓더라도, 그 일당에게 숲속에서 싸우다 도망친 벌을 받을지 모르더라도 그래야 한다. 베어타운이 아니면 그가 어디에 갈 수 있겠는가?

그래서 그는 일을 하러 간다. 펠센의 바를 지키며 맥주를 따른다. 손님이 많아질수록 점점 시선을 피한다. 숲속으로 같이 떠났던 사람들이 몇 명 와 있다. 스핀델의 경우에는 지적 능력이 "매시트포테이토 수준"이라고 라모나에게 종종 놀림을 당한다. 하지만 그는 의리가 있다. 벤이는 숲속에서 그가 처음부터 끝까지 티무의 뒤를 지키는 것을 보았다. 겁이 나서 그런 게 아니라 리더의 측면을 보호하느라 그런 거였다. 스핀델은 너무 껑충하고 특이하다고 어린 시절 내내 괴롭힘을 당했지만 그 일당 안에서 자기가 있을 곳을 찾았다. 그런 정도의 헌신은 돈을 주고 살 수 없는 것이다.

스핀델 옆에는 체격 조건이 그와 정반대인 남자가 앉아 있다. 그는 키가 작고 목이 짧으며 몸통은 벽돌로 만든 변소만큼 넓고 수염은 수달의 털가죽만큼 두툼하다. 그가 스니칸이라고 불리는 이유는 직업이 목수고 아버지도 목수기 때문이다. 예전에 누군가가 스니칸에게 좀 더 창의적인 별명을 갖고 싶지 않으냐고 물은 적이 있었지만 그는 콧방귀를 뀌었다. "너 게이야 뭐야?" 그는 스핀델보다 똑똑하더라도 잘 숨기고 다니는데, 학교 다닐 때 같은 반이었던 벤이의 누나 가비의 표현에 따르면 "천재는 아니지만 악당도 아니"라고 한다. 스니칸은 재미있게 노는 걸 제일 좋아한다. 맥주, 하키, 친구들, 여자들. 술 마시기, 춤추기, 싸움질. 무슨 문제가 생기면 그는 결과에 대한 고민 없이 달려갈 테고 숲에서 싸울 기회가 생겼다 하면 절대 망설이지 않는다.

하지만 그와 스핀델에게는 다른 친구들도 있다. 싸움질을 골프나 다름없는 공통의 취미 비슷하게 생각하는 물렁물렁한 싸움꾼들이다. 그중에서도 스니칸과 함께 일을 하는 친구는 어찌나 다정다감한지 화요일에 누굴 만나면 금요일 전에 다시 못 만날 경우에 대비해서 주말 잘 보내라고 인사한다. 또 다른 친구는 고양이를 네 마리 키운다. 고양이를 네 마리 키우는 사람이 어떻게 위험인물일 수 있을까? 하지만 그는 그렇다.

그 일당의 멤버들은 극단주의자가 아니다. 그들이 위험한 이유는 단 하나, 일심동체이기 때문이다. 모든 세상을 상대로, 무슨 일이 있더라도 서로 똘똘 뭉치기 때문이다. 벤이는 스포츠와 폭력을 주제로 어느 기자가 쓴 책에 "내가 속해 있지 않은 대규모 집단은 모두 위협"이라고 적혀 있었던 걸 읽은 기억이 있다.

베어타운에는 티무와 함께 어린 시절을 보낸, 회사 생활을 하며 검은 재킷보다 하얀 셔츠를 더 많이 입고 다니지만 그래도 티무가 부르면 출동하는 친구들이 있다. 그중 한 명은 아이가 생기면서 아이에게 더 나은 삶을 물려주려고 대학 공부를 시작했는데, 학자금 대출이 부족하면 펠센의 돈 통에서 한 달치 보조금을 받는다. 대도시에 사는 누나가 남자친구에게 구타를 당했는데 경찰에서 아무 조치도 취할 수 없다고 했던 친구도 있고, 인쇄소를 하는 삼촌이 갈취를 일삼는 조직 폭력배에게 협박을 당했던 친구도 있다. 그 누나는 더 괜찮은 남자와 결혼해서 행복하게 잘 살고 있고 그 삼촌에게는 폭력배들이 더 이상 찾아오지 않는다. 티무가 부르면 이 친구들도 달려온다. 그들이 의리를 소중하게 여기고 배신에 민감한 이유가 그 때문이다.

스핀델과 스니칸은 그를 쳐다보지 않지만 벤이는 그들이 오늘 저녁에 그를 해코지하고 싶으면 사전 경고 없이 달려들 수 있다는 걸 너무나 잘 알고 있다.

마야와 아나는 방과 후에 헤어진다. 아나는 개들이 어떻게 지내는지 살펴보아야 한다고 거짓말을 하지만 사실 살펴보아야 하는 쪽은 아빠다. 그래서 민망하다. 마야는 나가서 달리기를 해야겠다고 거짓

말을 하지만 사실은 집에 가서 이불을 뒤집어쓰고 누울 작정이다. 그녀는 다른 이유에서 민망함을 느낀다. 그들은 자매나 다름없고 서로 비밀이 없었다. 하지만 케빈이 그 둘 사이도 망가뜨려놓았다.

펠센의 영업시간이 거의 끝나갈 무렵, 바 한쪽 끝에 모여 있던 사람들이 조심스럽게 양옆으로 비킨다. 바가 조금 조용해진다. 다른 손님들이 알아차릴 정도는 아니지만 벤이가 알아차릴 정도는 되고도 남는다.

"맥주 두 잔." 티무가 벤이의 눈을 똑바로 쳐다보며 얘기한다.

벤이는 고개를 끄덕이고 맥주를 따른다. 티무는 그의 손을 쳐다본다. 떨지 않고 있다. 벤이는 자신이 처한 상황을 존중하고 두려워하지 않는다. 티무는 한 잔을 집고 다른 잔은 카운터 위에 남겨둔다. 벤이는 한참이 지난 다음에서야 그게 무슨 뜻인지 알아차린다. 그가 천천히 맥주잔을 집어 들자 티무가 카운터 위로 허리를 숙이고 잔을 기울여 그와 건배한다. 모두가 볼 수 있도록 그렇게 한다.

"너는 우리랑 같은 편이야, 오비크. 하지만 앞으로는 숲으로 데리고 나가면 안 되겠다. 어제 내가 잘못 생각했어. 네가 다칠 수도 있었잖아, 아이스링크에서 뛰어야 하는데."

"꼬맹이가 숲에서 등장했어요…… 레오라고……."

티무는 씩 웃는다.

"알아. 터프한 꼬맹이지. 네가 끌고 가지 않았다면 계속 싸우다 죽었을 거다."

"아직 어린애예요." 벤이가 말했다.

티무가 목을 길게 늘이자 안에서 뚜둑거리는 소리가 난다.

"애들이 자라서 남자가 되지. 경찰이 레오를 붙잡고 질문을 하면……."

"……아무 말도 하지 않을 거예요!" 벤이는 장담한다.

"믿는다." 티무가 얘기한다.

이제 보니 티무는 단장의 아들이 검은 재킷을 입고 숲속을 누비는 꿈을 꾸다니 재미있다고 생각하는 눈치다. 지난 몇 년 동안 그 일당이 구단을 주무르지 못하도록 기를 쓰고 막았던 페테르가 이제는 그들이 자기 아들을 주무르는 것조차 막지 못하는 현실을 말이다. 그는 카운터 위로 몸을 숙여서 자기 잔으로 다시 벤이의 잔을 건드린다.

"내 동생이 풀려난다는 소식 들었니? 게다가 너희 코치가 개를 선수로 쓰겠대! 너랑 내 동생이라니! 거기다 고춧물로 관장을 당한 족제비처럼 쌩하니 달리는 아맛, 거기다 그 덩치 큰 돌머리 보보까지! 너희들은 돈밖에 모르는 그 고참 선수들하고 달라! 그들은 대부분 베어타운에서 살고 싶어 하지도 않는다고! 여기서 빠져나갈 궁리만 하지. 하지만 너희들은 베어타운 사나이들로 이루어진 베어타운 하키팀이야!"

그날이 저물기도 전에 스핀델과 스니칸과 다른 십여 명의 검은 재킷들이 벤이와 건배한다. 그는 이제 다시 그들과 같은 편이 되었다. 그러면 그의 비밀이 밝혀졌을 때 더 수월하게 일이 풀릴 것 같지만 사실은 정반대다.

29
그녀는 매번 거기서 그를 죽인다

불안은 정말이지 놀라운 감정이다.

마야는 집까지 혼자 걸어간다. 겉은 강철이지만 속은 카드로 이루어진 집이다. 느껴질락 말락 한 산들바람만 불어도 무너진다. 오늘은 식당에 늘어선 줄이었다. 군중이었다. 누군가가 뒷걸음질을 치다 그녀와 실수로 부딪쳤는데, 그녀가 이름도 모르는 남자아이였고 그는 부딪친 줄도 몰랐다. 신체 접촉도 거의 없었다. 그의 잘못도 아니었다. 그런데도 마야는 그 즉시 또다시 지옥의 나락으로 추락했다.

그녀와 아나는 어렸을 때 여름 내내 나비의 숫자를 세곤 했다. 지금은 달라져서 마야는 다른 방식으로 나비의 숫자를 센다. 이제 그녀는 낙엽이 지면 나비들이 죽는다는 걸 안다.

불안. 그것은 아주 이상한 감정이다. 그게 어떤 기분인지 모르는 사람은 거의 없지만 어느 누구도 말로 표현하지 못한다. 마야는 거울 속에 비친 자기 얼굴을 보며 그게 밖에서는 왜 보이지 않는지 궁금해한다. 심지어 엑스레이상으로도 보이지 않으니 어떻게 된 영문일까? 내면을 그렇게 섬뜩하리만치 열심히 쪼아대는데 뼈에 새겨진 시커먼 흉터로 찍히지 않는 이유가 뭘까? 그녀가 느끼는 이 고통이 거울에서는 어떻게 보이지 않을 수 있을까? 그녀는 연극의 귀재가 됐다. 학교에 가고 수업을 듣고 숙제를 하고. 기타 연습이 도움이 되는 것도 같지만 착각일 수도 있다. 그냥 손가락을 계속 바쁘게 움직여야 하는 걸지도 모른다. 아빠가 읽는 '멘탈 코칭' 책에서는 머리로 몸을 움직여야 된다고 하지만 그 반대로 해야 살아남을 수 있는 경우도 있다. 그녀는 우울증에 걸린 사람들이 그런 식으로 계속 움직이고 운동하고 여름 별장을 청소하고 개조하고 아침에 일어날 수밖에 없는 이유를 만드는 걸 본 적이 있다. 꽃에 물을 주고 볼일을 처리하며 자신의 기분에 대해 생각할 겨를이 없도록 뭐든 닥치는 대로 한다. 육체적인 활동과 일상의 사소하고 의례적인 일들이 불안을 잠재워주길 바라기라도 하는 듯이 말이다.

마야는 안에서 이글거리는 불길 때문에 살갗이 터져버리지 않도록 관리하는 법을 터득했다. 남들 모두를 속일 수 있으면 결국에는 자기 자신도 속일 수 있지 않을까. 하지만 아주 사소한 것들이 그녀의 발목을 잡을 수 있다. 케빈의 방 한쪽 구석에 있던 것과 비슷하게 생긴 스탠드나 그녀가 영원처럼 느껴지는 시간 동안 비명을 지른 다음에서야 누군가가 드디어 그의 집 계단을 올라왔을 때 잠깐 들렸던 그 마룻널 삐걱거리던 소리. 그녀는 몇 주 동안 아무 일 없이 지내다가도 어떤 소리나 냄새 때문에 갑자기 다시 그곳으로 돌아가곤 한다. 그의 침대 위. 그녀의 목을 조르던 그의 손과 그녀의 입을 어마어마한 기세로 누르던 그의 완력.

식당에 줄을 서 있던 그 남자아이는 그녀와 살짝 스쳤을 뿐이고 그에겐 아무 의미 없는 사건이었겠지만 그녀에겐 화르르 치솟은 불길과도 같았다. 그녀의 몸속에는 공황 발작이 폭탄처럼 장착되어 있다.

사람들은 성폭행을 이야기할 때 항상 과거 시제를 쓴다. 그녀가 피해자'였다'고 한다. 그녀가 '고통을 받았다'고 한다. 그녀가 그런 일을 '겪었다'고 한다.

하지만 그녀는 그런 일을 겪은 게 아니라 지금도 겪고 있다. 그녀는 성폭행을 당했던 게 아니라 지금도 당하고 있다. 케빈에게는 몇 분 만에 끝난 일이었겠지만 그녀에게는 끝나지 않는 일이다. 매일 밤마다 그 조깅 트랙이 꿈속에 등장할 것 같다. 그리고 그녀는 매번 거기서 그를 죽인다. 그러다 눈을 뜨면 손톱이 손바닥을 파고들도록 주먹을 쥐고 입속에 비명을 머금고 있다.

불안. 그것은 보이지 않는 지배자다.

헤드의 경찰서는 소도시의 모든 경찰서가 그렇듯 업무는 과중하고 인력은 부족하다. 일부러 더딘 반응을 보이고 수사를 질질 끈다고 그들을 조롱하는 건 누구라도 할 수 있다. 하지만 경찰들도 이 일대의 다른 전문가들과 크게 다르지 않다. 시간과 기회만 주어지면 제 몫을 한다. 빨간 옷을 입은 하키 응원단이 구타를 당해 타박상으로 뒤덮인 몸을 이끌고 병원을 찾으면 그들은 알맞은 질문을 할 것이다. 그들이

잘 아는 숲으로 데려가면 결국에는 뭔가를 찾을 것이다.

"여기 있다!" 패싸움 현장으로 추측되는 공터를 한 시간 동안 샅샅이 뒤졌을 때 누군가가 외친다.

그가 무언가를 동료에게 던진다.

신발 한 짝이다. 열두 살짜리에게 딱 맞음직한 사이즈다.

레오가 집 앞 계단에 앉아 있다. 마야는 놀란 눈치다.

"왜 여기 앉아 있어?"

"열쇠를 잃어버렸어." 그는 중얼거린다.

마야는 의심스러운 듯이 그를 쳐다본다. 그가 너덜너덜한 예전 운동화를 신고 있는 걸 알아차린다.

"새 운동화는 어쩌고?"

"싫증나서." 그녀의 남동생은 거짓말을 한다.

"*몇 달 동안* 엄마를 졸라서 산 거잖아!"

마야는 동생이 되받아칠 거라고 생각하지만 그는 가만히 앉아서 땅바닥만 내려다본다. 얼굴은 부었고 한쪽 눈에 멍이 들었다. 체육 시간에 얼굴에 공을 맞아서 그렇다고 얘기하지만 그걸 본 사람은 아무도 없다. 그리고 마야는 오늘 학교에서 검은 재킷이 레오의 사물함에 걸려 있었다고 누가 수군대는 걸 들었다.

"너…… 별일 없는 거야?" 그녀는 조심스럽게 묻는다.

그는 고개를 끄덕인다.

"엄마한테 나 열쇠 잃어버렸다고 얘기하지 마." 그는 애원한다.

"고자질은 하지 않아." 그녀는 속삭인다.

그들은 서로에게 못된 짓을 숱하게 저질렀지만 고자질은 한 적이 없다. 그걸 가르친 사람은 그녀였다. 그녀는 열두 살에 처음으로 본격적인 파티에 참석했을 때 약속한 시각보다 늦게 돌아왔지만 레오의 창문을 두드려서 들어왔기 때문에 부모님에게 들키지 않았다. "우리 서로 고자질은 하지 말자." 그녀는 그때 자다 깬 동생에게 얘기했고 그는 영리했기에 언젠가 그렇게 약속한 혜택을 누리는 날이 올 줄 알았다.

그날 저녁 늦게 경찰이 찾아온다. 페테르도 아는 경찰이다. 그의 아들이 레오와 같은 팀에서 하키 선수로 뛴 적이 있었다. 그래서 그 경찰의 말투에서 유감스러워하는 기미가 느껴졌을지 모른다.

"밤늦게 죄송하지만 헤드 외곽의 숲속에서 패싸움이 벌어졌어요. 몇 명이 중상을 입었고요. 그 일당이 연루됐다고 합니다."

페테르는 엉뚱한 결론을 내린다.

"하키단은 그 일당과 아무 관계가 없다는 걸 잘 아실 텐데요. 만약……."

경찰은 그의 말허리를 자르며 신발 한 짝을 내민다.

"패싸움 현장에서 이걸 발견했습니다."

페테르는 부들부들 떨리는 손으로 아들의 신발을 받아 든다. 아들이 잃어버린 신발을 마지막으로 들어본 게 언제였던가? 레오가 두 살 때였나? 세 살 때였다. 아이의 발이 언제 이렇게 커버렸을까?

경찰은 유감스럽다는 듯이 얘기한다.

"이거랑 똑같은 걸 사달라고 아들 녀석한테 몇 주 동안 시달리지 않았다면 나도 그게 누구 신발인지 몰랐을 겁니다. 열두 살짜리가 신기에는 너무 비싸다고 했더니 고함을 지르면서 안 신은 사람이 없는데 바보 같은 소리를 한다고 하더군요. 누가 신었는지 한 명만 이름을 대라고 했더니 레오라고 했어요."

페테르는 목소리를 떨지 않으려고 애를 쓴다. 사실 열두 살짜리가 신기에는 너무 비싼 신발이었다. 미라와 페테르가 지난여름에 레오에게 이 신발을 사준 것도 모든 일에…… 죄책감을 느꼈기 때문이었다.

"나는…… 이건 그냥 평범한 신발이잖아요. 이걸 신고 다니는 열두 살짜리가 수도 없이 많을 텐데……."

경찰은 또 다른 걸 내민다. 조그만 열쇠고리다.

"이것도 있었어요. 페테르 씨가 내 면전에 대고 문을 닫으면 이걸로 다시 열 수 있을 것 같은 예감이 드는데요."

페테르는 더 이상 이의를 제기하지 않는다. 열쇠고리를 받아 든다. 아무 말 없이 고개를 끄덕인다.

"레오는 경찰서로 와서 신문을 받아야 할 겁니다." 경찰이 얘기한다.

"아직 열두 살밖에 안 됐는데……." 페테르는 가까스로 얘기한다.

경찰은 그의 심정을 이해하지만 물러서지 않는다.

"페테르, 이건 심각한 사건이에요. 헤드 출신들이 예전에도 그 일당과 싸운 적이 있지만 이번에는 달라요. 세 명이 중상을 입고 아직까지 입원해 있어요. 그들은 복수를 할 테고 그러면 그 일당 쪽에서 또 복수를 하겠죠. 이건 게임이 아니에요. 조만간 죽는 사람이 나올 겁니다."

페테르는 무의식적으로 신발과 열쇠를 가슴에 끌어안는다.

"나는…… 레오는 이제 겨우…… 내가 직접 경찰서로 데려가면 안 될까요?"

경찰은 고개를 끄덕인다.

"부인이 변호사죠, 그렇죠?"

페테르는 그가 그렇게 묻는 이유를 안다. 그래서 덜컥 겁이 난다. 경찰차가 사라지자 페테르는 아들의 방문을 그냥 열지 않는다. 발로 차서 연다.

잠시 후에 아버지와 아들은 서로 마주 보고 서서 고함을 지르지만 그보다 더 멀게 느껴질 수가 없다.

마야는 화장실에 틀어박힌다. 아빠가 레오에게 고함을 지르는 소리가 들리고, 잠시 후에 엄마가 아빠에게 그만하라고 고함을 지르는 소리가 들리고, 잠시 후에 누가 더 고함을 지를 자격이 있는지를 놓고 서로에게 고함을 지르는 소리가 들린다. 그들은 겁에 질렸고 화가 났고 무기력하다. 부모들은 항상 그렇다.

마야는 아이를 낳기 전 그들의 사진을 본 적 있다. 그때는 젊고 행복해 보였는데 지금은 사진을 찍을 때조차 그렇게 웃지 않는다. 예전에는 서로를 갈구할 정도로 끔찍하게 사랑해서 아빠는 손끝으로 엄마의 단발머리를 훑었고 엄마는 한번 흘끗 쳐다보는 것만으로도 아빠의 팔에 소름이 돋게 할 수 있었다. 아이들은 부모가 서로에게 사랑을 표현하면 순수하게 생물학적인 반응을 보이지만 그게 사라지면 자기 자신을 증오한다.

마야는 화장실 바닥에 앉아서 건조기를 열었다 닫았다 한다. *딸깍, 딸깍, 딸깍*. 그 소리가 마치 관조적으로 느껴지는데, 안에 티셔츠가 들어 있다. 레오의 티셔츠다. 면 티셔츠를 건조기에 넣어서 돌릴 만큼 멍청한 사람은 그밖에 없다. 빨래를 해본 적이 없어서 할 줄 모르기 때문이다. 마야가 티셔츠를 꺼내보니 핏자국이 아직까지 선명하다. 그녀는 그가 무슨 짓을 저질렀는지 안다. 그녀가 케빈의 집에서 그런 일을 겪은 날 밤에 옷을 태운 이유는 식구들 가운데 어느 누구도 이해하지 못할 것이기 때문이었다. 레오는 싸움을 벌이고 있었고 마야는 누굴 위해서 그랬는지 안다.

아빠가 좀 전보다 더 고래고래 고함을 지르는 소리가 들린다. "숲속에서 *훌리건*들이랑 깡패 놀이를 하겠다는 거냐? *제정신*이야?!" 레오도 마주 고함을 지른다. "적어도 그들은 *뭐라*도 하잖아요. *아빠*는 도대체 뭘 하고 있는데요? 헤드의 그 염병할 병신 새끼들이 *우리 마을을 짓밟*도록 내버려두고 있잖아요!" 그러자 엄마가 제일 우렁차게 고함을 지른다. "우리 집에서 그런 단어는 용납할 수 없어!"

딸깍, 딸깍, 딸깍. 마야는 건조기를 열었다 닫는다. 그녀는 그녀의 가족이 싸우는 이유가 욕이나 패싸움이나 누구의 마을 때문이 아니라는 걸 안다. 그들이 싸우는 이유는 그녀 때문이다. 모두가 그렇다.

그녀는 예전에 아나와 나비 숫자를 세면서 나비의 날갯짓으로 생긴 희미한 기류가 지구 반대편의 허리케인을 유발하는 충격적인 결과로 이어질 수 있다는 '나비효과'를 운운한 적이 있었다. 이제 온 마을이 그녀가 내린 결단의 여파로 무너지고 있다. 그녀가 원인이고 그 모든 싸움과 폭력은 결과다. 그녀가 없었더라면, 그녀가 케빈을 만나지 않았더라면, 그 파티에서 그의 방으로 들어가지 않았더라면, 술에 취하지 않았더라면, 그에게 반하지 않았더라면, 그냥 받아들이고 반항하지 않았더라면. 그녀는 지금 그런 생각을 하고 있다. 죄책감이 그런 식이다. 그녀가 존재하지 않았더라면 이런 일은 벌어지지 않았을 텐데. 아빠가 고함을 지른다. "우리는 너를 싸움꾼으로 키우지 않았어!" 레오도 마주 고함을 지른다. "이 집에서 누군가는 싸워야 하는데 아빠는 너무 겁이 많잖아요!"

문이 쾅 닫히는 소리가 들린다. 아빠가 뛰쳐나가는 소리다. 억장이 무너지는 슬픔에 눈앞이 캄캄해진 아빠다.

그날 밤에 마야는 절대 부르지 못할 노래 가사를 쓴다. 제목은 〈히어 미〉다.

내가 아는 모든 남자는, 모든 아버지와 형제와 아들은
항상 주먹을 불끈 쥐는데 어디서 그런 걸 배웠을까?
언제나 이런 폭력, 언제나 둥근 구멍과 네모난 블록,
우리 모두 네가 우리를 위해 싸워주길 바란다는 그 황당한 발상.

우리를 위해 뭔가를 하고 싶다면
나를 위해 무기를 내려놓고
나를 위해 지옥의 구멍을 닫고

내 친구가 되어줘,

나를 위해 좋은 남자가 되어줘.

너는 나를 위해 이렇게 많은 배려를 한다며 으스대는데

언제쯤 나를 위한답시고 일을 망치는 걸 그만둘래?

네가 날 위해서 뭘 할 수 있는지 알고 싶어?

일단 내 말을 듣기부터 해.

엄마가 화장실 문 앞에서 마야에게 "괜찮니?" 하고 소곤소곤 묻는다. 마야는 거짓말을 한다. "네." 엄마가 얘기한다. "우리, 헤드에 다녀올게. 정리할…… 문제가 생겨서." 마야는 모를 거라고 생각하는 걸까? 그래서 마야는 거짓말을 한다. "걱정 마세요. 저 공부해야 해요. 잘 다녀오세요."

레오는 엄마에게 방에서 다짜고짜 끌려 나올 때 반항하지 않는다. 이미 외투를 입고 새 신발을 신었다. 그들이 경찰서로 출발하자 등 뒤에서 문이 닫히고 마야는 숨을 쉴 수가 없어서 화장실 바닥에 주저앉는다. 그러다 산소가 필요하다는 절박감과 공포를 느끼며 자리에서 일어난다. 문득 집에서 벗어나야겠다는 생각, 이 마을에서 멀리 도망쳐야겠다는 생각이 든다. 그녀가 아는 곳은 딱 한 군데고 그녀가 아는 친구는 딱 한 명이다. 그래서 그녀는 아나에게 한 단어짜리 문자를 보낸다. "섬?"

그녀는 배낭을 싸고 뒷주머니에 전화기를 넣는다. 답을 기다릴 필요가 없다. 아나는 올 것이다. 아나는 그녀의 기대를 절대 저버리지 않을 것이다.

30

그들은 해피엔드에 걸맞은 사람들이 아니다

당연히 아나는 와줄 것이다. 그들의 우정과 같은 건 작정한다고 키울 수 있는 게 아니다. 그런데 키울 수 없는 다른 것도 있다. 부모도 선택할 수 없는 식물과 같고 그 뿌리가 얼마나 깊숙이 파고들어서 발목을 잡을 수 있는지는 중독자의 자식이 아닌 이상 알 수가 없다.

아나가 이미 숲으로 나섰을 때 전화벨이 울린다. 라모나다. 그 할머니는 냉정할지 몰라도 잔인하지는 않아서 지난 일 년 동안 수없이 이렇게 전화를 할 때마다 항상 말투가 똑같다. 측은하게 여길 뿐 가르치려 들지 않는다. 그녀는 아나의 아빠가 "술에 취해서 문밖으로 고꾸라졌다"라고 하는데, 그 말은 곧 펠센에서 쫓겨났고 혼자 집까지 갈 수 있을 만한 상태가 아니라는 뜻이다. "날이 점점 추워지기 시작하네." 라모나는 아나가 당황스러워할 필요 없도록 아빠가 토사물 범벅이 돼서 새 옷이 필요하다는 걸 이런 식으로 돌려서 얘기한다. 그녀는 그러면 아이가 무슨 뜻인지 이해한다는 걸 안다. 라모나는 술 때문에 나락으로 굴러떨어지는 인간들을 오십 년 동안 지켜보았고 알코올의 가장 끔찍한 측면을 두 눈으로 목격해야 거기에 손을 대지 않는 아이들도 있다는 사실을 터득했다.

그래서 라모나는 "아빠를 집까지 데려다줄 사람이 있어야겠다, 아나"라고 얘기하고 아나는 숲속에서 걸음을 멈추고 고개를 끄덕이며 속삭인다. "갈게요." 그녀는 항상 간다. 아빠를 절대 그냥 내버려둔 적이 없다.

불안. 그것은 우리를 소유하지만 흔적을 남기지 않는다.

아나는 마야에게 연락하지 않는다. 마야에게는 완벽한 부모님이 있기 때문이다. 자기 가족을 절대 버리지 않는 엄마와 술에 취해서 토사물 범벅이 된 적 없는 아빠. 그녀와 마야는 자매나 다름없지만 한 가지 다른 게 있다면 거기에 따르는 수치심이다. 아나는 마야에게 그런 아빠를 보이는 걸 상상조차 할 수가 없다.

마야는 밤새도록 섬에 혼자 앉아 있는다. 전화기를 쳐다본다. 결국 문자가 한 통 오지만 아나가 보낸 건 아니다. 또다시 모르는 번호다. 그녀는 지금도 계속 문자를 받지만 아나에게 더 이상 얘기하지 않는다. 친구가 슬퍼지는 건 싫기 때문이다. 이제 그건 마야의 비밀이다. "삼백 크로나 주면 자지 빨아주냐?" 이번 문자에는 이렇게 되어 있다. 그녀는 이런 문자를 보내는 사람들이 자기가 그런 짓을 저지르는 이유나 알고 있는지 궁금해진다. 학교에서 그녀를 보고 질색했던 그 아이처럼 헤드의 누군가가 그녀에게 상처를 주고 싶어 하는 것일 수

도 있고 아이들끼리 서로 케빈 에르달한테 성폭행당한 그 아이한테 문자를 보내보라며 부추기는 것일 수도 있다. 그들에게 마야는 언제까지고 그런 존재일 것이다. 피해자, 걸레, 거짓말쟁이, 공주님.

지난여름에 아나가 여기에다가 비싼 와인을 묻었다. 사냥한 고기를 받은 대가로 하이츠에 사는 나이 많은 이웃이 그녀의 아빠에게 선물한 술이었다. 아나는 소심해서 그걸 버리지는 못했지만 감히 산산조각 난 아빠의 심장이 묻혀 있는 부엌에 둘 수는 없었다. 그래서 여기에 묻었다. 마야는 그걸 꺼내서 마신다. 자기밖에 모른다고 욕을 먹어도 상관없는데, 술을 마셔도 속이 후련해지거나 평화로워지지 않고 씁쓸하기만 하다. "나는 항상 네가 와줄 거라고 믿는데." 그녀는 단짝 친구를 떠올리며 생각한다. "케빈이 나를 침대로 쓰러뜨렸을 때도 너를 믿었는데. 내 단짝 친구가 와줄 거라고, 왜냐하면 내 단짝 친구는 내 곁을 절대 떠나지 않을 테니까!" 빈 와인 병을 나무에 대고 던지자 박살이 나고 깨진 유리 조각이 날아와서 그녀의 팔을 긋는다. 상처에서 피가 뚝뚝 떨어진다. 그녀는 느끼지도 못한다.

최근 들어 아나는 매일 밤마다 관 속에서 숨이 막혀 죽어가는데 누가 그 위에 앉아 있어서 뚜껑을 열 수도 없고 아무리 세게 두드려도 아무도 듣지 못하는 꿈을 꾼다. 마야가 조금씩 나아지는 기미를 보이고 있어서 괜히 자극하고 싶지 않은 마음에 단짝 친구에게도 얘기하지 못했다. 문자 메시지도 이제는 끊긴 눈치라 끔찍한 기억을 환기하고 싶지 않아서 거기에 대해서도 더 이상 묻지 않는다. 띠링, 띠링. 남자아이의 성기 사진. 가끔은 그보다 더 심한 내용. 그런 문자를 보내

서 어떤 변태적인 쾌감을 느끼겠다는 걸까? 마야를 인간으로 생각하기는 하는 걸까? 어쩌면 그녀는 단순한 동물일 수도 있다. 소모품일 수도 있다.

아나가 상상한 십대의 삶은 이런 게 아니었다. 어른들은 열여섯 살을 즐기라고, 그때가 가장 좋을 때라고 한다. 아나에게는 그렇지가 않다. 그녀는 단짝 친구가 행복하게 지냈고 아빠는 저 높은 곳에 있는 영웅이던 어린 시절이 더없이 좋았다. 아나가 네 살인가 다섯 살이었을 때 스노모빌을 타고 가던 두 남자가 겨울 폭풍이 닥친 마을 북쪽에서 실종된 적이 있었다. 긴급 구조대에서 그 일대를 잘 아는 가장 실력 좋은 사냥꾼을 소집하자 아나의 아빠가 장비를 챙겨 들고 한밤중에 출동했다. 아나는 문 앞에 서서 가지 말라고 애원했다. 라디오에서 폭풍 소식을 들은 데다 이런 식으로 나갔다가 영영 돌아오지 못하는 아빠들도 있다는 걸 알 만한 나이였다. 하지만 아빠는 쭈그리고 앉아서 그녀의 머리를 손으로 감싸고 속삭였다.

"너하고 나는 남들의 기대를 저버리고 그러는 사람이 아니잖니."

두 남자 중에서 한 명은 동사했지만 나머지 한 명은 목숨을 부지했다. 그를 찾은 사람이 아나의 아빠였다. 그 뒤로 두 번의 겨울이 지나서 이제 막 여섯 살이 된 아나가 황혼이 진 직후에 호숫가에서 놀고 있었을 때 비명 소리가 들렸다. 아나와 동갑인 아이가 물속에 빠져서 이미 벌벌 떨고 있었다. 베어타운의 아이들은 사람이 빠졌을 때 어떤 식으로 얼음을 건너가서 구조하면 되는지 알지만 그렇다고 해서 모든 아이가 어둠을 뚫고 혼자 달려갈 수 있는 건 아니다. 아나는 일 초도 망설이지 않았다.

그녀의 아빠는 예전에 한심한 짓을 수도 없이 저질렀지만 딸을 다른 집 딸의 목숨을 구하러 나서는 아이로 키웠다. 집에 들어갔을 때 아나는 온몸이 젖어서 부들부들 떨렸고 입술이 파랬지만 엄마가 놀란 목소리로 "무슨 일이야?" 하고 외쳤을 때 이 소녀는 얼굴을 환히 빛내며 이렇게 얘기했다. "단짝 친구를 찾았어요!"

엄마는 몇 년 뒤에 그들 곁을 떠났다. 숲과 어둠과 정적을 견딜 수가 없어서였다. 아나는 남았고 그녀와 아빠는 카드를 치고 농담 따먹기를 했다. 아빠는 가끔 기분이 아주 좋으면 그녀를 펄쩍 뛰게 했다. 솜씨가 워낙 좋아서 아빠가 어두컴컴한 방문 뒤에 숨어 있다가 고함을 지르며 뛰쳐나오면 아나는 비명을 지르고 숨을 헐떡일 때까지 깔깔대고 웃었다.

그녀는 항상 아빠를 사랑했다. 아빠가 우울해할 때도 그랬다. 어쩌면 그는 속으로는 항상 우울했을지 모른다. 엄마가 떠나서 그가 우울해진 건지 아니면 그가 우울해해서 엄마가 떠난 건지는 알 수가 없었다. 가슴 한가운데 우울을 담고 사는 사람들도 있다. 그는 부엌에 혼자 앉아서 술을 마시며 눈물을 흘렸고 아나는 그런 그가 안쓰러웠다. 술에 취했을 때만 눈물을 흘릴 수 있다는 건 얼마나 끔찍한 일인가.

그녀는 자신에게 좋은 아빠와 나쁜 아빠, 이렇게 두 명의 아빠가 있다고 여기고, 나쁜 아빠가 저녁에 외출하면 다음 날 아침에 좋은 아빠가 그 몸을 온전하게 쓸 수 있도록 다치지 않게 관리하는 걸 그녀의 임무로 삼았다.

그녀는 펠센의 뒤편에서 그를 발견한다. 벽에 기대고 잠이 들어 있었다. 처음 몇 초 동안 맥이 잡히지 않자 아나는 공포에 질린다. 하지만 그녀가 손바닥으로 뺨을 때리자 그는 느닷없이 캑캑거리며 눈을 뜬다. 그가 그녀를 확인하고 혀 꼬부라진 소리로 묻는다.

"아나?"

"맞아요." 그녀는 속삭인다.

"나…… 나…… 나 때문에 놀랐니?"

그녀는 애써 미소를 짓는다. 그는 다시 잠이 든다. 열여섯 살짜리 딸은 있는 기운을 모두 쏟아부어야 그의 상반신을 일으켜 토사물로 범벅이 된 셔츠를 벗기고 새 옷으로 갈아입힐 수 있다. 대부분의 사람들은 신경 쓰지 않을지 몰라도 아나는 그 안의 어딘가에 좋은 아빠가 있다는 걸 안다. 엄마가 떠난 뒤에 동화책을 읽어주었던 아빠, 위스키 말고 다른 자장가도 있다는 걸 아는 아빠. 그녀는 그 아빠가 내일 아침에 눈을 떴을 때 깨끗한 셔츠를 입고 있으면 좋겠다. 그녀는 그의 어깨를 팔로 감싸고 일어나보라고 애원한다.

"이제 집에 가요, 아빠."

"아나……?" 그가 혀 꼬부라진 소리로 중얼거린다.

"맞아요. 괜찮아요, 아빠. 그냥 오늘 저녁에 힘들었던 거예요. 내일이면 괜찮아질 거예요."

"미안하다." 그는 코를 훌쩍인다.

그게 최악이다. 딸들은 그 말에 당할 재간이 없다. 그가 휘청거리자 그녀까지 휘청거린다.

하지만 누군가가 그녀를 붙잡는다.

미라의 목소리가 경찰서 전역에 쩌렁쩌렁 울린다. 아이의 나이가 열두 살밖에 안 되는데 변호사와 엄마 사이에 무슨 수로 선을 그을

수 있을까? 그녀는 차를 타고 여기까지 오는 동안 레오에게 고함을 지르지 않았다. 페테르가 두 사람 몫으로, 아니 모든 사람 몫으로 충분히 고함을 질렀기 때문이다. 그래서 미라는 지금 고함을 지르며 경찰관들에게 모든 분노와 무력감을 표출한다.

페테르는 레오 옆에 구부정하게 앉아 있다. 아들은 허리를 꼿꼿하게 펴고 반항조로 앉아 있는 반면, 아빠는 진이 빠져서 쪼그라들었다. 그가 가장 최근에 레오에게 고함을 질렀던 게 언제였을까? 몇 년 전이었나? 페테르의 아버지는 싸움꾼이었고 펠센의 사장인 라모나는 예전에 페테르에게 "폭력적인 아버지는 술을 좋아하는 아버지하고 같아. 그 아들들은 아버지보다 더 심하게 폭력을 쓰고 술을 마시든지 아예 시작조차 하지 않든지 둘 중 하나지"라고 말한 적이 있었다. 예전에 페테르도 레오에게 그 비슷한 걸 설명하려고 한 적이 있었다. "아빠는 폭력을 믿지 않아, 레오. 왜냐하면 예전에 아빠는 우유를 쏟으면 할아버지한테 맞았거든. 덕분에 뭘 안 쏟게 되지는 않았어. 우유만 무서워하게 됐지." 레오가 그 말뜻을 이해했는지 모르겠다. 더 이상 무슨 얘기를 하면 좋을지 모르겠다. 그는 오늘 저녁에 아들에게 끔찍한 소리를 퍼부었지만 레오는 전혀 아랑곳하지 않는 눈치다. 그는 부모의 질책을 눈 하나 깜빡하지 않고 흡수했고, 경찰이 아이에게 질문을 시작하자 그의 아빠는 창문이 열려 있기라도 한 듯 벌벌 떨고 몸서리를 친다. 바로 그 순간 열두 살짜리 아들이 그의 품에서 떠나가고 있다는 걸 알아차린다.

레오가 예전에 하키를 했던 이유는 아빠가 하키를 사랑해서였다. 그는 하키에 푹 빠진 적이 없었지만 소속감과 결속감이 좋았기 때문에 팀원이 되었다. 페테르는 그가 이제는 끔찍한 곳에서 똑같은 걸 발견했음을 알 수 있었다. 경찰이 숲속에서 패싸움이 벌어졌을 때 무슨 일이 있었느냐고 묻자 레오는 "무슨 말씀 하시는 건지 모르겠는데요"라고 대답했다. 경찰관이 그의 신발과 열쇠가 어쩌다 거기 떨어졌느냐고 물었을 때는 "나무를 타다가 떨어뜨렸나봐요"라고 대답했다. 경찰은 그 일당 중에서 아무라도 패싸움에 가담한 걸 보았느냐고 묻는다. 아이는 "무슨 일당요?"라고 되묻는다. 경찰은 티무 리니우스의 사진을 보여준다. 레오는 얘기한다. "누군지 모르겠는데요. 이름이 뭐라고요?"

이제 아들은 그의 것이 아님을 페테르는 알 수 있다. 페테르는 우유를 무서워하지만 레오는 아무것도 무서워하지 않는다.

벤이가 쓰레기를 들고 펠센의 뒷문으로 나갔다가 아나를 붙잡는다. 그가 그녀와 아버지를 일으켜세우자 그녀는 울음을 터뜨린다. 그녀는 온 사방으로 동시에 무너진다. 벤이가 안아주자 그녀는 그의 가슴에 얼굴을 묻는다. 그는 그녀의 머리칼을 토닥인다.

그녀는 어쩌다 아빠를 부축하는 데 이골이 나게 됐는지 얘기하지 않는다. 벤이는 아빠를 부축할 기회가 없었다고 얘기하지 않는다.

"왜 다들 이렇게 술을 많이 마시는지 모르겠어요." 아나는 대신 이렇게 흐느낀다.

"그러면 모든 게 고요해지거든." 벤이는 솔직하게 대답한다.

"뭐가요?"

"자꾸만 떠오르는 온갖 쓸데없는 생각들."

아나는 천천히 벤이의 품에서 벗어나 코를 골 때마다 까딱거리는 아빠의 머리를 손으로 쓸어 올린다. 그녀는 노래에 가까울 정도로 조용히 속삭인다.

"술에 취했을 때만 감정을 견딜 수 있다면 얼마나 끔찍할까요."

벤이는 다부진 사냥꾼을 일으켜 세워서 한쪽 겨드랑이를 어깨로 받친다.

"그래도 아무것도 느끼지 못하는 것보다는 낫지 않을까……."

그가 반은 업고 반은 끌어가며 아나의 아빠를 집으로 옮기는 동안 그녀는 옆에서 따라가다 용기 내서 묻는다.

"마야를 싫어해요?"

"아니." 벤이는 대답한다.

그는 무슨 뜻에서 하는 질문인지 모르는 척하지 않는다. 아나는 그래서 그에게 반해버린다. 그녀는 부연 설명을 한다.

"마야가 성폭행을 당해서 싫어하느냐고 물은 거 아니에요. 내 말은…… 마야의 존재 자체가 싫으냐고요. 마야가 그날 밤에 그 자리에 없었다면…… 선배는 아무것도 잃을 필요가 없었잖아요. 단짝 친구, 하키팀…… 선배의 인생은 완벽했잖아요. 모든 걸 갖추었었잖아요. 그런데 지금은……."

벤이는 아무 감정 없는 목소리로 대답한다.

"내가 누굴 미워해야 한다면 케빈을 미워해야겠지."

"그럼 케빈을 미워해요?"

"아니."

"그럼 누굴 미워해요?" 아나는 묻지만 대답을 안다.

벤이는 자신을 미워한다. 아나도 마찬가지다. 그들이 거기 있었어야 했다. 그들이 그걸 막았어야 했다. 친구들의 인생이 나락으로 추락하지 말았어야 했다. 아나와 벤이가 그랬어야 했다. 그들은 해피엔드에 걸맞은 사람들이 아니다.

그렇기 때문에 아나를 비난할 수 없다. 누구나 타인의 손길을 향한 육체적인 갈망을 감당하기 힘든 순간이 있다.

집에 도착하자 벤이는 그녀의 아빠를 침대에 눕히고 부엌에서 빈 병을 치우는 걸 돕는데, 머리로 감당할 수 없을 만큼 커져버린 감정을 두고 열여섯 살짜리에게 화를 낼 수는 없는 법이다.

벤이는 아주 잠깐 그녀의 어깨를 건드리고 들릴락 말락 하게 얘기한다.

"우리는 우리 아빠들처럼 되면 안 돼."

그가 문 쪽으로 걸음을 옮기자 아나는 달려가서 그의 팔을 잡고 그의 몸에 대고 그녀의 몸을 누른다. 혀로 그의 입술을 건드리고 그의 팔을 집어서 그녀의 셔츠 아래로 넣는다. 나중에 그녀는 어떤 이유에서 그를 가장 미워하게 될까? 그녀를 원하지 않았다는 것? 아니면 그런 식으로 다정하게 거부하는 마음을 전했던 것?

벤이는 성인 남자도 부엌 저편으로 집어 던질 수 있을 만큼 힘이 셌지만 그녀를 밀치지 않고 그녀를 거의 건드리지도 않은 채 몸을 피한다. 화가 난 눈빛이 아니라 연민의 눈빛인 걸 보고 그녀는 그를 얼마나 미워하게 될까? 그녀를 거부하는 것도 아니고 안쓰럽게 여길 따름이라니.

"미안. 하지만 이건…… 너는 이걸 원하는 게 아니야, 아나……."

벤이는 속삭인다.

그는 등 뒤로 조용히 문을 닫고 떠난다. 아나는 바닥에 주저앉아서 눈물을 펑펑 쏟는다. 그녀는 마야에게 전화한다. 친구는 열 번째 신호에 전화를 받는다.

"아아아아나? 뭐야? 미리 얘기하는데 네 빌어먹을 와인은 골로 갔어! 너 *안 왔잖아*! 섬으로 온다고 해놓고 *안 왔잖아*!"

마야가 술에 취했다는 걸 알아차렸을 때 아나의 모든 게 무너진다. 그녀는 전화를 끊고 밖으로 달려 나간다.

앞으로 벌어지는 일을 두고 그녀를 비난하기는 정말이지 어렵다. 하지만 아주, 아주 쉽기도 하다.

정치는 이해하기 어렵다. 그걸 완벽하게 이해하는 사람은 없을지 모른다. 한 사회의 관료 체제가 그런 식으로 굴러가는 이유는 거의 알 수가 없다. 모든 걸 무능한 탓으로 쉽게 돌릴 수 있는 마당에 누구에게 부패 혐의를 제기할 수도 없다. 누군가가 경찰서로 전화를 걸고 경찰과 공공기관에 몸담고 있는 여자가 다른 방으로 자리를 옮긴다. 미라는 길길이 날뛰며 결전을 준비하지만 다시 돌아온 경찰이 레오를 집에 데리고 가라고 한다. "아이의 나이를 감안해서요." 미라는 자기가 한 시간 넘게 언성을 높여가며 한 얘기가 그거 아니냐고 소리를 지르지만 그게 바로 그들이 원했던 것임을 깨닫는다. 그들은 변호사인 그녀의 설득에 넘어갔다고 공표할 것이다. 하지만 사실은 그게 아니다. 누군가가 전화를 했다.

미라, 페테르, 레오가 경찰서를 나서는데 페테르가 아는 차가 눈에 들어온다. 그는 미라에게 레오와 함께 먼저 가라고 한다. 미라는 왜 그러는 건지 열심히 머리를 굴리면서 겉으로는 아무것도 모르는 척 한다. 페테르는 아내와 아들이 사라질 때까지 기다렸다가 검은색 자동차 앞으로 다가간다. 그가 창문을 두드리자 검은 양복을 입은 남자가 문을 연다.

"안녕, 페테르. 이런 데서 우연히 만나다니." 정치인이 얘기한다.

페테르는 그렇게 아무렇지도 않게 거짓말을 할 수도 있다는 데 충격을 받는다.

"우리 아들이 훌리건들끼리 벌인 패싸움 문제로 경찰서에서 신문을 받았는데 갑자기 더 이상 물어볼 게 없다고 하더군. 네가 혹시 뭐 아는 건 없겠지?" 페테르는 딱딱거린다.

그는 자신의 감정을 감추지 못한다. 분노도 불안도 부모로서 부족한 점도 감추지 못한다. 리샤르드 테오는 그런 그를 말없이 경멸한다.

"물론 없지." 그는 서글서글하게 대답한다.

"내가 한번 알아맞혀볼까? 네 주변에 친구들이 많지?" 페테르는 화가 난 목소리로 묻는다.

리샤르드 테오는 재킷 소매에 묻은 페테르의 침을 닦는다.

"너도 친구들 많잖아, 페테르. 조만간 공장의 새 사장단이 참석하는 기자회견이 언제, 어디에서 열리는지 너한테 전달될 거야. 정치인, 이 지역 재계 대표, 이 일대의 주요 인물들이 참석할 테고. 네 친구로서 너도 그 자리에 참석해주었으면 한다."

"거기서 그 일당에 반대한다고 분명하게 얘기하라 이거지?"

리샤르드 테오는 충격을 받은 척한다.

"폭력에 반대한다고 분명하게 얘기해야지, 페테르. 네 아들이 점점 빨려 들어가는 것처럼 보이는 폭력에!"

페테르는 숨이 막힐 것 같다.

"왜 그렇게 그 일당을 없애지 못해서 안달이야?"

테오는 대답한다.

"그들은 폭력을 통해 지배하거든. 민주주의 사회에서 용납할 수 없는 일이지. 물리력을 동원해서 권력의 정점에 오른 사람한테는 반기를 들어야 해. 권력에 관한 한 백 퍼센트 장담할 수 있는 한 가지가 뭔지 알아, 페테르? 그 맛을 본 사람은 절대 자발적으로 놓지 않는다는 거."

페테르는 이렇게 묻는 자신의 목소리가 혐오스럽다.

"그럼 내가 거기서 얻는 소득은 뭐고?"

"너? 너는 구단을 장악할 수 있지. 후원금을 네 마음대로 쓸 수 있어. 심지어 이사도 네가 뽑을 수 있을걸?"

"이사?"

"아무나 네가 원하는 대로."

페테르는 자기 신발을 내려다본다. 그러고는 잠시 후에 나지막이 속삭인다.

"알았어."

그는 조만간 그 기자회견장에 서게 될 것이다. 필요한 얘기를 한 마디도 빠짐없이 하게 될 것이다. 돌이킬 방법은 없다. 이제는 페테르 대 그 일당이다.

리샤르드 테오는 사악한 인간이 아니다. 실리주의자일 뿐이다. 티무 리니우스 같은 인간은 선거에서 표심에 영향을 미칠 수 있다. 리샤르드 테오는 그에게 그 대가로 무언가를 선물해야 한다. 티무의 관심사는 아이스링크의 스탠딩석뿐이다. 그걸 먼저 빼앗아야 돌려줄 수 있다.

아나는 누굴 해칠 작정으로 문을 박차고 나간 것이 아니다. 그저 집 안에 있을 수 없었을 뿐이다. 그녀는 심지어 벤이를 따라갈 생각도 없었다. 앞에서 나무 사이로 그의 하얀색 상의가 우연히 보였고 그는 발이 몸의 다른 부분과 따로 노는 듯이 천천히 걷고 있었다. 아나는 동물을 추적하는 능력을 본능적으로 타고났기에 그의 뒤를 밟는다. 벤이가 어디로 가는지, 여자친구를 만나러 가는지 궁금했을 수도 있다. 그녀는 그가 그녀보다 열 배 더 매력적인 여자와 함께 있는 걸 보고 나면 홀가분해질지 모른다고 자기 자신을 설득한다. 숲은 이내 어두컴컴해지지만 그녀는 빨간 담뱃불과 그가 뒤로 남기는 달콤한 담배 냄새를 따라간다.

그는 베어타운과 헤드의 중간 지점에 다다랐을 때 방향을 꺾어서 캠핑장으로 향하는 오솔길로 접어든다. 그는 어느 통나무집 앞에서 걸음을 멈추고 문을 두드린다. 아나는 문을 연 사람의 얼굴을 알아본다. 그녀가 다니는 학교 선생님이다. 이후에 아나는 벤이가 그를 감싸 안고 입을 맞추었을 때 무슨 생각을 했고 어떤 감정을 느꼈는지 기억하지 못할 것이다.

지금 하는 모든 일을 두고 아나를 비난하기는 쉬울 것이다. 그녀는 아파하고 있지만 어떻게 보면 누구나 그렇다. 그녀는 이보다 더 외로워본 적이 없고 외로우면 누구나 잘못된 판단을 내리지만 어쩌면 열여섯 살짜리가 제일 심할지 모른다. 그녀는 전화기를 꺼내서 벤이와 선생님의 사진을 찍는다. 그런 다음 인터넷에 올린다.

지옥문이 열린다.

31
어둠

탕!

우리는 비밀을 들먹일 때 항상 소유물 대하듯이 한다. '내' 비밀이라고 한다. 하지만 그것도 남들은 모를 때 얘기다. 비밀에 *중간*은 없다. 완전히 들통나든지 전혀 아무도 모르든지 둘 중 하나다. 세상 밖으로 흘러나가는 순간 비밀은 지진이 되고 산사태가 되고 쓰나미가 된다. 생각 없이 던진 말 한 마디, 언뜻 지나간 생각, 상처를 입은 사람이 인터넷에 올린 사진만으로도 어쩌다 그렇게 됐는지 모르는 새 돌이 굴러떨어지고 눈이 쏟아지고 넘을 수 없는 파도의 벽이 밀려들 수 있고, 그때부터는 그 어떤 것도 막을 수 없다. 칠월의 향기를 오므린 두 손에 담으려는 것처럼 부질없는 짓이 된다. 이제 모르는 사람이 없다. 아무도 알면 안 되는 걸 모르는 사람이 없다.

벤이는 그 소리에 깬다.

탕! 딱 한 번이지만 어찌나 힘이 센지 통나무집 벽이 흔들린다. 그러고 나서 정적이 흐른다. 교사는 잠결에 몸을 뒤척이지만 벤이는 벌써 방 밖으로 나가서 몸을 웅크리고 현관문으로 걸어간다. 나중에 기억하겠지만 그는 왠지 모르게 진작부터 두려움에 떨고 있었다. 그는 여기 도착했을 때, 문 앞에서 입을 맞췄을 때 이미 바보 같은 짓을 저지르고 있다는 걸 알았다.

나중에 깨닫겠지만 그가 바보 같은 짓을 저질렀던 이유는 사랑에 빠졌기 때문이었다. 그래서 그는 방심했다. 그는 통나무집 문을 열고 밖을 내다보지만 상대는 어둠 속에 숨어서 모습을 드러내지 않는다. 그는 몸을 돌려서 다시 안으로 들어가려는 찰나, 소리의 진원지를 파악한다.

탕.

퍽이 벽을 때리는 소리처럼 아니면 심장이 갈비뼈를 두드리는 소리처럼 아니면 칼이 캠핑장의 통나무집 문에 꽂히는 소리처럼. 아무무늬 없는 종이에 두 글자가 적혀 있는데, 첫 번째 글자가 '호'이고 이응을 망원 조준경처럼 그려놓았다. 그 안에 칼이 꽂혀 있다.

'호모'

아나는 열병 환자처럼 숲속을 헤매고 다닌다. 빠른 속도로 눈이 내리고 있다. 이 지역치고도 일찍부터 많이 내리는 셈이다. 가을 폭풍이 다가오는 중이다. 과소평가되기 십상이지만 추위는 사람의 목숨을 순식간에 앗아갈 수 있는 능력의 소유자다. 피곤하면 잠깐 앉아서 쉬었다 가라고 나지막이 속삭이는 암살자다. 땀을 흘리고 있다고 속이고 옷을 벗으라고 부추긴다. 눈과 영하의 기온은 사막의 작열하는 태양과 동일한 환각을 일으킨다.

아나는 마을보다 숲속이 더 편한 아이기에 이 모든 걸 알고도 남는다. 마야도 인간이라기보다 다람쥐에 가깝다고 놀려대곤 한다. 아나가 숲속에 발을 들여놓으면 현실 세계가 멀어지고 시간이 멈춰서 여기서 벌어진 일은 마을에서의 생활에 아무 영향도 미치지 않을 수 있다. 그녀는 늘 그렇게 상상하기 때문에 집에 거의 도착한 다음에서야 그녀가 무슨 짓을 저질렀는지 온몸으로 실감한다. 집 대문 앞에 다다른 다음에서야 공포가 그녀를 거세고 잔인하게 강타하고 그녀는 가슴이 너무 아파서 숨이 가빠진다. 인터넷에 동영상을 올리는 건 거실에서 언성을 높이는 것과 비슷하다고 생각하기 쉽지만 사실은 옥상에서 고함을 지르는 것에 더 가깝다. 우리의 환상세계는 항상 다른 사람들의 현실에 영향을 미친다.

아나는 전화기를 꺼내 벤이와 선생님의 사진을 지우지만 엎질러진 물이다. 그녀는 이미 그들의 비밀을 바다 위로 재를 뿌리듯 퍼뜨렸고 그걸 되돌릴 방법은 없다.

자기가 무의식적으로 보인 반응에 뿌듯함을 느끼게 되는 경우는 거의 없다. 맨 처음에 떠오른 생각이 가장 솔직한 생각이라는 얘기도 있지만 그렇지 않을 때도 많다. 가장 바보 같은 생각일 때가 많다. 그렇지 않고서야 재고하는 이유가 없지 않겠는가.

페테르는 아침 일찍 펠센의 문을 두드린다. 가운으로 몸을 감싼 라모나가 노기등등하게 위층 아파트 창문을 연다.

"이봐, 우리 술집에서 불이라도 난 게 아니면 각오해야 할 거야! 이 시각에 멀쩡한 인간을 깨우다니!"

하지만 그녀는 누그러진다. 페테르도 오래전에는 어린아이였기 때문이다. 그는 와서 술 취한 아버지를 데려가라고 그녀에게 하도 여러 번 호출을 당했기 때문에 술을 거의 한 방울도 입에 대지 않는다. 그는 평생 모든 걸 개선하려고 애를 쓰며 살아왔다. 모두에게 행복을 선사하고, 다른 사람들이 저지른 실수를 덮어주고, 책임을 짊어지며 살아왔다. 그런 그가 털어놓는다.

"기자회견이 열릴 거예요, 라모나. 모르는 사람들이 공장을 인수하는데 그들이 여기저기서 떠들어대는 우리 구단의 '정체 모를 후원자'예요. 그리고 저는 기자들 앞에 서서 스탠딩석을 없애고…… 훌리건을 없앨 생각이라고 얘기할 거예요."

라모나는 충격을 받았을 수도 있지만 그랬다 한들 드러내지 않는다. 그녀는 담배에 불을 붙인다.

"그게 나하고 무슨 상관인데?"

페테르는 헛기침을 한다.

"제가 이사를 한 명 선출할 수 있대요. 아무나 원하는 사람으로요."

"프락이 제격이겠구먼." 라모나는 콧방귀를 뀐다.

"프락은 사장님이길 바랄 거예요. 저도 그렇고요." 페테르는 대꾸한다.

희미한 담배 연기가 라모나의 콧구멍에서 흘러나온다. 그녀가 놀랐다는 유일한 증거다.

"이봐, 머리를 다쳤나? 자네도 알다시피 나는…… 티무랑 그 아이들한테 그런 짓을 할 생각이라면서? 그 녀석들은 내 아이들이야! 스탠딩석은…… 그건 그 녀석들의 구단이기도 하다고!"

페테르는 허리를 꼿꼿하게 펴고 서 있지만 목소리에서 티가 난다.

"구단을 위해서 제가 할 수 있는 모든 걸 동원하는 중이에요. 하지만 '권력의 맛을 본 사람은 절대 자발적으로 놓지 않는다'고 하더군요. 그래서 이것이 저의 사심 없는 판단이라고 확신하려면 제 말에 항상 동의하지만은 않을 사람을 이사로 앉혀야겠어요. 저랑 싸울 사람을요."

라모나는 계속 아무 말 없이 담배만 피운다.

"우리 둘 다 자기 고집을 부리면서 싸우면 결국에는 둘 중 한 명이 잘리겠군."

페테르는 고개를 끄덕인다.

"하지만 우리 둘 다 구단의 최선을 위해 싸우면 구단이 이길 테고."

라모나는 가운을 좀 더 세게 여민다. 한참 동안 생각한다. 그러다 미간을 찌푸린다.

"아침 먹었나?"

"어떤 아침요?" 페테르는 묻는다.

라모나는 툴툴거린다.

"어디 커피가 있을 텐데. 아니면 자네처럼 술은 입에 대지도 않는 인간들이 마시는 다른 뭔가가."

이렇게 해서 라모나는 드디어 베어타운 아이스하키단의 이사로 영입되지만 논의를 마무리 짓기 전에 훼방꾼이 등장한다. 먼저 페테르의 전화벨이 울리는데, 프락이고 이렇게 묻는다. "벤야민 얘기 들었어?" 그렇게 해서 라모나도 알게 된다. 그녀는 그때 보인 반응을 죽을 때까지 부끄럽게 여길 테고 페테르도 마찬가지다. 맨 처음 한 생각이 '엎친 데 덮친 격이네!'였기 때문이다.

무의식적으로 보인 반응이 가장 어리석인 반응일 때가 많다.

———

누군가의 진실을 알아내는 것은 불길처럼 파괴적이고 무차별적이다. 벤이의 진실은 베어타운과 헤드를 불길처럼 관통하고 그를 질투하거나 싫어할 이유가 눈곱만큼이라도 있는 사람들은 이제 그의 갑옷에서 틈을 발견한다. 그들은 한 명도 남김없이 그 사이로 있는 힘껏 칼을 찔러 넣는다.

벤이의 면전에 대고 뭐라고 할 수 있을 만큼 간이 큰 사람은 없기에 그들은 이럴 때 사람들이 늘 하는 대로 한다. 그를 놓고 입방아를 찧을 뿐 그와 말을 섞지는 않는다. 그는 인간이 아닌 사물이 되어야 한다. 그럴 수 있는 방법은 수천 가지가 있지만 대개 동원되는 이 방법보다 더 간단한 방법은 없다. 그에게서 이름을 빼앗는 것이다.

'진실'이 유포되자 어느 누구도 전화기나 컴퓨터로 '벤야민'이나 '벤이'라고 쓰지 않는다. '그 하키 선수'라고 한다. 아니면 '그 학생'이라고 한다. 아니면 '그 남자애'라고 한다. 아니면 '그 호모'라고 한다.

일부는 나중에 동성애자를 싫어한 게 아니라 벤이를 싫어한 거라고 주장할 것이다. 대다수는 "다른 사람도 아닌 그가 그렇다는 데 놀랐을 뿐"이라고 주장할 것이다. 일부는 "어떤…… 조짐…… 같은 게 있었다면 좀 더 제대로 대처할 수 있었을지 모른다"라고 할 것이다.

일부는 스포츠의 세계, 그중에서도 특히 하키의 세계는 깊숙이 내재된 이상적인 남성성을 상징하기 때문에 충격이 더 클 수밖에 없다는 식으로 복잡한 문화 분석을 제시할 것이다. 그 나머지는 '언론'에서 생각하는 것만큼 반응이 엄청나지는 않았다고 주장할 것이다. 전부 과대 포장됐다고 말이다.

누가 "분명 그에게 악감정을 품은 사람은 없다"라고 하면 옆에서 "우리 마을이…… 그런 사람들로 득시글거리는 것을 원치 않을 뿐"이라고 거들 것이다. 몇 명은 이렇게 중얼거릴 것이다. "그의 입장에서는 이 마을을 뜨는 게 최선이겠지. 여긴 별거 없잖아? 대도시로 가는 게 훨씬 낫지. 그의 입장에서는 말이야. 내가 그런 사람들한테 악감정이 있는 건 아니야. 전혀 아니야. 하지만…… 뭐."

인터넷에 떠다닌 우스갯소리는 그냥 우스갯소리일 뿐이라고, 그렇게 둘러댈 것이다. "나는 예전부터 알고 있었어. 초등학교 때 엄마가 내 생일에 머랭 케이크를 만들어주셨는데 벤이가 바나나만 먹었거든!" 이보다 더 모욕적인 얘기도 있다. "다들 먼저 집에 갔을 때 그와 케빈이 로커룸에서 뭘 했는지 모르겠네."

이후로 쏟아진 모든 것도 같은 맥락이다. 선불 전화기로 보낸 문자, 인터넷에 익명으로 남긴 댓글. "게이." "동성애자." "호모." "구역질 나!" "그건 비정상이다 이 환자야!" "그럴 줄 알았다!" "베어타운에서 호모는 사절!" "찾아가서 문신을 썰어주마! 곰은 게이의 상징이 아니거든!" "베어타운에서는 성폭행범도 동성애자도 사절!" "케빈이랑 똑같이 역겨운 놈!" "에이즈나 걸려라!" "죽어라!" "살고 싶으면 다른 데로 꺼져!" "다음번에는 칼이 문이 아니라 네 몸에 꽂힐 거다!"

마야는 집에서 그녀의 컴퓨터 앞에 앉아 있다. 개자식들이 벤이에 대해서 쓴 글을 하나도 남김없이 읽으며 그들이 그녀에 대해서 뭐라고 했었는지 떠올린다. 달라진 건 없고 모든 게 이제 막 새로 시작된다. 마야의 아빠는 예전에 모든 것에 실금이 있고 그 틈새로 빛이 들어온다고 어떤 남자가 노래하는 음반을 자주 들었다. 마야는 벤이와 선생님의 사진을 보고 또 보지만 그녀가 보는 건 벤이와 선생님이 아니다. 여름에 아나와 함께 섬에 있었을 때 마야가 아나의 전화기로 기타 반주가 흐르는 구슬픈 노래를 듣자 아나가 고함을 질렀다. "내 섬에서 약쟁이 노래 틀지 마!" 마야는 키득거리며 전화기를 빼앗지 못하게 멀리 들고 "숲에서는 삑삑이 노래 틀면 안 돼, 환경오염이거든!"이라고 고함을 질렀다. 아나가 전화기를 낚아채려고 하자 마야는 펄쩍 뛰었고 그러다 결국 전화기를 떨어뜨리는 바람에 돌에 부딪쳐서 카메라 렌즈에 금이 갔다. 심하지는 않았지만 그 뒤로 아나가 찍

은 사진마다 한쪽 구석에 가느다란 실금이 떴다.

마야는 아나가 화를 낼 줄 알았지만 그녀는 웃어넘기며 이렇게 얘기했다. "이제 내가 사진을 찍을 때마다 실금이 보일 테니까 앞으로 내가 찍는 사진마다 네가 찬조 출연하겠다, 바보야!"

마야는 그래서 그녀의 단짝 친구를 사랑할 수밖에 없었지만 컴퓨터 앞에 앉아서 벤이와 선생님의 사진을 보고 또 보는 지금, 그녀의 눈에 들어오는 것은 위쪽 구석에 있는 가느다란 선뿐이다. 모든 사진마다 그 자리에 선이 있다.

거의 보이지 않을 정도로 얇은 실금이다. 그 틈새로 어둠이 쏟아져 나온다.

오랜 시간이 지나면 누가 무슨 말을 했는지, 인터넷으로 흘러들어간 여러 사진의 출처가 어디인지 어느 누구도 정확히 입증할 수 없을 것이다. 하지만 벤이가 교사와 입을 맞추는 사진을 누구든 마음만 먹으면 볼 수 있다. 대다수가 상관하지 않지만 그들은 침묵하고 다른 부류의 목소리만 들린다. 그리고 그것이 그들의 변명이 될 것이다. *걱정*이 돼서 그럴 뿐이라는 것이. 마을이, 하키단이. 벤야민이. 그들은 학교를 걱정한다. *아이*들을 걱정한다.

학부모 몇 명이 교장에게 전화해 회의를 요구한다. 빌리암 뤼트의 엄마인 마간 뤼트도 그중 한 명이다. 그녀는 학부모 교사 협회 임원으로서 할 일을 하고 있을 뿐, "개인적인 감정은 없다"라고 회의석상에서 강조한다. "어느 누구한테도 악감정은 없어요. 학부모로서 걱정이 돼서 그렇지." 하지만 선생은 잘라야 된다. 두말하면 잔소리지만 그가…… 남들과 달라서 그런 건 아니다! 하지만 학생과 성관계를 맺다니 그건 용납할 수 없는 일이다! 가뜩이나 이런저런 일들도 있었던 마당에! 얼마 전에는 성폭행, 이번에는 이런 사건이라니! 남학생이건 여학생이건 상관없이 똑같이 간주해야 하지 않겠는가?

모든 일은 항상 연결되어 있기 마련이다. 그렇게 갖다 붙이려면 얼마든지 갖다 붙일 수 있다.

"그런 선생님한테 우리 아이들을 무슨 수로 안심하고 맡길 수 있겠어요? 그의…… 꿍꿍이를 알아버린 마당에." 한 학부모가 묻는다.

교장이 '꿍꿍이'라니 무슨 뜻이냐고 묻자 마간 뤼트가 쏘아붙인다.

"무슨 뜻인지 아시잖아요!"

"그리고 *이건* 또 뭡니까?" 다른 학부모가 종이 한 장을 교장의 책상으로 던지며 외친다.

"복도 게시판에 걸려 있던데요! 그 예아네테라는 선생님이 학생들한테 *싸움*을 가르치겠다고요?" 마간 뤼트가 거든다.

"이건…… 무술이라고…… 그녀가 학생들에게 훈련을……." 교장은 설명하려고 하지만 예상했던 대로 말허리를 잘린다.

"폭력! *폭력* 훈련이죠! 한 선생님은 학생들과 성관계를 맺고 다른 선생님은 학생들과 싸우겠다는 거 아닙니까! 무슨 학교가 이렇습니까?"

그러자 마간 뤼트가 외친다.

"의회에 연락해야겠어요!"

그녀는 얘기한 대로 한다. 맨 처음 전화를 받은 의원이 리샤르드 테오다.

마야가 아나의 집을 무너뜨리기라도 하려는 듯 문을 하도 세게 두드리는 바람에 개들이 짖기 시작한다. 문을 연 아나는 핼쑥하고 기운이 없고 터질 듯한 자기혐오로 맥을 추지 못한다. 하지만 마야는 너무 화가 나서 분노를 거두지 못하고 고함을 지른다.

"그 사진 네가 찍은 거지? 어떻게 그럴 수가 있어?"

아나는 히스테리 환자처럼 숨을 헐떡이며 흐느끼고 훌쩍거리느라 말도 제대로 하지 못한다.

"나는…… 내가 그 선배한테 키스를 했어, 마야! *키스*를 했다고! 그 선배가 말을 했더라면…… *아무* 말이라도 했더라면…… 나는 선배한테 여자친구가 있는 줄 알았는데…… 내가 키스를 했어!…… 나는…… 선배가 말만 했더라도……."

마야는 그녀의 말문을 가로막고 고개를 저으며 그녀와 단짝 친구 사이에 침을 뱉는다. 이제 그녀는 더 이상 단짝 친구가 아니다.

"너도 이 마을의 다른 사람들이랑 똑같아, 아나. 네가 원하는 걸 갖지 못하면 남한테 상처를 줘도 된다고 생각하지."

아나는 너무 심하게 흐느끼는 바람에 서 있을 수가 없다. 그녀는 문 앞에 쓰러진다. 마야는 그녀를 붙잡아주지 않고 이미 멀어져가고 있다.

어쩌면 너도나도 하는 말마따나 개인적인 감정은 없었을지 모른다. 어쩌면 오래전부터 궁지에 몰린 기분을 느꼈던 일부 사람들에게 그것이 마지막 결정타였을지 모른다. 일자리는 사라지고 정치판은 썩어 문드러지고 병원은 문을 닫을 예정이고 공장은 주인이 바뀐다. 기자들은 안 좋은 일이 생겼을 때만 이 마을을 찾아오고 이곳 주민들을 시대에 역행하는 편견덩어리로 묘사할 수 있는 기회만 찾는다. 하지만 정치적인 문제가 한꺼번에 너무 많이 벌어지고 있다고 생각하는 사람들도 있을지 모른다. 이미 겪을 대로 겪은 성실한 사람들에게 너무 많은 변화가 강요됐다고 말이다. 어쩌면 이건 벤이나 그 교사나 엘리사베트 사켈이나 어느 누구하고도 상관없는 일일지 모른다. 인터넷에 글을 올리는 사람들은 "개별적인 불평분자"일지 모른다. 다들 악의는 없고 "분위기가 과열되면 쉽게 흥분하는 경향이 있을 뿐"일지 모른다. "한꺼번에 너무 많은 일이 벌어졌고 복잡한 문제다 보니 감정적으로 반응할 수밖에 없었다"라고 해명할 수 있을지 모른다.

우리는 항상 공격한 쪽의 감정을 변호한다. 우리가 이해해야 하는 쪽이 그들이라도 되는 듯이.

학교 선생이 "한 학생과 오래전부터 불미스러운 관계"였고 "조사가 이루어지는 동안 직무가 정지됐다"라는 소식이 금세 지역 신문사에 접수된다. 처음에는 댓글창에서 다들 조심스러워하지만 이내 문제가 제기되기 시작한다. "이게 우연의 일치일까? 그 코치에 이어 이번에는 선생이라니?" 아무도 "여자"라고 하지 않고 아무도 "동성애자"라고 하지 않는다. 다들 "그런 사람들" 아니면 "그들"이라고 한다. 이런 댓글도 있다. "그런데도 불평하면 안 된다. 그러면 나쁜 사람이라는 낙인이 찍히니까! 하지만 *아이*들을 위해서 반응해야 하지 않을까? 우리가 살고 싶은 마을은 어떤 곳인가? 우리가 왜 번번이 실험 대상이 되어야 하는가?"

대부분 벤이를 언급조차 하지 않는다. 그래서 한결 수월하다. 하지만 사진이 등장한다. 익명의 온라인 계정에 실린 사진인데 아무도 어떤 계정인지 기억하지 못하고 사진이 여기저기로 퍼져나갈 무렵에는 계정이 삭제된다. 아무도 사진의 출처를 묻지 않고 소문만 사방으로 번지는데 그래도 상관없다. 중요한 건 그 사진에 담긴 내용이다.

하키 헬멧이고 로커룸의 벤치 위에 올려놓고 찍은 듯한데 옆면에 베어타운 아이스하키단의 로고인 곰이 그려져 있다. 그 주변에 무지개가 그려져 있다. 누군가가 익명으로 이런 글을 올린다. "멋지다! 나는 하키를 좋아하지 않지만 이번 기회에 구단 차원에서 이들을 지지하는 상징적인 행동을 보여야 한다고 생각한다! 하키와 연대하에 정치적인 선언을 한다든지 하는 식으로 말이다!"

그 사진이 베어타운 전역으로 번지자 대도시의 신문사가 이런 캡션과 함께 자사 홈페이지에 게재한다. "커밍아웃한 하키 선수—그리고 그의 구단에서 보인 존경스러운 반응!"

이런저런 반응들이 대두되기 시작할 무렵 리샤르드 테오는 이미 노트북을 닫았다. 그는 마지막 파리를 내보내고 문을 닫았다. 밖은 추워서 이내 얼어 죽을 것이다. 하지만 여름을 났으니 제 몫은 한 셈이다.

리샤르드 테오가 사무실을 나서는 동안 누군가가 온라인에 글을 올린다. "베어타운은 빌어먹을 무지개 마을이 되지 않을 테고 베어타운 아이스하키단은 빌어먹을 무지개 구단이 되지 않을 거다! 그 일당이 절대 용납하지 않을 거다!"

그 사진이 흔한 컴퓨터 프로그램으로 탄생시킨 조작으로 밝혀지자 전국의 기자들이 베어타운 아이스하키단 단장에게 연락해 묻기 시작한다.

"동성애자인 선수에게 지지를 표명하지 않으려는 이유가 뭡니까? 무지개 깃발이 그려진 헬멧과 거리를 두는 이유가 뭡니까?"

페테르 안데르손은 해명하려고 하지만 그가 진심으로 하고 싶은 말이 뭔지 알지 못한다. 모든 게 너무 빠르게 돌아가고 있다. 결국 그는 더 이상 전화를 받지 못한다.

하지만 지역 신문사 기자가 리샤르드 테오에게 전화해 베어타운 아이스하키단을 둘러싼 '난기류'에 대해 어떻게 생각하느냐고 묻자 그는 아주 간단하게 대답한다.

"하키와 정치를 뒤섞으면 안 된다고 생각합니다. 선수들은 그냥 경기에 집중하게 해야죠."

이후로 여기저기서 점점 더 많은 사람들이 외친다. "선수들은 그냥 경기에 집중하게 해야지!" 사람들은 저마다 각기 다른 뜻으로 해석할 것이다.

마야가 집에 들어가보니 컴퓨터 마우스와 키보드 소리밖에 들리지 않는다. 레오가 자기 방에서 평소처럼 바깥세상을 잊고 모니터에 코를 박고 있다. 마야는 그의 도피처가 부러워진다.

"뭐 해?" 그녀는 어처구니없는 질문을 한다.

"게임." 그가 대답한다.

그녀는 문 앞에 잠깐 서서 뭘 물어볼 듯이 입을 벌리지만 아무 말도 나오지 않는다. 그래서 문을 닫고 부엌으로 걸음을 옮긴다. 누나의 발소리에서 이상한 기미를 느꼈는지 아니면 동생들은 남들이 놓치는 부분을 그냥 알아차리는 건지 몰라도 그가 모니터에 시선을 고정한 채 큰 소리로 묻는다.

"같이 할래?"

32

그런 다음 엽총을 들고 숲으로 나선다

관중석에서 보면 하키는 세상에서 가장 단순한 스포츠다. 저들이 동원한 전략이 먹히지 않았을 때 이랬어야 한다는 둥, 저랬어야 한다는 둥 토를 달기도 쉽다.

페테르는 오로지 앞만 쳐다보며 아이스링크로 향한다. 전화벨이 계속 울리지만 더 이상 받지 않는다. 그는 벤이에게 연락을 시도하지만 벤이는 전화를 받지 않는다. 페테르는 이메일을 연다. 이메일이 산사태처럼 쏟아진다.

그는 앞으로 몸을 수그린다. 편두통 때문에 눈앞이 캄캄하고 숨을 쉴 수가 없다. 뇌졸중은 아닌지 잠깐 걱정이 된다. 그는 마야가 케빈을 경찰에 고발한 이후에 받은 끔찍한 이메일과 문자를 아직까지 기억한다. 그게 다시 시작되고 있다. 그 모든 게 다시 반복되고 있다.

대부분 그 단어를 직접 동원하지 않고 대신 '혼란'과 '정치'를 운운한다. "시합이 얼마 남지 않았는데 구단이 이렇게 혼란스럽고 정치가 개입하면 되겠어요, 페테르?" 누가 뭐래도 다들 좋은 뜻에서 하는 얘기다. 두말하면 잔소리지만 아무도 벤이에게 악감정이 없다. "하지만 그 아이를 위해서 잠깐…… 쉬라고 하는 게 좋지 않겠어요? 사람들이…… 얼마나 예민한지 알잖아요…… *우리*는 아니지만 *남*들은 부정적인 반응을 보일 수 있어요, 페테르! 다 *그 아이*를 생각해서 하는 얘기라고요!" 어련하실까. "선수들은 그냥 경기에 집중하게 해요!" 몇 명은 이렇게 촉구한다.

모든 선수를 내보내자는 건 아니다.

그런데 한 이메일은 다르다. 유소년팀 선수의 학부모가 보낸 이메일이고 A팀 로커룸에서 찍은 사진이 첨부돼 있는데 벤이 사진이 아니다. 앞으로 몸을 숙여서 보보의 성기를 들여다보고 있는 듯한 엘리사베트 사켈의 사진이다. 그냥 웃자고 저지른 장난이었는데 A팀의 누군가가 사진을 찍은 모양이다. 어쩌다 그 사진이 유포됐는지 아무도 모르지만 똑같은 사진이 첨부된 이메일이 한 통 더 나온다. 그 뒤로 또 한 통이 더 나온다. "선생님이 학생이랑 자고 선생님이 학생들에게 싸움을 가르치겠다는 걸로도 모자라서 이번에는 이건가요??!!!"
그 뒤로 평소처럼 전개된다. 맨 처음은 걱정하는 이메일이다. 그다음은 증오로 점철된 이메일이다. 그다음은 협박하는 이메일이다. "그 년과 그 호모가 훈련에 한 번만 더 참석하면 큰코다칠 줄 알아!!!"

지나고 난 뒤에 지혜로워지기는 참으로 쉽고 관중석에서 보면 하키는 참으로 단순하다. 페테르의 딸이 지난봄에 모든 아이스하키단의 공적으로 묘사된 적이 없었다면 그는 좀 더 훌륭하게 대처했을지 모른다. 아니면 좀 더 엉망으로 대처했을지 모른다. 하지만 직감이 어느 방향을 가리키는지 종잡을 수가 없어서 결국 그는 사켈과 보보의 사진을 출력해 빙판으로 코치를 찾아가 고함을 지른다.

"사켈! 젠…… 이게 도대체 뭐야?"

사켈은 혼자서 퍽을 날리고 있다가 차분히 펜스로 다가와 사진을 쳐다본다.

"그거 전데요. 저건 보보고요. 그 조그만 거는 성기고요."

"아니…… 내 말은…… 어쩌다……?"

사켈은 스틱으로 빙판을 두드린다. 어깨를 으쓱한다.

"어떤 식인지 아시잖아요. 새로운 코치가 부임하면 신고식 하는 거. 선수들과 나 사이의 일이에요."

페테르는 금이 가서 풀로 붙여놓고 마르길 기다리는 사람처럼 머리를 움켜쥔다.

"하지만 사켈…… 이제는 자네와 선수들 사이의 일이 아니야. 누군가가 사진을 인터넷에 올렸어! 온 마을이……."

사켈은 스틱에 감아놓은 테이프를 살핀다.

"나는 하키 코치예요. 시장이 아니라. 이 마을의 문제는 이 마을이 해결해야죠. 여기서 우리는 하키만 하면 돼요."

페테르는 앓는 소리를 낸다.

"사회는 그런 식으로 돌아가지 않아, 사켈. 사람들은 이걸…… 이런 낯선 사태는…… 맨 처음에는 벤이가 그러더니 이번에는 자네와 이……."

"성기요?" 사켈이 거들고 나선다.

페테르는 그녀를 노려본다.

"협박을 받았어! 오늘 연습을 취소해야 해!"

사켈은 그의 말이 들리지 않는지 이렇게 묻는다.

"비다르는 어떻게 됐어요? 새 골키퍼 말이에요. 그 아이는 선수로 뛰게 할 거예요?"

"내가 한 말 못 들었나? 협박을 받았다고! 비다르는 신경 쓰지 마! 연습을 취소해야 하니까!"

사켈은 다시 어깨를 으쓱한다.

"들었어요. 저 귀머거리 아니에요."

그녀는 그의 얘기가 끝나기라도 한 듯 다시 빙판으로 나간다. 차분하게 다시 퍽을 날린다. 페테르는 씩씩대며 사무실로 들어가 A팀 선수들에게 연락한다. 벤이만 빼고 모두 전화를 받는다. 페테르는 협박 이메일에 대해 설명한다. 모든 선수가 알아듣는다. 한 명도 집에 남아 있지 않는다.

연습이 시작되자 선수들은 빙판으로 나가서 사켈 앞으로 모인다. 그녀는 스틱으로 빙판을 두드리고 묻는다.

"우리 구단이 협박을 받았다는 얘기 들었니?"

그들은 고개를 끄덕인다. 그녀는 분명하게 짚고 넘어간다.

"내가 너희들을 가르치고 벤야민이 우리랑 같이 뛰면 '큰코다칠 줄 알라'던데. 그러니까 오늘 나랑 같이 훈련하고 싶지 않다고 해도 너희들을 원망하지 않을게."

모두 꿈쩍하지 않는다. 이 팀에 대해서 이러니저러니 개떡 같은 소리를 늘어놓을 수 있을지는 몰라도 쉽게 겁을 먹지 않는 것만큼은 분명하다. 사켈은 고개를 끄덕인다.

"좋아, 그럼. 현재 여러 가지…… 감정들이 분출되고 있다는 거 안다. 하지만 우리는 하키단이야. 그러니까 하키를 해야지."

고참 선수들은 그녀가 그녀와 보보의 사진을 인터넷에 올린 사람이 누구냐고 따져 묻는 순간을 기다린다. 하지만 그녀는 그 사진을 언급조차 하지 않는다. 그래서 그녀를 향한 존경심이 싹텄는지 결국 한 선수가 이렇게 외친다.

"저희 맥주 마시러 왔는데요!"

터져 나온 폭소에 속이 후련해진다. 심지어 보보조차 좀 전보다 조금 덜 부끄러워한다.

그냥 말일 뿐이다. 글자의 조합일 뿐이다. 그게 어떻게 사람에게 상처를 줄 수 있을까?

벤이는 아드리의 견사에 서 있고 개들이 그의 발치 눈밭에서 놀고 있다. 녀석들은 그에게 전혀 신경 쓰지 않는다. 그는 남들도 그랬으면 좋겠다는 생각을 한다. 그는 세상을 바꾸고 싶은 마음도 없고 자신에게 맞추도록 주변에 강요하고 싶은 마음도 없고 그냥 하키만 하고 싶을 뿐이다. 그가 로커룸에 들어서더라도 아무도 감히 장난을 걸지 못해서 고요해지지 않고 모든 게 예전과 같았으면 좋겠다. 스틱과 빙판, 한 개의 퍽과 두 개의 골문, 이기고 싶은 욕망, 싸우고 싶은 욕망. 너희와 우리가 모든 걸 걸고 벌이는 대전. 하지만 그 시절은 이제 끝났다. 벤이는 더 이상 그들과 같은 편이 아니다.

어쩌면 나중에 그는 남들과 다른 그 느낌을 표현할 만한 단어를 찾을 수 있을지 모른다. 그게 얼마나 몸으로 느껴지는지를 말이다. 겉도는 것은 뼛속까지 소진되는 느낌이다. 남들과 같은 사람들은, 정상적인 범주에 속하는 사람들은, 대다수는 이해하지 못한다. 어떻게 이해할 수 있겠는가.

벤이는 그들의 주장을 숱하게 들었다. 관중석에서, 시합을 치르러 가는 버스 안에서 그의 옆에 앉은 어른들은 "아이스하키의 세계에 동성애자는 없다"고들 했다. 통상적으로 주고받는 농담들이 벤이에게 실질적으로 영향을 미친 적은 없었다. 가장 심한 상처는 너도나도 욕을 하고 싶을 때 '호모'라는 단어를 쓴다는 것이었다. "너 꼭 호모처럼 경기한다!" "야, 이 호모 심판아!" "이 빌어먹을 호모 커피 기계가 먹통이야!" 이 두 글자가 나약하고 바보 같고 제구실을 하지 못하는 무언가를 지칭할 때 쓰인다. 결함이 있는 모든 것을 지칭할 때 쓰인다.

물론 그 단어를 절대 쓰지 않는 어른들도 있었다. 그중 일부는 그 대신 다른 표현을 썼다. 그들은 아무 생각 없었겠지만 벤이는 그들이 나눈 대화의 조그만 파편들을 몇 년 동안 간직하고 있다. "그런 사람들은 하키 안 해도 돼. 그게 어떻게 가능하겠어? 로커룸이랑 기타 등등을 어쩌라고. 만일의 경우에 대비해서 로커룸을 세 개 만들어야 하나?" 평범한 학부모, 아이들의 하키단을 위해 모든 지원을 아끼지 않는 친절하고 마음씨 넓은 학부모들이 이런 소리를 했다. 그들은 극단적인 정당에 투표하지 않았고 누가 죽길 바라지 않았고 폭력 행사는 꿈도 꾸지 않았다. 그들은 누가 들어도 빤한 얘기를 했다. "그런 사람들은 하키가 불편하게 느껴질 거야. 다른 걸 좋아할 거야. 하키는 거친 운동이잖아!" 어떨 때는 단도직입적으로 외쳤다. "하키는 남자들을 위한 스포츠잖아!" 그들은 '남자들'이라고 했지만 벤이는 어렸을 때부터 그 말의 속뜻은 '진짜 남자'라는 것을 알았기에 잠자코 그 옆에 서 있곤 했다.

그냥 말일 뿐이다. 글자일 뿐이다. 인간일 뿐이다.

벤이는 더 이상 그들과 같은 편이 아니라는 걸 알기에 오늘 팀 훈련에 참석하지 않는다. 그는 그들과 같은 편이 아니면 무엇이 되어야 하는지 알지 못한다. 그리고 다른 무엇이 되길 바라는지도 알지 못한다.

연습이 시작될 때 수네가 관중석에 앉아 있다. 페테르가 그 옆에 털썩 주저앉는다.

"협박을 받았다고 경찰에 신고했니?" 수네가 묻는다.

"심각한 건지 아닌지 모르겠대요. 그냥 아이 장난일 수도 있다고요."

"너무 걱정하지 마."

"뭘 어쩌면 좋을지 모르겠어요……." 페테르는 무기력하게 실토한다.

수네는 위로의 말을 건네지 않는다. 그는 한 번도 그런 적이 없다. 오히려 책임을 지라고 요구한다.

"뭘 *어쩌면* 좋을지 모르겠다는 거냐 아니면 뭘 *해야* 할지 모르겠다는 거냐?"

페테르는 한숨을 쉰다.

"무슨 얘긴지 아시잖아요. 워낙 어수선한 상황이라…… 사켈과 하키단도 그렇고……."

수네는 턱으로 빙판을 가리킨다.

"저 애들은 자발적으로 참석했잖아. 그냥 내버려둬."

"그럼 벤야민은요? 그 아이는 어떻게 도와야 할까요?"

수네는 배에 잡힌 티셔츠 주름을 편다.

"그 아이한테 도움이 필요하다는 생각부터 버려. 도움이 필요한 쪽은 다른 사람들이야."

페테르는 기분이 상해서 쏘아붙인다.

"여기까지 오셔서 저더러 편견 어쩌고 하실 거면……."

수네는 콧방귀를 뀐다.

"너는 이 스포츠에 계속 몸담고 있는 이유가 뭐냐, 페테르?"

페테르는 숨을 크게 들이쉰다.

"끊는 법을 몰라서요."

수네는 고개를 끄덕인다.

"내가 이 자리에 계속 있는 이유는 내가 아는 한 모든 이가 공평한 곳은 빙판밖에 없기 때문이라고 생각한다. 저기로 나서면 네가 어떤 사람인지는 중요하지 않아. 중요한 건 하키를 할 줄 아느냐, 그것뿐이지."

"빙판 위에서는 평등할지 모르죠. 하지만 아이스하키의 모든 면이 그런 건 아니에요." 페테르는 반박한다.

"그렇지. 그리고 그건 우리 잘못이야. 너, 나 그리고 다른 모든 이의 잘못."

페테르는 팔을 내젓는다.

"하지만 어쩌라고요?"

수네는 한쪽 눈썹을 추켜세운다.

"다음번에 어떤 아이가 자기는 남들과 다른 점이 있다고 하면 어깨를 으쓱하면서 이렇게 반문해야지. '그래서 뭐? 그러거나 말거나 상관없지 않나?' 그러면 어느 날 동성애 하키 선수와 여자 코치가 없어질지 몰라. 그냥 하키 선수와 코치만 남을지 몰라."

"이 사회가 그렇게 간단치 않으니까 그렇죠." 페테르가 얘기한다.

"이 사회? 우리가 바로 사회잖아!" 수네가 대꾸한다.

페테르는 눈꺼풀을 문지른다.

"제발요, 코치님…… 지금 몇 시간째 기자들 전화에 시달리고 있는데…… 저는…… 망할, 그들 말이 맞는 걸까요? 벤야민을 위해서 상징적인 조치를 취해야 할까요? 우리 헬멧에 그걸 그리면…… 도움이 될까요?"

수네는 의자에 기대고 앉는다.

"벤이가 원하는 게 그거라고 생각하니? 그 아이는 아무한테도 얘기하지 않는 쪽을 선택했어. 어떤 쓰레기가 비밀을 폭로했지. 그 아이를 일종의 간판으로 만들고 싶은 기자들이 많을 테고 반대로 그 아이에게 증오를 분출하고 싶어 하는 미친놈들도 많을 거다. 그런데 양쪽 모두 하키에 대해서는 쥐뿔도 몰라. 그 아이가 출전하는 모든 경기를 서로 다른 꿍꿍이가 충돌하는 전쟁터 겸 정치적인 서커스 판으로 변모시킬 텐데 어쩌면 그게 그 아이가 가장 두려워하는 것일지 모르지. 팀에 짐이 되는 것. 혼란을 야기하는 것."

페테르는 좌절감에 쏘아붙인다.

"그럼 벤야민이 어떻게 해주길 바란다고 생각하세요?"

"가만히 있는 거."

"뭔가 조치를 취해야죠!"

"그 아이의 성 정체성이 신경 쓰이니? 그래서 그 아이를 보는 너의 시각이 달라졌니?"

"당연히 아니죠!"

수네는 페테르의 어깨를 토닥인다.

"나는 한심한 늙은이다, 페테르. 나는 뭐가 옳고 뭐가 그른지 잘 몰라. 하지만 벤야민은 오래전부터 아이스링크 밖에서 수많은 사고를 쳤지. 싸움을 벌이고 약에 취하고 또 뭐가 있을지 아무도 몰라. 하지만 워낙 훌륭한 선수라 너도 그렇고 다들 매번 이렇게 얘기했잖아. '그건 하키하고 상관없는 일이야.' 그런데 왜 이건 하키하고 상관이 있어야 하니? 그 아이 마음대로 살게 내버려둬. 간판이 되도록 강요하지 말고. 우리가 그 아이의 성 정체성을 받아들이기 불편하다면 문제가 있는 쪽은 그 아이가 아니라 우리야!"

페테르는 얼굴을 붉히며 침을 삼킨다.

"제가…… 제가 그런 뜻에서 한 얘기는……."

수네는 얼마 남지 않은 머리칼을 긁는다.

"비밀은 사람을 짓누르지. 자기에 얽힌 비밀을 평생 간직하고 사는 심정이 어떨지 상상이 되니? 하키가 그 아이의 도피처였어. 그 아이는 오로지 빙판 위에서만 남들과 같은 사람이 된 듯한 기분을 느꼈을지 몰라. 그걸 그 아이한테서 뺏으면 쓰나."

"그럼 어떻게 해야 할까요?"

"남들처럼 하키 하나만으로 팀에서 자기 입지를 다지도록 내버려 둬. 앞으로는 어딜 가든 차별을 받지 않겠니. 여기에서만큼은 그런 일이 없도록 해야지."

페테르는 한참 동안 아무 말도 하지 않는다. 그러다가 말문을 연다.

"코치님은 항상 '하키단 그 이상의 하키단'이 되어야 한다고 하셨잖아요. 우리가 지금 그런 조직이 되어야 하는 거 아닐까요?"

수네는 곰곰이 생각한다. 그러다 결국 슬픈 목소리로 속삭인다.

"그럴지도 모르지. 아까도 얘기했다시피 나는 늙은이야. 내가 무슨 말을 하고 있는 건지 모를 때가 절반이라고."

벤이는 그의 아버지가 아니다. 그는 알란 오비크처럼 하지 않는다. 그는 선물을 남기지도, 어떤 조짐이나 징조를 보이지도 않는다.

엄마와 누나들이 그에게 전화한다. 그들도 남들과 똑같은 걸 인터넷에서 보았기에 걱정하고 있다. 그래서 그는 걱정할 것 없다고 한다. 그는 아무 일 없는 척하는 데 선수다. 그는 아드리의 견사에 간다. 개 한 마리가 어젯밤에 아파서 동물 병원에 갔다가 늦게 오는 바람에 그녀가 아직 자고 있기 때문이다.

벤이는 딱 자고 있던 누나가 깰 정도로만 세게 아래층 문을 닫고 그녀는 곧바로 다시 잠이 든다. 아드리는 남동생이 집에 있다는 걸 알고 있을 때만 깊은 잠을 잔다. 그렇지 않을 때는 불안해서 선잠을 잔다. 벤이는 쓰레기를 밖에 내놓고, 그녀가 잔소리하며 시키는 대로 침대 시트를 개서 벽장에 깔끔하게 넣은 다음 개들을 살피러 나간다.

그가 전 세계에서 가장 느린 사방치기를 하는 아이처럼 소리 나지 않는 바닥널만 밟아가며 살금살금 이층으로 올라가보니 녀석들도 자고 있다.

그는 아주 조심스럽게 아드리의 베개 밑으로 손을 넣어서 열쇠를 꺼낸다. 마지막으로 누나의 이마에 입을 맞춘다.

그런 다음 엽총을 들고 숲으로 나선다.

연습이 끝난 뒤에 사켈은 주차장에서 시가를 피운다. 페테르가 나와서 그녀의 옆으로 다가가 묻는다.

"정말로 비다르가 있어야겠나?"

그녀는 코로 연기를 내뿜는다.

"네."

페테르는 마지못해 끙끙대며 얘기한다.

"그럼 공개 테스트를 실시해. 다른 구단과 접촉한 적 없는 선수는 누구든 참여할 수 있다고 하고. 비다르의 실력이 훌륭하면 선수로 뛸 수 있어. 하지만 남들처럼 하키 실력으로 자기 자리를 확보해야 해!"

페테르가 다시 들어가려고 문을 여는데 사켈이 묻는다.

"왜 그렇게 비다르를 미워해요? 누가 자기 책상에 똥을 싸면 그 정도로 미워하는 게 정상이에요?"

페테르는 비다르가 남긴 흔적이 떠오르자 반사적으로 구역질이 나오려는 걸 참는다. 그는 키보드의 자판 사이에 똥을 쌌고 그건 키보드의 측면에서나 기억의 측면에서나 쉽게 지울 수 있는 것이 아니다.

하지만 그는 고개를 젓는다.

"비다르는 믿을 만한 녀석이 못 돼. 팀원들이 골키퍼를 믿을 수 있어야 하는데 비다르는 전혀 예측이 불가능하거든. 자기중심적이고. 이기주의자들로 팀을 구축할 수 있을까?"

"그런데 왜 생각을 바꾸신 거예요?" 사켈이 묻는다.

페테르는 뭐라고 하면 좋을지 알 수가 없다. 그래서 솔직하게 대답한다.

"사람들을 좀 더 나은 방향으로 인도하는 구단이 되었으면 하거든. 비다르를 좀 더 나은 사람으로 만들 수 있지 않을까 싶어서. 우리도 그렇고."

눈송이가 바람결에 공중제비를 넘고 페테르는 이 사실을 너무 늦게 깨달았다는 데 경악한다. 어쩌면 벤이는 영영 돌아오지 않을지 모른다. 벤야민 오비크에 대해서 이러니저러니 할 수 있을지 몰라도 그는 절대 이기적인 적이 없었다.

다들 이건 한 사람에게 벌어진 일이라고 할 것이다. 그리고 그건 거짓말이 될 것이다. 우리는 "이런 일은 어느 누구의 잘못도 아니"라고 하겠지만 그럴 리 없다. 속으로는 우리도 진실을 알고 있을 것이다. 많은 사람들의 잘못이라는 것을. 우리의 잘못이라는 것을.

33

일어나지 않아

벤이는 그 어느 때보다 더 깊숙이 숲속으로 들어갔을 때 마침내 걸음을 멈춘다. 눈이 계속 내리고 있다. 머뭇머뭇 그의 살갗을 스친 눈송이가 체열로 녹아서 팔뚝의 털 사이로 사납게 흐른다. 영하의 기온으로 벤이의 뺨이 벌게졌고 엽총을 쥔 손은 뻿뻿하게 굳었고 입김 때문에 생기는 구름이 점점 작아진다. 마침내 그는 아예 숨을 쉬지 않는다.

한참 동안 정적이 흐른다. 이윽고 한 발의 총성이 나무 사이로 메아리친다.

베어타운에서는 사랑하는 사람을 가장 아름다운 나무 아래에 묻는다. 시신을 발견한 사람은 어떤 아이고 그 아이는 오래전에 아드리가 아버지를 발견했을 때 그랬듯이 침착하게 베어타운을 가로질러 걸어

가지 않는다. 이 아이는 달려간다.

아맛과 보보는 로커룸에 앉아 있다. 그들은 이때를 누가 죽었다는 소식을 접하기 전에 마지막으로 대화를 나누고 마지막으로 요란하게 웃은 순간으로 기억할 것이다.

"여자들은 어떤 걸 보고 섹시하다고 생각할까?" 보보가 묻는다.

그는 다른 얘기를 할 때와 똑같은 말투로 묻는다. 그의 뇌가 커피 기계인데 누가 그 밑에 커피포트 놓는 걸 깜빡해서 그의 생각이 아래 받침대로 곧장 떨어져 사방으로 튀는 듯이 묻는다.

"내가 어떻게 알아요?" 아맛은 속절없이 되묻는다.

보보가 콘택트렌즈를 정말 해파리로 만드느냐고 물은 게 얼마 전의 일이다. 또 한 번은 이걸 궁금해한 적도 있었다. "식탁에 열쇠를 두면 재수 옴 붙는다고 하잖아. 좋다 이거야. 그런데 누가 열쇠를 빌려가서 그걸 나도 모르게 식탁에 두면 그래도 재수 옴 붙을까?" 지난봄에는 이걸 궁금해했다. "어떻게 하면 내 거시기가 잘생겼는지 아닌지 알 수 있을까?" 요전 날에는 학교에서 아맛에게 이렇게 물었다. "사각팬티는 길이가 어느 정도라야 할까?" 그러고는 거의 곧바로 이렇게 물었다. "진공상태에서는 말이야, 우주 같은 그런 데서는 울면...... 눈물이 어떻게 될까?"

"학교에서 여자아이들이 어떤 배우를 보고 턱선이 뚜렷하고 광대뼈가 우뚝해서 섹시하다고 하는 걸 들은 적 있거든. 어떻게 하면 내 턱선이랑 광대뼈가 그런지 아닌지 알 수 있을까?"

"선배는 그런데요." 아맛이 얘기한다.

"그래?" 보보는 희망이 어린 목소리로 묻는다.

그의 얼굴은 너무 오래 삶은 감자처럼 볼품없지만 그래도 아맛은 다정하게 고개를 끄덕인다.

"선배는 분명 섹시해요."

"고맙다." 보보는 걱정거리를 하나 덜어서 다행이라고 여기는 사람처럼 이렇게 얘기하고 묻는다.

"넌 누군가의 단짝 친구가 되어본 적 있어?"

아맛은 앓는 소리를 낸다.

"왜 이러세요, 선배…… 그럼요…… 당연히 단짝 친구 있죠."

보보는 큼지막한 머리를 젓는다.

"아니, *네가* 누군가의 단짝 친구가 되어본 적 있느냐고. 나도 단짝 친구가 많지만 내가 다른 누군가의 단짝 친구였던 적은 없는 것 같아. 무슨 소린지 알겠냐?"

아맛은 귀를 긁는다.

"솔직히 얘기해도 돼요? 도대체 선배가 무슨 소리를 하고 싶은 건지 잘 모르겠어요."

보보가 웃음을 터뜨린다. 아맛도 덩달아 웃음을 터뜨린다. 이렇게 요란하고 시끌벅적하게 웃는 건 오랜만이다.

"숲속에서는 절대 혼자가 아니다." 이 마을의 아이들은 모두 그렇게 배운다. 십 미터 앞에서 동물이 등장하자 벤이는 걸음을 멈춘다. 녀석의 눈을 똑바로 쳐다본다. 이 숲으로 평생 사냥을 다녔지만 그렇게 큰 곰은 처음이다.

벤이가 맞바람을 맞으며 걸어왔기에 녀석이 그의 냄새를 맡지 못했다. 곰은 위협적으로 느껴질 수 있을 만큼 가까이 있고 벤이는 도망치고 싶어도 가망이 없다. 이 마을의 아이들은 어렸을 때 똑같은 걸 배운다. "도망치지 마, 소리 지르지 마. 곰이 네 쪽으로 달려들면 바닥에 웅크리고 책가방으로 머리를 덮고 죽은 척해! 선택의 여지가 없지 않은 이상 절대 싸우지 마!"

벤이의 손에 들린 엽총이 흔들리고 그는 총을 쏘면 안 된다. 튼튼한 어깨가 녀석의 심장과 폐를 보호하고 있어 아주 노련한 사냥꾼만 곰을 쏘고도 살아남아서 나중에 무용담을 늘어놓을 수 있다. 바보 같은 짓을 저지르면 안 된다. 하지만 심장이 쿵쾅거리고 저 깊은 곳에서 포효하는 그의 목소리가 들리자 벤이는 허공에 대고 총을 발사한다. 어쩌면 곰을 겨누고 발사했을 수도 있다. 기억이 나지 않는다. 그러자 녀석이 사라진다. 달려서 도망치지도 않고 숲속으로 슬그머니 들어가지도 않고 그냥…… 사라진다. 벤이가 눈밭에 서 있는 동안 숲이 총성의 메아리를 삼키자 바람 소리 말고는 아무것도 남지 않고 그는 이게 꿈은 아닌지 전혀 알 수가 없다. 정말로 곰이 있었을까 아니면 그의 상상이었을까, 진짜 위험한 상황이었을까 아니면 상상 속의 일이었을까. 그는 곰이 서 있었음 직한 자리로 가보지만 눈에 아무 자국도 남지 않았다. 그럼에도 아침 일찍 잠에서 깨어났을 때 눈을 뜨지 않아도 옆 사람이 나를 쳐다보고 있다는 걸 알 수 있듯 녀석의 시선이 아직까지 느껴진다.

벤이는 숨을 헐떡거린다. 죽기로 마음을 먹었다가 결정을 번복하면 불사신이 된 듯한 기분이 든다. 자기 자신을 통제하는 듯한 기분이 든다. 집까지 걸어가는 동안 그의 몸이 그의 것이 아닌 것 같고 이제는 그 안에 누가 사는지 모르겠다.

하지만 어쨌든 그는 집으로 돌아간다.

아맛과 보보는 계속 웃는다. 하지만 아맛이 무슨 일인지 미처 알아차리기도 전에 보보가 느닷없이 웃음을 멈춘다. 보보는 이해하는 속도가 느리다는 소리를 어찌나 귀에 못이 박히도록 들었는지 지금까지 그를 두고 오간 우스갯소리를 전부 외울 정도다. "저 아이는 부츠에 물이 들어가면 발가락에 구멍이 뚫려 있고 어떻게 하면 되는지 뒷굽에 적혀 있더라도 물을 빼지 못할 거야." "보보는 너무 멍청해서 눈 위에다 오줌으로 자기 이름도 쓰지 못해." 하지만 그렇다고 해서 그의 머릿속이 한가한 건 아니다. 그의 엄마가 늘 얘기하다시피 남들과 다른 방식으로 돌아갈 따름이다.

그렇기 때문에 보보는 이걸 예상하고 있었다. 겉으로는 그가 산만해 보일지 몰라도 엄마가 그를 숲으로 데리고 나가서 병에 걸렸다고 알려준 이후부터 줄곧 속으로는 이 순간에 대비하고 있었다.

아이는 어디 가느냐고 묻는 사람들에게 미친 듯이 손을 흔들어가며 베어타운을 달려서 아이스링크로 들어간다. 몇 명이 보보의 여동생을 알아보고 그중 한 명은 심지어 사태를 파악하고 속삭인다. "아, 안 돼……."

여동생이 로커룸 문 앞에 서서 "엄마가 일어나지 않아, 오빠! 아빠는 차를 가지러 갔는데 내가 귀에 대고 소리를 질러도 엄마가 일어나지 않아!!!"라고 흐느낄 때 보보는 이미 슬픔을 삼킨 이후다. 그의 눈물이 여동생의 머리칼 사이로 떨어지지만 대부분 그녀를 위해 흘린 눈물이다. 그녀는 용감하게 베어타운을 달려왔지만 지금은 정신이 하나도 없고 오빠보다 더 믿을 수 있는 사람은 없다.

아이는 오빠의 품에 안긴 다음에서야 마음을 놓고 수십억 조각으로 산산이 무너진다. 그녀는 평생 슬픈 일이 생기면 보보에게 달려갈 테고 그는 그녀를 감싸 안고 서서 그 책임을 감당하려면 강해져야 한다는 생각을 할 것이다.

아맛이 그 둘을 끌어안지만 보보는 느끼지 못한다. 그는 엄마를 묻어도 될 만큼 아름다운 나무를 무슨 수로 찾을 수 있을지 벌써부터 고민하는 중이다. 그때 그는 어른이 된다.

아드리 오비크는 악몽을 꾸고 일어난다. 비몽사몽간에 베개 아래를 더듬고 혈관이 관자놀이를 두드리는 게 느껴진 순간 마침내 손끝에 열쇠가 닿는다. 숨을 하도 헉헉대며 쉬어서 아플 지경이다. 일층으로 내려가보니 남동생이 소파에서 자고 있다. 엽총은 아무 일도 없었다는 듯이 총기 보관함에 세워져 있다.

그녀는 그의 이마에 입을 맞춘다. 몇 시간 동안 그의 옆 바닥에 앉아 있는다. 그냥 깨어 있는 것 말고는 아무것도 할 수 없는 사람처럼 그런다.

34
공무 집행 중인 말에게 폭력을 행사한 죄

오랜 시간이 흐른 뒤에 우리는 이 이야기를 어떤 식으로 표현하면 좋을지 모를 수도 있다. 우리는 이것을 폭력에 얽힌 이야기였다고 할 것이다. 증오에 얽힌 이야기였다고 할 것이다. 그들을 갈라놓은 갈등과 다름과 공동체에 얽힌 이야기였다고 할 것이다. 하지만 그게 백 퍼센트 진실은 아닐 것이다.

다른 이야기이기도 하다.

비다르 리니우스는 십대의 마지막 해를 맞고 있다. 심리 상담 기록에는 그냥 '충동 조절 능력이 부족함'이라고 적혀 있겠지만 대부분의 사람들은 '전적으로'라는 단어를 덧붙일 것이다. 그는 항상 싸움을 벌인다. 형 티무와 함께 어머니를 보호하느라 그런 적도 있었고 서로를 보호하느라 그런 적도 있었다. 그리고 보호해야 하는 사람이 없으

면 서로 싸운다. 충동 조절 능력에 대한 평가는 사실이라 비다르는 자제해본 적이 없다. 다른 사람들은 '그러면 어떨까……' 고민하는 찰나에 비다르는 이미 일을 저지르고 있다. 비다르가 어렸을 때 그가 훌륭한 골키퍼일 수밖에 없는 이유를 코치가 이렇게 설명한 적이 있었다. "너는 퍽을 막지 않는 법을 모르거든!" 다들 '생각을 하지 않는 것'이 비다르의 문제라고 하지만 사실은 정반대다. 그는 생각을 멈추지 못한다.

그는 열두 살 때 혼자라는 사실을 깨달았다. 베어타운 A팀의 원정 경기를 보려고 형과 형의 친구들과 다른 마을에 갔을 때였다. 경기가 끝났을 때 불길한 조짐을 느낀 티무가 비다르에게 맥도널드에 가서 기다리라고 했다. 비다르가 거기서 혼자 햄버거를 먹고 있었을 때 상대팀 응원단이 들이닥쳤다. 티무와 그 일당은 경찰에 붙잡혀 있었고 비다르는 엉뚱한 색의 옷을 입고 한쪽 구석에 혼자 앉아 있었고 상대팀 응원단은 그의 정체를 알았다. 경기를 하는 동안 열두 살짜리가 그들의 팀을 향해 욕을 하고 가운뎃손가락을 드는 걸 보았다. "형이 없으면 너도 별거 아니지?" 그들은 이렇게 외치며 공격을 감행했다.

그때 비다르는 그가 혼자라는 사실을 깨달았다. 누구나 그렇다. 우리는 홀로 태어나서 홀로 죽고 홀로 싸운다. 그래서 비다르는 싸웠다. 그는 죽을지 모른다는 생각을 하며 패스트푸드점에서 나가는 어른들을 지켜보았다. 그가 어린아이였을 텐데도 아무도 도우려 하지 않았다. 직원들은 주방으로 도망쳤고 그는 적이 몇 명인지 알 수 없었다. 알 수 있는 거라고는 승산이 없다는 사실뿐이었다. 그래도 그는 달려들었다. 그때 어딘가에서 스핀델이 등장했다. 비다르가 기억하기로는 창문을 넘어서 들어왔는데 아무도 모를 일이다. 스핀델은 한 가족이라도 되는 듯이 그를 보호했고 이후로 그들은 한 가족이 되었다. 그때 비다르는 꼭 혼자일 필요는 없다는 사실을 깨달았다. 늘 그럴 필요는 없었다. 우리가 있는 한.

비다르가 열여섯 살 때 그들은 다시 원정 경기를 보러 갔다. 스핀델은 몇 가지 경범죄로 보호관찰을 받고 있었다. 그 일당의 다른 멤버들이 경기를 관람하는 동안 그와 비다르는 공원에서 기다렸다. 스핀델도 머릿속이 항상 시끄러웠는데, 비다르처럼 알맞은 약을 하면 진정이 된다는 걸 터득했기 때문이었다. 이때 모퉁이를 돌아 나온 기마경찰이 두 명의 의심스러운 훌리건을 발견하자 스핀델은 겁에 질려서 도망쳤다. 그는 마약을 소지하고 있었고 비다르도 마찬가지였다. 비다르는 스핀델보다 더 빨리 달릴 수 있었지만 스핀델은 보호관찰 대상자였고 비다르는 충동 조절 능력이 부족했다. 그는 사랑하는 사람을 보호하러 나서지 않을 수가 없었다.

그래서 스핀델이 저쪽으로 도망치자 비다르는 다른 쪽으로 달렸다. 경찰 쪽으로 달렸다. 이후에 그를 상대로 제기된 혐의가 워낙 많고 다양해서 심지어 전부 기억할 수 없을 정도다. 마약 소지도 그중 하나였다는 건 알지만. 공무 집행 방해도 있었던 것 같다. 그리고 기마경찰이 타고 있던 말을 폭행한 죄도 있었다. 비다르는 말을 좋아해 본 적이 없었다. 공무 집행 중인 말에게 폭력을 행사한 죄? 그걸로 형을 얼마나 받을 수 있을까?

그래서 그는 시설로 보내졌고 거기서 발루를 만났다. 그는 거기서 일하는 직원이었고 발루라고 불리는 이유는 체구나 자세가 『정글북』에 나오는 곰과 똑같았기 때문이었다. 둘이 친구가 되자 머리가 까만 근육질의 비다르는 당연한 수순으로 별명이 '모글리'가 되었다. 어쩌면 별명이 생긴 게 도움이 됐는지 모른다. 어쩌면 그는 이제 달라진 척 연극을 할 수 있게 됐는지 모른다.

발루는 말이 별로 없었지만 비다르의 충만한 에너지가 긍정적으로 표출되지 않으면 부정적인 방향으로 폭발할 수 있다는 걸 알았다. 그는 아이가 하키를 했었다는 사실을 알고 난 뒤에 골키퍼 장비를 빌려왔고 비다르의 머릿속에 들어 있는 도화선이 분노로 폭발하려는 조짐을 보이면 조용히 얘기를 건넸다. "오케이, 모글리, 지하실로 가자." 지하실에 넓은 창고가 있어서 비다르를 맞은편 벽에 세워두고 발루가 이쪽 벽에서 테니스공을 있는 힘껏 날릴 수 있었다. 한 달쯤 지나자 발루는 실제 하키 퍽을 날릴 수 있게 빙판처럼 반질반질한 바닥을 새로 깔았다.

그들은 최대한 자주 경기를 했고 가끔 발루는 규칙을 어겨가며 비다르와 저녁에도 만났다. 비다르가 다른 규칙을 지키는 법을 배울 수 있길 바라는 마음에서였다. '보호'와 '처벌'의 정의는 항상 바뀌기 마련이라 발루는 비다르가 그 두 단어의 개념을 확실하게 정립할 수 있도록 최선을 다했다. 말수가 별로 없었지만 비다르의 석방 소식을 듣고 가장 큰 소리로 반대한 사람이 그였다. "비다르는 아직 준비가 안 됐어요!" 발루는 이렇게 선언했지만 아무도 관심이 없었다. 비다르에게는 막강한 친구가 있었고 그 친구가 조치를 취하자 석방에 필요한 서류가 순식간에 전부 갖추어졌다. 그래서 비다르가 시설을 떠나게 됐을 때 발루는 그에게 슬픈 목소리로 속삭이는 수밖에 없었다. "빙판을 지켜라, 모글리. 하키에만 집중해."

마야와 레오는 컴퓨터 앞에 앉았고 그녀의 머릿속에는 며칠 동안 같이 게임을 한 것처럼 기억될 것이다. 그녀는 하고 싶은 말을 최대한 참아보지만 결국에는 얘기해버린다.

"다시는 나를 위해서 싸우지 마. 네가 나를 사랑한다는 건 알지만 나를 위해서 싸우지는 말아줘. 어쩔 수 없는 경우라면 다른 걸 위해서 싸우는 건 상관없어. 하지만 나를 위해서는 그러지 마."

"알았어." 남동생은 약속한다.

그 뒤로 그들은 별말을 하지 않는다. 하지만 가끔 실수를 해서 화가 난 레오가 자기 허벅지를 때리며 "바보!"라고 하면 마야는 목이 아플 정도로 깔깔대며 웃는다. 그 순간만큼은 예전으로 돌아간 기분이다. 편안하다.

잠시 후에 마야가 실력을 제대로 발휘하자 감동을 받은 레오가 하이파이브를 하려고 몸을 돌린다. 그녀가 제때 반응을 하지 못하자 그의 손이 그녀의 어깨를 때린다.

마야가 불에 데기라도 한 듯 펄쩍 뛰는 바람에 의자가 넘어진다. 그녀는 눈을 동그랗게 뜨고 숨을 헐떡이며 서서 자신을 저주하며 아무 일도 아닌 척한다. 하지만 레오는 이미 알고 있다. 동생들이 가끔 그럴 때가 있다. 성폭행 사건 이후에 마야의 몸에 손을 댄 사람은 아무도 없었다. 레오가 남동생이더라도 공포는 비논리적인 것이고 몸은 머리와 상관없이 반응한다.

레오는 컴퓨터를 끈다.

"재킷 입어." 그가 단호하게 얘기한다.

"왜?" 마야는 소심하게 묻는다.

"누나한테 보여줄 게 있어."

비다르가 시설에서 나와보니 티무, 스니칸, 스핀델이 차를 타고 앞에서 기다리고 있다. 스핀델은 비다르를 끌어안고 있다가 티무에게 옆구리를 찔린 다음에서야 놓는다. 하지만 비다르는 의회의 주택조합에서 제공하는 아파트에 절대 발을 들여놓지 않을 것이다.

"나는 우리 집에서 살아야 해. 형이 숫자 세는 걸 도와야 해." 그는 형에게 얘기한다.

티무는 그의 정수리에 입을 맞춘다.

비다르가 가장 먼저 하고 싶어 한 얘기는 뭘까? 당연히 베어타운 아이스하키단이다! 보기에 어떤지. 올해에는 어떤 선수들이 있는지. 헤드를 이길 수 있겠는지. 그는 그 팀의 가장 열렬한 응원단이고 엄마의 부엌 다음으로 가장 그리워한 곳이 아이스링크의 스탠딩석이다. 티무는 동생의 어깨를 계속 토닥일 뿐 올해에는 스탠딩석에 있을 필요 없이 선수로 뛸 수 있다는 얘기를 하지 않는다. 그 얘기를 꺼내서 동생을 불안하게 만드는 대신 잠깐이나마 순수하고 소박한 행복을 맛볼 수 있도록 내버려두고 싶기 때문이다. 그 순간을 망치고 싶지 않기 때문이다.

이윽고 비다르가 벤이 오비크에 대해 묻는다. 마지막으로 통화를 했을 때 새 코치가 오비크를 주장으로 임명했다는 소식을 들었기 때문인데, 당시 그들은 벤이를 같은 편으로 간주했기에 기뻐서 어쩔 줄 몰라 했다. 기죽을 줄 모르고 한 대를 맞으면 그 대가로 세 대를 때리는 베어타운 출신. 하지만 비다르가 그의 이름을 들먹이자 스핀델과 스니칸은 조용해진다. 험상궂은 눈빛으로 그 눈빛보다 더 심각한 얘기를 꺼낸다.

"새롭게 알게 된 사실이 있어……."

비다르는 듣는다. 그들은 차마 벤이의 이름을 입에 올리지 못하고 그가 죽은 사람이라도 되는 듯이 얘기한다. 어쩌면 맞는 말일 수도 있다. 그들이 아는 벤이는 죽었을지 모른다. 그는 이제 더 이상 그들과 같은 편이 아니다.

어쩌면 비다르는 누가 누구랑 자거나 말거나 상관하지 않는다는 점에서, 그는 그쪽으로 경험이 없다는 점에서 그 일당의 대부분의 멤버들과 다를지 모른다. 하지만 비다르도 알다시피 검은 재킷을 입은 남자들이 강조하는 대목은 성 정체성이 아니라 신뢰와 의리다. 벤이는 본색을 감추었다. 그렇기 때문에 가짜고 믿을 수가 없고 스핀델과 스니칸은 그가 그 일당의 이름에 먹칠을 했다고 생각한다.

"우리는 보호해주었는데 그 자식은 처음부터 우리 뒤통수를 칠 생각뿐이었어!" 스핀델이 쏘아붙인다.

비다르는 아무 말도 하지 않는다. 그가 열두 살인가 열세 살이었을 때 맥도널드에서 그를 위해 싸운 스핀델에게 이렇게 물은 적이 있었다. "우리가 훌리건이야?" 스핀델은 진지한 표정으로 고개를 저으며 대답했다. "아니. 우리는 군인이야. 나는 너를 지켜주고 너는 나를 지켜주는. 서로를 천 퍼센트 믿지 않으면 우리한테는 아무것도 없는 거나 다름없어. 알겠니?" 비다르는 알아들었다. 그 일당의 멤버들은 평생 똘똘 뭉쳐서 지내왔는데, 복잡한 희생 없이는 그런 식의 우정을 쌓을 수 없는 법이다.

그들은 저마다 다른 이유로 벤이를 미워한다. 누구는 역겨워하고 누구는 배신감을 느끼고 누구는 상대팀 응원단이 이제 뭐라고 놀려댈지 걱정한다. 누구는 목에 곰 문신을 새겨놓았다. 얼마나 사랑해야 거기다 문신을 새길 수 있을까? 그래서 비다르는 아무 말도 하지 않는다. 집으로 간다는 것이, 모든 게 다시 원래대로 돌아간다는 것이 기쁠 따름이다.

티무가 허리를 숙이고 "새 코치가 너를 위해서 A팀 테스트를 실시하겠대. 네 실력을 입증하면 선수로 뛸 수 있어!"라고 속삭이자 비다르의 머릿속에서 환희의 찬가가 하도 우렁차게 울리는 바람에 다른 생각을 할 여력이 없다.

이건 그냥 스포츠일 뿐이다.

멀리서 남매가 다가오자 견사의 개들이 짖기 시작하지만 아드리가 게슴츠레한 눈으로 나와서 녀석들을 조용히 시킨다. 레오와 마야는 놀라서 걸음을 멈춘다.

"예아네테 선생님 여기 계세요? 우리 학교 선생님인데…… 미술 동호회를 만들 거라고 하셨는데…… 여기 아닌가요?" 레오가 묻는다.

"동호회라고 하면 좀 거창하긴 하다만. 별채로 가봐." 아드리는 싱긋 웃고 쇠 수세미 같은 머리칼을 긁적이며 기지개를 켠다.

레오는 고개를 끄덕이지만 주머니에 손을 꽂은 채 관심 어린 눈빛으로 개들을 쳐다보며 꼼짝하지 않는다.

"얘들 견종이 뭐예요?"

아드리는 미간을 찌푸리고 레오와 마야를 번갈아 쳐다보며 그들이 찾아온 목적을 파악하려고 애쓴다. 마찬가지로 자매가 있기 때문에 이해한 걸까? 그녀가 이렇게 묻는다.

"개 좋아하니?"

레오는 고개를 끄덕인다.

"네. 하지만 엄마, 아빠가 안 사주세요."

"얘들 먹이 주는 거 도와줄래?" 아드리가 묻는다.

"네!" 레오는 강아지보다 더 행복한 표정으로 외친다.

아드리는 따뜻한 눈빛으로 마야를 돌아본다.

"예아네테는 별채에 있어. 거기 가면 만날 수 있을 거야."

그래서 마야는 혼자 별채로 간다. 예아네테는 샌드백을 상대로 연습하던 도중에 멈추고 놀란 표정을 감추려고 한다. 마야는 찾아온 걸 벌써부터 후회하는 표정이다. 예아네테는 이마에 흘린 땀을 닦으며 묻는다.

"무술을 배우고 싶다고?"

마야는 손바닥을 마주 대고 비빈다.

"저는 여기가 뭐 하는 덴지 잘 몰라요. 남동생이 끌고 왔거든요."

"왜?" 예아네테는 궁금해한다.

"제가 누굴 다치게 할까봐 걱정되나봐요."

"누굴?"

마야는 잠긴 목소리로 대답한다.

"저요."

그렇다면 어디서부터 시작해야 할까? 예아네테는 아이를 쳐다보다 결국 가장 쉬운 길을 선택한다. 매트 위에 앉는다. 영원의 시간이 지난 뒤에 마야도 삼십 센티미터 거리를 두고 그녀의 맞은편에 앉는다. 예아네테는 다가가다가 아이가 움찔하는 걸 보고 그만둔다. 그녀는 다정하게 설명한다.

"사람들이 그럴 거야, 무술은 폭력적이라고. 하지만 나한테 무술은 사랑이야. 믿음이야. 너하고 내가 같이 연습을 하려면 서로를 믿어야 하거든. 서로의 몸을 빌려야 하니까."

예아네테가 손을 내밀어서 그녀를 건드리는데, 케빈 이후로 누가 건드렸을 때 마야가 움찔하지 않은 게 아나 말고 이번이 처음이다. 예아네테한테서 맞붙어 싸우는 법과 상대를 잡는 법과 잡혔을 때 빠져나오는 법을 배우는 동안 마야는 붙잡히더라도 공포에 질리지 않는 법을 터득해야 한다. 한번은 그녀가 공포에 질려서 고개를 뒤로 젖히는 바람에 예아네테의 얼굴을 정면으로 들이받는다.

"괜찮아." 예아네테는 입술과 턱에서 피가 나는데도 아랑곳하지 않는다.

마야는 벽에 걸린 시계를 확인한다. 아무 잡념 없이 대련한 지 한 시간이 지났고 땀이 워낙 많이 나서 눈물이 쏟아졌대도 그녀조차 몰랐을 지경이다.

"저는…… 저는 가끔 우라지게 겁이 나서 절대 괜찮아지지 않을 것 같은 느낌이 들 때도 있어서……." 그녀는 숨을 헐떡거린다.

예아네테는 선생님으로서, 인간으로서 뭐라고 대꾸하면 좋을지 알 수가 없었기에 코치로서 생각나는 단 한 마디를 묻는다.

"피곤하니?"

"아뇨."

"그럼 다시 한번 가자!"

그 별채 안에서 마야의 상처가 치유되지는 않는다. 그녀는 타임머신을 만들지도 않고 과거를 바꾸지도 않고 기억상실이라는 축복을 누리지도 않는다. 하지만 그녀는 날마다 여길 찾아와 무술을 배울 테고 조만간 슈퍼마켓에서 줄을 서 있을 때 공교롭게도 모르는 사람이 그녀의 몸을 스치고 지나갈 것이다. 그래도 그녀는 움찔하지 않을 것이다. 소소한 사건들 중에 가장 큰 사건이고 아무도 이해하지 못한다. 하지만 그날 그녀는 슈퍼마켓이 아닌 다른 곳에 다녀오는 듯이 집까지 걸어갈 것이다. 그러고는 그날 저녁에 연습하러 여길 다시 찾을 것이다. 그다음 날도 마찬가지일 것이다.

이건 그냥 스포츠일 뿐이다.

아나는 견사에서 가까운 나무 위에 앉아 있다. 숲을 지나서 집으로 걸어가는 마야와 레오가 보인다. 그녀는 그들의 뒤를 밟고 있다. 이유는 모르겠고 그냥 어떤 식으로든 마야와 가까이 있고 싶어서다. 그녀가 없는 세상에서는 모든 게 너무 차갑게 느껴진다.

고작 일이 미터의 간격을 두고 마야가 그녀의 아래를 지나간다. 아나는 무슨 말이든 외치며 나무에서 내려가 단짝 친구를 붙잡고 용서해달라고 사정하고 애원할 수도 있다. 하지만 이건 그럴 수 있는 사건이 아니다. 그래서 아나는 나무 위의 그 자리에 앉아서 멀어져가는 친구를 바라본다.

다음 날 비다르는 버스를 타고 학교에 간다. 다들 그의 정체를 알기에 아무도 감히 그의 옆에 앉지 않는다. 이옥고 하이츠 외곽의 정거장에서 몇 살 어린 여자아이가 탄다. 그녀는 덥수룩한 머리와 슬픈 눈을 하고 있고 이름은 아나다.

비다르가 맨 처음 알아차린 부분은 그녀의 발목이 정말 예쁘다는 것이다. 마룻바닥을 걷기 위해서가 아니라 숲을 뚫고 바위를 넘어 달리기 위해 생긴 발목 같다. 아나가 맨 처음 알아차린 부분은 너무 가늘어서 유리창에 내리는 빗방울처럼 얼굴을 덮고 있는 비다르의 까만 머리다.

오랜 시간이 흐른 뒤에 우리는 이것을 폭력에 얽힌 이야기였다고 할지 모른다. 하지만 그게 백 퍼센트 진실은 아닐 것이다.

이것은 러브 스토리이기도 하다.

35
그것도 네가 최고의 선수일 때 얘기고

베어타운에서 기자회견이 열릴 것이다. 온 마을이 백 가지 갈등으로 자체 붕괴되려는 시점이라 누구에게는 최악의 타이밍이지만 다른 누구에게는 이보다 더 좋을 수 없는 타이밍이다. 예를 들어 리샤르드 테오 같은 사람에게는 말이다.

공장을 인수한 사장단이 런던에서 날아오고 지역 신문사에서 그들이 스페인에 별장을 소유한 의원과 공장 앞에서 유쾌하게 악수하는 광경을 사진에 담는다. 페테르 안데르손은 충실하게 그 옆을 지키고, 목소리가 떨리고 시선은 아스팔트에 고정되어 있지만 그래도 "훌리건에 대처"하겠노라고 약속한다.

스페인에 별장을 소유한 의원은 어찌나 뿌듯해하는지 셔츠가 그야말로 터질 지경이다. 그는 존경스럽고 겸손한 동료 리샤르드 테오를 언급하는 것으로 기자회견을 시작한다. "지역구 발전에 이바지한 그의 공로는 칭찬받아 마땅합니다. 지난 몇 달 동안 인맥을 동원해 열심히 노력한 리샤르드가 없었다면 이번 계약은 성사되지 못했을 겁니다!" 스페인에 별장을 소유한 의원은 이번에는 좀 덜 겸손하게 이번 계약에서 자신의 역할을 설명한다. 그의 설명에 따르면 납세자들이 엄청난 혜택을 누릴 테고 가장 중요한 건 이거다. "베어타운에서 일자리가 사라지지 않을 겁니다!"

그의 옆에 있던 여성 의원이 느닷없이 입을 열자 스페인에 별장을 소유한 의원은 너무 놀라서 제때 대응하지 못한다. 그녀는 이렇게 얘기한다. "물론 베어타운뿐만이 아니죠. 공장을 인수한 사장단과의 합의 아래 헤드의 근로자들도 혜택을 받을 수 있게 됐으니까요! 그것도 공장 인수 조건이에요. 의회에서 공장을 재정적으로 지원할 요량이면 모든 지역구가 혜택을 누려야 하지 않겠어요?"

기자들이 받아 적고 사진을 찍고 기자회견장을 촬영하고 있다. 스페인에 별장을 소유한 의원은 그녀를 빤히 쳐다보고 그녀도 그를 마주 본다. 그는 어쩔 도리가 없다. 뭐라고 얘기할 수 있겠는가. 헤드에는 일자리를 할당할 생각이 전혀 없다고? 조만간 선거철이 다가올 것이다. 그는 분노로 온몸이 떨리고 카메라를 보며 짓는 미소는 경직되어 있지만 일자리에 대한 질문을 받자 이렇게 대답하는 수밖에 없다. "어떠한 정책이든…… 모든 지역구를 감안해서 수립해야겠죠." 그는 얘기하면서 허리를 살짝 수그리지만 여성 의원은 그의 키가 몇 센티미터나 커진 듯한 기분을 느낀다.

몇 달 뒤 어느 날 이른 새벽에 그녀의 집 앞 계단에서 봉투가 발견될 테고, 그 안에는 스페인에 별장을 소유한 의원이 스페인에서 어떤 식으로 자금 출처가 불분명한 부동산 투기를 저질렀는지 고발하는 서류가 들어 있을 것이다. 스페인에 별장을 소유한 의원은 전적으로 아무 잘못이 없는 것으로 밝혀지겠지만 리샤르드 테오에게는 증거가 아니라 의혹만 있으면 된다. '의심스러운 거래'는 지역 신문 일면에 대서특필될 테지만 그가 무죄로 밝혀졌다는 소식은 뒷면에 몇 줄로 소개되고 그만일 것이다. 같은 정당 동료들이 "더 이상의 스캔들은 감당할 수 없다"라고 입을 모을 테니 스페인에 별장을 소유한 의원의 정치 인생은 그때쯤 이미 끝나 있을 것이다. 그는 베어타운의 적보다 헤드의 친구가 더 많은 여성 의원으로 대체될 것이다.

벤이는 팀 훈련에 참가하지 않는다. 아무한테도 연락하지 않고 누가 연락을 하더라도 전화를 받지 않는다. 하지만 어느 늦은 저녁, 아이스링크의 조명이 거의 꺼지고 로커룸에 아무도 없을 때 청바지에 스케이트를 신고 스틱을 들고 빙판에 홀로 선다. 그전에도 수백 번 반복했던 것처럼 슛을 날리며 지금도 그 느낌이 여전한지, 예전과 같을 수 있는지 알아보고 싶어서 나온 참이다. 하지만 센터 서클에 그려진 곰에 시선을 빼앗긴다. 누군가가 스케이트를 신고 빙판으로 나와서 그의 옆에 선다. 엘리사베트 사켈이다.

"헤드랑 상대하는 경기에 출전할 거니?" 그녀가 전혀 아무 감정 없는 목소리로 묻는다.

벤이는 계속 곰을 바라보며 머뭇머뭇 침을 삼킨다.

"저는…… 문제를 일으키고 싶지 않아요. 팀을 생각해서요. 제가 있으면 다른 팀원들이……."

"그걸 물은 게 아니잖아. 출전할 거니, 안 할 거니?" 사켈이 묻는다.

벤이는 얼른 눈을 감았다가 천천히 뜬다.

"구단에 짐이 되기 싫어요."

"로커룸에서 누구랑 잘 거야?"

"네? 아니 무슨……?"

사켈은 어깨를 으쓱한다.

"사람들은 그렇게 생각하잖아, 아니야? 게이들은 자제력에 문제가 있다고. 로커룸에서 다들 서로 자는 거 아니냐고."

벤이는 눈살을 찌푸린다.

"도대체 어디서 그런 소리를 들었어요?"

"로커룸에서 누구랑 잘 거야, 안 잘 거야?"

"그럴 리가 없잖아요!"

사켈은 다시 한번 어깨를 으쓱한다.

"그럼 너는 짐이 아니지. 하키는 하키야. 사람들이 아이스링크 밖에서 네 어떤 모습을 좋아하든 여기서는 중요하지 않아. 실력이 좋으면 좋은 거야. 골을 넣으면 넣은 거고."

벤이는 못 미더워하는 표정이다.

"사람들은 저를 싫어해요. 코치님도 싫어하고요. 아마 감당이 안 돼서 그럴 거예요, 코치님이랑 제가…… 그런 게요. 한 명이면 모를까, 한 팀에 두 명이면 너무…… 많은 거잖아요."

사켈은 깜짝 놀란 목소리로 묻는다.

"그게 무슨 소리야?"

벤이의 눈썹이 꿈틀거린다.

"코치님도…… 게이잖아요."

"아닌데." 사켈은 대답한다.

벤이는 그녀를 뚫어져라 쳐다본다.

"다들 그런 줄 아는데……."

"사람들은 별의별 생각을 하지. 자기감정에 너무 취해서."

벤이는 한참 동안 멍하니 그녀를 쳐다본다. 그러다 웃음을 터뜨린다. 어쩔 수가 없다.

"정말이지 코치님, 사람들한테 얘기했더라면 이 마을에서 지내기가 훨씬 수월하셨을 텐데요. 코치님은……."

"너 같지가 않다고?"

"네."

사켈은 콧방귀를 뀐다.

"네가 어떤 사람이랑 자고 싶은지 모든 사람한테 공개할 의무는 없을 것 같은데, 벤야민. 그건 나도 마찬가지고."

벤이는 스케이트 옆면으로 빙판을 긁는다. 그는 잠깐 생각을 하다가 묻는다.

"남자가 됐으면 좋겠다는 생각 해본 적 있어요?"

"내가 왜 그런 생각을 해?" 사켈은 의아해한다.

벤이는 빙판에 그려진 곰을 쳐다본다. 알맞은 단어를 찾는다.

"그럼 여자 하키 코치일 필요가 없잖아요."

사켈은 천천히 고개를 젓지만 이번만큼은 표정이 돌부처 같지 않다.

"우리 아빠는 가끔 내가 아들이 아닌 걸 아쉬워하셨을지 몰라."

"왜요?"

"항상 남자들보다 두 배 더 잘해야 한다는 걸 아셨으니까. 이제는 너도 마찬가지야. 나를 싫어하는 사람들이 나한테 이 팀을 맡길지 몰라도 그것도 이길 때 얘기야. 너를 하키장에서 뛰도록 내버려둘지 몰라도 그것도 네가 최고의 선수일 때 얘기고. 이제 너는 잘하는 정도로는 부족해."

"우라지게 불공평하네요." 벤이가 속삭인다.

"이 세상에서는 불공평한 게 공평한 것보다 훨씬 자연스러운 현상이지." 사켈이 얘기한다.

"아버지가 그런 말씀을 하셨어요?"

"엄마가."

벤이는 침을 꿀꺽 삼킨다.

"주장은 할 수 있을지 잘 모르겠어요."

"알았다." 사켈은 대답한다.

그녀는 그 말을 끝으로 몸을 돌려서 멀어진다. 더 이상은 얘기할 필요가 없다는 듯이.

혼자 남겨진 벤이는 센터 서클에 서 있는다. 그러다 결국 펜스에서 퍽을 한 무더기 가져다가 빙판 위에 하나씩 떨어뜨린다. 어쩌면 이번이 마지막일 수도 있다. 이 스포츠는 당신의 일부인 것으로 만족하지 않고 너무 많은 희생을 요구하며 평생을 여기에 바친 사람만 알 수 있는 게 너무 많다. 여름이 지난 뒤에 맨 처음 스케이트를 신으면 얼마나 발이 아픈지. 시즌 막바지에 다다르면 장갑에서 얼마나 지독한 냄새가 나는지. 펜스와 충돌할 때, 아니면 유리에 대고 퍽을 날릴 때 어떤 소리가 나는지. 아이스링크마다 어떤 식으로 울림이 다른지. 관

중석에 아무도 없으면 어떤 식으로 한 발 내디딜 때마다 휘파람 소리가 나는지. 그냥 빙판 위에서 뛰는 게 어떤 기분인지. 심장이 어떤 식으로 뛰는지.

탕 탕 탕 탕 탕.

아나가 처음으로 비다르의 옆자리에 앉은 날 아침에는 둘 다 아무 말도 하지 않는다. 아나는 죄책감과 상실감 때문에 마음이 너무 무거워서 아무 말도 할 수가 없다. 어렸을 때부터 줄곧 마야와 학교를 같이 갔기 때문에 혼자라는 게 충격으로 다가온다. 그녀는 일어나면 일생일대의 실수가 꿈으로 밝혀지는 건 아닐까 하는 마음에 잠을 자고 또 잔다. 하지만 그런 일은 절대 벌어지지 않는다.

하지만 두 번째로 비다르의 옆자리에 앉은 날에는 버스가 학교에 거의 도착했을 때 그를 흘끗 쳐다본다. 그는 열심히 전화기를 들여다보는 척하지만 그녀가 훔쳐본다는 걸 느낄 수 있다. 그는 시선을 어쩌지 못하는 부류다.

"무슨 게임이에요?" 그녀가 묻는다.

"응?" 그는 이제야 그녀의 존재를 알아차린 척 웅얼거린다.

그녀는 그렇게 쉽게 속아 넘어갈 사람이 아니다.

"뭐라고 물었는지 들었잖아요."

그는 웃음을 터뜨린다. 긴장하면 나오는 습관이다. 그도 조만간 알게 되겠지만 아나는 긴장하면 냉소적인 우스갯소리를 늘어놓는다. 만약 그들이 평생을 함께한다면 장례식장에서 맞닥뜨리기에 가장 부적절한 커플이 될지 모른다. 한 명은 계속 우스갯소리를 늘어놓고 또 한 명은 계속 키득거릴 테니 말이다.

"마인크래프트. 마인크래프트 하고 있어." 그가 얘기한다.

"일곱 살이에요 뭐예요?" 아나는 묻는다.

그는 웃는다.

"치료 차원이야…… 나는 충동 조절 장애가 있거든. 심리 상담사가 그러는데 마인크래프트가 좋대. 게임에 몰두하면 집중이 더 잘돼."

버스가 멈춰 선다. 학생들이 우르르 내린다. 아나는 그에게서 시선을 돌리지 않는다.

"티무 리니우스의 동생이죠? 감옥에 다녀온."

비다르는 어깨를 으쓱한다.

"그보다는 방학 때 가는 캠프에 가까웠어."

"집중을 할 수 없다니 그게 무슨 소리예요? 무슨 증후군이나 그런 거 있어요?"

"몰라."

아나는 미소를 짓는다.

"그럼 그냥 평범한 또라인가?"

비다르는 웃음을 터뜨린다.

"나더러 사이코패스라는 사람들도 있어. 나한테 말 걸면 안 돼!"

아나는 조심스럽게 그를 위아래로 훑어본다. 까만 머리가 눈 주변을 덮었다.

"사이코패스라고 하기에는 너무 친절하게 생겼는데."

그는 얼굴을 찡그린다.

"조심해! 칼을 들고 있을지도 몰라!"

그녀는 쿡쿡 웃는다.

"칼을 들고 있대도 하나도 안 무섭겠네요. 내가 만약 빵 덩어리라고 해도."

비다르는 그녀에게 풍덩 빠져버린다. 그는 자제할 줄 모르는 성격이다.

36
사이코패스들은 산책을 안 하는 모양이네요?

엘리사베트 사켈은 어느 날 아침 일찍 공개 테스트를 실시한다. 베어타운의 청소년팀이 없어졌기 때문에 오갈 데가 없어진 청소년팀 선수 몇 명과 다른 구단에서 방출되고 계약이 만료된 성인 선수 몇 명이 참가한다. 그들 중 어느 누구도 사켈의 팀에 들어올 수 있을 만한 실력이 안 되지만 상관없다. 그들은 구단에서 공개 테스트를 실시했다는 증거로 동원될 조연이다. 유일하게 관심이 가는 선수는 비다르뿐인데 그가 빙판 위로 올라오지 않는 바람에 사켈이 가서 찾아야 한다. 이제 보니 장비 보관실에 있다.

"무슨 문제 있니?" 그녀가 묻는다.

"톱 있어요?" 비다르가 묻는다.

"톱은 왜?" 사켈은 궁금해한다.

비다르는 골키퍼용 스틱을 든다.

"너무 길어서요!"

시설에 갇혀서 발루와 밤에 하키를 하던 시절에 비다르는 발루의 슛을 막은 뒤에 지하실 저 끝까지 공이나 퍽을 날릴 수 있어야 했다. 지하실에서는 스케이트를 신을 수가 없었기에 그 높이를 맞추느라 스틱을 잘랐다. 실수로 너무 많이 자르는 바람에 스틱이 너무 짧아졌지만 알고 보니 그 덕분에 더 강하고 더 정확하게 패스를 할 수 있었다. 시설에 갇혔을 때 유일하게 남는 게 있다면 시간이었으니 비다르는 여러 길이로 자르고 스틱에 다양한 테이프를 붙여가며 실험을 했다. 나중에 다른 대부분의 골키퍼처럼 매끈하게 테이프를 붙이는 데 성공하자 그립이 더욱 단단해졌다.

사켈은 톱을 가져다주지만 그의 의도를 이해하지는 못한다. 스틱을 들고 희희낙락 빙판으로 나선 비다르는 퍽을 하나 끌고 오더니 이 끝에서 저 끝까지 자연스럽게 날린다.

"그거 다시 한번 할 수 있겠니?" 사켈이 묻는다.

비다르는 고개를 끄덕인다. 사켈은 그를 한쪽 골문 앞에 세우고 자기는 다른 쪽 골문으로 간다.

"나한테 패스해봐!" 그녀가 외친다.

그는 패스를 한다. 아이스링크를 가로질러서 그녀의 스틱 바로 앞으로 퍽을 날린다. 하키를 모르는 사람에게는 별것 아닌 것처럼 보일지 몰라도 사켈은 베어타운이 속한 리그의 골키퍼들은 대부분 배를 타고 가다 떨어지더라도 퍽으로 물을 맞히지 못하는 실력이라는 걸 안다. '이 녀석은 상대팀이 공격할 때는 골키퍼일지 몰라도 공격권이 우리한테 넘어오면 또 한 명의 선수가 될 수 있겠어.' 그녀는 생각한다. 그런 작전으로 승리를 거둘 수 있겠다.

"골을 막아봐." 그녀가 명령을 내린다.

그는 그녀가 시키는 대로 한다. 그녀는 연속으로 슛을 날린다. 그녀는 실력이 좋지만 그가 전부 막아낸다. 공개 테스트에 참가한 다른 선수들에게도 기회를 주지만 아무도 득점하지 못한다. 그녀는 처음에는 두 명, 그다음에는 세 명이 각자 다른 각도에서 동시에 슛을 날리게 한다. 거의 아무것도 비다르를 통과하지 못한다. 반사 신경이 어마어마하다.

사켈은 관중석을 둘러본다. 꼭대기 층 구석에 페테르 안데르손이 앉아 있다. 거기서 가장 거리가 먼 스탠딩석에 티무 리니우스가 있다. 스핀델과 스니칸이 그의 옆에 서 있다. 티무는 뿌듯한 마음을 감추려고 하지만 잘 되지 않는다. 스핀델과 스니칸은 감추려는 시도조차 하지 않는다.

사켈은 비다르 쪽으로 다시 고개를 돌리고 외친다.

"잠깐 쉬면서 물 한잔 마시자!"

다른 선수들이 슛을 하다 말고 멈춘다. 비다르가 헬멧을 벗자 땀에 전 까만 머리가 얼굴에 들러붙는다. 그는 사켈에게 등을 돌리고 물병을 집는다. 그녀는 작심하고 슬랩 샷*을 날려서 그의 등을 세게 맞힌다. 비다르가 펄쩍 뛰며 몸을 돌린 순간 사켈이 다시금 날린 퍽이 헬멧을 벗은 그의 머리에서 고작 삼십 센티미터 옆쪽을 쌩하니 지나간다.

티무가 관중석에서 "안 돼!"라고 외치지만 비다르는 주저 없이 사켈을 향해 이미 전속력으로 돌진하고 있다. 빙판 위에서는 아무도 사태를 파악하지 못했기 때문에 티무가 자기 동생을 그 정도로 잘 알지 못했다면 사켈은 아이스링크에서 살아 나오지 못했을 수도 있다.

---

* 스틱을 조금 흔들어서 퍽을 강하게 치는 것.

비다르가 그녀에게 달려들어 장갑을 낀 손을 미친 듯이 휘두르는 동안 티무는 관중석에서 달려 내려가 벤치석으로 들어가는 문을 열고 펜스를 뛰어넘는다. 부츠가 빙판 위에서 미끄러지지만 어찌어찌 동생을 붙잡아서 온 힘을 다해 빙판 위로 쓰러뜨리고 꼼짝 못하게 누른다. 스핀델과 스니칸이 몇 발짝 뒤에서 따라오고 그들 셋이 전부 달려들어야 일어나서 사켈을 죽을 때까지 패려는 비다르를 막을 수 있다.

"돌았어요???!!!" 티무는 그녀에게 고함을 지르지만 여자 코치는 겁에 질리기는커녕 입이 귀에 걸리도록 웃고 있다.

"동생이 늦지 않게 연습에 참석하고 모든 경기에 출전할 수 있을 거라고 장담할 수 있어요?"

비다르는 단단히 붙잡고 있는 세 친구한테서 빠져나오려고 계속 미친 듯이 버둥거리고 있다. 티무는 사켈을 노려본다.

"당신 때문에 이 아이가 죽을 수도 있었어요! 이 아이가…… *당신*을 죽일 수도 있었고! 이 아이가 *당신*을 죽일 수도 있었다고요!"

사켈은 기뻐하며 고개를 끄덕인다.

"내 말이요! 비다르는 내가 여자라는 데 전혀 신경 쓰지 않고 그러거나 말거나 나를 죽이려고 했잖아요, 맞죠? 저 아이한테 나는 그냥 하키 코치예요. 연습 때마다 늦지 않게 참석시키겠다고 약속할 수 있어요?"

티무는 그녀를 빤히 쳐다본다. 미친 게 분명하다.

"팀원으로 받아준다는 겁니까?"

사켈은 콧방귀를 뀐다.

"팀원으로 받아주겠느냐고요? 저 아이를 중심으로 팀을 구성하는 중이에요! 저 아이를 프로 선수로 키울 거라고요!"

티무는 침을 꿀꺽 삼키고 짧게 대답한다.

"알았어요. 연습 때 늦지 않게 참석시킬게요."

사켈은 고개를 끄덕이고 당장 빙판을 빠져나간다. 여기에서 볼일은 끝났다. 공개 테스트에 참가한 다른 선수들은 그녀의 팀원이 되기에 부족하다는 짧은 문자를 받고 그만일 것이다. 그녀는 솔직하고 공정하며 인정사정없다. 하키라는 스포츠와 똑같다.

빙판 위에서 비다르는 마침내 진정이 된다. 그는 땀범벅이 된 지친 몸으로 똑바로 눕는다. 티무가 그의 옆에 앉는다. 비다르는 미심쩍어하는 눈빛으로 그를 돌아보며 중얼거린다.

"뭐야, 형, 울어?"

"쓰펄, 안 울어." 티무는 으르렁거리며 고개를 돌린다.

"암만 봐도……."

"꺼져!" 티무가 고함을 지르며 비다르의 팔을 하도 세게 때리는 바람에 동생은 빙판 위에서 찡얼거리며 몸을 웅크리고 티무는 일어나서 아이스링크 밖으로 나간다.

———

엘리사베트 사켈은 페테르 안데르손의 사무실로 깡충깡충 뛰어들어간다.

"공개 테스트 봤어요?" 그녀가 단도직입적으로 묻는다.

"음." 페테르가 대답한다.

"그 아이 넣어도 돼요?" 사켈은 묻는다.

"컨트롤할 수 있겠어?" 페테르가 묻는다.

"아뇨! 그게 중요한 거죠!" 사켈은 신이 나서 외친다.

그녀는 행복해 보인다. 페테르는 머리가 아파진다.

바깥의 주차장에 낡은 사브가 주차되어 있다. 아이스링크에서 나온 티무는 담배에 불을 붙이고 혼자 그 차로 걸어가 조수석에 올라타 문을 닫는다. 보는 사람이 아무도 없다는 걸 확인한 다음 계기판에 머리를 기대고 눈을 감는다.

그는 우는 게 아니다.

꺼져라.

다음 날 아침에 아나는 버스에서 다시 비다르의 옆자리에 앉는다. 그는 마인크래프트를 하고 있는데, 용기를 내서 이렇게 물을 때 긴장하지 않으려면 뭔가에 집중할 필요가 있기 때문이다.

"내가 베어타운 A팀에서 뛰게 됐어. 와서 구경할래?"

아나는 미심쩍어하는 투로 얘기한다.

"하키 선수인 줄 몰랐네요. 그 일당의 다른 멤버들처럼 그냥 훌리건인 줄 알았더니."

그녀는 전혀 무서워하는 기미 없이 '그 일당'을 운운한다. 이 마을에서 유일하다. 비다르는 수줍게, 거의 상처를 받은 목소리로 되묻는다.

"훌리건 싫어하니?"

그녀는 콧방귀를 뀐다.

"하키 선수를 싫어해요."

그는 웃음을 터뜨린다. 그녀는 그의 웃음보를 터뜨리는 데 제법 재주가 있다. 하지만 버스가 학교 앞에서 멈춰 서기 전에 그가 진지한 목소리로 얘기한다.

"그 일당은 훌리건이 아니야."

"그럼 뭔데요?" 아나는 묻는다.

"형제. 모두가 내 형제야. 그들은 내 편이고 나는 그들 편이야."

그녀는 그런 말을 했다고 그를 나쁘게 보지 않는다. 형제를 갖고 싶지 않은 사람이 세상에 어디 있겠는가.

마야는 엄마의 차를 타고 학교에 간다. 미라는 왜 아나와 함께 가지 않느냐고 묻지 않는다. 학교 바로 앞까지 태워다줘도 창피하게 여기지 않는다는 데 그저 행복해서 어쩔 줄 몰라 한다. 육 개월 전만 해도 그녀의 딸은 혼자 걸어 들어갈 테니 몇백 미터 앞에서 내려달라고 했다. 하지만 이제는 버스 정거장까지 태워다주면 딸이 시트 너머로 몸을 기울여 엄마의 뺨에 입을 맞추고 얘기한다.

"고맙습니다! 이따 봐요!"

다 큰 여자를 쓰러뜨리기에는 너무 사소한 몇 마디일지 몰라도 그 여자가 누군가의 엄마라면 얘기가 달라진다. 미라는 구름 위에 떠 있는 기분으로 차를 몰고 간다.

반면에 마야는 혼자 학교로 들어간다. 혼자 책을 꺼내고 혼자 수업을 듣고 혼자 점심을 먹는다. 그녀가 선택한 것이다. 단짝 친구를 믿지 못하는데 누굴 믿을 수 있겠는가.

아나는 마야와 가까운 거리에서 뒤따라 학교로 들어간다. 이제는 단짝 친구가 아닌 단짝 친구의 얼굴을 날마다 맞닥뜨리면 아주 특이하게 오싹한 기분이 든다. 예전에 그들은 헤어지는 순간이 되면 어렸을 때 만든 자기들만 아는 악수를 했다. 주먹을 위로, 주먹을 아래로, 손바닥, 손바닥, 나비, 손가락 한 개 구부리기, 권총, 손바닥을 펴고 손가락 벌리기, 미니로켓, 발사, 엉덩이끼리 키스, 이 지지배들아. 부연 설명은 아나가 만들었다. 막판에 엉덩이끼리 부딪치고 나면 항상 아나가 허공으로 손을 뻗으며 외쳤다. "……아나가 나가신다, 이 지지배들아!"

이제 마야는 아나가 뒤따라오고 있다는 걸 알아차리지도 못한 채 학교로 들어간다. 아나는 벤이에게 저지른 짓보다 마야에게 저지른 짓 때문에 자기 자신을 더 혐오한다. 그렇기에 이것이 그녀로서는 마지막 애정의 표현이다. 투명인간처럼 지내는 것이 말이다.

마야가 복도로 사라진다. 아나는 그 자리에 서서 상심한 마음을 달래며 꼼짝하지 않는다. 비다르가 손을 내민다.

"괜찮아?"

아나는 그를 쳐다본다. 왠지 모르게 그의 앞에서는 솔직하게 대답을 하게 된다.

"아니요."

그는 머리칼을 미친 듯이 쓸어 넘기며 웅얼웅얼 묻는다.

"여기서 나갈래?"

아나는 서글픈 미소를 짓는다.

"어디로요?"

비다르는 어깨를 으쓱한다.

"글쎄."

아나는 복도를 둘러본다. 그러는 그녀가 싫다. 여기서 이러고 있는 그녀가 싫다. 그래서 그녀는 묻는다.

"산책하러 갈래요?"

"산책?" 비다르는 산책이라는 단어가 외국어라도 되는 듯이 따라 한다.

"사이코패스들은 산책을 안 하는 모양이네요?" 아나가 궁금해 한다.

그는 웃음을 터뜨린다. 그들은 학교를 나서 숲속을 몇 시간 동안 나란히 걷고 거기서 아나는 그에게 반한다. 그의 서투르고 어색하고 불안한 몸짓에 반한다. 그가 그녀에게 반한 이유는 달걀 껍데기와 무쇠로 이루어진 사람처럼 천하무적인 동시에 금방이라도 부서질 것 같기 때문이다. 그는 주체할 수가 없기에 그녀에게 키스를 시도하고 그녀는 피하지 않는다.

그들이 평생을 함께 보내게 된다면 놀라운 커플이 될 수 있을 것이다.

기자회견 이후에 지역 신문에 이런 헤드라인이 실린다. "일자리 창출—하지만 절반은 헤드의 근로자들에게!"

기사에는 정치인들의 발언들이 대거 소개된다. 기자가 답변을 요구했을 때 다들 양쪽 모두를 도발하지 않으려고 애매모호하게 대답한 걸 보고 대다수의 주민들이 충격을 받는다. 두말하면 잔소리지만 그 노선에서 유일하게 이탈한 사람이 있다면 리샤르드 테오다. 그는 한 마디, 한 마디 미리 준비했지만 그냥 생각나는 대로 얘기한 척하는 데 성공한다. "공장의 일자리 할당제에 대해서 어떻게 생각하느냐고요? 나는 어떠한 형태든 할당제를 좋아하지 않습니다. 베어타운의 일자리는 베어타운의 근로자들에게 가야 한다고 생각합니다." 격정적인 웅변은 아니지만 금세 소문이 번진다.

몇 시간 만에 "베어타운의 일자리는 베어타운의 근로자에게!"라는 슬로건이 인터넷뿐만 아니라 술집과 저녁 식탁에서 반복된다. 다음 날 아침에는 스페인에 별장을 소유한 의원의 자동차 보닛에 쪽지가 달린다.

쪽지가 바람에 날리지 않도록 도끼로 찍어놓았다. 그러지 않으면 바람의 방향이 바뀔 때 쪽지가 금세 날아가버릴 수 있기 때문이다.

페테르는 기자회견 직후에 건축업자들에게 전화를 돌리기 시작한다. 그들은 하나같이 전화를 받고 일을 맡을 수 있다고 하지만 어떤 일인지 설명을 들은 뒤에는 태도가 달라진다. 경기장의 스탠딩석을 철거하는 일이다. 갑자기 누구는 시간이 안 된다고 하고 누구는 "그런 일을 할 만한 능력이 안 된다"라고 한다. 누구는 그냥 전화를 끊는다. 누구는 간단명료하게 얘기한다. "우리도 가족이 있는 사람들이에요, 페테르!" 페테르가 어느 업체에 전화를 걸었을 때는 누군가가 '스니칸'이라며 전화를 받는다. 페테르가 전화한 이유를 설명하자 스니칸이 껄껄대며 웃는다. 미친 듯이 웃는다.

몇 시간 뒤에 미라는 안데르손 가족의 집 앞에서 이삿짐 포장용 상자를 발견한다. 대다수의 사람들은 아무것도 없을 거라고 생각하며 상자 뚜껑을 열겠지만 그녀는 그렇게 어리석지 않다. 그녀가 상자를 천천히 옆으로 기울이자 쇠로 된 조그만 원통이 굴러가는 소리가 들린다. 그녀는 아이들 방 창문에서 새어 나온 불빛을 받고 반짝이는 그것을 바라본다.

소총에 넣는 탄약이다.

37
우리가 할 수 있는 것

우리들은 대부분 우리가 어떤 끔찍한 짓을 저지를 수 있는지 알지 못한다. 누군가에게 떠밀려서 선을 넘지 않는 한 무슨 수로 알 수 있겠는가. 누군가가 우리 가족을 협박하지 않는 한 우리가 얼마나 위험한 인물이 될 수 있는지 무슨 수로 알 수 있겠는가.

미라는 그림자 속에 숨어 있다. 그녀는 슈퍼마켓에서부터 티무의 뒤를 밟았다. 그는 양손에 식료품이 담긴 봉투를 하나씩 들고 있는데, 한쪽 봉투에는 거의 한가득 담배만 들어 있다. 그가 펠센으로 들어간다. 다시 나왔을 때 그는 혼자고 길거리에는 아무도 없다. 미라는 뭐에 씌었는지 모를 일이지만 문득 앞으로 걸어 나갈 용기가 생긴다.

"티무 리니우스!" 그녀는 의도했던 것보다 훨씬 협박조로 으르렁거린다.

그가 몸을 돌린다.

"음?"

미라는 그의 입 냄새를 맡을 수 있을 만큼 바짝 다가간다. 그녀는 이삿짐 포장용 상자를 접어서 들고 있다. 펠센 이층에서 창문이 열리고 노파가 고개를 내밀지만 미라는 너무 흥분해서 알아차리지 못한다.

"내가 누군지 알지?" 미라가 묻는다.

티무는 고개를 끄덕인다. 그와 그녀의 얼굴 사이 간격이 십오 센티미터가 채 안 된다.

"페테르 안데르손의 부인이지."

그녀는 고개를 아주 살짝 뒤로 젖히지만 목소리는 더 커진다.

"나는 레오 안데르손과 마야 안데르손의 엄마야! 그리고 변호사고! 그러니까 나도 다른 사람들처럼 너를 무서워할지 몰라도 한 가지만큼은 분명하게 알아두는 게 좋을 거야. 또다시 우리 가족을 건드리면 내 쪽에서 *너희* 가족을 가만두지 않을 거다!"

그녀는 상자를 둘 사이 바닥에 내동댕이친다. 티무는 한쪽 눈썹을 추켜세운다.

"지금 나를 협박하는 건가?"

미라는 고개를 끄덕인다.

"당연하지, 티무 리니우스! 너희 그 하찮은 '일당'의 쫄보 쓰레기들한테 가서 전해. 또다시 우리 집 앞길에 탄약을 놓고 가면 내가 그걸 너희들 머릿속에 박아주겠다고!"

티무는 아무 대답도 하지 않고 눈빛을 보아도 무슨 생각을 하는지 전혀 알 수가 없다. 미라는 그것으로 만족해야 했겠지만 그럴 수 있는 지점을 지났다. 그래서 가방에서 뭔가를 꺼낸다. 빈 약통이다. 그녀는 조롱하듯 그의 앞에 대고 약통을 들어 보인다.

"너희들이 우리 집으로 찾아왔길래 나도 너희 집으로 찾아갔지. 너희 어머니의 쓰레기통에 이게 들어 있던데. 마약성 약물이. 너희 어머니가 과연 처방을 받고 구입한 걸까? 그게 아니라면 범법 행위거든. 무엇보다 이 약물을 조달한 사람이 범법 행위를 저지르는 셈이지. 그 사람이 너지, 티무? 내가 너를 파헤치면 어떻게 될 것 같아?"

티무는 재미있어하는 표정으로 천천히 눈을 깜빡인다. 하지만 그가 한 발짝 다가오자 미라는 뒷걸음질을 친다. 누구나 그런다. 그의 말은 명령이다.

"꺼져라. 당장."

미라는 자기도 모르게 고개를 숙인다. 그녀는 오늘 한 행동을 두고 앞으로 수없이 자책하겠지만 우리는 누군가에게 떠밀려서 선을 넘지 않는 한 어떤 짓을 저지를 수 있는지 알 수 없는 법이다. 그녀는 차를 세워놓은 곳으로 돌아가는 동안 달리지 않으려고 애를 쓰는 데 거의 성공한다.

견사에서는 아드리가 개들에게 밥을 주고 있다. 오늘은 트렁크 가득 술을 실은 차가 찾아오지 않는다. 커피를 마시러 오는 사냥꾼들도 없을 것이다. 그들이 그럴 생각이 없는지, 그럴 용기가 나지 않는지 그건 모를 일이다. 이 동네에서는 사람들이 하고 싶은 말이 있어도 그냥 참는 건지, 할 말이 없어서 그냥 아무 말도 안 하는 건지 파악하기가 쉽지 않다.

그래서 아드리는 학교에 남아서 밀린 채점을 하고 있는 친구 예아네테에게 전화한다. 어렸을 때는 예아네테 쪽에서 항상 아드리에게 연락해 같이 놀자고 했지, 절대 그 반대인 적이 없었다. 하지만 오늘은 아드리가 묻는다.

"와서 운동할래?"

예아네테는 당장 달려온다. 그들은 팔을 들어 올릴 수 없을 때까지 웨이트를 들고 샌드백을 두드린다. 예아네테는 남동생이 없고, 괜찮아질지 어떨지 알 수 없기 때문에 아드리에게 전부 괜찮아질 거라고 얘기하지 않는다. 하지만 아드리가 됐다고 할 때까지 운동을 계속하고, 지나가는 차량이나 사냥꾼 없이 텅 빈 도로를 보며 차라리 잘된 걸지 모른다는 생각을 한다. 아드리의 눈빛을 보니 누군가가 찾아와서 남동생을 두고 말을 잘못했다가는 실려 나가게 생겼다.

티무는 계속 펠센 앞에 서 있고 이층 문은 계속 열려 있다. 라모나의 목소리가 바람결에 실려 온다.

"티무, 네가 학교로 찾아가서 레오 안데르손에게 검은 재킷을 두고 왔다고 들었다만. 그런데 레오의 아빠한테는 소총 탄약을 선물하다니 앞뒤가 안 맞잖니?"

티무가 확신에 찬 목소리로 대답할 수 있는 이유는 남동생과 아버지가 서로 다르기 때문이다.

"아버지가 개자식이더라도 아들은 다를 수 있으니까요."

그건 핑계고 창틀에 대고 담배를 비벼 끄는 라모나도 핑계라는 걸 안다.

"그 탄약을 놓고 간 사람이 너였다면 너에 대해 어떻게 생각해야 할지 모르겠……."

티무는 다른 사람 앞에서는 절대 쓸 일 없는 겸연쩍은 변명조로 그녀의 말허리를 자른다.

"제가 그런 거 아니에요. 제가 모든 걸 컨트롤할 수는……."

이번에는 라모나가 그의 말허리를 자르는데, 결코 다정한 말투라고 할 수가 없다.

"어디 내 앞에서 그런 소리를 해! 그 녀석들이 뭘 하는지 네가 사사건건 통제할 수 없을지는 몰라도 네가 그러면 안 된다고 분명하게 못 박은 짓을 그 녀석들이 할 리가 없다는 걸 너도 알잖아!"

"저는……." 티무가 말문을 열지만 라모나가 말허리를 자른다.

"너하고 나는 서로 평가를 하지 않잖니, 티무. 절대 그런 적이 없지. 하지만 자기 자신 말고는 어느 누구한테도 책임감을 느낄 필요 없는 사람은 어린애들밖에 없다. 그 나머지는 자신이 유도한 일에 책임을 져야 해. 너는 리더다. 사람들이 너를 따르지. 그러니까 네 추종자들의 행동에 책임을 지지 못하면 너는 괴물밖에 안 되는 거야."

미라는 페테르나 아이들이나 어느 누구에게도 소총 탄약 얘기를 하지 않는다. 하지만 집으로 돌아가보니 같은 동네에 사는 나이 많은 할머니와 그보다 더 나이 많은 할아버지가 초록색 티셔츠를 입고 집 앞길에 내놓은 낡아빠진 접이식 의자에 앉아 있다. 현관문을 열고 복도의 불을 켜놓아서 안쪽 벽에 기대 세워놓은 노인의 엽총이 보인다. 그는 나이가 많고 느리고 엽총에는 총알이 없을지 모르지만 그래도 상관없다. 할머니가 미라에게 고개를 끄덕이며 얘기한다.

"들어가서 눈 좀 붙여, 미라. 우리는 여기 앉아서 지나가는 차를 좀 구경하려고 나왔어."

할아버지가 보온병을 열며 중얼거린다.

"요즘 들어 이삿짐 업체로 엉뚱한 정보가 접수돼서 엉뚱한 집을 찾아가고 있다는 소문이 들리던데. 우리 동네에서는 그런 일이 다시는 없어야지."

사소한 몇 마디다. 사소한 제스처다. 하지만 그것만 있으면 우리가 여기서 산다고 얘기하기에 충분하다. 아무도 우리를 건드리지 못한다고 얘기하기에 충분하다.

———

티무는 생각에 잠긴 표정으로 아이스링크 앞에 서 있다. 베어타운은 어두컴컴하고 아직까지 불을 밝힌 곳은 페테르의 사무실뿐이다. 우리는 구단을 위해 어떤 일을 할 수 있을까? 마을을 위해 어떤 일을 할 수 있을까? 마을은 누구의 것일까? 그 마을에서는 어떤 사람들이 살 수 있을까? 결국 티무는 스핀델에게 전화해서 묻는다.

"페테르네 집 앞에 이삿짐 상자를 갖다놓은 사람이 누구야?"

스핀델은 놀라서 헛기침을 한다.

"웬일이야, 그런 걸 다 묻고? 대개는…… 뭐라 그러지? '도가 지나쳤다 싶으면 얘기를 할게' 이러잖아."

맞는 말이다. 그 일당은 그런 식으로 티무를 보호한다. 그가 전혀 모르는 일이라면 법원에서도 책임을 추궁할 수 없지 않은가. 그가 얘기한다.

"도가 지나쳤어. 다시는 그러지 마."

스핀델의 까칠한 수염이 수화기를 긁는다.

"우리가 그런 거 아니야. 스탠딩석을 좋아하는 어린애들이 저지른 짓이야. 젠장, 티무, 다들 어떤 심정인지 너도 알잖아! 아빠들은 일자리가 전부 헤드로 가게 생겼다고 하지, 우리들은 페테르가 스탠딩석을 없앤다고 하지…… 그 애들은 너를 감동시키려고 그런 거야! 네가 좋아할 줄 알고!"

티무는 손으로 눈을 덮고 한숨을 터뜨린다.

"애들을 너무 몰아붙이지는 마. 다시는 그런 일 없게 단속만 해."

스핀델은 다시 헛기침을 한다.

"이삿짐 상자 말이야…… 아니면 그 가족을 겨냥한 모든 걸……?

티무의 목소리가 날카로워진다.

"같은 구단 사람은 공격하지 않아. 그 개자식들이 전부 사라지면 우리가 어깨를 펼 테고 지금도 어깨를 펴고 있지만 같은 구단 사람은 공격하지 않아."

"그럼 스탠딩석은 어쩌고?"

티무는 이때 처음으로 실토한다.

"얼마 전에…… 어떤 정치인이랑 만났어. 우리 편이야. 스탠딩석을 돌려주겠대. 그러면 페테르 안데르손이 이 마을을 떠난 뒤에도 우리는 계속 스탠딩석에 서 있을 수 있을 거야."

벤이는 견사 별채의 옥상에 앉아서 어둠을 맞이한다. 담배를 끄고 마침내 결단을 내린다. 혼자 베어타운을 가로질러서 걷는다. 그림자 속으로 숨지 않고 가로등이 환하게 비추는 한복판으로 걷는다. 그는 학교에 가지 않았고 게이라는 사실이 밝혀진 이후에 그를 본 사람은

거의 없다. 하지만 지금 그는 이렇게 당당하게 걸어가고 있다.

어쩌면 바보 같은 짓일지 모른다. 하지만 조만간 모두와 맞닥뜨려야 한다. 이 마을은 워낙 작아서 숨을 곳이 많지 않고 그가 어디로 갈 수 있겠는가. 모든 게 평소의 모습으로 돌아가길 바란다면 뭘 해야 할까? 일을 해야 한다. 긍정적으로 생각해야 한다.

그가 펠센으로 들어서자 술집 안이 고요해진다. 이방인이라면 알아차리지 못했을 수 있다. 수다와 옥신각신과 잔 부딪치는 소리가 평소와 다름없다고 생각했을 수 있다. 하지만 벤이는 술집에서 산소가 빠져나가는 소리를 온몸의 세포로 듣는다. 그는 가만히 서 있는다. 여길 찾아왔다는 사실 자체가 미친 짓일 수 있지만 벤이는 귀신과 괴물이 무섭다며 침대에 숨는 아이가 아니었다. 모든 문을 열어젖히고 모든 매트리스를 뒤집으며 잡아갈 거면 지금 당장 잡아가라고 외치는 성격이다.

기다리고 있느니 그 편이 낫다.

펠센 뒤편의 테이블에 앉아 있던 남자들이 일어선다. 처음에는 한 명이, 그다음에는 나머지 전부가 일어선다. 검은 재킷이다. 잔을 비운 사람은 없고 반쯤 남은 잔을 보란 듯이 두고 일어선다. 그들은 사람들을 피해가며 출입문 쪽으로 걸어가지만 어느 누구도 벤이를 건드리지 않는다. 그냥 성큼성큼 지나서 밖으로 나간다. 이 분 만에 열댓 명이 똑같이 따라 한다. 늙은 사람도 있고 젊은 사람도 있고 검은 재킷을 입은 사람도 입고 안 입은 사람도 있고 헌팅 재킷을 입은 사람

도 있고 하얀 셔츠를 입은 사람도 있다.

감정은 복잡하다. 행동은 단순하다.

비다르도 술집 뒤편의 테이블에 앉아 있었다. 그는 어렸을 때 스핀델에게 동성애자를 왜 그렇게 싫어하느냐고 물은 적이 있었다. 스핀델은 일말의 망설임도 없이 대답했다. "구역질 나니까! 남자는 남자고 여자는 여자고 그 중간이 있다는 건 개소리야! 연구 결과가 있다잖아, 응? 그들은 뇌에 뭔가가 없다는데, 어떤 물질이 없다는데, 그것 말고 또 뭐가 없을지 누가 알겠냐? 애를 좋아하는 인간들하며 동물하고 떡을 치는 인간들하며 기타 등등 쓰레기들. 그건 병이야, 비다르. 그들은 우리하고 다른 인간이라고!"

비다르는 당시에 그 말을 믿지 않았다. 지금도 믿지 않는다. 하지만 스핀델과 티무와 다른 사람들이 일어나서 나가자 비다르도 따라 한다. 어렸을 때부터 군인들은 똘똘 뭉쳐야 한다고 배웠기 때문이다. 벤이를 미워할 필요는 없지만 형제들을 사랑할 필요는 있다. 둘 다 복잡하면서도 전혀 복잡할 것 없는 일이다.

문 닫을 시각이 한참 지난 뒤에도 라모나와 벤이는 카운터에 앉아 있다. 단둘이 앉아 있다.

"그게 말이다…… 사람들 머릿속에는 온갖 쓰레기가 들어 있거든…… 어쩌면 너 때문에 그런 게 아닐 수도 있어……." 라모나는 머뭇머뭇 얘기하지만 그녀도 알다시피 아이는 그녀가 거짓말을 하고 있다는 걸 안다.

“맥주를 두고 나갔잖아요. 저 같은 인간하고는 같이 술을 마시고 싶지 않은 거예요.” 벤이는 속삭인다.

그가 내뱉는 말은 마른 나뭇가지와 같아서 아주 살짝만 힘이 가해져도 탁 하고 부러진다. 라모나는 한숨을 쉰다.

“한꺼번에 받아들이기에는 너무 많은 일이 벌어져서 그래, 벤야민. 여자 코치에 그 빌어먹을 의원들에 후원자가 구단의 운영에 관여하기 시작하고…… 그래서 사람들이 불안해진 거야. 모든 게 달라지고 있어서. 그들은 너를 싫어하는 게 아니야…… 그냥…… 그냥 이런저런 것들을 소화할 시간이 필요한 거지.”

“저를 싫어하는 거 맞아요.” 벤이는 바로잡는다.

라모나는 위스키 잔으로 턱을 긁는다.

“티무하고 그 녀석들은 너를 자기들과 같은 편이라고 생각했어, 벤야민. 그래서 상황이 더 심각해지는 거야. 그중 일부는…… 글쎄다…… 이런 일이 텔레비전에서 벌어지는 거라고 생각했을 수 있거든. 그런 남자들은…… 옷도 특이하게 입고 다니고…… 대도시에서나 산다고 말이다. 평생 그런 사람을 보면 한눈에 알아차릴 수 있다고 믿으며 지내왔어. 그런데 너는…… 그들과 비슷했잖니. 그들은 너와 함께 술을 마셨고 함께 싸웠고 아이스링크에서 네 이름을 외쳤지. 너는 상징적인 존재였어. 다른 개자식들은 전부 자기들을 잡지 못해 안달일 때…… 그들 중 한 사람이 이 팀을, 이 마을을 이끌 수 있다는 걸 보여준. 너는 그들이 세상을 향해 내민 가운뎃손가락이었지. 그들이 적응할 필요 없다는 걸, 이러니저러니 해도 그들이 승리할 수 있다는 걸, 아무라도 여기 이 숲속에 사는 우리를 건드리면 처단할 수 있다는 걸 입증한 깡패였고."

"저는 그런 걸 원한 적 없어요…… 아무한테라도 관심을 가져달라고 한 적 없어요…… 그냥 모든 게 평소의 모습으로 돌아갔으면 좋겠어요."

라모나는 벤이의 머리를 두 손으로 세게 잡는다. 그의 귀가 떨어져 나갈 듯이 느껴질 때까지 잡는다. 그러고는 고함을 지른다.

"너는 미안해할 게 전혀 없어. 알겠니? 전혀 없다고! 나는 오늘 저녁에 저 문밖으로 나간 인간들 중 어느 누구도 변호할 생각이 없다. 다만…… 세상이 빠르게 돌아가고 있잖니. 우리를…… 너무 몰아세우지는 않았으면 좋겠다. 모든 게 너무 순식간에 달라지면 따라가지 못하는 경우도 생기거든. 여기 앉아서 '할당제'니 뭐니 하는 얘기를 듣고 있다보면 언제쯤이면 우리 차례가 돌아올까, 그런 생각이 들기 십상이지. 언제쯤이면 우리 몫을 챙길 수 있을까. 내가 누굴 변호하려는 건 아니다. 다만 온 사방에서 공격당하는 듯한 기분을 느끼는 사람들도 있다는 거지. 여기저기서 그렇게 살면 안 된다고 얘기하는 듯이 느끼는 사람들이. 변화를 강요당하면 누구든 싫거든."

"저는 아무한테도 뭘 강요하지 않아요…… 그냥 모든 게 평소의 모습으로 돌아가길 바랄 뿐이에요!"

라모나는 손을 놓는다. 한숨을 쉰다. 위스키를 따른다.

"나도 알아. 어쩌겠니. 앞으로 새로운 평소의 모습을 만들어야겠지. 요즘은 인간들이 두 부류로 나뉘거든. 시간이 좀 더 필요한 부류와 분별력이 좀 더 필요한 부류. 두 번째 그룹은 가망 없지만 그들의 머릿속에 분별력을 때려 넣기 전에 첫 번째 그룹이 몇 명이나 되는지 먼저 파악해야 하는지 몰라."

벤이는 그녀의 시선을 피한다.

"사장님도 저한테 실망하셨어요?"

라모나는 웃음을 터뜨리다가 담배 연기에 사레가 들린다.

"내가? 네가 남자랑 자고 싶어 한다고 해서? 이 귀여운 녀석아, 나는 예전부터 너를 참 좋아했어. 행복하게 살길 바랄 뿐이고. 네가 남자랑 자고 싶어 한다는 걸 안타깝게 여기는 이유가 딱 하나 있다면 남자하고는 행복하게 지낼 수가 없다고 이 자리에서 딱 잘라서 말할 수 있기 때문이야. 남자들은 골치 아픈 일만 안겨다주거든!"

38
경기

아이스하키 경기가 열릴 예정이다. 베어타운 대 헤드다. 다른 지방에서는 그런 경기가 열리는 줄도 모르고 여기 주민 아니면 아무도 신경 쓰지 않는다. 하지만 여기에서는 모두의 관심사다.

직접 경험하기 전에는 이해하지 못하는 사람들도 있다. 세계 인구의 절대 다수는 하키 경기는 그냥 하키 경기일 뿐이라고 믿으며 살아갈 것이다. 그냥 한심한 경기일 뿐이라고. 하나도 중요하지 않다고.

그들은 행운아다. 이런 일을 겪을 필요가 없으니 말이다.

나는 가족을 위해 어떤 일을 할 수 있을까? 어떤 일을 할 수 없을까?

갈텐은 명함을 만들어본 적이 없지만 만든다면 이 네 가지를 적을 것이다. "하키 선수. 자동차 정비공. 삼남매의 아버지. 안-카트린의 남편." 그녀는 여전히 그의 머릿속에서 노래를 부르고, 여전히 그의 발을 딛고 춤을 춘다. 그는 그녀의 노래와 춤이 끊기지 않도록 할 작정이다. 그는 평소처럼 정비소 일을 마치지만 모든 게 두 번 다시 평소와 같아질 수는 없을 것이다. 집으로 들어가보니 첫째 보보가 설거지를 하고 있다. 장의사를 찾아가 장례식과 화장 수속을 밟은 사람도 보보였다. 그 이후에는 다른 모든 일을 처리하고 있다. 식탁에는 상이 차려져 있고 동생들은 이미 저녁을 먹고 있고 보보가 빨래까지 해놓았다. 예전에 엄마가 했던 일을 도맡고 있다. 갈텐은 아이들에게 무너지는 모습을 보이지 않으려고 침을 꿀꺽 삼키며 자리에 앉는다. 그런 다음 보보에게 얘기한다.

"가서 경기해야지."

보보가 속삭인다.

"제가 필요하잖아요…… 설거지도 남았고……."

"해리 포터도!" 누나가 눈치를 주는데도 남동생이 외친다.

"그래, 오늘 밤에 해리 포터 읽어줄게. 평소처럼." 보보는 약속하고 설거지통을 물끄러미 내려다보며 눈을 깜빡인다.

갈텐도 자기 접시 쪽으로 눈을 깜빡이며 저녁을 먹는다.

"맛있다. 정말 맛있다."

"고맙습니다." 보보가 속삭인다.

그들은 더 이상 아무 말도 하지 않는다. 그러다 둘째와 셋째가 이를 닦으러 가자 갈텐은 자리에서 일어나 자기 접시를 씻은 다음 보보를 끌어안고서 귀에 대고 명령을 속삭인다.

"그 얼어 죽을 배리 트로터는 내가 읽어주면 된다. 내가 이제 배울 때도 됐지. 알겠니?"

보보는 아무 말 없이 고개를 끄덕인다. 갈텐은 그의 뺨을 감싸고서 얘기한다.

"너하고 나는 잘 헤쳐나갈 거다. 그러지 않으면 엄마가 절대 용서하지 않을 테니까. 그러니까 이제 가서 뛰어라. 엄마가 어디에선가 지켜보고 있을 거야. 맏아들이 베어타운 A팀 경기에 처음으로 출전하는데 조물주가 됐건 천사가 됐건 못 보게 엄마를 말릴 수 있겠니?"

보보는 짐을 챙긴다. 그가 나가자 갈텐은 다른 아이들도 따라가겠다고 매달릴 거라고 생각한다. 하지만 아이들은 그러지 않는다. 대신 하키 스틱과 테니스공을 들고 계단 위에 서서 묻는다.

"한 게임 하실래요, 아빠?"

그래서 갈텐은 난생처음 A팀 경기에 출전하러 떠나는 맏아들의 뒷모습을 바라보다가 정비소에서 둘째, 셋째와 하키를 한다. 그들은 몇 시간 동안 몸싸움을 벌이고 땀을 흘리고 퍽을 쫓아다닌다. 중요한 건 그것뿐이라는 듯이. 그 순간에는 사실 그렇다. 그리고 그거면 충분하다.

나는 가족을 위해 어떤 일을 할 수 있을까?

페테르 안데르손은 집을 나서기 전에 이 방, 저 방 헤매고 다닌다. 미라는 노트북과 와인을 앞에 두고 부엌에 앉아 있다.

"경기 보러 같이 갈래?" 그는 묻지만 별로 기대는 하지 않는다.

"일할 게 있어." 과연 그녀는 이렇게 대답한다.

그들은 서로 눈을 쳐다본다. 적어도 그렇게는 한다. 그는 걸음을 옮겨서 마야의 방문을 두드린다.

"혹시…… 아빠 이제…… 아빠 이제 경기 간다." 그는 속삭인다.

"저는 공부할 게 있어서요, 아빠. 잘 다녀오세요!" 그녀는 방문 저편에서 외친다.

딸과 엄마가 그렇게 얘기하는 이유는 그래야 그의 마음이 편안해지기 때문이다. 그들은 그에게 모든 게 아무 문제 없는 척할 수 있는 기회를 제공하고 있다. 그는 레오의 방문도 두드리지만 레오는 집에 없다. 벌써 헤드로 떠났다. 그는 스탠딩석에서 경기를 관람할 계획이다.

페테르는 그를 막아야 한다는 걸 안다. 아들을 혼내야 한다는 걸 안다. 하지만 지금까지 하키 경기에 아들을 끌고 간 것 말고는 한 게 없는 아버지가 어떻게 그럴 수 있을까?

아나는 거울 앞에 서서 열심히 옷을 고르고 있다. 어떤 옷을 입어야 할지 도무지 모르겠다. 지금까지 하키 경기를 천 번쯤 봤지만 비다르가 뛰는 경기는 본 적이 없다. 한심한 상상이지만 그가 관중석으로 고개를 돌렸을 때 그녀를 찾았으면 좋겠다. 그녀가 그를 위해 경기를 보러 왔다는 걸 알아주었으면 좋겠다.

아빠가 일층 부엌에서 우당탕거리고 있다. 뭐에 걸려서 넘어졌다가 다시 또 뭐에 걸려서 넘어진다. 그가 욕을 하는 소리가 들린다. 술에 취한 그의 모습은 그녀에게 깊은 상처가 된다. 그녀는 계획했던 것과 다르게 아무거나 집어 입는다. 아빠가 너무 취해서 도와주는 사람이 필요해지기 전에 집에서 벗어나고 싶다. 못난이로 돌변한 아빠에게 오늘 이 경기를 빼앗기고 싶지 않다. 오늘은 싫다.

현관문 앞에 다다랐을 때 그가 부르자 그녀는 못 들은 척할까 고민하지만 그의 목소리가 왠지 모르게 그녀의 발목을 잡는다. 너무 또렷하고 너무 평탄하다. 평소와 다르다. 그녀는 뒤를 돌아본다. 그가 샤워를 하고 머리를 빗고 깨끗한 셔츠를 입고 있다. 뒤편으로 보이는 부엌은 깔끔하게 정리가 되어 있다. 술병은 재활용품 수거함에 넣었고 남은 술은 개수대에 따라서 버렸다.

"경기 재밌게 보고 와라. 돈 필요하니?" 그가 머뭇거리며 묻는다.

그녀는 착해진 아빠를 한참 동안 쳐다본다. 이럴 때면 못난이 아빠는 한참 멀리 있는 듯이 느껴진다.

"기분 좀 어떠세요?" 그녀는 소곤소곤 묻는다.

"다시 한번 시도해보려고." 그는 소곤소곤 대답한다.

그는 전에도 그렇게 얘기한 적이 있었다. 그래도 그녀는 스스럼없이 아빠를 믿는다. 그녀는 잠깐 망설이다가 묻는다.

"산책하실래요?"

"경기 보러 가려던 거 아니니?"

"아빠랑 산책하는 게 더 좋아요."

그래서 그들은 산책을 나선다. 두 마을의 모든 주민이 하키 경기를 보러 나설 때 아버지와 딸은 언제나 그들의 것이었던 숲으로 산책을 나선다. 그, 그녀 그리고 나무들. 한 가족이다.

보보는 돌멩이가 가득 든 보이지 않는 배낭을 짊어지고 자전거를 타고 베어타운을 가로지른다. 집합 장소에 늦게 도착하지만 아무도 신경 쓰지 않는 듯하고 사켈은 그가 온 것도 모르는 눈치다. 아맛은 헤드로 가는 구단 버스 안에서 보보의 옆자리에 앉지만 뭐라고 하면 좋을지 알 수가 없다. 그래서 둘은 아무 말도 하지 않는다.

헤드 아이스링크 앞 주차장은 사람들로 가득하고 경기가 시작하려면 아직 한참 남았는데도 줄을 서고 있다. 아이스링크는 만석일 테고 두 마을은 난리 법석을 부릴 테고 증오는 충분한 시간을 두고 무럭무럭 자라날 것이다. 이건 전쟁이 될 것이다. 버스 안은 잠잠하다. 모든 선수가 자기만의 악마와 싸우고 있다.

A팀이 버스에서 내리고 복도를 거쳐 로커룸으로 들어가서 모두 앉았을 때 고참 선수들 중 한 명이 일어선다. 그는 테이프를 들고 보보에게 다가간다.

"너희 엄마 성함이 뭐였니?" 고참 선수가 묻는다.

보보는 놀란 표정으로 그를 올려다본다. 침을 꿀꺽 삼킨다.

"우리 엄마요? 안…… 안-카트린이에요. 이름이…… 성함이…… 안-카트린이었어요."

"카트린이 K야 아니면 C야?" 고참 선수가 묻는다.

"K요." 보보는 속삭인다.

고참 선수는 테이프 위에 '안-카트린'이라고 적는다. 그걸 보보의 유니폼 소매에 붙인다. 그런 다음 똑같이 적어서 이번에는 자기 유니폼 소매에 붙인다. 테이프가 조용히 로커룸을 한 바퀴 돈다. 모든 선수의 팔에 보보의 엄마의 이름이 달린다.

아맛은 스케이트를 타고 빙판으로 나선다. 어렸을 때부터 내내 그랬듯이 스케이트를 타고 빙판을 돌며 몸을 푼다. 평소에는 경기장에 사람들이 아무리 많아도 아무 소리도 듣지 못한다. 모든 게 배경의 소음이 되고 그는 집중 상태로 돌입해 펜스 저편의 사람들은 그와 무관한 존재로 전락한다. 하지만 오늘은 다르다. 무언가가 소음과 고함 소리를 뚫고 들린다. 그의 이름이다. 어딘가에서 몇 명이 그의 이름을 연호하고 있다. 그 소리가 점점 커진다. 계속 반복된다. 결국 아맛은 고개를 든다. 그러자 함성이 더 커진다.

맨 꼭대기 한쪽 구석에서 바보 몇 명이 좌석 위에서 깡충깡충 뛰고 있다. 그들은 어느 팀이 아니라 한 선수를 응원하러 온 참이다. 왜냐하면 그는 할로 출신이기 때문이다. 그들은 가장 단순하고 가장 아름답고 가장 중요한 것을 노래하고 있다.

"아맛! 우리 친구! 아맛! 우리 친구! 아아아맛! 우리 친구!"

파티마는 혼자 헤드의 아이스링크에 오지만 표는 두 장을 들고 있다. 그녀는 바로 옆에 안-카트린의 자리를 비워놓고 경기를 관람한다. 아맛이 빙판 위로 나오자 일어나서 환호성을 지르고 보보가 등장했을 때는 두 배로 크게 환호성을 지른다. 그녀는 보보가 경기에 출전할 때마다, 그의 동생들이 경기에 출전할 때마다 그럴 것이다. 그들이 어디에 가건 관중석에서 어떤 미친 여자가 두 사람 몫으로 우렁차

게 환호성을 지를 것이다.

팀 스포츠를 좋아하게 되는 이유는 뭘까? 단체의 일원이 되고 싶어서일까? 어떤 사람들에게는 이유가 단순하다. 또 하나의 가족이 필요한 사람에게는, 애초에 가족이 없었던 사람에게는 팀이 가족일 수 있다.

비다르 리니우스는 어렸을 때 다른 아이들처럼 하키를 좋아했다. 하지만 다른 아이들과 다르게 관중석을 더 좋아했다. 그는 둘 중 하나를 선택해야 하는 순간이 찾아오면 절대 빙판을 선택하지 않겠다고 혼자 다짐했다. 어렸을 때 그 얘기를 티무에게 하자 티무는 웃으며 이렇게 얘기했다. "이건 우리 구단이야, 그걸 명심해야 해. 선수들은 팀을 바꾸고, 단장과 코치도 돈을 더 많이 주는 구단으로 옮겨가고, 후원자들은 우리를 실망시키고, 정치인들은 구단을 매각할지 몰라도 우리는 계속 이 자리를 지킬 거야. 더 큰 소리로 외칠 거야. 원래부터 그들의 구단이었던 적은 없어. 우리 구단이었지."

비다르는 오늘 팀 버스를 타고 왔고 그의 장비는 로커룸에 있지만 그는 없다. 그는 검은 재킷을 입고 스탠딩석으로 올라가 형의 옆자리에서 고함을 지른다. "우리는 곰! 우리는 곰! 우리는 곰! 우리는 베어타운의 곰!"

티무는 그를 쳐다본다. 어쩌면 티무는 동생에게 로커룸으로 가라고, 더 나은 삶이 빙판 위에서 기다리고 있다고 얘기하고 싶을지 모른다. 하지만 그 일당이 그들의 가족이고 구단이 그들의 것이다. 그래서 티무는 동생의 머리칼에 입을 맞춘다. 스니칸과 스핀델은 비다르를 끌어안고 그의 등 뒤에서 주먹을 쥔다. 그러고는 더욱 큰 소리로, 더욱 고집스럽게 외친다.

"우리는 곰! 우리는 곰!"

사랑과 증오. 기쁨과 슬픔. 분노와 용서. 스포츠는 그 모든 걸 하룻저녁에 맛볼 수 있다고 장담한다. 오직 스포츠만 그럴 수 있다.

아이스링크 한쪽 끝, 헤드 응원단의 스탠딩석에서 그 어떤 것도 그 소음의 장벽을 뚫을 수 없을 정도로 엄청난 소리가 들린다. 그들의 함성은 *샤텐프로이데*로 이루어져 있다. 나중에, 지금으로부터 몇 년 뒤에 이때 관중석에 있었던 관객을 붙잡고 물으면 대부분 당황스러운 마음에 헛기침을 하며 이렇게 중얼거릴 것이다. "그냥 하키 경기에서 그런 걸 가지고…… 나쁜 뜻에서 그런 게 아니라…… 경기 중에 흥분해서 그냥 부른 노래예요. 어떤 식인지 알잖아요! 그냥 하키 경기라니까요!" 물론 그렇다. 우리는 우리 팀을 응원하고 저들은 저들의 팀을 응원하고 아무리 사소한 것이라도 모든 약점을 찾아내서 이용한다. 우리는 벨트 아래를 때릴 수 있는 기회가 생기면, 그들을 다치게 할 수 있고 그들을 휘청거리게 할 수 있는 기회가 생기면 놓치지 않는다. 왜냐하면 우리가 원하는 것도 그들이 원하는 것과 같기 때문이다. 이기는 것. 그래서 헤드를 응원하는 관중들은 가장 단순하고 가장 잔인하며 가장 사악한 구호를 외친다.

예전에는 베어타운 아이스하키단의 에이스가 케빈 에르달이었다. 그는 단장의 딸인 마야 안데르손을 성폭행했다. 케빈의 단짝 친구였던 벤야민 오비크는 동성애자다. 그들에게 우리가 무엇을 기대할 수 있었을까? 거기에 대해서 입을 다물 거라고? 우리를 증오하는 사람들인데?

그걸 외치는 사람들의 숫자가 수천 명은 아니지만 지붕이 낮고 좁은 경기장이다보니 다수가 침묵하면 전원이 똑같은 구호를 외치는 것처럼 들릴 수 있다. 빨간색 옷을 입은 응원단이 관중석의 베어타운 쪽을 향해, 그 일당을 향해 포효한다. “호모. 걸레. 강간범.”

그냥 무시하면 된다고 말을 하기는 쉽다. 신경 쓰지 말라고. 하키일 뿐이라고. 그냥 구호일 뿐이라고. 아무 의미 없다고. 하지만 저들이 그걸 여러 번 외치면, 시끄럽게 열 번이고 백 번이고 반복해서 외치면 슬금슬금 신경이 거슬리기 시작할 수 있다. 백 개의 빨간색 팔이 빙판을 가로질러 초록색 응원단을 손가락질한다. 그들의 구호가 천장을 때리고 벽을 맞고 메아리친다. 열 번. 백 번.

호모.

걸레.

강간범.

39
폭력

경기장의 좌석 쪽에 앉아 있는 페테르 안데르손의 귀에도 그들의 구호가 들릴 수밖에 없다. 그는 최대한 무시하려고 하지만 될 턱이 없다. 그는 앞줄로 허리를 숙여서 수네의 어깨를 두드리고 묻는다.

"벤이 어디 있어요?"

"안 왔어." 수네가 대답한다.

페테르는 의자에 기대고 앉는다. 지붕에 맞고 튕겨져 나오는 헤드 응원단의 구호가 펄펄 끓는 기름처럼 그를 때린다. 그는 일어나서 아무 말이라도 덩달아 고래고래 외치고 싶어진다. 이건 빌어먹을 하키 경기일 뿐이고 그 가치가 얼마나 될까? 페테르는 이걸 위해 얼마나 많은 걸 희생했던가. 그의 가족에게 어떤 고통을 안겼던가. 그의 딸에게는. 그가 지금까지 얼마나 여러 번 판단을 잘못했으면 아내는 집에 있겠다고 하고 아들은 아버지보다 훌리건들과 함께 있겠다고 할까? 페테르가 모든 도움을 아끼지 않았는데도 베어타운 하키단이 이번 경기에서 이기지 못하면 그의 가치는 어떻게 될까? 그는 이상을 버렸고 사랑하는 모든 것을 걸었다. 이번에 헤드에게 진다면 모든 게 날아간다. 달리 생각할 방법이 없다.

"호모! 걸레! 강간범!"

페테르는 헤드의 스탠딩석에서 비명을 지르는 사람들을 말없이 바라보며 그들 모두를 한 명도 남김없이 저주한다. 베어타운이 오늘 저녁에 승기를 잡는다면, 내일 아침에 침대에서 일어나고 싶은 생각이 손톱만큼도 들지 않을 만큼 저들을 박살 낼 수 있는 기회를 잡는다면 봐주는 일이 없길 열렬히 기원한다. 그는 고통스러워하는 그들의 모습을 보고 싶다.

우리는 어느 시점에 다다르면 거의 모두 선택을 한다. 그런 순간인 줄 모르는 사람도 있고 대다수가 미리 계획하지 못하지만 하나의 길을 선택하는 순간은 언제나 찾아오기 마련이고 그 결과는 평생 영향을 미친다. 그로 인해 나는 물론이고 다른 사람들의 눈에 비치는 내 모습이 결정된다. 책임감을 느끼는 사람은 자유로울 수 없다는 엘리사베트 사켈의 말은 맞았을지 모른다. 책임감은 부담이다. 자유로움은 희열이다.

벤이는 견사 별채의 옥상에 앉아서 땅바닥으로 떨어지는 눈송이를 바라본다. 경기가 시작되려는 시간이라는 걸 알지만 그는 그 자리에 없다. 이유는 설명할 수가 없다. 그는 원래부터 자기 행동에 정당성이나 논리를 부여하는 데 영 서툴렀다. 그는 가끔 본능적으로 어리석은 짓을 저지르고, 또 가끔은 같은 이유에서 어리석은 짓을 저지르지 않는다. 그는 가끔 너무 무신경하지만 또 가끔은 너무 신경을 많이 쓴다.

그의 옆에 아드리, 카시아 그리고 가비, 이렇게 세 누나가 앉아 있다. 땅바닥에는 눈밭에 고정시킨 흔들거리는 테이블 옆에 의자를 두고 엄마가 앉아 있다. 그녀는 아이들을 위해 거의 모든 것을 마다하지 않았고 지금도 마찬가지지만 얼음장 같은 별채 지붕에 앉아서 엉덩이나 적시려고 사다리를 타고 올라가는 건 그녀의 한계를 넘어서는 일이다.

오비크 가족은 예전부터 하키를 사랑했지만 각자 사랑하는 부분이 달랐다. 아드리는 직접 하는 것과 구경하는 것을 좋아했고, 카시아는 직접 하는 건 좋아했지만 구경하는 건 좋아하지 않았고, 가비는 하키를 한 적은 없지만 벤이가 뛰는 경기는 챙겨 본다. 그들의 엄마는 항상 짜증을 내며 "왜 3피리어드씩이나 해야 하는 거니? 2피리어드면 충분하지 않니? 이 사람들은 끼니도 제대로 안 챙겨먹나?"라고 묻지만 십 년 전의 어느 날짜를 대며 그날의 경기에 대해서 물으면 아들이 골을 넣었는지 못 넣었는지 알려준다. 그가 열심히 싸웠는지. 그녀가 뿌듯했는지 아니면 화가 났는지. 둘 다인 경우가 대부분이긴 하지만. 누나들은 남동생 옆에서 불편해하며 발을 이리저리 움직인다. 춥긴 하지만 오로지 영하의 기온 때문에 그런 건 아니다.

"우리가 경기를 보러 가는 게 싫으면 안 갈게." 가비가 조용히 얘기한다.

"정말, 정말, 정말 싫으면……." 카시아가 분명하게 선을 긋는다.

벤이는 뭐라고 얘기하면 좋을지 알 수가 없다. 무엇보다 그런 일로 인해 가족을 이런 상황으로 내몬 자기 자신이 혐오스럽다. 그들에게 짐이 되기는 싫다. 그들이 그를 대신해서 싸워야 하는 건 싫다. 그는 예전에 다른 아이의 엄마에게 이런 소리를 들은 적이 있었다. "네가 천사는 아닐지 모르지, 벤야민. 하지만 본받을 만한 남자 어른이 없었다니 말도 안 돼. 너의 가장 큰 장점들은 모두 여자들로 북적대는 집에서 자란 덕분에 생긴 건데." 벤이는 끝까지 그녀가 틀렸다고 얘기할 것이다. 그 말을 들으면 그들이 완벽하게 평범한 여자들인 것 같지 않은가. 그에게 그들은 그렇지 않다. 그의 누나들은 아버지를 대신하기 위해 최선을 다해 그에게 사냥과 술과 주먹질을 가르쳤다. 그런가 하면 선의를 약점으로, 애정을 부끄러운 것으로 착각하지 말라고 가르치기도 했다. 지금 그가 자신을 혐오하는 이유가 바로 그들 때문이다. 그들로서는 헤드에 가지 않는 것이 상상할 수도 없는 일이다.

결국에는 아드리가 손목시계를 확인하고 이렇게 얘기한다.

"사랑한다, 동생아. 그래도 나는 경기를 보러 가야겠다."

"나도 가련다!" 엄마가 땅바닥에서 외친다.

그녀와 아드리는 베어타운 이전의 삶을 기억하는 나이다. 다른 형제들은 너무 어렸지만 아드리는 그들이 무엇을 피해 도망쳤고 여기서 무엇을 찾았는지 기억한다. 집을 지을 수 있는 안전한 장소. 여기가 그들의 마을이다. 벤이는 아드리의 손을 다정하게 토닥이고 속삭인다.

"나도 알아."

아드리는 그의 뺨에 입을 맞추고 사랑한다고 두 종류의 언어로 속삭인다. 그녀가 내려가자 카시아와 가비는 망설이지만 결국에는 그녀를 따라간다. 그들이 경기장에 가는 이유는 집에 있을 수도 있는 이유와 같다. 동생을 위해서고 마을을 위해서다. 그들은 벤이가 출전해주길 바라지만 그들이 무슨 말을 해도 그의 결심을 바꿀 수 없다는 걸 안다. 그는 이러니저러니 해도 이 집안의 일원이고 이 세상에는 '오비크 집안만큼 고집이 세다'고 다른 황소들에게 욕을 먹는 황소가 있을지 모른다.

벤이는 엄마와 누나들이 차를 몰고 떠날 때까지 옥상에 남는다. 혼자서 담배를 피운다. 그러다 내려와서 자전거를 끌고 숲으로 나선다. 하지만 헤드 쪽으로 가지는 않는다.

맨 처음 하키를 시작할 때 아이들은 최선을 다하기만 하면 된다는 얘기를 듣는다. 그거면 충분하다고 말이다. 하지만 누구나 그게 거짓말이라는 걸 안다. 누구나 이 스포츠에서 중요한 건 재미있게 즐기는 게 아니라는 걸, 노력이 아니라 결과에 따라 평가된다는 걸 안다.

베어타운 아이스하키단은 어머니의 이름을 팔에 붙인 채 경기장으로 들어서고 원정 경기인데도 관중석의 많은 부분이 '베어타운 대 나머지 전부'라고 적힌 초록색 티셔츠로 채워져 있다. 검은 재킷의 사나이들이 그들의 경기장에서는 조만간 철거되게 생긴 스탠딩석 위에다 배너를 건다. 거기 적힌 문구는 헤드 응원단을 겨냥한 것이지만 페테르 안데르손을 겨냥한 것이기도 하다. "그렇게 용감하면 와서 덤벼라!"

빙판 위에서 경기가 시작된다. 소음이 감당할 수 없는 수준이라 고막이 터질 지경이고 베어타운 아이스하키단 선수들은 할 수 있는 모든 걸 한다. 목숨을 걸고 싸운다. 가진 모든 걸 내놓는다. 최선의 최선의 최선을 다한다. 하지만 비다르는 관중석에 있고 벤이는 어디에 있는지 아무도 모른다. 골키퍼와 주장. 어쩌면 베어타운은 이길 자격이 있고 그들 입장에서는 해피엔드로 끝이 나야 공평할지 모르지만 하키는 그런 걸로 평가되지 않는다. 하키에서 중요한 건 득점뿐이다.

헤드가 골을 넣는다. 넣고 또 넣는다.

빨간색 관중석에서 들리는 함성에 귀가 먹먹해진다. 페테르 안데르손은 그 함성을 제대로 듣지 못한다. 그의 귓전을 때리는 것은 그의 심장이 무너지는 소리다.

캠핑장에서는 교사가 짐을 다 싸놓았다. 가방도 차에 실었다. 그런데도 그는 조그만 통나무집의 테이블에 앉아서 창밖을 내다보며 기다리고 있다. 슬픈 눈과 거친 영혼의 소유자가 나무 사이로 등장하길 바라고 있다. 그토록 기다리던 벤이가 등장하자 처음에 그는 환영인 줄 안다. 그는 자리에서 일어나 안에 차곡차곡 쌓인 말들을 정리해보려고 하지만 문이 열리는 소리에 심장이 뛰는 바람에 벤이의 입술만 빤히 쳐다본다.

"나는…… 편지를 써보려던 참인데……." 그는 테이블에 놓인 펜과 흰 종이를 어색하게 가리키며 변명조로 얘기한다.

벤이는 아무 말도 하지 않는다. 통나무집은 춥지만 교사는 하얀색의 얇은 리넨 셔츠만 입고 있다. 일요일 아침의 헤어스타일처럼 헝클어진 셔츠가 바지 밖으로 늘어졌고 그에게서는 따뜻한 살 냄새와 갓 내린 커피 냄새가 난다. 벤이는 입을 열지만 아무 말도 나오지 않는다. 그는 통나무집을 두리번거린다. 옷들이 보이지 않고 개인 소지품이 모두 치워졌다. 교사는 벤이의 눈빛에서 비난의 기미를 감지했는지 당황한 목소리로 중얼거린다.

"나는 너처럼 용감하지가 못해서, 벤야민. 남아서 싸울 수 있는 사람이 아니거든."

칼이 꽂혔던 현관문의 그 자리에 아직도 깊은 자국이 남아 있다. 벤이는 손을 내밀어 그의 살결을 마지막으로 한 번 건드린다. 속삭인다.

"알아요."

교사는 그의 손을 아주 잠깐 뺨에 갖다 대고 눈을 감는다.

"필요하면 연락해라…… 혹시라도 여기서 탈출하고 싶으면. 상황이 달랐을 수도 있어…… 여기가 아닌 다른 곳이었다면."

벤이는 고개를 끄덕인다. 다른 곳이었다면 이게 웃기는 일이었을 수도 있다. 그보다 더한 것이었을 수도 있다.

차에 올라탄 교사는 어떤 철학자의 말을 떠올린다. "인간은 본성 그대로 남아 있길 거부하는 유일한 피조물이다." 그는 누가 한 말인지 애써 기억을 더듬는다. 알베르 카뮈였나? 그는 이 말을 골똘히 생각하며 베어타운을 관통하고 도로를 따라서 숲을 빠져나온다. 이 말에 열심히 집중하면 다른 감정에 압도돼서 눈앞의 도로를 보지 못하는 사태를 막을 수 있기 때문이다.

저 뒤편에서는 벤야민 오비크가 자전거를 집어 들고 다른 방향으로 출발한다. 언젠가 그는 자유로워질 수 있을지 모른다. 하지만 오늘은 아니다.

2피리어드 막바지에 헤드 하키단이 4 대 0을 기록하자 헤드 출신의 남자아이 넷이 관중석을 살금살금 가로지른다. 그들은 그냥 평범한 학생이라 아무도 의심하지 않을 게 분명하기 때문에 이 임무를 부여받았다. 심지어 시선을 끌지 않으려고 빨간색 유니폼도 입지 않았다. 그들은 어제저녁 늦은 시각에 선수들이 연습을 하는 동안 몰래 반입한 쓰레기봉투를 들고 있다. 그걸 적들에게 투척할 작정이다. 적절한 시점에, 베어타운 응원단의 영혼이 한계점에 다다랐을 때 그들을 낭떠러지 아래로 밀어뜨릴 작정이다.

하키장의 빨간색 부분에 앉아 있었던 사람들은 이것도 그냥 경기의 일부분이라고, 그냥 상징적인 제스처라고, 그냥 하키라고 얘기할 것이다. 심지어 '그냥 장난'이었다고 할 것이다. 상대의 아픈 곳을 찌르고 괴롭히는 장난. 정복하고 파괴하고 몰살하는 장난.

아이들이 경기장의 가장자리를 따라서 베어타운 응원단의 스탠딩석과 한참 가까운 곳까지 진입했을 때 누군가가 마침내 그들의 존재를 알아차린다. 하지만 그때는 이미 늦었다. 아이들이 딜도와 다른 섹스 토이를 봉투에서 하나씩 수백 개를 꺼낸다. 바이브레이터가 검은 재킷을 입은 남자들 위로 비처럼 쏟아지고 웅크린 그들의 몸을 미사

일처럼 폭격한다. 경기장 저쪽 끝의 빨간색 스탠딩석에서 그 구호가 좀 전보다 가증스럽게, 더 위협적으로 울려퍼진다.

"호모! 걸레! 강간범! 호모! 걸레! 강간범!"

우리는 티무 리니우스의 어떤 점을 좋아하는지 마음대로 얘기해도 된다. 그도 우리의 어떤 점을 좋아하는지 마음대로 얘기하니까. 그의 경험상 폭력을 둘러싼 논의는 항상 거의 모든 인간이 얼마나 위선적인지 폭로하는 역할을 한다. 누군가가 물으면 그는 대부분의 사람들은 폭력적이지 않다고, 그들은 '도덕성'이 자신의 폭력성을 저지하는 줄 안다고 얘기할 것이다. 티무는 그런 사람들을 한 마디로 정의한다. '거짓말쟁이'. 그들은 과연 여력이 되는 상황에서도 폭력을 동원하지 않을까? 다른 운전자들이 자꾸 건드려도? 회사 동료들이 자꾸 건드려도? 누군가가 술집에서 그들의 아내를, 학교에서 그들의 아이를, 요양원에서 그들의 부모를 자꾸 건드려도? 주택 융자금을 갚으며 래브라도를 키우는 평범한 사람들은 진심으로 그런 데 아랑곳하지 않는 성격이 될 수 있길 얼마나 바라고 또 바랄까? 티무는 평범한 사람들이 폭력을 행사하지 않는 이유는 도덕성과 아무 상관 없다고, 그들도 처벌을 면할 수 있다고 생각하면 희희낙락하며 남을 공격할 거라고 믿어 의심치 않는다. 그들이 폭력을 행사하지 않는 유일한 이유가 있다면 그들에게는 폭력이 선택 사항이 아니기 때문이다.

그들은 싸울 줄을 모르고, 힘이 세거나 수적으로 우세하거나 영향력이 있는 사람을 알지 못한다. 만약 그들도 능력이 된다면 차에서 내려 경적을 울려대는 등신에게 달려들고, 학부모 회의에서 그들의 가족을 모욕한 학부모를 두들겨 패고, 시건방진 웨이터를 벽으로 밀쳐서 계산서를 씹어 먹으라고 할 것이다. 티무는 그렇다고 장담할 수 있다.

그와 비다르는 어렸을 때 다른 무엇보다 듣기 싫은 단어가 있다는 사실을 깨달았다. 그들은 여러 가지 욕으로 불렸다. "거지새끼!" "도둑놈!" 하지만 가장 기분 나빴던 욕은 "갈보 자식"이었다. 그게 표정으로 드러났기 때문에 학교의 모든 아이가 그 욕을 더 자주 썼다. 티무와 비다르는 어머니는 같지만 아버지는 다르고 한 명은 금발이고 한 명은 검은 머리였으니 어느 학교에 가든 명분이 충분했다. 그들은 모두가 입을 다물 때까지 주먹질을 했지만 머릿속에서 계속 맴도는 단어들도 있는 법이다. 갈보 자식. 갈보 자식. 갈보 자식. 갈보. 갈보. 갈보.

티무와 비다르는 경기장에서 스핀델과 스니칸의 옆에 앉아 있다. 스핀델은 어렸을 때 샤워실에서 젖은 수건으로 맞으며 '호모'라고 놀림을 당했다. 스니칸은 십대 때 사촌이 강간당한 나라로 가서 아무나 붙잡고 싸우려다 티무에게 잡혀 집으로 끌려갔다.

그들은 성인이 아니고 고결하지도 않고 그들에 대해 들리는 아주 고약한 소문은 대부분 사실이다. 하지만 지난봄에 스니칸이 티무를 찾아가서 그들이 애지중지하는 하키단이 배출한 최고의 선수일지라도 그 일당이 케빈 에르달을 지지하면 안 된다고 했을 때 티무는 동의했다. 학교에서 아이들이 마야 안데르손을 뭐라고 부르는지 알았기 때문이었다.

그런데 경기장 저쪽 편의 빨간색 응원단이 이렇게 외치고 있다.
"호모. 걸레. 강간범."

헤드 응원단은 이런 사실을 전혀 모른다. 가슴속에 곰을 품고 있는 모든 사람의 아픈 데를 찌르고 싶어서, 그들을 괴롭히고 싶어서 생각나는 욕 중에 가장 심한 욕을 외치고 있을 뿐이다. 그들은 목표를 달성한다. 딜도 소나기가 검은 재킷을 입은 남자들을 강타하자마자 그 중 여덟 명이 관중석을 달려 내려간다. 그들이 재킷을 벗자 흰 셔츠를 입고 있던 다른 여덟 명이 그들을 대신해 재킷을 걸친다. 보안 요원들은 티무, 비다르, 스핀델, 스니칸 그리고 다른 네 명이 복도를 지나고 문을 넘어 지하로 사라지는 것을 알아차리지 못한다.

대부분의 사람들에게 폭력은 선택 사항이 되지 못한다. 하지만 그 일당은 대부분의 사람들이 아니다.

열두 살의 레오 안데르손은 티무 리니우스가 스핀델을 돌아보며 "저 놈들 잡으러 간다. 하드코어만"이라고 하는 걸 들은 순간을 절대 잊지 못할 것이다. 그리고 티무가 보일락 말락 하게 고개를 끄덕이자 일곱 명이 어떤 식으로 그를 따라나섰는지도 절대 잊지 못할 것이다. 하드코어는 그 일당의 주축이고 그들 중에서 가장 위험하다.

레오는 하드코어가 스탠딩석에서 벗어나 관리인 창고 옆에 달린 문을 향해 어두컴컴한 통로를 달리는 동안 다른 멤버들이 검은 재킷을 입고 보안 요원들의 시야를 차단하는 것을 지켜보았다. 헤드의 아이스링크 아래에는 지하층이 있다. 대부분의 사람들은 그런 게 있는 줄도 모르지만 이삼 주 전에 경기장 전등이 말썽을 일으키는 바람에 전기 기사들이 출동한 적이 있었다. 그중 한 명이 지하층에 차단기가 있다며 거기 다녀와야 된다고 했다. 관리인은 의심할 생각을 단 일 초도 한 적이 없었다. 전기 기사는 곰 문신이 보이지 않도록 만전을 기했다.

레오 안데르손은 그들과 함께 지하실로 가고 싶은 마음이 얼마나 간절했는지 절대 잊지 못할 것이다. 어떤 소년들은 프로 하키 선수를 꿈꾼다. 그들은 관중석에서 경기를 구경하며 자기도 출전할 수 있길 바란다. 하지만 다른 꿈을 꾸는 소년들도 있다. 다른 우상을 섬기는 소년들도 있다.

그들은 경기장 지하의 복도를 행진한다. 모두 여덟 명이다. 가장 거친 멤버다. 아무도 그들을 막을 수 없지만 한 남자가 막으러 나선다. 그는 그들이 가는 길의 한복판에 혼자 서 있다. 친구도 없고 무기도 없이 반대편에서 문을 열지 못하게 빗자루를 손잡이에 끼워놓았다. 벤이는 그들을 앞에 두고 그렇게 자진해서 배수진을 쳤다.

그는 여기로 오고 싶지 않았다. 하지만 달리 있고 싶은 데가 없었다.

그는 눈에 꽂히는 바람을 맞으며 눈길을 뚫고 캠핑장에서 헤드의 아이스링크까지 자전거를 타고 왔다. 살금살금 들어왔을 때 경기는 2피리어드의 막바지에 다다랐고 모든 사람의 시선이 빙판으로 향해 있었다. 벤이는 스코어보드를 확인했다. 4 대 0으로 헤드가 앞서고 있었다. 구호가 들렸고 이쪽에서는 빨간색으로 된 증오의 바다가, 저쪽에서는 검은 재킷 군단이 보였다. 쏟아지는 딜도가 보였다. 모두들 충격으로 시선을 떼지 못하는 동안 벤이는 두리번거리며 관중석을 가로질러서 갈 수 있는 방법을 찾았다. 티무와 비다르와 다른 여섯 명이 재킷을 벗는 순간, 벤이는 그들이 어디로 가려는지 알아차렸다.

그는 그 지하층에 가본 적이 있었다. 지금까지 헤드 경기장에서 원정 경기와 토너먼트를 수백 번 치렀고 경기장 안에서 마음 놓고 약을 빨 수 있는 조용한 곳을 찾는 솜씨가 벤이보다 훌륭한 사람은 없었다.

그래서 그는 지하를 가로지르면 이쪽 스탠딩석에서 저쪽 스탠딩석으로 이동할 수 있다는 걸 안다. 적진 한복판으로 뚫고 들어갈 수 있는 것이다. 폭탄처럼.

티무는 지하층 중간에서 걸음을 멈춘다. 따라오던 다른 멤버들도 걸음을 멈춘다. 스니칸과 스핀델이 남들보다 앞장서서 그의 한쪽 옆을 지켰고 동생 비다르가 다른 쪽 옆을 지켰다. 티무는 좁은 복도를 가로막고 있는 열여덟 살짜리를 노려보며 한 번의 기회를 준다.

"비켜라, 벤이."

벤이는 천천히 고개를 젓는다. 그는 낡아빠진 운동화를 신고 회색 운동복 바지에 하얀색 티셔츠를 입고 있다. 왜소해 보인다.

"싫어요."

티무의 목소리는 냉혹하다.

"두 번 얘기하지 않는다……."

벤이의 목소리가 떨린다. 그들은 한 번도 들어본 적 없는 목소리다.

"형이 죽도록 패고 싶은 사람은 나잖아요. 다른 사람이 아니라. 그러니까 패요. 자요. 몇 명은 나를 통과해서 갈 수 있겠죠, 나도 알아요. 하지만 통과하지 못하는 사람도 있을 거예요."

그 뒤로 흐르는 정적에는 날카로운 발톱이 달렸다. 티무는 잠깐 목이 멘 듯하지만 이내 으르렁거린다.

"우리는 너를 같은 편으로 대했다, 벤이. 이 염병할…… 거짓말쟁이야……."

벤이는 촉촉하게 젖은 눈으로 대답한다.

"염병할 호모겠죠! 그냥 솔직히 얘기해요! 누굴 패고 싶으면 여기 나를 패요! 헤드 관중석으로 쳐들어가면 심판이 경기를 중단할 테고 그럼 헤드의 승리로 끝날 거예요. 저들이 원하는 게 그거라는 걸 모르겠어요? 호모를 죽도록 패고 싶으면 여기 내가 있잖아요! *나를 때려요!*"

티무는 손마디가 하얘지도록 주먹을 쥐고 대꾸한다.

"비켜라. 안 그러면……"

벤이의 목소리가 갈라진다.

"안 그러면 뭐요? 싸워요, 싸우고 싶으면! 8 대 1이니까 승률이 거의 반반이에요! 하지만 헤드 관중석으로 쳐들어가면 경기는 끝나고 우리는 저 새끼들을 박살 낼 수 없어요. 모르겠어요? *하지만 나는 박*

살 낼 수 있어요!"

벤이는 이제 티무가 아닌 다른 사람을 쳐다본다. 비다르를 쳐다본다. 그들은 몇 년 전에 같이 뛰었지만 그때는 케빈이 벤이의 단짝이었고 케빈은 믿을 수 없는 비다르를 좋아하지 않았다. 케빈은 명령에 복종하는 골키퍼를 원했지만 비다르는 절대 복종하지 않았고 벤이는 팀 내 어느 누구보다 더 비다르와 닮았을지 몰라도 그가 최우선으로 의리를 지킨 상대는 항상 케빈이었다. 반면에 비다르는 항상 형과 그 일당에게 의리를 지켰다. 그들은 그 부분에 대해 얘기를 나눈 적이 없었고 서로 친하게 지낸 적도 없었지만 아마 서로를 존중했을 것이다. 그래서 이제 벤이가 얘기한다.

"내 얘기 들었지, 비다르? 우리 둘이 3피리어드에 출전하면 저 새끼들을 박살 낼 수 있어. 원하면 관중석으로 쳐들어가서 싸워도 좋지만 시합에 나가서 뛰면 우리가 이 새끼들을 처단할 수 있어. 그래야 직성이 풀리겠으면 내 이를 부러뜨려요. 빌어먹을 이가 없어도 뛰는 데 아무 지장 없으니까. 하지만 나는…… 나는…… 이기고 싶어요! 엿 먹으라 그래, 다 엿 먹으라 그래요. 형들이 원한다면 내일 당장 이 마을을 떠나겠어요. 하키단도……."

벤이는 말끝을 흐린다. 하지만 그들은 아무 대꾸도 하지 않는다. 어느 누구도 손가락 하나 까딱하지 않는다. 그래서 벤이는 주먹으로 가슴을 치며 좌절의 고함을 지른다.

"내가 여기 이렇게 서 있잖아요! 문도 잠가놨으니까 나를 상대로 분풀이하고 싶으면 얼른 해치워줘요. 나가서 시합을 뛰어야 하니까! 나는 이 새끼들을 박살 낼 수 있다고요!"

사람들은 정적을 표현할 때 바늘 떨어지는 소리도 들릴 정도라고 한다. 그 복도에서는 솜 위로 지푸라기 떨어지는 소리도 들릴 수 있을 정도였다. 베어타운이나 헤드에서 오늘의 이야기를 재연하는 사람은 없을 것이다. 하지만 그 자리에 있었던 남자들은 그들은 여덟 명이었고 벤이는 혼자였고 문을 잠근 사람은 그였다는 걸 잊지 않을 것이다.

일 분이 지난다. 아니, 십 분이었을 수도 있다. 아무도 모를 일이다.

"좋아." 티무가 천천히 얘기한다.

하지만 벤이에게 하는 말이 아니다. 동생에게 하는 말이다.

"좋다고?" 비다르가 속삭인다.

티무가 으르렁거린다.

"여기 서서 뭐 하는 거야? 3피리어드가 조만간 시작할 텐데 얼른 가서 옷 갈아입어야지, 이 바보야!"

비다르의 얼굴 가득 미소가 번진다. 그가 마지막으로 벤이를 흘끗 쳐다보며 고개를 끄덕이자 벤이도 덩달아 고개를 끄덕인다. 비다르가 복도를 따라서 베어타운 로커룸으로 향한다. 몇 초 뒤에 그 일당의 두 멤버가 등을 돌려서 천천히 그를 따라간다. 잠시 후에 두 명이 더 추가된다.

스핀델과 스니칸만 티무와 함께 남는다. 벤이는 꿈쩍하지 않는다. 티무는 씩씩대며 콧구멍으로 길게 숨을 쉬고 속삭인다.

"씨발. 너는 나랑 같이 술 마시러 갔잖아. 내 옆에서 싸웠고……."

벤이는 눈물을 닦으려고 하지 않는다.

"그만 씨부려요."

그 일당의 리더가 고개를 숙인다. 아주 잠깐이다.

"너는 용감한 녀석이다, 벤이. 그걸 인정하지 않을 사람은 없어. 하지만 우리는 이 마을을 그냥 내버려둘 수 없어…… 알잖냐…… 무지개 깃발이나 뭐 그런 개수작은……."

"나는 그런 걸 원한 적도 없어요." 벤이는 코를 훌쩍인다.

티무는 주머니에 손을 넣는다. 고개를 끄덕인다. 그것으로 충분하다. 스핀델과 스니칸은 등을 돌려서 사라진다. 그들이 아직도 벤이를 미워하는지 그건 알 수 없지만 적어도 티무와 단둘이 있을 수 있도록 자리를 비켜준다.

그가 주먹을 쥔다. 벤이도 주먹을 쥔다.

그냥 하키 경기일 뿐이다. 관중들로 꽉 찬 아이스링크, 선수들로 꽉 찬 두 개의 로커룸, 서로를 상대하는 두 팀. 지하의 두 남자. 우리가 그런 데 관심을 기울이는 이유가 뭘까?

그것이 대답하기 가장 어려운 여러 가지 문제의 해답을 명확하게 알려주기 때문일지 모른다. 우리는 어떨 때 귀청이 떨어져라 환호성을 지를까? 어떨 때 눈물을 흘릴까? 가장 행복했던 추억과 가장 끔찍했던 날과 가장 실망했던 순간은 언제일까? 누가 우리 옆에 서 있었을까? 가족이란 무엇일까? 팀이란 무엇일까?

살아가면서 진심으로 행복을 느끼는 순간은 몇 번이나 될까?

거의 무의미한 무언가를 전혀 아무 조건 없이 사랑할 수 있는 기회는 몇 번이나 주어질까?

복도에는 아무도 없지만 두 남자는 여전히 벽에 등을 대고 서 있는 듯한 기분을 느낀다. 티무는 여전히 분노로 몸서리를 치고 벤이는 수천 가지 이유로 몸서리를 친다. 티무는 바닥을 내려다보고 씩씩거리며 얘기한다.

"신문에 너에 대한 기사가 실리고 있어. 기자들이 사람들한테 전화해서 너에 대해 묻고 있고. 한심하게 정치적인 언론의 빌어먹을 병신새끼들. 그들이 원하는 게 뭔지 너도 알지? 우리를 멍청하고 꽉 막힌 촌놈들로 몰고 갈 수 있게 아무라도 멍청한 발언을 하길 기다리는 거야. 그래야 잘난 척 으스대며 대도시로 돌아갈 수 있으니까……."

벤이가 물어뜯은 뺨 안쪽에서 피가 난다. 그는 속삭인다.

"미안해요……."

다시 피가 돌기 시작하자 티무의 손마디가 천천히 붉어진다. 그는 대꾸한다.

"우리 구단이다."

"알아요." 벤이는 대꾸한다.

티무가 천천히 주먹을 편다. 손바닥으로 뺨을 문지른다.

"이 새끼들을 박살 낼 수 있다고 했지? 지금 우리가 4 대 0으로 지고 있어. 그러니까…… 이 게임에서 이기면 나중에 맥주 한잔 사줄게."

벤이의 얼굴은 눈물범벅이지만 이렇게 대답하는 순간 그의 눈은 이글거린다.

"나 같은 사람하고도 술 마시는 줄 몰랐네요."

티무의 폐부에서 터져 나온 한숨 소리가 온 복도를 채우고 잠긴 문에 맞고 천장에 부딪쳐서 메아리친다.

"씨발, 벤이. 이제 내가 염병할 호모들을 *전부* 앉혀놓고 같이 술을 마셔야 하냐? 한 명씩 차근차근 시작하면 안 되냐?"

40
항상 공평하고, 항상 불공평하다

사람들 앞에서 얘기를 하는 건 쉬운 일이 아니다. 훌륭한 하키 코치들이 모두 거기에 소질이 있는 건 아니다. 공개 연설은 외향적인 활동이지만 전술을 이해하고 밤을 새워가며 예전 경기 녹화 영상을 돌려보려면 내성적인 성향이 필요할지 모른다. 물론 감정을 표출하는 것으로 이걸 보완할 수 있기는 하다. 하지만 감정 표현에도 소질이 없다면 무슨 말을 해야 할까?

3피리어드가 시작되기 직전에 페테르는 일어선다. 관중석에 가만히 앉아 있을 수가 없기에 어디로 가는지, 왜 이러는지도 모르는 채 그가 속속들이 이해하는 유일한 공간으로 간다. 로커룸으로 간다. 물론 복도에서 걸음을 멈춘다. 그는 단장이고 문을 벌컥 열고 들어가서 선수들을 만나는 건 그의 역할이 아니다. 그건 코치의 역할이다. 사켈이 안에서 어떻게 하면 경기 분위기를 바꿀 수 있을지 열변을 토하고 있을 게 분명하다. 너희들은 그럴 만한 역량이 있다고, 아직 0 대 0이라고 생각하라고, 얼른 골을 넣어서 따라잡으면 된다고!

그런데 페테르가 모퉁이를 돌아보니 사켈이 주차장으로 나가는 문 앞에 서 있다. 거기서 혼자 시가를 피우고 있다. 팀원들이 전부 로커룸에서 기다리고 있는데.

"지금 뭐 하자는 건가?" 페테르는 쏘아붙인다.

"왜요? 실내에서는 금연이라잖아요!" 사켈은 항변한다.

"4 대 0으로 지고 있잖아! 선수들한테 무슨 얘기라도 해줘야 하지 않겠나?" 페테르는 따지고 든다.

"선수들도 4 대 0으로 지고 있다는 걸 알지 않을까요?" 사켈은 의아해한다.

"도대체…… 선수들은…… 자네는 코치잖아! 들어가서 힘이 될 만한 얘기를 해줘야지!" 페테르는 명령한다.

사켈은 시가를 마저 피운다. 어깨를 으쓱한다. 포기했다는 듯이 중얼거린다.

"알았어요. 좋아요. 그럴게요."

그녀가 로커룸에 다다랐을 때 반대편에서 한 청년이 그녀 쪽으로 달려온다. 비다르 리니우스다.

"저 출전해도 돼요?" 그가 숨을 헐떡이며 묻는다.

사켈은 어깨를 으쓱한다.

"물론이지. 안 될 것도 없지. 이보다 더 나빠질 수도 없는걸."

비다르가 골키퍼 장비를 챙기러 깡충깡충 로커룸으로 들어가고 일분 정도 지났을 때 또 다른 청년이 복도에 등장한다. 그는 달리지 않고 차분하게 걸어와 사켈 앞에서 걸음을 멈춘다. 그는 여자 형제가 있는 아이답게 깍듯하게 묻는다.

"혹시 선수 한 명 더 필요하세요?"

사켈은 미간을 찌푸린다.

"로커룸에서 다른 선수랑 잘 거니?"

벤이는 농담인지 파악하려고 애를 쓴다. 알 도리가 없다.

"아뇨." 그가 말한다.

"그럼 좋아." 그녀가 말한다.

일반적인 코치였다면 1피리어드에 모습을 드러내지 않은 벤이를 라인업에 넣지 않을 것이다. 하지만 사켈은 일반적인 코치가 아니다. 그녀는 출전하지 않은 벤이가 출전한 그 어떤 선수보다 낫다고 이미 결론을 내린 참이다. 그걸 이해하는 사람도 있겠지만 대부분은 그렇지가 않다. 그녀가 옆으로 비키고 그는 로커룸으로 들어간다. 그가 등장하기 전에 고요했다면 지금은 더 고요하다.

팀원들이 거기 앉아 있고 열두 쌍의 눈이 바닥을 뚫어져라 쳐다보고 있고 벤이는 난생처음으로 그 안에서 뭘 어쩌면 좋을지 알 수가 없다. 어디에 앉아야 할지, 어떤 식으로 옷을 갈아입어야 할지. 그가 불편해서 그런 게 아니라 다른 누군가가 불편해하지는 않을지 걱정이 되기 때문이다. 그는 이제 다른 존재다.

그는 신발을 벗지만 거기까지다. 그는 화장실로 달려가 쾅 소리와 함께 문을 닫지만 그래도 토악질을 하는 소리가 모두의 귀에 들린다. 눈물이 폭포처럼 쏟아지고 가장자리를 어찌나 세게 부여잡고 있었던지 변기가 삐걱거리기 시작한다. 그 안에서 도망칠 방법이 있었다면 그는 그 길을 택했을지 모르지만 나오는 길은 하나뿐이다. 그렇다면 그는 어떤 사람이 될 것인가? 우리 모두에게는 그걸 결정하는 순간이 찾아온다. 그걸 선택하는 순간이 찾아온다.

그는 얼굴을 닦고 문을 열고 로커룸으로 돌아간다. 아주 사소한 제스처고 그가 나왔을 때 팀원들은 여전히 아무 말이 없지만 자리로 돌아가보니 신발 가득 셰이빙 크림이 들어 있다. 그의 신발뿐만이 아니다. 모든 팀원의 신발이 그렇다. 벤치 아래에 놓여 있는 모든 신발이 그렇다. 그가 어느 누구하고도 다르지 않다는 걸 알려주고 싶어서다. 적어도 여기에서만큼은 그렇다는 걸 말이다.

벤이는 벤치에 앉는다. 머뭇머뭇 셔츠를 벗는다. 갑자기 정적을 뚫고, 벤이의 맞은편에서 뜻밖의 인물이 말을 건다.

"자기가 섹시한지 아닌지 어떻게 알 수 있을까요?" 아맛이 묻는다.

벤이는 웃통을 벗은 채로 앉아서 고개를 갸우뚱한다.

"뭐라고?"

아맛은 얼굴이 시뻘게진다. 다들 그를 빤히 쳐다보고 있고 지금까지 이보다 더 창피했던 적이 없지만 그래도 그는 물러나지 않는다.

"그러니까…… 여자들은 어떤 걸 보고 섹시하다고 생각할지 어떻게 아느냐 이거죠. 아니면…… 남자들은 다른 남자의 어떤 걸 보고 섹시하다고 생각할지."

벤이가 눈썹으로 인상을 쓴다.

"도대체 묻고 싶은 게 뭐냐, 아맛?"

아맛은 헛기침을 한다.

"저랑 샤워해봤으니까 잘 알 거 아니에요. 저 섹시해요?"

벤이가 뭐라고 대답할 겨를도 없이 아맛이 씩 웃는다.

"제가 궁금해서 묻는 거 아니에요. 단짝 친구를 대신해서 묻는 거지.”

그의 옆에서 보보가 전기에 감전이라도 된 듯이 움찔한다. 한 남학생이 다른 남학생에게 베푸는 사소한 배려에 불과하지만 단짝 친구가 있으면 살아가는 동안 많은 일을 감당할 수 있다. 누가 나를 단짝 친구로 받아들여준다면 더욱 그렇다. 그래서 보보는 기침을 하고 더듬더듬 말을 꺼낸다.

“내가, 저기…… 그러니까 벤이…… 그냥 궁금해서 말이야……. 내가 만약…… 섹시하다면 무슨 수로 그걸 알 수 있을까?”

벤이는 보보를 보다가 아맛을 보다가 다시 보보를 본다. 그러더니 고개를 젓는다.

“나는 샤워하면서 너희 둘 다 쳐다본 적 없어!”

로커룸 안에서 폭소가 터지지만 고참 선수 가운데 한 명은 여전히 진지한 표정으로 무뚝뚝하게 묻는다.

“그럼 우리는? 정말로 샤워하면서 아무도 제대로 들여다본 적 없어?”

벤이는 인상을 쓴다.

“나 원 참, 차라리 여자들을 쳐다보겠네요.”

고참 선수의 어깨가 살짝 처진다.

“어째 조금 기분이 나쁘네.”

“기를 써가며 관리를 하고 있는데.” 다른 선수가 실망한 목소리로 중얼거린다.

보보와 아맛은 씩 웃는다. 이제 예전과 거의 비슷해졌다. 하지만 벤이는 전보다 진지한 표정으로 보보의 팔을 가리킨다.

“그거 나도 줘. 그래도 괜찮다면.”

보보는 테이프에 '안-카트린'이라고 써서 벤이의 팔에 달아준다. 보보가 떨리는 손으로 썼기 때문에 글씨가 비뚤배뚤하다.

엘리사베트 사켈은 페테르와 함께 로커룸 밖에 서 있다. 그녀는 불만스럽게 투덜거리지만 페테르가 팀원들에게 아무 말이라도 해야 한다고 단호한 제스처를 보인다. 이 때문에 그녀는 끙끙거리며 들어가서 요란한 휘파람 소리로 선수들을 조용히 시킨다.

"좋아. 코치들은 이런 상황에서 힘이 될 만한 얘기를 해야 된다고 하네? 그래서…… 음…… 너희들은 지금 4 대 0으로 지고 있어."

선수들은 그녀를 빤히 쳐다보고 그녀도 그들을 빤히 쳐다본다. 잠시 후에 그녀가 하던 이야기를 계속한다.

"알고 있나 체크한 거야. 4 대 빵! 너희는 그냥 점수만 뒤지고 있는 게 아니라 정말 개떡같이 플레이하고 있어. 그러니까 완전 덜떨어진 바보들만 너희들이 이 경기를 이길 수 있다고 생각할 거다!"

선수들은 아무 대꾸도 하지 않는다. 사켈은 헛기침을 한다. 그런 다음 덧붙인다.

"아무튼. 내가 하고 싶은 말은 뭔가 하면 나는 평생 동안 이 바닥에 있었거든. 그런데 너희들보다 멍청한 녀석들은 지금까지 만나본 적이 없다."

그녀는 그 말을 끝으로 퇴장한다. 페테르는 복도에 서서 빙판으로 걸어가는 그녀를 지켜본다. 그는 지금까지 이보다 더 훌륭한 로커룸 연설을 들어본 적이 없다.

로커룸 안에서 그들은 모두 가만히 앉아 있다. 벤이가 벽에 걸린 시계를 확인해보니 이제 빙판으로 나가야 할 시각인데 다들 꼼짝하지 않는다. 결국 아맛이 벤이의 스케이트를 차며 얘기한다.

"다들 기다리고 있잖아요."

"뭘?" 벤이가 묻는다.

"선배를요."

벤이는 일어선다. 다른 선수들도 따라서 일어선다.

베어타운 하키단은 주장을 따라서 밖으로 나선다. 벤야민 오비크는 빙판으로 걸어 나가지 않는다. 폭풍처럼 진격한다.

오비크 집안의 세 자매는 엄마와 함께 헤드 경기장에 도착한다. 그들은 이보다 더 추운 곳에서 이보다 더 끔찍한 광경을 접한 적 있는 여자들만의 포스를 풍기며 들어간다. 그들은 두려워하지 않는다.

복도는 사람들로 가득하고 빈자리가 없고 그들이 누군지 모르는 사람이 없지만 대부분 모르는 체한다. 여기저기서 수군대며 손가락질하지만 아무도 그들의 눈을 똑바로 쳐다보지 않는다. 부끄러워서 그런 사람도 있을 테고 무슨 말을 하면 좋을지 몰라서 그런 사람도 있을 것이다. 말을 걸고 싶어 하는 사람도 더러 있을지 모르지만 첫 번째로 나서기는 어려운 법이다.

그런데 그때 다섯 명이 말을 건다.

삼촌들이다. 그들은 '베어타운 대 나머지 전부'라고 적힌 초록색 티셔츠를 입었고 서로 늙었다고 놀려대며 계단을 걸어 올라온다. 그 중 한 명이 벤야민 오비크 어머니의 팔을 잡고 앞장서서 자리로 안내한다. 나머지 삼촌들은 자매들에게 자리를 양보한다. 아드리가 그들 앞을 지나가자 한 명이 그녀의 손을 꼭 잡으며 얘기한다.

"동생한테 목소리가 제일 큰 사람이 제일 눈에 띄기 마련이라고 전해줘. 하지만 그들이 다수는 아니야. 우리가 다수지."

다섯 삼촌의 아내들이 옆자리에 나란히 앉아 있다. 그중 한 명은 발치에 아이스박스를 놓아두었다. 원래는 하키장 반입 금지 품목이지만 입구에서 보안 요원이 안에 뭐가 들었느냐고 물었을 때 그녀는 무척 심각한 표정으로 "내 고양이"라고 대답했다. 보안 요원이 한 소리 하려고 들자 다른 여자가 그에게 몸을 기울이고 속삭였다. "죽었는데, 얘기하지 마. 딱한 할망구 같으니라고." 보안 요원은 입을 열었지만 또 다른 여자가 그의 팔을 붙잡고 물었다. "싱싱한 토마토 있어? 평소에 갖다 놓는 벨기에 토마토 말고 제대로 된 거! 내가 쿠폰을 챙겨왔거든!" 네 번째 여자는 명랑한 목소리로 외쳤다. "오늘 저녁에 사람 진짜 많다! 영화 제목이 뭐라고 했더라? 숀 코너리가 나오나?" 그러자 다섯 번째 여자가 미리 연습해 온 "오늘 저녁에 눈이 내리겠어. 무릎으로 느껴져!"라는 대사를 꺼내기도 전에 보안 요원이 한숨을 쉬며 포기하고 아이스박스와 함께 그들을 들여보냈다. 이제 그녀들이 그 안에서 맥주를 꺼내 벤이의 엄마와 누나들에게 건네고 3세대에 걸친 아홉 명의 여자가 서로 건배를 한다. 다섯 명의 삼촌들은 의장대처럼 그 옆 계단에 서 있는다.

커피 한잔은 별것 아니다. 정말로 별것 아니다.

모두들 헤드 응원석의 스탠딩석에서 외친 구호를 기억할 것이다. "호모! 걸레! 강간범!" 많은 사람들이 스탠딩석 전체가 그 구호를 외쳤다고 믿어 의심치 않을 것이다. 왜냐하면 그렇게 느껴졌고 멀리서 보면 사람들끼리 구분이 잘 되지 않는다. 그래서 스탠딩석의 모든 관중이 구호를 외친 것도 아닌데 싸잡아서 지탄을 받을 것이다. 희생양이 필요하기 때문인데, 훈계하기 좋아하는 사람들은 "권장하는 것뿐 아니라 조장하는 것도 문화의 일부분"이라며 쉽게 얘기할 것이다.

하지만 모두가 고함을 지르고 있으면 상대가 뭐라는지 잘 들리지가 않고 증오의 파도가 일기 시작하면 그걸 막는 책임이 누구에게 있는지 파악하기가 쉽지 않다.

그래서 앞면에 황소가 그려진 빨간색 티셔츠를 입은 젊은 여자가 스탠딩석에서 빠져나왔을 때 처음에는 아무도 알아차리지 못한다. 하지만 그녀는 사람들의 고함 소리만큼이나 헤드 하키단을 사랑하고 평생 그 팀을 응원했고 경기장의 이 구역이 그녀의 것이기도 하다. 그녀가 항상 핫도그 군단이라고 비웃는 좌석이 있는 쪽 응원단 사이에 서서 관람하는 것이 그녀로서는 무언의 시위다.

초록색 티셔츠를 입고 그 근처에 앉아 있던 남자가 그녀를 보고 자리에서 일어선다. 그는 매점에 가서 커피를 두 잔 사 가지고 와서 한 잔을 그녀에게 건넨다. 그들은 각각 빨간색과 초록색 티셔츠를 입고 나란히 서서 말없이 커피를 마신다. 커피 한잔은 별것 아니다. 하지만 가끔 별것일 때도 있다.

몇 분이 흐르자 스탠딩석에서 빠져나오는 빨간색 셔츠들이 점점 늘어난다. 이내 좌석이 있는 쪽 통로가 꽉 찬다. "호모! 걸레! 강간범!" 구호가 여전히 경기장을 쩌렁쩌렁 울리지만 이제는 구호를 외치는 사람들의 얼굴이 드러난다. 그래서 이제는 생각보다 많지 않다는 걸 모두가 알아차린다. 원래 그렇게 생각보다 많지 않은 법이다.

헤드 하키단 선수 중에 필리프가 있다. 그는 팀에서 막내지만 최고의 실력자로 부상하고 있다. 이 이야기에서 그는 주인공이 아니고 등장하는 시간도 워낙 짧아서 그를 언급하는 것 자체를 잊어버릴 수도 있겠다.

3피리어드가 시작되기 직전에 그가 빙판을 떠난다. 빌리암 뤼트와 다른 선수들이 가지 말라고 외치지만 필리프는 선수들이 입장하는 터널을 지나 관중석 계단을 밟고 스탠딩석까지 올라간다. 스케이트를 신고 스틱을 잡은 채다. 그는 그중에서 가장 덩치가 크고 가장 힘이 세며 가장 문신을 많이 한 헤드 응원단에게 다가가 "호……"라고 외치는 중간에 그의 상의를 움켜잡고 얘기한다.

"그 구호 한 번만 더 외치면 나, 그냥 나와버릴 거예요."

필리프는 열일곱 살밖에 안 되지만 하키에 대해서 조금이라도 아는 사람이라면 그가 얼마나 훌륭한 선수가 될지 알 수 있다. 헤드 응원단이 우락부락하게 노려보지만 필리프는 물러서지 않는다. 좌석이 있는 쪽 계단에 서 있는 빨간 옷의 물결을 가리킨다.

"그 구호 한 번만 더 외치면 경기가 끝날 때까지 저기 서 있을 거예요."

그는 무거운 정적을 뒤로한 채 빙판을 향해 다시 걸어간다. 필리프는 순진하지 않다. 세상은 달라지지 않았고 그도 알다시피 그들은 다른 경기에서 똑같은 구호를 외칠 것이다. 하지만 오늘은 아니다. 그가 벤치에 다다르자 누군가가 외친다. "헤드! 헤드! 헤드!"

"이기자! 이기자! 이기자!" 나머지 관중들이 함성을 지른다.

그들은 경기가 끝날 때까지 그 구호만 외친다. 경기가 끝날 무렵 스탠딩석은 다시 가득 차고 그들의 함성으로 지붕이 들썩인다.

하키는 단순하다. 하키는 이 세상에서 가장 공평한 동시에 가장 불공평한 스포츠다.

베어타운이 골을 넣는다. 그리고 또 한 골을 넣는다. 그들이 4 대 3까지 바짝 추격해 1점 뒤진 상황에서 마지막 이십 초를 맞이하자 모두들 무슨 일이 벌어질지 직감한다. 피부로 느낄 수 있다. 이 경기는 그렇게 끝날 수밖에 없다. 마치 동화처럼.

퍽을 잡은 벤이가 헤드의 진영으로 돌진해 슛을 날리는 척하면서 아맛에게 패스한다. 헤드의 선수들은 모두 벤이가 직접 슛을 날릴 거라고 생각하지만 딱 한 명만 그가 그 정도로 이기적이지 않다는 걸 안다.

빌리암 뤼트는 벤이를 안다.

아맛은 헤드의 골문을 향해 돌진한다. 그는 유연한 손목으로 완벽한 밸런스를 자랑하며 슛을 날린다. 보기에는 너무나 간단하다. 그는 영웅이 되어야 했고 그랬으면 완벽한 결말이 됐을 것이다. 하지만 빌리암이 이미 사태를 파악하고 있다. 그가 빙판 위로 몸을 던지자 퍽은 그의 헬멧과 골문을 연달아 때린 다음 펜스 쪽으로 날아간다. 필리프가 퍽을 걷어서 상대편 진영으로 날리자 퍽은 베어타운 선수들을 조롱하듯 여기저기서 앞으로 내민 스틱을 그대로 지나치고 그렇게 경기는 끝이 난다.

경기 종료 버저가 잔인하게 울린다. 빨간색 응원단은 기쁨의 함성을 지르고 빌리암 뤼트는 기뻐하는 팀원들 밑에 깔린다. 초록색 옷을 입은 선수들은 절망하며 쓰러지고 가슴에 곰을 품고 있는 관중들은 망연자실하게 앉아 있다.

헤드가 이긴다. 베어타운이 진다.

하키는 단순하다. 항상 공평하고, 항상 불공평하다.

41
너희가 떳떳하면

베어타운 아이스하키단 로커룸은 고요하다. 지는 팀이 바뀌는 길은 딱 두 가지뿐이다. 한꺼번에 바뀌든지 전혀 바뀌지 않든지. 경기장을 나서기까지 오 분이 걸리든지 아니면 몇 시간이 걸리든지 둘 중 하나다. 이번에는 아무도 기운이 없어서 샤워조차 하지 못한다.

페테르 안데르손이 들어선다. 그는 그들을 바라보는데, 지금 어떤 기분일지 정확히 안다. 그는 뭔가 힘이 될 만한 얘기를 해주고 싶은 간절한 마음에 이렇게 중얼거린다.

"자, 제군들…… 힘든 경기였다. 하지만 너희들은 졌고 이제……."

고참 선수들 중 한 명이 코웃음을 치며 말허리를 자른다.

"말씀 중에 죄송하지만 단장님, '잊어버리라'는 둥 그런 지긋지긋한 소리 할 거면 그만두세요. 도움이 되는 얘기가 생각나지 않으면 그냥 평소처럼 하세요. 입 다물고 사무실에 가서 숨으세요!"

이건 정면 도전이다. 그들은 그를 존경하지 않는다. 페테르는 주머니에 손을 넣고 문 앞에 서 있다. 평소 같았으면 그렇게 했을 것이다. 그의 사무실에 가서 숨었을 것이다. 그는 코치가 아니라 단장이라고, 선수들에게 존경을 받는 건 그의 몫이 아니라고 자기 자신을 설득했을 것이다. 하지만 오늘은 평소와 다르다. 그래서 그는 주머니 안에서 주먹을 쥐고 불쑥 내뱉는다.

"잊어버리라고? *잊어버리라고*? 내가 너희들이 오늘 경기를 잊어주길 바랄 거라고 생각하니? 나는 너희들이 *기억해주길 바란다*!"

그러자 놀란 그들의 시선이 그에게로 쏠린다. 그는 평소에 언성을 높인 적이 없지만 지금은 나이순으로 벤이, 보보, 비다르와 아맛에 이르기까지 선수들을 일일이 손으로 가리켜가며 으르렁거린다.

"오늘 너희들은 패자야. *하마터면* 그 신세를 면할 뻔했지만. 오늘의 이 기분을 정확하게 기억해라. 이런 기분을 두 번 다시 느낄 일이 없도록! *절대* 없도록!"

어쩌면 그는 좀 더 얘기를 하고 싶었을지 모르지만 일정하게 뭔가를 두드리는 소리가 경기장 복도에 메아리치자 다들 고개를 든다. 처음에는 북 소리 같다가 그다음에는 누군가가 문을 발로 차는 소리 같다가 점점 함성으로 커지고 그 소리의 출처를 아는 사람은 페테르뿐이다. 이 소리를 들은 적이 있기 때문인데, 그건 이십 년 전, 온 마을이 하키단의 승패에 살고 죽었던 마법과도 같았던 시즌의 일이었다. 그 당시에 페테르는 모든 경기장에서 이 소리를 들었다.

"빙판으로 다시 나가봐라." 그는 선수들에게 얘기한다.

그들은 그가 시킨 대로 한다. 페테르는 따라가지 않는다. 그는 불청객이라는 걸 알기 때문이다.

베어타운 아이스하키단 선수들은 다시 빙판으로 나간다. 이제 거의 모든 관중석이 비었고 조명도 꺼졌다. 하지만 경기장 한쪽 끝에 검은 재킷을 입은 남자들이 서서 침묵을 거부하고 있다. 바닥의 나무를 발로 두드려가며 위아래로 점프를 하고 있다. 백 명도 안 되지만 만 명이라도 되는 듯이 외친다. "너희가 떳떳하면 우리도 떳떳하다! 너희가 떳떳하면 우리도 떳떳하다! 너희가 떳떳하면 우리도 떳떳하다!" 이렇게 몇 번이고 반복해서 외친다.

그런 식으로 모든 사람에게 그들이 아직 거기 있다는 걸 알린다. 그들에게 구단의 의미를 일깨운다. 권리가 아니라 특전이라는 걸 일깨운다.

결국에는 빙판으로 나선 베어타운 A팀도 함께 외친다. "너희가 떳떳하면 우리도 떳떳하다! 너희가 떳떳하면 우리도 떳떳하다! 너희가 떳떳하면 우리도 떳떳하다!" 경기장의 나머지 부분은 휑뎅그렁하고 어두컴컴하지만 어차피 다른 사람은 환영받지 못했을 것이다. 이것은 팀과 가장 가까운 응원단 간의 일이다. 팀과 가족 간의 일이다.

페테르는 주머니에 손을 넣은 채 로커룸에 혼자 서 있는다. 그러다 경기장을 나서 다가오는 겨울을 깊이 들이마시고 그 어느 때보다 심한 열패감을 달래며 숲을 지나 베어타운의 집까지 걸어간다. 모든 게 그에게서 멀어지고 있다. 아이들, 결혼 생활, 그의 구단까지.

그럴 만한 가치가 있는 일이었을까? 그걸 무슨 수로 미리 알 수 있었을까?

경기 후에 베어타운과 헤드의 코치가 심판실에서 만난다. 그들은 여느 코치들이 그렇듯 깍듯하지만 우호적이지는 않게 대화를 나눈다.

"경기 재밌었어요." 빨간색 옷을 입은 다비드가 얘기한다.

"그쪽이 이겼잖아요. 그러니까 그쪽한테는 재미있는 게임이었겠죠." 초록색 옷을 입은 사켈이 대꾸한다.

다비드는 미소를 짓는다. 그와 그녀는 같은 과다.

"녀석들은 어떻게 지내고 있어요?" 그가 묻는다.

"대체적으로요 아니면 한 명만 콕 집어서요?" 그녀는 맞받아친다.

다비드는 손으로 할 만한 일을 열심히 찾는다.

"벤야민요. 벤야민이 어떻게 지내는지 궁금했어요."

"십이월에 우리가 그쪽 팀이랑 다시 경기를 치르잖아요. 그때는 풀타임으로 뛸 거예요." 그녀는 대답한다.

다비드는 씩 웃는다. 그의 질문에 대한 대답은 아니지만 그녀는 그런 식으로 다음 경기에서는 질 생각이 없음을 시사한다. 그녀는 다비드처럼 머리끝에서부터 발끝까지 하키 코치다.

"경기 재미있었어요." 다비드는 했던 말을 반복한다.

그는 손을 내밀지만 그녀는 악수할 생각이 전혀 없어 보인다.

"그쪽 팀의 필리프 말이에요, 그 수비수, 아주 훌륭하게 성장할 수 있겠던데요." 그녀는 대신 이렇게 얘기한다.

다비드는 자부심으로 키가 커지는 게 느껴진다. 필리프는 어렸을 때 가장 체구가 작고 가장 실력이 떨어졌지만 다비드가 계속 기회를 주었고 이제는 스타로 성장해나가고 있다.

"네. 이제……." 다비드가 말문을 열지만 사켈이 끼어든다.

"다시는 관중석으로 올라가지 못하게 하세요. 정치에 말려들지 않게 하세요."

다비드는 동의하는 뜻에서 고개를 끄덕인다. 그와 사켈은 정말이지 같은 과다. 그들은 필리프가 최고의 선수가 될 가능성이 있다는 걸 알지만 응원단과 싸워봐야 얻을 게 없다는 것도 안다. 엘리트 스포츠는 그런 식으로 한눈을 파는 걸 용납하지 않는다. 선수들은 그냥 시합에 나가서 뛰어야 한다. 하키는 그냥 하키라야 한다.

"오늘 저녁에는 평소보다 속도가 좀 느렸어요. 시즌 전 훈련을 마치고 살짝 뻣뻣해졌는지……." 다비드가 말한다.

"고관절 통증이 있어요." 사켈은 일말의 의심 없이 단정 짓는다.

"네?"

"오른쪽 고관절요. 그걸 견디느라 서 있을 때 그 아이 허리를 보면 일자가 아닌 걸 알 수 있을 거예요. 당신을 실망시킬까봐 걱정이 돼서 얘기를 하지 않았을 테고요."

"그걸 어떻게 알았어요?" 다비드는 궁금해한다.

"나도 그 나이 때 그랬으니까요."

다비드는 한참 동안 망설이다가 묻는다.

"코치가 누구였는데요?"

"우리 아빠요."

이렇게 얘기하는 사켈의 표정에는 변함이 없다. 다비드는 깜짝 놀라서 목을 긁는다.

"고마워요. 필리프랑 얘기해볼게요……."

사켈은 주머니에서 메모지를 꺼내 전화번호를 적는다.

"물리치료사 연락처예요. 이런 종류의 부상은 이 사람이 최고예요. 필리프 데리고 가세요. 저 대신 안부 전해주시고요."

그런 다음 그녀는 심판실에서 나간다. 다비드는 그녀의 뒤통수에 대고 외친다.

"내가 엘리트팀으로 옮기게 되면 연락할게요! 내 보조 코치로 일하면 어때요?"

복도에서 들리는 여자의 대답은 자신만만한 동시에 분명하다.

"그쪽이 내 보조 코치로 일하는 건 어때요?"

다음 날 아침에 다비드는 필리프를 물리치료사에게 데려간다. 거기까지 왕복하는 데 하루 온종일이 걸리는데, 몇 년 뒤에 인터뷰에서 필리프는 다비드가 시즌 내내 일주일에 한 번씩 어떤 식으로 그를 데리고 다녔는지 얘기할 것이다. "그런 코치님은 없었어요! 제가 선수생활을 계속할 수 있었던 건 코치님 덕분이죠!" 물리치료사는 전국적으로 손꼽히는 규모의 구단과 협력 관계고 이듬해에 그 구단에서 필리프를 스카우트한다. 그와 동시에 다비드는 그 구단의 코치로 부임한다.

엘리사베트 사켈도 같은 보직에 지원하지만 떨어질 것이다.

항상 공평하고. 항상 불공평하다.

늦은 시각에 다비드의 집 초인종이 울린다. 임신한 그의 여자친구가 문을 연다. 문 앞에 벤이가 서 있다.

계단을 내려온 다비드는 순간 숨이 멎고 아이의 어린 시절이 스치듯 지나간다. 벤이와 케빈, 단짝 친구, 거친 아이와 천재 소년. 맙소사, 다비드는 그 둘을 얼마나 사랑했던가. 앞으로 코치 생활을 하면서 그런 기분을 느낄 수 있는 날이 다시 있을까?

"들어와라!" 다비드는 반갑게 맞이하지만 벤이는 고개를 젓는다.

그는 이제 열여덟 살이다. 성인이다. 그와 케빈이 어렸을 때 다비드는 백 가지 방법으로 그들에게 동기를 부여했는데, 그중에서도 가장 특이했던 방법이 그의 시계를 빌려준 것이었다. 아이들이 다비드가 아버지에게 물려받은 시계를 보고 감탄하기에 유난히 좋은 경기력을 보여준 아이에게 그걸 빌려주었다. 벤이가 이제 그 시계를 그에게 내민다.

"아이한테 주세요. 저한테는 사실 어울리지 않아요."

지난봄에 다비드는 베어타운 아이스하키단을 떠난 직후에 벤이가 어떤 남자와 입을 맞추는 광경을 보았다. 그때 이 코치는 하고 싶은 말이 너무 많았지만 할 방법이 없었다. 그래서 아버지에게 물려받은 시계를 퍽과 함께 벤이 아버지의 무덤에 두었다. 퍽에는 이런 글귀를 적었다. "내가 아는 중에서 변함없이 제일 용감한 녀석."

"나는……." 다비드는 속삭이지만 더 이상 아무 말도 하지 못한다.

벤이는 시계를 다비드의 손에 올려놓고 다비드의 손가락을 시계 위로 오므려준다. 여자친구는 그를 위해 조용히 눈물을 흘린다.

"퍽은 가지고 있을게요. 그거면 충분해요." 벤이가 얘기한다.

다비드는 그를 끌어안고 싶어진다. 그런데 끌어안는 법을 잊어버릴 수도 있다니 희한한 일이다.

"네가 겪어야 했던 일들, 안타깝게 생각한다." 그는 솔직한 심정을 나지막이 토로한다.

벤이는 뺨 안쪽을 깨문다.

"코치님은 제 인생 최고의 코치님이에요." 그도 똑같이 솔직하게 얘기한다.

'코치.' 그는 '사람'이나 '친구'라고 하지 않는다. 그냥 '코치'라고 한다. 그걸 생각할 때마다 다비드는 가슴이 아파질 것이다.

"어느 팀으로 가든 16번 유니폼을 준비해놓고 있을게……." 다비드는 약속한다.

그는 벤이가 뭐라고 대답할지, 듣기 전부터 알고 있다.

"저한테 하키팀은 딱 하나뿐이에요."

그 말을 끝으로 아이는 어둠 속으로 사라진다. 늘 그랬듯이.

며칠 뒤에 베어타운은 다음 경기를 치른다. 이번에도 원정 경기지만 초록색 유니폼과 검은 재킷은 출정에 나서고 경기를 치르는 내내 그 고집스러운 구호가 울려퍼진다. "너희가 떳떳하면 우리도 떳떳하다! 너희가 떳떳하면 우리도 떳떳하다! 너희가 떳떳하면 우리도 떳떳하다!"

베어타운은 5 대 0으로 승리한다. 아맛은 회오리바람이고 보보는 생애 마지막 경기인 듯 싸우고 벤이는 빙판 위의 최우수 선수다. 경기가 거의 끝나갈 무렵에 비다르가 상대팀 선수와 싸울 뻔하지만 벤이가 저편에서 최대한 빠르게 달려와 골키퍼가 주먹을 날리지 못하도록 붙잡는다.

“싸우면 집행유예가 중단되잖아! 우리 팀에는 네가 필요해!” 벤이가 얘기한다.

“개소리를 지껄이잖아!” 비다르는 상대팀 선수를 가리키며 고함을 지른다.

“뭐라고 그랬는데?” 벤이가 묻는다.

“네가 호모라고!”

벤이는 그를 한참 동안 쳐다본다.

“나 호모 맞아, 비다르.”

비다르는 자기 가슴에 그려진 곰을 때린다.

“하지만 너는 *우리* 호모야!”

벤이는 빙판을 내려다보며 긴 한숨을 내뱉는다. 이렇게 수준 미달의 칭찬은 처음이다.

“이제 그냥 경기에 집중하면 안 될까?” 그는 애원한다.

“알았어.” 비다르는 중얼거린다.

그래서 그들은 경기에 집중한다. 벤이가 두 골을 넣는다. 비다르는 한 골도 허용하지 않는다. 벤이가 그날 펠센에 들어서자 카운터에서 맥주 한 잔이 그를 기다리고 있다. 그는 비다르와 티무를 옆에 거느리고 맥주를 마신다. 그들은 거의 평소와 같은 분위기를 만드는 데 성공한다. 어쩌면 언젠가는 정말로 평소와 같아질지 모른다.

42
폭풍처럼 진격한다

베어타운에서는 누가 세상을 떠나면 가장 아름다운 나무 아래에 묻는다. 다들 말없이 슬퍼하고 조용히 이야기하며 말로 표현하는 것보다 행동으로 보여주는 걸 훨씬 쉽게 생각한다. 이곳에는 좋은 사람들도 살고 나쁜 사람들도 살기 때문에 문제가 복잡해지는데, 그 둘을 구분하기가 쉬운 것만은 아니다. 어쩌면 우리는 좋은 사람인 동시에 나쁜 사람일 수도 있다.

———

보보는 넥타이를 매보려고 하지만 제대로 배운 적이 없기 때문에 항상 너무 길거나 너무 짧다. 한번은 어찌나 처참하게 실패하는지 동생들이 웃음을 터뜨릴 정도다. 다른 날도 아니고 바로 오늘 같은 날에 그들의 웃음보를 터뜨리다니. 안-카트린이 보았다면 뿌듯해했을 것이다.

그녀가 낳은 세 아이는 서로 전혀 다르다. 삼남매가 어떻게 이럴 수가 있는지 보보로서는 알 길이 없다. 유전자도 같고 환경도 같고 집도 같은데 달라도 너무 다르다. 보보는 엄마도 그렇게 생각했는지, 삼남매한테서 엄마의 모습을 똑같이 느꼈는지 궁금해진다. 물어보지 못한 게 너무 많다. 죽음이라는 게 그런 식이다. 전화 통화와도 같아서 항상 끊으면 바로 그 순간 하지 못한 말이 정확하게 떠오른다. 이제 저편에는 추억으로 가득한 자동 응답기와 시간이 지날수록 점점 희미해져가는 목소리의 파편들뿐이다.

갈텐이 들어와서 보보의 넥타이를 매주려고 하지만 결과물이 별반 다를 게 없다. 다 같이 장례식장에 갈 일이 있을 때마다 안-카트린이 남편과 아들의 넥타이를 매주었다. 그래서 보보가 머리띠처럼 넥타이를 머리에 동여매자 동생들이 깔깔대고 웃는다. 그는 동생들을 웃길 수 있어서 장례식장까지 그러고 간다.

목사가 설교를 하지만 그들은 맨 앞줄에 최대한 바짝 붙어 앉아 있으면서도 귀담아듣지 않는다. 안-카트린은 서로 온기를 느끼려는 조그만 무리처럼 온 가족이 그렇게 붙어 있는 걸 좋아했다. 그녀는 입버릇처럼 얘기했다. "넓은 집? 넓은 집이 왜 필요해? 다 같이 한 방에서 지내는걸!"

나중에 사람들이 갈텐을 찾아와서 그녀를 한마디로 요약해보려고 하지만 되질 않는다. 그녀는 너무 여러 가지였다. 병원에서는 유능한 간호사였고 항상 도울 준비가 되어 있는 사랑스러운 동료이자 충직하고 소중한 친구였다. 한 남자의 단 하나뿐인 사랑이었고 서로 너무나 다른 세 아이에게는 앞으로 하나뿐인 엄마로 남을 것이다.

땅 속에 묻히는 사람은 한 명이지만 남겨진 사람들에게 그녀는 그보다 훨씬 여럿인 여인이었다.

교회를 찾은 사람들마다 그녀에게 더 많이 묻지 못한 걸 후회한다. 죽음이라는 게 그런 식이다.

이제 페테르와 미라는 함께하는 삶이 아니라 평행한 삶을 사는 느낌이다. 장례식 이후에 그들은 나란히 교회를 나서지만 손이 어쩌다 서로 부딪치지 않을 만큼 거리를 둔다. 그들은 각자의 차에 올라타지만 두 사람 모두 시동을 걸지 않는다. 주차장의 양쪽 끝에서 두 사람 모두 무너져내리고 있다.

타인에 의해 좌우되는 삶이 얼마나 끔찍한지 그들은 이미 알고 있었다. 몇 년 전의 어느 여름날 저녁에 둘이서 집 앞 계단에 앉아 있었을 때 교통사고로 어린아이 둘이 사망했다는 뉴스를 듣고 그들이 겪은 아픔이 되살아난 적이 있었다. 아이를 잃은 슬픔은 멈출 길이 없다. 미라가 페테르에게 속삭였다. "아…… 얼마나 고통스러웠는지 몰라…… 이삭이 죽었을 때 그 엄청난 고통을 나 혼자 감당해야 했다면…… 나는 아마 죽어버렸을 거야." 그녀와 페테르가 수많은 일을 겪으면서도 헤어지지 않은 이유가 있다면 서로 상대방이 혼자서는 버티지 못할 거라고 생각하기 때문일지 모른다. 그래서 그들은 삶의 의미를 끊임없이 찾았다. 서로, 아이들, 의미 있는 직업, 하키단, 마을.

페테르는 앞 유리창 너머로 차 안에 앉아 있는 미라를 확인한다. 그는 차에서 내려 그녀의 차로 건너가고 조수석 문을 열고 머뭇머뭇 얘기를 꺼낸다.

"여보, 우리가 다시 가봐야 하지 않을까? 갈텐이랑 아이들한테."

미라는 천천히 고개를 끄덕이고 눈가의 잔주름에 묻은 아이라이너를 닦는다. 이삭이 죽었을 때 갈텐은 페테르와 어릴 적 같이 자란 또 다른 친구 프락과 함께 최대한 서둘러서 캐나다까지 달려왔다. 페테르와 미라가 얼마나 충격을 받았을지 알았기에 프락이 실질적인 처리와 서류와 보험 문제를 해결할 수 있도록 도와주었다. 처음에 갈텐은 어찌할 바를 모르고 주로 집 앞 계단에 앉아 있었다. 그는 해외여행이 처음이었다. 그런데 그 집 거실 계단의 난간이 부서진 게 보였고 캐나다의 난간은 베어타운의 난간과 크게 다를 게 없었기에 공구를 가져다가 고쳤다. 그런 식으로 이후 이틀 동안 여기저기 손을 보았다.

"당신 차로 갈까, 내 차로 갈까?" 페테르가 속삭인다.

"내 차." 미라는 말하고 조수석에 놓아둔 핸드백을 옮긴다.

그녀는 갈텐과 아이들이 사는 집으로 차를 몬다. 중간쯤 갔을 때 그녀가 조심스럽게 손을 내밀자 페테르가 그 손을 잡아서 꼭 쥔다.

아맛의 엄마 파티마가 이미 와 있다. 그녀가 부엌에서 음식을 만들고 있는 걸 보고 미라가 돕는다. 아맛도 있다. 그는 보보와 동생들을 찾아가서 십대 남자아이가 얼마 전에 어머니를 떠나보낸 친구에게 할 수 있는 유일한 말을 건넨다.

"하키 한 게임 할래요?"

그들은 스틱과 퍽을 들고 나선다. 보보는 넥타이를 다시 머리에 동여매고 동생들의 손을 잡고 호수로 출발한다. 물이 얼어 있고 온 세상이 하얗고 그들은 만사를 잊고 하키를 한다.

페테르가 찾아보니 갈텐은 정비소에서 벌써 일을 시작했다. 바쁘게 몸을 놀려야 심장이 더 부서지는 걸 막을 수 있다.

"내가 도울 일이 있을까?" 페테르가 묻는다.

갈텐은 땀범벅이 된 몸으로 멍하니 대답한다.

"폭풍 때문에 지붕이 망가졌는데 가서 한번 봐줄래?"

상심이라는 게 그런 식이다. 그는 친구가 캐나다에서 자기 집 난간도 고치지 못했을 만큼 손재주가 없다는 걸 깜빡한다. 하지만 페테르는 어린애들이 단짝 친구를 사랑하듯 갈텐을 사랑하기 때문에 사다리를 들고 와서 지붕으로 올라간다.

어디에서부터 시작하면 좋을지 알 수가 없어서 그냥 앉아 있었을 때 숲을 가로질러서 달려오는 차량의 행렬이 보인다. 처음에 페테르는 갈텐의 친척인 줄 알지만 차가 멈추자 젊은 남자들이 내린다.

티무와 비다르를 선두로 그다음에는 스핀델과 스니칸, 그리고 검은 재킷을 입은 십여 명의 다른 청년들이 차례대로 내린다. 그들은 자동차와 스노모빌이 고장 나면 대개 여기서 고치고 그들의 부모도 마찬가지다. 이 동네에서는 뭐가 망가지면 제설기나 임업용 기계나 심지어 주전자까지 갈텐에게 들고 온다. 그래서 이번에는 그가 망가지자 그들이 찾아온 것이다. 티무가 정비소 안으로 들어가서 손에 기름이 묻은 그와 악수하고 묻는다.

"삼가 고인의 명복을 빕니다. 저희가 뭐 도와드릴 일이 없을까요?"

갈텐은 얼굴에 묻은 땀과 먼지를 닦는다.

"뭘 도와줄 수 있는데?"

"목수하고 전기 기사가 있고, 그냥 힘만 센 친구가 몇 명, 별로 쓸모없는 친구가 몇 명 있어요." 티무가 대답한다.

갈텐은 그를 보며 힘없이 미소를 짓는다.

페테르가 계속 지붕에 앉아 있을 때 스니칸과 스핀델이 올라온다. 그들은 서로를 쳐다본다. 페테르는 숨을 크게 들이마시고 실토한다.

"지붕에 대해서 아는 게 없어서. 뭐부터 시작하면 되는지도 모르겠네……."

스니칸은 아무 말도 하지 않는다. 뭘 하면 되는지 몸으로 보여준다. 세 사람은 몇 시간 동안 함께 일을 한다. 바닥으로 내려가면 다시 적으로 돌아갈지 모르지만 그래도 지붕에서 잠깐 숨을 돌린다. 죽음이라는 게 그런 식이기도 하다.

티무는 부엌으로 간다. 미라를 보고 그 자리에서 걸음을 멈춘다. 그녀가 당장 턱에 힘을 주고 주먹을 불끈 쥐자 파티마는 어느 쪽이 더 위험한 상황인지 알지 못하는데도 본능적으로 둘 사이를 가로막는다. 하지만 티무가 어깨를 늘어뜨리고 고개를 숙여서 최대한 몸을 웅크리고 뒤로 한 발짝 물러선다.

"그냥 돕고 싶어서 왔어요." 그가 얘기한다.

말보다 행동이 더 쉬울 때도 있는 법이다. 파티마와 미라는 서로 흘끗 쳐다본다. 미라는 퉁명스럽게 고개를 끄덕이고 파티마는 이렇게 묻는다.

"요리할 줄 알아요?"

티무는 고개를 끄덕인다. 파티마는 그의 어머니가 누군지 알기에 그가 어린 나이부터 스스로 끼니를 챙길 수밖에 없었겠다는 생각을 한다. 그녀가 채소를 썰어달라고 부탁하자 그는 군소리 없이 나선다. 이후에 미라가 설거지를 한다. 티무가 접시를 닦는다. 그들은 화해하지는 않지만 잠깐 휴전한다. 좋은 사람과 나쁜 사람을 둘러싼 문제가 복잡해지는 이유도 우리가 대부분 좋은 사람인 동시에 나쁜 사람일 수 있기 때문이다.

사람들에게 희망을 걸기는 쉽다. 세상이 하룻밤 새 바뀔 수 있다고 생각하기도 쉽다. 우리는 공격을 당하면 시위를 벌이고, 참사를 겪으면 기부를 하며, 인터넷에 심금을 털어놓는다. 하지만 일보 전진할 때마다 거의 그와 비슷하게 일보 후퇴한다. 여러 차례 입증됐다시피 모든 변화는 이루어지고 있는 당시에는 거의 느껴지지 않을 정도로 속도가 더디다.

베어타운 학교에서 종이 울린다. 수업이 시작된다. 하지만 벤이는 교문 앞 삼십 미터 지점에서 발이 굳어버렸다. 그는 모든 사람의 눈에 그가 이제 어떻게 보일지 안다. 하키 경기에서 한 번 뛰었다고 그게 달라지지는 않을 것이다. 그는 최고의 실력을 선보이는 한 빙판 위에서는 그들에게 인정을 받을 수 있을지 몰라도 앞으로는 어느 누구보다 많은 노력을 기울여야 할 것이다. 앞으로는 동참할 수 있도록 허락을 받는 것만으로도 항상 고맙게 여겨야 할 것이다. 그는 이제 그들과 같은 편이 아니다. 영원히 그럴 것이다.

그는 여기저기서 그를 두고 여전히 헛소리를 지껄이고 농담을 주고받고 있다는 걸 안다. 그가 누구건, 어떤 스포츠에서 얼마나 두각을 드러내건, 얼마나 많이 싸우건, 얼마나 열심히 경기에 임하건 상관없다. 그들의 눈에 비친 그는 항상 그런 존재에 불과할 것이다. 특정 부류의 인간들이 항상 그가 이룬 모든 것을 앗아가고 두 글자짜리 한 단어로 일축해버릴 것이다. 캠프장의 통나무집 대문에 날아와서 박힌 쪽지처럼, '호'의 이응을 표적처럼 그려놓고 그 한가운데 칼을 꽂은 그 쪽지처럼. 이제 그에게 허락되는 것은 그 단어밖에 없을 것이다.

그는 반대 방향으로 걸음을 옮기기 위해 등을 돌린다. 난생처음 학교가 무서워졌다. 하지만 여자아이 하나가 가까이서 기다리고 있다. 그녀는 그의 몸에 손을 대지 않지만 목소리만으로 그의 발길을 붙잡는다.

"개자식들 앞에서 울지 마요, 벤이 선배."

벤이는 걸음을 멈추고 눈을 휘둥그레 뜬다.

"참지를 못하겠는데…… 너는 무슨 수로 감당하니?"

마야의 목소리는 하는 얘기에 비해 힘이 없다.

"그냥 들어가요. 고개를 들고 허리를 펴고 나쁜 놈이 쳐다보면 그쪽에서 고개를 돌릴 때까지 눈을 똑바로 쳐다봐요. 우리가 잘못한 게 아니잖아요."

벤이는 그의 안에서 금이 가는 소리를 들으며 이렇게 묻는다.

"무슨 수로 견뎠니? 지난봄에…… 그런 일이 있었을 때…… 무슨 수로 버텼니?"

그녀의 눈빛은 냉정하고 목소리는 딱 부러진다.

"나는 피해자가 아니에요. 나는 생존자예요."

그녀는 학교를 향해 걸어간다. 벤이는 영원의 시간 동안 망설이다 그녀를 따라간다. 그녀가 그를 기다린다. 그의 옆에서 걷는다. 그들의 걸음은 느리고 어쩌면 천천히 움직이는 것처럼 보일지 몰라도 그들은 살금살금 그 복도로 들어서지 않는다. 폭풍처럼 진격한다.

43
우리는 어디에나 있다

올 한 해 동안 베어타운에서 날짜 개념이 흐릿해진 이유는 시간이나 감정을 꼬박꼬박 챙길 여력이 안 되기 때문일지 모른다. 어느 시점에선가 가을이 끝나고 겨울이 찾아오지만 알아차리는 사람이 거의 없다. 시간은 그냥 흘러가고 대부분은 매일 아침마다 침대에서 일어나는 데 전념한다.

미라는 계속 출근을 하기는 하지만 의욕이 없다. 출근 시간은 점점 늦어지고 퇴근 시간은 점점 앞당겨져서 그녀도 알다시피 다음번에 승진 얘기가 나왔을 때 그녀의 이름이 거론될 일은 없을 것이다. 그녀는 초대를 받은 학회에 참석하지 않는다. 미래에 대해 생각할 기운이 없어서 주야장천 서바이벌 모드로 하루하루 버텨나간다.

늘 그렇듯이 그녀의 동료가 뼈아픈 진실을 폭로한다. 어느 날 오후에 미라는 화상회의 하는 장소를 착각하는 바람에 동료가 중요한 고객에게 전략 기획안을 설명하는 방으로 들어간다. 그녀는 문 앞에서 걸음을 멈추고 화이트보드에 적힌 동료의 기획안을 읽는다. 늘 그렇듯 훌륭하지만 미라가 거들었다면 더 훌륭해질 수 있었다. 그녀는 화상회의를 마친 뒤에 그 앞에서 기다리고 있다가 동료가 나오자 붙잡고 묻는다.

"아까 그거 내 전공이잖아! 프레젠테이션 하는 거 도와줄 수 있었는데! 왜 나한테 도와달라고 하지 않았어?"

동료는 화난 표정을 짓지 않는다. 미라에게 상처를 줄 생각이 없다. 그녀는 그냥 솔직하게 대답한다.

"네가 포기했으니까."

우리는 대부분 마음속으로는 모든 이야기가 단순하길 바란다. 현실도 그렇길 바라기 때문이다. 하지만 사회는 물이 아니라 얼음과 비슷하다. 어느 순간 갑자기 방향이 바뀌는 게 아니라 빙하처럼 조금씩 움직인다. 가끔 꿈쩍하지 않을 때도 있다.

학교에서는 아무도 벤이와 맞짱을 뜨지 않는다. 어느 누가 감히 그럴 수 있겠는가. 하지만 익명의 문자로 날마다 그의 휴대전화가 가득 차고 사물함을 열 때마다 누군가가 문 틈새로 넣은 쪽지가 그를 맞이한다. 항상 똑같은 단어, 똑같은 협박이라 그는 이내 익숙해진다. 아무 일도 없는 척하는 데 선수가 된 그의 모습이 그를 저주하는 사람들 눈에는 너무 마음 편하게 살고 있는 듯이 느껴진다. 충분하게 벌을 받고 있지 않는 듯이, 충분하게 괴로워하고 있지 않은 듯이 느껴진다. 그래서 그들은 다른 방법을 생각한다.

어느 날 빌리암 뤼트가 앞면에 표적이 그려진 티셔츠를 입고 등교한다. 표적이 워낙 작고 눈에 띄지 않아서 벤이만 알아본다. 진실이 공개된 날 아침에 통나무집 문에 꽂힌 쪽지에도 '호모'의 이응에 그와 똑같은 표적이 그려져 있었다. 벤이가 그 쪽지를 당장 찢어서 버렸기 때문에 인터넷에 공개된 적이 없다. 따라서 그 쪽지를 남긴 사람만 표적이 어떻게 생겼는지 알 수 있다.

빌리암 뤼트는 그게 누군지 그가 알아주길 바란다. 벤이가 칼을 기억해주길 바란다. 하키 시합에서 이긴 걸로는 부족한 것이다.

벤이는 그의 눈을 똑바로 쳐다본다. 그들은 기나긴 겨울 학기의 어느 평범한 날, 복도에서 일이 미터 간격을 두고 서 있고, 다른 학생들은 태평스럽게 그들을 지나쳐 교실을 이동하거나 교내식당으로 향한다. 그 순간은 두 아이를 위해서만 존재한다. 한 명은 빨간 팀, 한 명은 초록 팀, 황소와 곰. 조만간 한쪽이 다른 쪽을 박살 낼 것이다.

리그의 각 팀은 매 시즌마다 홈 경기 한 번, 원정 경기 한 번, 이렇게 두 번씩 경기를 치르게 되어 있다. 베어타운 아이스하키단은 그때까지 전승을 기록할 테고 헤드 하키단도 마찬가지일 것이다. 시간은 재대결을 향해 가차 없이 흘러가고 이번에는 장소가 베어타운 아이스링크다.

모든 스포츠는 동화다. 우리가 거기에 빠져드는 이유도 그 때문이다. 따라서 이 동화를 끝낼 방법은 한 가지밖에 없다.

마야는 학교를 빼먹지만 수업이 거의 없는 날을 용의주도하게 선택한다. 그녀는 심지어 규칙조차 허투루 어기지 않는다. 그녀는 한참 동안 버스를 타고 출퇴근할 만한 거리라고 볼 수 있는 도시로 가서 편지를 손에 쥐고 큼지막한 벽돌 건물로 들어가 안내데스크 직원에게 어느 변호사의 사무실이 어디 있느냐고 묻는다. 그녀가 사무실로 들어서자 그녀의 엄마는 놀라서 커피를 엎지른다.

"딸! 여긴 어쩐 일이야?"

마야는 어렸을 때 이후로 미라의 사무실에 온 적이 없지만 예전에는 놀러 오는 걸 좋아했다. 다른 아이들은 부모님의 직장에 가면 지루해하지만 마야는 무언가에 집중한 엄마를 보는 게 좋았다. 엄마의 열정을 확인하는 게 좋았다. 그걸 보면서 딸은 단순히 돈을 벌기 위해서가 아니라 진심으로 좋아하는 일을 하는 어른들도 있다는 걸 배웠다. 일이 축복이 될 수도 있다는 걸 깨달았다.

그녀는 걱정하는 표정으로 편지를 엄마의 책상에 내려놓는다. 부모님이 버림받은 기분을 느낄까봐 그게 걱정이다.

"이거…… 음악학교에서 온 거예요. 제가 지원을 했는데…… 그냥…… 제 실력이 어느 정도인지 궁금했거든요. 그래서 제가 쓴 곡을 연주하는 영상을 보냈는데……."

어머니는 딸이 들고 온 편지를 읽는다. 맨 윗부분의 문구만 봐도 코를 훌쩍거리기에 충분하다. 미라는 어렸을 때 명문 학교 입학을 목표로 열심히 공부했다. 가족들 중에 대학 졸업자가 아무도 없는데도 법학도를 꿈꿨다. 원칙과 기본 틀과 안정적인 미래와 직업 사다리를 소망했다. 그녀가 아이들을 위해 소망하는 것도 그거였다. 예상한 대로 흘러가기에 실망할 일이 없는 삶. 하지만 딸들은 엄마를 닮지 않는 법이라 마야는 그녀가 생각할 수 있는 범위 안에서 가장 자유롭고 가장 규제가 적은 분야를 선택했다. 음악을 선택했다.

"합격했구나. 당연히 합격했겠지." 미라는 코를 훌쩍인다. 자리에서 일어날 수 없을 만큼 딸이 자랑스럽다.

마야는 흐느낀다.

"일월에 입학할 수 있대요. 너무 멀다는 것도 알고 대출도 받아야 할 거예요. 만약 엄마가 싫다고 하면……."

미라는 그녀를 빤히 쳐다본다.

"싫다고? 나는 당연히…… 아가…… 이보다 더 행복한 일이 어디 있니!"

그들은 부둥켜안는다. 마야가 얘기한다.

"그냥 저만 생각하고 싶어요, 엄마. 저만요. 무슨 말인지 이해하세요?"

미라는 이해한다. 어느 누구보다 잘 이해한다.

다음 날 그녀는 어느 누구보다 일찍 출근한다. 동료가 사무실에 도착하고 보니 미라가 그녀의 자리에 앉아 있다. 동료는 눈썹을 위로 추켜세우고 미라는 눈썹으로 인상을 쓴다.

"다시는 나더러 포기했다고 하지 마! 내가 할 줄 아는 건 포기하지 않는 것밖에 없으니까!"

동료는 씩 웃으며 속삭인다. "입 다물고 송장이나 보내!" 둘은 그 날 아침에 사직서를 제출한다. 그리고 그날 오후에 꿈꾸어왔던 건물의 계약서를 쓰고 회사를 차린다.

베어타운 주민들은 길거리에서 시위를 하고 그러지 않는다. 가두 행진에 나서지도 않고 다른 방식으로 의견을 표출한다. 외부인들로서는 이해하기 어려울지 몰라도 이곳에서는 우연히 벌어지는 일이 거의 없다. 우연의 일치로 보이는 일이 있더라도 대개는 그렇지가 않다.

베어타운 아이스하키단은 시즌 초반에 경기장의 스탠딩석을 그대로 둔 채 홈 경기를 몇 번 치르고 페테르는 어쩌면 순진한 발상이겠지만 그걸 해체할 사람이 없다는 그의 핑계가 받아들여질지 모른다는 희망을 품는다. 하지만 공장의 새 사장단이 급기야 누가 봐도 분명한 이메일을 보낸다. "구단에서 '그 일당'이라고 불리는 훌리건을 제거하기 위한 확실한 조치를 취하지 않으면 후원 계약을 철회하는 수밖에 없습니다."

그래서 겨울 시즌의 첫 번째 홈 경기가 열리는 날 관중들이 경기장에 도착해보니 스탠딩석에 이중으로 테이프를 둘러놓았고 보안 요원들이 그 앞을 지키고 있다.

올해에는 다들 어려운 결단을 내려야 한다. 페테르는 구단의 생존을 위해 하나의 길을 선택한다. 그 일당도 그들의 생존을 위해 대처 방안을 선택한다.

페테르는 스탠딩석 뒤편에 앉아서 그들이 그를 향해 고함을 지르는 순간을 기다린다. 누군가가 달려 올라와서 그를 한 대 때릴지 모른다고 생각하는 마음도 없지 않다. 하지만 아무도 그가 있는 쪽을 쳐다보지 않는다. 표는 매진됐는데 플래카드도, 팻말도 보이지 않는다. 모두들 평소와 전혀 다름없게 행동한다.

이 마을이 편을 정했을 때 벌어진 일들은 워낙 사소해서 바로 앞에서 펼쳐져도 모르고 지나갈 정도다. 하키 응원단의 대다수는 폭력을 절대 용납하지 않는 평범하고 점잖은 사람들이다. 많은 사람들이 집에서는 '폭력배' 때문에 구단이 욕을 먹고 선수들과 투자자들 양쪽 모두 겁을 먹는다며 그 일당을 놓고 투덜거린다. 하지만 충돌이 빚어진 상황에서 편을 정할 때 중요한 기준은 내가 누구에게 동조하는가가 아니라 누구에게 반대하는가다. 이 마을은 내부적인 갈등이 있을지 몰라도 외부인들에게는 항상 한마음으로 저항한다.

돈 많은 회사에서 공장을 매수하고 일자리를 자기들 맘대로 하려고 들면 그건 막을 방법이 없지만 그들의 구단을 매수하고 이 마을의 생활 방식을 자기들 맘대로 하려고 들면 상대를 잘못 고른 거다. 많은 사람들이 보기에 그 일당은 폭력을 상징할지 몰라도, 마당에 쓰러진 나무를 치울 때 도움을 받은 적이 있고 나중에 펠센에서 맥주를 대접받은 적이 있는 사람들에게는 다른 것들을 상징하기도 한다. 그들에게 그 일당은 개수작을 거부하고, 권력과 돈과 정치의 요구에 발맞춰서 바뀌지 않는 집단이다. 그 일당도 단점이 있고 실수를 저지르지만 베어타운에서는 어느 누구라도, 특히 요즘 같은 시기에는 그들에게 동조하지 않을 수 없다.

그것이 전적으로 옳은 건 아니다. 하지만 전적으로 틀린 것도 아니다. 그냥 그럴 뿐이다.

페테르는 검은 재킷들의 소재를 파악하는 데 한참이 걸린다. 그들은 여기저기 흩어져서 좌석에 앉아 있다. 예상했던 바지만 숫자가 예전에 비해 상당히 많다. 몇백 명이다. 페테르는 그들을 찬찬히 살핀 다음에서야 이유를 깨닫는다. 그 일당뿐만이 아니다. 연금 생활자, 공장노동자, 슈퍼마켓 계산원, 주택조합 직원들. 가두 행진도 아니고 요란한 시위도 아니다. 페테르가 묻더라도 그들은 시치미를 뗄 것이다. "그게 무슨 소리예요? 아니에요, 아니에요, 그냥 우연의 일치예요!" 물론 페테르에게는 아무 증거가 없다. 모두 브랜드도 다르고 소재도 다르다. 하지만 모든 재킷의 색상이 같다. 그리고 베어타운에서는 우연의 일치가 거의 없다.

그가 오늘 스탠딩석을 폐쇄했을 때 놀란 사람은 없었다. 누군가가 알맞은 대상에게 미리 소식을 전했기 때문이다. 그는 그게 누구인지 안다. 페테르가 사전에 고지할 의무가 있었던 대상은 구단의 이사진뿐이었다. 그들의 승인이 떨어져야 보안 요원을 충원할 수 있다. 페테르는 선택했고 라모나는 그에 대응했다. 그가 그녀에게 이사직을 맡긴 이유는 구단에 가장 득이 되는 방향으로 결정을 내려주길 바랐기 때문이다. 이제 그는 결과를 감수해야 한다.

1피리어드와 2피리어드 사이 휴식 시간에 저쪽 응원석에 앉아 있던 젊은 남자가 자리에서 일어선다. 멀끔하게 잘 차려입었고 폭력적인 인물로 보이지 않는다. 그 근처에 앉아 있던 사람들에게 누가 물으면 그들은 이렇게 대답할 것이다. "저 사람요? 아뇨, 모르는 사람인데요. 이름이 뭐라고요? 티무 리니우스? 들어본 적 없는데요!"

그는 차분하고 침착하게 관중석 앞쪽으로 내려가 펜스를 따라 걸어가다가 폐쇄된 스탠딩석을 향해 계단을 올라간다. 보안 요원 둘이 그 앞을 지키고 있지만 그를 제지하려는 시도조차 하지 않는다. 티무는 저지선을 넘어서 어슬렁어슬렁 스탠딩석을 가로지르고 심지어 한복판에서 걸음을 멈추고 구두끈을 묶는다. 빙판 너머를 흘끗거리며 인파 속에서 페테르 안데르손을 찾는다. 그런 다음 스탠딩석 저편으로 넘어가서 아무 일도 없었다는 듯이 커피를 사러 내려가지만 너 나 할 것 없이 알아차린다. 티무는 페테르에게 이곳은 그의 관중석이고 마음만 먹으면 언제든 되찾을 수 있다고 선포한 셈이다.

몇 분 뒤에 구호가 시작된다. 처음에는 경기장 저쪽의 좌석에서만 무슨 명령이 떨어지기라도 한 듯 구호를 외치지만 페테르가 앉은 자리 몇 줄 아래서도 덩달아 외치기 시작한다. 이윽고 그의 왼쪽과 오른쪽에서도 구호가 들린다. 페테르의 눈을 쳐다보는 사람은 없지만 검은 재킷을 입은 남자들은 그를 겨냥해서 구호를 외치고 있다. "우리는 어디에나 있다! 우리는 어디에나 있다! 우리는 어디에나 있다! 그렇게 용감하면 와서 덤벼라! 우리는 어디에나, 어디에나, 어디에나 있다, 우리는 어디에나 있다!"

그들은 이 구호를 열 번 외친다. 그런 다음 자리에서 일어나 다른 구호를 외친다. "너희가 떳떳하면 우리도 떳떳하다!" 그런 다음 절도 있게 침묵을 지키며 가만히 서서 아이스링크가 얼마나 조용한지 보여준다. 그 일당의 응원이 사라지면 다들 그걸 얼마나 그리워하게 될지 보여준다.

잠시 후에 들리지 않는 신호라도 떨어진 듯 그들이 다시 구호를 외치기 시작하자 이번에는 온 관중석이 동참한다. 남녀노소, 검은 재킷, 흰 티셔츠, 초록 티셔츠가 외친다. "우리는 곰, 우리는 곰, 우리는 곰, 베어타운의 곰!"

베어타운 아이스하키단은 7 대 1로 승리한다. 관중석의 함성에 귀가 먹먹해지고 관중들은 빙판 양쪽으로 초록색 벽을 이룬다. 그 순간만큼은 경기장 안에서 일체감이 솟구친다. 우리 대 다른 모두. 베어타운 대 나머지 전부.

페테르는 이보다 더 외로웠던 적이 없다.

다음 날 조간신문에 이 지역 정치인 리샤르드 테오의 인터뷰가 실린다. 기자가 베어타운 아이스하키단에서 스탠딩석을 폐쇄한 것에 대해 어떻게 생각하느냐고 묻자 테오는 이렇게 대답한다. "베어타운 아이스하키단은 주민들의 구단이죠. 엘리트나 기득권자들의 것이 아니라 평범하고 점잖고 성실한 이 마을 주민들의 것입니다. 스탠딩석을 보존해야 한다고 모든 수단을 동원해서 단장을 설득할 작정입니다. 우리 응원단이 경기 분위기에 얼마나 많은 기여를 합니까! 이건 주민들의 구단이에요!"

두세 시간 뒤에 페테르는 공장 사장단이 보낸 이메일을 받는다. 그들이 생각을 바꿨다고 한다. 갑자기 "이 지역사회에 스탠딩석이 얼마나 중요한지 납득했다"라고 한다. 페테르는 그가 처음부터 기만당했다는 걸 그런 식으로 깨닫는다.

그날 저녁에 그는 부엌에 혼자 앉아서 현관에서 열쇠 돌아가는 소리가 들리길 기다린다. 그 소리는 들리지 않는다. 미라가 밤늦게까지 야근을 하고 집에 돌아가보니 그가 소파에서 잠이 들었다. 그녀는 그에게 담요를 덮어준다. 테이블에 와인 한 병과 잔 두 개가 놓여 있다.

44
질풍노도

아이스링크에 조명이 켜져 있기에는 너무 늦은 시각인데도 보보가 들어가보니 엘리사베트 사켈이 그때까지 퍽을 날리고 있다. 집에서 출발했을 때 그녀가 있을 줄 몰랐지만 있어주길 바라기는 했다. 그는 해리 포터를 읽어주었고 동생들을 재웠고 설거지와 청소도 마쳤다. 그런 다음 장비를 챙겨 들고 이곳을 찾았다. 본능적인 판단이었다. 생각이 꼬리에 꼬리를 물고 이어지는 바람에 잠을 잘 수가 없는데 그가 알기로 모든 게 잠잠해지는 곳은 딱 한 군데밖에 없다.

"스케이트 타는 법 좀 가르쳐주실래요?" 그는 사켈에게 큰 소리로 묻는다.

그녀가 그를 돌아본다. 그녀는 현실도피가 이보다 더 필요한 아이를 본 적이 없다.

"그게 무슨 소리야?" 그녀가 묻는다.

"맨 처음 만났을 때 저더러 왜 아무도 스케이트를 가르쳐주지 않았느냐고 했잖아요!"

선포라기보다 애원에 가깝다. 사켈은 생각에 잠긴 표정으로 스틱에 몸을 기댄다.

"하키를 좋아하는 이유가 뭐야?"

보보는 아랫입술을 씹는다.

"재미…… 있으니까요?"

"그런 대답으로는 부족한데." 그녀가 얘기한다.

그는 숨을 거칠게 몰아쉰다. 다시 한번 시도한다.

"저는…… 하키를 하면 제가 어떤 사람인지 알겠어요. 제가 어떤 사람이 되어야 하는지 알겠어요. 다른 것들은 전부…… 너무 어려워요. 하지만 하키는…… 하키는 그냥…… 여기 있으면 제가 어떤 사람인지 알겠어요……."

사켈은 제법 만족한 눈치를 보이며 스틱으로 빙판을 두드린다.

"그래. 그럼 너한테 스케이트를 가르치는 게 좋겠다."

보보는 빙판으로 나서 그녀 쪽으로 스케이트를 타고 가다가 멈추고 묻는다.

"코치님은 하키를 좋아하는 이유가 뭐예요?"

그녀는 어깨를 으쓱한다.

"우리 아빠가 하키를 좋아했거든. 나는 아빠를 좋아했고."

보보는 미간을 찌푸린다.

"그럼 코치님의 아버님은 왜 하키를 좋아하셨는데요?"

"아빠가 입버릇처럼 말하길 하키는 교향악단이라고 했어. 아빠는 클래식을 좋아했거든. *슈투름 운트 드랑.**"

---

* 독일어로 질풍노도라는 뜻이다.

"그거 밴드 이름이에요?" 보보가 묻자 사켈이 이번에는 깔깔대고 웃는다.

"'질풍노도'라는 뜻이야. 아빠는 한 음악을 몇 번이고 반복해서 듣게 하면서 이렇게 얘기했어. '모든 감정이 동시에 표출되지, 엘리사베트, 느껴지니? *슈투름 운트 드랑!*' 하키도 마찬가지라고 했지. *슈투름 운트 드랑*. 처음부터 끝까지."

보보는 잠깐 생각한다. 그러고 나서 묻는다.

"그럼 코치님은 밤에 왜 여기서 퍽을 날리고 계세요?"

그녀는 미소를 짓는다.

"재밌으니까."

그녀는 그에게 스케이트를 가르쳐준다. 몇 시간 뒤에 보보는 자기가 언젠가는 제법 훌륭한 하키 선수가 될 수 있을 것 같으냐고 묻는다. 그녀는 고개를 젓고 대답한다. "아니. 하지만 괜찮은 코치는 될 수 있어, 팀에 도움이 되는 법만 알아내면."

보보는 뜬눈으로 밤을 지새우며 그 말에 대해 생각한다. 다음 날 연습 시간이 되자 그는 곧장 로커룸을 박차고 나와서 빙판을 최대한 빠르게 가로질러 가 벤야민 오비크에게 있는 힘껏 부딪친다. 벤이는 어안이 벙벙한 표정으로 일어나 그를 빤히 쳐다본다.

"아니 무슨……?"

보보는 대답하지 않고 벤이의 다리를 스틱으로 때린다. 다른 팀원들은 어떤 반응을 보여야 하는지 알 수 없어서 놀란 눈으로 멀뚱멀뚱 쳐다보기만 한다. 보보의 엄마가 돌아가셨으니 그런 일을 겪으면 누구든 살짝 정신을 놓을 수 있지만 다들 알다시피 벤이는 다시 맞으면 참지 않을 성격이다.

"보보 선배, 그만해요……." 아맛이 조심스럽게 얘기하지만 보보는 벤이를 다시 때린다.

어느 누구도 벤이를 말릴 겨를이 없다. 보보는 이 팀에서 가장 몸무게가 많이 나가지만 벤이가 그를 펜스로 날려 보내고 장갑을 벗고 주먹을 쥐고 그를 향해 달려간다.

"다른 선수들은 어떻게 할 것 같아?" 보보가 외친다.

벤이는 놀라서 걸음을 멈춘다.

"다른 선수들은 어떻게 할 것 같으냐고. 우리가 만나는 팀마다 너를 자극하고 너한테 싸움을 걸려고 하겠지! 페널티를 받게 하려고!"

벤이는 보보를 멍하니 바라보고 나머지 팀원들도 마찬가지다. 아맛이 중얼거린다.

"보보 선배 말이 맞네요. 사람들이 점점 더 심한 욕을 하면서 효과가 있는 걸 찾아내지 않겠어요? 벤이 선배는 절대 반응하면 안 돼요. 선배도 그렇고 비다르 선배도 그렇고. 둘 다 우리 팀에서 아주 중요한 선수니까요."

벤이는 씩씩대며 코로 숨을 쉰다. 하지만 결국에는 진정하고 보보를 일으켜 세운다.

"알았어. 그럼 계속 시도해봐."

이후로 연습 때마다 보보는 점점 더 독창적인 방식으로 벤이와 비다르를 도발한다. 가끔 성공해서 눈에 멍이 든 채 집으로 돌아갈 때도 있지만 그들도 알다시피 그것이 바로 그가 의도하는 바다. 인내심의 한계를 넘을 때까지 남을 괴롭히는 것. 알고 보니 그게 보보만의 특별한 재능으로 밝혀진다.

어느 날 아침에 벤이가 사물함을 열어보니 평소처럼 바닥에 쪽지들이 있다. 하지만 그중에 다른 쪽지가 있다. "고마워." 다음 날 이번에는 다른 글씨체로 이렇게 적은 쪽지가 보인다. "어제 누나한테 내가 양성애자라고 고백했어." 며칠 뒤에 역시 다른 글씨체로 적은 세 번째 쪽지가 등장한다. "아직 아무한테도 얘기하지 않았지만, 하게 된다면, 동성애자라고 하지 않고 너하고 비슷한 사람이라고 할 거야!" 나중에는 누군가가 익명의 문자를 보낸다. "다들 네 얘기를 해 네가 상징이야 용기가 없어서 고백하지 못한 우리들한테 네가 얼마나 소중한 존재인지 알려주고 싶었어!!!!"

그냥 짤막한 쪽지와 문자일 뿐이다. 그냥 말일 뿐이다. 그냥 이제 그가 어떤 의미인지 알려주고 싶어 하는 익명의 목소리일 뿐이다.

벤이는 그것들을 다른 쪽지와 함께 쓰레기통에 버린다. 협박과 애정, 둘 중에 어느 쪽이 더 나쁜지 알 수 없기 때문이다. 혐오와 기대. 증오와 책임감.

그는 다른 성격의 문자도 받는다. 그 문자들은 서두가 같다. "안녕! 이 번호가 맞는지 모르겠다만 혹시 게이 하키 선수니? 나는 기자고 너를 인터뷰하고 싶은데……." 어느 날 아침에 벤이와 누나들은 호수에 가서 얼음에 구멍을 뚫고 그의 전화기를 그 안으로 떨어뜨린다. 그런 다음 멀찍이 떨어진 곳에 구멍을 몇 개 더 뚫어서 낚시를 하고 맥주를 마시며 하루 종일 말없이 지낸다.

베어타운 아이스하키단이 다음 원정 경기를 치를 때 벤이에 대한 소문이 그 도시에까지 번진다. 앞으로 원정 경기를 치를 때마다 사람들이 그의 평정심을 무너뜨리려고 온갖 혐오스러운 욕설을 퍼부을 것이다. 하지만 벤이는 넘어가지 않고 그냥 골만 넣는다. 그들이 고함을 지르면 지를수록 성적이 좋아진다. 게임이 끝나자 보보가 그를 끌어안고 행복하게 외친다.

"저들이 너를 미워한다면 네가 실력을 제대로 발휘한 거야! 네가 최고인 거야! 최고가 아니라면 너를 이 정도로 미워하지도 않았을 거야!"

벤이는 애써 미소를 짓는다. 아무것도 아닌 척한다. 하지만 언제까지 최고가 되어야 하는지 궁금해지는 건 어쩔 수 없다. 언제쯤 되면 그냥 경기에만 집중할 수 있게 될까?

———

아나와 비다르가 쓰는 러브 스토리에서 이 둘은 어떻게 처신해야 할지 잘 모른다. 그래서 날마다 숲속을 걷는다. 그들의 열병과 더불어 쌓인 눈도 점점 깊어만 간다.

어느 날 오후에 그의 손길이 닿았을 때 그녀가 히스테리 환자처럼 울음을 터뜨린다. 그가 영문을 몰라 하자 그녀는 벤이에 대해서 고백한다. 모두가 그 사실을 알게 된 경로, 사진, 마야의 격렬한 반응.

"나는 너랑 만날 자격이 없어. 나는 끔찍한 인간이야! 사이코패스야!" 그녀는 울부짖는다.

비다르는 그녀의 앞에 서서 차라리 알몸을 보이는 게 나을지도 모를 대답을 한다.

"나도 마찬가지야."

무슨 수로 이런 남자를 전보다 더 사랑하지 않을 수 있을까? 방법을 아는 사람이 있을지 모르지만 아나는 아니다.

다음 날 아침 등굣길에 아나는 벤이가 보일 때까지 기다린다. 그가 사물함을 열자 조그만 쪽지들이 쏟아져 나오고 아나는 거기에 뭐라고 적혔는지, 이제 벤이가 얼마나 많은 사람들의 증오를 가슴에 품고 다녀야 하는지 알아차린다.

"안 되겠어……." 그녀는 비다르에게 속삭인다.

비다르가 말리려고 하지만 불가능한 일이다. 그녀는 득달같이 복도를 내달린다. 벤이는 놀라서 고개를 들며 쪽지를 숨기려고 한다.

"나 미워하는 거 알아요, 하지만……." 아나는 말문을 열지만 여기서 눈물이 떨어지기 시작하고 목소리가 갈라진다.

"내가 왜 너를 미워해?" 벤이는 묻는다. 그제야 아나는 마야가 아무한테도, 심지어 그에게도 얘기하지 않았음을 알아차린다.

"나였어요…… 내가…… 선배 사진을 찍어서…… 나였어요! 이런 일을 겪는 거 전부 나 때문이에요…… 나 때문이에요!"

수치심으로 일그러진 그녀의 얼굴은 끝내 펴지지 않을 것이다. 그녀의 온몸이 떨린다. 잠시 후에 그녀는 학교를 박차고 멀리, 멀리, 멀리 달린다. 벤이는 그 자리에 잠시 서 있다가 비다르와 눈이 마주친다. 골키퍼는 평생 보인 적 없는 태도를 보인다. 머뭇거린다.

"아나는……." 비다르가 말문을 열지만 벤이가 말허리를 자른다.

"괜찮아. 따라가봐."

그래서 비다르는 그렇게 한다. 그녀를 따라서 팔백 미터를 달린 뒤에야 그녀를 따라잡는다. 그녀가 워낙 빠르고 힘이 세서 붙잡고 속도를 늦출 방법이 없다. 그래서 옆에서 나란히 달린다. 둘 다 더 이상 숨을 쉴 수도 생각을 할 수도 없을 때까지 숲속을 달린다. 그런 다음 눈 위로 쓰러져 그대로 누워 있는다.

비다르는 아무 말도 하지 않는다. 누군가가 아나에게 베풀 수 있는 최고의 배려다.

마야는 날마다 그렇듯 식당에 혼자 앉아 있다. 하지만 누군가가 초대라도 받은 듯 불쑥 그녀의 맞은편에 앉는다. 그녀는 고개를 든다. 벤이가 그녀의 접시를 가리킨다.

"그거 다 먹을 거야 아니면 내가 먹어도 돼?"

마야는 미소를 짓는다.

"선배랑 같이 앉으면 안 되는데. 선배 소문이 안 좋잖아요."

벤이는 감탄하는 표정을 짓는다.

"아야."

"미안해요." 그녀는 웃음을 터뜨린다.

가끔 헛소리에 웃어야 하는 때도 있다. 그런 식으로 견뎌나가는 거다. 벤이는 씩 웃는다. 그런 다음 얘기한다.

"아나를 용서해줘."

"네?"

"나한테 얘기했어. 나랑…… 나랑…… 나랑……."

그는 대적할 상대가 없을 정도로 강한 동시에 믿기지 않을 정도로 여리다. 어떨 때 보면 아나를 많이 닮았다.

"내가 왜 걔를 용서해야 해요? 선배한테 그렇게 끔찍한 잘못을 저질렀는데!" 그녀는 쏘아붙인다.

"하지만 너희는 자매나 다름없잖아. 자매들은 서로 용서하는 거야." 벤이는 우물쭈물 이렇게 얘기한다.

그에게도 누나들이 있기 때문이다. 마야는 고개를 모로 꼬고 묻는다.

"선배는 아나를 용서했어요?"

"응."

"왜요?"

"누구나 실수를 저지르니까."

마야는 그 뒤로 별말 없이 점심을 먹는다. 하지만 학교가 끝난 뒤에 베어타운을 걸어가서 어느 집 대문을 두드리고 아나가 문을 열자 불쑥 얘기한다.

"달리기할 때 입는 옷으로 갈아입고 나와."

아나는 이유를 묻지 않는다.

이로써 그들의 우정은 구원을 받는다.

45
벚나무

이렇게 숲속 깊은 곳의 조그만 마을에서 특출한 선수가 등장하면 베어타운 사람들은 얼어붙은 마당 한가운데에서 꽃을 피운 벚나무를 보는 것과 같다고 표현한다.

페테르 안데르손이 맨 첫 번째였고 그가 NHL까지 진출했을 때 몇 경기 뛰어보지도 못하고 부상으로 은퇴했더라도 그건 중요한 게 아니었다. 그가 거기 있었다는 게 중요한 거였다. 그들 중 한 명이 세계 최고가 되었다는 것이. 페테르가 온 마을을 바꿔놓았고 그들에게 평생 이루어지지 못할 꿈을 끝없이 꾸는 천형을 선물했다.

사카리아스는 열여섯 살이다. 그와 같은 아이는 이런 이야기에서 쉽게 잊히기 마련이다. 대부분의 사람들은 그를 '아맛의 친구'로만 기억한다. 그들이 아맛을 아는 이유는 하키를 잘하기 때문이고 이 마을에서 중요한 건 하키밖에 없기 때문이다. 사카리아스의 인생은 배

경 속에 묻히는 그런 인생이다.

그와 아맛은 리파와 함께 어린 시절을 보냈고 이 일대에서 서로 그렇게 다른 세 명의 남자아이가 단짝 친구가 된 경우는 없었다. 사카리아스의 부모는 리파를 늘 못마땅하게 여겼고 그가 '깡패들'과 어울려 다니기 시작한 뒤로부터는 더욱 그랬다. 그의 부모는 할로에서 직업이 없어 보이는 사람들을 그렇게 불렀다. 하지만 맙소사, 아맛은 떠받들어 마지않았다. 그가 A팀에서 뛰기 시작하자 자기 아들이라도 되는 양 뿌듯해했다. 그가 자기 아들이길 바라는 양 그랬다. 사카리아스는 그런 걸 모르고 지나칠 수 있는 아이가 아니었다.

사카리아스는 올해 봄까지 하키를 했지만 팀에서 가장 못하는 선수였고 하키를 별로 좋아하지도 않았다. 부모님을 위해 연습에 참석했고 아맛을 위해 그 시간을 견뎠다. 올해에는 청소년팀이 없어진다는 소식을 들었을 때 그는 다행스럽게 생각했다. 하키를 중단할 핑계가 생긴 게 아닌가. 그는 집에서 컴퓨터를 하고 싶은 마음뿐이었다. 이 때문에 어느 날 퇴근한 엄마와 아빠가 베어타운 아이스하키단에서 '공개 테스트'를 실시한다며 흥분했을 때 그는 걱정이 돼서 어찌할 바를 몰랐다.

"너도 참가해야지!"

사카리아스는 어린 시절 내내 얼마나 괴롭힘을 당했는지 엄마, 아빠에게 고백한 적이 없다. 체중, 외모, 사는 곳, 그의 모든 게 놀림감이었다. 그의 부모는 그를 그런 관점에서 본 적이 없다. 그들은 페테르 안데르손과 같은 세대, 불가능한 꿈의 세대다. 사카리아스는 중얼거렸다.

"그게 그런 식이 아니에요, 엄마. 그냥 참가한다고 되는 게……."

하지만 아빠가 말허리를 잘랐다.

"공개 테스트라잖니! 아무나 참가할 수 있는 거잖아! 그리고 이제는 공장에서 베어타운 아이스하키단을 후원하잖니! 가서 코치한테 얘기해……."

"뭐라고요, 아빠? 아빠가 공장에서 일하니까 나를 뽑아줘야 한다고요?" 사카리아스는 이렇게 쏘아붙였다가 당장 후회했다.

베어타운 아이스하키단은 공장노동자들에 의해 만들어졌고 나이 많은 직원들은 아직도 그걸 공장의 구단이라고 생각한다. 이제 새 사장단이 일자리가 없는 사람에게는 일자리를, 일자리가 있는 사람에게는 더 많은 일거리를 약속하고 구단을 후원하고 있으니 사카리아스의 아빠는 모든 게 다시 예전과 같아질지 모른다는 희망을 품기 시작했다. 풍요로운 마을, 상부 리그에서 활약하는 하키단, 잘릴 일 없는 직장, 어쩌면 할로의 아파트에서 벗어나 조그만 연립주택을 장만할 수 있는 기회. 큼지막하거나 으리으리하지 않아도 된다. 방이 한 개 늘고 부엌이 살짝 넓어지기만 하면 된다. 겨울에 난방이 끊길 걱정만 없으면 된다.

"죄송해요, 아빠…… 제 말은 그게 아니라……." 사카리아스는 조용히 얘기한다.

그의 아빠는 행복해하며 계속 눈을 반짝이고 있다. 사카리아스가 가슴에 곰을 달고 다시 한번 선수로 뛰면 엄마, 아빠로서는 엄청난 의미가 될 것이다. 그래서 사카리아스는 공개 테스트에 참가했다. 당연한 수순이었다.

그는 최선을 다했다. 그래도 한참 부족했다. 테스트가 끝난 뒤에 코치는 그의 어깨를 두드려주지도 않았다. "미안, 필요한 선수를 다 뽑아서. 그래도 참가해줘서 고맙다"라고 했을 뿐 그를 다시 한번 쳐다보지도 않았다.

그가 집으로 돌아가자 엄마, 아빠는 눈물을 참으려고 애를 쓰는 듯했다. 앞으로 많은 세월이 흐른 뒤에 그는 이 순간을 돌아보며 그것이야말로 얼마나 맹목적인 사랑의 증거인지 깨달을 것이다. 그들 눈에는 아들이 하키에 얼마나 소질이 없는지 보이지 않았기 때문에 진심으로 실망했던 것이다.

그날 저녁에 그의 엄마가 컴퓨터게임을 두고 또다시 잔소리를 늘어놓았다. 그는 얼마나 실력이 늘었는지 아느냐고, 온라인에서 세계 최강자들과 겨룰 정도라고 그녀를 설득해보려고 했다. 다른 도시에서 열리는 대회에 초대를 받았다고 했다.

"대회? 그걸로? 그건 컴퓨터게임이잖니, 사카리아스, 스포츠가 아니잖아!" 그의 엄마는 코웃음을 쳤다.

사카리아스는 밤새도록 게임을 했지만 그녀의 말이 그의 가슴을 후벼 팠다.

알리시아는 아직 다섯 살도 되지 않았는데, 그 나이에 어쩌면 그렇게 능수능란하게 유치원에서 도망칠 수 있을까. "저희한테 책임을 물으시면 안 되죠! 여기가 무슨 감옥도 아니고요!" 수네가 그녀를 한 스무 번째쯤 다시 데려가자 직원이 억울해했다. "그 아이한테는 감옥처럼 느껴지는 거죠." 수네는 대꾸했다. 알리시아가 수네라면 사족을 못 쓰는 이유도 그는 이해해주기 때문이다.

그는 날마다 그녀를 아이스링크에서 유치원으로 데려갔고 그녀는 계속 다시 도망쳐서 연습을 구경했다. 아무 연습이나 구경했다. A팀이 됐건 유소년팀이 됐던 피겨스케이팅이 됐건 상관없었다. 그러다 일 분이라도 링크가 비면 스케이트를 신고 나가서 연습했다. 그런 아이를 무슨 수로 말릴 수 있을까?

수네가 그녀를 다시 유치원으로 데려갔을 때 그를 딱하게 여긴 직원이 같이 커피를 마시자고 초대했다. 결국 아침마다 수네가 유치원으로 찾아와 알리시아를 아이스링크로 데려가고 오후에 시간에 맞춰서 유치원으로 다시 데려와 같이 커피를 마시는 게 낫겠다는 쪽으로 합의가 이루어졌다.

초겨울의 어느 날, 직원이 유치원이 곰팡이투성이인데 시의회에 여러 번 항의해도 다른 부지가 없다는 소리만 반복한다고 얘기한 적이 있었다. 수네는 알리시아를 쳐다보았다. 그 문제를 곰곰이 생각해 보았다. 그런 다음 다시 아이스링크로 돌아가 페테르 안데르손의 사무실로 찾아갔다.

"자네, 이 사무실이 정말로 필요한가?"

"네?" 페테르가 물었다.

수네는 아이스링크 이층을 손짓했다.

"거의 모든 사무실이 비어 있잖아! 여기에 자네하고 나하고 사켈밖에 없잖아! 또 누가 있나? 임시직원? 관리인?"

"없죠. 저희가…… 저희가 구단의 전 직원이니까요……." 페테르가 얘기했다.

수네는 펜과 종이를 집어서 그림을 그리기 시작했다.

"이 벽을 없애야겠군. 환기 시설을 제대로 갖추고. 그러면 완벽하게 그럴듯하겠어!"

"죄송하지만 지금 무슨 말씀 하시는 거예요?" 페테르가 물었다.

"하키단 그 이상의 것! 하키단 그 이상의 것을 만들 수 있어!" 수네가 벼락처럼 외쳤다.

다음 날 그는 아이스링크 안에 유치원을 설립하는 안을 들고 의원들을 찾아갔다. 대부분 회의적인 반응을 보이고 몇몇은 대놓고 비웃지만 한 명이 당장 가능성을 알아본다. 다른 의원들이 반대하고 나서자 이 의원은 유치원의 학부모 간담회에 참석하고 이메일 캠페인을 조직한다. 결국에는 다른 의원들도 예산을 재편성하는 데 동의한다. 전국 최초의 '아이스링크 유치원' 건설 자금이 수네에게 전달된다. 그해 겨울에 아이들은 신발을 신고 논 시간과 스케이트를 신고 논 시간이 맞먹는다. 몇 년 뒤에 알리시아는 그렇게 몇 시간 더 연습한 덕분에 빠른 속도와 능란한 기술을 습득할 수 있었다고 얘기할 것이다.

학부모 간담회에 참석했던 의원의 이름이 리샤르드 테오였다는 건 다들 잊어버릴 것이다. 하지만 다음 선거 때 어린 자녀를 둔 학부모들은 대거 그를 기억할 것이다.

"그냥 스포츠일 뿐인걸." 우리는 계속 이렇게 혼잣말을 중얼거린다.

아맛이 늦은 저녁에 사카리아스에게 전화한다.

"뭐 해?" 아맛이 묻는다.

"게임 연습." 사카리아스는 대답한다.

아맛은 그가 그런 식으로 표현하면 놀리곤 했다. 그냥 '게임'이라고 하지 않고 '게임 연습'이라고 무슨…… 스포츠처럼 포장하는 것에 대해서 말이다.

"잠깐 나올래?" 그가 묻는다.

"나오라고? 지금? 북극곰 똥구멍만큼 추운 이 날씨에?"

아맛은 웃음을 터뜨린다.

"북극곰 똥구멍은 전혀 춥지 않을걸? 얼른 나와!"

"왜?"

아맛은 침을 삼킨다.

"헤드하고 경기하는 것 때문에 너무 긴장이 돼서 잠이 안 와. 얼른 나와."

그래서 사카리아스는 나간다. 당연한 수순이다. 그들은 지금보다 어렸고 달리 갈 데가 없었을 때 그랬던 것처럼 꽁꽁 언 몸으로 대화를 나눠가며 할로를 걷는다.

"게임 연습은 어떻게 돼가고 있어?" 아맛이 묻는다.

"놀리지 마라, 엉?" 사카리아스는 기분 상한 투로 대꾸한다.

"아니, 놀리는 거 아니야! 얘기해봐…… 내가…… 하키 말고 다른 얘기를 해야겠어서 그래."

사카리아스는 잠시 뚱한 표정을 짓는다. 하지만 결국에는 말문을 연다.

"잘 돼가고 있어. 사실 아주 잘 돼가고 있어. 대회에 초대도 받았고……."

"나도 가서 구경해도 돼?" 아맛이 당장 묻는다.

사카리아스는 그렇게 물어봐줘서 얼마나 뿌듯한지 말로 표현할 방법이 없다. 그래서 그냥 툴툴거린다.

"당연하지."

그러고는 짜증난 목소리로 덧붙인다.

"하지만 우리 엄마, 아빠처럼 헛소리할 거면 오지 마! 하키가 아니니까 진짜 스포츠도 아니라는 둥 그런 소리 할 거면!"

아맛은 미안해하며 중얼거린다.

"엄마, 아빠가 그렇게 얘기하셔?"

사카리아스는 눈을 발로 찬다.

"우리 엄마, 아빠는 너 같은 아들을 두는 게 소원이야, 아맛. 이 마을에서 중요한 건 하키뿐이니까."

아맛은 아무 말도 하지 않는다. 뭐라고 할 말이 없다.

마야는 견사의 별채에 도착한다. 예아네테가 안에서 벌써 샌드백을 상대로 연습하고 있지만 아나는 경계하며 문 앞에서 걸음을 멈춘다.

"제 친구도 같이 해도 돼요?" 마야가 묻는다.

예아네테는 놀라서 숨을 헐떡거리며 웃음을 터뜨린다.

"물론이지! 우리 셋으로 늘어나면 조만간 진짜 동호회를 만들 수도 있겠다!"

그녀는 이후에 벌어질 일에 대해 대비한 적이 없다. 세 사람 모두 그렇고 심지어 아나조차 마찬가지다. 하지만 예아네테가 마야와 어떤 홀드 기술을 연습하고 있는지 보여주고, 마야가 어떤 식으로 팔다리를 비틀어 홀드에서 빠져나와야 하는지 기억을 더듬어보려다 실패하자 아나가 묻는다.

"제가 해봐도 돼요?"

예아네테는 머뭇거린다.

"이건…… 상당히 고급 기술인데. 좀 더 가벼운 것에서부터 시작해야 하지 않겠니?"

"해보면 안 돼요?" 아나가 묻는다.

그래서 예아네테는 허락한다. 실패를 경험해야 배울 수 있는 경우도 있기 때문이다. 그런데 이 논리의 유일한 구멍이 뭔가 하면 아나가 실패하지 않는다는 거다. 예아네테가 시범을 보여주자 아나는 한 번에 똑같이 해낸다. 예아네테가 조금 더, 조금 더 점점 난이도를 높여도 아나는 두 번 아니면 세 번 만에 성공한다.

이십 분이 지나자 예아네테는 무릎에 손을 얹고 숨을 헐떡이지만 아나는 숨이 가쁜 기미도 보이지 않는다. 예전에 예아네테의 코치가 '신체 지능'을 운운하며 절대음감에 해당하는 능력을 보유한 무술인들이 있다고 했다. 어떤 동작을 보면 몸에서 본능적으로 파악하고 똑같이 따라 한다고 말이다. 아나는 어렸을 때 몇 년 동안 하키를 한 적이 있지만 무술은 배운 적이 없다. 그런데도 불구하고 신체 조건이 완벽하게 맞아떨어지는 듯하다. 그녀는 숲속에서 울퉁불퉁한 길을 달리고 뛰고 나무를 타며 자랐다. 그녀의 아빠는 사냥꾼이자 낚시꾼이고, 그녀는 어렸을 때부터 그를 따라다니며 발자국을 따라가고 총을 쏘고 무거운 동물을 끌어서 옮겼고, 눈을 치우고 구멍을 파고 얼음이 언 호수에 구멍을 뚫었다. 그녀는 힘이 세고 유연하며 회복력이 좋고 펠센에서 파는 폭찹보다 더 질기다.

예아네테는 두 손을 들고 얘기한다.

"나를 있는 힘껏 때려봐."

"진짜요?" 아나가 묻는다.

예아네테는 고개를 끄덕인다.

"있는 힘껏!"

바닥에 앉아 있던 마야는 이때 본 광경을 절대 잊지 못할 것이다. 아나가 하도 빠르게, 하도 세게 때리는 바람에 예아네테가 뒤로 휘청거렸다. 아나가 그냥 폭발한 것이다. 예아네테와 마야는 웃음을 터뜨렸다. 아나는 방금 전에 자기가 한 행동이 뭐가 그렇게 특별한지 모르지만 예아네테는 벌써 그녀의 직업을 설계 중이다.

별채 안의 세 여자는 땀으로 흠뻑 젖었고 눈으로 덮인 채 꽁꽁 얼어붙은 바깥 풍경은 어둠 속으로 가라앉는다.

하지만 온 마을에서 벚나무 냄새가 난다.

———

어느 날 아침 일찍 사카리아스의 집 초인종이 울린다. 아맛이 현관문 앞에 서 있다. 사카리아스의 어머니는 반가워하는 동시에 낙심한 표정을 짓는다. 먼저 반가움이다.

"아맛, 반갑다! A팀에 들어간 거 축하해. 정말 자랑스럽다. 오래전부터 우리 집을 들락거리던 네가 A팀 선수가 되다니 우리가 동네 사람들한테 얼마나 자랑하는지 아니? 너희 엄마께서 얼마나 기뻐하실까!"

아맛이 뭐라고 대꾸할 겨를도 없이 그녀는 낙심으로 넘어간다.

"그런데 사카리아스는 집에 없어. 어떤 친구들이랑 컴퓨터게임 하러 갔거든. 몇 시간씩 걸리는 곳으로! 상상이 되니? 도대체 뭐 하러 그런 짓을 하는지, 원."

아맛은 사카리아스의 부모님을 아주 좋아하기 때문에 숨을 크게 한 번 들이쉬고 딱 잘라서 얘기한다.

"사카리아스는 '어떤 친구들'이랑 그냥 게임을 하는 게 아니에요. 엄청나게 큰 대회예요. 수천 명을 물리치고 거기 출전한 거예요. 저랑 같이 가서 보셔야 해요."

사카리아스의 아빠는 복도 저 뒤쪽에 서 있다. 그는 아맛을 무시하고 싶지 않지만 콧방귀가 나오는 걸 어쩌지 못한다.

"우리 아들을 변호해주는 건 고맙다만 컴퓨터게임이 진정한 스포츠도 아니고……."

아맛은 그를 똑바로 쳐다본다.

"사크하고 저는 어렸을 때부터 누가 먼저 프로 선수가 되는지 경쟁을 벌였는데 그 녀석이 이기게 생겼어요. 그 순간을 놓치면 평생 후회하실 거예요."

그들이 뭐라고 대꾸할 겨를도 없이 그는 등을 돌려서 계단을 내려간다.

사카리아스가 베어타운에서 몇 시간 거리에 있는 거대한 대회장에 입장하고 보니 아맛이 구경하러 와 있다. 대규모 응원단은 아니지만 그래도 응원단은 응원단이다.

컴퓨터들이 일렬로 늘어선 무대를 높다란 관중석이 에워싸고 있고, 관중들이 관중석을 가득 메웠고, 천장에 화면이 달려 있고, 스피커에서 요란한 음악이 흘러나온다.

"뭐…… 하키랑 거의 비슷하긴 하구만." 사카리아스의 아버지는 놀라워하며 인정한다.

그와 사카리아스의 어머니는 기차역으로 아맛을 쫓아가서 같이 차를 타고 왔다. 그들은 전혀 아무것도 모르는 채 마지못해 대회장으로 들어왔지만 대회 도중에 주변 관중들이 사카리아스를 응원하며 박수갈채를 보낼 것이다. 그가 이기자 아맛은 큰 소리로 고함을 지를 테고 그의 부모님도 그를 따라 고함을 지를 것이다. 앞줄에 앉아 있던 모르는 사람이 그들을 돌아보며 사카리아스의 엄마에게 물을 것이다.

"저 선수를 아세요?"

"우리 아들이에요!" 사카리아스의 엄마는 외칠 것이다.

모르는 사람은 감탄하는 표정으로 고개를 끄덕이며 이렇게 얘기할 것이다.

"아드님이 무척 자랑스러우시겠어요!"

그렇게 중요한 건 아니다. 그냥 스포츠일 뿐이다. 다른 종류의 스포츠일 뿐이다.

미라 안데르손의 어머니는 예전에 이런 얘기를 한 적이 있다. "가

족이 생겼을 때 제일 힘든 게 뭔가 하면 끝이 없다는 거야." 동료와 함께 사무실 집기를 장만하고 고객을 유치하고 직원을 뽑고 은행과 협상을 벌이고 자금 걱정을 하는 내내 그 말이 미라의 머릿속을 맴돈다. 전화기가 쉴 새 없이 울린다. 그녀는 책상에 올려놓은 아이들 사진을 바라보며 늘 그렇듯 무언의 질문을 한다. 누굴 위해서 일을 하는 걸까? 이렇게 희생할 만한 가치가 있을까? 그걸 무슨 수로 미리 알 수 있을까?

페테르 안데르손이 퇴근하고 보니 빈집이 그를 맞는다. 미라는 퇴근 전이고 아이들은 친구들과 함께 놀러 나갔다. 페테르는 직접 저녁을 만들어서 하키 중계를 보며 먹는다. 전화기가 잠잠하다. 한참 전에 단장직을 수락했을 당시에는 심지어 휴가 중에도 끊임없이 울려대는 전화벨 소리가 지긋지긋했었다. 그런데 지금은 그 소리가 그립다.

마야 안데르손은 열쇠로 문을 열고 안으로 들어간다. 아빠가 소파에서 일어나며 집을 혼자 지키지 않아도 되어서 기쁜 티를 내지 않으려고 한다. 마야는 무술 연습을 하고 온 길이라 피곤하지만 아빠의 표정을 보고 가서 기타를 들고 온다. 그들은 차고에서 세 곡을 함께 연주한다. 그러고 났을 때 딸이 묻는다.

"엄마한테 들으셨어요? 그…… 음악학교 얘기요."

페테르는 놀란 표정을 짓는다. 그러다 당황스러워한다.

"우리가…… 너희 엄마하고 내가…… 요즘 대화할 시간이 별로 없어서."

마야는 편지를 들고 온다.

"일월에 입학할 수 있대요. 멀리 있는 학교라 집에서 통학이 안 되고 대출도 받아야겠지만…… 엄마는 가도 된다고 했어요."

페테르는 충격을 받지 않으려고 하지만 실패한다.

"나는 그냥 네가…… 행복하게 지냈으면 좋겠다, 말랭아…… 그냥 행복하게 지냈으면 좋겠다!" 그는 가까스로 얘기한다.

"그거 알아요, 아빠? 저도 아빠한테 바라는 게 그거 하나예요……." 그의 딸은 속삭인다.

레오 안데르손은 베어타운을 혼자 걷고 있다. 딱히 목적지도 없고 계획도 없이 그냥 걷는 중이다. 그는 어른이 되면 이 겨울을, 열정을 느낄 만한 것을 필사적으로 찾아 헤맨 시기로 기억할 것이다. 다들 무조건적으로 사랑하는 게 있어 보인다. 아빠에게는 하키단이, 엄마에게는 새 일이, 마야에게는 음악이 있다. 레오는 자기에게도 그런 게 있었으면 좋겠다는 생각을 한다. 어쩌면 그는 그걸 찾을지 모른다. 어쩌면 그건 별개의 이야기일지 모른다.

하지만 이날 저녁에 집에 들어가보니 엄마는 아직 회사에 있고 누나는 자러 들어갔다. 아빠는 거실에서 텔레비전을 보고 있다. 레오는 외투를 걸고 이제 막 사춘기에 접어든 아이답게 곧장 자기 방으로 갈까 하다가 대신 거실로 들어간다. 아빠 옆에 앉는다. 같이 하키 중계를 본다.

"있잖니…… 나는…… 내가 너를 얼마나 사랑하는지 알아주었으면 좋겠다." 아빠가 쉬는 시간에 얘기한다.

"알아요, 아빠. 알아요." 레오는 씩 웃고 그걸 당연하게 여기는 아이처럼 기지개를 켠다.

페테르는 그가 부모로서 뭐 하나만큼은 제대로 했을지 모른다는 기대를 접을 수가 없다. 미라가 퇴근하고 보니 둘 다 소파에서 잠이 들었다. 그녀는 두 사람에게 담요를 덮어준다.

가족은 끝이 없는 법이다.

46
우리는 그게 교통사고였다고 하겠지만

당신은 한 마을이 무너지는 걸 본 적이 있는가. 우리 마을이 그랬다. 그것 말고는 다른 할 일이 생각나지 않을 만큼 서로를 증오하는 분위기로 몰아가는 게 때로는 얼마나 간단한지 모른다.

이것은 아이스링크와, 그 안과 그 주변에서 두근거리는 모든 심장에 대한 이야기다. 사람과 스포츠와 그 둘이 어떤 식으로 번갈아가며 서로를 끌고 갔는지에 대한 이야기다. 우리와 꿈과 분투에 대한 이야기다. 누구는 사랑에 빠졌고 누구는 억장이 무너졌고 우리에게는 좋은 날도 있었고 아주 궂은 날도 있었다. 베어타운은 환호성을 질렀지만 또 한편으로는 부글부글 끓기 시작했다. 사태가 끔찍한 폭발을 향해 가고 있었다.

어떤 여자아이들은 우리에게 자부심을 선물했고 어떤 남자아이들은 우리를 위대한 인간으로 거듭나게 했다. 차량 한 대가 과속으로 밤길을 갈랐다. 우리는 그게 교통사고였다고 하겠지만 운명의 얄궂은 장난이라야 사고일 테고 이건 막을 수 있었다는 걸 우리 모두 알 것이다. 이건 누군가의 잘못이 될 것이다. 많은 사람들의 잘못이 될 것이다. 우리의 잘못이 될 것이다.

하키는 하키다. 경기다. 환상이다.

베어타운과 헤드에 겨울이 찾아오자 사람들은 어둑어둑할 때 집을 나서 어둑어둑할 때 집으로 돌아온다. 헤드에 있는 병원의 응급실 직원들은 남들과 똑같은 방식으로 시간을 보낸다. 하키 얘기를 한다.

모두들 다음 경기를 기다린다. 누구는 빨간 팀을 응원하고 누구는 초록 팀을 응원한다. 서로 대화도 거의 나누지 못하는 의사들과 간호사들도 있다. 시즌이 진행되고 양 팀 모두 다른 경기에서는 연전연승을 거두자 베어타운과 헤드의 맞대결이 점점 더 중요해진다. 승리한 구단은 상위 리그로 승격되는 기회를 잡을 수 있을지 모른다. 패배하는 구단은 다음 시즌의 생존 여부가 불투명해진다. 상황이 그렇게 급속도로 달라질 수 있다.

우리는 하키는 하키일 뿐이라고 혼잣말을 중얼거려보지만 당연히 절대 그렇지가 않다. 한 의사는 "돈이 스포츠를 망쳐놓고 있다"라고 중얼거린다. 한 간호사는 직원 휴게실에서 "협회의 배부른 자본가들은 규모가 작은 구단에 계속 재정적으로 불가능한 요구를 하고, 에이전트들이 단물을 다 빨아먹고 있고, 후원자들은 노닥거리기나 하고, 경기 결과는 빙판이 아니라 이사회 회의실에서 결정된다!"라며 일장

연설을 늘어놓는다. 누구는 먼 지역의 스포츠 해설가가 베어타운이나 헤드 같은 팀은 몇 년 있으면 대규모 팀의 먹잇감으로 전락할 거라고 예견한 글을 신문에서 읽는다. "먹잇감? 우리가 대도시의 노예라도 된다는 건가?" 누구는 으르렁거린다. "베어타운이 해체되면 한 구단에 모든 자원을 집중할 수 있는데." 그러자 누군가가 당장 반문한다. "왜 *우리*더러 해체하라 그래요? *그쪽*이 해체할 것이지!" 이 일대의 다른 모든 사람들처럼 병원 직원들도 옥신각신하다가 사이가 틀어진다.

그러다 사건이 벌어진다. 그들이 근무하는 곳에서는 늘 그렇다. 경보가 울리고 사고가 났다는 소식과 함께 다친 사람들이 실려 온다. 그러면 그들은 하키와 하키단에 대한 의리를 잊는다. 응급실의 모든 직원이 하나로 힘을 합치고 함께 싸운다.

그들은 오늘 밤 구급차에 실려 오는 모든 이를 살릴 수 있도록 최선을 다할 것이다. 하지만 그것만으로는 부족할 것이다.

아나와 비다르의 이야기가 평범한 러브 스토리였다면 둘은 평생 함께 살았을지 모른다. 아니면 서로에게 질려서 헤어졌을 수도 있고 아니면 한 사람과 계속 사랑에 빠졌을 수도 있다. 함께 보낼 수 있는 사람이 있다면 평범한 삶은 길게 느껴진다.

하지만 평범하지 않는 십대로 지내다보면 가끔 평범해지고 싶을 때가 있다. 아나는 침대에 누워 있고 비다르는 그녀의 옆에 말없이 누워 있다. 그에게 그녀는 마인크래프트와 같아서 그녀의 옆에 있으면 집중할 수 있다.

"나랑 같이 파티 갈래?" 그녀가 속삭인다.

"뭐라고?"

"내가 뭐라고 물었는지 들었잖아."

"어떤 파티?"

"오늘 저녁에 캠핑장 통나무집에서 파티가 열린대. 학교에서 들었어. 가기 싫으면 안 가도 돼. 하지만 나는…… 파티에 가서…… 평범한 아이가 된 기분을 느껴보고 싶어서. 잠깐 동안만이라도."

"좋아."

"좋아?"

"귀 먹었냐? 좋다고!" 그는 씩 웃는다.

그녀는 웃음을 터뜨린다. 그들은 입을 맞춘다. 더할 나위 없이 평범하게 느껴진다. 더할 나위 없이 평범하고 더할 나위 없이 환상적이다.

그들은 파티에 간다. 적어도 처음 얼마 동안은 평범하게 느껴진다. 그러다 비다르가 화장실에 간 사이 어떤 남자아이가 카운터에 있는 아나에게 접근하는데, 헤드 출신이라 그녀가 누군지 모른다. 어쩌면 그 남자아이는 비다르가 누군지도 모를 수 있다.

아나는 남자가 사주겠다는 술을 애써 서글서글하게 거절하고 그녀의 엉덩이에 올려놓은 남자의 손을 치운다. 헤드에서 온 그 남자는 팔뚝에 새긴 황소 문신을 자랑하며 다음 시즌에 A팀에서 뛸지 모른다고 한다. 남자가 그녀의 귀에 대고 속삭이기 시작하자 아나는 남자를 밀친다. 멀찌감치 피하려고 한다. 남자는 그녀의 팔을 잡고 웃음을 터뜨린다.

"왜 이래! 왜 이렇게 뻣뻣하게 굴어! 좀 재미있게 즐겨봐!"

남자가 그녀의 허리를 감싸 안는다. 남자는 걸어오는 비다르와 험상궂은 그의 눈빛과 사람들을 뚫고 오느라 일그러진 그의 눈썹을 보지 못한다. 비다르는 누굴 밀치고 누굴 테이블로 떠밀고 있는지 알지 못한다. 하지만 아나의 눈에는 보인다. 그녀는 얼마나 간단하게 이 상황에서 벗어날 수 있는지, 헤드에서 온 남자에게 엉뚱한 여자를 건드렸고 엉뚱한 남자에게 시비를 걸었다는 걸 얼마나 간단하게 알릴 수 있는지 안다. 정말 쉽게 끝낼 수 있는 일이다. 하지만 아나는 평생 뭔가를 쉽게 끝낸 적이 없다.

이 때문에 그녀는 몸을 비틀어 남자의 품에서 빠져나온 다음 뒤로 상체를 젖혔다가 박치기를 한다. 그녀의 이마가 그의 코와 부딪치자 우두둑하는 소리가 들린다. 그는 비명을 지르며 바닥으로 쓰러진다. 아나의 얼굴에서 피가 떨어지는 게 느껴지지만 누가 흘린 건지 알 수가 없다.

몇 미터 옆에 서 있던 남자의 친구들도 다른 모든 사람처럼 충격을 받은 상태고 아나에게는 시간이 몇 초밖에 없다. 그녀는 살기등등한 눈빛으로 사람들을 헤치고 오는 비다르를 보고, 그와 같은 남자를 사랑하는 여자답게 그녀가 할 수 있는 유일한 방법을 동원한다. 비다르의 얼굴을 정조준해서 주먹을 날린다.

파티장이 정적에 휩싸인다. 아나가 좀 전보다 더 세게 그를 한 번 더 때리자 비다르는 뒤로 비틀거린다. 그녀는 그의 팔을 잡고 문 쪽으로 달린다. 그를 끌고 숲속으로 들어가 파티에 참석한 어느 누구도 그들을 찾을 수 없는 곳까지 달린다.

"너 도대체 왜 이래?" 아나가 마침내 숲속에서 걸음을 멈추자 비다르가 고함을 지른다.

그녀는 부어오르기 시작한 그의 얼굴을 보고 하마터면 죄책감을 느낄 뻔한다. 하지만 이렇게 쏘아붙인다.

"왜 이러는지 궁금해? 남자들! 염병할 남자들 때문이야! 너 때문이라고!"

"내가 뭘 어쨌길래?"

그녀는 이제 분노로 흐느낀다.

"그 남자를 죽였을 거 아냐! 내가 거기서 끌고 나오지 않았다면 너는 그 남자를 죽도록 패서 철창신세를 졌을 테고 나는……."

그녀는 헉헉대며 참았던 분노의 눈물을 흘린다. 비다르는 찢어진 입술과 숨을 한 번 쉴 때마다 조금씩 부풀어 오르는 눈을 하고 그녀의 앞에 서 있다.

"나는 그냥…… 너를 도우려고 그런 건데……."

"남자들은 왜 그래? 왜 우리가 항상 우리를 위해서 싸워주길 바란다고 생각해? 왜 모든 걸 폭력적으로 해결해야 한다고 생각해? 도대체 왜 그래?"

"모르겠어." 그는 시인한다.

아나는 웃음을 터뜨린다.

"사랑해."

"그래서 날 친 거야?"

"응!"

비다르는 귀를 긁는다.

"꼭 그렇게…… 세게 사랑을 해야 했어?"

"나는 쓰레기 같은 꽃 받침대 필요 없어!" 그녀는 쏘아붙인다.

"뭐가 필요 없다고?"

"나를 위한답시고 싸울 필요 없어! 나를 위한답시고 뭘 하려고 들 필요도 없어! 그냥 나를 믿어주기만 하면 돼. 나를 어디 데려다놓으려고 하지 말고 나 혼자 갈 수 있게 뒤에서 도와줘!"

"좋아."

"좋다니?"

"좋아…… 그냥…… 좋다고. 좋아. 나도…… 나도 너 사랑해!"

"이런 바보 멍청이!"

그녀는 손이 너무 아파서 몸을 웅크리고 울부짖고 싶다. 그는 눈더미 위로 그녀를 데리고 가서 눈 속에 손을 파묻게 한다. 그녀는 비명을 지른다. 그는 설명을 하려고 한다.

"그런 식으로 주먹을 휘두르면 안 돼. 어떻게 해야 하는가 하면……." 그가 말문을 열자 그녀가 쏘아붙인다.

"어디서 감히 이래라저래라야!"

"알았어."

어쩌면 이보다 좀 더 평범한 러브 스토리도 있을지 모른다.

다음 날 비다르가 아나의 무술 연습소로 찾아온다. 아무 말도 하지 않고 마당에 있는 나무 팔레트를 여섯 개 들고 와서 차곡차곡 쌓아 어설픈 계단을 만든다. 그러고는 그 위로 올라가서 선다.

"그게 뭐야?" 아나가 짜증난 목소리로 묻는다.

"꽃 받침대." 비다르가 얘기한다.

"누구 세우려고?" 그녀가 묻는다.

"나." 그가 대답한다.

그녀는 웃음을 터뜨리지만 그는 진지하다.

"네가 떳떳하면 나도 떳떳하다."

그녀는 웃음을 멈추고 그에게 입을 맞춘다. 어차피 그녀는 평범한 러브 스토리에 절대 매력을 느끼지 못할 것이다.

그 사건이 어디에서부터 시작됐을까? 우리는 절대 의견 일치를 보지 못할 것이다.

어쩌면 헤드 출신의 남자가 베어타운 출신의 여자와 파티에서 어찌해보려다 코가 부러진 데서 시작됐을지 모른다. 어쩌면 그가 앙심을 품었을지 모른다.

아니면 그보다 훨씬 전, 헤드 응원단이 벤야민 오비크를 두고 끔찍한 구호를 외쳤던 가을의 그 첫 경기에서부터 시작됐을지 모른다. 게다가 헤드가 이겼으니 어쩌면 베어타운의 몇몇 사람들은 그 경기를 잊지 못했을지 모른다.

아니면 이른 겨울의 어느 날 아침, 헤드 경기장 문 앞에 누군가가 피 묻은 황소의 뿔을 놓고 갔을 때 시작됐을지 모른다. 진짜 피도 아니었고 술 취한 십대 아이들이 저지른 한심한 장난이었겠지만 헤드의 모든 주민이 그렇게 생각한 건 아니었다.

그로부터 며칠 지나지 않은 어느 저녁에 베어타운 출신의 어떤 남자가 헤드의 어느 피자가게에서 줄을 서서 기다리고 있었다. 그의 여자친구는 헤드 출신이었고 집에서 그를 기다리고 있었다. 저만치 뒤에 서 있던 헤드 출신의 남자 몇 명이 예전의 구호를 외치기 시작했다. 그중 한 명은 허리를 숙여서 그의 귀에 대고 외쳤다. 또 다른 한 명은 집으로 꺼지라는 둥, 헤드 여자들은 건드리지 말라는 둥 고함을 질렀다. 베어타운 출신의 남자가 고개를 돌려서 그들에게 닥치라고 하자 헤드 출신의 남자들이 그가 들고 있던 피자를 쳐서 떨어뜨렸다. 분위기가 더 심각해지기 전에 직원이 나서서 어찌어찌 중재했지만 어쩌면 거기에서부터 시작됐을 수도 있다.

아니면 병원과 공장을 둘러싼 온갖 소문이 들리고 모든 게 일자리 전쟁으로 느껴지면서 시작됐을 수도 있다. 예전에는 사람들이 의회에서 헤드와 베어타운을 하나로 합쳐 더 큰 도시를 만드는 건 아닌지 걱정했다면 이제는 두 개의 작은 마을로 지낼 여유조차 없는 건 아닌지 걱정한다.

경기장 앞에 황소 뿔이 버려지고 피자가게에서 실랑이가 벌어진 직후에 헤드 하키단과 베어타운 하키단의 아홉 살짜리들이 조금 멀리서 열리는 시합에서 만났다. 경기는 팽팽한 균형을 유지했고 아이들은 흥분했다. 헤드의 어느 아홉 살짜리가 "호모, 걸레, 강간범"이라고 외치기 시작하자 하도 많은 아이들이 몸싸움을 벌이는 바람에 학부모들이 빙판 위로 달려 나와서 싸움을 말리려는 심판을 거들어야 했다. 헤드 출신의 한 아버지와 베어타운 출신의 한 아버지가 아이들을 떼어놓으려고 하다가 한쪽 아버지가 저쪽이 자기 아들을 너무 세게 붙잡은 게 아닌지 의구심을 품었다. 아빠들끼리 고함을 지르다 서로 거칠게 밀치기 시작했고 금세 아이들이 거꾸로 어른들 싸움을 말리는 지경에 이르렀다.

그와 비슷한 시기에 헤드 병원의 대기실에서는 두 노인이 설전을 벌였다. 한쪽이 다른 쪽보다 오래 기다리게 됐다고 생각했기 때문이다. 다른 쪽이 중얼거렸다. "빌어먹을 베어타운 개자식들 같으니라고. 우리 동네까지 와서 의료 서비스를 이용하지 말고 너희 동네에 병원을 지으라고."

어쩌면 이 모든 게 한 해 가을과 겨울에 한꺼번에 벌어지지 않았더라면 아무 문제가 없었을지 모른다. 한 해가 끝나기 전에 이 모든 사람이 경기장에서 다시 만나는 일이 없었더라면 더 악화되지 않았을지 모른다. 하지만 헤드와 베어타운이 다시 한번 맞붙게 됐으니 그럴 수밖에 없었다.

경기가 열리기 며칠 전 어느 아침에 두 남자가 일자리를 얻기 위해 헤드에서 차를 몰고 베어타운의 공장을 찾아온다. 그들은 한참 동안 실업자로 지냈고 둘 다 아이가 있기 때문에 면접을 보러 오라는 얘기가 하늘에서 내린 선물과도 같았다. 그들은 공장 앞에 차를 주차한다. 면접을 마치고 돌아가보니 차가 박살 나 있다. 문짝은 안으로 찌그러져 들어갔고 앞 유리창 사이로 큼지막한 나뭇가지가 박혔다. 검은 재킷을 입은 남자 몇 명이 근처에 서 있기는 하지만 당연히 목격자는 없다. 운전석 위로 쏟아진 깨진 유리 조각 사이로 쪽지가 보인다. "베어타운의 일자리는 베어타운의 주민들에게"라고 적혀 있다.

어쩌면 거기에서부터 시작됐을지 모른다.

아니면 그 사건이 벌어진 직후에 헤드 출신의 남자들 몇 명이 모여서 복수할 방법을 의논하면서부터 시작됐을지 모른다. 그들은 그 일당에게 상처를 주고 싶다. 검은 재킷을 입은 남자들이 사랑하는 무언가를 빼앗고 싶다. "그 새끼들이 사는 집에 불을 지르고 싶네." 그 자리에서 한 헤드 출신이 이렇게 중얼거린다. 어쩌면 진심으로 꺼낸 얘기는 아니었을 것이다. 하지만 친구 하나가 대꾸한다. "그럼 그렇게 하자."

47
우리의 기억 속에 영원히 남을 러브 스토리

로커룸에서는 보안을 유지하기가 어렵다. 어떤 비밀이든 그렇다.

헤드의 경기장에서는 연습 때마다 긴장감이 고조된다. 그곳에서는 베어타운 주민들을 더 이상 인간으로 간주하지 않고 점점 '초록이들' 아니면 '새끼 곰들이 도살당하게 생겼네' 아니면 '걸레들' 아니면 '호모 새끼들' 이런 식으로 표현한다. 빌리암 뤼트의 목소리가 누구보다 클 것 같은데 웬일로 그는 날이 갈수록 말수가 준다.

팀원들이 왜 그렇게 조용하냐고 묻자 그는 "하키에 집중하려고"라고 대답한다. 이보다 더 훌륭한 대답이 없다. 올해 가을과 겨울에 그는 희한한 현상을 경험하고 있다. 모두들 서로 미워하면 할수록 그는 자기 자신에게 점점 더 신물이 난다. 하도 오래전부터 하키에 화가 나고 학교에 화가 나고 집에 화가 나 있다보니 이제는 기운이 없어서 화를 내지 못하는 것일 수도 있다. 어머니는 그의 머리를 다정하게 토닥이며 "하키에 집중해"라고 했다. 그래서 그는 그렇게 한다. 나머지 팀원들과 점점 더 거리를 두고 혼자 점점 더 열심히 훈련에 매진한다. 헤드 출신의 여자아이를 만나서 그녀와 함께 저녁 시간을 보내기 시작한다. 어느 날 다비드가 그를 사무실로 부른다. 헤드보다 몇 부 높은 리그에 속한 엘리트 구단의 스카우트 연락처가 적힌 쪽지를 내민다. "너한테 관심 있다면서 연락해달라고 하더라." 다비드는 빌리암이 쪽지를 쳐다보는 동안 책상을 돌아 나가서 그의 양쪽 어깨에 손을 얹는다. "최근 들어서 네가 하키에 점점 더 집중하는 걸 봤다, 빌리암. 그리고 싸움질이나 기타 등등 외부에서 벌어지는 어이없는 일들에 신경 쓰지 않는 것도 느꼈고. 잘하고 있어! 이 구단에서 너한테 관심을 갖는 이유도 그 때문이야. 너는 남다른 존재가 될 수 있다, 빌리암. 성공할 수 있어! 하지만 나는 싸워서라도 너를 우리 팀에 붙잡아놓고 싶어 한다는 걸 알고 있지? 다음 시즌에 너한테 주장을 맡길 때도 된 것 같고!"

이윽고 다비드는 끔찍한 소리를 내뱉는다. 자기감정을 드러내길 두려워하는 남자아이를 와르르 무너뜨릴 수 있는 소리를 내뱉는다. "나는 네가 자랑스럽다, 빌리암." 빌리암은 그 길로 사무실을 박차고 나가서 어머니에게 전화한다.

로커룸에서는 보안을 유지하기가 어렵기 때문에 그가 돌아가자 모두 축하 인사를 건넨다. 그는 당연히 뿌듯해하지만 그가 있으면 그들이 하던 얘기를 중단한다는 것도 알아차린다. 그의 귀에 들어가지 않길 바라는 얘기를 한다는 걸 알아차린다.

연습이 끝났을 때 황소 문신을 새겼고 모자 달린 윗도리를 입은 젊은 남자들이 타고 있는 차량 두 대가 아이스링크 앞에 주차되어 있다. 주먹이 근질거릴 정도로 젊고 하키에는 소질이 없어서 잃을 게 아무것도 없는 빌리암의 팀원 몇 명이 그 차를 향해 곧장 발걸음을 옮긴다.

"너희들 어디 가냐?" 빌리암이 묻는다.

그중 한 명이 그를 돌아본다.

"너는 모를수록 좋아, 빌리암. 너같이 중요한 선수가 이런 일에 말려들면 안 되지. 빙판 위에 네가 있어야 하거든!"

"도대체 뭘 어쩌려고?" 빌리암은 당황스러워하며 묻는다.

황소 문신을 새긴 남자들은 아무 대답도 하지 않지만 팀원 중 한 명이 너무 흥분하는 바람에 참지 못하고 이렇게 외친다.

"곰 가죽이 얼마나 잘 타는지 보려고!!!"*

차는 출발하고 빌리암은 혼자 남겨진다.

나중에 경찰 조사를 받을 때 헤드 출신의 남자들은 수천 개의 변명을 늘어놓을 것이다. 누구는 건물 전체를 태울 생각은 없었다고, 그냥 문만 태우려고 했고 너무 늦기 전에 불을 끌 수 있을 줄 알았다고 할 것이다. 또 누구는 "본때를 보여주고" 싶었을 따름이라고 할 테고, 또 다른 누구는 그냥 "장난"이었다고 할 것이다. 그들 중 아무도 펠센 술집 위에 아파트가 있다는 걸 몰랐다. 거기서 라모나가 자고 있었다는 것도 몰랐다.

* 펠센이 스웨덴어로 곰 가죽이라는 뜻이다.

마간 뤼트는 연습 때마다 그렇듯 헤드 아이스링크로 아들을 태우러 간다. 샌드위치와 단백질 스무디를 챙겨 들고 가서 그의 가방을 트렁크에 싣고 집으로 가는 내내 그가 좋아하는 노래를 튼다. 하지만 그는 말을 한 마디도 하지 않는다.

"왜 그러니?" 그의 엄마가 묻는다.

"아니에요…… 아무것도 아니에요. 그냥…… 경기 생각하니까 긴장이 돼서요." 빌리암은 중얼거린다.

그는 진짜로 그런 척하고 마간은 그의 말을 믿는 척한다. 서로 마음 상하는 일을 만들고 싶지 않은 거다. 그들은 저녁을 먹고, 아버지의 회사에서 있었던 일을 귀담아듣고, 여동생의 학교에서 있었던 일을 들으며 웃는다. 교사용 식탁에 있는 소금 통 뚜껑의 나사를 죄다 풀어놓아서 선생님들이 소금을 뿌리려고 하자 뚜껑이 떨어졌다지 뭔가! 빌리암한테 배운 장난이었다. 마간은 딸을 혼내려고 하지만 아이가 하도 행복하게 웃는 바람에 마음이 약해진다.

빌리암은 식사를 하고 대화를 나누는 부모님의 모습을 그 어느 때보다 유심히 관찰한다. 그는 이 마을 주민들이 그의 가족을 두고 뭐라고 하는지 안다. 그의 아빠에게는 "인간이 워낙 천박해서 똥을 쌀 때도 소리를 지른다"라고 하고 그의 엄마에게는 "미친 하키맘"이라고 한다. 어쩌면 맞는 말일지도 모르지만 그게 전부는 아니다. 그들은 뭐든 거저 얻은 게 없이 모든 걸 싸워서 쟁취했고 아이들에게는 그들이 누리지 못한 모든 걸 주고 싶어 한다. 날마다 발버둥 칠 필요 없이 인생을 관장할 수 있는 능력을 주고 싶어 한다. 가끔 그들이 도가 지나칠 때가 있을지 몰라도 빌리암은 언제든 그들을 용서할 수 있다. 이 세상은 착한 사람들에게 걸맞은 곳이 아니다. 착한 사람들은 착취당하고 짓밟힌다. 베어타운만 봐도 알 수 있다.

그는 저녁을 먹은 뒤에 여동생의 방에서 만화를 본다. 그녀가 태어났을 때 병원에서는 뭔가 문제가 있다고 했다. 그게 아니라 그녀는 특별할 따름이다. 사람들은 계속 병명과 그녀를 결부시키려고 하지만 빌리암은 거부한다. 그녀는 그냥 그녀다. 그의 주변에서 가장 착한 아이이다. 그녀가 잠이 들자 그는 지하실로 내려가서 혼자 웨이트트레이닝을 한다. 하지만 그 말이 그를 계속 괴롭힌다. "곰 가죽이 얼마나 잘 타는지 보려고!!!" 그 말이 머릿속에서 지워지지 않는다. 그래서 그는 운동복을 입고 엄마에게 좀 뛰고 오겠다고 한다. 마간 뤼트는 긴장감 때문이길 바란다.

그의 등 뒤로 문이 닫히자 그녀는 부엌으로 직행한다. 그녀는 아이들 때문에 걱정이 될 때마다, 빌리암이 집에 없을 때마다 불안을 요리로 승화시킨다. "이러니저러니 해도 마간 뤼트가 음식 솜씨 하나만큼은 끝내주지!" 사람들은 이렇게 말한다. 항상 앞에 "이러니저러니 해도"를 넣지만 상관없다. 그녀는 그녀가 어떤 사람인지 안다. 그녀는 투쟁 끝에 지금 누리는 모든 것을 쟁취했다. 그녀는 결국 파스타 샐러드와 감자 샐러드를 잇달아 만든다. "샐러드가 될 운명으로 태어나지 않은 것들로 그렇게 많은 샐러드를 만들 수 있는 사람도 없을 거예요. 엄마는 어떤 채소도 건강에 해로운 음식으로 만들 수 있다니까요!" 빌리암은 씩 웃으며 이렇게 얘기하곤 한다.

그녀는 계속 마음을 졸이며 그가 집에 들어올 때까지 뜬눈으로 기다린다.

빌리암은 베어타운을 달린다. 문득 정신을 차리고 보니 가슴에 황소가 그려진 빨간색 운동복을 입고 있다. 그게 얼마나 한심한 도발인지 그조차도 알 수 있다. 그는 집에 가서 갈아입으려고 몸을 돌리지만 냄새를 맡고 걸음을 멈춘다. 그 냄새가 그의 콧구멍을 간질인다.

뭔가가 타고 있다.

라모나는 연기 냄새가 아니라 누군가가 자기를 잡아당기는 걸 느끼고 깨어난다. 라모나는 밤참으로 한두 잔 걸쳤는지 누가 자는 그녀를 깨웠을 때 하던 대로 한다. 두 팔을 휘저으며 욕을 하고 무기로 쓸 만한 단단한 물건을 찾는다.

하지만 벽 위에서 넘실대는 불길이 보이고 길거리에서 외치는 고함 소리가 들리자 그녀는 눈을 번쩍 뜨고 엘리사베트 사켈의 눈과 맞닥뜨린다.

그 하키 코치는 감정을 표현하는 데 서툴지 몰라도 긴장은 할 줄 안다. 오늘 밤에 헤드와의 경기를 앞두고 머릿속이 복잡해서 잠을 이룰 수가 없었기에 조깅을 하려고 나왔다. 펠센에서 남자들 몇 명이 달려오고 건물이 불길에 휩싸인 게 보였다. 대부분의 사람들은 소방서에 연락하고 밖에서 기다렸을 것이다. 정상적인 사람이라면 불이 난 건물 안으로 달려 들어가지 않았을 것이다. 하지만 물론 사켈은 정상적인 사람이 아니다.

그녀가 건물 밖 길바닥에 주저앉아서 기침을 하며 숨을 헐떡이자 라모나는 잠옷 차림으로 그 옆에 서서 중얼거린다.

"나한테 감자 몇 접시 얻어먹었다고 그런 거야? 고기를 얻어먹었으면 도대체 어디까지 마음을 먹었으려나 모르겠네."

사켈은 기침을 하며 웃는다.

"솔직히 맥주에 맛을 들였어요. 비타민이 중요하잖아요."

사람들이 온 사방에서 달려오지만 티무보다 빠른 사람은 없다. 그는 눈밭 위로 몸을 던져서 라모나를 감싸 안는다.

"자, 자, 진정해라, 진정해. 죽은 사람 아무도 없어. 그냥 불이 좀 난 걸 가지고……." 라모나는 속삭이지만 그는 그녀가 몸서리치는 걸 느낄 수 있다.

"홀예르 아저씨의 사진들이……." 티무는 외치며 일어선다.

라모나가 그를 붙잡는다. 그녀가 그 정도로 그 아이를 사랑한다. 죽은 남편의 사진을 구하겠답시고 불길 속으로 뛰어들려는 그를 붙잡을 정도로 사랑한다.

하지만 티무의 다음 행동까지 막지는 못한다. 어느 누구도 마찬가지다.

베어타운 전체가 화재로 인해 잠에서 깨어나고 고함 소리가 북보다 더 빠르게, 사이렌보다 더 빠르게 사방으로 번진다. 모든 사람의 전화벨이 울리고 모든 집의 대문이 열린다.

벤이와 그의 누나들이 길거리를 질주한다. 누나들은 펠센 쪽으로 달려간다. 사람들이 한 줄로 서서 양동이를 건네고 차로 물탱크와 호스를 실어 나르고 있다.

하지만 벤이는 꼼짝 않고 서 있는다. 이 사고가 우연의 일치가 아니라는 걸 알기 때문이다. 절대 그럴 리가 없기 때문이다. 그래서 벤이는 범인을 찾으려고 하는데 보이는 게 빨간색 운동복뿐이다. 빌리암 뤼트가 사람들과 약간 거리를 두고, 손으로 입을 막고 충격을 받은 표정으로 숲 쪽에 혼자 서 있다.

벤이는 곧장 그에게 달려간다. 순간 빌리암은 그가 자신을 공격하려는 줄 알지만 벤이는 무언가를 깨달은 듯 갑자기 걸음을 멈춘다. 사람들이 도로를 왔다 갔다 건너고 멀리서 숲을 뚫고 달려오는 사이렌 소리가 들린다. 벤이는 빌리암 쪽으로 고개를 돌리고 으르렁거린다.

"일대일 뛰자. 지금. 진짜로. 친구도 없이 무기도 없이. 일대일 뛰자."

빌리암은 반발할 수 있었다. 벤이를 진정시키고 그와는 아무 상관없는 일이라고 해명할 수 있었다. 하지만 지금은 벤이가 너무 흥분한 상태라 그의 얘기를 믿을 리 없고 빌리암도 벤이를 향한 증오심 때문에 뒤로 물러설 생각이 없는지 모른다. 그래서 그는 그냥 나지막이 묻는다.

"장소는?"

벤이는 잠깐 고민한다.

"하이츠의 조깅 트랙. 사람 없고 평평하고 환하잖아."

빌리암은 뻣뻣하게 고개를 끄덕인다.

"그러니까 나중에 변명 거리가 없게?"

벤이는 항상 행동보다 말을 더 괜찮게 한다. 그렇기 때문에 그의 대답은 의미심장하다.

"너한테 '나중'은 없을 거야, 빌리암."

그들은 조깅 트랙으로 달려간다. 마을을 이 끝에서 저 끝으로 가로지른다. 지금까지 천 번쯤 달린 길이다. 한 팀에서 하키를 하던 시절에는 매 훈련 시간마다 경쟁을 벌였다. 벤이는 뭘 하든 빌리암을 이기고 말았다. 필요 없는 거라도 빌리암한테서 빼앗아야 직성이 풀렸다. 이제 발목까지 쌓인 눈길을 달리는 동안 그들은 다시 그 시절로 돌아간다. 그들은 심지어 케빈이 둘 사이에서 달리기라도 하듯 일이 미터 간격을 두고 달린다.

하이츠의 조깅 트랙에 도착한 그들이 달리기를 멈추고 잠깐 숨을 돌리자 짙은 구름이 입에서 뿜어져 나온다. 잠시 후에 빨간색 운동복을 갈아입지 않은 빌리암이 초록색 셔츠를 입고 주먹을 쥐고 서서 기다리는 벤이에게 곧장 달려든다. 친구도 없이 무기도 없이 단둘이서. 황소와 곰이 격돌한다.

스핀델과 스니칸은 펠센 앞에서 티무를 찾는다. 그들도 처음에는 본능적으로 화재 진화를 돕고 사람들을 보호하려고 한다. 이 술집은

그들의 진짜 집보다 더 집에 가까운 곳이다. 하지만 스핀델이 티무의 귀에 대고 속삭인다.

"헤드에서 온 어떤 새끼들이 범인인지 알아. 스니칸의 여자친구가 부엌 창문으로 봤대. 슈퍼마켓에 차를 세워두었더래. 지금 출발하면 잡을 수 있어!"

검은 재킷을 입은 남자들이 펠센 앞에 모인 사람들 속에서 떨어져 나와 적을 추격하려고 티무의 사브를 향해 달려도 어느 누구도 알아차리지 못한다. 어린 십대 소년 혼자 그들을 주시한다. 레오 안데르손이다. 그는 그들을 따라간다.

빌리암과 벤이는 인정사정 봐주지 않고 미친 듯이 주먹을 날린다. 둘 다 워낙 힘이 세서 몇 초 만에 얼굴이 피범벅이 된다. 빌리암은 팔을 뻗어서 때릴 때마다 탈진과 분노가 한데 섞인 고함을 지른다. 그는 벤이보다 키가 크다. 그것이 벤이가 빼앗지 못한 유일한 이점이라 그는 위에서 아래로 칠 수 있고 벤이는 아래에서 위로 쳐야 한다. 아래에서 위로 치는 게 더 힘들다. 그들은 영원처럼 느껴지는 시간 동안 격렬하게 주먹을 휘두르다 젖산 때문에 숨을 헐떡이고 피를 쏟으며 뒤로 물러난다. 벤이는 이가 하나 부러졌고 빌리암은 오른쪽 눈을 거의 뜰 수가 없다.

"너 개를 사랑했냐?" 빌리암이 느닷없이 으르렁거린다.

"뭐라고?" 벤이는 눈 위로 피를 뱉으며 고함을 지른다.

그들은 허파를 들썩이며 몇 미터 거리를 두고 서 있다. 빌리암은 손으로 무릎을 짚는다. 손가락이 하나 부러졌고 수돗물처럼 코피가 흐른다. 통증과 탈진이 강타하자 그는 목소리를 낮춘다.

"케빈을 사랑했냐고." 그는 숨을 헐떡인다.

벤이는 몇 분 동안 아무 말도 하지 않는다. 머리칼과 두 손이 피투성이라 어디에서 진짜 피가 나고 어디는 그냥 묻은 건지 구분이 되지 않는다.

"응."

벤이가 그걸 시인하는 건 난생처음이다. 빌리암은 눈을 감고 숨을 쉬려고 할 때마다 욱신거리는 코를 느낀다.

"진작 알았더라면 너를 그렇게 미워하지 않았을 텐데." 그는 속삭인다.

"나도 알아." 벤이가 얘기한다.

빌리암은 허리를 편다. 손을 옆으로 내리고 일어선다. 운동복 윗도리가 찢겼고 얼룩덜룩하게 피가 묻었다.

"우리 어렸을 때 여름에 한 달 내내 비가 왔던 거 기억나? 아이스링크가 물에 잠겼을 때 말이야."

벤이는 놀란 표정을 짓지만 천천히 고개를 끄덕인다.

"응."

빌리암은 손등으로 코를 닦는다.

"너하고 케빈은 여름마다 항상 숲에서 시간을 보냈는데 비가 그렇게 오니까 우리 집으로 찾아와서 지하실에서 하키를 해도 되느냐고 물었잖아. 케빈네 집으로 가지 않은 이유를 모르겠다만 아무튼……."

"케빈네 집이 그해 여름에 인테리어 공사를 했거든." 벤이가 기억을 상기시킨다.

빌리암은 기억이 난다는 뜻에서 고개를 끄덕인다.

"아, 맞다. 그랬지. 그 한 달 동안 매일 우리 집 지하실에서 하키를 했어. 그리고 그때 우리는 친구가 됐지. 너는 괜찮은 아이였어. 우리는 서로 건드리지 않았고."

벤이는 눈 위에다 다시 피를 뱉는다.

"일어나자마자 연습을 시작할 수 있게 바닥에 매트리스를 깔고 잤고……."

빌리암의 미소는 날아가버린 기회와 지나가버린 세월에 대한 회한으로 가득하다.

"내 또래 다른 아이들은 어린 시절 추억이라고 하면 항상 화창하게 비추던 태양을 떠올리던데. 나는 계속 비가 내리길 바랐던 기억밖에 없다."

벤이는 가만히 서 있는다. 그러다 결국 눈 위에 주저앉는다. 빌리암은 자기가 울고 있는지 알지 못한다. 우는 게 티가 나는지도 알지 못한다.

잠시 후에 둘은 각자의 길로 간다. 친구도 아니고 적도 아니다. 그냥 그렇게 각자의 길로 간다.

마야와 아나는 늦은 시각이 되어서야 무술 훈련을 마친다. 마야 어머니의 기준으로는 너무 늦었지만 그래도 그녀는 군소리 없이 딸을

데리러 간다. 그녀는 아나에게도 태워다주겠다고 하지만 아나는 뭔가 숨기는 듯이 고개를 젓고 마야는 그녀를 놀린다.

"비이이이이다르 만나러 간대요."

마야는 몹시 행복해진다. 남자 얘기를 하며 서로 놀리는 것이야말로 평범한 열여섯 살의 단짝 친구들끼리 할 만한 장난이기 때문이다. 마야는 볼보에 올라타서 뒷유리창 너머로 아나에게 손을 흔든다.

비다르는 숲가에서 기다린다. 그와 아나는 손을 잡고 밤 속을 걷는다. 그는 콧노래를 흥얼거리며 휘파람을 불고 손가락으로 계속 다리를 두드린다. 만약 둘이 평생을 함께 지냈다면 아나는 그의 충동 조절 장애에 짜증이 나기 시작했을지 모른다. 하지만 지금 당장은 그의 안에서 살아 숨 쉬는 모든 감정이 그녀처럼 즉각적이라는 사실을 사랑한다.

그들이 평생을 함께 지냈다면 다른 데도 걸었을 것이다. 다른 나라에서 햇볕을 쪼이며 걸었을 테고 어쩌면 이 마을을 떠나 다른 곳에서 새로운 생활을 시작하며 함께 가정을 일구었을지 모른다. 아이도 낳고 함께 나이를 먹고 늙어갔을 것이다. 아나는 까치발을 하고 서서 그에게 입을 맞춘다. 그의 전화벨이 울린다. 그녀는 연기 냄새를 맡는다.

비다르가 경악하는 표정을 지으며 달리기 시작했을 때 그녀는 붙잡지 않는다. 그를 따라서 같이 달린다.

———

흰색 차가 너무 빠른 속도로 달린다. 그 안에 타고 있던 헤드 출신의 남자들은 이제 막 소년티를 벗었다. 그렇다고 해서 그들을 용서할 수 있을까? 생각했던 것보다 한없이 끔찍한 결과가 빚어졌을 때 몇 살 이상이라야 거기에 대한 책임을 물을 수 있을까?

백미러에 사브가 등장하자 흰색 차에 탄 남자들은 쫓기고 있다는 걸 알아차리고 겁에 질린다. 그들이 속력을 높이자 사브도 따라서 속력을 높이고 흰색 차의 운전자가 도로에서 잠깐 시선을 뗐을 때 앞유리창으로 쏟아져 들어온 또 다른 차량의 전조등 불빛이 그의 눈을 멀게 한다. 반대편에서 큼지막한 볼보가 달려오고 있다.

흰색 차가 눈 위에서 미끄러지자 그 안에 타고 있던 헤드 출신들이 비명을 지른다. 도로 위에서 타이어가 헛돈다. 천 킬로그램이 넘는 쇳덩이가 하늘로 날아올라 어둠 속에서 잠깐 조용히 멈춘다. 그러다 끝까지 귓가에 맴돌 굉음과 함께 충돌한다.

미라와 마야가 볼보를 타고 견사를 막 나섰을 때 미라의 전화벨이 울린다. 페테르다. 그는 이미 시내로 달려갔다.

"펠센에서 불이 났어! 레오가 어디 있는지 모르겠어!" 그가 고래고래 소리를 지른다.

견사는 숲속 제법 깊숙한 곳에 있다. 베어타운으로 돌아가는 길은 두 군데뿐이다. 일반적인 사람들이 이용하는 평범하고 구불구불한 길도 있지만 사냥꾼들이 어쩌다 한 번씩 이용하는, 조명도 없이 거의 방치되다시피 한 나무 사잇길도 있다. 그 길로 가면 헤드와 베어타운을 연결하는 대로가 곧바로 나온다.

어머니와 누나는 그 길을 오늘 밤보다 더 빨리 달려본 적이 없다.

몇 분 뒤에 볼보는 요란한 엔진 소리와 함께 숲에서 빠져나와 대로로 진입한다. 헤드에서 그들 쪽으로 마주 달려오던 노인이 저 뒤에서 분노의 경적을 울린다. 미라는 아랑곳하지 않는다. 액셀을 밟는다.

그때 너무 빠른 속도로 그들을 향해 달려오는 흰색 차를 발견한다. 미라가 반응할 겨를도 없이 마야가 비명을 지른다. 흰색 차의 운전자가 아차 하는 순간 차가 가로로 미끄러진다. 미라는 있는 힘껏 브레이크를 밟고 볼보의 핸들을 배수로 쪽으로 틀며 딸을 보호할 수 있게 좌석 위로 몸을 던진다. 흰색 차는 도로 위에서 갈 길을 잃고 하늘로 날아올랐다가 나무에 부딪친다.

레오 안데르손은 차보다 먼저 도착하겠다는 일념으로 나무 사이를 쏜살같이 달린다. 하지만 그는 그 정도로 빠르지 않다. 하늘에 감사할 일이다.

그는 그 정도로 빠르지 않다.

펠센의 단골 중에는 다른 네 명의 친구들과 한자리에 앉아서 항상 하키를 주제로 옥신각신하는 노인이 있다. 눈이 나빠서 다른 친구들

이 가끔 그의 안경을 싸구려 돋보기로 바꿔치기하는 장난을 친다. 그걸 썼을 때 앞을 못 보게 된 것처럼 착각하도록 유도하기 위해서다. 라모나는 종종 이렇게 쏘아붙인다. "그러면 정말 앞을 못 보게 됐을 때 무슨 수로 알 수 있겠어?"

그 노인은 오늘 밤에 자기 안경을 쓰고 있지만 어두운 데서는 앞이 잘 보이지 않는다. 병원 직원에게도 그걸 얘기하려고 했었다. 오늘 밤에는 그의 아내가 집을 비웠고, 아이들은 더 나은 일자리와 초밥집과 기타 등등 젊은 세대가 원하는 뭔지 모를 것들을 찾아서 일찌감치 대도시로 떠났고, 노인은 흉통으로 자다가 눈을 떴다. 그래서 그는 직접 차를 몰고 베어타운에서 헤드로 향했고 병원에서 몇 시간 동안 기다린 끝에 걱정할 것 없다는 얘기를 들었다. 아마 소화불량일 거라고 한다. "술을 줄일 생각은 안 해보셨어요?" 의사가 궁금해했다. "선생은 전두엽 절제술*을 받을 생각 안 해봤소?" 노인은 이렇게 묻고 왜 이렇게 사람을 오래 붙잡아놓았느냐며 호통을 쳤다. 그는 어두운 데서 앞이 잘 보이지 않는데! 오늘 밤에 운전을 하지 않겠다고 아내에게 약속했는데! "직원이 부족해서요." 의사가 말했다. 노인은 씩씩대며 길을 나섰다. "무슨 병원이 이렇게 허접해?"

그런데 헤드에서 베어타운으로 돌아가는 길에 어떤 미친 여자가 볼보를 몰고 숲속에서 갑자기 튀어나오더니 그의 바로 앞으로 끼어든다. 지름길로 가려고 작정한 모양인데, 노인은 브레이크를 밟고 경적을 울리고 전조등을 깜빡이지만 당연히 바보 같은 여자는 아랑곳하지 않는다. 요즘은 사람들이 그런 식으로 운전을 한다.

* 정신 질환 등을 치료할 목적으로 뇌의 일부를 절단하는 수술.

볼보가 어찌나 쌩하니 내달리는지 금세 노인의 눈에는 미등밖에 보이지 않는다. 눈보라가 앞유리창에 세차게 부딪친다. 어두컴컴하다. 노인은 욕을 하며 실눈을 뜬다. 그는 그 이후에 벌어진 상황을 제대로 보지도 못했기에 반응할 기회도 없다. 볼보를 모는 멍청한 여자가 갑자기 브레이크를 밟더니 도로변으로 휘청거린다. 반대편에서 차량 두 대가 달려오고 있다. 어쩌면 노인은 앞차가 흰색이라는 건 볼 수 있었을지 모른다. 그 차가 공중으로 붕 떠올랐다가 뒤집히며 엄청난 기세로 나무를 들이받는다. 그 뒤에서 달려오던 차량은 사브라는 걸 노인도 알아차릴 겨를이 있었을지 모른다. 흰색 차를 쫓아오고 있었는지 갑작스럽게 브레이크를 밟으며 도로 전체를 가로로 막고 미끄러지더니 티무, 스핀델, 스니칸이 문을 열고 달려 나온다. 노인은 펠센에서 보았던 그들의 얼굴을 알아보았을지 모른다.

노인은 브레이크를 밟는다. 하지만 눈이 내리고 있다. 어두컴컴하다. 브레이크가 최선을 다한다 한들 이런 날씨에 그 정도 거리에서 차를 멈추는 건 어느 누구라도 불가능했을지 모른다. 어쩌면 어느 누구의 잘못도 아닐지 모른다. 노인은 안전띠를 하지 않았고 눈이 나쁘고 차는 연식이 오래됐다. 그는 볼보를 지나친 다음 사브를 피하려고 있는 힘껏 핸들을 돌린다.

그는 그가 무엇을 들이받는지 미처 보지 못한다. 그의 차 보닛에서 나는 쿵 소리도 듣지 못한다. 그 전에 이미 핸들에 머리를 부딪쳐서 정신을 잃는다.

미라는 볼보에서 뛰쳐나와 조수석으로 달려가서 마야를 끌어낸다. 그것이 이 엄마가 맨 처음에 한 생각이다. 딸을 도로에서 끌어내 보호하는 것. 그들이 배수로에서 힘껏 부둥켜안고 있었을 때 제삼자가 다가와, 놓으면 그들을 영영 잃을 듯이 그들을 끌어안는다.

레오다.

아나와 비다르는 남은 기운으로 감당할 수 없을 만큼 빠르게 숲을 가르며 달린다. 만약 그들이 평생을 함께 지냈다면 서로 재밌게 경쟁을 벌였을지 모른다. 아이를 낳았다면 자기들 중에 누가 제일 빠른지를 놓고 계속 싸웠을 것이다.

도로에서 뭔가가 충돌하는 소리가 들리자 그들은 본능적으로 방향을 바꿔서 소리가 들린 쪽으로 달린다. 비다르는 티무의 목소리와 스핀델, 스니칸의 목소리를 잇달아 듣는다. "구급차 불러!" "조심해!"

비다르와 아나의 손끝이 마지막으로 서로 닿는다. 그들의 러브 스토리는 평범한 러브 스토리가 아니다. 그들이 서로 사랑한 기간은 남들보다 짧았을지 몰라도 남들보다 더 열렬하게 사랑했다.

"불이 났어!" 도로에 다다르자 아나가 외친다.

나무를 들이받아서 앞쪽이 찌그러진 차가 저쪽으로 보인다. 안에 탄 사람들은 의식이 없다. 보닛 틈새로 연기가 피어오르고 있다. 아나가 다시 외친다.

"불이 났어! 불이 났어!"

그러고는 달려간다. 비다르가 그녀를 잡으려고 하지만 그녀는 이미 그의 손 밖으로 벗어났다. 그녀는 아빠에게 이런 교육을 받으며 자랐기 때문이다. "너하고 나는 남들의 기대를 저버리고 그러는 사람이 아니잖니."

그래서 그녀는 불이 난 하얀 차 쪽으로 곧바로 길을 건넌다. 헤드의 병원에 갔다가 돌아오던 노인은 그가 무엇을 향해 돌진하고 있는지 다 늦은 다음에서야 알아차린다. 그는 볼보를 지나서 브레이크를 있는 힘껏 밟으며 사브를 피해 핸들을 돌린다. 아나가 도로 한복판에 있다.

비다르는 고함을 지르며 달려가지만 모든 게 너무 순식간에 벌어진다. 그래서 비다르는 앞으로 몸을 던져서 아나를 밖으로 밀친다. 그는 충동을 조절하지 못하는 성격이다. 그래서 사랑하는 사람의 목숨을 구하고 싶은 충동을 참을 방법이 없다.

아나는 배수로로 굴러떨어지자 거기 쌓인 눈 위로 벌떡 일어나서 울부짖지만 그 소리를 들어야 할, 그녀가 사랑하는 사람은 거기 없다. 급속도로 미끄러진 노인의 차가 전속력으로 들이받자 비다르 리니우스는 보닛에 부딪쳐서 지금까지 살아왔던 방식 그대로 숨을 거둔다. 즉각적으로 숨을 거둔다.

그들의 이야기는 우리의 기억 속에 영원히 남을 러브 스토리였다.

48

안 돼 안 돼 안 돼! 우리 아기!

당신은 한 마을이 무너지는 걸 본 적이 있는가. 우리 마을이 그랬다.

당신은 한 마을이 일어서는 걸 본 적이 있는가. 우리 마을이 그랬다.

당신은 정치가 됐건 종교가 됐건 스포츠가 됐건 다른 무엇이 됐건 뭐 하나라도 의견의 일치를 보지 못하는 사람들이 온 사방에서 달려 나와 오래된 술집의 불을 끄려고 애를 쓰는 광경을 본 적이 있는가. 우리가 그랬다. 어쩌면 당신도 그랬을지 모른다. 어쩌면 당신도 생각보다 우리하고 비슷할지 모른다.

우리는 최선의 최선을 다했다. 그날 밤에 가진 모든 것을 퍼부었다. 하지만 그런데도 불구하고 패배했다.

베어타운에는 아름다운 나무가 많다. 우리는 가끔 누군가를 묻을 때마다 새 나무가 자라기 때문이라고 얘기한다. 지역 신문의 부고란 옆에 출생 소식이 실리는 이유도 그 때문이다. 그래야 나무도 사람도 절대 모자랄 일이 없으니까.

상관없다.

우리는 새 나무가 필요 없다. 새 사람도 필요 없다. 이 아이만 되찾으면 된다.

———

"안 돼! 안 돼! 안 돼!" 비다르의 어머니는 비명을 지르고 눈물을 폭포처럼 쏟으며 그녀의 부엌에 서 있는 남자들의 품속으로 쓰러진다.

남자들은 할 말이 없다. 그들도 그녀와 똑같은 어둠 속으로 추락하는 중이다. 비다르의 어머니는 슬픔을 가누지 못하고 울부짖으며 바닥에 드러눕는다.

"우리 아기! 우리 아기 어디 있니? 우리 아기 어디 있니 우리 아기 어디 있니 우리 아기 어디 있니?"

———

웬수 같은 자식들 같으니라고.

아이들이 커가는 동안 엄마들은 이 생각을 얼마나 자주 할까? "웬수 같은 자식들 같으니라고." 그들에게 얼마나 소리를 질러야 할까? 어린 아들에게 아주 간단한 일을 시키려고 몇 번이나 소리를 질러야 할까? 예를 들면 신발 끈 묶는 것. "신발 끈 묶어!" 그녀는 외친다. 아들은 말을 들을까? 당연히 아니다. "신발 끈 묶어, 그러다 밟고 넘어질라!" 그녀는 외친다. "넘어지면 다쳐!" 다친다. 이 웬수 같은 자식아.

레오는 그날 밤에 신발 끈을 제대로 묶지 않았다. 제대로 묶었다면 몇 초 더 빨리 나무를 가르고 숲을 헤치고 도로로 달려 나갔을 것이다. 차가 들이닥쳤을 때 거기 있었을 것이다. 단 몇 초. 신발 끈 한 개와 엉성하게 묶은 매듭.

그래서 미라는 그날 밤에 레오의 침대에서 잠을 청하고 그는 그녀를 내쫓지 않는다. 사춘기 아이가 어머니에게 줄 수 있는 이 얼마나 근사한 선물인가. 마야가 들어와서 옆에 웅크리고 눕자 두 사람 모두 잠에서 깬다. 미라는 두 아이의 숨이 막힐 정도로 으스러져라 끌어안는다.

웬수 같은 자식.

웬수 같은 자식 웬수 같은 자식.

비다르는 어렸을 때 겁이 전혀 없어 보였다. 다른 아이들은 무서운

꿈을 꾸었고 불을 켜놓고 자고 싶어 했지만 그는 아니었다. 티무와 한 방에서 지내며 이층 침대를 썼을 때 비다르는 일층을 고집했다. 티무는 몇 달이 지난 다음에서야 이유를 알아냈다. 하루는 그가 자다가 깼을 때 비다르가 우는 소리를 듣고 달려 내려가서 왜 그러는지 캐물었다. 결국에는 그도 대여섯 살밖에 안 된 아이였던지 그날 밤에 끔찍한 괴물들이 집으로 찾아올 게 분명하다고 믿고 있었다. "그런데 왜 일층에서 자겠다고 했어?" 티무가 물었다. "그래야 괴물들이 나를 먼저 잡아가는 동안 형이 도망칠 수 있을 거 아냐!" 비다르는 훌쩍거렸다.

그는 그런 자기 자신을 어쩌지 못했다. 절대.

죽음으로 인해 고꾸라진 사람들은 일상으로 돌아가기까지 말로 다 할 수 없을 만큼 오랜 시간이 걸린다. 상심이라는 야수는 집으로 돌아갈 엄두가 나지 않을 만큼 머나먼 어둠 속으로 우리를 끌고 간다. 그곳에서는 다시 웃을 수 있다는 것조차 상상이 되지 않는다. 너무 아파서 정말로 상처가 아물어가는 건지 아니면 그냥 익숙해져가는 건지 알 도리가 없다.

아나는 비다르의 병실 앞 바닥에 밤새도록 앉아 있는다. 티무와 그의 어머니가 그녀의 양쪽 옆을 지키고 있다. 그들이 아나의 손을 잡고 있거나 아나가 그들의 손을 잡고 있거나 둘 중 하나다. 비다르 리니우스를 너무나 사랑했기에 처지를 바꿀 수만 있다면 일말의 주저함도 없이 바꿀 세 사람이다. 셋이나 되다니 제법 괜찮은 성적이지 않을까. 언젠가 그들은 그런 생각이 들더라도 무너져내리지 않을 수 있을지 모른다.

오늘 밤에 한 남자아이가 죽는다. 노인도 죽는다. 어머니와 형과 여자친구가 병원 바닥에 앉아 있고 노파는 앞으로 빈집 같은 느낌이 절대 사라지지 않을 집 안으로 들어선다. 헤드 출신의 두 남자는 방화범으로 교도소 신세를 질 테고, 그중 한 명은 숲속에서 난 교통사고 때문에 어쩌면 두 번 다시 걷지 못할 테고, 우리 중 몇 명은 그 정도면 제대로 벌을 받은 것도 아니라고 생각할 것이다.

우리 중 몇 명은 사고였다고 할 것이다. 몇 명은 살인이었다고 할 것이다. 몇 명은 그들만의 잘못이라고 생각할 테고 또 몇 명은 책임을 져야 하는 사람이 더 많다고 생각할 것이다. 많은 사람들의 잘못이었다고. 우리의 잘못이었다고.

서로 미워하도록 부추기는 건 워낙 쉽다. 그래서 사랑을 절대 이해할 수 없는 거다. 증오가 워낙 간단하기 때문에 항상 이길 수밖에 없다. 불공평한 싸움이다.

스핀델과 스니칸과 검은 재킷을 입은 남자들은 거의 이십사 시간 동안 병원 대기실을 지킨다. 흰색 셔츠와 초록색 티셔츠를 입은 남녀노소가 그들을 에워싸고 있다. 그들은 의사들이 침울한 표정으로 나와서 사람들과 악수하며 애도의 뜻을 전한 뒤에도 한참 동안 그 자리를 지킨다. 그들이 병원을 떠나지 않는 한 비다르도 살아 있을 듯이 그런다.

양쪽 마을의 어느 누구도 어떻게 하면 좋을지 알지 못한다. 가끔은 뭐라도 하는 게 더 쉬울 때도 있다. 차량들이 헤드의 병원을 빠져나왔을 때 티무와 그의 어머니는 행렬의 맨 끝에서 달렸기 때문에 다들 속도를 늦추는 이유를 알지 못한다. 나무들을 보고서야 알아차린다.

누군가가 벌거벗은 나뭇가지에 쌓인 눈을 치우고 베어타운까지 얇은 천 조각들을 매달아놓았다. 별것도 아니고 숲속에서 바람에 나부끼는 천 조각에 불과하다. 하지만 빨간색과 초록색이 하나씩 교차한다. 덕분에 차를 타고 가던 가족들은 베어타운 혼자만 슬퍼하는 게 아니라는 걸 안다.

티무와 그의 어머니가 집에 도착하고 보니 누군가가 집 앞 계단에 앉아서 그들을 기다리고 있다.

"저 사람 미라 안데르손 아니니?" 티무의 어머니가 묻는다.

티무는 아무 말 없이 차에서 내린다. 미라도 아무 얘기를 하지 않는다. 그냥 일어나서 그들과 함께 들어가고 부엌으로 직행해 청소와 요리를 시작한다. 티무는 어머니를 방으로 데려가고 어머니가 약 기운으로 선잠이 들 때까지 곁을 지킨다.

그는 다시 부엌으로 돌아간다. 미라가 아무 말 없이 수세미를 건넨다. 그는 그릇을 씻고 그녀는 닦는다.

49

다들 스틱 하나씩 들고. 골문 두 개를 두고. 두 팀으로 나눠서

인생은 우라지게 희한한 것이다. 우리는 모든 시간을 쏟아부어가며 인생의 여러 가지 측면을 관리하려고 하지만 통제할 수 없는 영역에서 벌어지는 일들이 인생의 대부분을 규정한다. 우리는 이해를 절대 잊지 못할 것이다. 가장 좋았던 기억도, 가장 나빴던 기억도. 이해는 언제까지고 우리에게 영향을 미칠 것이다.

우리 중 누구는 이사를 가겠지만 대부분은 여기 남을 것이다. 이곳은 복잡하지 않은 곳이 아니지만 어른이 되어보면 어디든 그렇다는 걸 알게 될 것이다. 베어타운과 헤드에 얼마나 많은 허점이 있는지 하늘도 알고 땅도 알지만 그들은 우리 마을이다. 여기가 우리에게 주어진 세상의 모퉁이다.

아나와 마야는 견사의 별채에서 훈련을 한다. 몇 시간이고 한다. 분위기가 좋지 않고 어쩌면 절대 괜찮아지지 않을지 모르지만 그래도 그들은 매일 아침마다 일어날 방법을 찾을 것이다. 아나가 쓰러져서 비명을 지르며 울부짖기만 하자 마야가 단짝 친구를 꼭 끌어안고 귀에 대고 속삭인다. "생존자야, 아냐. 생존자. 우리는 생존자야."

어느 이른 아침, 태양이 지평선 위로 버둥버둥 고개를 내밀자마자 누군가가 자동차 정비소 문을 두드리는 소리가 들린다. 한겨울이고 어린 시절의 끝을 향해 가는 시기인데, 보보가 문을 열어보니 벤이, 아맛, 사카리아스가 그 앞에 서 있다. 그들은 스틱과 퍽을 들고 호수로 가서 마지막으로 함께 하키를 한다. 그건 그냥 스포츠일 뿐이고 중요한 건 그것뿐인 듯이.

십 년이 지나면 아맛은 프로 선수가 돼서 거대한 경기장에서 뛸 것이다. 사카리아스도 프로 선수가 될 테지만 그의 자리는 컴퓨터 앞이다. 보보는 아버지가 될 것이다.

그들이 호수에서 하키를 끝냈을 무렵 날이 다시 거의 어두워진다. 벤이는 다른 친구들에게 짤막하게 손을 흔들고 작별 인사를 외친다. 내일 다시 만날 듯이.

헤드 아이스하키단과 베어타운 아이스하키단이 이번 시즌 들어서 두 번째로 맞붙는 경기는 절대적으로 전부이기도 하고 아무것도 아니기도 하다.

하이츠의 어느 집 부엌에서는 마간 뤼트가 파스타 샐러드와 감자 샐러드를 만들고 있다. 그걸 큼지막한 그릇에 담고 랩을 씌운다. 그녀는 자신이 좋은 사람인지 나쁜 사람인지 알지 못한다. 대부분의 사람들은 자신이 좋은 사람이라고 생각하지만 그녀는 절대 그런 적이 없다. 그녀는 다른 무엇보다도 자신을 전사라고 생각한다. 그녀의 가족을 위해, 아이들을 위해, 마을을 위해. 이 마을은 그녀와 엮이고 싶어하지 않는다 해도. 좋은 사람들이 좋은 의도로 나쁜 짓을 저지를 때도 있고 그 반대인 경우도 있다.

그녀는 샐러드를 들고 마을을 가로질러서 아이스링크를 지나 도로를 따라 달린다. 리니우스 가족의 집 앞에 차를 세우고 문을 두드린다.

마간 뤼트에 대해 이러니저러니 해도 좋다. 하지만 그녀는 누군가의 어머니이기도 하다.

조만간 경기가 시작될 시각이라 모든 선수들이 로커룸에 있어야 하지만 그런데도 빌리암 뤼트는 다른 팀 로커룸을 향해 복도를 걸어간다. 아맛과 보보가 그를 볼 때까지 문 앞에서 기다린다.

"그거 더 있어?" 그가 조용히 묻는다.

아맛과 보보는 영문을 몰라 하지만 고참 선수 중 한 명이 무슨 소린지 알아차린다. 그가 모든 베어타운 선수들이 차고 있는 까만색 완장을 들고 와서 건넨다. 빌리암은 팔에 완장을 차고 고맙다는 뜻에서 목례를 한다.

"삼가…… 조의를 전할게요. 우리 팀 모든 선수를 대신해서요."

베어타운 선수들은 대답 대신 무뚝뚝하게 고개를 끄덕인다. 내일이 되면 그들은 다시 서로를 미워할 것이다. 내일이 되면.

벤이는 한참 동안 아이스링크 앞에 서 있는다. 발을 눈 속 깊이 묻고 나무 그늘 안에서 담배를 피운다. 그는 평생 동안 수많은 이유로 인해, 수많은 사람들을 위해 아이스하키를 했다. 우리의 전부를 요구하는 것들도 있는데, 이 스포츠는 클래식 악기와 같아서 그냥 취미로 할 수 있을 만큼 만만치가 않다. 어느 날 아침에 일어나보니 세계적인 수준의 바이올리니스트나 피아니스트가 된 사람은 없듯이 마찬가지 원칙이 하키 선수들에게도 적용된다. 평생 동안 집착해야 한다. 나의 정체성을 모조리 삼켜버릴 수도 있다. 결국 열여덟 살짜리는 아이스링크 앞에 서서 고민에 잠긴다. '이게 아니면 나는 뭐가 될 수 있을까?'

벤이는 이 경기에서 뛰지 않는다. 경기가 시작됐을 때 그는 이미 멀리 사라지고 없다.

헤드 아이스하키단 코치가 베어타운 아이스하키단 코치를 찾아온다. 엘리사베트 사켈은 놀라는 표정을 짓고, 다비드는 어깨에 가방을 짊어지고 수줍어하며 그의 뒤에 서 있는 열일곱 살짜리를 가리킨다. 다비드는 그 끔찍한 사건과 관련해서 어떤 식으로 얘기하면 어른스

럽고 이해심이 많아 보일지 대사를 이미 준비해놓았다. 하지만 그의 입술이 거부한다. 세심한 사람이 되고 싶은데, 아니 적어도 세심한 사람처럼 보이고 싶은데, 가끔은 말보다 행동이 더 쉬울 때도 있다. 그래서 그는 남자아이를 턱으로 가리킨다.

"우리 팀 후보 골키퍼예요. 제대로 된 코치를 만나면 우라지게 훌륭한 선수가 될 수 있을 텐데…… 음…… 우리 팀에서는 출전 기회가 별로 없어서요. 그래서 혹시……."

"뭐라고요?" 사켈은 고개를 들 줄 모르는 열일곱 살짜리에게 시선을 고정한 채로 묻는다.

다비드는 헛기침을 한다.

"내가 협회에 연락했어요. 상황을 감안했을 때 이적을 승인할 생각이 있대요."

사켈은 눈썹을 추켜세운다.

"나한테 골키퍼를 주겠다고요?"

다비드는 고개를 끄덕인다.

"다들 그쪽이 골키퍼를 키우는 데 소질이 있다고 그러기에요. 그쪽이라면 이 녀석을 환상적인 선수로 키울 수 있을 거라고 봐요."

"이름이 뭐니?" 사켈이 묻지만 골키퍼는 바닥에 대고 뭔지 모를 말을 중얼거리고는 그만이다.

다비드가 어색하게 기침을 한다.

"우리 팀에서는 이 녀석을 '옹알이'라고 불렀어요. 하는 게 그것뿐이라……."

그의 예상이 맞는다. 그 아이는 우라지게 훌륭한 선수로 성장할 테고 쓸데없는 말은 한 마디도 하지 않을 것이다. 엘리사베트 사켈은 첫눈에 그를 마음에 들어 한다. 그는 헤드 출신이지만 거의 이십 년 동안 베어타운팀에서만 활약할 테고 어느 날부턴가는 응원단이 보기에 어느 누구보다 훌륭한 곰이 되어 있을 것이다. 하지만 절대 1번을 달지는 않을 것이다. 그건 비다르의 번호다. 그는 대신 헬멧에 숫자 1을 적어놓을 테고 검은 재킷들은 그걸 보고 항상 그에게 남들보다 열렬한 환호를 보낼 것이다.

다비드는 악수를 하고 열일곱 살짜리는 로커룸으로 들어간다. 다비드는 어색하게 발을 이리저리 움직이다가 용기를 내서 사켈에게 묻는다.

"벤이는 어떻게 지내요?"

사켈의 아랫입술이 보일락 말락 하게 떨린다. 목소리도 아주 살짝 흔들린다.

"잘 지내요. 내 생각에는 잘 지낼 것…… 같아요."

그녀도 코치로 지내는 한 어느 팀에 가건 16번 유니폼을 남겨놓을 것이다. 그녀와 다비드는 서로의 눈을 쳐다본다. 그녀가 얘기한다.

"오늘 저녁에 빙판에서 본때를 보여줘요."

"그쪽이 본때를 보여줘야죠!" 다비드는 미소를 짓는다.

그들은 서로 본때를 제대로 보여준다. 사람들은 몇 년 동안 이날의 경기를 얘기할 것이다.

———

티무는 혼자 견사를 찾는다. 봉투를 들고서 벤이가 있는 옥상으로 올라간다. 티무는 망설이다가 그의 옆에 앉는다.

"경기하러 안 가니?" 티무가 묻는다.

벤이는 삐딱한 말투가 아니라 거의 행복하게 들리는 말투로 대답한다.

"네. 형은 가요?"

티무는 고개를 끄덕인다. 그는 하키 관람을 절대 멈추지 않을 것이다. 하키를 보면 동생 생각이 너무 나는 거 아니냐고 할 사람들이 있을지 몰라도 사실은 앞으로 오랫동안 그가 비다르 생각이 나도 견딜 수 있는 몇 군데 가운데 하나가 경기장이 될 것이다. 비다르 생각이 나도 가슴이 미어지지 않는 곳이 말이다.

"떠날 거지?" 그가 이윽고 묻는다.

벤이는 놀라는 표정을 짓는다.

"그걸 어떻게 알았어요?"

티무의 눈이 잠깐 반짝인다.

"내가 비다르한테서 보고 싶었던 표정을 짓고 있거든. 여기서 탈출할까 고민하는 표정."

티무는 미미한 산들바람에도 산산이 부서질 것처럼 보인다. 벤이는 그에게 담배를 건넨다.

"비다르가 어디로 갔으면 했어요?"

티무는 코로 연기를 내뿜는다.

"좀 더…… 근사한 사람이 될 수 있는 곳. 너는 어쩔 작정인데?"

벤이는 담배를 깊게 한 모금 빤다.

"모르겠어요. 그냥 내가 하키를 하지 않으면 뭘 할 수 있을지 알아보고 싶어요. 여기 있으면 그게 안 될 것 같거든요."

티무는 진지하게 고개를 끄덕인다.

"너는 훌륭한 하키 선수야."

"고마워요."

티무는 대화가 감당할 수 없는 방향으로 흘러갈까봐서 걱정이 되는 사람처럼 얼른 일어선다. 그는 벤이의 무릎에 봉투를 떨어뜨린다.

"스핀델이랑 스니칸이 인터넷에서 '무지개 펀드'에 대한 글을 읽었는데 그 펀드가 뭐냐 하면…… 다른 나라에서 공격당하고 감옥에 갇히고 개떡 같은 경우를 당한 사람들을 위해 마련된 기금이래. 그러니까……."

그는 입을 다물어버린다. 벤이는 봉투를 쳐다보며 나지막이 묻는다.

"나 같은 사람들을 위해서요?"

티무는 고개를 돌린다. 담배를 비벼서 끄고 기침을 한다.

"뭐…… 펠센에서 돈 통에 모은 돈을 그런 데…… 쓰자고 의견을 모았어. 그래서 너한테 주기로."

벤이는 무너지는 가슴을 달래며 침을 삼킨다.

"그러니까 이 돈을 무지개 펀드에 전해달라는 거예요? 나도 그들과 같은 사람이니까?"

티무는 벌써 계단을 내려가기 시작했지만 걸음을 멈추고 벤이의 눈을 똑바로 쳐다본다.

"아니. 네가 우리하고 같은 사람이니까 그 돈을 전해달라는 거야."

———

라모나는 펠센을 쿵쾅쿵쾅 걸어 다니며 점심을 마시고 인부들에게 상스러운 욕을 퍼붓는다. 페테르 안데르손이 들어오는데, 어렸을 때 술에 취한 아버지를 데리러 왔을 때마다 지었던 표정을 짓고 있다.

"어떻게 돼가고 있어요?" 그가 공사 현장을 두리번거리며 묻는다.

라모나는 어깨를 으쓱한다.

"불이 난 뒤로 전보다 냄새가 괜찮아졌어."

페테르는 힘없이 미소를 짓는다. 그녀도 힘없이 미소를 짓는다. 그들은 아직 웃을 마음의 준비가 되지 않았지만 그래도 올바른 방향으로 움직이기 시작했다. 페테르가 동공이 흔들릴 정도로 깊게 숨을 마시고 입을 연다.

"이거 받으세요. 베어타운 아이스하키단 이사한테 드리는 거예요."

라모나는 그가 카운터에 내려놓은 종이를 아무 말 없이 쳐다본다. 그게 뭔지 알기에 건드릴 생각조차 하지 않는다.

"그 안에 말쑥한 재킷 입고 다니는 따분한 노인네들도 많잖아. 그 중 한 명한테 줘!"

페테르는 고개를 젓는다.

"사장님께 드릴 거예요. 그중에서 제가 믿는 사람은 사장님뿐이니까요."

그녀는 그의 뺨을 토닥인다. 펠센의 문이 열리고 페테르가 고개를 돌려보니 티무가 문 앞에 서 있다. 두 남자는 시끄러운 일은 원치 않는다는 듯이 본능적으로 서로를 향해 손을 들어 보인다.

"아…… 나중에 다시 올게요." 티무가 얘기한다.

"아니야, 아니야, 나 이제 막 나가려던 참이었어!" 페테르가 우긴다.

라모나는 두 남자를 보며 콧방귀를 뀐다.

"둘 다 시끄러워. 와서 맥주 한잔해라. 돈 안 받을게."

페테르는 헛기침을 한다.

"저는 커피 마실게요."

티무는 재킷을 건다.

"저도요."

페테르가 공연히 잔을 들어서 건배를 청한다. 티무도 따라 한다.

"나 원 참! 어이가 없어서!" 라모나는 짜증난 투로 중얼거린다.

페테르는 카운터를 내려다보며 얘기한다.

"내 말이 위로가 될지 어떨지 모르겠지만 나는 비다르가 하키 선수로서 성공할 수 있었을 거라고 생각해. 어쩌면 최고의 자리에도 오를 수 있었을 거라고. 실력이 워낙 출중했으니까."

"동생으로서는 그보다 더 훌륭했어요." 티무가 얘기한다.

그러고는 미소를 짓는다. 라모나도 미소를 짓는다. 페테르는 헛기침을 한다.

"참 안타까운 일이라고 할 밖에……."

티무는 커피 잔을 돌리고 표면에 이는 잔물결을 바라본다.

"단장님은 첫째를 잃으셨죠?"

페테르는 숨을 크게 마시고 눈을 감는다.

"응. 이삭."

"그 슬픔을 극복하셨나요?"

"아니."

티무는 잔을 돌리고 또 돌린다.

"그럼 무슨 수로 계속 살아가세요?" 그가 묻는다.

"더 열심히 싸우는 수밖에 없지." 페테르는 속삭인다.

티무는 잔을 들어서 다시 한번 건배한다. 페테르는 잠깐 망설이다가 결국 얘기를 꺼낸다.

"자네하고 자네 친구들이 나를 그 일당의 적으로 간주한다는 거 알아. 그럴 만도 할지 모르고. 나는 스포츠에 폭력은 개입할 여지가 없다고 생각하거든. 하지만…… 살다보면 간단치 않은 일도 있다는 걸 나도 알아. 하키단이 자네들의 구단이기도 하다는 것도 알고. 내가 가끔…… 도가 지나칠 때도 있었던 걸 미안하게 생각하네."

티무의 손톱이 사기잔에 슬프게 부딪친다.

"정치하고 하키. 그 둘은 서로 가까워지면 안 되는데 말이죠, 단장님."

페테르는 코로 숨을 크게 들이마신다.

"자네한테 도움이 되는 얘기일지 모르겠지만…… 리샤르드 테오가 나를 속였어. 그가 권력을 잡으려고 자네와 나 같은 사람들을 우롱한 거지. 그리고 그 같은 사람들은 아이스하키단으로 만족하지 않아. 온 마을을 장악하려고 하지."

티무는 멍하니 까칠한 수염을 긁는다. 그는 더 이상 잃을 게 아무것도 없는 사람이다.

"우리를 원하면 와서 잡아가야 할 거예요."

페테르는 고개를 끄덕인다. 그는 가장 두려운 상대가 누군지 아직도 잘 모르겠다. 문신을 새긴 훌리건인지 아니면 넥타이를 매고 양복을 입은 훌리건인지. 그는 일어나서 라모나에게 커피 잘 마셨다고 얘기한다. 그녀는 종이를 들고 있지만 그가 나간 다음에서야 읽는다.

페테르의 사직서다. 그는 이제 베어타운 아이스하키단 단장이 아니다. 그는 이제 거기서 근무하지 않는다.

라모나는 카운터 너머로 사직서를 민다. 티무도 읽는다. 커피를 마시며 얘기한다.

"페테르는 바보예요. 하지만 덕분에 하키단이 명맥을 유지했죠. 그건 절대 잊지 않을 거예요."

"이 세상에 어떤 바보라도 자기를 사랑해주는 사람이 있기 마련이야." 라모나는 대꾸한다.

그녀가 잔을 들고 티무도 잔을 들고 두 사람은 아무 말 없이 건배한다. 그런 다음 그는 경기를 보러 간다. 그날 저녁에 그는 엄마와 함께 파스타 샐러드와 감자 샐러드를 먹는다.

리샤르드 테오는 의회 건물 사무실에서 혼자 일을 하고 있다. 밖에서는 조기가 바람에 나부낀다. 어쩌면 그는 거기에 관심이 있을 수도 있고 없을 수도 있다. 어쩌면 그는 자신이 저지른 짓의 일부를 후회할 수도 있고 그래도 나쁜 일보다는 좋은 일을 많이 했다고 자신을 다독일 수도 있다. 리샤르드 테오는 권력을 쥔 사람만이 정치에 영향을 미칠 수 있다고 확신하기에 좋은 의도만으로는 부족하다. 먼저 승리를 쟁취해야 한다.

다음 번 선거 때 그는 베어타운 중심부, 펠센 술집 인근의 역사적으로 의미 있는 여러 건물에 화재 예방 조치를 갖추는 데 투자하겠다고 약속할 것이다. 그리고 끔찍한 교통사고가 반복되지 않도록 베어타운과 헤드를 연결하는 도로의 제한속도를 낮추겠다고 약속할 것이다. '법과 질서', '일자리 창출', '의료 서비스 개선'을 유세할 것이다. 그는 아이스링크에 유치원을 만들고 베어타운 아이스하키단의 재정과 공장의 일자리를 구원한 정치인으로 유명해질 것이다. 심지어 그가 헤드의 병원까지 구제하지 않았던가.

물론 언젠가 이 마을 주민들은 새 사장단이 이곳의 공장을 계속 유지할 생각이 원래부터 없었다는 걸 알게 될 것이다. 그들은 그편이 수익성 면에서 더 낫다는 결론이 내려지자마자 부지가 여기보다 더 저렴하고 인건비가 덜 드는 곳으로 공장을 옮길 것이다. 그런들 리샤르드 테오에게는 아무 상관 없을 것이다. 다음 선거철이 돌아오기 전에 고위급 시의회 의원들이 수년 동안 세금을 어떤 식으로 유용했는지 폭로하는 증거가 지역 신문사에 유출될 테니 말이다. 아무도 모르는 보조금과 대여료가 아이스하키단 이사회의 '배부른 자본가'들의 주머니로 흘러들어갔고, 시 의회에서 세계 스키 선수권 대회 유치 신청과 관련해서 '불법적인 투자'를 받고 콘퍼런스 호텔 건설을 지지했다고 한다. 곧바로 그 뒤를 이어서 '돈 많은 사업가'들이 '영향력 있는 지역구 정치인'들을 매수했다는 스캔들이 터진다.

현재 제1정당의 대표를 맡고 있는 여성 정치인은 자금 유용과 아무 관계가 없지만 결국에는 선거 기간 내내 부패에 관한 질문에 답변하느라 진땀을 뺀다. 그녀의 남편과 형제가 마침 부패 스캔들에 연루된 회사에서 근무한다. 그들은 나중에 전혀 아무 죄가 없는 것으로 밝혀지지만 그때는 이미 늦을 것이다. '부패'라는 단어가 여성 정치인의 이름과 나란히 신문 헤드라인에 여러 차례 등장하면 대부분의 사람들은 이렇게 결론을 내릴 것이다. "결국에는 그 여자도 오염되는

구만. 남들하고 똑같네."

그 반대편에 리샤르드 테오가 있고 그는 완벽할 필요도 없다. 그냥 남들과 다르기만 하면 된다. 이 때문에 그는 다음 선거에서 승리를 거둘 것이다. 그와 같은 남자들은 그렇기 때문이다. 하지만 그다음 선거에서도 승리를 거두지는 못할 것이다. 그와 같은 남자들은 그렇기 때문이다.

하지만 오늘 그는 평소보다 일찍 의회 건물을 나선다. 오늘 저녁에 수도에 있는 형의 집까지 먼 길을 가야 하기 때문이다. 조카가 내일이면 여섯 살이 되는데, 리샤르드는 지금까지 매일 밤마다 그에게 전화로 잠자기 전에 동화책을 읽어주고 있다. 리샤르드와 조카, 두 사람 모두 동물을 사랑하기에 거의 언제나 동물이 나오는 동화책이다.

아이의 생일인 내일에는 같이 동물원에 갈 것이다. 가서 곰과 황소를 볼 것이다.

미라 안데르손과 동료는 새로운 사무실에 있다. 좁고 상자들로 발 디딜 틈이 없고 그들은 스트레스에 시달리고 있고 탈진 상태다. 거물급 고객을 몇 명 유치하는 데는 성공했지만 괜찮은 직원을 구하기가 하늘의 별 따기다. 특히 이 지역에서는 아무도 신생 회사 근무라는 도박을 감행하려 하지 않는다.

문을 두드리는 소리가 들리자 미라의 동료는 면접을 보았던 변호사 가운데 한 명이 생각이 바뀌었다며 다시 찾아온 게 아닐까 하는 희망을 품는다. 그녀는 명랑하게 문을 열어젖히지만 문 앞에 미라의 남편이 서 있다.

"페테르? 여긴 어쩐 일이야?" 미라가 사무실 안쪽에서 묻는다.

페테르는 침을 삼키고 땀이 나는 손을 청바지에 대고 닦는다. 그는 흰색 셔츠에 넥타이를 매고 있다.

"내가…… 한심하게 들릴 수도 있겠지만 인터넷에서 봤거든…… 요즘은…… 인사과에서 인력을 관리하는 회사가 많다고. 그 부서에서…… 직원 채용, 연수, 복지를 담당한다고. 그래서……."

그의 혀가 입천장에 들러붙는다. 미라의 동료는 웃음을 참으려고 하지만 별반 성공을 거두지 못하고 그에게 물을 한 잔 가져다준다. 미라가 묻는다.

"여보, 무슨 말을 하고 싶은 거야?"

페테르는 마음을 가라앉힌다.

"내가 '인력 관리'에 소질이 있지 않을까 싶어서. 팀을 만드는 거랑 비슷하잖아. 구단을 유지하는 거하고도 비슷하고. 내가 당신 회사에 딱 맞는 경력은 없지만…… 다른 쪽으로는 경험이 있잖아."

미라의 동료는 머리를 긁적인다.

"미안하지만 이해가 안 돼서요, 페테르. 여긴 어쩐 일로 찾아온 거예요? 지금 베어타운이 경기하고 있을 시각 아니에요?"

페테르는 다시 청바지에 대고 손을 닦는다. 미라의 눈을 쳐다본다.

"베어타운 아이스하키단에 사직서를 제출했어요. 여긴 일자리를 찾으러 온 거고요."

미라는 열심히 눈을 깜빡이며 그를 한참 동안 쳐다본다. 자기 몸을 세게 끌어안는다.

"하고 많은 곳 중에 여기서 일하고 싶어 하는 이유가 뭐야?" 그녀가 속삭인다.

그는 허리를 편다.

"단순한 결혼 생활으로 만족할 수가 없거든. 더 나은 사람으로 발전할 수 있도록 당신이랑 나랑 서로 도울 수 있으면 좋겠어."

한쪽은 빨간색, 한쪽은 초록색인 두 팀이 그날 저녁 경기를 치르기 위해 드디어 빙판 위로 나서는데, 빙판에서도 그렇고 관중석에서도 그렇고 당연히 있을 줄 알았지만 없는 사람들이 있다. 하지만 두 마을에서 천 개의 다른 이야기를 품은 다른 사람들은 모두 참석한다. 그럼에도 불구하고 베어타운 아이스링크에는 정적이 흐른다. 좌석이 매진됐지만 어느 누구도 말을 하거나 박수를 치거나 구호를 외치지 않는다. 한쪽 스탠딩석에 초록색 옷을 입은 사람들이 있고 그 한복판에 검은 재킷을 입은 남자들이 미동도 없이 서 있다. 그들은 구호를 외치지 않는다. 외치고 싶지만 기운이 없고 숨이 막히고 목소리가 나오지 않는 듯이 그런다. 하지만 어떤 구호가 느닷없이 지붕을 향해 솟구친다. 그들의 구호다.

"우리이이는 고오오오옴! 우리이이는 고오오오옴! 우리는 고오오오오옴……."

경기장 맞은편의 다른 스탠딩석에서 나온 소리다. 빨간 옷을 입은 응원단들이 그 구호를 외치고 있다. 헤드의 응원단은 어렸을 때부터 베어타운 아이스하키팀을 증오했고 내일이면 다시 그렇게 될 것이다. 그들은 서로 계속 싸울 테고 세상은 달라지지 않을 테고 모든 게 평소처럼 굴러갈 것이다.

하지만 오늘 한 번만큼은 존중하는 뜻을 담아서 슬픈 목소리로 목청껏 상대 팀의 구호를 외친다.

"베어타운의 곰!"

단 한 번의 짤막한 존중의 표현이다. 그냥 말일 뿐이다. 그 이후에 아이스링크는 전보다 더 고요해지지만 이내 두 번 다시 그럴 일이 있을까 싶게 변한다. 처음에는 아무 소리도 나지 않더니 마을 전체가 모든 사람에게 자기가 아직 여기 있다고, 아직 떳떳하게 서 있다고, 아직 베어타운 대 나머지 전부라고 외치느라 자부심과 애정이 폭발하는 소리 말고는 아무것도 들리지 않는 지경에 이른다. 검은 재킷이 있는 초록색 관중석이 노래를 부르기 시작한다. 하늘에 닿을 수 있도록, 그들이 얼마나 그리워하는지 그가 알 수 있도록 쩌렁쩌렁하게 부르기 시작한다.

그러고 나서 이 동네에서 항상 하는 걸 한다. 하키 경기를 한다.

마야의 엄마가 역까지 태워다준다. 딸이 계단을 올라가서 두리번거리며 찾는 걸 발견할 때까지 엄마는 입구에서 기다린다. 그는 벤치

에 앉아 있다.

"벤이 선배……." 그녀는 놀라지 않도록 살그머니 동물을 부르는 사람처럼 멀리서 나지막이 그의 이름을 부른다.

그는 놀란 표정으로 고개를 든다.

"여긴 어쩐 일이야?"

"선배 찾으러 왔어요." 마야가 얘기한다.

"내가 여기 있는 걸 어떻게 알았어?"

"언니들한테 들었어요."

그는 환하게 미소를 짓는다.

"아주 못 믿을 사람들이로구만."

"어마어마하게 못 믿을 사람들이죠!" 마야는 웃음을 터뜨린다.

그녀는 재킷 소매가 살짝 짧다. 올해 들어 재킷도 모르는 새 키가 자랐기 때문이다. 팔에 새로 새긴 문신 두 개가 드러나 보인다. 하나는 기타고 또 하나는 소총이다.

"그거 마음에 든다." 벤이는 턱으로 가리킨다.

"고마워요. 그런데 어디로 가요?" 그녀가 묻는다.

그는 한참 동안 대답을 고민한다.

"모르겠어. 그냥…… 다른 데."

그녀는 고개를 끄덕인다. 손 글씨로 짤막하게 뭔가를 적은 종이를 건넨다.

"나 음악학교 입학 허가를 받았어요. 일월에 떠나요. 그 전에 선배가 돌아올지 어떨지 모르겠어서 그래서…… 이걸 주고 싶었어요."

그가 뭐라고 적었는지 읽는 동안 그녀는 엄마가 차에서 기다리는 곳으로 걸음을 옮긴다. 그는 다 읽은 뒤에 그녀의 등에 대고 외친다.

"마야!"

"네?" 그녀도 마주 외친다.

"개자식들 앞에서 울지 마!"

그녀는 눈물이 고인 눈으로 웃는다.

"당연하죠, 선배! 당연하죠!"

어쩌면 그들은 두 번 다시 만나지 못할 테지만 그녀는 그를 보고 느낀 가장 중요한 부분들을 그 종이에 적었다.

당신에게 용기가
끓는 피가
너무 빠르게 두근거리는 심장이
모든 걸 너무 힘들게 만드는 감정이
주체할 수 없는 사랑이
가장 짜릿한 모험이 주어지길 바라요.
당신은 탈출하는 방법을 찾을 수 있길
해피엔드로 끝나는
그런 사람이길 바라요.

내일도 우리의 마을 위로 태양이 떠오를 것이다. 눈이 부시도록.

아나라는 아가씨는 내면 깊숙이 파고들어서 살아나갈 힘을 찾을 것이다. 그녀와 같은 사람들은 그렇다. 앞으로 몇 달 뒤에 그녀는 머나면 대도시에서 처음으로 시합에 참가할 것이다. 예아네테가 로커룸에서 그녀의 이마에 입을 맞추고 마야는 그 옆에 서서 자기 주먹으로 글러브를 낀 아나의 주먹을 때리며 속삭인다. "사랑한다, 이 바보야!" 아나는 슬픈 미소를 지으며 대답한다. "사랑한다, 이 등신아!" 그녀의 팔뚝에는 마야와 똑같은 문신이 새겨져 있다. 기타와 소총 문신이다. 아나의 아버지는 로커룸 앞에 서 있다. 그는 여전히 노력 중이다.

아나가 대전을 위해 링으로 들어서자 관중석 한쪽에 앉아 있던 사람들이 명령이라도 떨어진 듯 자리에서 일어선다. 그들은 고함을 지르지는 않지만 검은 재킷을 입고 있고 그녀가 그들 쪽을 쳐다보자 심장에 한쪽 손을 아주 잠깐 동안 얹는다.

"저 사람들 누구니?" 심판이 놀라서 묻는다.

아나는 천장을 쳐다보며 눈을 깜빡인다. 그 너머의 하늘을 상상한다.

"제 형제자매요. 내가 떳떳하면 저들도 떳떳할 거예요."

대전이 시작되고 링 위에서 아나의 적은 한 명뿐이다. 사실 상관없다. 그녀는 백 명이라도 상대할 수 있었을 것이다. 그래도 그들은 승산이 없었을 것이다.

그리고 태양은 떠오른다. 내일 또다시.

할로 출신의 남자아이는, 아맛이라는 아이는, 모두들 훌륭한 하키 선수가 되기에 너무 작고 힘이 없다고 생각했던 그 아이는 NHL까지 탄탄대로를 달릴 것이다. 그는 빙판 위에서 프로 선수로 활약하고 그와 한동네에서 살았던 어린 시절의 친구 사카리아스는 컴퓨터 앞에서 프로 선수로 활약할 것이다. 그들과 함께 어린 시절을 보낸 남자아이와 여자아이 들 가운데 누구는 잘못된 길을 선택하고 누구는 너무 일찍 세상을 떠나지만 누구는 나름대로 살아갈 방법을 찾을 것이다. 풍성하고 떳떳하게 살아갈 방법을 찾을 것이다. 그 누구도 자기가 어디 출신인지 절대 잊지 않을 것이다.

갈텐이라는 아빠는 계속 정비소에서 차를 수리하고 아이들을 위해 고군분투하고 하루하루 닥치는 대로 살아간다. 그들은 매일 아침마다 안-카트린의 무덤을 찾는다. 큰아들 보보는 자동차 보닛에 박힌 도끼를 뺄 수 있을 만큼 힘이 세지만 스케이트를 잘 타는 법은 절대 배우지 못했고 감정 표현에 서툰 하키 코치와 점점 친해진다. 사켈이 그를 보조 코치로 발탁한다. 그는 엄청난 수완을 발휘한다.

라모나는 술집을 고친다. 그녀의 술집이 다시 문을 열자 베어타운의 모든 주민과 헤드의 밥맛들까지 상당수가 몇 시간 동안 줄을 서가며 들어가 맥주를 마시고 '돈 통'이라고 적힌 봉투에 잔돈을 넣는다. 베어타운의 하키 코치는 이듬해 일 년 동안 감자를 공짜로 먹는다. 하지만 맥주 값은 계산해야 한다. 술집이 빌어먹을 자선단체는 아니기 때문이다.

한쪽 구석에 다섯 명의 노파가 앉아 있다. 카운터에는 네 명의 노인이 앉아 있다. 그러기가 쉽지 않을 때도 있다. 하지만 그들에게 그 얘기를 하면 산다는 게 원래 그런 법이라고 할 것이다.

네 살 반이었던 알리시아는 다섯 살이 될 것이다. 그녀는 날마다 아이스링크에 가지만 가끔 어떤 노인의 집 마당에서 테라스 옆 벽에 대고 퍽을 날릴 테고 어느 날 최고의 선수가 될 것이다.

봄이 찾아오면 어느 일요일 오후, 슈퍼마켓 앞 주차장에서 세 남자가 만날 것이다. 페테르, 프락, 갈텐이다. 그들은 마지막으로 함께 선수로 뛰었던 이십 년 전에 비하면 머리숱은 살짝 적어지고 배는 살짝 더 나왔지만 그래도 그들에게는 하키 스틱과 테니스공이 있다. 골문을 나르는 그들의 아내와 아이들이 웃으며, 다른 골문을 나르는 아빠들을 건방지게 도발한다. 그러고 나서 온 세상을 통틀어 중요한 일은 그거 하나뿐인 듯 온 가족이 하키를 시작한다.

그것을 둘러싸고 있는 모든 쓰레기를 벗겨내고 애초에 그것을 사랑할 수밖에 없게 만든 것들만 남기면 단순한 스포츠이기 때문이다.

다들 스틱 하나씩 들고. 골문 두 개를 두고. 두 팀으로 나눠서.

우리 대 당신들.

옮긴이의 말

"어쩌면 우리는 좋은 사람인 동시에 나쁜 사람일 수도 있다. 좋은 사람과 나쁜 사람을 둘러싼 문제가 복잡해지는 이유도 우리가 대부분 좋은 사람인 동시에 나쁜 사람일 수 있기 때문이다."

- 본문 중에서

이 세상을 둘로 나눌 수 있으면 살기가 아주 간단해질지 모른다. 흑 아니면 백. 우리 편 아니면 적. 선 아니면 악. 이 작품의 스웨덴 원서 제목도 'Vi mot er', 즉 '우리 대 당신들'이었고 본문에서도 얘기하길 "인간은 저마다 백 가지로 다르지만 남들 눈에는 우리가 그들과 한 팀인지 아닌지 그것만 보인다"지 않는가. 하지만 현실은 흑과 백보다 그 사이에 존재하는, 무수하고 미묘하게 다른 회색들이 훨씬 더 많다. 세상이 그리 간단하게 나눌 수가 없는 곳이기에 오늘도 우리의 세상살이는 복잡할 수밖에 없다.

무엇이 선이고 무엇이 악일까. 티무의 가장 친한 친구인 스핀델과 스니칸은 짐승처럼 싸울 수 있지만 아무 죄 없는 사람들은 절대 공격하지 않고, 최악의 폭풍이 베어타운을 강타했을 때는 이 둘이 집집마다 찾아다니며 아무 대가 없이 마당에 쓰러진 나무를 치우고 지붕과 창문을 고쳤다. 비다르는 또 어떤가. 그는 베어타운의 소문난 말썽꾼이었고 폭행 및 마약 소지죄로 시설 신세를 졌지만, 괴물들이 자기를 잡아가는 동안 형이 도망칠 수 있게 이층 침대의 일층을 고집한 동생이었고 여자친구를 위해서라면 그 어떤 것도 아끼지 않은 순정파였다. 그렇다면 이들은 호인일까 악인일까. 그런 구분이 과연 어떤 의미가 있을까.

프레드릭 배크만은 하고 싶은 얘기가 많은 작가다. 작가들은 누구나 하고 싶은 얘기가 있기 때문에 그 직업을 선택했겠지만 배크만은 유난히 그런 인상을 풍긴다. 그의 작품을 읽다보면 나를 옆에 붙잡아 앉혀놓고 조근조근 얘기를 들려주는 듯한 기분이 든다. 그가 "베어타운이라고 하키에 죽고 하키에 사는 마을이 있는데……"라고 하면 하루 일과가 야구 중계를 중심으로 편성됐던 1990년대 중반의 어느 해가 떠오른다. "미라라고 아이들에게 늘 미안해하는 워킹맘이 있는데……"라고 하면 전생의 대역 죄인이 현생에 워킹맘으로 태어나는 것 같다고 주변 사람들을 붙잡고 내가 했던 말이 떠오른다. 페르시아어로 아내에게 사랑한다고 공표하는 남자가 쓰는 러브 스토리는 또 어떤가. 이번에 내가 가장 크게 웃음을 터뜨린 대목이 비다르가 아나에게 "꼭 그렇게…… 세게 사랑을 해야 했어?"라고 묻는 부분이었고 점점 차오르던 눈물샘이 결국 터지고야 만 지점도 비다르와 아나가 등장하는 장면이었다.

그런가 하면 "우리가 그 아이의 성 정체성을 받아들이기 불편하다면 문제가 있는 쪽은 그 아이가 아니라 우리야!"라고 수네가 일갈하는 부분에서는 '틀림'이 아닌 '다름'을 다시 한번 강조하려는 배크만의 의지가 느껴지고 그리하여 대미는 벤이로 수렴된다. 불길한 분위기가 조성될 때마다 혹시 벤이가 어떻게 되는 건 아닌가 싶어서 마음을 졸인 사람이 어디 나 하나뿐이었을까. 내 평생 덕밍 아웃으로 역자 후기를 갈무리하기는 처음이지만 마야가 그에게 건넨 시에서도 기원했듯이 그가 해피엔드로 끝나는 그런 사람이길 바라는 마음이 간절하다. 등장인물에 이토록 마음을 쓰게 만드는 것도 배크만의 능력이겠지. 역시 내가 가장 편애하는 작가로 꼽기에 손색이 없다.

2019년 1월

이은선

옮긴이 **이은선**

연세대학교에서 중어중문학을, 국제학대학원에서 동아시아학을 전공했다. 편집자, 저작권 담당자를 거쳐 전문 번역가로 활동 중이다. 옮긴 책으로는『베어타운』『하루하루가 이별의 날』『할머니가 미안하다고 전해달랬어요』『브릿마리 여기 있다』『맥파이 살인 사건』『위시』『미스터 메르세데스』『사라의 열쇠』『셜록 홈즈:모리어티의 죽음』『딸에게 보내는 편지』『11/22/63』『통역사』『그대로 두기』『누들 메이커』『몬스터』『리딩 프라미스』『노 임팩트 맨』등이 있다.

우리와 당신들

초판 1쇄 발행 2019년 1월 28일
초판 3쇄 발행 2024년 7월 26일

지은이 프레드릭 배크만
옮긴이 이은선
펴낸이 김선식

부사장 김은영
콘텐츠사업본부장 임보윤
콘텐츠사업2팀장 김보람 **콘텐츠사업2팀** 박하빈, 이상화, 채윤지, 윤신혜
마케팅본부장 권장규 **마케팅2팀** 이고은, 배한진, 양지환 **채널2팀** 권오권
미디어홍보본부장 정명찬 **브랜드관리팀** 안지혜, 오수미, 김은지, 이소영
뉴미디어팀 김민정, 이지은, 홍수경, 서가을
크리에이티브팀 임유나, 변승주, 김화정, 장세진, 박장미, 박주현
지식교양팀 이수인, 염아라, 석찬미, 김혜원, 백지은
편집관리팀 조세현, 김호주, 백설희 **저작권팀** 한승빈, 이슬, 윤제희
재무관리팀 하미선, 윤이경, 김재경, 임혜정, 이슬기
인사총무팀 강미숙, 지석배, 김혜진, 황종원
제작관리팀 이소현, 김소영, 김진경, 최완규, 이지우, 박예찬
물류관리팀 김형기, 김선민, 주정훈, 김선진, 한유현, 전태연, 양문현, 이민운

펴낸곳 다산북스 **출판등록** 2005년 12월 23일 제313-2005-00277호
주소 경기도 파주시 회동길 490
대표전화 02-704-1724 **팩스** 02-703-2219 **이메일** dasanbooks@dasanbooks.com
홈페이지 www.dasanbooks.com **블로그** blog.naver.com/dasan_books
종이 · 인쇄 · 후가공 · 제본 북토리
ISBN 979-11-306-2047-3 (03850)